SIGNE SUSPECT

PATRICIA CORNWELL

SIGNE SUSPECT

TRADUIT DE L'ANGLAIS (ÉTATS-UNIS)
PAR ANDREA H. JAPP

Flammarion
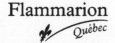 Québec

Catalogage avant publication de Bibliothèque et Archives Canada
Cornwell, Patricia Daniels
Signe suspect
Traduction de : Trace.
ISBN 2-89077-284-5
I. Japp, Andrea H., 1957- . II. Titre.
PS3553. O692T7314 2005   813'. 54   C2005-940471-X

Photo de la couverture : Jennifer Formica / Photonica

Titre original : Trace
Éditeur original : G. P. Putnam's Sons, New York

Tous droits réservés
ISBN 2-89077-284-5
Dépôt légal : 2ᵉ trimestre 2005
Imprimé au Canada

www.flammarion.qc.ca

À Ruth et Billy Graham.
Je ne connais personne comme vous et je vous aime.

Mes remerciements à Julia Cameron
pour m'avoir guidée le long du chemin de l'artiste.

À Charlie et Marty,
ainsi qu'à Irene.

Vous avez rendu les choses possibles.

CHAPITRE 1

Sur ce vieux pâté de maisons qui a vu passer une foule de morts les excavatrices et les bulldozers jaunes retournent la terre et abattent la pierre. Au volant de son quatre-quatre de location, Kay Scarpetta, bouleversée à la vue de l'entreprise de destruction, ralentit presque jusqu'à s'arrêter et fixe les machines couleur moutarde qui ravagent son passé.

– Quelqu'un aurait dû me prévenir, parvient-elle à dire.

En ce matin gris de décembre, son but était si bénin. Elle avait juste envie de s'accorder un petit accès de nostalgie en passant en voiture devant son vieil immeuble de bureaux, sans soupçonner un instant que celui-ci était en passe d'être rayé du paysage. Quelqu'un aurait dû la prévenir. Il aurait été courtois, peut-être même attentionné, d'y faire allusion, de mentionner au moins en passant: «Tiens, à propos, cet immeuble où vous travailliez lorsque vous étiez jeune, lorsque vous saviez encore rêver et espérer, où l'amour était toujours une certitude, eh bien, ce vieil immeuble qui vous manque et pour lequel vous éprouvez parfois un pincement au cœur, on est en train de le raser.»

Un bulldozer fait une embardée, sa lame relevée prête à l'attaque, et cette violence mécanique ressemble à un avertissement bruyant, un dangereux signal d'alerte. J'aurais dû m'écouter, songe-t-elle en contemplant le béton lézardé et évidé. La moitié de la façade de son vieil immeuble a disparu. Elle aurait dû prêter davantage attention à ses sentiments lorsqu'on lui avait demandé de revenir à Richmond.

– Je suis sur une affaire pour laquelle j'espère que vous pourrez m'aider, lui avait expliqué le Dr Joel Marcus, l'actuel médecin expert général de Virginie, l'homme qui avait pris sa place.

La scène s'était déroulée la veille. Il lui avait téléphoné dans l'après-midi et elle avait choisi d'ignorer ses propres sentiments.

– Bien sûr, docteur Marcus, lui avait-elle répondu tout en arpentant la cuisine de sa maison du sud de la Floride. Que puis-je faire pour vous ?

– Une adolescente de quatorze ans a été retrouvée morte dans son lit il y a de cela deux semaines, vers midi. Elle était atteinte de la grippe.

Scarpetta aurait dû demander au Dr Marcus pourquoi il avait choisi de l'appeler. Pourquoi elle ? Mais, justement, elle n'avait pas pris garde à ses sentiments.

– Elle était chez elle ?

– Oui.

– Toute seule ? avait-elle demandé en concoctant un mélange de bourbon, de miel et d'huile d'olive, le téléphone coincé sous le menton.

– Oui.

– Qui l'a découverte et quelle était la cause de la mort ?

Elle avait versé la marinade sur un bifteck d'aloyau bien maigre aplati à l'intérieur d'un sac de congélation en plastique.

– C'est sa mère qui l'a trouvée. Il n'y a aucune cause de décès apparente. Rien de suspect, sinon que les constatations, ou plus précisément l'absence de signes, concourent à rendre ce décès incompréhensible.

Scarpetta avait fourré le sac de viande et de marinade dans le réfrigérateur, ouvert le casier à pommes de terre, puis avait changé d'avis et l'avait refermé. Elle allait se faire du pain complet, plutôt que des pommes de terre. Elle ne parvenait pas à tenir en place et encore moins à s'asseoir. En dépit de ses efforts afin de le dissimuler, ce coup de téléphone la déroutait. Pourquoi l'appelait-il, elle ? Elle aurait dû lui poser la question.

– Les parents étaient-ils à la maison ? avait-elle demandé.

– Je préférerais vous rencontrer afin de passer les détails en revue, avait répondu le Dr Marcus. Nous sommes confrontés à une situation très délicate.

Scarpetta avait d'abord failli dire qu'elle partait pour un séjour de deux semaines à Aspen, mais les mots n'avaient pas franchi le seuil de ses lèvres ; et, aujourd'hui, ce n'était plus le cas. Elle n'allait plus à Aspen. Elle avait prévu ce voyage depuis des mois, mais, en fin de compte, elle n'y allait pas. Pourtant elle n'avait pas pu se résoudre à mentir, préférant recourir à une excuse professionnelle : elle ne pouvait se rendre à Richmond parce qu'elle était plongée dans une affaire difficile, un décès par pendaison avec en toile de fond une famille refusant d'accepter l'hypothèse d'un suicide.

– Quel est le problème au sujet de cette pendaison ? avait demandé le Dr Marcus, et plus il parlait, moins elle l'entendait. C'est racial ?

– Il a grimpé dans un arbre, s'est passé une corde autour du cou. Puis il s'est menotté dans le dos pour s'interdire de changer d'avis, avait-elle répondu en ouvrant une porte d'un des placards scellés dans sa cuisine agréable et baignée de lumière. Quand il s'est jeté de la branche, il s'est fracturé la C2. La tension exercée par la corde a remonté la peau de son crâne en arrière, lui déformant les traits. Il avait l'air de froncer le front, comme s'il souffrait. Allez donc essayer d'expliquer cela, en plus des menottes, à sa famille ! Ajoutez à cela que les événements se sont déroulés dans le Mississippi, au fin fond du Mississippi : s'y planquer, c'est normal, mais être homosexuel, non.

– Je n'ai jamais mis les pieds dans le Mississippi, avait platement rétorqué le Dr Marcus.

En réalité, peut-être voulait-il dire qu'il se fichait de la pendaison ou de n'importe quelle tragédie sans impact direct sur sa propre vie, pourtant ce n'est pas ce qu'elle avait entendu parce qu'elle n'écoutait pas.

Elle avait ouvert une nouvelle bouteille d'huile d'olive vierge, un geste mécanique comme un autre, superflu à cette minute précise, en reprenant :

– Je serais ravie de vous aider, mais que j'intervienne dans l'une de vos affaires n'est sans doute pas une très bonne idée.

Elle était en colère, mais refusait de l'admettre, tout en s'activant dans sa vaste cuisine parfaitement équipée avec ses appareils en inox, ses plans de travail en granit poli et ses grandes baies vitrées donnant sur l'Intracoastal Waterway, cette voie d'eau semi-artificielle de plus de mille huit cents kilomètres navigables, qui emprunte parfois l'océan, pour suivre ensuite les rivières et franchir les lacs, et qui part de Norfolk, en Virginie, pour rejoindre Key West, en Floride. Elle était furieuse à propos d'Aspen, mais refusait de l'admettre. En dépit de sa colère, elle ne voulait pas rappeler sans ambages au Dr Marcus qu'elle avait été licenciée du poste qu'il occupait maintenant, ce qui l'avait décidée à quitter la Virginie sans intention d'y revenir. Mais un long silence de la part de Marcus l'avait obligée à continuer et à préciser qu'elle n'avait pas quitté Richmond dans des conditions idéales, ce qu'il savait sans aucun doute.

– Kay, c'était il y a longtemps, lui avait-il répondu.

Faisant preuve de professionnalisme et de respect, elle l'avait jusque-là appelé « docteur Marcus », et voilà qu'il lui donnait du « Kay ». Qu'elle se formalise à ce point du fait qu'il utilise son prénom l'avait surprise. Après tout, peut-être faisait-il un effort pour se montrer amical et familier, tandis qu'elle prenait la mouche pour un rien et devenait hypersensible. Peut-être était-elle jalouse de lui et lui souhaitait-elle d'échouer. Elle s'était accusée de la pire des mesquineries. Il n'y avait rien d'incompréhensible au fait qu'il l'appelle par son prénom plutôt que d'allonger son titre à chaque début de phrase, avait-elle pensé, faisant taire sa réaction épidermique.

– Nous avons un nouveau gouverneur, avait-il continué. Il est probable qu'elle ne sait même pas qui vous êtes.

Voilà maintenant qu'il sous-entendait que Scarpetta était si peu de chose, si dévaluée que le gouverneur n'avait jamais entendu parler d'elle. Le Dr Marcus était en train de l'insulter. Arrête avec tes bêtises, s'était-elle morigénée.

– Notre nouveau gouverneur est bien plus absorbé par l'énorme déficit budgétaire du Commonwealth et par toutes les cibles terroristes potentielles que nous avons ici, en Virginie...

Scarpetta s'était reproché sa réaction négative à l'égard de l'homme qui lui avait succédé. Il ne demandait que son aide sur une affaire difficile, et pourquoi n'aurait-il pas cherché à retrouver sa trace ? On voit souvent de grands groupes faire appel pour consultation à des dirigeants qu'ils ont renvoyés plus tôt. Et puis elle n'allait pas à Aspen, s'était-elle rappelé.

– ... des centrales nucléaires, de nombreuses bases militaires, l'académie du FBI, un camp d'entraînement de la CIA pas si secret que ça, la Réserve fédérale. Le gouverneur ne vous posera aucun problème, Kay. À dire la vérité, elle est beaucoup trop ambitieuse. Ses visées sur Washington occupent toute son énergie, elle ne prête pas la moindre attention à ce qui se passe dans mes bureaux, continuait le Dr Marcus de son doux accent traînant du Sud, essayant de lui ôter de la tête l'idée que son retour en ville, cinq ans après en avoir été évincée, pourrait provoquer une quelconque controverse ou même être juste remarqué.

Elle n'en était pas vraiment convaincue, mais son esprit revenait toujours à Aspen. Benton s'y trouvait, seul, sans elle. Après tout, avait-elle pensé, elle avait assez de temps disponible pour se consacrer à une autre affaire, d'autant qu'un surcroît de liberté venait de lui tomber dessus.

Scarpetta fait lentement le tour du pâté de maisons, sa base à une époque antérieure de sa vie, qui lui semble aujourd'hui plus révolue que jamais. Des nuées de poussière s'élèvent tandis que les machines, tels de gigantesques insectes jaunes, s'attaquent à la carcasse de ses anciens bureaux. Godets et lames heurtent le béton et la poussière avec des bruits métalliques sourds. Camions et pelleteuses manœuvrent dans des soubresauts, pneus et chenilles broient et déchirent sur leur passage.

— Eh bien, je suis contente de voir cela, dit Scarpetta. Mais quelqu'un aurait dû m'avertir.

Son passager, Pete Marino, fixe en silence le spectacle de la démolition du lourd building minable planté à la périphérie du quartier des banques, en voie d'être rasé.

— De surcroît, je suis assez satisfaite que vous y assistiez aussi, capitaine, ajoute-t-elle, bien qu'il ne soit plus capitaine de police.

Lorsqu'elle l'appelle ainsi, de façon assez exceptionnelle, c'est une marque de gentillesse à son égard.

— Mon médecin m'avait dit que c'était exactement ce qu'y me fallait, grommelle-t-il de ce ton sarcastique qui lui est habituel. Et vous avez raison, quelqu'un aurait dû vous le dire, ce quelqu'un étant le petit génie de merde qui a pris votre place. Il vous supplie de débouler ici, alors que vous avez pas mis les pieds à Richmond depuis cinq ans, mais il est infoutu de vous avertir qu'on est en train de raser votre vieille taule.

— Je suis bien certaine que cela ne lui a pas traversé l'esprit.

— Espèce de petit enfoiré, réplique Marino. Je le déteste déjà.

Ce matin-là, l'apparence de Marino est délibérément un message menaçant : pantalon de treillis, boots de police, coupe-vent en vinyle et une casquette de base-ball qui porte le sigle du LAPD, la police de Los Angeles, tous de la même couleur, noirs. Scarpetta est convaincue qu'il a décidé de ressembler à un dur à cuire venu de la mégalopole parce qu'il en veut encore aujourd'hui aux gens de cette petite ville obstinée qui l'ont maltraité, méprisé, déçu et fait tourner en bourrique quand il y était enquêteur. Il lui vient rarement à l'esprit que, lorsqu'il recevait un blâme, était suspendu, transféré ou rétrogradé, c'est qu'il l'avait en général mérité ; ou bien que les gens sont grossiers avec lui parce que, le plus souvent, il les a provoqués.

Scarpetta lui trouve l'air un peu ridicule, vautré sur son siège avec ses lunettes de soleil sur le nez : elle sait à quel point il déteste tout ce qui a un rapport avec la célébrité, de près ou de loin, avec une mention spéciale pour l'industrie du spectacle et les gens, y compris les flics, qui meurent d'envie de s'y faire une place. La casquette est un cadeau au second degré de la nièce de Scarpetta, Lucy, qui a récemment ouvert un bureau à Los Angeles. Et, aujourd'hui, Marino revient dans sa ville oubliée, Richmond, mettant en scène son retour comme second rôle en affichant une image de lui à l'opposé de ce qu'il est.

Il réfléchit et lâche d'une voix basse :

– Bon, ben, adieu, Aspen ! Benton doit l'avoir sacrément mauvaise.

– En réalité, il a une affaire en cours, explique-t-elle. Alors quelques jours de délai supplémentaire sont sans doute les bienvenus.

– Quelques jours, mon cul ! Rien ne prend jamais quelques jours. Je parie que vous irez jamais à Aspen. Sur quoi qu'il travaille ?

– Il ne me l'a pas dit et je ne lui ai pas demandé, répond-elle avec l'intention d'en rester là, parce qu'elle ne veut pas parler de Benton.

Marino demeure un moment silencieux, le regard perdu à l'extérieur. Elle peut presque suivre le cheminement de ses pensées. Il s'interroge sur la relation qu'elle entretient avec Benton Wesley. Elle sent les questions que le grand flic ne formule pas. Sans doute reviennent-elles sans arrêt dans son esprit, prenant parfois un tour inconvenant. Quoi qu'il en soit, il sait que depuis qu'ils ont repris leur liaison, elle est demeurée distante de Benton, physiquement distante ; que Marino ait pu détecter cet éloignement la hérisse et l'humilie. S'il y avait quelqu'un pour le deviner, ce ne pouvait être que lui.

– Enfin, c'est foutrement dommage pour Aspen, répète-t-il. Si c'était moi, je serais super en rogne.

– Regardez bien une dernière fois, biaise-t-elle en faisant allusion à l'immeuble démoli devant eux. N'en perdez pas une miette, ajoute-t-elle.

Elle refuse de discuter d'Aspen ou de Benton, de la raison pour laquelle elle n'est pas là-bas avec lui, de ce qui pourrait être ou ne pas être. Lorsque Benton avait disparu toutes ces années, une partie d'elle-même avait disparu avec lui. Mais quand il est réapparu, ce bout d'elle qui avait fui n'est pas complètement revenu, et elle ignore la raison de ce manque.

– Bof, il était temps de flanquer ce truc en l'air, remarque Marino, le regard toujours fixé vers la vitre de sa portière. C'est à cause de l'Amtrak, le train express, je crois bien. Ouais, y me semble que j'en ai entendu parler, genre qu'ils avaient besoin d'un autre parking par ici parce qu'ils ouvrent la gare de Main Street. Je me souviens plus qui m'a dit ça… C'était y a un moment.

– Il aurait été gentil de m'en faire part.

– C'était y a longtemps. Je me souviens même plus qui me l'a raconté.

– Cela fait partie des informations qui ont leur importance pour moi.

Il se retourne pour la regarder.

– Je vous en veux pas d'être de mauvais poil. J'vous avais prévenue que c'était pas une bonne chose de venir ici, et regardez sur quoi on tombe. Ça fait même pas une heure qu'on est là, et regardez-moi ça. Notre ancienne taule réduite en gravas avec une grosse masse montée sur une grue. C'est mauvais signe, si vous voulez mon avis. Vous faites du trois à l'heure, vous devriez peut-être accélérer.

– Je ne suis pas de mauvaise humeur, réplique-t-elle, mais j'apprécie qu'on me tienne au courant.

Elle conduit lentement, scrutant les restes de ses anciens bureaux.

– Moi, j'vous le dis, c'est mauvais signe, répète-t-il en la fixant avant de détourner le regard vers la fenêtre.

16

Scarpetta observe l'avancée de la destruction sans accélérer, et la réalité finit par s'insinuer en elle, avec une lenteur qui n'a rien à envier à son allure. L'ancien bureau du médecin expert général et le département des laboratoires de sciences légales ont franchi la première étape de leur métamorphose en parking destiné à la gare ferroviaire restaurée de Main Street, laquelle n'a jamais vu passer un train au cours de la décennie où Marino et elle ont travaillé là. Le gros pâté en pierre couleur sang séché de la gare, d'architecture gothique, est resté en sommeil pendant de longues années, avant d'être transformé en boutiques, après quelques derniers sursauts de révolte. Les boutiques ont bientôt fait faillite, et la gare a abrité des bureaux administratifs, qui ont fermé à leur tour. Sa haute tour ornée d'une horloge balisait l'horizon, veillant sur les courbes de l'Interstate 95 et les embranchements ferroviaires, tel un pâle visage fantomatique aux aiguilles figées dans le temps.

Richmond a continué à vivre sans Scarpetta. Main Street Station ressuscitée est devenue un rouage fondamental de l'Amtrak. L'horloge fonctionne à nouveau, il est 8 h 16. Elle était restée immobile toutes ces années, ses aiguilles suivant Scarpetta dans le rétroviseur tandis que celle-ci effectuait d'incessants allers-retours pour s'occuper des morts. La vie en Virginie a continué son cours et nul n'a pris la peine de la prévenir.

– Je ne sais pas à quoi je m'attendais, remarque-t-elle en jetant un œil par la vitre de sa portière. Peut-être à ce qu'on l'évide pour le transformer en entrepôt, en archives, en dépôt des surplus de l'État, mais sûrement pas à ce qu'on le démolisse.

– La vérité, c'est qu'ils font bien de le flanquer par terre, déclare Marino d'un ton décidé.

– Je ne sais pas pourquoi, mais je n'aurais jamais pensé qu'ils en arriveraient là.

– On peut pas dire que ce soit une merveille architecturale, dit-il avec une hostilité soudaine envers le vieil immeuble. C'est rien d'autre qu'un bloc de béton de merde des années soixante-dix. Pensez à tous les gens assassinés qui sont passés par cette taule. Des gens avec le sida, des SDF rongés par la gangrène.

Des femmes et des enfants violés, étranglés, poignardés. Des cinglés qui avaient sauté d'un immeuble ou devant un train. Y a pas un seul foutu type d'enquête dont cet endroit ait pas été témoin. Sans parler de tous ces macchabées roses caoutchouteux dans les bacs du département d'anatomie. Ça, ça me flanquait encore plus les boules que tout le reste. Vous vous souvenez comment qu'ils les soulevaient de ces cuves avec des chaînes et des crochets plantés dans les oreilles? Tous nus et roses comme les trois petits cochons, les jambes remontées.

Il joint le geste à la parole et ses genoux recouverts de treillis noir remontent vers le pare-soleil.

— Il n'y a pas si longtemps que cela, une telle gymnastique vous aurait été impossible, remarque-t-elle. Il y a trois mois, vous pouviez à peine faire jouer vos articulations.

— Ouais.

— Je ne plaisante pas. Cela fait un moment que j'avais l'intention de vous dire à quel point vous semblez être en forme.

— Oh, Doc, même un chien est capable de lever la patte, plaisante-t-il.

Le compliment améliore de toute évidence l'humeur de son compagnon, et Scarpetta se reproche de ne pas l'avoir dispensé plus tôt.

— Pourvu que ce soit un mâle, bien sûr, ajoute-t-il.

— Non, vraiment, vous m'impressionnez.

Pendant des années, l'effroyable mode de vie adopté par Marino l'a inquiétée. Elle l'imaginait presque tombant raide, terrassé par les abus. Néanmoins, lorsqu'il fait enfin des efforts, il s'écoule des mois avant qu'elle ne lui fasse une remarque élogieuse. Il faut qu'elle assiste à la démolition de son vieil immeuble de bureaux pour lui dire enfin quelque chose de gentil.

— Je suis désolée de ne pas l'avoir mentionné plus tôt, ajoute-t-elle. Mais j'espère que vous ne vous nourrissez pas seulement de protéines et de graisse.

— Je suis un bon gars de Floride pur jus maintenant, déclare-t-il avec entrain. Je suis au régime South Beach, mais vous pouvez être sûre que je mets pas les pieds à South Beach. Y a que des pédés là-bas.

– Arrêtez de dire des horreurs, lui reproche-t-elle.

Elle déteste quand il fait ce genre de sorties, une excellente raison pour lui de les réitérer.

Marino remonte dans leurs souvenirs :

– Vous vous rappelez du four, là-bas ? Vous saviez toujours quand ils brûlaient des corps parce que la fumée sortait de la cheminée, dit-il en pointant du doigt une cheminée noire de crématorium plantée au sommet du vieil immeuble décrépit. Quand je voyais sortir la fumée, j'avais pas particulièrement envie de me trimbaler en voiture par ici à respirer cet air-là.

Scarpetta guide la voiture vers l'arrière du bâtiment, toujours intact, comme si elle l'avait quitté la veille. Le parking est vide, à l'exception d'un gros engin de chantier jaune garé presque exactement à l'endroit où elle se mettait lorsqu'elle était médecin expert général, juste à droite de la grande baie de déchargement fermée. L'espace d'un instant, les grincements et gémissements de la porte se relevant ou s'abaissant lorsqu'on actionnait à l'intérieur les gros boutons rouges et verts résonnent dans sa mémoire. Elle entend les voix, le grondement des ambulances et des corbillards, le claquement des portes, les cliquettements des civières et des roues, tandis que les corps enveloppés montaient et descendaient la rampe, l'incessante progression des morts, entrant et sortant, jour et nuit, nuit et jour.

– Regardez bien, dit-elle à Marino.

– Je l'ai déjà fait la première fois que vous avez fait le tour du pâté de maisons, réplique-t-il. Vous avez l'intention de nous faire tourner en rond toute la journée ?

– Deux fois seulement. Regardez bien.

Elle tourne à gauche dans Main Street et accélère un peu autour du chantier, en se disant que bientôt l'immeuble ne ressemblera plus qu'au moignon à vif d'un amputé. Lorsqu'elle se retrouve de nouveau devant le parking, elle remarque un homme en pantalon de travail vert olive et blouson noir debout près du gros engin jaune, penché au-dessus du moteur. Il a, de toute évidence, un problème avec la machine, et quelle que soit la raison pour laquelle il s'affaire sur le moteur, elle préférerait qu'il ne reste pas planté devant l'énorme pneu arrière.

– Je crois que vous devriez laisser votre casquette dans la voiture, dit-elle à Marino.

– Hein ? fait-il en tournant vers elle son large visage buriné.

– Vous avez très bien compris. Juste un petit conseil amical, dans votre intérêt, commente-t-elle tandis que l'homme et l'engin rapetissent dans son champ de vision, pour disparaître tout à fait.

– Ouais, vous me dites toujours des trucs amicaux, dans mon intérêt, et ça marche jamais, répond-il.

Il ôte la casquette du LAPD, qu'il détaille d'un air songeur. Son crâne chauve est luisant de sueur. Il s'est débarrassé il y a peu du maigre quota de cheveux gris que la nature a été assez aimable pour lui concéder.

– Vous ne m'avez jamais dit pourquoi vous vous étiez rasé la tête, lance-t-elle.

– Vous avez jamais demandé.

– Eh bien, voilà un oubli qui est réparé.

Elle tourne vers le nord, s'éloignant du bâtiment en direction de Broad Street, enfonçant soudain l'accélérateur au point de dépasser la vitesse limite.

– C'est le truc à la mode, répond-il. D'autant que, si on a pas de cheveux, vaut mieux carrément la boule à zéro.

– Logique. Le raisonnement se tient.

CHAPITRE 2

Installé dans sa chaise longue, Edgar Allan Pogue contemple ses orteils nus et se détend. Un sourire lui vient lorsqu'il imagine la réaction des gens s'ils apprenaient qu'il a maintenant une maison à Hollywood. Une résidence secondaire, se précise-t-il intérieurement. Lui, Edgar Allan Pogue, jouit d'une résidence secondaire dans laquelle il peut s'isoler afin de prendre le soleil et de se distraire en toute intimité.

Qui aurait l'idée de lui demander de quel Hollywood il s'agit? Quand on dit «Hollywood», ce qui vient immédiatement à l'esprit, c'est le gigantesque panneau blanc planté sur la colline, les demeures protégées de hauts murs, les décapotables, les bienheureux magnifiques, les dieux. Personne n'ira supposer une seconde que l'Hollywood d'Edgar Allan Pogue se trouve dans Broward County, à une heure de route au nord de Miami, et qu'il n'attire certes pas les célébrités et les nantis. Il le dira à son médecin, pense-t-il alors que monte en lui une vague douleur. C'est ça, le docteur sera le premier à l'apprendre, et comme ça, la prochaine fois, il ne sera plus à court de vaccin antigrippe quand viendra son tour, pense Pogue dans un éclair de frayeur. Aucun médecin ne se risquerait à priver son patient hollywoodien du vaccin, même s'il est à court, se convainc Pogue soudain furieux.

– Tu vois, Maman Chérie, on y est. On y est vraiment. Ce n'est pas un rêve.

Sa voix est pâteuse, son élocution gênée par l'objet qu'il suçote et qui l'empêche d'articuler correctement.

Il serre un peu plus fort des dents régulières et artificiellement blanchies sur un crayon à papier.

– Et tu pensais que jamais cela n'arriverait, continue-t-il à voix haute, le crayon dans la bouche, tandis qu'une goutte de salive tombe de sa lèvre inférieure et glisse le long de son menton.

– Edgar Allan, tu n'arriveras jamais à rien. Un raté, un raté, un raté, marmonne-t-il avec son crayon, imitant la voix d'ivrogne de sa mère, incertaine et mauvaise. Une mauviette, voilà ce que tu es, Edgar Allan. Un pauvre type, rien d'autre qu'un pauvre type.

Sa chaise longue est installée exactement au centre de l'ignoble salon sans aération. Son deux-pièces est situé presque au milieu du premier niveau de logements qui donnent sur Garfield Street, du nom du président américain, qui s'étend d'est en ouest d'Hollywood Boulevard à Sheridan. L'ensemble de deux étages en stuc jaune pâle a été baptisé Garfield Court pour des raisons mystérieuses, à l'exception de la seule qui puisse tomber sous le sens : une tentative de publicité mensongère. Il n'existe nulle cour, aucun jardin, pas l'ombre d'un brin d'herbe, juste un parking et trois palmiers chétifs aux feuilles déchiquetées qui évoquent à Pogue les ailes déchirées des papillons qu'il épinglait sur du carton quand il était enfant.

L'arbre manque de sève. Voilà ton problème.

– Arrête, Maman. Arrête tout de suite. Ce n'est pas gentil de dire ça.

Lorsqu'il a loué sa résidence secondaire il y a deux semaines, Pogue n'a pas marchandé le prix, même si le loyer de neuf cent cinquante dollars par mois est scandaleux, comparé à ce qu'il pourrait trouver à Richmond pour la même somme, à supposer qu'il paye un loyer à Richmond. Mais trouver un logement correct n'est pas facile par ici. Lorsqu'il a finalement échoué à Broward County, après seize heures de voiture, il ne savait pas par où commencer. Épuisé mais dans un état d'excitation joyeuse, il s'est mis à sillonner l'endroit, à se repérer, à la recherche d'un logement où s'installer, car il n'avait nulle envie d'une chambre de motel, même pour une seule nuit. Toutes ses possessions étaient entassées dans sa vieille Buick blanche. Il ne voulait pas courir le risque qu'un petit délinquant fracasse les vitres de la voiture pour lui voler sa télévision et son magnétoscope, sans parler de ses vêtements, de ses affaires de toilette, de son ordinateur portable, de sa perruque, sa chaise longue, une lampe, du linge de maison, des livres, du papier, des crayons noirs, des bouteilles de retouche de peinture rouge, blanche et bleue pour sa précieuse batte de base-ball, et quelques autres objets personnels d'une importance vitale, plusieurs vieux amis entre autres.

Il tente de détourner sa mère du harcèlement d'alcoolique qu'elle lui fait subir en reprenant son récit au début :

– C'était terrifiant, Maman. Des circonstances assez mitigées m'ont contraint à quitter sur-le-champ notre délicieuse petite ville du Sud, de façon provisoire, rassure-toi. Maintenant que je dispose d'une résidence secondaire, bien entendu, je ferai la navette entre Hollywood et Richmond. Nous avons toujours rêvé d'Hollywood, toi et moi, et comme des colons sur notre chariot, nous avons pris la route pour chercher fortune, n'est-ce pas ?

Son stratagème fonctionne. Il a détourné l'attention de sa mère dans une nouvelle direction, laquelle lui épargne un discours semé de « mauviettes » et autres commentaires sur son inaptitude.

– Seulement, au début, je ne me suis pas senti trop chanceux, quand j'ai quitté je ne sais comment la 24e Nord et que je me suis retrouvé dans un quartier de taudis perdu du nom de Liberia, où il y avait un marchand de glaces.

Le crayon toujours dans la bouche, il articule comme s'il mastiquait en même temps un aliment. Le crayon est un substitut du tabac. Ce n'est pas par souci de santé ou parce qu'il considère le tabac comme une mauvaise habitude, mais plutôt par économie. Pogue a une faiblesse pour les cigares. Il a très peu de faiblesses par ailleurs, mais il lui faut ses Indios, ses Cubita, ses A Fuentes et, par-dessus tout, ses Cohiba, les magnifiques cigares de contrebande de Cuba. Il est fou de Cohiba, et il sait comment s'en procurer. Lorsque la fumée du cigare cubain atteint ses poumons malades, cela fait toute la différence. Ce sont les impuretés qui démolissent les poumons, mais la pureté du tabac cubain les guérit.

– Tu te rends compte? Un marchand de glaces avec son carillon et sa ritournelle innocente, et tous ces petits enfants nègres qui viennent s'acheter des friandises avec des pièces de monnaie, alors que nous sommes en plein milieu d'un ghetto, d'une zone de guérilla urbaine, et que le soleil vient de se coucher. Je suis prêt à parier que la nuit on entend beaucoup de coups de feu dans le quartier de Liberia. Bien sûr, je suis sorti de là, et j'ai fini par échouer dans un meilleur quartier. Un vrai miracle. Je t'ai amenée saine et sauve jusqu'à Hollywood, n'est-ce pas, Maman?

Sans savoir comment, il s'est retrouvé dans Garfield Street. Il a roulé sans hâte devant de minuscules maisons de stuc d'un étage agrémentées de balustrades en fer forgé, de stores vénitiens, d'auvents à voitures et de carrés de pelouse trop petits pour accueillir une piscine. De jolies petites demeures datant probablement des années cinquante et soixante, qui le touchent parce qu'elles ont survécu à d'effroyables tornades, aux changements démographiques chaotiques et aux impitoyables augmentations d'impôts fonciers qui chassent les anciens résidents pour les remplacer par des nouveaux, qui ne parlent probablement pas l'anglais et n'essaient pas. Et, malgré tout cela, le quartier a survécu. Et à l'instant où il était en train de penser tout cela, l'ensemble d'appartements s'est inscrit dans son pare-brise, telle une vision.

Devant l'immeuble, un panneau sur lequel est inscrit « Garfield Court » indique un numéro de téléphone. Pogue a répondu à l'appel de sa vision : il s'est garé sur le parking, a pris note du numéro, puis il s'est rendu dans une station-service pour téléphoner d'une cabine. Oui, il y avait un appartement de libre, et dans l'heure il a rencontré pour la première fois, et la dernière, espère-t-il, Benjamin P. Shupe, le propriétaire.

– Je ne peux pas, je ne peux pas…

Shupe n'a pas arrêté de dire ça, assis de l'autre côté de la table dans le bureau en bas, une pièce chaude, étouffante, à l'atmosphère empoisonnée par le parfum agressif et suffocant de l'eau de toilette de Shupe.

– … Si vous voulez l'air conditionné, faudra vous acheter votre propre appareil. C'est votre problème. Mais c'est ce qu'ils appellent la primo-saison, le début, quoi, personne a besoin d'air conditionné !

Benjamin P. Shupe arborait un dentier d'une blancheur qui évoquait à Pogue un carrelage de salle de bains. Bardé de bijoux en or, le patron de taudis tapotait d'un index gras le plateau du bureau, exhibant une bague ornée d'un pavé de diamant.

– … Et vous avez de la chance : à cette époque de l'année, tout le monde ne rêve que de venir ici. J'ai une liste d'attente de dix personnes pour cet appartement, a insisté Shupe avec un geste destiné à mettre sa Rolex en or bien en évidence, sans remarquer que les lunettes teintées de Pogue n'étaient pas correctrices et que ses longs cheveux noirs bouclés et mal peignés n'étaient qu'une perruque. Dans deux jours, ils seront vingt sur cet appart. D'ailleurs, je devrais même pas vous le louer à ce prix-là.

Pogue a payé en liquide. On ne lui a demandé aucune caution ou garantie. On n'a pas non plus manifesté le besoin, voire seulement le désir, de contrôler son identité. Dans trois semaines, s'il décide de conserver sa résidence secondaire à Hollywood pendant la primo-saison, il devra payer en liquide pour le mois de janvier. Mais il est encore un peu tôt pour qu'il sache ce qu'il fera après le Premier de l'an.

– Tellement de travail, tellement de travail, chantonne-t-il en feuilletant une revue destinée aux entrepreneurs de pompes funèbres qui s'ouvre sur un descriptif d'urnes et de souvenirs.

Il pose le magazine sur ses genoux et étudie les photos de couleurs vives qu'il connaît par cœur. Son urne favorite demeure la boîte en étain en forme de pile de beaux livres reliés. Une plume, elle aussi en étain, repose sur le volume supérieur. Il imagine qu'il s'agit des œuvres d'Edgar Allan Poe, en l'honneur de qui il a été baptisé, et se demande combien de centaines de dollars pourrait coûter cette élégante urne d'étain, s'il lui prenait la fantaisie d'appeler le numéro vert afin de se renseigner.

– Je pourrais fort bien la commander, argumente-t-il d'un ton badin. Je devrais faire ça, n'est-ce pas, Maman ? Tu aimerais ça, n'est-ce pas ? la taquine-t-il, comme s'il avait un téléphone à sa disposition et qu'il lui suffisait de tendre la main pour appeler sur-le-champ. Tu aimerais bien l'urne d'Edgar Allan, hein ? continue-t-il en effleurant du doigt la photo de celle-ci. Écoute, je vais te dire, pas avant que nous n'ayons un événement à célébrer, et pour l'instant mon travail ne se déroule pas comme prévu, Maman. Eh oui, tu as bien entendu, j'ai peur que nous n'ayons un petit contretemps.

Une mauviette, voilà ce que tu es.

Il secoue la tête en parcourant le magazine.

– Non, Maman Chérie, il ne s'agit pas de mauviette. On ne va pas recommencer avec ça, non ? Nous sommes à Hollywood, n'est-ce pas agréable ?

Le souvenir de la vaste demeure qui dresse sa façade de stuc couleur saumon au bord de l'eau un peu plus loin au nord s'incruste dans sa tête, et une vague d'émotions confuses le submerge. Comme prévu, il a trouvé la villa. Comme prévu, il a pénétré à l'intérieur. Et puis rien ne s'est passé comme prévu, et maintenant il n'y a plus rien à célébrer.

– Mal raisonné, mal raisonné, chantonne-t-il en se flanquant une chiquenaude sur le front, comme sa mère en avait l'habitude. Ce n'est pas de cette façon que les choses devaient se passer. Que faire, que faire ? Le Petit Poisson s'est enfui, dit-il, sa main adoptant une ondulation mimant la nage. En abandonnant le Gros Poisson. (Il nage maintenant, brassant l'air des deux bras.) Le Petit Poisson est parti quelque part, je ne sais pas où, mais je m'en fiche, je m'en fiche. Parce que le Gros Poisson est toujours là, j'ai fait peur au Petit Poisson, et cela ne doit pas faire plaisir au Gros Poisson. Pas du tout. Bientôt, nous aurons quelque chose à célébrer.

Enfui ? Mais il faut vraiment être stupide ! Tu n'as pas attrapé le Petit Poisson, et tu crois que tu vas mettre la main sur le gros ? Tu es une telle mauviette. Comment peux-tu être mon fils ?

– Maman, ne parle pas comme ça, c'est très impoli, commente-t-il, la tête baissée sur la revue pour entrepreneurs de pompes funèbres.

Elle lui jette ce regard qui clouerait quiconque au pilori. Son père avait trouvé un qualificatif pour cet abominable regard. L'œil échevelé, c'est ainsi qu'il l'avait baptisé. Edgar Allan Pogue n'a jamais compris pourquoi il appelait ainsi le regard terrorisant de sa mère. Les yeux n'ont pas de cheveux. Au demeurant, il n'en a jamais vu un seul qui atteste le contraire, pas même entendu parler. Si de telles choses existaient, il le saurait. Il ignore si peu. Il laisse tomber la revue au sol, se lève de sa chaise longue jaune et blanc, et va chercher sa batte de base-ball dans le coin où il la range, appuyée contre le mur. Les stores vénitiens fermés empêchent les rayons du soleil de pénétrer par l'unique fenêtre du salon et le plongent dans une pénombre confortable, à peine trouée par la lueur de l'unique lampe posée par terre.

– Voyons… Que pourrions-nous faire aujourd'hui ? continue-t-il à marmonner, le crayon dans la bouche, s'adressant à haute voix à la boîte de gâteaux en fer-blanc poussée sous sa chaise longue.

Il serre la batte entre ses mains, vérifie les étoiles et les rayures rouges, blanches et bleues qu'il a retouchées, voyons, exactement, cent onze fois. Il la polit amoureusement à l'aide d'un mouchoir blanc, puis se frotte les mains dans le même mouchoir, encore et encore.

– Aujourd'hui, nous devrions faire quelque chose de spécial. Je crois qu'une sortie s'impose.

Il retire le crayon de sa bouche pour le tenir d'une main, la batte dans l'autre, et se dirige vers le mur d'un pas nonchalant. Il redresse la tête et regarde du coin de l'œil l'esquisse d'un grand dessin sur la cloison minable de plâtre peint en beige. Il applique doucement la mine de plomb mal taillée sur un œil immense et grand ouvert, dont il épaissit les cils. Il dessine, tenant entre le pouce et l'index le crayon humide et piqueté de la marque de ses dents.

– Voilà.

Il se recule, redresse de nouveau la tête pour admirer le grand œil fixe et la courbe d'une joue, et la batte tressaute dans son autre main.

– Ai-je mentionné à quel point tu étais jolie aujourd'hui ? Tes joues ne vont pas tarder à être d'une couleur délicieuse, tu seras vermeille, comme si tu t'étais mise un peu au soleil.

Il plante le crayon sur son oreille et lève la main à hauteur de son visage. Il écarte les doigts, les penche, les retourne, examine toutes les articulations, le moindre pli, la moindre cicatrice, la moindre ligne, et les arêtes délicates de ses petits ongles arrondis. Il masse l'air, observe le jeu de ses muscles fins, s'imagine en train de frotter une peau froide, de vider des tissus sous-cutanés de leur sang lent et froid, de malaxer la chair tandis qu'il évacue la mort et injecte un merveilleux éclat rosé. La batte tressaute dans son autre main, et il se voit la balançant. Se frotter les paumes à la poussière de craie et brandir la batte lui manque, il se contracte à l'envie d'asséner un coup de batte à l'œil sur le mur, mais il se retient, il ne peut pas, il ne doit pas. Il arpente la pièce de long en large. Son cœur bat à se rompre dans sa poitrine, et une frustration l'envahit. Il est si exaspéré par le désordre.

L'appartement est nu, mais en pagaille. Le plan de travail de la kitchenette est jonché de serviettes en papier, d'assiettes en plastique, d'ustensiles divers, de nourriture en boîte, de paquets de macaronis et de pâtes que Pogue n'a pas pris la peine de ranger dans l'unique placard de la pièce minuscule. Une poêle et une casserole trempent dans un évier plein d'une eau froide et graisseuse. Éparpillés un peu partout sur la moquette bleue tachée, des sacs de paquetage, des vêtements, des livres, des crayons et du papier blanc de mauvaise qualité. L'odeur de renfermé de sa cuisine et de ses cigares, mêlée à sa propre odeur de sueur, commence à imprégner chaque recoin de l'appartement. Il y fait très chaud, et il est nu.

– Je crois que nous devrions prendre des nouvelles de Mrs Arnette. Après tout, elle n'allait pas très bien, dit-il à sa mère sans la regarder. Aimerais-tu avoir de la visite, aujourd'hui? Je suppose que c'est la première chose à te demander. Mais cela nous ferait du bien à tous les deux. Je dois avouer que je ne suis pas dans mon assiette.

Il pense au Petit Poisson qui s'est enfui et regarde le désordre.

– Une visite serait l'idéal, qu'en penses-tu?

Ce serait agréable.

– Oh, oui, n'est-ce pas?

Il module sa voix de baryton, qui monte et qui descend comme s'il s'adressait à un enfant ou à un animal familier.

– Tu aimerais recevoir une visite? Eh bien, mais c'est magnifique!

Pieds nus, il traverse la pièce à pas feutrés et s'accroupit près d'un carton empli de cassettes vidéo, de boîtes à cigares et d'enveloppes photos, toutes étiquetées de sa main, d'une petite écriture soignée. Presque au fond, il repêche la boîte à cigares de Mrs Arnette et l'enveloppe bourrée de Polaroid.

Il ouvre la boîte, l'installe sur la chaise longue et annonce dans un soupir ravi:

– Maman, Mrs Arnette est là qui vient te voir.

Il compulse le paquet de photos et choisit sa préférée.

– Tu te souviens d'elle, n'est-ce pas? Tu l'as déjà rencontrée. Une vieille dame très loyale. Tu as vu ses cheveux? Ils sont vraiment bleus.

Alors ça, c'est bien vrai.

Il imite en écho l'accent traînant de sa mère, et la façon lente et pâteuse qu'elle a d'articuler lorsqu'elle sombre dans les profondeurs de sa bouteille de vodka. Très profond.

Il plonge le doigt dans la boîte à cigares, puis souffle dans les airs un nuage de poussière blanche.

– Tu aimes sa nouvelle boîte ? demande-t-il. Ne sois pas jalouse, mais elle a perdu du poids depuis la dernière fois que tu l'as vue. Je me demande comment elle fait, remarque-t-il d'un ton taquin.

Il plonge de nouveau le doigt dans la boîte, souffle un nouveau nuage de poussière blanche rien que pour embêter sa mère monstrueusement énorme, pour rendre jalouse sa mère, qui est d'une grosseur répugnante, puis s'essuie les mains sur le mouchoir blanc.

– Je trouve que notre chère amie, Mrs Arnette, a vraiment bonne mine, elle est divine.

Il scrute de près la photo de Mrs Arnette, son auréole de cheveux bleus entourant son visage mort au teint rose. S'il sait que sa bouche est cousue, c'est parce qu'il se souvient d'avoir posé les points lui-même. Sinon, l'experte chirurgie à laquelle il s'est livré est impossible à distinguer, et les non-initiés seraient incapables de déceler que le contour bien arrondi qui souligne les globes oculaires doit tout aux petites coquilles glissées sous les paupières. Il se souvient de les avoir insérées avec douceur sur les orbites creuses, puis d'avoir rabattu les paupières avant de les coller grâce à un peu de vaseline.

– Maintenant sois gentille et demande à Mrs Arnette comment elle va, enjoint-il à la boîte en fer-blanc sous la chaise longue. Elle avait un cancer. C'était le cas pour tant d'entre eux.

CHAPITRE 3

Le Dr Joel Marcus lui adresse un sourire guindé et lui
tend une petite main sèche au squelette fragile. Certes, il
suffirait d'un rien pour qu'elle le méprise, mais si elle exclut
cette sorte de prémonition – et elle s'y contraint –, au fond,
elle ne ressent rien de particulier.

Comme pour presque tout ce qui touche à sa vie antérieure
en Virginie, une pure coïncidence lui a appris l'existence du
médecin, il y a quatre mois de cela. Elle se trouvait à bord d'un
avion, parcourant le quotidien *USA Today*, et est tombée sur un
entrefilet qui annonçait qu'«… après de longues recherches le
gouverneur a nommé un nouveau médecin expert général».
Enfin, au bout d'une si longue vacance de poste, ou de tant de
remplaçants temporaires, la Virginie s'était dotée d'un
nouveau médecin expert en chef. Au cours de l'interminable
épreuve de recherche, personne n'avait sollicité les conseils ou
l'opinion de Scarpetta, et lorsque le Dr Marcus avait proposé
sa candidature, personne n'avait eu besoin de son aval.

Si on le lui avait demandé, elle aurait avoué qu'elle n'avait jamais entendu parler de lui. Elle aurait continué avec diplomatie, suggérant qu'elle avait dû le croiser dans un quelconque congrès, sans toutefois mémoriser son nom. Elle aurait renchéri en affirmant qu'il ne pouvait qu'être un médecin légiste de valeur, sinon il n'aurait pas été recruté pour diriger le département de médecine légale le plus important des États-Unis.

Elle serre la main du Dr Marcus, plonge son regard dans ses petits yeux froids et se rend compte qu'il s'agit d'un parfait inconnu. De toute évidence, il n'a jamais été membre de commissions d'une quelconque importance, il n'a jamais donné de conférence à aucun des congrès de pathologie ou de médecine légale auxquels elle a assisté, car elle se souviendrait de lui. Elle oublie parfois un nom, mais rarement un visage.

– Kay, enfin nous nous rencontrons !

Il la froisse de nouveau en s'adressant ainsi à elle avec une telle familiarité, mais cette fois c'est encore plus exaspérant puisqu'ils sont face à face. Ce que son intuition hésitait à reconnaître lorsqu'ils ont discuté au téléphone s'étale devant elle, dans ce hall de Biotech II qu'elle dirigeait autrefois. Le Dr Marcus est un petit homme mince au petit visage mince, avec une mince petite bande de cheveux gris sales à l'arrière de sa petite tête, que la nature semble avoir traité comme une quantité négligeable. Il porte une étroite cravate démodée, un pantalon gris informe et des mocassins. Le col de sa chemise blanche qui bâille autour de son cou mince est hérissé de bouloches de coton, et la marque de son tricot de corps sans manches apparaît sous le tissu bon marché.

– Allons-y. Malheureusement, nous sommes pleins ce matin, annonce-t-il.

Elle s'apprête à l'informer qu'elle n'est pas seule lorsque Marino émerge des toilettes pour hommes en remontant son treillis noir, la casquette du LAPD bien enfoncée sur ses yeux. Scarpetta fait les présentations, s'appliquant à une courtoisie toute professionnelle, expliquant qui est Marino, si tant est qu'un tel résumé soit envisageable.

– Il a appartenu au département de police de Richmond, c'est un enquêteur très expérimenté, explique-t-elle tandis que le visage du Dr Marcus se durcit.

Ils se tiennent dans ce hall spacieux de granit et de blocs de verre qui fut autrefois le sien, celui-là même où elle s'est présentée tout à l'heure, où elle a patienté vingt minutes, attendant que le Dr Marcus, ou quelqu'un, n'importe qui, daigne venir la chercher, avec le sentiment d'être aussi incontournable qu'une statue plantée au milieu d'une rotonde, et il lui dit d'un ton cassant :

– Vous ne m'aviez pas prévenu que vous ameniez quelqu'un. Je pensais vous avoir clairement fait comprendre que la situation est très délicate.

– Hé, vous inquiétez pas, je suis un mec vachement délicat, braille Marino.

Le Dr Marcus fait comme s'il n'avait rien entendu mais il se hérisse, et Scarpetta a presque l'impression de sentir l'air se contracter sous sa colère.

– Mon surnom au lycée, c'était « le Plus Délicat d'entre nous » ! ajoute Marino d'une voix toujours aussi forte. Salut, Bruce ! hurle-t-il à un garde en uniforme qui vient de sortir de la pièce à indices pour rejoindre le hall, à une dizaine de mètres d'eux. Alors, mon pote ? Tu joues toujours au bowling avec cette équipe de nuls des Pin Heads ?

– Je ne vous avais pas prévenu ? Vous m'en voyez désolée, ment Scarpetta, qui sait fort bien qu'elle n'a jamais mentionné la venue de son compagnon et n'en est pas le moins du monde navrée.

Quand on la fait venir sur une affaire, elle amène qui bon lui chante. Quant au Dr Marcus, elle ne digère pas qu'il ait pris la liberté de lui donner du « Kay », sans y être invité.

L'étonnement du garde cède place à la stupéfaction et il crie :

– Marino ! Bon sang, c'est bien toi ? Alors, ça, pour un revenant !

– Non, vous ne m'aviez rien dit, réitère le Dr Marcus, momentanément déstabilisé.

Sa confusion est presque palpable.

– Marino, le seul, l'unique, et je suis pas un revenant! répond celui-ci du ton le plus odieux qu'il puisse trouver.

– Je ne crois pas pouvoir autoriser votre présence. Je n'ai pas eu d'accord là-dessus, renchérit le Dr Marcus avec agitation.

Du même coup et sans l'avoir souhaité, il révèle un détail crucial et fort déplaisant. Quelqu'un, celui à qui il rend des comptes, sait que Scarpetta est là et est très probablement à l'origine de sa venue.

Les braillements entre les deux vieux amis continuent:

– T'es là pour longtemps?

Scarpetta a refusé d'écouter la voix intérieure qui la mettait en garde. Elle est en train d'avancer en terrain difficile, peut-être même glissant.

– Aussi longtemps qu'y faudra!

C'était une erreur, pense-t-elle, une regrettable erreur. J'aurais dû aller à Aspen.

– Passe me voir quand t'auras une minute.

– Compte là-dessus, mon pote!

– Je vous en prie, ça suffit! fait le Dr Marcus d'un ton brusque. Nous ne sommes pas dans un bar.

Le passe-partout qui ouvre son royaume pend suspendu à un cordon autour de son cou et il se penche pour approcher le badge magnétique du scanner infrarouge situé près d'une porte de verre opaque. De l'autre côté s'étendent les bureaux du médecin expert général. La bouche sèche, Scarpetta sent la transpiration tremper ses aisselles et son estomac se contracte tandis qu'elle pénètre dans l'aile du superbe bâtiment qu'elle a aidé à concevoir et à financer, dans lequel elle venait d'emménager avant de se faire renvoyer. Le canapé et le fauteuil bleu foncé assortis, la table basse en bois, le tableau accroché au mur représentant une scène agricole n'ont pas bougé. L'aire de réception n'a pas changé non plus, à l'exception de la disparition de plusieurs hibiscus et de deux maïs décoratifs en pot. Elle adorait ses plantes, les arrosait elle-même, ramassant parfois leurs feuilles mortes, les déplaçant pour leur faire profiter des changements de lumière au fil des saisons.

– Je regrette, mais votre invité ne peut pas vous suivre, annonce le Dr Marcus d'un ton décidé tandis qu'ils font halte devant une nouvelle porte sécurisée menant aux bureaux administratifs et à la morgue, le sanctuaire dont elle a été autrefois l'absolue et légitime propriétaire.

Sa carte magnétique fait de nouveau merveille et la serrure se déverrouille. Il les précède d'un pas vif, ses petites lunettes à monture d'acier réfléchissant l'éclairage au néon.

– J'ai été pris dans la circulation, c'est pour cela que je suis en retard, et nous sommes débordés. Huit cas, continue-t-il en s'adressant à elle comme si Marino n'existait pas. Je dois tout de suite me rendre à une réunion du personnel. Le mieux, c'est que vous preniez un café en attendant, Kay, j'en ai sans doute pour un moment. Julie?…

Il interpelle une employée invisible dans son box et dont la seule existence se matérialise par l'écho d'une frappe sur un clavier d'ordinateur.

– … Pouvez-vous indiquer à notre invitée où se trouve le percolateur? Installez-vous dans la bibliothèque, continue-t-il à l'adresse de Scarpetta. Je suis à vous dès que possible.

La moindre des politesses professionnelles eût été de convier un médecin légiste de passage à la réunion et à la morgue, surtout lorsque celui-ci s'est dérangé à titre gracieux afin de mettre son expérience au service du bureau qu'il dirigeait quelques années auparavant. Le Dr Marcus n'aurait pas davantage insulté Scarpetta s'il lui avait collé son linge sale dans les bras en lui demandant de le déposer à la blanchisserie ou s'il lui avait conseillé de poireauter sur le parking.

Il regarde autour de lui avec impatience et s'exprime de nouveau d'un ton sans appel:

– Votre escorte ne peut vraiment pas rester ici. Julie, pouvez-vous raccompagner ce monsieur dans le hall?

– Il n'est pas mon escorte et il n'attendra pas dans le hall, répond Scarpetta, très calme.

– Je vous demande pardon ? fait-il en tournant vers elle son petit visage mince.

– Nous sommes ensemble.

– Peut-être ne comprenez-vous pas la situation, répond le Dr Marcus d'une voix tendue.

– Peut-être. Expliquons-nous, déclare-t-elle sur un ton qui ne souffre pas de réplique.

Il s'exécute de si mauvais gré qu'il en a presque un mouvement de recul.

– Très bien, acquiesce-t-il. Passons dans la bibliothèque une minute.

– Vous m'excusez ? demande-t-elle à Marino avec un sourire.

– Pas de problème !

Marino pénètre dans l'espace de travail de Julie et ramasse une pile de photos d'autopsie qu'il entreprend de passer en revue comme des cartes à jouer. Il en fait jaillir une entre le pouce et l'index comme un croupier de black-jack.

– Vous savez pourquoi les dealers ont moins de graisse que vous et moi, par exemple ? dit-il en jetant la photo sur son clavier.

Julie, séduisante mais un peu potelée, qui ne doit pas avoir plus de vingt-cinq ans, fixe l'image d'un jeune homme noir musclé, nu comme au jour de sa naissance. Il est allongé sur une table d'autopsie, la cage thoracique largement ouverte, la cavité abdominale vidée. Tous les organes ont été découpés, à l'exception d'un seul, particulièrement volumineux, sans doute celui auquel il tenait le plus de son vivant, lorsqu'il était encore capable de se préoccuper de quoi que ce soit.

– Vous me racontez des craques, hein ?

– Je suis plus sérieux qu'une crise cardiaque, rétorque Marino en tirant une chaise et en s'asseyant près, très près d'elle. Ma chérie, la proportion de graisse est directement corrélée au poids du cerveau. Regardez-nous, vous et moi. On passe notre temps à lutter, hein ?

– Sans blague, vous croyez vraiment que les gens intelligents ont plus de graisse ?

– C'est un fait avéré. Les gens comme vous et moi doivent faire beaucoup plus d'efforts que les autres.

– Ne me dites pas que vous faites un de ces régimes où vous pouvez manger tout ce que vous voulez sauf les trucs blancs ?

– Gagné, ma puce. Le seul truc blanc que je m'autorise, c'est les femmes. Moi, si j'étais dealer, je m'en tamponnerais, et je mangerais tout ce qui me branche, des barres au chocolat, des Moon Pies, du pain blanc et de la confiture. Mais ce serait parce que j'ai rien dans le ciboulot, vous comprenez ? Tous ces dealers qui passent l'arme à gauche, y sont morts parce qu'ils sont cons, c'est pour ça qu'ils ont pas de graisse corporelle et qu'ils peuvent bouffer tous les trucs blancs qu'ils veulent.

L'écho de leurs voix et de leurs rires s'évanouit progressivement tandis que Scarpetta remonte un couloir qui lui est si familier qu'elle se souvient du frottement de la moquette grise sous ses chaussures, de la résistance exacte du ferme tapis à poils ras qu'elle avait choisi lorsqu'elle avait conçu la partie de l'immeuble qu'elle devait occuper.

– Il se conduit vraiment de façon très déplacée, commente le Dr Marcus. S'il y a bien une chose que j'exige ici, c'est le respect du décorum.

Les murs sont éraflés, les reproductions de Norman Rockwell qu'elle avait achetées et encadrées elle-même sont suspendues de travers, et il en manque deux. Elle jette un œil en passant devant les portes ouvertes des bureaux, remarque les montagnes de paperasse en désordre, les classeurs à lames de microscope et les microscopes polarisants perchés en équilibre précaire sur les bureaux surchargés. Tout ce qu'elle contemple, tout ce qu'elle entend semble crier à l'aide, et jamais elle n'aurait imaginé ressentir une douleur si vivace au souvenir de ce qu'elle a perdu.

– L'abominable Peter Marano, ça y est, j'ai fait le lien et je le déplore. Absolument. Ah, eh bien, quelle réputation il traîne, cet homme…

– Marino, rectifie-t-elle.

Ils tournent à droite, dépassent sans faire halte la machine à café, et le Dr Marcus ouvre une épaisse porte de bois qui mène à la bibliothèque. Le spectacle d'ouvrages médicaux abandonnés sur de grandes tables de consultation et de livres de référence rangés en dépit du bon sens à l'envers ou de travers sur les rayonnages l'accueille. L'énorme table en fer à cheval n'est plus qu'une décharge de revues, de bouts de papier et de gobelets à café sales, sans oublier une boîte de beignets Krispy Kreme. Elle contemple la pièce et son cœur lui remonte dans la gorge. Elle avait conçu cet espace généreux, fière de la façon dont elle gérait son budget. Disposer d'ouvrages médicaux et scientifiques autrement qu'en prêt, ainsi que d'une bibliothèque pour les abriter, représente un coût prohibitif, qui dépasse ce que l'État est prêt à investir dans un service dont les patients sont des morts. La collection du *Neuropathology* de Greenfield et des revues juridiques dont elle a fait don attirent son attention. Les volumes ont été replacés dans le désordre, l'un d'entre eux a la tête en bas. Elle se hérisse de colère et rive son regard sur le Dr Marcus :

– Je crois que nous devrions déterminer quelques règles de base, dit-elle.

– Seigneur, Kay. Des règles de base ? répète-t-il avec un froncement de sourcils outré et irritant.

La condescendance éhontée dont il fait preuve la met hors d'elle. Il lui rappelle un avocat de la défense, un mauvais avocat, qui trompait le tribunal en évacuant ses dix-sept ans d'études supérieures et en la réduisant dans le box des témoins à une madame ou une mademoiselle, ou, pire encore, une Kay.

– Je sens une certaine réticence à ma présence…, commence-t-elle.

– Une réticence ? Je ne vois pas de quoi vous voulez parler.

– Je suis persuadée du contraire…

– Évitons de nous lancer dans des suppositions.

– Docteur Marcus, je vous serais reconnaissante de ne pas m'interrompre. Rien ne m'obligeait à venir ici.

Elle contemple les tables en désordre, les livres négligés et se demande s'il se comporte de façon aussi méprisante avec ses affaires personnelles.

– Au nom du ciel, qu'est-il arrivé à cet endroit ? demande-t-elle.

Il laisse passer un silence, comme s'il avait besoin d'un moment pour deviner ce à quoi elle fait allusion, puis remarque d'un ton narquois :

– Oh, les étudiants en médecine, de nos jours… On ne leur a sans doute jamais appris à ramasser leurs affaires.

– Ils ont à ce point changé en cinq ans ? rétorque-t-elle, très sèche.

– Peut-être avez-vous mal interprété mon humeur ce matin, explique-t-il de ce même ton enjôleur dont il a usé la veille au téléphone avec elle. Je reconnais que beaucoup de choses m'occupent l'esprit, mais je suis enchanté de votre présence.

– Vous avez l'air tout sauf enchanté, dit-elle en le fixant longuement tandis que son regard à lui se perd derrière elle. Commençons par le commencement : je ne vous ai pas appelé, c'est vous qui m'avez contactée. Pourquoi ?

J'aurais dû vous le demander hier, songe-t-elle. J'aurais dû poser la question à ce moment-là.

– Kay, je pensais avoir été très clair. Vous êtes un médecin légiste très respecté, une consultante réputée, déclare-t-il.

Un panégyrique qui sonne outrancièrement ingénu, s'adressant à quelqu'un qu'en fait il déteste sans pouvoir en faire état.

– Nous ne nous connaissons pas, nous ne nous sommes même jamais rencontrés. Pour être tout à fait franche, j'éprouve pas mal de difficultés à croire que vous m'ayez téléphoné parce que je suis respectée ou réputée, assène-t-elle les bras croisés, soulagée d'avoir opté pour un tailleur sombre, de coupe austère. Je ne pratique pas ce genre de petits jeux, docteur Marcus.

– Si vous croyez que j'ai du temps à leur consacrer…, rétorque-t-il.

Tout effort de cordialité s'évanouit de son visage, remplacé par un éclair de malveillance et de mesquinerie.

– Quelqu'un vous a-t-il suggéré mon nom ? Vous a-t-on demandé d'entrer en contact avec moi ?

Elle est certaine de déceler dans cette affaire les relents caractéristiques des manœuvres politiques.

Il jette un regard en direction de la porte, une façon peu subtile de lui rappeler qu'il est un homme important et occupé, avec huit affaires sur les bras et une réunion de son personnel à gérer. À moins qu'il ne s'inquiète que quelqu'un écoute aux portes.

– Cet entretien est contre-productif. Je crois qu'il est préférable que nous mettions un terme à la discussion.

– Parfait, déclare-t-elle en ramassant sa serviette. S'il y a bien une chose que je déteste, c'est d'être un pion dans les plans de quelqu'un. Ou de me retrouver enfermée dans une pièce, à boire du café la moitié de la journée. Il m'est impossible d'offrir mon aide à un service qui ne joue pas franc jeu avec moi. Car voyez-vous, docteur Marcus, ma grande règle de base, c'est que lorsque l'on requiert mon assistance, on se montre ouvert à mon égard.

– Bien. Si c'est de la sincérité que vous voulez, vous allez en avoir.

Son ton impérieux dissimule mal sa peur. Il ne tient pas à ce qu'elle parte, vraiment pas.

– En toute franchise, ce n'est pas moi qui ai eu l'idée de vous faire venir. En toute franchise, notre commissaire à la santé voulait un avis extérieur et vous a trouvée, je ne sais comment, explique-t-il comme si son nom avait été tiré d'un chapeau.

– Il aurait dû me contacter en personne, cela aurait été plus honnête.

– Je lui ai proposé de m'en charger. En toute franchise, je ne voulais pas vous mettre dans l'embarras, explique-t-il, et plus il parle de « franchise », moins elle ajoute foi à ce qu'il raconte. Voici ce qui s'est passé. Lorsque le Dr Fielding n'a pu déterminer la cause de la mort, le père de la jeune fille, le père de Gilly Paulsson, a appelé le commissaire à la santé.

L'allusion au Dr Fielding la pique au vif. Elle ne savait pas s'il travaillait toujours là, pourtant elle n'a pas pensé à le demander.

– Ainsi que je vous l'ai dit, le commissaire à la santé m'a appelé et m'a dit qu'il voulait « mettre la pression au maximum », ce sont les mots qu'il a employés.

Le père doit avoir le bras long, songe Scarpetta. Il n'est pas rare de recevoir des coups de fil de familles bouleversées. Cela étant, fort peu ont pour conséquence l'intervention d'un haut fonctionnaire exigeant le soutien d'un expert extérieur.

– Kay, je peux comprendre à quel point tout ceci doit être inconfortable. Je n'apprécierais guère de me trouver dans votre position.

– Et de votre point de vue quelle est ma position, docteur Marcus ?

– Je crois que Dickens a écrit un conte de Noël sur le sujet. Vous devez connaître le Fantôme du Noël passé ? dit-il, son sourire de dérision vissé aux lèvres.

S'aperçoit-il qu'il plagie Bruce, le garde qui a qualifié Marino de fantôme surgi du passé ? Sans doute pas. Il poursuit :

– Il n'est jamais facile de revenir en arrière. Je dois admettre que vous avez du cran. Pour ma part, je ne suis pas sûr que je me serais montré aussi généreux, en tout cas pas si j'avais éprouvé le sentiment que mon service ne s'était guère révélé charitable à mon égard. En d'autres termes, je comprendrais tout à fait que ce soit votre état d'esprit actuel.

– Il ne s'agit pas de moi, mais de la mort d'une adolescente de quatorze ans. Il s'agit de votre service – un service que je connais bien, c'est vrai, mais…

Il l'interrompt :

– C'est une vision philosophique de…

– Laissez-moi énoncer des évidences, dit-elle en lui coupant à son tour la parole. Lorsque des enfants décèdent, la loi fédérale indique que ces disparitions doivent être soumises à une enquête scrupuleuse, destinée non seulement à déterminer les circonstances et les causes du décès, mais aussi si cette tragédie fait partie d'un schéma plus vaste. S'il s'avère que Gilly Paulsson a été assassinée, la moindre parcelle de votre service va être passée au crible et publiquement jugée, et j'apprécierais grandement que vous ne m'appeliez pas Kay en présence de votre personnel et de vos collègues. D'ailleurs, je préférerais que vous n'utilisiez pas mon prénom pour vous adresser à moi.

– Je suppose que le but du commissaire à la santé est de limiter les dégâts de façon préventive, répond-il comme s'il n'avait rien entendu de sa dernière phrase.

– Je n'ai pas accepté de participer à un quelconque plan de communication, lui dit-elle. Lorsque vous avez appelé hier, j'ai accepté de faire mon possible pour vous aider à découvrir ce qui était arrivé à Gilly Paulsson. Je ne pourrai pas vous être d'un grand secours si vous ne vous montrez pas totalement franc avec moi et avec ceux qui m'accompagnent afin de me seconder, Pete Marino, en l'occurrence.

– À dire la vérité, il ne m'est pas venu à l'esprit que vous éprouveriez un tel désir d'assister à la réunion du personnel, remarque-t-il en jetant de nouveau un coup d'œil à sa montre, une vieille montre à l'étroit bracelet de cuir. Faites comme bon vous semble, nous n'avons rien à cacher. Ensuite, je passerai en revue l'affaire Paulsson avec vous. Si vous le souhaitez, vous pourrez pratiquer sur elle une nouvelle autopsie.

Il lui tient ouverte la porte de la bibliothèque et Scarpetta le dévisage avec stupéfaction.

– Elle est morte il y a deux semaines et son corps n'a pas encore été rendu à la famille ? demande-t-elle.

– Ils sont tellement bouleversés qu'ils n'ont, soi-disant, pas procédé à la demande. Je suppose qu'ils espèrent que nous allons payer l'enterrement, répond-il.

CHAPITRE 4

Dans la salle de conférences de l'OCME, sigle désignant les bureaux du médecin expert général de l'État de Virginie, Scarpetta tire une chaise à roulettes à l'extrémité de la table, la frontière la plus éloignée de son ancien empire, celle qu'elle n'a jamais franchie du temps où elle y régnait. Pas une seule fois au cours des années où elle a dirigé ce bureau elle ne s'est assise au bout de cette table, pas même pour une banale conversation autour d'un déjeuner improvisé.

Une vague idée surnage dans la confusion de son esprit. Elle a conscience de s'enferrer dans la contradiction en choisissant un siège de l'autre côté de la longue table polie de bois sombre, alors qu'il y a encore deux places libres au milieu. Marino déniche une chaise contre le mur et l'installe à côté de la sienne, de telle façon qu'il n'est ni à l'extrémité de la table, ni contre le mur, mais quelque part entre les deux, telle une grosse masse renfrognée en treillis noir surmontée d'une casquette du LAPD.

Il se penche vers elle et lui murmure :

– Le personnel le déteste.

Elle ne répond rien et déduit que sa source est Julie, l'employée. Puis il gribouille quelque chose sur un bloc-notes qu'il glisse dans sa direction. « Le FBI est impliqué », déchiffre-t-elle.

Marino a dû passer quelques coups de fil tandis qu'elle se trouvait dans la bibliothèque en compagnie du Dr Marcus. L'information est déroutante. La mort de Gilly Paulsson ne relève pas d'une juridiction fédérale. Pour l'heure il ne s'agit même pas d'un crime, puisque la cause du décès n'est toujours pas déterminée, qu'il n'existe que des soupçons et des manœuvres politiques délicates. Elle repousse doucement le bloc vers Marino et sent que le Dr Marcus les observe. L'espace d'un instant, elle retrouve ce pincement qu'elle éprouvait à l'école lorsque les élèves se repassaient un petit message et qu'une des religieuses s'apprêtait à fondre sur elle pour l'incendier. Marino a le culot de sortir une cigarette et de la tapoter sur son bloc.

La voix autoritaire du Dr Marcus déchire le silence :

– Désolé, mais nous sommes dans un immeuble non-fumeurs.

– Et vous avez foutrement raison. Le tabagisme passif, ça tue, assène-t-il en tapotant le filtre d'une Marlboro sur le bloc-notes qui comporte son message secret concernant le FBI. Ravi de voir que l'Homme aux boyaux est toujours dans les parages, ajoute-t-il en faisant allusion au modèle anatomique dressé sur un socle derrière le Dr Marcus, assis en tête de table. Il a toujours eu un petit côté distant, précise-t-il au sujet de l'écorché dont les organes amovibles moulés en plastique sont tous présents et rangés avec soin dans leurs emplacements respectifs.

Scarpetta se demande si, depuis son départ, on l'a utilisé pour des cours ou pour expliquer des blessures aux familles ou aux avocats. Probablement pas, conclut-elle, car si tel était le cas, il lui manquerait des organes.

Elle ne connaît personne de l'équipe du Dr Marcus, à l'exception de l'adjoint en chef Jack Fielding, qui a jusqu'à maintenant soigneusement évité de rencontrer son regard et qui semble avoir développé des troubles dermatologiques depuis le départ de Richmond de son ancienne patronne. Il s'est écoulé cinq ans, et elle a peine à croire à la transformation de son ancien assistant anatomopathologiste qui sculptait son corps bodybuildé avec une délectation narcissique. Au cours de la décennie où il a travaillé pour elle, Fielding ne s'est jamais montré particulièrement utile en matière administrative et n'a jamais fait preuve de capacités médicales fulgurantes, mais il était loyal, respectueux et bienveillant. Il n'a jamais essayé de saper son autorité ou de lui savonner la planche. Pourtant il n'a pas non plus pris sa défense lorsque des détracteurs beaucoup plus audacieux que lui se sont mis en tête de se débarrasser d'elle – et y sont parvenus. Fielding a perdu presque tous ses cheveux, et son visage autrefois séduisant est bouffi et couvert de marbrures. Ses yeux pleurent et il renifle sans arrêt. Elle est sûre et certaine qu'il ne toucherait pas à la drogue, mais il a l'air d'un alcoolique.

– Docteur Fielding, dit-elle en le fixant, vous êtes allergique ? Ce n'était pas le cas. À moins qu'il ne s'agisse d'un rhume ? suggère-t-elle alors qu'elle doute sérieusement qu'il puisse s'agir d'un rhume, de la grippe ou de toute autre maladie contagieuse.

S'agit-il d'une gueule de bois ? Ou est-il sous le coup d'une réaction histaminique à une chose en particulier ou bien à tout ? C'est plus probable. Scarpetta discerne les taches rouges d'une éruption cutanée qui remonte par-dessus le col en V de sa tunique verdâtre de chirurgie et son regard suit les contours de sa blouse de labo déboutonnée, tout le long de ses bras jusqu'à ses mains irritées et squameuses. La masse musculaire de Fielding a considérablement fondu. Il est devenu presque maigre et souffre d'une ou plusieurs allergies. On dit que les personnalités dépendantes sont plus sensibles aux allergies, aux maladies et aux affections dermatologiques, et le fait est que Fielding n'a pas l'air florissant de santé. Ce n'est peut-être pas plus mal, car si son ancien bras droit se portait comme un charme sans elle, cela confirmerait que le Commonwealth de Virginie en particulier et l'humanité en général se portent mieux depuis qu'elle a été renvoyée et publiquement humiliée il y a cinq ans. La vicieuse sale bête qui au fond d'elle-même se réjouit du malheur de Fielding regagne aussitôt son obscure tanière en rampant, et l'inquiétude et la tristesse s'emparent de Scarpetta. Elle tente de nouveau d'accrocher le regard de Fielding, mais il refuse le contact.

– J'espère que nous aurons l'occasion de discuter avant mon départ, lui lance-t-elle de son siège tapissé de vert à l'extrémité de la table, comme s'ils étaient seuls dans la salle, juste elle et lui, comme au temps où elle était médecin expert général, et si respectée que parfois de jeunes flics et des étudiants en médecine lui demandaient son autographe.

Elle sent que le Dr Marcus l'observe de nouveau, elle sent son regard comme s'il tentait de s'enfoncer sous sa peau. Ni blouse de labo, ni aucun autre attribut médical ne semblent le séduire, ce qui ne la surprend guère. À l'instar de la plupart des médecins experts dépourvus de passion – lesquels auraient dû abandonner depuis des années une profession qu'ils n'ont sans doute jamais aimée –, il n'est pas du genre à pratiquer une autopsie, sauf contraint et forcé par l'absence de tout autre anatomopathologiste dans les parages.

– Allons-y, annonce-t-il, car nous sommes débordés ce matin et nous avons des invités. Le Dr Scarpetta et son ami le capitaine Marino… à moins que ce ne soit «lieutenant» ou «inspecteur»? Vous faites maintenant partie de la police de Los Angeles?

– Ça dépend des fois, répond Marino, le regard caché par la visière de sa casquette, tandis qu'il joue avec la cigarette qu'il n'a pas allumée.

– Et où travaillez-vous, maintenant? insiste le Dr Marcus en lui rappelant qu'il n'a pas expliqué sa présence. Désolé, je n'ai pas le souvenir que le Dr Scarpetta m'ait informé qu'elle venait en votre compagnie.

Il fallait qu'il insiste à nouveau, et en public cette fois-ci. Il va la souffleter devant tout le monde, c'est gagné d'avance. Il va lui faire payer la confrontation à laquelle elle l'a forcé dans sa bibliothèque qui prend des allures de taudis. Elle se souvient que Marino a passé des coups de téléphone. Peut-être a-t-il parlé à quelqu'un qui a prévenu le Dr Marcus.

La mémoire paraît soudain revenir à ce dernier :

– Ah, mais oui ! Le Dr Scarpetta a mentionné que vous travaillez ensemble, si je ne m'abuse ?

– Oui, confirme-t-elle de sa modeste position en bout de table.

– Bien, nous allons rapidement passer les cas en revue, l'informe-t-il. Encore une fois, si vous et… euh, eh bien, je vous appellerai «monsieur Marino», faute de mieux… Désirez-vous prendre un café ? Ou fumer une cigarette, pourvu que ce soit à l'extérieur ? Nous sommes ravis de vous accueillir à notre réunion, mais absolument rien ne vous oblige à y assister.

Ses paroles sont destinées à ceux qui ne sont pas au courant de ce qui a déjà commencé à s'ébruiter en moins d'une heure plutôt scabreuse, et elle discerne une nuance d'avertissement dans son ton. Elle voulait s'imposer, eh bien, elle va bénéficier d'une mise en avant, laquelle risque de s'avérer particulièrement désagréable. Le Dr Marcus est un politicien, de la catégorie des plus médiocres. Lorsqu'il a été nommé, sans doute les puissances dirigeantes l'ont-elles jugé malléable et inoffensif, l'antithèse de ce qu'elles pensaient d'elle, cela étant, peut-être se sont-elles trompées.

Il se retourne vers la femme assise juste à sa droite, une grande perche chevaline aux cheveux gris taillés très court. Ce doit être l'administratrice, à qui il ordonne d'un hochement de tête d'entamer la réunion.

– D'accord, dit-elle, et tout le monde examine les photocopies jaunes des sorties, examens et autopsies du jour. Docteur Ramie, vous étiez de garde la nuit dernière ?

– Et comment, c'est la saison, répond celle-ci.

Il règne dans la salle de conférences une atmosphère funèbre qui ne tient pas aux patients attendant au bout du couloir le dernier et le plus exhaustif des examens médicaux qu'ils aient jamais passés.

Le Dr Ramie consulte ses notes et continue :

– Nous avons Sissy Shirley, sujet féminin noir de quatre-vingt-douze ans, résidente d'Hanover County, antécédents cardiaques, trouvée morte dans son lit. Elle vivait dans une résidence médicalisée… Il s'agit d'un simple examen, d'ailleurs, je m'en suis déjà occupée. Nous avons ensuite Benjamin Franklin. Ce n'est pas une blague. Sujet masculin noir de quatre-vingt-neuf ans, lui aussi trouvé mort dans son lit, antécédents cardiaques et insuffisance nerveuse…

– Quoi ? l'interrompt le Dr Marcus. Qu'est-ce que ça peut bien être, l'insuffisance nerveuse ?

Plusieurs personnes gloussent et le Dr Ramie rougit. C'est une jeune femme trop enveloppée, dépourvue de charme, et son visage moite s'empourpre. Le Dr Marcus continue, jouant de l'extrême confusion du médecin légiste comme un acteur cabotine devant un public captif :

– Je ne pense pas que l'insuffisance nerveuse puisse être considérée comme une cause de décès valable. Ne me dites pas que nous avons amené une âme perdue dans notre clinique parce qu'elle est prétendument morte d'insuffisance nerveuse.

Sa tentative d'humour est tout sauf bienveillante. Les cliniques sont destinées aux vivants, et les âmes perdues sont des êtres qui traversent des passes difficiles, non des victimes de violences ou d'une mort absurde due au hasard. En quelques mots, il est parvenu à dénigrer et à se gausser de la réalité des pauvres gens entassés au bout du couloir, froids et raides, emprisonnés dans des housses d'entreprises de pompes funèbres en vinyle ou en fourrure synthétique, ou encore nus sur d'implacables chariots et tables d'autopsie en acier, attendant le scalpel ou la scie Stryker.

– Je suis désolée, bafouille le Dr Ramie, les joues flamboyantes. J'ai mal lu mes notes. Il s'agit d'insuffisance néphrétique. Même moi, je ne parviens plus à déchiffrer mon écriture.

Sérieux comme un pape, Marino intervient, tout en continuant de jouer avec sa cigarette :

– Alors comme ça, ce vieux Ben Franklin n'est pas mort d'insuffisance nerveuse, finalement ? Et vous en avez sur votre liste qui sont morts d'un empoisonnement au plomb ? Ou bien est-ce qu'on appelle encore ça des blessures par balle ?

Le Dr Marcus lui lance un regard froid et vide, tandis que le Dr Ramie continue d'un ton monocorde :

– Il s'agit également d'un simple examen, que j'ai pratiqué. Nous avons Finky… euh, Perdue… Finky Perdue…

– Seigneur, vous avez pas encore perdu cette pauvre Finky ! continue Marino de sa voix tonitruante de baryton, toujours aussi pince-sans-rire. Me dites pas que vous la retrouvez pas. Bon sang, je déteste quand Finky se planque comme ça !

– C'est le nom exact ? demande le Dr Marcus d'une voix qui, elle, vire aux aigus.

Le visage du Dr Ramie est devenu si écarlate que Scarpetta se demande si la jeune femme mise au supplice ne va pas éclater en sanglots et quitter la pièce en courant. Mais elle répond d'un ton inexpressif :

– Le nom que l'on m'a communiqué est celui que je viens de donner. Sujet féminin noir âgé de vingt-deux ans, morte sur le siège des toilettes, l'aiguille encore plantée dans le bras. Peut-être une overdose d'héroïne, la deuxième en quatre jours à Spotsylvania… Tant que j'y suis, on vient de me donner celle-ci, ajoute-t-elle en tripotant un formulaire de réception. Juste avant la réunion, nous avons reçu un appel concernant un sujet masculin blanc âgé de quarante-deux ans, du nom de Theodore Whitby. Blessé pendant qu'il travaillait sur un engin de chantier.

Le Dr Marcus cligne des yeux derrière ses petites lunettes métalliques. Les visages de l'assistance se vident de toute expression. Par pitié, ne dites rien, conjure silencieusement Scarpetta, mais Marino demande :

– Blessé ? Il n'est pas mort ?

– En fait, balbutie le Dr Ramie, ce n'est pas moi qui ai pris l'appel… Euh, docteur Fielding…

– Non, ce n'est pas moi ! l'interrompt celui-ci d'un ton qui claque.

– Ce n'est pas vous ? Ah, en effet, il s'agissait du Dr Martin, voici son rapport, continue le Dr Ramie.

Elle a baissé la tête, son visage humilié et brûlant frôle presque le formulaire. Elle reprend :

– Personne ne semble savoir ce qui s'est passé au juste. L'homme était sur ou à côté de son engin de chantier, puis, un instant plus tard, ses collègues de travail l'ont trouvé grièvement blessé dans la poussière. Les faits se sont produits il y a à peine une heure, aux alentours de 8 h 30. On ne sait comment, il a été écrasé par sa propre machine… Vous voyez, il a dû tomber, ou quelque chose de ce genre, et il s'est écrasé lui-même. Il était mort quand l'équipe de secours est arrivée.

Marino fait lentement tourner sa cigarette entre ses doigts et conclut :

– Ah, alors il s'est tué tout seul. C'est un suicide.

– L'ironie de la chose, ajoute avec brusquerie le Dr Ramie, c'est que cela s'est produit à proximité de l'ancien immeuble, celui qu'ils sont en train de démolir, dans la 14e Rue Nord.

Ce dernier détail retient l'attention de Marino, qui laisse tomber son petit jeu pas très drôle. Sa réaction silencieuse réveille la mémoire de Scarpetta. Elle se souvient de l'homme en blouson sombre et pantalon vert olive debout devant le pneu arrière de son engin sur le trottoir près de la baie de déchargement. Il était alors vivant, et maintenant il est mort. Il n'aurait jamais dû se placer devant le pneu, quoi qu'il ait été en train de faire. L'idée a traversé l'esprit de Scarpetta à ce moment-là, et maintenant, l'homme est mort.

– Il faut l'autopsier, dit le Dr Ramie, qui semble avoir retrouvé un peu de sang-froid et d'autorité.

Scarpetta se souvient d'avoir contourné l'angle de son ancien immeuble de bureaux, de l'homme et son engin qui s'amenuisaient dans le rétroviseur pour disparaître tout à fait de son champ de vision. Il a dû remettre sa machine en route quelques minutes après qu'elle l'a vu, puis il est mort.

– Docteur Fielding, je suggère que vous vous en occupiez, déclare le Dr Marcus. Vérifiez qu'il n'a pas eu une crise cardiaque ou un autre problème sous-jacent avant de se faire écraser. L'inventaire des blessures doit être complet et va prendre du temps. Inutile de vous rappeler à quel point nous devons nous montrer minutieux dans des cas comme celui-ci. Quelle ironie du sort, s'agissant de notre invitée ! ajoute-t-il en regardant Scarpetta. C'était un peu avant mon époque, mais vos anciens locaux étaient bien sur la 14ᵉ Rue ?

— Tout à fait, acquiesce-t-elle en pensant que ce fantôme du passé vient d'être rejoint par la silhouette en noir et vert olive de Mr Whitby, un autre fantôme. J'ai débuté dans cet immeuble, un peu avant votre époque, répète-t-elle. Puis j'ai déménagé ici, insiste-t-elle dans le but de lui rappeler qu'elle aussi a travaillé en ces lieux, pour regretter aussitôt d'insister tant sur une évidence.

Le Dr Ramie continue de passer en revue les différentes affaires : un décès en prison, lequel n'est entaché d'aucun soupçon, mais la loi impose que tous les détenus décédés passent entre les mains du médecin légiste ; un homme retrouvé mort sur un parking, peut-être à la suite d'une hypothermie ; une femme diabétique décédée brutalement en descendant de sa voiture ; une mort subite de nourrisson ; et un adolescent de dix-neuf ans retrouvé au milieu de la rue, peut-être abattu par balles depuis une voiture.

— Je suis convoquée au tribunal à Chesterfield, conclut le Dr Ramie. Je vais avoir besoin qu'on me conduise là-bas, ma voiture est de nouveau au garage.

— J'vous dépose, lui propose Marino avec un clin d'œil.

La proposition a l'air de terrifier le Dr Ramie.

Tout le monde s'apprête à se lever, mais le Dr Marcus les retient d'un geste.

— Avant de clore la réunion, j'ai besoin de votre aide, et un peu d'exercice intellectuel ne vous fera sans doute pas de mal. Comme vous le savez, l'institut a mis en place un nouveau séminaire sur l'investigation médico-légale et, comme d'habitude, on m'a persuadé de faire une conférence sur notre système. Je me suis dit que j'allais expérimenter quelques exemples sur vous, d'autant plus que nous avons la chance de recevoir un expert parmi nous.

Espèce de salopard, pense Scarpetta. C'est donc comme ça que tu le prends. Au diable leur conversation dans la bibliothèque, au diable les portes ouvertes.

Il marque une pause et contemple l'assistance avant de commencer :

– Un sujet féminin blanc, âgé de vingt ans, enceinte de sept semaines. Son petit ami lui flanque des coups de pied dans le ventre. Elle appelle la police et se retrouve à l'hôpital, où quelques heures plus tard elle perd le fœtus et le placenta. La police m'en informe. Que dois-je faire ?

Personne ne répond. Il est évident qu'ils ne sont pas habitués à ce type d'exercices et leurs regards convergent dans sa direction en silence.

– Allons, allons, dit-il avec un sourire. Prétendons que je viens juste de recevoir un tel coup de fil, docteur Ramie.

– Monsieur ? fait-elle en rougissant de nouveau.

– Allons, dites-moi comment je dois m'occuper de ce cas, docteur Ramie.

– Vous le traitez comme un post-opératoire ? offre-t-elle, pathétique, comme si ses années d'expérience médicale et jusqu'à son intelligence venaient soudain d'être annihilées d'un coup.

– Quelqu'un a une autre suggestion ? Docteur Scarpetta ? demande-t-il en articulant lentement son nom pour qu'elle remarque bien qu'il ne l'a pas appelée par son prénom. Vous avez déjà été confrontée à ce genre d'affaires ?

– J'en ai bien peur, répond-elle.

– Dites-nous tout. Quelles sont les conséquences juridiques ? demande-t-il d'un ton affable.

– Bien entendu, lorsque vous battez une femme enceinte, il s'agit d'un crime. Je qualifierais la mort du fœtus d'homicide sur mon rapport initial d'investigation.

– Intéressant.

Le Dr Marcus lance un regard autour de la table avant de s'attaquer de nouveau à elle :

– Donc votre premier rapport indiquerait l'homicide. Ne serait-ce pas un peu audacieux de votre part ? C'est le rôle de la police de déterminer l'intention, pas le nôtre, si je ne m'abuse ?

L'enfoiré, pense-t-elle.

– Notre travail, tel qu'il est défini par le Code, consiste à déterminer la cause et les circonstances du décès, rétorque-t-elle. Peut-être vous souvenez-vous qu'à la fin des années quatre-vingt-dix la loi a changé, après qu'un homme a tiré dans le ventre d'une femme, laquelle a survécu alors que l'enfant à naître est mort. Dans le cas de figure que vous nous avez exposé, docteur Marcus, je suggère que vous fassiez transporter le fœtus à l'institut médico-légal afin de pratiquer une autopsie et de le doter d'un numéro de dossier. Un certificat de décès à bordure jaune ne comporte pas d'espace pour les circonstances, vous en faites donc mention dans les causes : décès intra-utérin consécutif à une agression sur la mère. En effet, puisque le fœtus n'est pas né vivant, il convient d'utiliser ce type de certificats de décès, ceux qui sont à bordure jaune, et conservez-en une copie dans le dossier, puisque dans un an l'original n'existera plus, une fois que le service des statistiques démographiques aura compilé ses chiffres.

– Et que faisons-nous du fœtus ? demande le Dr Marcus d'un ton nettement moins aimable.

– À la famille de décider.

– Il ne mesure même pas dix centimètres, rétorque-t-il d'une voix de nouveau tendue. Les pompes funèbres n'ont plus rien à enterrer.

– Alors conservez-le dans le formol. Donnez-le à la famille, faites ce qu'elle veut.

– Et qualifiez le décès d'homicide, lâche-t-il d'un ton froid.

– C'est la nouvelle loi de l'État de Virginie, lui rappelle-t-elle. Une agression avec intention de donner la mort à des membres de la famille, nés ou à naître, est un crime capital. Même si vous ne parvenez pas à prouver l'intention et que l'inculpation porte sur les blessures intentionnelles infligées à la mère, la peine est la même qu'en cas de meurtre. À partir de ce moment-là, le dossier fait son chemin dans le système en tant qu'homicide involontaire, et ainsi de suite. Le point important, c'est que l'intention n'a pas besoin d'être démontrée. Il n'est même pas nécessaire que le fœtus soit viable. Un crime violent s'est produit, cela suffit.

– Pas de discussion ? demande le Dr Marcus à son personnel. Pas de commentaires ?

Personne ne répond, pas même Fielding.

– Eh bien, passons à un autre exemple, continue-t-il avec un sourire furieux.

Vas-y, pense Scarpetta. Vas-y, espèce d'insupportable salopard.

– Un jeune homme qui suit un traitement dans un établissement spécialisé dans les soins palliatifs. Il est en train de mourir du sida et demande au médecin de le débrancher. Si le médecin s'exécute et que le malade meure, s'agit-il d'un cas pour le médecin légiste ou non ? S'agit-il d'un homicide ? Notre invitée expert a-t-elle de nouveau une réponse ? Le médecin a-t-il commis un homicide ?

– À moins qu'il ne tire une balle dans la tête du patient, il s'agit d'une mort naturelle, répond Scarpetta.

– Ah. Vous militez donc en faveur de l'euthanasie.

– Le consentement en toute connaissance de cause est une notion trouble, explique-t-elle sans se donner la peine de répondre à la ridicule accusation. Le patient en phase terminale est souvent aux prises avec la dépression, et lorsque les gens sont déprimés, ils ne peuvent prendre des décisions en toute connaissance de cause. C'est en réalité un problème de société.

– Permettez-moi d'éclaircir vos propos, insiste le Dr Marcus.

– Je vous en prie.

– Cet homme à l'hospice dit : «Je crois que j'aimerais mourir aujourd'hui.» Vous pensez que le médecin du coin doit l'aider ?

– La vérité, c'est qu'un malade admis en soins palliatifs dispose déjà de cette possibilité. Il peut décider de mourir, répond-elle. Lorsqu'il souffre, il peut obtenir de la morphine quand il le souhaite, il peut donc en exiger davantage, s'endormir et mourir d'une surdose. Il peut porter un bracelet « Ne pas réanimer », et les secours n'ont pas à contrevenir à cette volonté. Il meurt et, selon toute probabilité, il n'y aura aucune conséquence pour qui que ce soit.

– Mais l'affaire nous revient-elle ? insiste le Dr Marcus, qui la foudroie du regard, blême de rage.

– Si les patients choisissent les établissements de soins palliatifs, c'est parce qu'ils espèrent une prise en charge de leurs douleurs et mourir en paix. Ceux qui, en toute connaissance de cause, prennent la décision de porter un bracelet « Ne pas réanimer » ont fondamentalement le même désir. Qu'il s'agisse d'une surdose de morphine, d'une interruption de traitement ou du port d'un bracelet, ce sont des questions qui ne nous concernent pas. Si l'on vous appelle pour une affaire de ce type, docteur Marcus, j'espère que vous la refuserez.

– Pas de commentaires ? demande celui-ci d'un ton brusque en rangeant ses papiers, prêt à quitter la salle.

– Ouais, lui dit Marino. Vous avez jamais pensé à écrire des questions pour les mots croisés d'un canard de week-end ?

CHAPITRE 5

Benton Wesley fait les cent pas de fenêtre en fenêtre dans sa résidence de quatre pièces de l'Aspen Club. Le signal de réception de son téléphone portable apparaît et disparaît par intermittence, accompagné par les altérations de la voix de Marino, tour à tour claire, puis inaudible.

– Quoi ? Désolé, vous pouvez répéter ? demande Benton en reculant de trois pas avant de s'immobiliser.

– Je dis que ce n'est pas tout. C'est encore pire que ce que vous pensiez.

Cette fois-ci l'écho de la voix de Marino est parfait.

– C'est comme s'il l'avait fait venir rien que pour lui foutre sur la gueule devant tout le monde. Enfin, pour essayer. J'insiste sur « essayer ».

Benton contemple la neige prise dans les replis des trembles et accumulée sur les aiguilles épaisses des épinettes noires. Pour la première fois depuis des jours, la matinée est dégagée et ensoleillée, et les pies sautillent de branche en branche, atterrissant dans un battement d'ailes avant de s'envoler dans de minuscules remous de poudre blanche. Une partie du cerveau de Benton analyse leur activité et tente de déterminer la raison qui préside aux ébats des oiseaux à longue queue, une cause biologique, peut-être, comme si cela revêtait une quelconque importance. Ces perpétuelles interrogations sont chez lui un réflexe aussi conditionné, aussi puissant et incessant que ceux que dicte la nature.

– Essayer, oui, essayer, répète Benton avec un sourire en imaginant la scène. Mais vous devez comprendre qu'il n'avait pas le choix concernant cette invitation. Il s'agissait d'un ordre. Le commissaire à la santé est derrière tout cela.

– Et comment que vous savez ça ?

– J'ai juste eu besoin de passer un coup de fil après qu'elle m'a annoncé son départ.

– C'est dommage pour Asp…

La voix de Marino lui parvient hachée. Benton se déplace vers une autre fenêtre. Derrière lui, dans la cheminée, les flammes claquent dans un crépitement sec et le bois des bûches se fend en éclatant. Il continue de regarder par la baie vitrée qui couvre toute la hauteur d'un mur, et son attention se fixe sur la maison de pierre située de l'autre côté de la rue, dont la porte d'entrée vient de s'ouvrir. Un homme et un petit garçon vêtus de circonstance en sortent et il distingue la buée s'échappant de leurs bouches.

– Elle a compris maintenant, déclare Benton. Elle a compris qu'elle était manipulée.

Il connaît assez Scarpetta pour formuler des prévisions qui se révéleront sans aucun doute exactes et poursuit :

– Je vous promets qu'elle connaît la manœuvre ou, plus simplement, qu'elle sait qu'il s'agit de manœuvres politiques. Malheureusement, il y a plus que cela, bien plus. Vous m'entendez ?

Il fixe l'homme et le garçon. Ils portent leurs skis et leurs bâtons sur l'épaule, et s'éloignent d'une démarche ralentie par leurs chaussures à demi bouclées. Aujourd'hui Benton n'ira pas skier, ni se balader en raquettes, le temps lui fait défaut.

– Han ?

Depuis un moment Marino s'est mis à dire « han » à tout bout de champ et ce tic verbal agace Benton.

Celui-ci demande :

– Vous m'entendez ?

– Ouais, j'vous reçois cinq sur cinq.

Au son, Benton comprend que Marino se déplace pour tenter d'obtenir une meilleure réception.

– Il essaie de la rendre responsable de tout, genre comme s'il l'avait fait venir que pour lui chercher des poux dans la tête, continue Marino. Je vois rien d'autre à vous raconter avant d'avoir fourré davantage mon nez là-dedans. Je parle de l'histoire de la gamine.

Benton est au courant du décès de Gilly Paulsson. Sa mort mystérieuse n'a peut-être pas fait les gros titres nationaux, mais des détails provenant de sources médiatiques en Virginie sont disponibles sur Internet, et Benton dispose de ses propres moyens pour obtenir des informations, le cas échéant de nature très confidentielle. Certaines personnes peuvent parfois utiliser les morts, et c'est exactement ce qu'il se passe pour Gilly Paulsson.

– Bon sang, est-ce que je vous ai encore perdu ? maugrée Benton.

S'il pouvait utiliser son téléphone filaire, la communication serait bien meilleure, mais c'est exclu.

La voix de Marino résonne soudain très fort :

– Je vous reçois, patron. Pourquoi est-ce que vous n'utilisez pas votre autre téléphone ? Ça résoudrait la moitié de nos problèmes, suggère-t-il comme s'il venait de lire dans les pensées de Benton.

– Impossible.

– Vous pensez qu'il est sur écoute ? demande Marino, et il ne plaisante pas. Y a des moyens de le détecter, demandez ça à Lucy.

– Merci du conseil.

Benton n'a pas besoin de l'aide de Lucy en la matière, et son souci n'a rien à voir avec un hypothétique mouchard téléphonique.

Tout en réfléchissant à Gilly Paulsson, il suit la progression de l'homme et du garçon. Celui-ci doit avoir l'âge de Gilly, l'âge de sa mort. Treize, quatorze ans, mais Gilly, elle, n'a jamais eu l'occasion de skier. Elle n'a jamais visité le Colorado ou quelque autre endroit que ce soit. Elle est née à Richmond. C'est aussi dans cette ville qu'elle est morte, et sa courte existence n'a quasiment été que souffrance. Le vent se lève. La neige s'envole des arbre et envahit les bois comme une fumée.

– Je veux que vous lui disiez ceci, à elle, déclare Benton, et la façon dont il accentue « elle » signifie qu'il parle de Scarpetta. À propos de son successeur, si c'est ainsi que je dois le baptiser. (Il ne tient pas à prononcer le nom du Dr Marcus ou à s'étendre sur les détails, d'autant qu'il ne supporte pas l'idée que qui que ce soit, et surtout pas cette larve de Joel Marcus, ait pu succéder à Scarpetta.) Cette personne est intéressante, continue-t-il de façon cryptique. Quand elle arrivera, dit-il en faisant de nouveau référence à Scarpetta, je passerai tout cela en revue avec elle. Mais pour l'instant soyez prudent, extrêmement prudent.

– Comment ça, « quand elle arrivera » ? Je suppose qu'elle va être coincée ici un moment.

– Il faut qu'elle m'appelle.

– « Extrêmement prudent », gémit Marino. Merde, pourquoi que je me doutais que vous alliez sortir un truc de ce genre ?

– Tant qu'elle est là-bas, vous restez avec elle.

– Han.

– Ne la quittez pas d'une semelle, c'est clair ?

– Elle va pas aimer.

Benton contemple les pentes rudes des Rocheuses qui prennent des allures de dentelle de neige, cette invraisemblable beauté sculptée par des vents cinglants et cruels, et la force brute des glaciers. Les trembles et les conifères forment un duvet sur la montagne qui entoure cette ancienne ville minière comme les parois d'un bol, et plus loin vers l'est, au-delà d'une crête, une lointaine nappe de nuages gris s'étire lentement à travers l'intense ciel bleu. Il neigera de nouveau plus tard dans la journée.

– Elle n'aime jamais cela, répond-il.

– Elle a dit que vous aviez une affaire sur les bras.

– En effet.

Benton ne peut en dire plus.

– C'est trop bête d'être à Aspen et tout ça, et puis vous avez un truc, et maintenant c'est elle qui en a un aussi. Je suppose que vous allez rester là à travailler, alors.

– Pour l'instant, oui.

– Ça doit être sérieux pour que vous soyez dessus pendant vos vacances à Aspen, insiste Marino.

– Je ne peux pas vous en parler.

– Han. Ces foutus téléphones. Lucy devrait inventer un truc sur lequel on peut pas mettre de mouchard ou qu'on peut pas surveiller par scanner, elle ferait fortune.

– Je crois qu'elle a déjà fait fortune. Probablement même plusieurs fortunes.

– Sans blague.

– Soyez prudent, répète Benton. Si je ne pouvais pas vous joindre dans les prochains jours, prenez soin d'elle. Je suis sérieux, surveillez vos arrières, tous les deux.

– Vous pourriez pas me dire quelque chose que je sais pas déjà ? Et vous, n'allez pas vous casser un truc en jouant dans la neige.

Benton met un terme à la conversation et regagne un canapé près du feu installé face aux baies vitrées. Sur la table basse en châtaignier piqué de vers reposent un bloc de papier noirci de ses gribouillis quasiment indéchiffrables et, tout à côté, un pistolet Glock calibre 40. Il tire une paire de lunettes de lecture de la poche de poitrine de sa chemise de jean, se rencogne confortablement contre l'accoudoir et feuillette le bloc. Chacune des pages est numérotée et comporte une date dans le coin supérieur droit. Le contact râpeux de sa mâchoire anguleuse dans la paume de sa main lui rappelle qu'il ne s'est pas rasé depuis deux jours. Sa barbe drue et grisonnante lui évoque les arbres hérissés d'un flanc de montagne. Il entoure d'un trait de crayon les mots « paranoïa partagée » et relève la tête, ses lunettes perchées sur l'extrémité de son nez droit et fin.

Il griffonne dans la marge : « Marchera peut-être quand les lacunes seront comblées. De sacrées lacunes. Ça ne peut pas durer. L est la véritable victime, pas H. H est narcissique », et il souligne trois fois le mot « narcissique ». Puis il note « cabotinage », qu'il souligne de deux traits, avant de tourner une nouvelle page portant le titre « Conduite consécutive à l'agression ». Intrigué de ne pas entendre l'eau couler, il tend l'oreille. « Masse critique. Ne tiendra pas au-delà de Noël. Tension insupportable. Tuera d'ici Noël, si ce n'est avant », inscrit-il avant de lever doucement les yeux, car il a senti sa présence avant même de l'entendre.

– Qui était-ce ? demande Henri, en l'occurrence le diminutif d'Henrietta.

Henri Walden se tient sur le palier de l'escalier, sa main délicate posée sur la rampe, et fixe Benton assis de l'autre côté du salon.

– Bonjour, répond celui-ci. Vous prenez une douche, d'habitude. Il y a du café.

Henri resserre autour de son corps mince une robe de chambre en flanelle rouge unie et scrute Benton de son regard vert endormi et réservé, comme si persistait entre eux le souvenir d'une ancienne dispute. Âgée de vingt-huit ans, elle est séduisante, mais d'une séduction un peu décalée. Ses traits ne sont pas parfaits, un nez fort dont elle s'est convaincue à tort qu'il était trop gros rompant leur finesse. Ses dents ne peuvent pas non plus prétendre à une perfection absolue, en conséquence de quoi rien ne pourrait la convaincre qu'elle a un magnifique sourire et qu'elle est incroyablement attirante, même lorsqu'elle ne fournit pas d'efforts particuliers. Au demeurant, Benton n'a pas essayé de l'en convaincre et s'y refuse, conscient des risques qu'il courrait.

– Je vous ai entendu parler à quelqu'un. C'était Lucy ?

– Non, répond-il.

– Oh.

Sa bouche se tord de déception et la colère brille dans ses yeux.

– Oh, répète-t-elle. Bien. Et qui était-ce ?

– Il s'agissait d'une conversation privée, Henri, dit-il en ôtant ses lunettes. Nous avons beaucoup discuté des limites à ne pas franchir. Nous les avons mentionnées tous les jours, n'est-ce pas ?

– Je sais, lance-t-elle depuis le palier, la main toujours sur la rampe. Qui était-ce, si ce n'était pas Lucy ? Sa tante ? Elle parle trop de sa tante.

– Sa tante ignore que vous êtes chez moi, Henri, explique Benton d'un ton patient. Seuls Lucy et Rudy sont au courant de votre présence ici.

– Je suis au courant pour sa tante et vous.

– Seuls Lucy et Rudy savent que vous êtes là, répète-t-il.

– Alors c'était Rudy. Qu'est-ce qu'il voulait ? J'ai toujours su qu'il avait un faible pour moi, déclare-t-elle avec un sourire et une expression étrange et dérangeante. Rudy est splendide. J'aurais dû me mettre avec lui. J'aurais pu. Quand on était dans la Ferrari, j'aurais pu. J'aurais pu avec n'importe qui quand j'étais dans la Ferrari. D'ailleurs, je n'ai pas besoin de Lucy pour avoir une Ferrari.

– Henri, les limites, rappelle Benton.

Il refuse de reconnaître l'abîme de l'échec qui se creuse devant lui, qui n'a cessé de s'agrandir et de s'élargir depuis que Lucy a accompagné Henri à Aspen en avion pour la lui confier.

Elle lui a dit :

– Vous, vous ne lui ferez pas de mal. Quelqu'un d'autre la blessera, tirera profit d'elle et découvrira des détails concernant mes activités ou moi-même.

– Mais je ne suis pas psychiatre, a protesté Benton.

– Elle a besoin d'un soutien psychologique post-trau-matique, d'un psychologue formé à la criminologie. C'est votre spécialité. Vous pouvez le faire, découvrir ce qui s'est passé. Nous devons l'apprendre, a feulé Lucy, hors d'elle.

Lucy, qui ne panique jamais, était en proie à la panique. Elle est convaincue que Benton peut lire à travers n'importe qui. Mais même si c'était le cas, cela ne signifie pas pour autant que tout le monde puisse être remis sur pied. Henri n'est pas un otage, elle peut partir quand elle le désire. Pourtant elle semble n'éprouver aucune envie de quitter cette maison, et la conviction que la situation commence à l'amuser comme une petite folle trouble de plus en plus Benton.

Au cours des quatre jours qu'il vient de passer avec elle, il a compris beaucoup de choses. Henri Walden souffre d'un désordre de la personnalité qu'elle traînait déjà avant la tentative de meurtre. S'il n'y avait pas les photos de la scène et le fait que quelqu'un avait réellement pénétré dans la maison de Lucy, Benton aurait été porté à croire que ladite agression relevait de la fabulation. Il se demande jusqu'à quel point la personnalité actuelle d'Henri ne résulte pas de la simple amplification de ce qu'elle était avant l'agression, et cette question le perturbe profondément. Mais à quoi pensait Lucy quand elle a rencontré Henri ? Sans doute à rien. Cette réponse est la plus probable.

– Lucy vous a permis de conduire sa Ferrari ? demande-t-il.

– Pas la noire.

– Et la Ferrari gris métallisé ?

– Elle n'est pas gris métallisé, mais bleu californien. Je la conduisais quand je voulais.

Elle le contemple de là-haut, sa main frôlant toujours la rampe, ses longs cheveux ébouriffés et ses yeux lourds de sommeil comme si elle posait pour une séance de photos sexy.

– Vous la conduisiez toute seule, Henri ?

Benton veut s'en assurer. Une des pièces maîtresses de ce puzzle consiste à déterminer pourquoi l'agresseur a sélectionné Henri. Benton doute qu'il s'agisse d'une attaque de hasard, d'une simple probabilité, l'histoire de la jolie jeune femme qui se serait trouvée au mauvais moment dans la mauvaise résidence ou la mauvaise Ferrari.

– Je vous l'ai déjà dit, répond-elle.

Seuls ses yeux sont vivants dans son visage pâle dénué d'expression, et une énergie inquiétante et explosive les éclaire.

– Mais elle devient égoïste dès qu'il s'agit de la noire, continue-t-elle.

– Quand avez-vous conduit la Ferrari bleu californien pour la dernière fois ? demande Benton du même ton doux et posé.

Il a appris à obtenir des informations dès que la possibilité s'en présente. Qu'Henri soit assise, debout ou de l'autre côté de la pièce en haut de l'escalier, si quelque chose survient, il essaie de lui soutirer avant que le détail ne s'évanouisse de nouveau. Quoi qu'il ait pu arriver à Henri, quoi qu'il puisse lui arriver maintenant, Benton veut savoir qui s'est introduit chez Lucy et pourquoi. Il ne lui en faudrait pas beaucoup pour envoyer paître Henri, tout ce qui l'intéresse, c'est Lucy.

– Dans cette voiture, je suis quelqu'un, répond Henri, les yeux froids et brillants, le visage figé.

– Et vous la conduisiez souvent, Henri.

– Chaque fois que l'envie m'en prenait, dit-elle en le fixant.

– Pour vous rendre tous les jours au camp d'entraînement ?

– Bon sang, à chaque fois que ça me chantait.

Ses traits demeurent impassibles, mais la colère fait étinceler ses yeux.

– Vous souvenez-vous de la dernière fois que vous l'avez empruntée ? Quand était-ce, Henri ?

– Je ne sais pas. Avant que je tombe malade.

– Avant que vous n'ayez la grippe ? Cela remonte à combien ? Deux semaines ?

– Je ne sais pas.

Elle se bute et ne dira rien d'autre à propos de la Ferrari. Il n'insiste pas car ses dénégations et ses réponses évasives sécrètent leurs propres vérités.

Benton est très doué pour interpréter les non-dits. Henri vient de lui révéler qu'elle conduisait la Ferrari quand elle le voulait, consciente de l'attention qu'elle attirait ainsi et ravie des regards qui la suivaient, parce qu'ils flattaient son besoin d'être le centre du monde. Même dans ses meilleurs jours,

Henri doit être le centre du chaos, la créatrice du chaos, la star de son propre psychodrame. Il n'en faudrait pas davantage pour que la plupart des policiers et des psychologues concluent qu'elle a simulé sa propre tentative de meurtre et mis en scène les lieux, et que l'agression dont elle a été victime est un fantasme ou un mensonge. Pourtant elle est indéniable. C'est là l'ironie de la chose : cet étrange et dangereux drame est bien réel, et Benton s'inquiète pour Lucy. Il a toujours ressenti ces élans protecteurs à l'égard de la jeune femme, mais cette fois-ci l'inquiétude le ronge vraiment.

– À qui parliez-vous au téléphone ? insiste Henri. Rudy s'ennuie de moi. J'aurais dû aller avec lui. J'ai perdu tellement de temps là-bas.

Benton répète patiemment ce qu'il a dit la veille au matin, et l'avant-veille encore, tandis qu'il prenait des notes sur le canapé :

– Si nous débutions cette journée par un rappel des limites à ne pas dépasser, Henri ?

– D'accord, lance-t-elle de l'escalier. Rudy a appelé. C'est Rudy que vous aviez au téléphone.

CHAPITRE 6

L'eau dégouline en tambourinant dans les éviers, tous les négatoscopes sont illuminés et éclairent des radios, tandis que Scarpetta se penche pour examiner l'entaille qui a pratiquement sectionné le nez du conducteur de l'engin de chantier.

– Je demanderais une alcoolémie et un taux de monoxyde de carbone, dit-elle au Dr Jack Fielding, qui se trouve de l'autre côté du chariot en acier sur lequel repose le corps.

– Vous avez remarqué quelque chose ? interroge-t-il.

– Je ne perçois pas d'odeur d'alcool et il n'est pas rouge cerise, disons que c'est surtout afin de ne pas être pris en défaut. Ce genre de cas ne ramène que des ennuis, Jack.

Le mort porte toujours son pantalon de travail vert olive, éclaboussé d'argile rouge et déchiré à hauteur des cuisses. Les muscles, la graisse et les os brisés jaillissent de la peau déchiquetée. L'engin lui est passé sur le milieu du corps. Cela s'est peut-être produit d'une à cinq minutes au plus après qu'elle a contourné l'immeuble, puisqu'elle est certaine que l'homme qu'elle a aperçu était Mr Whitby. Elle s'efforce de ne pas l'imaginer, pourtant l'image s'impose sans cesse. Il se trouvait debout devant l'énorme roue, le nez dans le moteur, en train de bricoler quelque chose.

Fielding hèle un jeune homme au crâne rasé, probablement un soldat de Fort Lee appartenant à l'unité d'enregistrement des sépultures :

– Hé, comment vous appelez-vous ?

– Bailey, monsieur.

Scarpetta remarque plusieurs autres jeunes gens et jeunes femmes en vêtements de chirurgie, chaussés de protège-chaussures, coiffés de charlottes, portant des masques et des gants. Probablement des internes de l'armée envoyés ici pour apprendre la manipulation des cadavres. Elle se demande s'ils partiront pour l'Irak. Elle distingue le vert olive militaire de leurs uniformes, la même teinte que celle du pantalon déchiré de Mr Whitby.

– Eh bien, Bailey, rendez service aux pompes funèbres et ligaturez la carotide, dit-il avec brusquerie.

Jamais elle n'a connu Fielding aussi désagréable. Il a bien changé depuis son départ. Il ne rudoyait pas les gens et ne les dénigrait pas à voix haute devant tout le monde.

Tenant entre ses doigts gantés une longue aiguille chirurgicale recourbée sur laquelle il a enfilé un brin de coton n° 7, le soldat embarrassé demeure pétrifié, son bras droit musclé suspendu au milieu d'un mouvement. Il aide un assistant de la morgue à suturer l'incision en Y d'une autopsie débutée avant la réunion du personnel. La ligature de la carotide devrait être l'affaire de l'assistant. Scarpetta a pitié du soldat. Si Fielding travaillait toujours sous ses ordres, elle lui dirait deux mots en privé. Elle ne tolérerait pas qu'il traite les autres avec une telle grossièreté.

– Oui, monsieur, répond le jeune soldat, l'air mortifié. J'allais le faire, monsieur.

– Vraiment ? rétorque Fielding à la cantonade. Vous connaissez le but de cette procédure ?

– Non, monsieur.

– La courtoisie, voilà tout ! Vous nouez un fil autour d'un vaisseau important comme la carotide pour que les embaumeurs des pompes funèbres n'aient pas à fouiller dedans pour le trouver. C'est un signe de politesse, Bailey.

– Oui, monsieur.

– Seigneur, je dois supporter ça tous les jours parce qu'il laisse entrer n'importe qui, continue Fielding. Vous l'avez vu par ici, vous ? dit-il en gribouillant des notes sur son porte-bloc. Bien sûr que non ! Il est là depuis bientôt quatre foutus mois et il n'a pas pratiqué une seule autopsie. Oh, et au cas où vous ne l'auriez pas remarqué, il adore faire attendre les gens, c'est une de ses occupations favorites. De toute évidence, personne ne vous avait prévenue. Si vous m'aviez appelé, je vous aurais expliqué que ce n'était pas la peine de vous déranger jusqu'ici.

– J'aurais dû vous appeler, dit-elle en observant cinq personnes qui transbordent une femme énorme d'un chariot sur une table en acier.

Un fluide sanguinolent goutte de son nez et de sa bouche.

– Quel gigantesque pannicule adipeux ! remarque Scarpetta en faisant référence au pli de graisse que portent sur le ventre les obèses comme cette femme.

Surtout, elle souhaite que Fielding sente qu'elle ne se permettra aucun commentaire sur le Dr Marcus tant qu'elle occupera sa morgue, entourée de son personnel.

– C'est mon affaire, bordel ! fulmine Fielding en parlant cette fois-ci du Dr Marcus et de Gilly Paulsson. Nom de Dieu, ce connard n'a même pas pris la peine de venir à la morgue quand son corps est arrivé, et pourtant, tout le monde savait que ce cas allait causer des problèmes. Son premier vrai dossier à problèmes. Oh, pas la peine de me lancer un de vos regards, docteur Scarpetta.

Il n'a jamais pu se résoudre à l'appeler par son prénom, alors même qu'elle l'y a toujours encouragé parce qu'ils éprouvaient du respect l'un pour l'autre et qu'elle le considérait comme un ami. S'il n'y est pas parvenu alors, il n'y a pas de raison que cela change maintenant.

– Personne ne nous écoute, reprend-il, et même si c'était le cas, je m'en tape. Vous êtes prise à dîner ?

– Oui, avec vous, j'espère.

Elle l'aide à ôter les bottes de travail maculés de boue de Mr Whitby, défait les lacets crasseux et tire les languettes de cuir épais et répugnant. La rigidité cadavérique commence à peine à s'installer, il est encore tiède et souple.

– Bon sang, est-ce que vous pouvez me dire comment ces types peuvent se faire écraser tout seuls ? demande Fielding. Je n'arriverai jamais à le comprendre. Bien. Rendez-vous chez moi à 19 heures. J'habite toujours au même endroit.

– Je vais vous expliquer comment cela se produit le plus souvent, dit-elle en se remémorant Mr Whitby penché sur le moteur. Ils ont un problème mécanique, descendent de leur siège, se plantent juste devant l'énorme pneu arrière et bricolent le starter, quelquefois même en essayant de l'actionner avec un tournevis. Ils oublient que le levier de vitesse est enclenché. S'ils n'ont pas de chance, la machine démarre et, comme ici, les écrase par le milieu, explique-t-elle en désignant du doigt l'empreinte du pneu sale sur le pantalon olive et le blouson de vinyle noir qui porte brodé en gros fil rouge le nom « T. Whitby ». Quand je l'ai vu, il se tenait devant le pneu.

– Ah, oui, notre ancien immeuble. Bon retour chez nous.

– On l'a trouvé sous le pneu ?

– L'engin lui a roulé dessus et a continué son chemin, précise Fielding en tirant les chaussettes assombries de terre qui ont laissé leur marque sur les grands pieds blancs de l'homme. Vous vous souvenez de cet immense poteau de métal peint en jaune dressé sur le trottoir, près de la porte de derière ? L'engin est rentré dedans, et c'est ce qui l'a arrêté, sinon il aurait continué droit dans la baie de déchargement. Ce qui n'aurait eu aucune importance puisqu'ils sont en train de démolir l'endroit.

– Alors il ne s'agit sûrement pas d'une asphyxie. Plutôt un traumatisme massif sur toute la largeur du pneu, dit-elle en examinant le corps. Exsanguination. La cavité abdominale devrait être pleine de sang, la rate, le foie, la vessie, les intestins éclatés et, à mon avis, le bassin pulvérisé. D'accord pour 19 heures.

— Et votre sous-fifre ?

— Ne l'appelez pas comme ça. Vous êtes plus malin que cela.

— Il est invité aussi. Ça lui donne un air assez crétin, cette casquette du LAPD.

— Je l'avais prévenu.

— Comment croyez-vous qu'il a eu le visage lacéré ? Quelque chose situé sous le tracteur ou à l'arrière ? demande Fielding en effleurant le nez partiellement tranché tandis que du sang dégouline le long du visage mal rasé de Mr Whitby.

— Il ne s'agit peut-être pas d'une coupure. En progressant sur le corps, le pneu peut avoir entraîné la peau. (Elle désigne du doigt la profonde blessure au bord déchiqueté qui se prolonge des joues vers l'arête du nez.) Ceci est peut-être une déchirure, et pas une coupure. Si ce détail prenait une importance particulière, vous devriez trouver de la rouille ou de la graisse au microscope, et une quantité de tissus plus profonds et non sectionnés caractéristiques d'une déchirure. Mais si je peux vous donner un vrai conseil, armez-vous pour parer à toutes les questions.

— Oh, ouais, acquiesce Fielding en levant les yeux du porte-bloc.

À l'aide d'un stylo-bille attaché à la pince d'acier, il remplit avec soin le formulaire qui inventorie les vêtements et les effets personnels du défunt.

Scarpetta reprend :

— Il est plus que probable que la famille va chercher des moyens de soulager sa douleur. Il s'agit d'un décès sur le lieu de travail, et quel lieu !

— Oh, ouais. Ça, on pouvait difficilement craindre plus évocateur.

Fielding examine la blessure du visage de ses doigts gantés de latex vernis de rouge, et le sang tiède s'égoutte lorsqu'il manipule le nez presque sectionné. Il tourne une page du porte-bloc et entreprend de dessiner la blessure sur un diagramme. Il se penche tout près du visage, qu'il scrute attentivement à travers ses lunettes de chirurgie en plastique.

– Je ne vois ni rouille ni graisse, mais ça ne veut rien dire.

Scarpetta approuve son raisonnement :

– En effet. J'effectuerais des prélèvements pour le labo. Je vérifierais tout. Je ne serais pas autrement surprise si quelqu'un affirmait que cet homme a été écrasé à la suite d'une intervention humaine, poussé de son engin, ou jeté devant, ou d'abord frappé à coups de pelle. On ne sait jamais.

– Oh, ouais. Le fric, toujours le fric.

– Il n'y a pas que l'argent. Les avocats transforment toujours ça en argent, mais à l'origine il s'agit toujours de choc, de douleur, de deuil, du fait qu'il faut rejeter la responsabilité sur quelqu'un. Aucun parent ne supporte de penser qu'il peut simplement s'agir d'une mort stupide, qui aurait pu être évitée, parce que n'importe quel conducteur d'engin expérimenté sait qu'il ne faut pas se mettre devant le pneu arrière et tripoter le starter. Au bout du compte, cette manœuvre neutralise le système de sécurité classique, lequel empêche l'engin de démarrer lorsque les vitesses sont enclenchées. Et pourtant que font les gens ? Ils prennent trop d'habitudes, sont pressés et ne réfléchissent plus. Il est dans la nature humaine de nier la possibilité que quelqu'un que nous aimons puisse, intentionnellement ou par accident, provoquer sa propre mort. Mais vous m'avez déjà entendue disserter sur le sujet en conférence.

Fielding a débuté sa carrière en tant que thésard en médecine légale encadré par Scarpetta. Elle lui a enseigné l'anatomopathologie. Elle lui a appris non seulement la compétence, mais aussi la méticulosité et l'obstination nécessaires dans les enquêtes de scènes de crime et les autopsies. Elle se souvient à quel point il bouillait d'impatience de travailler avec elle, de l'autre côté de la table. Il voulait tout absorber sans complexes, l'accompagner au tribunal lorsqu'il en avait le temps, pour l'écouter témoigner, ou s'asseoir face à elle dans son bureau afin de lui faire expertiser ses rapports, pour apprendre. Une tristesse diffuse envahit Scarpetta. Aujourd'hui, Fielding est usé par son métier, une affection irrite sa peau, elle a été renvoyée et ils sont là, tous les deux.

– J'aurais dû vous téléphoner, répète-t-elle en débouclant la ceinture de cuir bon marché de Mr Whitby et en déboutonnant son pantalon olive déchiré. Nous allons travailler sur Gilly Paulsson et résoudre ce cas.

– Oh, ouais, répond Fielding, tandis que Scarpetta se fait la réflexion qu'autrefois il ne semait pas ses débuts de phrase d'autant d'« Oh, ouais ».

CHAPITRE 7

Henri Walden porte des chaussons de daim gansés de laine qui étouffent l'écho de ses pas. Elle glisse comme une ombre vers un fauteuil à oreillettes de cuir brun qui fait face au canapé.

– J'ai pris ma douche, annonce-t-elle en se juchant sur le siège, ses jambes minces ramenées sous elle.

Benton entrevoit l'éclair délibéré de la peau juvénile, le pâle repli de l'intérieur des cuisses, mais son regard ne s'attarde pas et il ne réagit pas comme le feraient la plupart des hommes.

– Pourquoi y tenez-vous tellement? lui demande-t-elle comme elle le fait chaque matin depuis qu'elle est là.

– Vous vous sentez mieux après, n'est-ce pas, Henri?

Elle acquiesce d'un hochement de tête, tout en le fixant à la manière d'un cobra.

– Les petites choses sont importantes. Manger, dormir, rester propre, faire de l'exercice. Reprendre le contrôle de sa vie.

– Je vous ai entendu parler à quelqu'un.

– Nous avons un problème, répond-il en soutenant son regard par-dessus ses lunettes.

Le bloc de papier est toujours sur ses genoux, mais des mots se sont ajoutés, les mots « Ferrari noire », « sans autorisation », « très probablement suivie depuis le camp » et « point de contact, la Ferrari noire ».

– Les conversations privées sont censées rester privées. Nous devons en revenir à notre accord d'origine, Henri. Vous vous en souvenez ?

Elle retire ses chaussons, qu'elle laisse tomber sur le tapis. Ses pieds nus délicats reposent sur le coussin du fauteuil, et lorsqu'elle se penche pour les étudier, sa robe de chambre rouge s'entrouvre.

– Non, déclare-t-elle d'une voix à peine audible en secouant la tête.

– Je sais que vous n'avez pas oublié, Henri.

Benton répète fréquemment son nom pour marteler son identité, personnaliser ce qui a été dépersonnalisé et, d'un certain point de vue, abîmé sans espoir de restauration.

– Notre accord portait sur le respect, vous vous souvenez ?

Elle se penche encore davantage, tripote avec attention un orteil vierge de vernis à ongles et lui offre sa nudité, visible sous sa robe d'intérieur.

– Et une partie du respect consiste à tolérer l'intimité de l'autre. Ainsi que sa pudeur, ajoute-t-il du même ton doux. Nous avons beaucoup parlé de limites. Une violation de la pudeur est une violation des limites.

Sa main libre remonte sur sa poitrine et referme sa robe de chambre tandis qu'elle continue de s'absorber dans la contemplation et la manipulation de ses orteils.

– Je viens de me lever, offre-t-elle en guise d'explication à son exhibitionnisme.

– Merci, Henri.

Il est important qu'elle soit convaincue que Benton n'éprouve pour elle aucun désir sexuel, même pas au stade du fantasme.

– Mais vous ne venez pas de vous lever, rectifie-t-il. Vous m'avez rejoint, nous avons parlé, puis vous êtes allée prendre une douche.

– Je ne m'appelle pas Henri.

– Comment voulez-vous que je vous appelle?

– Rien du tout.

– Vous avez deux noms. Celui dont vous avez été baptisée à la naissance et celui que vous avez utilisé pour votre carrière de comédienne, et que vous utilisez encore.

– Bon, d'accord, alors je suis Henri, décide-t-elle.

– Je vous appellerai donc Henri.

Elle a un hochement de tête, puis demande :

– Comment l'appelez-vous, elle?

Benton sait à qui elle fait allusion, mais ne répond pas.

– Vous couchez avec elle. Lucy m'a tout raconté, dit-elle en insistant sur le « tout ».

Benton réprime l'accès de colère qui monte en lui. Lucy ne se serait jamais laissée aller à ce type de confidences au profit d'Henri et n'a sans doute pas « tout » révélé de la relation qu'il entretient avec Scarpetta. Non, se rabroue-t-il. Henri ne fait que le provoquer de nouveau, elle teste la résistance de ses limites ou, plutôt, elle tente de les pulvériser.

– Pourquoi n'est-elle pas venue? continue-t-elle. Vous êtes en vacances, n'est-ce pas? Et elle n'est pas là. Des tas de gens n'ont plus de relations sexuelles au bout d'un moment. C'est une des raisons pour lesquelles je ne veux pas rester avec quelqu'un, pas pour longtemps. Plus de sexe. En général, au bout de six mois les gens ne couchent plus ensemble. Elle n'est pas là parce que moi, je suis là, dit-elle en le fixant.

– C'est exact. C'est à cause de votre présence qu'elle n'est pas là, Henri.

– Elle a dû être furieuse quand vous lui avez dit qu'elle ne pouvait pas venir.

– Elle comprend la situation, réplique-t-il, conscient de cette brèche dans son honnêteté.

Scarpetta a compris, sans comprendre.

– Tu ne peux pas venir à Aspen maintenant, lui a-t-il annoncé après avoir reçu le coup de téléphone paniqué de Lucy. Une affaire vient de me tomber dessus, et je dois m'en occuper.

– Tu quittes Aspen, alors ? lui a demandé Scarpetta.

– Je ne peux pas en discuter, a-t-il biaisé, et, pour autant qu'il le sache, elle est convaincue qu'il se trouve ailleurs à cet instant.

– Benton, ce n'est pas très juste, a-t-elle protesté. J'avais réservé ces deux semaines pour nous. Moi aussi, j'ai des affaires en cours.

– Encore un peu de patience. Je te promets de t'expliquer plus tard.

– Cela tombe vraiment très mal. Nous avions besoin de ce moment ensemble, lui a-t-elle fait remarquer.

Ils en ont effectivement besoin, et voilà qu'au lieu de cela il se retrouve là en compagnie d'Henri.

– Parlez-moi de vos rêves. Vous vous en souvenez ? demande-t-il à celle-ci.

Elle tripote son gros orteil gauche de ses doigts agiles, comme s'il était douloureux, avec un froncement de sourcils. Benton se lève. Il ramasse le Glock comme si de rien n'était et se rend dans la cuisine. Il ouvre un placard, place l'arme sur l'étagère supérieure, sort deux tasses et verse du café. Ils le boivent tous les deux noir.

– Il est peut-être un peu fort. Je peux en préparer d'autre, propose-t-il en posant une tasse sur une table basse avant de regagner sa place sur le canapé. Avant-hier, vous avez rêvé d'un monstre. Vous l'avez dénommé « la bête », n'est-ce pas ? Avez-vous revu la bête cette nuit ? demande-t-il en fixant les yeux malheureux de la jeune femme de son regard perçant.

Elle ne répond pas. Son humeur s'est considérablement assombrie depuis le début de la matinée. Il s'est produit quelque chose dans la douche, mais il y viendra plus tard.

– Si vous ne le voulez pas, nous ne sommes pas obligés de parler de la bête, Henri. Mais plus vous m'en direz à son sujet, plus j'aurai de chances de la retrouver. Vous voulez que je la retrouve, n'est-ce pas ?

– À qui parliez-vous ? persiste-t-elle, de la même voix enfantine et étouffée.

Mais ce n'est pas une enfant et elle est tout sauf innocente.

– Vous parliez de moi, insiste-t-elle tandis que sa ceinture se défait, révélant encore davantage sa nudité.

– Je vous assure que je ne parlais pas de vous. À l'exception de Lucy et Rudy, personne ne sait que vous êtes chez moi. Je suis convaincu que vous me faites confiance, Henri, comme je suis convaincu que vous faites confiance à Lucy, ajoute-t-il après un silence en la regardant.

Le nom de Lucy provoque un éclair de colère dans le regard de la jeune femme.

Benton demeure les jambes croisées, les doigts noués sur ses genoux, et sa placidité ne se dément pas.

– Je suis convaincu que vous nous faites confiance, Henri. Couvrez-vous, s'il vous plaît.

Elle rajuste sa robe de chambre, dont elle rentre les pans entre ses jambes, et resserre sa ceinture. Benton sait exactement à quoi ressemble son corps nu et il ne s'agit pas d'imagination de sa part. Il a détaillé des photos. Il ne les regardera pas une seconde fois, à moins que cela ne s'avère nécessaire. Si tel est le cas, ce sera en présence d'autres professionnels et peut-être même d'Henri, lorsqu'elle sera prête, si elle l'est un jour. Pour l'instant, elle refoule les faits, consciemment ou non. Sa façon de se conduire séduirait et exaspérerait des gens moins structurés, incapables de déceler ou de comprendre ses manœuvres. Ses tentatives incessantes pour exciter sexuellement Benton ne résultent pas d'un simple transfert. Elles sont la manifestation directe de son narcissisme dévastateur et chronique, de son désir de contrôler et dominer, dégrader et détruire quiconque ose se préoccuper d'elle. La rage et la haine de soi sous-tendent la moindre action ou réaction d'Henri.

– Pourquoi Lucy m'a-t-elle éloignée ?

– Vous ne pouvez pas me l'expliquer ? Pourquoi ne me racontez-vous pas les raisons de votre séjour ici ?

– À cause de…, répond-elle en s'essuyant les yeux sur sa manche. De la bête.

Depuis le canapé, il soutient son regard sans broncher et sans encourager la conversation. Elle ne peut distinguer ce qui est inscrit sur le bloc, qui demeure hors de sa portée. Il est primordial de se montrer patient, incroyablement patient, comme un chasseur à l'affût, retenant son souffle.

– La bête est entrée dans la maison. Je ne me souviens plus…

Benton l'observe en silence.

– Lucy l'a laissée pénétrer dans la maison…

Benton ne la pousse pas dans ses retranchements, mais il ne peut pas laisser passer des inexactitudes ou des mensonges flagrants. Il la reprend :

– Non, Lucy ne l'a pas laissée pénétrer. Personne ne l'a fait. Elle est entrée parce que la porte de derrière n'était pas fermée à clé et que l'alarme était débranchée. Nous avons déjà discuté de cela. Vous vous souvenez pourquoi la porte était ouverte et l'alarme débranchée ?

Ses mains se sont figées et elle fixe ses orteils.

– Nous en avons déjà parlé, répète-t-il.

– J'avais la grippe, dit-elle sans lever les yeux. J'étais malade et Lucy n'était pas là. Je frissonnais et je suis sortie au soleil, et j'ai oublié de verrouiller la porte et de remettre l'alarme en rentrant. J'avais de la fièvre et j'ai oublié. Et Lucy me rend responsable.

Il ingurgite son café déjà froid. Le café ne reste jamais longtemps chaud dans les montagnes d'Aspen, Colorado.

– Lucy a-t-elle dit que c'était votre faute ?

– C'est ce qu'elle pense, répond-elle en fixant un point derrière lui, par-delà les fenêtres. Elle pense que tout est ma faute.

– Elle ne m'a jamais dit une chose pareille. Vous me parliez de vos rêves. Ceux de la nuit dernière ?

Elle cligne des yeux et se frotte de nouveau le gros orteil.

– Il vous fait mal ?

Elle hoche la tête.

– Je suis désolé. Vous voulez quelque chose contre la douleur ?

– Ça ne servirait à rien, dit-elle en secouant la tête.

Elle ne parle pas de son gros orteil droit, mais établit le lien entre le fait qu'il a été cassé et le fait qu'elle se retrouve ici, sous la protection de Benton, à plus de mille cinq cents kilomètres de Pompano Beach, en Floride, où elle a failli mourir. Son regard s'éclaire.

– Je marchais le long d'un chemin, dit-elle. D'un côté, il y avait des rochers qui formaient un mur abrupt tout du long, très près. Il y avait des crevasses, cette grosse crevasse dans le mur, et je ne sais pas pourquoi, mais je me glissais dedans et me retrouvais coincée.

Le souffle lui manque, elle repousse de son front une mèche blonde et sa main tremble.

– … J'étais coincée entre les rochers… je ne pouvais plus bouger, je ne pouvais plus respirer. Impossible de me libérer, et personne ne pouvait me tirer de là. Je me suis souvenue de mon rêve en prenant ma douche. L'eau ruisselait sur mon visage, et quand j'ai retenu mon souffle, je me suis souvenue de mon rêve.

– Quelqu'un a-t-il essayé de vous venir en aide ?

Benton demeure impassible face à sa terreur. Rien chez lui ne trahit de jugement quant à son authenticité. Il ne sait pas si l'émotion violente d'Henri est feinte ou réelle. Il en sait si peu avec elle.

Immobile sur sa chaise, elle tente de retrouver son souffle, et Benton poursuit avec calme et douceur, du ton apaisant du conseiller qu'il est devenu pour la jeune femme :

– Vous avez dit que personne ne pouvait vous tirer de là. Il y avait quelqu'un d'autre ?

– Je ne sais pas.

Il attend. Si elle continue à lutter vainement afin de retrouver son souffle, il va devoir agir, mais il retarde toujours toute intervention.

– Je ne me souviens pas. Je ne sais pas pourquoi, mais l'espace d'un instant j'ai cru que quelqu'un… dans mon rêve, je me suis dit que quelqu'un pouvait tailler la roche, avec une pioche peut-être. Et puis j'ai pensé que c'était impossible, la roche est bien trop dure à entamer. Vous ne pouvez pas me sortir de là, personne ne le peut. Je vais mourir. Je savais que j'allais mourir, et quand c'est devenu insupportable, alors le rêve a cessé.

Son récit décousu s'interrompt aussi brutalement qu'il semble en avoir été du rêve. Elle prend une profonde inspiration et son corps se détend, tandis que son regard se concentre sur Benton.

– C'était effroyable, dit-elle.

– Je comprends. Je n'imagine rien de plus effrayant que suffoquer.

Elle plaque la main sur sa poitrine.

– Je ne pouvais pas bouger le torse, je ne respirais que superficiellement, vous comprenez? Et je n'avais plus la force.

– Personne ne serait assez fort pour soulever une montagne.

– Je ne parvenais plus à inspirer l'air.

Son agresseur a peut-être essayé de l'étouffer ou de l'asphyxier. Benton se remémore les photographies. Une par une, il les examine en pensée, scrute les blessures d'Henri, tentant d'interpréter ce qu'elle vient de raconter. Elle est étendue à plat ventre sur le lit, il voit le sang qui dégouline de son nez, qui macule ses joues et tache le drap sous sa tête. Elle est découverte, nue, les bras étendus au-dessus de sa tête, paumes reposant sur le lit, une jambe un peu repliée.

Tandis que Benton se concentre sur les souvenirs d'une autre photo, Henri se lève, marmonne qu'elle veut davantage de café et qu'elle va se servir toute seule. Ses paroles renvoient Benton à la présence du pistolet dans le placard de la cuisine, mais lorsqu'il a rangé l'arme, elle lui tournait le dos et ne peut pas savoir dans quel placard il l'a cachée. Il l'observe, interprétant ce qu'elle fait à cet instant, tout en poursuivant le décryptage de ses blessures, des curieuses marques retrouvées sur son corps. Qu'il s'agisse d'un homme ou d'une femme – et Benton proscrit toute supposition en la matière –, son assaillant a meurtri sa chair. Elle portait des ecchymoses récentes sur les mains et des marques de contusion rougeâtres sur le haut du dos. La rougeur des vaisseaux sous-cutanés éclatés s'est transformée dans les jours qui ont suivi en un violet intense.

Il la regarde verser le café. Il songe aux photos de son corps prises *in situ*, alors qu'elle était inconsciente. Le fait qu'elle soit belle ne revêt aucune importance pour lui, si ce n'est dans un contexte où tous les détails de son apparence et de sa conduite ont pu servir de déclencheurs à la personne qui a tenté de la tuer. Henri est mince, mais en aucune façon androgyne. Elle a des seins, une toison pubienne, rien qui pourrait attirer un pédophile.

Elle revient s'installer dans le fauteuil de cuir, entourant sa tasse de ses deux mains. Qu'elle manque totalement d'égards ne le gêne pas. Quelqu'un de poli aurait demandé s'il voulait du café, lui aussi, mais Henri est sans doute l'une des personnes les plus égoïstes et insensibles que Benton ait jamais rencontrées. Elle était égoïste et insensible avant son agression, et elle le demeurera toujours. Qu'elle disparaisse de la vie de Lucy serait une bonne chose. Mais il n'a pas le droit de penser cela ou d'agir en ce sens, se morigène-t-il.

Il se lève pour aller se verser une tasse de café et demande :

– Vous êtes d'attaque pour un passage en revue des faits ce matin ?

– Oui, mais c'est un tel brouillard dans ma tête. Je sais que vous ne me croyez pas, lance la voix qui le suit jusque dans la cuisine.

– Pourquoi pensez-vous cela ?

Il se sert et retourne dans le salon.

– Le médecin ne me croyait pas.

– Ah, oui, le médecin a mis votre sincérité en doute, fait-il en se rasseyant sur le canapé. Vous connaissez mon opinion à son sujet, pourtant je vais vous la répéter. Il n'aime pas les femmes, pense que ce sont toutes des hystériques, n'éprouve aucun respect pour elles, tout cela parce qu'il en a peur. De plus c'est un urgentiste et il ne connaît rien aux délinquants violents.

– Il est convaincu que je me suis infligé ça toute seule, réplique-t-elle avec colère. Il croit que je n'ai pas entendu ce qu'il a dit à l'infirmière. Je devrais lui faire un procès, à ce connard, ajoute-t-elle.

Benton demeure muet et déguste son café.

– D'ailleurs, peut-être que je vais le faire, crache-t-elle d'un ton mauvais. Il croit que je ne l'ai pas entendu parce que j'avais les yeux fermés quand il est entré dans la chambre. J'étais à moitié endormie, l'infirmière était sur le seuil, et il est apparu, alors j'ai fait semblant d'être inconsciente.

– Semblant de dormir.

Elle acquiesce.

– Vous avez de l'expérience. Vous étiez comédienne professionnelle.

– Je le suis toujours. Être acteur, ce n'est pas quelque chose qu'on arrête du jour au lendemain. Simplement, je ne joue pas en ce moment parce que j'ai d'autres occupations.

– Je suppose que vous avez toujours su bien jouer.

– Oui.

– Bien faire semblant. Vous avez toujours su faire cela. Est-ce que vous faites souvent semblant, Henri ? demande-t-il après un silence.

Son regard se durcit tandis qu'elle lève les yeux sur lui.

– À l'hôpital, j'ai fait semblant pour pouvoir entendre ce que disait le médecin. J'ai saisi le moindre mot. Il a dit : «Rien de tel qu'un viol quand on en veut à quelqu'un. La vengeance est terrible.» Et il a ri.

– Je comprends que vous ayez envie de lui faire un procès. C'était aux urgences ?

– Non, non, plus tard ce jour-là, dans ma chambre, quand ils m'ont déplacée dans les étages, après tous les examens. Je ne me souviens plus de l'étage.

– Alors c'est encore pire, remarque Benton. Il n'aurait jamais dû venir dans votre chambre. C'est un urgentiste, il n'est pas affecté aux étages. Il est venu par curiosité et ce n'est pas bien.

– Je vais l'attaquer, je le déteste.

Elle se frotte de nouveau l'orteil. Les bleus de ses mains et de son orteil blessé sont devenus d'un jaune tabac.

– Il a fait une remarque sur les accros au Dextro. Je ne sais pas ce que c'est, mais il se moquait de moi, c'était une insulte.

Voici une toute nouvelle information, et pour Benton l'espoir renouvelé qu'avec du temps et de la patience elle ravivera d'autres souvenirs ou se montrera plus sincère. Il explique :

– Un accro au Dextro, c'est quelqu'un qui abuse des médicaments pour l'allergie ou la grippe ou des sirops pour la toux qui contiennent des opiacés. C'est une habitude malheureusement très répandue chez les adolescents.

– Connard, répète-t-elle en triturant sa robe de chambre. Vous ne pourriez pas faire quelque chose pour lui attirer des ennuis ?

– Henri, avez-vous la moindre idée de la raison pour laquelle il a signalé que vous aviez été violée ?

– Je ne sais pas. Je ne crois pas l'avoir été.

– Vous vous souvenez de l'infirmière spécialisée ?

Elle secoue lentement la tête en signe de dénégation.

– On vous a amenée sur un chariot dans une salle d'examen près des urgences et on a utilisé une trousse de prélèvements pour les indices biologiques. Vous savez de quoi je parle, n'est-ce pas ? Quand vous en avez eu assez d'être actrice, vous êtes devenue officier de police. Cet automne, il y a à peine quelques mois, vous avez rencontré Lucy à Los Angeles et elle vous a embauchée. Vous connaissez donc les procédures de prélèvement de salive, de cheveux, de fibres, et tout le reste.

– Ce n'est pas parce que j'en avais assez. Je voulais marquer une pause, accomplir quelque chose d'autre.

– D'accord. Mais vous vous souvenez du PERK, cette fameuse trousse ?

Elle acquiesce de la tête.

– Et l'infirmière ? On m'a dit qu'elle était très gentille. Elle s'appelle Brenda. C'est elle qui vous a examinée, qui a recherché la présence éventuelle d'indices et de blessures signant une agression sexuelle. La pièce, qui sert également pour les enfants, est pleine d'animaux en peluche. Le papier peint est illustré de dessins tirés de Winnie l'Ourson, d'arbres et de pots de miel. Brenda ne portait pas d'uniforme d'infirmière, mais un tailleur bleu ciel.

– Mais vous n'étiez pas là.

– Elle me l'a raconté au téléphone.

Henri contemple ses pieds nus, relevés sur le coussin du fauteuil.

– Vous lui avez demandé ce qu'elle portait ?

– Elle a les yeux noisette et des cheveux bruns, coupés court.

Benton tente de déloger ce qu'Henri refoule – ou fait semblant de refouler. Il est temps de discuter des indices recueillis.

– Il n'y avait pas trace de liquide séminal, Henri. Aucun signe de violence sexuelle. Mais Brenda a trouvé des fibres qui adhéraient à votre peau. Il semble que vous deviez porter une sorte de lotion ou d'huile corporelle. Vous souvenez-vous si vous avez utilisé une quelconque lotion ce matin-là ?

– Non, répond-elle doucement. Mais je ne pourrais pas le jurer.

– D'après Brenda vous aviez la peau huileuse et elle a décelé un parfum agréable, semblable à celui d'une lotion hydratante.

– Ce n'est pas lui qui me l'a mise.

– Lui ?

– Ce devait être un homme. Vous ne croyez pas ? demande-t-elle d'un ton plein d'espoir qui sonne faux. Le ton des gens qui tentent de se convaincre ou de persuader les autres du contraire de ce qu'ils pensent. Ça n'aurait pas pu être une femme. Les femmes ne font pas des choses comme ça.

– Les femmes font toutes sortes de choses. Pour l'instant, nous ne connaissons pas le sexe de l'agresseur. On a retrouvé sur le matelas de la chambre plusieurs cheveux noirs bouclés, longs d'une dizaine de centimètres.

– Mais on ne va pas tarder à le déterminer, non ? Avec l'analyse ADN, ils vont trouver que ce n'est pas une femme.

– Je crains que cela soit impossible. Le type d'examen ADN qu'ils pratiquent ne permet pas de déterminer le sexe. Peut-être la race, mais pas le sexe. Et même pour la race, l'analyse prend au moins un mois. Vous pensez que vous avez pu mettre la lotion vous-même ?

– Non. Mais ce n'est pas lui, je ne l'aurais pas laissé faire. Je me serais débattue à la moindre occasion.

– Et vous ne vous êtes pas enduite de lotion ?

– Je vous dis que je ne l'ai pas fait, lui non plus, et ça suffit. Ça ne vous regarde pas.

Benton croit avoir compris. Si Henri dit bien la vérité, la lotion n'a rien à voir avec l'agression. Il songe à Lucy et la colère se mélange en lui à de la pitié à son égard.

– Racontez-moi tout, continue Henri. Expliquez-moi ce qui, selon vous, m'est arrivé. Racontez-moi ce qui s'est passé et je vous dirai si je suis d'accord ou pas, achève-t-elle sur un sourire.

– Lucy est rentrée, répète-t-il, car il s'agit d'une information déjà ancienne mais il résiste à la tentation de lui en révéler trop et trop vite. Il était midi passé de quelques minutes, et lorsqu'elle a ouvert la porte d'entrée, elle a immédiatement constaté que l'alarme n'était pas activée. Elle vous a appelée, vous n'avez pas répondu. Elle a entendu la porte de derrière – celle qui mène à la piscine – claquer contre son butoir et s'est précipitée dans cette direction. Lorsqu'elle a pénétré dans la cuisine, elle a découvert que la porte menant à la piscine et à la digue était grande ouverte.

De nouveau, Henri fixe un point par la fenêtre derrière lui, les yeux écarquillés.

– Je voudrais qu'elle l'ait tué.

– Elle n'a pas pu l'entrevoir. Il est possible que la personne l'ait entendue arriver, garer la Ferrari noire dans l'allée, et se soit enfuie…

– Il était dans la chambre avec moi et il a dû redescendre toutes ces marches, l'interrompt Henri, le regard perdu, et à cet instant Benton est persuadé qu'elle dit la vérité.

– Lucy n'a pas rentré la voiture au garage parce qu'elle faisait juste un saut pour voir comment vous alliez. Il ne lui a donc

85

fallu que quelques secondes pour pénétrer dans la maison alors qu'il s'enfuyait par la porte de service. Lucy ne l'a pas poursuivi, et ne l'a pas vu, car à cet instant elle ne pensait qu'à vous.

– Je ne suis pas d'accord, commente Henri d'un ton presque ravi.

– Dites-moi pourquoi.

– Elle n'est pas arrivée avec la Ferrari noire, qui était dans le garage. Elle avait la bleue. C'est celle-là qu'elle a garée devant.

Voici de nouvelles informations, et Benton reste très calme, décontracté.

– Vous étiez alitée, malade, Henri. Vous êtes certaine de la voiture qu'elle conduisait?

– Je le sais toujours. Elle ne conduisait pas la Ferrari noire parce qu'elle avait été abîmée.

– De quelle façon?

– Sur un parking, dit-elle en étudiant de nouveau avec application son orteil blessé. Celui du gymnase sur Atlantic, loin là-bas, à Coral Springs. Vous savez, celui où on va quelquefois.

Benton demande d'une voix posée, dissimulant son sentiment d'excitation :

– Vous pouvez me dire à quel moment cela s'est produit?

L'information est importante et il sent ce qu'elle implique. Il pousse Henri vers la vérité :

– La Ferrari noire a été abîmée alors que vous vous trouviez au gymnase?

– Je n'ai jamais dit que j'étais au gymnase, réplique-t-elle d'un ton vif, et son agressivité confirme les doutes de Benton.

Henri a pris la Ferrari noire pour se rendre au gymnase, de toute évidence sans la permission de Lucy. Elle ne prête cette voiture à personne, pas même à Rudy.

– Racontez-moi comment elle a été endommagée.

– Quelqu'un l'a rayée, comme avec une clé de voiture, un truc dans ce genre-là. Quelqu'un a dessiné quelque chose dessus, explique-t-elle en triturant son orteil jauni.

– Quelle sorte de dessin?

– Lucy ne voulait plus la conduire. On ne conduit pas une Ferrari rayée.

– Elle devait être furieuse, remarque Benton.

– Ça peut se réparer. Tout peut se réparer. Si elle l'avait tué, je n'aurais pas besoin d'être là. Maintenant, je vais passer ma vie à avoir peur qu'il me retrouve.

– Je fais mon possible pour m'assurer que vous n'aurez jamais à vous inquiéter de cela, Henri. Mais j'ai besoin de votre aide.

– Il se peut que les souvenirs ne me reviennent jamais, rétorque-t-elle en levant les yeux sur lui. Ce n'est pas ma faute.

– Lucy a grimpé quatre à quatre l'escalier jusqu'à la chambre principale. C'est là que vous vous trouviez.

Benton l'observe avec attention, il veut être certain qu'elle peut supporter ce qu'il dit, bien qu'elle ait déjà entendu ce récit auparavant. Il craint depuis le début qu'elle ne simule pas, que rien de tout ce qu'elle fait ou dit ne soit de la comédie. Si tel est bien le cas, elle pourrait se déconnecter de la réalité, sombrer dans un état psychotique, décompenser et s'effondrer. Elle l'écoute, mais quelque chose n'est pas normal dans son attitude.

– Lorsque Lucy vous a trouvée, vous étiez inconsciente, en revanche, votre respiration et les battements de votre cœur étaient normaux.

– Je n'avais rien sur le dos, précise-t-elle en se délectant du détail car elle aime à lui rappeler sa nudité.

– Vous avez l'habitude de dormir nue ?

– J'aime bien.

– Vous souvenez-vous si vous aviez ôté votre pyjama avant de vous remettre au lit ce matin-là ?

– C'est probablement ce que j'ai fait.

– Ce n'est donc pas lui qui vous a déshabillée ? Ce n'est pas l'agresseur, à supposer qu'il s'agisse d'un homme.

– Il n'en a pas eu besoin. Sinon je suis sûre qu'il l'aurait fait.

– Lucy dit que lorsqu'elle vous a quittée, vers 8 heures du matin, vous portiez un pyjama de satin rouge et une robe de chambre en tissu éponge ocre.

– C'est exact. Je voulais prendre l'air et je me suis installée dans une chaise longue au soleil, au bord de la piscine.

Encore une nouvelle information, songe-t-il avant de demander :

– Et quelle heure était-il ?

– Il me semble que c'était juste après le départ de Lucy. Elle est partie dans la Ferrari bleue. Enfin, non, pas tout de suite après, rectifie-t-elle d'un ton plat en contemplant le matin enneigé et éclatant de soleil. J'étais furieuse contre elle.

Benton se lève pour nourrir le feu de nouvelles bûches. Une gerbe d'étincelles s'élève dans la cheminée et les flammes lèchent avidement le bois de pin bien sec. Il referme le rideau pare-feu et remarque :

– Elle vous avait blessée.

– Lucy n'est pas gentille avec les gens malades, réplique-t-elle avec une attention et une assurance accrues. Elle ne voulait pas s'occuper de moi.

Il a compris l'histoire de la lotion corporelle, il en est quasiment certain, mais il est plus judicieux de s'en assurer et il lui pose la question :

– Et la lotion ?

– Quoi, la lotion ? Ce n'était rien, rien d'autre qu'une faveur. Vous savez combien de gens seraient prêts à faire ça pour moi ? C'est une faveur que j'ai faite à Lucy. Elle, elle ne fait que ce qu'elle a envie de faire, et puis après elle en a assez de s'occuper de moi. J'avais mal à la tête et on se disputait.

– Combien de temps êtes-vous restée au bord de la piscine ?

Benton tente de ne pas se laisser distraire par l'incursion de Lucy dans son esprit, tente de ne pas se demander ce qui a bien pu lui passer par la tête lorsqu'elle a rencontré Henri Walden. En même temps, il sait à quel point les sociopathes peuvent être fascinants et séduisants, même pour ceux qui connaissent leurs stratagèmes.

– Pas très longtemps. Je ne me sentais pas bien.

– Un quart d'heure ? Une demi-heure ?

– Probablement une demi-heure.

– Vous avez vu d'autres gens ? Des bateaux ?

– Je n'ai rien remarqué de spécial. Qu'a fait Lucy lorsqu'elle m'a trouvée dans la chambre ?

– Elle a appelé la police, a continué de surveiller votre état en attendant l'arrivée des secours.

Il décide d'ajouter un autre détail, un peu risqué :

– Elle a pris des photos.

– Elle avait sorti son arme ?

– Oui.

– J'aurais aimé qu'elle le tue.

– Vous parlez toujours de « lui ».

– Et elle a pris des photos ? De moi ?

– Vous étiez inconsciente, mais votre état était stable. Elle a pris des photos avant que l'on ne vous déplace.

– Parce que j'avais l'air d'avoir été agressée ?

– Parce que votre corps reposait dans une position inhabituelle, Henri. Comme ceci, précise-t-il en étendant les bras au-dessus de sa tête. Vous étiez sur le ventre, les bras étendus devant vous, les paumes tournées sur le lit. Vous saigniez du nez et vous portiez des ecchymoses, ce que vous savez déjà. Votre gros orteil droit était cassé, mais on ne l'a découvert que plus tard. Dans quelles circonstances cela s'est-il produit ? Mystère, puisque vous n'en conservez aucun souvenir.

– Je me suis peut-être cognée en descendant les marches.

C'est la première fois que quelque chose lui revient à ce sujet ou, du moins, qu'elle l'admet.

– Vous croyez ? Et quand cela ?

– Quand je suis allée au bord de la piscine. Les fichues marches en pierre de Lucy. À cause des médicaments, de la fièvre, de tout ça, je crois que j'ai raté une marche. Je me souviens d'avoir pleuré, ça, je m'en souviens, parce que cela faisait vraiment très mal, et que j'ai pensé à l'appeler, mais je me suis dit que ce n'était pas la peine, elle n'aime pas quand je suis malade ou que je souffre.

Pour être certain de ce qu'il vient d'entendre, Benton répète :

– Vous vous êtes cassé l'orteil en descendant à la piscine, vous avez pensé à téléphoner à Lucy, mais vous ne l'avez pas fait.

– Je suis d'accord, conclut-elle d'un ton moqueur. Où se trouvaient mon pyjama et ma robe de chambre ?

– Ils étaient soigneusement posés sur une chaise près du lit. Est-ce vous qui les avez pliés et posés là ?

– Sans doute. Est-ce que j'étais couverte par les draps ?

Il sait où elle veut en venir, mais il est important qu'il lui dise la vérité.

– Non. Les draps étaient repoussés à l'extrémité du lit et pendaient du matelas.

– Je ne portais rien et elle a pris des photos, déclare-t-elle en lui lançant un regard vide et figé, le visage comme un masque.

– Oui.

– Ça ne m'étonne pas. C'est tout à fait son genre. Elle reste un flic en toutes circonstances.

– Vous êtes flic aussi, Henri. Qu'auriez-vous fait à sa place ?

– Ça ne m'étonne pas qu'elle ait fait un truc comme ça.

CHAPITRE 8

O– ù es-tu ? demande Marino lorsque le numéro de Lucy s'affiche sur l'écran de son téléphone portable. Donne-moi ta localisation.

Il lui pose systématiquement la question, même si la réponse n'a aucune importance.

Marino a passé la plus grande partie de sa vie dans la police, et s'il y a un détail qu'un bon flic ne néglige jamais, c'est la localisation. Il ne sert à rien de se jeter sur sa radio pour lancer un SOS quand on ne sait pas où on se trouve. Marino se considère comme le mentor de Lucy et il n'est pas près de le lui laisser oublier, même si elle n'en a cure depuis de longues années.

La voix de Lucy résonne dans son oreille droite :

– Atlantic. Je suis dans la voiture.

– Sans blague, Sherlock. Je t'entends comme si t'étais dans une benne à ordures.

Marino ne rate jamais une occasion de se moquer d'elle et de ses voitures.

– La jalousie est un vilain défaut, rétorque-t-elle.

Il s'éloigne de quelques pas de la cafétéria des bureaux du médecin légiste, jette un œil alentour et continue, satisfait de voir que personne ne peut surprendre sa conversation :

– Écoute, ça ne va pas si bien que ça par ici.

Il lance un regard à travers la petite vitre de la porte fermée de la bibliothèque pour vérifier que la pièce est vide.

– Cette taule part en eau de boudin, poursuit-il en déplaçant dans un mouvement incessant son minuscule téléphone de son oreille à sa bouche, suivant qu'il écoute ou parle. Je préfère te prévenir, c'est pour ça que je t'appelle.

Un silence, puis Lucy répond :

– C'est marrant, mais j'en doute. Que voulez-vous que je fasse au juste, Pete ?

– Bon sang, cette voiture fait un de ces boucans ! jure-t-il en faisant les cent pas, le regard toujours en mouvement sous le rebord de sa casquette du LAPD que Lucy lui a offerte en guise de plaisanterie.

– Ça y est, maintenant, vous avez réussi à m'inquiéter, avoue-t-elle par-dessus le rugissement du moteur de la Ferrari. Quand vous m'avez annoncé que cette histoire était super-*cool*, j'aurais dû me douter que ça allait vite déraper. Bon sang, je vous ai prévenu, je vous ai prévenus tous les deux que ce n'était pas une bonne idée de retourner à Richmond.

– Y a un autre truc derrière l'affaire de la mort de la gamine, déclare-t-il à voix basse. C'est là que je voulais en venir. Je veux dire par là que c'est pas la seule raison de notre visite. Je dis pas que ce soit pas la principale, j'suis même certain du contraire, mais y a quelque chose d'autre derrière. Notre ami commun, poursuit-il en faisant référence à Benton, m'a transmis le message cinq sur cinq. Et tu la connais, conclut-il en parlant cette fois-ci de Scarpetta, elle va se retrouver dans la merde jusqu'aux yeux.

– Quelque chose d'autre ? De quel ordre ? Donnez-moi un exemple.

Le ton de Lucy a changé. Lorsqu'elle est très sérieuse, son débit ralentit comme si ses mots prenaient en masse au fil de ses phrases.

Si jamais il survient des problèmes à Richmond, alors là il est coincé, songe Marino. Lucy va lui tomber dessus et lui coller aux fesses, ça fait pas un pli.

– Écoute, *boss*, si je suis encore dans le circuit et debout sur mes deux jambes, c'est parce que j'ai du flair.

Marino l'appelle *boss* comme si cela ne lui posait pas de problème de travailler pour elle. C'est évidemment l'inverse qui est vrai, surtout quand son remarquable instinct lui souffle qu'il ne va pas tarder à mériter sa désapprobation.

– Et mon flair me hurle que ça va être la super-cata, *boss*, ajoute-t-il.

Au fond de lui-même, il a parfaitement conscience d'être transparent lorsqu'il se met à jouer les gros bras, à se vanter de son flair, à baptiser des femmes de pouvoir *boss*, « Sherlock » ou à les gratifier d'autres appellations éventuellement moins courtoises. Lucy et sa tante Kay Scarpetta perçoivent son sentiment d'insécurité. Pourtant, il ne parvient pas à s'en empêcher, ce qui ne fait qu'aggraver la situation.

– Je déteste cette merde de ville, continue-t-il. Je déteste cet endroit de merde. Tu sais ce qui va pas ici ? Ils ont plus aucun respect, voilà ce qu'y a.

– Je ne vais pas dire que je vous avais prévenu, rétorque Lucy d'une voix de plus en plus glaciale. Vous voulez qu'on vienne ?

– Non, proteste-t-il.

Ne pas pouvoir confier ce qu'il pense à Lucy sans qu'elle en déduise aussitôt qu'elle doit agir en conséquence lui met l'estomac en boule.

– Je te préviens juste, pour l'instant, conclut-il en regrettant de l'avoir contactée.

C'était une erreur d'appeler Lucy et de lui raconter, se dit-il. Cela étant, si jamais elle découvre que sa tante est en difficulté et que Marino s'est tu, la jeune femme va lui tomber dessus.

Elle avait dix ans lorsqu'il l'avait rencontrée pour la première fois. Dix ans. C'était un petit avorton rondouillard et odieux portant de grosses lunettes. Ils s'étaient d'abord détestés, puis les choses avaient changé et il était devenu son héros. Ensuite l'amitié était née entre eux, puis tout avait de nouveau changé. Quelque part, au fil du temps, il aurait dû mettre un terme à cette évolution, à tous ces changements, parce que dix ans auparavant, tout était parfait. Il prenait plaisir à lui apprendre à conduire son pick-up, à faire de la moto, à tirer, boire de la bière, à lui enseigner comment l'on détermine que quelqu'un vous ment, toutes les choses importantes de l'existence. À cette époque-là, il n'avait pas peur d'elle. «Peur» n'est peut-être pas le mot exact pour décrire ce qu'il ressent, mais aujourd'hui Lucy a du pouvoir et pas lui, et la moitié du temps, lorsqu'il raccroche après lui avoir parlé, il a le sentiment de n'être qu'un pauvre minable et il se déteste. Lucy est libre de faire ce qu'elle veut, elle a de l'argent, elle peut donner des ordres aux gens, et pas lui. Même du temps où il était officier de police assermenté, il n'était pas en mesure d'affirmer son pouvoir comme elle le fait. Mais il n'a pas peur de Lucy, se dit-il. Ah, ça non, bordel!

– Si vous avez besoin de nous, nous rappliquons, continue-t-elle. Mais le moment n'est pas idéal. Je suis occupée ici.

– Je t'ai dit que j'avais pas besoin que tu viennes, proteste-t-il d'un ton grognon, ce ton qui a toujours agi comme un charme pour obliger les gens à s'inquiéter davantage de lui et de ses humeurs que de leurs propres soucis. Je te dis ce qui se passe, c'est tout. J'ai pas besoin de toi, t'as rien à faire.

– Bien. Il faut que je vous laisse, conclut-elle.

Marino oublie toujours que le ton grognon ne fait plus marcher Lucy.

CHAPITRE 9

Lucy effleure de son index gauche la palette de la transmission semi-automatique, et dans un rugissement le moteur grimpe de mille tours-minute tandis qu'elle ralentit. Son détecteur stridule et le voyant rouge clignote, indiquant un radar de police quelque part devant eux.

– Je ne vais pas trop vite, affirme-t-elle à Rudy Musil, assis à côté d'elle près de l'extincteur et qui observe le compteur. Je ne dépasse la limite que de dix kilomètres-heure.

– Je n'ai rien dit, répond-il en jetant un œil dans son rétroviseur extérieur.

Elle reste en troisième et stabilise la vitesse de la voiture juste au-dessus de soixante à l'heure.

– Voyons si je ne me trompe pas, lance-t-elle. La voiture de police va être au prochain carrefour en train de nous guetter, nous, les pauvres beaufs qui se ruent sur la côte pour foncer comme des tordus.

– Que se passe-t-il avec Marino ? Laisse-moi deviner : il faut que je fasse ma valise ?

Ils ne cessent de balayer du regard les alentours, de vérifier les rétroviseurs, les voitures qui passent, conscients du moindre palmier, du moindre piéton ou du moindre immeuble de cette étendue plate de centres commerciaux. La circulation est pour l'instant modérée et encore à peu près civilisée sur Atlantic Boulevard, à Pompano Beach, au nord de Fort Lauderdale.

– Gagné! fait Lucy. Taïaut!

Elle fixe la route droit devant elle derrière ses lunettes de soleil, tandis qu'ils dépassent une Ford LTD noire qui vient de déboucher de la droite, de Powerline Road, au carrefour d'un drugstore Eckerd et d'une boucherie discount. La Ford banalisée se glisse derrière eux dans la file de gauche.

– Tu as éveillé sa curiosité, reprend Rudy.

– Oui, eh bien, ce n'est pas pour ça qu'on le paie, rétorque-t-elle avec agressivité, car elle sait parfaitement que le flic qui la suit dans la Ford banalisée n'attend qu'une occasion, qu'elle fasse quelque chose qui lui permettra d'allumer son gyrophare et d'arrêter ce jeune couple dans la voiture. Regarde-moi ça: il y a des gens qui me doublent par la droite, et le type là-bas, ajoute-t-elle en le désignant du doigt, a un autocollant de contrôle technique dont la date de validité est dépassée. Mais le flic s'intéresse plus à moi.

Elle cesse de surveiller celui-ci dans son rétroviseur et prie pour que l'humeur de Rudy s'améliore. Il n'est pas dans son assiette depuis qu'elle a ouvert un bureau à Los Angeles. Elle ne sait pas très bien comment elle en est arrivée là, mais elle s'est de toute évidence méprise sur les ambitions et les besoins de Rudy. Elle a supposé qu'il adorerait un gratte-ciel sur Wilshire Boulevard, avec une vue panoramique si imprenable que par beau temps on distingue Catalina Island. Elle s'est trompée, plus lourdement qu'elle ne l'a jamais fait en ce qui concerne Rudy.

Un front nuageux remonte du sud, divisant le ciel en rubans dont les nuances varient du noir fumée au gris perle transpercé de soleil. Un air plus frais a chassé la pluie qui est tombée à verse par intermittence, abandonnant des flaques qui rejaillissent avec fracas sous la carrosserie très basse de la voiture de Lucy. Un vol de mouettes tourbillonne devant, assez bas au-dessus de la chaussée, s'éparpillant dans toutes les directions, et Lucy continue sa route, la voiture banalisée collée à son pare-chocs.

– Marino n'avait pas grand-chose à dire, finit-elle par répondre à la question de Rudy. Simplement qu'il se passait un truc à Richmond et que, comme d'habitude, ma tante est en train de se fourrer dans un guêpier.

– Je t'ai entendue proposer notre aide. Je croyais qu'elle allait juste servir de consultante là-bas ? Qu'est-ce qui se passe ?

– Je ne sais pas si nous aurons besoin d'intervenir, on verra bien. Ce qui se passe, c'est que le médecin expert général – je ne me souviens plus de son nom – lui a demandé son opinion sur une affaire, une gamine morte soudainement, sans qu'on parvienne à déterminer au juste de quelle façon. Personne du service n'en semble capable. Il n'est pas là depuis quatre mois, qu'il se lave les mains du premier gros problème qui lui tombe dessus et appelle ma tante. Du genre, hein, si vous veniez fourrer les pieds dans cette merde à ma place ? Je lui ai conseillé de ne pas y aller. Pour couronner le tout, on dirait bien qu'il se greffe d'autres problèmes là-dessus. Étonnant, non ? Je lui ai pourtant seriné de ne pas retourner à Richmond, mais elle ne m'écoute pas.

– Elle t'écoute à peu près autant que toi, tu l'écoutes, rétorque-t-il.

– Tu sais quoi, Rudy ? Ce type ne me dit rien qui vaille, remarque-t-elle en fixant la Ford banalisée dans son rétroviseur.

La voiture colle toujours à son pare-chocs, le conducteur, qui est peut-être un homme, a la peau foncée, mais elle n'en distingue pas plus, et Lucy ne tient pas à avoir l'air intéressée, ni même consciente de sa présence. Une pensée lui traverse soudain l'esprit.

– Mince, je suis complètement idiote, s'exclame-t-elle, incrédule. Quelle gourde, c'est pas vrai ! Mon radar ne s'est pas déclenché. Il n'a pas émis un seul son depuis que la Ford est apparue derrière nous. Ça ne peut pas être une voiture de flic, et il nous suit.

– Du calme, continue ta route et ignore-le. Voyons ce qu'il va faire. C'est sans doute un crétin qui veut mater la Ferrari. Ça t'apprendra à conduire ce genre de voitures, je ne sais pas combien de fois je te l'ai répété. Merde !

Avant, Rudy ne lui faisait jamais de remontrances. Quand ils se sont rencontrés des années auparavant, à l'académie du FBI, ils sont devenus collègues, partenaires, puis amis. Au bout d'un moment, il a eu une assez haute opinion d'elle, à la fois sur les plans personnel et professionnel, pour quitter l'administration fédérale peu de temps après elle afin de la rejoindre et travailler dans la compagnie qu'elle avait fondée. À défaut de meilleure définition, on peut considérer que celle-ci, la Dernière Chance, est une entreprise d'investigations et de recherches internationales. Même certains des employés de la Dernière Chance ne connaissent pas exactement la nature des activités de la société qui les emploie et n'ont jamais fait la connaissance de sa propriétaire et fondatrice, Lucy. Certains membres du personnel n'ont jamais rencontré Rudy ou bien, si c'est le cas, ils ignorent qui il est au juste et quelles fonctions il occupe.

– Vérifie la plaque d'immatriculation, dit-elle.

Rudy sort son PDA et se connecte, puis reste interdit. La voiture ne porte pas de plaque minéralogique à l'avant. Lucy se sent bête de lui avoir demandé de rechercher un numéro qu'il ne peut pas voir.

– Laisse-le passer devant toi. S'il nous dépasse, je verrai la plaque arrière.

Elle rétrograde en seconde. Elle conduit maintenant huit kilomètres-heure au-dessous de la limite, mais leur suiveur demeure derrière, sans manifester l'intention de la doubler.

– D'accord, si c'est à ça que tu veux jouer, tu es tombé sur le mauvais cheval, connard, dit-elle en prenant brutalement un virage à droite pour pénétrer sur le parking d'un centre commercial.

– Et merde, qu'est-ce que tu fous ? Maintenant, il sait que tu lui cherches des crosses, proteste Rudy, énervé.

– Prends le numéro, tu devrais le voir maintenant.

Rudy pivote sur son siège, sans toutefois parvenir à déchiffrer la plaque, car la Ford LTD a tourné derrière eux et demeure dans leur sillage, continuant de les suivre sur le parking.

Rudy est écœuré. Vraiment, Lucy l'exaspère.

– Arrête-toi, arrête cette bagnole tout de suite ! jette-t-il.

Elle freine et la Ferrari se fige. La Ford s'immobilise juste derrière elle. Rudy descend et se dirige vers le véhicule, dont la vitre conducteur s'abaisse. Lucy, elle, a sa vitre ouverte, le pistolet sur les genoux, et observe la scène dans son rétroviseur, tout en s'efforçant de faire taire ses sentiments. Elle se sent à la fois ridicule, gênée, furieuse et légèrement effrayée.

– T'as un problème ? entend-elle Rudy jeter au conducteur, un jeune Hispanique.

– Moi, un problème ? Je faisais que regarder.

– Et peut-être qu'on veut pas que tu regardes ?

– Putain, on est dans un pays libre, bordel de merde, et j'ai le droit de regarder ce que je veux. C'est toi qu'as un problème, mec !

– Ouais ? Va mater ailleurs, fous le camp d'ici, dit Rudy sans élever la voix. Tu nous suis encore une fois, tu atterris en taule, pauvre connard de merde.

Rudy brandit son faux badge et Lucy éprouve l'envie ahurissante d'éclater de rire. Son cœur bat à se rompre, elle est en sueur, pourtant elle a envie de rire, de sortir de la voiture et de tuer le jeune Hispanique, et dans le même temps elle sent la crise de larmes monter. Cet incompréhensible ouragan d'émotions la tétanise et elle reste assise sans bouger au volant de la Ferrari. Le conducteur jette quelque chose qu'elle ne saisit pas, puis s'éloigne, furieux, faisant crisser ses pneus sur l'asphalte. Rudy remonte dans la Ferrari.

Elle regagne la circulation d'Atlantic Boulevard.

– Bravo, maugrée Rudy. Il suffit qu'un petit tocard de voyou s'intéresse à ta bagnole pour que tu transformes ça en complot international. D'abord tu crois que c'est une voiture de flics, parce que c'est une Crown Vic noire, ensuite tu remarques que ton détecteur de radar ne détecte pas un seul foutu signal, alors tu te fourres dans la tête… Hein, qu'est-ce que tu te fourres dans la tête, bordel ? Tu croyais que c'était la Mafia ? Un tueur qui va nous descendre en plein milieu de la circulation ?

Elle ne peut pas lui en vouloir de s'énerver contre elle, pourtant elle doit l'en empêcher.

– Ne me crie pas dessus.

– Tu sais quoi ? Tu as perdu les pédales, tu es un danger public !

– Je suis dans cet état pour une autre raison, rétorque-t-elle en s'efforçant de paraître maîtresse d'elle-même.

– Et comment ! siffle-t-il. C'est à cause d'elle, tout ça. Tu laisses quelqu'un s'installer chez toi, et regarde où on en est… Tu pourrais être morte, et elle, c'est sûr qu'elle devrait l'être. Et si tu ne reprends pas très vite le contrôle de toi, il va nous tomber dessus un truc encore bien pire.

– Rudy, elle a été surveillée et suivie. Tu ne peux pas me rendre responsable de ça, ce n'est pas ma faute.

– Tu as foutrement raison, elle a été suivie et tu es foutrement responsable ! Si tu conduisais une Jeep… ou l'Hummer. On a les Hummer de l'entreprise, pourquoi est-ce que tu ne les prends pas de temps en temps ? Si tu ne lui avais pas permis de se servir de ta foutue Ferrari… Bordel de merde, Miss Hollywood en train de frimer dans ta foutue Ferrari.

– Ne sois pas jaloux. Je déteste…

– Je ne suis pas jaloux ! hurle-t-il.

– Depuis qu'on l'a engagée, tu te conduis comme un jaloux.

– Tout ça n'a rien à voir avec son embauche ! Et engagée pour faire quoi ? Elle va protéger nos clients de Los Angeles, peut-être ? Laisse-moi rigoler ! Alors tu l'as engagée pour quoi ? Hein, pour quoi faire ?

– Tu n'as aucun droit de me parler de cette façon, répond-elle d'un ton posé.

Elle se sent étonnamment calme, mais elle n'a pas le choix. Si elle s'énerve comme lui, ils vont vraiment se quereller, Rudy est capable de démissionner et elle ne veut même pas l'envisager.

– Je ne tolérerai pas qu'on m'empêche de vivre comme je le décide. Je conduirai la voiture qui me plaît et je vivrai là où ça me chante, martèle-t-elle en fixant d'un regard farouche la route droit devant elle et les voitures qui se garent ou qui tournent. Je me montrerai généreuse envers qui je veux. Tu sais très bien qu'elle n'avait pas le droit de conduire la Ferrari noire, mais elle est passée outre à cette interdiction, et c'est comme ça que tout a commencé. Il l'a vue, l'a suivie, voilà ce qui s'est passé. Personne n'est responsable, pas même elle. Ce n'est pas elle qui l'a invité à vandaliser ma voiture, à la traquer, pour finir par tenter de la tuer.

– D'accord, tu vis comme tu l'entends, on passera notre temps à s'engouffrer sur des parkings, et la prochaine fois peut-être que je foutrai sur la gueule d'un innocent qui jetait juste un œil à ta foutue Ferrari. Merde, peut-être même que je finirai par descendre quelqu'un ou par me faire buter, ça, ce serait encore mieux, non ? Que je me fasse descendre à cause d'une bagnole débile !

– Calme-toi, dit-elle en s'arrêtant à un feu rouge. Je t'en prie, calme-toi. Je reconnais que j'aurais pu mieux gérer la situation.

– Gérer ? Je n'ai pas remarqué que tu gérais quoi que ce soit, tu as juste réagi comme une crétine.

– Rudy, s'il te plaît, ça suffit, insiste-t-elle en tentant de réprimer une colère dont elle sait qu'elle l'amènerait à commettre une erreur. Tu n'as pas à me parler comme ça, tu ne peux pas. Ne m'oblige pas à invoquer la hiérarchie entre nous.

Elle s'engage à gauche sur l'A1A, conduisant sans hâte le long de la plage, et plusieurs adolescents à bicyclette manquent se casser la figure en se retournant pour contempler la voiture. Rudy secoue la tête avec un haussement d'épaules qui semble signifier qu'il a sorti ce qu'il avait sur le cœur. Mais le fond de la discussion sur la Ferrari n'a plus rien à voir avec une voiture de luxe. Si Lucy accepte de changer de mode de vie, cela signifiera qu'il – l'autre – aura gagné sur toute la ligne, car elle pense à la bête comme à un « il ». Henri lui a donné ce nom : « la bête », et Lucy est convaincue que la bête en question est de sexe mâle. Oui, il s'agit bien d'une certitude pour elle. Rien à foutre de la science, des indices et de tout le reste, elle sait que la bête est « un ».

Et il est soit stupide, soit trop sûr de lui, car il a abandonné deux empreintes digitales partielles sur la table de chevet recouverte d'une plaque de verre. Stupide ou négligent, ou bien il se fiche pas mal de les avoir laissées. Leur confrontation avec la base du système automatique d'identification d'empreintes – l'IAFIS – a, pour l'instant, été vaine. Peut-être n'existe-t-il de fiche de relevé des empreintes de ses dix doigts dans aucune des bases de données existantes. La chose s'expliquerait s'il n'a jamais été arrêté ou que ses empreintes n'aient jamais été prises à une quelconque occasion. Il se fiche peut-être pas mal d'avoir abandonné trois cheveux noirs sur le lit, et il a bien raison. Même lorsqu'un dossier est prioritaire, l'analyse de l'ADN mitochondrial prend de trente à quatre-vingt-dix jours. Rien ne permet d'être certain que les résultats auront une quelconque valeur parce qu'il n'existe aucune base de données centralisée et statistiquement significative regroupant les ADN mitochondriaux. De plus, à la différence de l'ADN extrait du sang et des tissus, celui qui provient des poils et des cheveux ne permet pas de déterminer le sexe de l'agresseur. Les indices que la bête a laissés ne revêtent aucune importance et n'en auront peut-être jamais, à moins qu'on ne lui mette la main dessus et que l'on puisse procéder à des comparaisons directes.

– D'accord, je panique, je ne suis plus moi-même, je laisse cette histoire me miner, admet Lucy, qui se concentre à fond sur sa conduite.

C'est ce qu'elle concède à Rudy.

– Ce que j'ai fait là n'aurait jamais dû se produire, jamais, insiste-t-elle. Je suis trop prudente pour me laisser aller à ce genre de conneries.

– Toi oui, mais pas elle.

Rudy serre les mâchoires d'un air têtu, le regard dissimulé par ses lunettes de soleil aux verres réfléchissants. Il se refuse pour l'instant à regarder Lucy, et cela la perturbe.

– Je croyais que nous faisions référence à cet Hispanique, là-bas, répond-elle.

– Tu sais très bien ce que je t'ai dit depuis le premier jour. Le danger que représente quelqu'un qui vit chez toi. Quelqu'un qui utilise ta bagnole, tes affaires. Quelqu'un qui est livré à lui-même dans ton propre environnement. Une personne qui n'obéit pas aux mêmes règles que toi et moi, et qui n'a sûrement pas le même entraînement que nous. Qui se fiche pas mal des choses qui ont de l'importance pour nous, et de nous par dessus le marché.

– Il n'y a pas que l'entraînement dans la vie, proteste Lucy.

Il lui est tellement plus aisé de discuter d'entraînement que de se demander si la personne qu'on aime éprouve des sentiments réciproques. Il lui est tellement plus aisé de parler du jeune Hispanique que d'Henri.

– Je suis désolée, je n'aurais jamais dû réagir comme ça là-bas, conclut-elle.

– Tu as peut-être oublié ce que c'est que la vraie vie, réplique-t-il.

– Oh, je t'en prie, ne m'inflige pas tes conneries de « Boy-scout, toujours prêt ! » le rabroue-t-elle en accélérant vers le nord, en direction du quartier d'Hillsboro, où son immense villa méditerranéenne décorée de stuc rose saumon surplombe une anse qui relie l'Intracoastal Waterway à l'océan. Je ne suis pas convaincue que tu puisses te montrer objectif à l'égard d'Henri. Tu n'es même pas capable de prononcer son nom, tu parles toujours de quelqu'un par-ci, quelqu'un par-là.

– Hein ? Objectif ? Ça te va bien, à toi, de parler d'objectivité, réplique-t-il d'un ton presque cruel. Cette stupide connasse a tout foutu en l'air… Et tu n'avais pas le droit de faire ça, de me traîner là-dedans, tu n'avais pas le droit.

— Rudy, nous devons arrêter de nous disputer comme ça ! Pourquoi est-ce qu'on se bouffe le nez de cette façon ? proteste-t-elle en tournant le visage vers lui. Il n'y a rien de foutu.

Il se mure dans le silence.

— Pourquoi ? répète-t-elle. Ça me rend malade.

Cela n'arrivait jamais auparavant. Rudy boudait de temps en temps, mais il n'a commencé à s'en prendre à elle que lorsqu'elle a ouvert le bureau de Los Angeles et recruté Henri, qui faisait partie des forces de la police de Los Angeles. Une sirène déchire l'air, prévenant que le pont à bascule va se relever. Lucy rétrograde et s'arrête de nouveau, récoltant cette fois-ci un petit geste élogieux à propos de la voiture de la part d'un homme au volant d'une Corvette.

Elle secoue la tête avec un sourire triste.

— Ouais, c'est vrai que je peux me conduire de façon stupide. Les gènes, peut-être, une mauvaise combinaison génétique. Ceux de mon cinglé de père biologique latino, pas ceux de ma mère, j'espère, ce serait encore pire de lui ressembler. Bien pire.

Rudy ne dit rien et contemple le pont qui se lève pour laisser le passage à un yacht.

— Je t'en prie, arrêtons ça. Rien n'est fichu, dit-elle en se penchant pour lui presser la main. On fait la paix ? On repart de zéro ? Faut-il appeler Benton à l'aide pour procéder à la négociation des otages ? Parce que nous ne sommes plus seulement amis et partenaires maintenant. Tu es mon otage et je suppose que je suis le tien, non ? Tu es là parce que tu as besoin de ce boulot, ou au moins parce que tu en as envie, et moi, j'ai besoin de toi. C'est ça, notre situation, Rudy.

— Rien ne m'oblige à être où que ce soit, rétorque-t-il enfin, sa main inerte sous celle de la jeune femme.

Elle le relâche et s'écarte. Elle repose sa main sur le volant, blessée par son rejet, triste qu'il ne l'ait pas serrée.

— Tu crois que je n'en ai pas conscience ? Je vis sans cesse avec cette inquiétude en ce moment. Que tu me dises d'un seul coup : « Je laisse tomber, je me casse, salut et bon débarras. Porte-toi bien. »

Le regard de Rudy suit le yacht qui progresse sous le pont ouvert, en direction de la mer. Les gens debout sur le bateau, vêtus de bermudas et de chemises amples, se déplacent avec l'aisance qui n'appartient qu'aux rares personnes vraiment riches. Lucy est très riche, mais elle n'a jamais réussi à s'en persuader. Lorsqu'elle regarde le yacht, elle se sent toujours pauvre, et lorsqu'elle regarde Rudy, elle se sent encore plus pauvre.

– Un café ? propose-t-elle. Tu prends un café avec moi ? On peut aller s'asseoir au bord de la piscine que je n'utilise jamais, pour regarder l'eau à laquelle je ne fais jamais attention, dans cette maison que je souhaiterais ne pas posséder. Je peux être très bête. Viens prendre un café avec moi.

– D'accord, grommelle-t-il comme un petit garçon boudeur en regardant par la vitre, tandis que la boîte aux lettres de Lucy apparaît. Je croyais qu'on allait enlever ce truc, lâche-t-il en la désignant. Tu ne reçois jamais de courrier à cette adresse… la seule chose que tu pourrais trouver là-dedans, c'est un truc indésirable, surtout ces temps-ci.

– La prochaine fois que le jardinier vient, je la lui ferai enlever. Je n'ai pas été là très souvent avec l'ouverture du bureau et tout le reste. Je me sens comme l'autre Lucy, celle de la série télé marrante *I Love Lucy*. Tu te souviens de l'épisode où elle travaille dans l'usine de bonbons et n'arrive pas à suivre parce que les bonbons déboulent tellement vite du tapis ?

– Non.

– Tu n'as probablement pas vu *I Love Lucy* une seule fois dans ta vie, remarque-t-elle. Ma tante et moi, on regardait *Au nom de la loi*, *Bonanza*, *I Love Lucy*, la sitcom avec Lucille Ball, les émissions qu'elle avait regardées dans sa jeunesse ici, à Miami.

Elle fait quasiment halte à hauteur de la fameuse boîte aux lettres plantée à l'extrémité de l'allée qui mène à sa résidence. Comparée à Lucy, Scarpetta vit modestement, et elle n'a pas hésité à mettre sa nièce en garde :

– D'abord, cette demeure est trop somptueuse pour le quartier, lui a-t-elle dit.

C'était une bêtise d'acheter cette résidence, et Lucy ne la supporte plus. Elle a baptisé la villa de deux étages de plus de mille mètres carrés son «hôtel particulier à neuf millions de dollars», bâti sur un terrain qui ne dépasse pas mille quatre cents mètres carrés. La pelouse qui l'entoure suffirait à peine à nourrir un lapin, il n'y a qu'une petite piscine à déversoir entourée de murs, une fontaine, quelques palmiers et quelques plantes. Sa tante Kay a passé son temps à rabâcher tous les désavantages de la maison. «Aucune intimité, aucune sécurité, accessible par la mer», l'a prévenue Scarpetta alors que Lucy était trop débordée et préoccupée pour pouvoir consacrer toute l'attention requise à cette résidence secondaire, obsédée par l'idée de rendre Henri heureuse. «Tu le regretteras», a asséné Scarpetta. Il y a à peine trois mois que Lucy a emménagé ici et elle n'a jamais autant regretté quelque chose de sa vie.

Elle actionne une télécommande pour déverrouiller le portail, puis une autre pour ouvrir le garage.

– À quoi ça te sert? demande Rudy en parlant du portail. Cette fichue allée fait à peine trois mètres de long.

– Ne m'en parle pas, renchérit Lucy avec colère. Je déteste ce foutu endroit.

– Avant même que tu puisses t'en rendre compte, quelqu'un peut te tomber dessus dans ton garage.

– Alors je serai obligée de le tuer.

– Je ne plaisante pas, Lucy.

– Moi non plus, répond-elle tandis que la porte du garage coulisse derrière eux.

CHAPITRE 10

Lucy gare la Ferrari Modena près de la noire, une Scaglietti douze cylindres qui ne développera jamais toute sa puissance dans un monde régulant la vitesse. Tandis que Rudy et elle descendent de la Modena, elle se refuse à regarder la voiture noire, détourne les yeux du capot abîmé, du dessin grossier représentant un œil énorme avec ses cils gravé sur la belle peinture rutilante.

Rudy se faufile entre les deux véhicules pour se diriger vers la porte donnant accès à la vaste demeure.

– Je sais que le sujet est épineux, mais… Et si elle était responsable de ça? demande-t-il en désignant le capot noir de la Scaglietti. Je ne suis pas encore convaincu qu'elle ne l'a pas fait, qu'elle n'a pas monté tout un bateau.

– Ce n'est pas elle, affirme Lucy, le regard obstinément détourné du capot. J'ai dû m'inscrire sur une liste d'attente de plus d'un an pour obtenir cette voiture.

– Ça peut se réparer, déclare-t-il en enfonçant les mains dans ses poches.

Ils pénètrent tous les deux dans la maison, et Lucy désactive un système d'alarme qui dispose de tous les mécanismes de détection imaginables, y compris des caméras de surveillance balayant l'intérieur comme l'extérieur. Mais les caméras n'enregistrent rien. Lucy a décidé qu'elle ne voulait pas que ses occupations privées dans la maison et sur la propriété soient espionnées, ce que Rudy peut comprendre jusqu'à un certain point. Lui non plus n'apprécierait pas d'avoir des caméras qui le filment partout chez lui, sauf que, ces temps-ci, il n'y aurait pas grand-chose à enregistrer puisqu'il vit seul. Quand Lucy a décidé qu'elle ne voulait pas de la surveillance de ces yeux électroniques, elle ne vivait pas seule.

– On devrait peut-être installer des caméras qui fonctionnent, remarque Rudy.

– Je vais me débarrasser de cet endroit, répond-elle.

Il la suit à l'intérieur de la gigantesque cuisine aux murs de granit, parcourt du regard le magnifique salon et la salle à manger, la vue panoramique qui ouvre sur la baie et l'océan. Le plafond de six mètres de haut a été décoré à la main d'une fresque à la Michel-Ange au centre de laquelle pend un lustre de cristal. La table de la salle à manger en verre, qui est l'objet le plus extraordinaire qu'il ait jamais vu, semble avoir été sculptée dans la glace. Il n'essaie même pas d'envisager combien elle a pu coûter, tout comme le mobilier de cuir moelleux, les gigantesques toiles représentant la faune sauvage africaine, des éléphants, des zèbres, des girafes et des guépards. Rudy n'a même pas les moyens de se payer une seule des appliques lumineuses de la résidence secondaire de Lucy en Floride, pas un seul tapis persan, probablement même pas une des plantes.

– Je sais, dit-elle tandis qu'il contemple le spectacle. Je pilote des hélicoptères et je ne suis pas foutue de faire fonctionner la salle de projection ici. Je déteste cet endroit.

– Tu veux que je sanglote sur ton sort?

– Hé!

Elle met un terme à la conversation d'un ton qu'il reconnaît. Les querelles, ça suffit pour aujourd'hui.

Il ouvre un des réfrigérateurs, à la recherche de café, et demande :

— Y a quelque chose à manger dans le coin ?

— Du chili. Fait maison. Surgelé, mais on peut le passer au micro-ondes.

— Ça me paraît un bon plan. Tu veux aller au gymnase plus tard ? Vers 17 h 30, par exemple ?

— Ce ne sera pas du luxe !

C'est à cet instant précis qu'ils remarquent la porte de derrière qui mène à la piscine, cette même porte que l'autre, quelle que soit son identité, a empruntée il y a à peine une semaine pour pénétrer chez elle, puis en ressortir. La porte est verrouillée, mais quelque chose est collé à l'extérieur de la vitre. Lucy s'est déjà précipitée avant que Rudy ait pu comprendre ce qui se passait. Elle déverrouille la porte, ouvre le battant avec violence et contemple la feuille de papier blanc maintenue par un bout de ruban adhésif.

— Qu'est-ce que c'est ? demande-t-il en refermant le réfrigérateur et en la regardant. Bordel, qu'est-ce que c'est ?

— Un autre œil. Un autre dessin d'œil, le même, au crayon. Et tu croyais que c'était Henri qui l'avait tracé ? Elle est à plus de mille cinq cents kilomètres d'ici, et tu croyais que c'était elle, hein ? Eh bien, maintenant tu as ta preuve. Il veut que je sache qu'il me surveille, crache-t-elle, furieuse.

Elle met le pied dehors pour regarder de plus près le dessin de l'œil et Rudy hurle :

— N'y touche pas !

— Tu me prends pour une gourde ? hurle-t-elle en retour.

CHAPITRE 11

– Excusez-moi, lance un jeune homme emmailloté dans des vêtements de protection violets, harnaché d'un masque, d'un écran protecteur, de protège-chaussures, d'un bonnet et de deux paires de gants en latex. Que devons-nous faire de son dentier? demande-t-il en se rapprochant de Scarpetta, l'air d'un astronaute avec tout son attirail.

Celle-ci ouvre la bouche pour expliquer qu'elle ne travaille pas ici, mais les mots ne franchissent pas ses lèvres. Son regard tombe sur la morte obèse que deux personnes, elles aussi équipées comme si elles redoutaient une épidémie de peste, fourrent dans une grande housse sur un chariot suffisamment solide pour supporter son énorme poids.

– Elle a un dentier, déclare le jeune homme en s'adressant cette fois-ci à Fielding. On l'avait mis dans une boîte, puis on a oublié de le transférer dans le sac avant de la recoudre.

Scarpetta décide de prendre en main ce problème décon-certant.

– Il ne faut pas le ranger dans le sac, mais le lui remettre dans la bouche. Les pompes funèbres et la famille préféreront cette solution, et je suppose qu'elle apprécierait d'être enterrée avec ses dents.

– Alors on n'a pas besoin de la rouvrir pour récupérer le sac, dit le jeune homme, soulagé. Ouf, c'est bon.

– Un conseil, il vaut mieux ne jamais mettre de dentier dans le sac, précise-t-elle.

Elle fait allusion au sac en plastique épais et transparent cousu à l'intérieur de la cage thoracique, vidée au préalable, de la morte obèse, lequel contient les organes extraits. Ils n'ont pas été suturés dans leur position anatomique originelle car le travail du médecin légiste ne consiste pas en une reconstitution du corps à l'identique, une opération par ailleurs irréalisable en raison des multiples prélèvements et coupes.

– Où se trouve son dentier ? demande-t-elle.

– Là, avec son dossier, répond le jeune homme en désignant la paillasse qui court de l'autre côté de la salle d'autopsie.

De toute évidence, Fielding n'a que faire de ce problème dénué d'intérêt et ignore totalement l'homme en violet, qui paraît trop jeune pour être un étudiant en médecine. Sans doute s'agit-il d'un autre militaire de Fort Lee, tout juste sorti du lycée. Il suit peut-être un stage à l'institut médico-légal afin de se préparer à des tâches militaires qui exigeront qu'il sache manipuler les morts de la guerre. Scarpetta retient de justesse la remarque qui lui vient. Même les soldats qui ont sauté sur une grenade préfèrent sans doute revenir chez eux avec leur dentier, et de préférence en place dans leur bouche, s'il leur en reste une.

– Venez, propose-t-elle au soldat de Fort Lee en violet. On va voir ça.

Elle l'accompagne à travers la pièce carrelée et passe devant un chariot amené un peu avant. Celui-ci porte la victime d'un coup de feu, un jeune homme noir aux bras musclés couverts de tatouages et croisés avec raideur sur sa poitrine. Il a la chair de poule, un réflexe pilomoteur *post mortem* consécutif à l'installation de la *rigor mortis*, qui lui donne l'air d'être glacé, ou d'avoir peur, ou les deux. Le soldat de Fort Lee ramasse la boîte en plastique sur la paillasse, qu'il tend à Scarpetta, avant de s'apercevoir qu'elle ne porte pas de gants.

— Je ferais mieux de m'équiper de nouveau, déclare-t-elle.

Elle évite les gants de nitrile verts, préférant enfiler une bonne vieille paire de latex qu'elle arrache d'une boîte placée sur un chariot d'instruments chirurgicaux tout proche, puis sort le râtelier de son récipient.

Ils traversent la salle en sens inverse, revenant vers la femme édentée.

— Vous savez, conseille Scarpetta au jeune homme, la prochaine fois que vous avez un problème, contentez-vous de joindre le dentier aux effets personnels et laissez les pompes funèbres s'en charger. Ne le placez jamais dans le sac. Cette femme est bien jeune pour porter un râtelier.

— Je crois qu'elle était toxicomane.

— Comment le savez-vous ?

— Quelqu'un l'a mentionné, explique-t-il.

— Je vois, réfléchit Scarpetta, penchée sur l'énorme corps recousu allongé sur le chariot. Consommatrice de drogue à effet vasoconstricteur, comme la cocaïne. Résultat, plus de dents.

— Je me suis toujours demandé comment la drogue pouvait provoquer ce genre de phénomènes, dit le soldat. Vous êtes nouvelle ici ? ajoute-t-il en la regardant.

— Non, au contraire, réplique Scarpetta en introduisant les doigts dans la bouche de la défunte. Je serais plutôt une vieille de la vieille en visite.

Il hoche la tête, l'air perdu, et remarque avec une certaine maladresse :

— C'est vrai que vous avez l'air de savoir ce que vous faites. Je suis vraiment désolé de ne pas lui avoir remis son dentier. Je me sens idiot, j'espère que personne ne dira rien au chef. Il ne m'aime déjà pas beaucoup, il ne manquerait plus que ça, dit-il en secouant la tête et en poussant un gros soupir.

La rigidité cadavérique a disparu et les muscles de la mâchoire de l'obèse ne résistent pas aux doigts inquisiteurs
de Scarpetta. Pourtant les gencives refusent le dentier, ce qui
est assez logique étant entendu qu'il ne leur correspond pas.

– Ce n'est pas le sien, annonce-t-elle en replaçant l'objet
dans la boîte, qu'elle rend au jeune soldat en violet. Il est trop
grand, beaucoup trop grand. Il appartient peut-être à un
homme. Quelqu'un d'autre avait-il un dentier ? S'agit-il d'une
confusion ?

Le militaire est déconcerté mais ravi, cette hypothèse impli-
quant qu'il n'est pas responsable.

– Je ne sais pas, mais c'est sûr qu'on a vu passer beaucoup
de monde. Alors c'est pas à elle ? Heureusement que je n'ai
pas essayé de le lui enfoncer de force dans la bouche.

Fielding, qui a remarqué ce qui se passait, se matérialise
soudain à leurs côtés. Il contemple les gencives artificielles
rose vif et les dents de porcelaine blanche dans le récipient en
plastique que tient le soldat violet.

– Qu'est-ce que c'est que ce foutoir ? aboie-t-il en foudroyant
le jeune homme du regard. Qui a interverti ça ? Vous vous êtes
trompé de numéro de dossier sur cette boîte ?

Le soldat n'a guère plus de vingt ans, ses courts cheveux
blond pâle dépassent du bonnet de protection bleu, et il ouvre
de grands yeux bruns déroutés derrière des lunettes de
protection éraflées.

– Ce n'est pas moi qui l'ai étiqueté, monsieur, répond-il à
son supérieur hiérarchique. Je sais juste qu'il était là quand
nous avons commencé à travailler sur son corps. Et elle n'avait
pas de dents à ce moment-là.

– Là ? Là où ?

– Sur son chariot, répond-il en désignant celui qui porte les
instruments chirurgicaux de la table n° 4, également baptisée
la « table verte ».

La morgue du Dr Marcus utilise toujours le système instauré
par Scarpetta, qui consiste à étiqueter les instruments à l'aide
de bandes adhésives de couleur, pour s'assurer qu'une paire

de pinces ou un écarteur n'atterrisse pas à l'autre bout de la morgue. Le jeune homme continue :

– Cette boîte était sur son chariot, puis elle s'est retrouvée là-bas je ne sais comment, avec son dossier, explique-t-il en regardant de l'autre côté le plan de travail sur lequel sont soigneusement étalés les éléments concernant la défunte.

– Nous avons procédé à un examen simple sur cette table un peu plus tôt, remarque Fielding.

– C'est exact, monsieur. Un vieux monsieur mort dans son lit. Le dentier est peut-être à lui ? C'étaient ses dents sur le chariot ?

Fielding traverse la salle d'autopsie, aussi nerveux qu'un volatile furieux, et ouvre l'énorme porte en acier de la chambre froide sans douceur. Il disparaît à l'intérieur dans une vague d'air froid, chargé de l'odeur de la mort, puis réapparaît presque aussitôt avec un râtelier qu'il a de toute évidence ôté de la bouche du vieil homme.

– N'importe qui peut voir que ce foutu truc est trop petit pour la bouche de ce type, geint-il.

Le dentier repose au creux de la paume de sa main gantée, tachée du sang du conducteur d'engin de chantier. Il insiste :

– Qui lui a fourré ça sans vérifier que ça allait ? demande-t-il à la ronde dans la salle bruyante et encombrée, peinte d'une résine spéciale, planté de ses quatre tables en acier ensanglantées, ses radios d'os et de projectiles sur les négatoscopes, ses placards et ses éviers en inox, ses longs plans de travail qui disparaissent sous des monceaux de paperasse, d'effets personnels, de rouleaux d'étiquettes informatiques destinées aux boîtes et aux tubes à essai.

Personne, qu'il s'agisse des autres médecins, des étudiants, des soldats, voire des défunts du jour, n'a rien à répondre au Dr Jack Fielding, l'adjoint du médecin expert général. Scarpetta, scandalisée, ne peut en croire ses yeux, et une sorte de dégoût lui monte à la gorge. Son service, aussi performant qu'un vaisseau amiral, échappe à tout contrôle, à l'instar de son personnel. Elle jette un coup d'œil au corps du conducteur d'engin allongé sur son chariot, à demi dévêtu sur un drap taché d'argile rouge, et contemple le dentier dans la main ensanglantée de Fielding.

– Nettoyez-le avant de le lui remettre, ne peut-elle s'empêcher d'intervenir quand Fielding le tend au soldat en violet. Inutile de contaminer sa bouche avec l'ADN d'un autre, même s'il ne s'agit pas d'une mort suspecte. Frottez bien le râtelier de la femme, celui de l'homme, celui de tout le monde !

Elle retire ses gants d'un geste sec et les jette dans un sac-poubelle orange vif destiné aux déchets biologiques. Puis elle se prépare à quitter les lieux en se demandant où a pu passer Marino. Elle surprend le murmure discret du soldat en violet. Le jeune homme cherche de toute évidence à savoir qui est Scarpetta, la raison de sa présence et la signification de ce qui vient de se passer.

– Elle était médecin expert général ici, explique Fielding en omettant de préciser qu'à cette époque-là l'institut médico-légal en question ressemblait à tout autre chose.

– Nom de Dieu ! s'exclame le militaire.

Scarpetta actionne de son coude un gros bouton rond scellé dans le mur et les portes en acier s'ouvrent en grand. Elle pénètre dans le vestiaire, passe devant des placards emplis de blouses et de vêtements de protection, puis atteint le vestiaire des femmes, avec ses toilettes, ses lavabos et ses rampes fluorescentes dont la lumière ne fait guère de cadeaux à celles qui se contemplent dans les miroirs. Elle fait halte pour se laver les mains et remarque la petite pancarte aux lettres soigneusement tracées qu'elle a elle-même apposée là à l'époque. L'écriteau rappelle aux gens de ne pas quitter la morgue avec les mêmes chaussures. « Évitons de semer des dangers biologiques sur la moquette du couloir », avait-elle l'habitude de seriner à son personnel. Aujourd'hui, nul n'y prête sans doute plus attention et tous se fichent de cette prudence, comme du reste d'ailleurs. Elle retire ses chaussures, lessive les semelles avec de l'eau chaude et du savon antibactérien, puis les essuie avec des serviettes en papier avant de franchir une nouvelle porte battante qui débouche sur le couloir à la moquette bleu-gris qui doit avoir récolté son content de contaminants au fil des années.

Les bureaux du médecin expert général se situent exactement en face du vestiaire des femmes. Au moins le Dr Marcus
a-t-il dépensé son énergie à les redécorer. Un séduisant mobilier couleur merisier et d'agréables gravures coloniales
égaient le bureau de la secrétaire, et sur l'écran de veille de
son ordinateur plusieurs poissons tropicaux nagent sans fin sur
un fond bleu vif. La secrétaire n'est pas là, Scarpetta frappe à
la porte du chef.

– Oui, enjoint une voix étouffée par l'épaisseur du battant.

Elle pousse la porte et pénètre dans son ancien bureau en
coin. Elle se retient d'examiner les lieux, mais ne peut
s'empêcher de remarquer la belle ordonnance des étagères et
du bureau du Dr Marcus. C'est dans tout le reste de l'aile du
médecin légiste que règne le chaos, pas dans son espace de
travail à l'atmosphère frigide.

– Vous tombez à pic, lance-t-il de son fauteuil de cuir pivotant.
Je vous en prie, asseyez-vous. Permettez-moi de résumer à votre
profit les éléments concernant Gilly Paulsson… avant que vous
ne l'examiniez.

– Docteur Marcus, je suis bien consciente que ce service ne
dépend plus de moi, et je ne veux surtout pas me montrer
importune, cependant je suis inquiète.

– Inutile, dit-il en la dévisageant de ses petits yeux durs. La
raison de votre présence ici n'a rien à voir avec une quelconque
accréditation ou vérification des bonnes pratiques de laboratoire,
poursuit-il en croisant les mains sur le buvard. Votre opinion a
été requise au sujet d'une affaire, et une affaire seulement, celle
de Gilly Paulsson. Je ne saurais trop vous encourager à ne pas
vous surmener à cause de ce que vous pourrez constater de
différent dans ce service. Vous n'êtes plus là depuis longtemps.
Combien ? Cinq ans ? Et durant presque toute cette période il n'y
a pas eu de médecin expert général, tout juste un chef suppléant.
Au demeurant, ce fameux suppléant n'était autre que le
Dr Fielding lorsque je suis arrivé, il y a quatre mois. Il est donc
bien évident que la situation n'est plus la même. Vous et moi
pratiquons deux styles de management différents. Peut-être est-ce

une des raisons pour lesquelles le Commonwealth m'a embauché.

– Mon expérience m'a toujours prouvé que lorsqu'un directeur ne se montre jamais à la morgue, cela engendre tôt ou tard des problèmes, lâche-t-elle, qu'il soit ou non disposé à l'entendre. Sans même pinailler sur les procédures, les médecins ressentent le manque d'intérêt que l'on porte à leur travail, et même des médecins peuvent devenir négligents, paresseux, dangereusement usés et affectés par le stress qui leur tombe dessus chaque matin lorsqu'ils enfilent leurs blouses.

La bouche du Dr Marcus n'est plus qu'un trait mince et ses yeux durs ont perdu tout éclat. Derrière sa tête aux cheveux clairsemés, les vitres sont d'une propreté maniaque, et elle remarque qu'il a fait remplacer le verre blindé. Au loin le Coliseum ressemble à un gros champignon brun et un crachin déprimant s'est mis à tomber.

– Si vous sollicitez mon aide, je ne peux prétendre porter des œillères, continue-t-elle. Peu m'importe qu'une affaire et une seule soit en cause, ainsi que vous le formulez. Vous n'êtes pas sans savoir qu'au tribunal, ou ailleurs, le moindre élément sera retourné contre nous. Pour l'instant, c'est l'« ailleurs » qui me préoccupe.

Le Dr Marcus la regarde froidement.

– Vous parlez par énigmes. « Ailleurs » ? Qu'est-ce que c'est que cet « ailleurs » ?

– En général, un scandale, des poursuites judiciaires ou pire encore : un dossier criminel démoli par des détails techniques, des indices jugés irrecevables parce qu'ils ont été mal gérés, des procédures entachées de nullité, et rien n'aboutit jamais devant le tribunal. Il n'y a pas de procès.

– C'est bien ce que je craignais, remarque-t-il. J'avais prévenu le commissaire à la santé que c'était une bévue de faire appel à vous.

– Et je ne vous en veux pas de vos réserves. Personne n'a envie de voir débarquer un ancien directeur pour rectifier…

– Je l'ai prévenu que la dernière chose dont nous avions besoin, c'était bien qu'une ancienne employée du Commonwealth ulcérée débarque ici pour mettre de l'ordre, l'interrompt-il en posant et reposant un stylo d'un geste nerveux et rageur.

– Je ne vous en veux pas de vous sentir…

– Particulièrement les justiciers, la coupe-t-il de nouveau d'un ton glacial. Ce sont les pires. Il n'y a rien de pire, si ce n'est un justicier blessé.

– Vous devenez…

– Mais c'est comme ça, nous n'y pouvons rien. Essayons donc d'agir au mieux, n'est-ce pas ?

– J'apprécierais que vous cessiez de m'interrompre. Et si c'est moi que vous qualifiez de justicier blessé, je le prends pour un compliment. Mais passons plutôt au problème des dentiers.

Il la regarde comme si elle était devenue folle.

– Je viens d'assister à un cafouillage à la morgue, explique-t-elle. Le mauvais dentier sur le mauvais défunt. De la négligence pure et simple. Et une trop grande autonomie accordée aux jeunes soldats de Fort Lee, qui n'ont aucune expérience médicale, au demeurant, ils sont ici pour apprendre. Imaginez qu'une famille récupère un parent bien-aimé aux pompes funèbres, le cercueil est ouvert, le dentier a disparu ou bien ce n'est pas le bon : vous avez là le point de départ d'une cascade de catastrophes difficile à maîtriser. La presse adore ce genre d'histoires, docteur Marcus. Vous intervertissez les dentiers dans une affaire d'homicide et c'est un gros cadeau que vous offrez aux avocats de la défense, même si le râtelier n'a strictement rien à voir avec le dossier.

– Le dentier de qui ? demande-t-il, maussade. Fielding est censé superviser tout cela.

– Le Dr Fielding est surchargé de travail.

– Ah… Nous y voilà, il fallait s'y attendre. Votre ancien assistant.

Le Dr Marcus se lève de son siège. Il ne domine guère derrière son bureau. Cela étant, Scarpetta n'est pas très grande, elle non plus. Pourtant lui paraît petit lorsqu'il contourne le meuble de travail et passe devant la table sur laquelle trône un microscope protégé par une housse en plastique.

— Il est déjà 10 heures, déclare-t-il en ouvrant la porte de son bureau. Le mieux serait que vous commenciez à vous consacrer à Gilly Paulsson. Elle se trouve dans la chambre froide. Il est préférable que vous officiiez là-bas, personne ne viendra vous déranger. Je suppose que vous avez décidé de pratiquer une nouvelle autopsie.

— Il est hors de question que j'y procède en l'absence d'un témoin, assène Scarpetta.

CHAPITRE 12

Lucy ne dort plus dans la grande chambre de maître du deuxième étage. Elle s'enferme dans l'une des petites pièces du premier. Elle se justifie en songeant qu'elle a de bonnes raisons, parfaitement logiques, de ne plus coucher dans ce lit, celui dans lequel Henri a été attaquée, ce gigantesque lit qui trône au milieu de la luxueuse suite dominant l'océan. La tête de lit qui le décore est peinte à la main. Les indices, pense-t-elle. En dépit de l'exigence, de la méticulosité dont Rudy et elle font preuve, on ne peut jamais exclure une involontaire négligence.

Rudy est sorti pour faire le plein de la Modena de Lucy, ou du moins est-ce l'alibi qu'il lui a donné lorsqu'il a ramassé les clés de la voiture sur le plan de travail de la cuisine. La jeune femme est convaincue qu'il a d'autres projets en tête. Il chasse. Il veut savoir qui le prendra en filature, si tant est que quelqu'un s'y risque, car aucun individu sensé ne suivrait un grand gaillard baraqué comme lui. Mais la bête qui a dessiné un œil, deux maintenant, est quelque part en liberté. Et il surveille. Il surveille la maison. Peut-être n'a-t-il pas compris qu'Henri était partie, et est-ce la raison pour laquelle il s'obstine à surveiller la maison et les Ferrari. Si cela se trouve, il a le regard rivé dessus en ce moment même.

Lucy traverse la pièce, foulant la moquette fauve. Elle contourne le lit, toujours en désordre. Les draps légers et somptueux sont repoussés au bout du matelas et coulent vers le sol comme une vague de soie. Les oreillers sont entassés sur l'un des côtés, dans la position exacte où Lucy les a trouvés lorsqu'elle s'est ruée à l'assaut de l'escalier pour découvrir Henri évanouie. D'abord Lucy a pensé que la jeune femme était morte. Puis une succession d'idées confuses a remplacé cette certitude. Au demeurant, cette confusion ne la lâche plus. Pourtant sur le moment, la panique l'a poussée à composer le 911, le numéro d'urgence de la police, une exécrable idée, lourde de fâcheuses conséquences. Ils ont dû ensuite se dépêtrer de la police locale. La dernière chose que souhaite Lucy, c'est précisément que la police s'intéresse à ses vies confidentielles et à ses activités secrètes, pour la plupart illégales. Le but, lorsqu'il est juste, justifie les moyens. Et pour couronner le tout, Rudy ne décolère pas.

Il accuse Lucy d'avoir perdu les pédales sous le coup de la panique et il a raison. Ils auraient très bien pu se débrouiller seuls de la situation et auraient dû opter pour cette solution. Henri n'est pas Mlle Tout-le-Monde, a lancé Rudy. Henri est l'un de leurs agents. Quelle importance si elle était nue, le corps glacé? Elle respirait toujours, n'est-ce pas? Son pouls et sa tension n'étaient ni augmentés, ni réduits de façon inquiétante. Elle ne baignait pas dans son sang, n'est-il pas vrai? Juste une faible hémorragie nasale, c'est exact? Mais ce n'est que lorsque Lucy a poussé Henri dans un avion privé à destination d'Aspen que Benton s'est fendu d'une explication qui, malheureusement, semblait fondée. Henri avait été agressée et sans doute avait-elle perdu conscience durant un court laps de temps… mais, ensuite, elle avait joué la comédie.

Lucy a tenté de contrer Benton:

– C'est grotesque. Elle était totalement privée de réaction.

– C'est une actrice, a-t-il rétorqué.

– Plus maintenant.

– Lucy, je t'en prie... Henri a été actrice professionnelle durant une bonne moitié de son existence avant de décider de changer de carrière. De surcroît, on ne peut pas exclure que devenir flic n'ait pas été un nouveau rôle dans son esprit. Peut-être n'est-elle capable que de jouer.

– Mais enfin, pourquoi ferait-elle un truc comme ça? Je n'ai pas arrêté de la secouer, de lui parler, d'essayer de la faire revenir à elle, pourquoi ferait-elle cela? Hein, pourquoi?

– La honte et la rage, qui peut dire au juste pour quelles raisons? Peut-être ne parvient-elle pas à se souvenir de ce qui s'est passé, peut-être tente-t-elle de l'occulter. Quoi qu'il en soit, elle ressent quand même les choses. Peut-être se sentait-elle honteuse de ne pas être parvenue à se protéger. Peut-être essaie-t-elle de te punir?

– Me punir de quoi? Je n'y suis pour rien. Elle se fait presque assassiner et soudain ça lui traverse l'esprit: «Oh, mais je vais punir Lucy tant que j'y suis»?

– Les gens sont parfois sidérants, Lucy, à un point que tu n'imagines pas.

Lucy a insisté, son inflexibilité ajoutant sans doute à la conviction de Benton.

– Certainement pas!

Elle traverse la chambre jusqu'à un mur doté de huit fenêtres si hautes qu'il est superflu de masquer par des rideaux leur moitié supérieure. En revanche, les stores sont tirés, protégeant la partie inférieure. Lucy presse un bouton de commande électronique logé dans le mur et un ronronnement léger accompagne le mouvement des stores qui se replient. Son regard balaie sa propriété baignée d'un radieux soleil et elle tente de déceler un changement. Rudy et elle n'ont quitté Miami que très tôt ce matin. Elle n'est pas rentrée chez elle depuis trois jours, et la bête a eu tout le temps de fouiner, d'espionner. Il est revenu pour Henri. Il a traversé le patio jusqu'à la porte de derrière afin d'y apposer son dessin, dans le but de se rappeler au bon souvenir d'Henri, de se moquer d'elle. Nul n'a prévenu la police. Les gens sont infects dans le voisinage, fulmine Lucy. Ils se contrefichent que vous soyez tabassé à mort ou cambriolé pourvu que vous ne portiez pas atteinte à leur petit confort.

Elle fixe le phare qui se dresse de l'autre côté du bras de mer, se demandant si elle ne devrait pas risquer une visite à la maison voisine. La femme qui y habite ne sort jamais de chez elle. Lucy ignore son nom. Cela étant, la voisine est du genre indiscret. Elle prend des photos derrière la vitre de sa fenêtre à chaque visite du jardinier, lorsqu'il taille les haies ou tond l'herbe qui pousse à l'extrémité de la piscine. Sans doute la femme amasse-t-elle des preuves au cas où Lucy ordonnerait des modifications paysagères risquant de compromettre sa vue ou de lui causer un stress émotionnel quelconque. Certes, si l'on avait autorisé Lucy à rehausser d'un petit mètre la grille en fer forgé qui entoure sa propriété, la bête aurait éprouvé un peu plus de difficultés à l'escalader, puis à traverser le patio pour s'introduire chez elle et gravir les marches jusqu'à la chambre où Henri était alitée, assommée par la grippe. Mais l'indélicate voisine a mené sa petite bataille contre la modification envisagée – et gagné. Henri a failli être tuée et Lucy découvre le dessin d'un œil, similaire à celui qu'on a gravé sur le capot de sa voiture.

Deux étages plus bas, le trop-plein de la piscine disparaît à flanc de falaise. Plus loin s'écoulent les eaux d'un bleu profond de l'Intracoastal Waterway, puis une plage, comme une langue de sable, et les incessants remous bleu-vert de l'océan. Peut-être est-il venu par mer, pense-t-elle ? Il pouvait amarrer contre le mur de digue, grimper aux barreaux de l'échelle pour se retrouver chez elle, dans son patio. Pourtant l'idée ne la convainc pas. Elle doute qu'il ait emprunté cette voie, tout comme elle ne croit pas qu'il possède un bateau, sans toutefois comprendre d'où lui vient cette conviction. Lucy se retourne pour se rapprocher du lit. Dans le tiroir supérieur de la table de chevet située à sa gauche se trouve le colt 357 Magnum d'Henri. Un magnifique revolver en acier brillant que Lucy lui a acheté parce qu'il s'agit d'une véritable œuvre d'art, dont la détente est souple comme du velours. Henri sait se servir d'une arme et ce n'est pas une lâche. Lucy est certaine que si elle avait entendu la bête se déplacer dans la maison, grippe ou pas, elle l'aurait descendue.

Elle enfonce à nouveau le bouton de commande situé dans le mur et les stores se referment. Elle éteint les lumières et sort de la chambre. Juste après se trouve une petite salle de gymnastique, puis deux grands dressings et une salle de bains gigantesque équipée d'un jacuzzi d'agate dont les nuances évoquent l'œil de tigre. Aucun indice ne la pousse à penser que l'agresseur d'Henri s'est introduit dans la salle de musculation, les dressings ou même la salle de bains. Pourtant, à chaque fois que Lucy y pénètre, elle demeure un instant immobile, déchiffrant ses sensations. Et à chaque fois, si rien ne la trouble dans les deux premiers endroits, une étrange impression l'envahit dans le troisième. Elle fixe la baignoire, puis les fenêtres qui ouvrent derrière elle sur l'eau et le ciel de Floride, et elle parvient à voir au travers de ses yeux à lui. Elle serait incapable de le formuler, mais lorsque son regard frôle cette large et profonde baignoire d'agate, elle sait que lui aussi l'a contemplée.

Puis quelque chose se produit et elle en revient toujours à la large porte cintrée qui mène à la salle de bains. Peut-être s'est-il trompé une fois parvenu en haut des marches de pierre qui mènent à l'étage? Peut-être a-t-il pris à gauche vers la salle de bains au lieu de tourner sur la droite où se trouve la chambre? Ce matin-là, un franc soleil brillait et la lumière devait se déverser par les fenêtres. Il voyait clairement ce qui l'entourait. Peut-être a-t-il hésité un moment devant le jacuzzi avant de tourner les talons pour se faufiler en silence jusqu'à la chambre? Henri était allongée, moite de fièvre, assommée par la grippe. Les stores avaient été baissés pour plonger la pièce dans la pénombre et lui permettre ainsi de dormir un peu.

– Donc tu as pénétré dans la salle de bains, murmure Lucy à la bête. Tu es demeuré là un instant, planté au beau milieu du sol de marbre, contemplant ma baignoire. Peut-être n'en avais-tu jamais vu une semblable ? Peut-être voulais-tu imaginer une femme nue, se détendant dans l'eau, paisible, inoffensive, juste avant que tu ne la tues ? Si c'est là ton fantasme, poursuit Lucy, il n'a rien d'original.

Elle quitte la salle de bains et redescend au premier étage, où se trouvent sa chambre et son bureau.

Une grande chambre d'invités est située juste après la salle de cinéma. Elle l'a transformée en bibliothèque. Les murs sont recouverts d'étagères et les fenêtres occultées par des stores. La pièce est assez obscure – même durant les journées les plus ensoleillées – pour permettre le développement d'un film. Elle allume une lampe et des centaines d'ouvrages de référence, de classeurs, ainsi qu'une longue table jonchée d'équipements de laboratoire, se matérialisent. Un bureau est poussé contre l'un des murs. En son centre trône un imageur Krimésite qui ressemble à un télescope trapu monté sur un trépied. Juste à côté se trouve un de ces sachets en plastique dans lesquels on protège les indices et dedans attend le dessin d'un œil.

Lucy extrait une paire de gants de la boîte qui se trouve sur la table. Sa meilleure option concernant les empreintes digitales est sans conteste le ruban adhésif, mais elle la garde en réserve parce que leur relevé implique l'utilisation de substances chimiques qui altéreront le papier, ainsi que le bout de ruban. En dépit du fait qu'elle a passé de la poudre Magnadust sur l'intégralité de la porte de derrière ainsi que sur la fenêtre voisine, elle n'a découvert aucune empreinte, aucun dessin de crêtes papillaires utilisable, juste des traînées. De toute façon, dans le cas contraire, il y aurait eu de bonnes chances pour qu'une empreinte ait été abandonnée par le jardinier, Rudy ou encore elle, ou quiconque ayant nettoyé le carreau pour la dernière fois. En d'autres termes, le découragement à ce stade est sans objet. De surcroît, des découvertes de cet ordre, lorsqu'elles sont faites à l'extérieur de l'habitation, ne signifient pas grand-chose. Ce qui compte, en revanche, c'est ce qu'elle repérera peut-être sur le dessin. Les mains protégées par des gants, Lucy ouvre la rigide mallette noire rembourrée de mousse et en sort avec délicatesse une lampe SKSUV 30. Elle la transporte jusqu'au bureau et la branche sur l'onduleur, dont la fonction est de protéger les appareils des sautes de courant. Elle abaisse l'interrupteur et allume la lampe à rayons ultraviolets de très courte longueur d'onde mais de forte intensité. Puis elle allume l'imageur Krimésite.

Elle ouvre le sachet de plastique, pince l'un des coins de la feuille de papier blanc afin de l'extraire. Elle la retourne, l'approchant de la lampe, et l'œil la dévisage. La feuille s'illumine, mais Lucy ne distingue aucun filigrane dans l'épaisseur du papier, juste une myriade de fibres de pulpe qui trahit un papier de qualité médiocre. Le dessin tracé au crayon semble s'estomper un peu lorsqu'elle l'écarte de la lampe pour le déposer sur une large feuille posée au centre du bureau. Quand la bête a apposé le dessin contre sa porte, elle a scotché le dessin sur l'arrière, de telle sorte que l'œil fixe l'intérieur de la maison au travers de la vitre. Lucy chausse une paire de lunettes de protection orangée, centre le dessin sous la lentille de l'imageur, une de ces lentilles si performantes que l'armée les utilise, et colle son œil à l'oculaire. Elle écarte à fond la fente de la lampe UV, tout en réglant avec minutie la mise au point jusqu'à distinguer nettement la mire alvéolée. Elle dirige de la main gauche le faisceau UV vers sa cible, l'ajustant avec précision. Elle promène la feuille sous la lampe, la passant au crible dans l'espoir de détecter des empreintes, ce qui lui éviterait d'avoir recours à des substances destructrices comme la ninhydrine ou le cyanoacrylate. Le papier sous la lumière ultraviolette prend une couleur spectrale blanc verdâtre.

Elle pousse la feuille du bout du doigt, jusqu'à ce que le bout de ruban adhésif entre dans le champ de vision. Rien ! Pas même une traînée. Certes, elle pourrait essayer le chlorure de rosaniline ou même le cristal violet, mais c'est prématuré. Peut-être s'y résoudra-t-elle, pas tout de suite cependant. Elle s'assied derrière le bureau, fixant l'œil dessiné. Un œil, rien d'autre. Un trait de crayon, l'ébauche d'une pupille, d'un iris, d'une paupière frangée de longs cils. Un œil féminin, songe Lucy, probablement une mine n° 2. Branchant la caméra digitale sur un coupleur du microscope, elle photographie quelques agrandissements de certaines des zones du dessin avant d'en tirer des photocopies.

Au loin, le bruit de la porte du garage se soulevant. Lucy arrête la lampe UV et débranche le microscope avant de replacer la pièce à conviction dans son sachet plastique. L'écran de vidéosurveillance posé sur le bureau la renseigne : Rudy gare la Ferrari en marche arrière. Elle referme la porte de la bibliothèque derrière elle, dévale les marches de pierre, tout en se demandant comment réagir avec lui. Parfois elle en vient à imaginer qu'un jour il franchira le portail pour ne jamais plus reparaître. Qu'adviendrait-il d'elle, de l'empire secret qu'elle a bâti ? D'abord le coup l'assommerait, viendrait ensuite la peine, puis elle finirait bien par s'en remettre. Elle en est là de ses pensées lorsqu'elle le trouve dans la cuisine. Il tient entre deux doigts les clés de la voiture, comme s'il balançait une souris morte par la queue.

Elle les récupère, proposant :

– Je pense qu'il vaudrait mieux appeler la police. Après tout, d'un strict point de vue technique, ceci est une urgence.

– En d'autres termes, je suppose que tu n'as trouvé aucune empreinte.

– Pas avec le microscope. Je me rabattrai sur la révélation chimique si la police n'embarque pas le dessin, ce que je préférerais… D'ailleurs nous allons nous débrouiller pour qu'ils nous le laissent. Cela étant, je crois qu'il faut les prévenir. Tu as aperçu quelqu'un pendant ta balade ?

Lucy traverse la cuisine, se dirigeant vers le téléphone en ajoutant :

– Je veux dire, si l'on exclut toutes les femmes prises de panique qui se sont ruées vers les trottoirs lorsqu'elles t'ont vu débouler au milieu de la rue.

Elle fixe le cadran du téléphone et compose le 911.

– Et donc pas d'empreinte, synthétise Rudy. Mais nous n'avons pas encore épuisé toutes les possibilités. Et pas non plus de reliefs d'écriture sur la feuille?

Lucy secoue la tête en même temps qu'elle annonce:

– Je voudrais signaler un rôdeur.

– Cette personne se trouve-t-elle actuellement sur votre propriété, madame? s'informe l'opératrice d'une voix calme et professionnelle.

– Je n'en ai pas le sentiment, en revanche le rôdeur a sans doute un lien avec une effraction qu'on a déjà signalée à vos services.

L'opératrice vérifie l'adresse et demande le nom de son interlocutrice. Les coordonnées qui s'affichent sur son écran de contrôle renvoient à un nom de société anonyme à responsabilité limitée, l'une de celles que possède Lucy. Du reste, elle a oublié laquelle elle avait attribuée à cette maison en particulier. À sa décharge, elle possède plusieurs résidences, chacune associée à une SARL différente.

– Je me nomme Tina Francks, annonce Lucy en utilisant le même pseudonyme que celui dont elle s'est déjà servie la dernière fois qu'elle a appelé la police, le matin de l'agression d'Henri, lorsqu'elle a paniqué et commis l'erreur de composer le numéro d'urgence. Elle précise son adresse à la femme à l'autre bout de la ligne, ou du moins celle de Tina Francks.

– J'envoie aussitôt une voiture de patrouille à votre domicile, madame.

Du même ton posé et paisible, Lucy poursuit:

– Merci. Savez-vous si l'ISC John Dalessio est de service aujourd'hui? Sans doute serait-il intéressé par mon appel. C'est lui qui est venu chez moi la fois précédente, il connaît les lieux.

Elle récupère deux pommes dans le grand saladier posé sur l'îlot central de la cuisine.

Rudy roule de grands yeux, grimaçant qu'il est capable de mettre la main sur Dalessio bien plus vite que l'opératrice du 911. Lucy sourit de ses mimiques et fait reluire les pommes sur son jean avant de lui en lancer une. Elle croque dans la seconde, le téléphone plaqué contre son oreille, aussi à l'aise que si elle commandait un repas à emporter ou discutait avec le pressing du coin au lieu des bureaux du shérif de Broward County.

L'opératrice s'enquiert :

– Savez-vous qui a enquêté sur la première effraction à votre domicile ? Parce que, normalement, nous ne contactons pas un investigateur de scènes de crime, juste un détective.

– Ce que je sais, c'est que j'ai eu affaire à l'ISC John Dalessio, rétorque Lucy. Si mon souvenir est exact, nous n'avons jamais reçu la visite d'un détective à la maison. Je crois qu'il s'est rendu à l'hôpital lorsque mon invitée y a été transportée.

– John Dalessio n'est pas de service aujourd'hui, madame, mais je dois pouvoir lui transmettre un message, propose l'opératrice d'un ton un peu incertain.

Son hésitation se comprend puisque la femme n'a jamais rencontré ou parlé au fameux ISC John Dalessio, pas plus qu'elle n'a pu l'entendre sur les fréquences radio. Ce qu'elle ignore, c'est que, dans l'univers de Lucy, la signification de ces initiales est très différente de celle qu'elle connaît. Dans cet univers-là, un ISC est un investigateur du cyberespace. Il n'existe que dans les ordinateurs que Lucy ou ses agents piratent, c'est-à-dire en ce moment celui du département du shérif de Broward County.

– Oh, j'ai sa carte, je l'appellerai moi-même. Merci de votre aide, conclut Lucy en raccrochant.

Rudy et elle sont plantés dans la cuisine, dévorant leurs pommes, et leurs regards se joignent.

– C'est assez marrant quand on y pense... On n'appelle la police que pour se débarrasser d'une formalité ou, pire, parce que cela nous distrait, lâche-t-elle en espérant que Rudy finisse par envisager leur situation à l'égard de la police locale sous un angle plus comique.

Mordant à pleines dents dans la pomme, il hausse ses épaules musclées en essuyant d'un revers de main le jus qui lui dégouline le long du menton.

– Ce n'est pas une mauvaise chose d'inclure les flics du coin dans le paysage. Sans exagération, cela va sans dire. On ne sait jamais quand on en aura besoin pour un truc ou un autre.

Et voilà qu'il transforme la police locale en jeu, un de ses jeux favoris. Il poursuit :

– Tu as requis l'aide de Dalessio, donc maintenant c'est enregistré. Ce n'est pas notre faute s'ils ne parviennent pas à mettre la main dessus. Ils passeront le reste de leur carrière à se demander qui est ce foutu mec, ou s'il a démissionné, ou encore s'il a été foutu à la porte. Tout le monde va chercher qui a pu le rencontrer. Ce type va devenir une légende, un intarissable sujet de conversation.

– Lui et Tina Francks, corrige Lucy en mâchonnant un morceau de pomme.

– D'ailleurs… t'aurais vachement plus de mal à prouver que tu es Lucy Farinelli que Tina Francks ou tout autre de tes pseudonymes. Après tout, on collectionne les certificats de naissance et toute la paperasse administrative pour justifier tes identités bidon. Bordel, je sais même plus où est passé mon vrai certificat de naissance !

– Je ne sais plus très bien qui je suis au juste, acquiesce-t-elle en lui tendant une serviette en papier.

– Moi non plus.

Rudy arrache d'un coup de dents un gros morceau de sa pomme.

– Eh bien… maintenant que tu l'évoques, je ne suis pas non plus certaine de qui tu es. Bon, donc c'est toi qui ouvriras au flic. Tu lui demanderas de contacter l'ISC Dalessio afin qu'il vienne chercher le dessin.

– C'est le plan, sourit Rudy. Ça a super-bien fonctionné la dernière fois.

Lucy et Rudy conservent toujours des sacs de voyage prêts en cas d'urgence, ainsi que des mallettes équipées pour les premiers prélèvements sur les scènes de crime dans différents endroits stratégiques, tels que leurs domiciles ou leurs véhicules. Ils parviennent à se tirer de situations épineuses avec une aisance sidérante, juste par la magie de leurs boots de cuir foncé, de leurs polos et treillis noirs et de leurs coupe-vent sombres qui portent, inscrit au dos en grosses majuscules jaunes, « SCIENCES LÉGALES ». Il convient d'ajouter à cela les appareils photo qu'ils trimbalent en bandoulière, sans oublier l'équipement de base et surtout une façon de se tenir, de bouger. Le plan le plus simple est en général le meilleur. Après que Lucy eut découvert Henri et paniqué au point de foncer vers le téléphone pour composer le 911, elle a appelé Rudy. Celui-ci s'est rapidement changé pour se présenter d'un air placide à la porte de la maison, quelques minutes à peine après l'arrivée des flics. Il a expliqué qu'il venait d'intégrer la brigade chargée de l'investigation des scènes de crime et que les hommes présents pouvaient le laisser pendant qu'il passait la maison au peigne fin. La proposition avait tout pour séduire les autres agents parce que tourner autour d'un spécialiste des labos s'apparente pour eux à du baby-sitting.

Lucy – ou plutôt Tina Francks, identité qu'elle avait choisie cet affreux matin-là – assena de surcroît à la police quelques mensonges de sa fabrication. Henri, protégée elle aussi par un pseudonyme, était une amie en visite. Comme Lucy prenait sa douche, Henri, qui s'était allongée dans l'espoir de calmer sa gueule de bois de la veille, avait entendu l'intrus et s'était trouvée mal. L'invitée étant coutumière des crises de nerfs et des attaques d'hyperventilation, Lucy avait préféré appeler une ambulance, d'autant que rien ne prouvait qu'Henri n'ait pas été attaquée. Non, Lucy n'avait pas aperçu l'intrus en question. Non, *a priori* rien ne semblait manquer dans la maison. Non, selon elle Henri n'avait pas été violée, mais sans doute serait-il plus prudent de la transporter à l'hôpital afin de se rassurer sur son état. Après tout, c'est en général ce que l'on fait en pareil cas, n'est-ce pas ? Enfin, du moins est-ce ainsi qu'ils procèdent dans toutes les séries policières qui passent à la télévision, non ?

Rudy déclare d'un ton amusé :

– Je me demande combien de temps il va leur falloir avant de constater que le fameux ISC Dalessio réserve toutes ses apparitions à ton domicile. C'est une sacrée chance que leur département ait phagocyté presque tout le comté de Broward. Un morceau aussi gigantesque que l'État du Texas, ce qui implique qu'ils n'ont pas la moindre idée des allées et venues des gens.

Lucy jette un regard à sa montre, évaluant le trajet de la voiture de patrouille qui est sûrement déjà en route.

– Oh, ce qui compte, c'est que nous ne laissions pas Mr Dalessio de côté, ça pourrait blesser son amour-propre.

Rudy éclate de rire, sa mauvaise humeur envolée. Il ne peut pas faire la tête très longtemps lorsque l'action les attend tous les deux.

– D'accord. La police ne devrait plus tarder. Peut-être vaut-il mieux que tu files. Je ne confierai pas le dessin au monsieur en uniforme. Au lieu de cela, je vais lui refiler le numéro de téléphone de Dalessio en lui racontant que je préférerais discuter directement avec lui parce que je l'ai déjà rencontré lorsque tu as appelé les flics le jour de l'effraction. Notre gars va donc téléphoner à Dalessio et tomber sur son répondeur. Une fois qu'il sera reparti, votre très dévoué et très légendaire Dalessio-moi-même le rappellera pour l'informer qu'il s'occupe du reste.

– Ne laisse pas les flics pénétrer dans mon bureau.

– La porte est verrouillée, non ?

– En effet, répond Lucy. Si jamais tu sens que ta couverture Dalessio prend l'eau, préviens-moi. Je reviendrai sur mes pas et je m'occuperai moi-même des policiers.

– Où tu vas ?

– Je crois qu'il est grand temps que je rende une petite visite de courtoisie à ma voisine, répond Lucy.

CHAPITRE 13

La salle de décomposition n'est autre qu'une petite morgue équipée d'une grande chambre froide, d'éviers, de placards et d'armoires, le tout en inox et verre, ainsi que d'un système de ventilation très performant qui aspire les odeurs délétères et les micro-organismes pour les acheminer vers un ventilateur à extraction. Chaque centimètre carré des murs et du sol est recouvert d'une peinture acrylique grise, antidé-rapante et non absorbante, qui supporte les agressifs nettoyages à l'eau de Javel ou aux désinfectants divers.

La pièce centrale de cette salle est une unique table d'autopsie amovible, rien de plus qu'un cadre de chariot coulissant sur des glissières, monté sur des roues pivotantes munies de freins, dont le grand plateau élévateur accueille les corps. L'ensemble de ces améliorations est censé éviter aux manipulateurs du monde moderne de soulever les cadavres, un vœu pieux. Les employés des morgues continuent de lutter contre le poids des morts, et cela ne devrait pas cesser de sitôt. Le plateau est incliné afin de permettre l'évacuation des fluides vers l'évier, mais cette particularité ne sera pas utile ce matin. Il ne reste plus rien à évacuer. Les fluides corporels de Gilly Paulsson ont été récoltés ou ont déjà disparu dans les siphons deux semaines plus tôt, lorsque Fielding a autopsié son corps.

Ce matin, la table d'autopsie est plantée au milieu du sol peint, et le corps de Gilly Paulsson est enveloppé dans une housse noire qui ressemble à un gros cocon posé sur le plateau d'acier brillant. La pièce est aveugle, nulle fenêtre n'ouvrant vers l'extérieur. Seule une rangée de baies permettant l'observation la troue, et encore, elles ont été installées bien trop haut pour que quiconque puisse les utiliser. Scarpetta ne s'était jamais plainte de cette erreur de construction lorsqu'elle avait emménagé dans les lieux, huit ans auparavant. Elle jugeait que personne n'avait à suivre ce qui se passait dans cette pièce hébergeant pour un temps des morts gonflés et verdâtres, aux corps grouillant d'asticots ou aux affreuses brûlures les faisant ressembler à des branches carbonisées.

Elle vient juste de pénétrer dans la pièce, après avoir enfilé tout l'attirail de protection contre les risques biologiques dans le vestiaire réservé aux femmes.

— Je suis désolée de devoir interrompre votre autre investigation, lance-t-elle à Fielding tandis que la vision de Mr Whitby revêtu de son pantalon vert olive et de sa veste noire s'impose à elle. Mais j'ai bien l'impression que votre patron a cru que j'allais me charger de cela sans vous.

— Que vous a-t-il expliqué au juste ? demande Fielding, la bouche protégée d'un masque.

— Pas grand-chose en réalité.

Elle enfile une paire de gants avant de poursuivre :

— Je n'en sais guère davantage que ce qu'il a bien voulu me dire hier, lorsqu'il m'a appelée en Floride.

Fielding fronce les sourcils et la sueur commence à perler sur son front.

— Mais je pensais que vous sortiez de son bureau.

Scarpetta se demande soudain si la pièce n'est pas équipée de micros. Lorsqu'elle était légiste en chef, elle avait tenté d'installer des dictaphones et autres magnétophones dans la salle, sans succès puisque le bruit de fond était si important qu'il se déjouait des meilleurs appareils d'enregistrement, rendant les bandes inintelligibles. Ce détail lui dicte la suite et elle se dirige vers l'évier pour ouvrir le robinet en grand. L'eau dévale bruyamment, heurtant les parois de métal en produisant un son creux.

– Pourquoi faites-vous cela ? interroge Fielding en descendant la fermeture à glissière de la grande housse.

– J'ai pensé qu'une petite musique d'eau vous serait agréable pendant que nous travaillons.

Il lève les yeux vers elle et précise :

– On peut parler ici. Je suis presque certain que la pièce n'est pas buggée. Il n'est pas assez intelligent. De surcroît, je parierais qu'il n'a jamais mis les pieds en salle de décomposition. À mon avis, il ne doit même pas savoir où elle se trouve.

– Qu'il est aisé de sous-estimer les gens que l'on n'aime pas, commente-t-elle en l'aidant à écarter les rabats de la housse.

Les deux semaines de réfrigération ont retardé le processus de décomposition, mais le corps est déshydraté et s'achemine vers la momification. La puanteur exhalée par le cadavre est étouffante, mais comment Scarpetta pourrait-elle lui en vouloir ? Ces relents nauséabonds sont une autre façon pour les défunts de s'exprimer, et Gilly Paulsson n'y peut rien. Elle ne peut rien à ce qu'est devenu son corps, aux odeurs qui s'en échappent, pas plus qu'elle ne peut quelque chose au fait qu'elle est morte. Elle est livide, sa peau prenant parfois des reflets verdâtres, exsangue, le visage émacié par la dessiccation. Ses yeux sont entrouverts en fente et la sclérotique que l'on distingue sous les paupières est si sèche qu'elle est devenue presque noire. Ses lèvres déshydratées ont pris une couleur marron et se sont écartées un peu. Ses longs cheveux blonds sont emmêlés autour de ses oreilles et sous son menton. Scarpetta ne relève aucune blessure externe au niveau du cou, pas même celles qui peuvent survenir lors de l'autopsie d'un corps. C'est l'inacceptable cas de la « boutonnière », le genre de choses qu'on ne devrait jamais constater mais qui se produit lorsqu'un intervenant inexpérimenté ou négligent repousse les tissus dans le cou afin d'extraire la langue ou le larynx et, ce faisant, traverse la peau. Ce type de blessures consécutives à l'autopsie est particulièrement ardu à justifier auprès des familles en deuil.

Les deux branches de l'incision en Y partent de l'extrémité des clavicules pour se rejoindre au niveau du sternum, puis descendre en contournant le nombril jusqu'au pubis. Fielding entreprend de couper le fil qui la suture de la lame de son scalpel comme s'il ouvrait les coutures d'une poupée de chiffon, pendant que Scarpetta récupère sur une paillasse un dossier regroupant le protocole suivi pour l'autopsie de Gilly, ainsi que le rapport initial d'enquête. Elle les parcourt. Gilly mesurait un mètre cinquante-huit et pesait quarante-sept kilos. Elle aurait eu quinze ans en février prochain. Ses yeux étaient bleus. Le rapport d'autopsie rédigé par Fielding décline à l'infini la mention «dans les limites normales». Son cerveau, son cœur, son foie, ses poumons, tous les organes de Gilly concordaient avec ce que l'on s'attend à trouver chez une très jeune fille en excellente santé.

Mais Fielding a également découvert des marques qui devraient ressortir davantage aujourd'hui, après l'exsanguination du corps. En d'autres termes, le contraste entre le sang prisonnier dans des tissus malmenés est encore plus visible sur une peau si pâle. Il a reporté sur un diagramme les contusions relevées sur le dos de ses mains. Scarpetta repose le dossier sur la paillasse comme Fielding extrait de la cavité thoracique un lourd sac de plastique contenant les organes disséqués. Elle se rapproche de la jeune fille pour la détailler et soulève l'une de ses mains menues, la droite. Elle est toute ridée, si blanche, froide et humide, et Scarpetta tient la petite main entre les siennes, protégées de gants, puis la retourne pour examiner la marque de contusion. La main et le bras de la morte sont souples. La *rigor mortis* s'est désinstallée, le corps a perdu sa résistance obstinée, comme si la vie était déjà si loin de lui qu'il devenait inutile de lutter contre la mort. L'hématome a pris une couleur rouge foncé qui tranche sur la peau d'une pâleur fantomatique.

Il est situé au beau milieu de la main fine que la déshydratation tissulaire a encore rétrécie. La zone contusionnée s'étend de la jointure du pouce à celle de l'auriculaire. Une marque similaire colore la main gauche.

– Oh, ouais…, lâche Fielding. Bizarre, n'est-ce pas ? On dirait que quelqu'un la tenait, je ne sais pas… Mais pour quoi faire ?

Il dénoue le lien qui scelle le sac afin de l'ouvrir et l'effroyable puanteur du magma brunâtre se répand dans la pièce.

– Bouhhh… Je ne sais pas ce que vous allez dénicher grâce à tout cela, docteur Scarpetta, mais je vous en prie, à vous de jouer !

– Laissez le sac sur la table et j'aviserai au fur et à mesure. Il n'est pas exclu que quelqu'un ait tenté de la maîtriser. Dans quel état a-t-elle été retrouvée ? Décrivez-moi la position de son corps à ce moment-là, insiste Scarpetta tout en retournant vers l'évier pour attraper une nouvelle paire de gants, ceux-là en épais caoutchouc et qui couvrent les avant-bras jusqu'aux coudes.

– Je ne suis pas certain. Quand sa mère est rentrée chez elle, elle a tenté de ranimer sa fille. Elle a déclaré qu'elle ne se souvenait pas si Gilly était allongée sur le ventre, ou sur le dos, ou même sur le flanc. De surcroît, elle n'avait aucune explication concernant les hématomes présents sur ses mains.

– Et les lividités ?

– Rien à espérer de ce côté-là. La gamine n'était pas morte depuis assez longtemps.

Lorsque le sang ne circule plus, il se dépose en obéissant aux lois de la gravité. Se créent alors des plages d'un rose intense ou décolorées en fonction de la pression des surfaces ou des objets en contact avec le corps. Certes, notre première réaction à tous est la précipitation : examiner le corps au plus vite. Pourtant certains retards ont des avantages. Il suffit de quelques heures, les lividités cadavériques et la *rigor mortis* s'installent, révélant la position du cadavre au moment du décès, même lorsque les vivants tentent ensuite de déplacer le mort ou de modifier leurs histoires.

Scarpetta entrouvre avec délicatesse les lèvres de Gilly, à la recherche de blessures qui puissent trahir la pression d'une main sur une bouche dans le but de faire taire ou une asphyxie telle qu'elle aurait pu survenir si on avait maintenu le visage de l'enfant pressé contre un oreiller ou un matelas.

– Oh, vous pouvez y aller, mais j'ai déjà tout examiné, précise Fielding. Je n'ai remarqué aucune autre contusion.

– Et sa langue ?

– Elle ne se l'est pas mordue. Rien de tout cela. Désolé, mais devinez où elle se trouve maintenant ?

– Oh, je crois que je vois, répond Scarpetta.

Elle plonge le bras dans le gros sac rempli d'une bouillie d'organes froide, palpant au fur et à mesure les morceaux de viscères que rencontrent ses doigts.

Fielding rince ses mains gantées sous le vigoureux jet d'eau qui tambourine dans l'évier avant de les essuyer à l'aide d'une serviette.

– Marino ne vous a pas accompagnée ?

– J'ignore où il se trouve, admet Scarpetta d'un ton qui indique son déplaisir.

– Les corps en décomposition n'ont jamais trop été sa tasse de thé.

– Si quelqu'un prétendait les apprécier, je m'inquiéterais.

– Oui, c'est comme les gosses. Ceux qui aiment bien les gosses morts, ajoute Fielding appuyé à la paillasse en la dévisageant. Je serais vraiment content que vous dégottiez quelque chose, parce que moi, j'en suis incapable et je ne peux pas vous dire à quel point ça me frustre.

– Et les pétéchies ? Ses yeux sont dans un tel état que je ne peux pas en déduire grand-chose pour l'instant.

– Elle était très congestionnée lorsqu'elle est arrivée. Difficile d'affirmer s'il y avait présence de pétéchies ou pas. Personnellement, je n'en ai pas remarqué.

Scarpetta imagine le corps de Gilly lors de son transfert à la morgue, alors que la mort ne remontait qu'à quelques heures, le visage rouge de congestion, comme les yeux.

– Un œdème pulmonaire ?

– À un certain degré, en effet.

Scarpetta a enfin repéré la langue. Elle la rince dans l'évier, puis l'essuie à l'aide d'une petite serviette en tissu-éponge blanc qui provient d'un lot plus que bas de gamme acheté par l'État. Elle rapproche le Scialytique et l'incline afin d'éclairer l'organe.

– Vous avez une loupe ? demande-t-elle en tapotant à nouveau la langue avec la petite serviette et en ajustant l'intense faisceau lumineux.

– Tout de suite, répond Fielding en récupérant l'objet dans un tiroir pour le lui tendre. Vous voyez quelque chose ? Moi, je n'ai rien trouvé.

– Des antécédents d'épilepsie ou d'apoplexie ?

– Pas si j'en crois ce que l'on m'a raconté.

Scarpetta cherche un indice qui puisse indiquer que la jeune fille s'est mordu la langue.

– Eh bien, je ne trouve nulle trace de blessure non plus. Avez-vous réalisé des écouvillons de la cavité buccale ?

– Oh, oui… J'ai des écouvillons de tout ! précise Fielding en regagnant la paillasse pour s'y appuyer à nouveau. Rien de probant. Les rapports préliminaires des labos n'indiquent aucune violence sexuelle. J'ignore s'ils ont d'autres résultats depuis.

– Dans le CM1, le premier rapport du médecin expert, il est indiqué que l'enfant était vêtue d'un pyjama lorsque le corps a été amené à la morgue, mais que le haut du vêtement avait été enfilé à l'envers.

Fielding récupère le dossier et le feuillette en acquiesçant :

– Oui, ça m'a l'air juste.

– Vous avez pris une pléthore de clichés de tous les détails.

Il ne s'agit pas d'une question dans l'esprit de Scarpetta, juste de la vérification d'une procédure de routine que chacun devrait suivre à la lettre.

Il en rit, en expliquant :

– Hé... qui me l'a enseigné, me le faisant entrer dans la tête à coups de marteau ?

Elle lui destine un regard rapide. L'enseignement qu'elle lui a dispensé est bien supérieur à ce qu'il en a fait. Mais elle ne rectifie pas.

– Je suis ravie de vous confirmer que vous n'avez rien laissé de côté au sujet de la langue.

Elle lâche le petit organe dans le sac, où il rejoint les autres sections brunâtres de viscères en décomposition prélevées sur Gilly Paulsson.

– On va la retourner. Il nous faut la sortir de la housse.

Ils procèdent par étapes. Fielding agrippe le cadavre sous les aisselles et le soulève pendant que Scarpetta tire la grande poche noire de dessous. Ensuite, il bascule le corps sur le ventre et elle parvient à libérer complètement la housse dont l'épais vinyle geint bruyamment comme elle le plie pour le poser sur le chariot. Ils repèrent l'hématome en même temps.

– Je ne peux pas le croire ! s'exclame Fielding, décontenancé.

La rougeur est modeste, de forme arrondie et de la taille d'une grosse pièce, située sur la gauche, juste en dessous de l'omoplate.

– Je suis certain que cette marque n'existait pas lorsque j'ai réalisé l'autopsie, affirme-t-il en se penchant et en rectifiant le faisceau de la lampe de chirurgie. Merde, mais c'est impossible que j'aie raté ce truc-là !

– Oh, vous savez ce que c'est...

Scarpetta le réconforte alors même qu'elle tait ce qu'elle pense vraiment. Mais des reproches seraient ineptes maintenant, il est trop tard pour cela.

– ... Les contusions sont plus repérables après l'autopsie.

Elle récupère un scalpel abandonné sur le chariot de matériel chirurgical et pratique de profondes incisions linéaires dans la zone rougeâtre afin de s'assurer qu'il ne s'agit pas d'un artefact *post mortem*, donc superficiel. Mais ce n'est pas le cas. La diffusion du sang dans les tissus sous-jacents indique le plus souvent qu'un traumatisme quelconque a causé la rupture de vaisseaux alors qu'il existait toujours une pression vasculaire. C'est même la définition d'une ecchymose, ou d'une contusion, l'éclatement de petits vaisseaux qui fuient dans les tissus avoisinants. Fielding applique un double décimètre en plastique contre la zone incisée et entreprend de la photographier.

— Et les draps, les couvertures de son lit? Vous les avez inspectés? demande Scarpetta.

— Je n'en ai pas eu l'occasion. Les flics ont tout embarqué pour le confier aux labos. Ainsi que je vous l'ai dit, ils n'ont pas mis la présence de sperme en évidence. Bordel… je ne peux pas croire que j'ai raté cette ecchymose!

— Demandons-leur s'ils n'ont pas remarqué la présence de taches sur les draps ou sur les oreillers qui évoqueraient un œdème pulmonaire. S'ils en découvrent, qu'ils les grattent pour vérifier l'éventuel dépôt d'épithélium respiratoire cilié. Une réponse affirmative de leur part soutiendrait l'hypothèse d'une mort par asphyxie.

— Merde, répète-t-il. Mais comment ai-je pu passer à côté de ce truc! Donc vous soupçonnez un homicide.

— Je soupçonne que quelqu'un a grimpé sur elle. La jeune fille était allongée sur le ventre. Cette personne l'a maintenue en enfonçant son genou de tout son poids sous l'omoplate. Elle a tiré les bras de Gilly au-dessus de sa tête et plaqué ses mains, paumes contre le matelas. Cela expliquerait les contusions retrouvées sur ses mains et dans son dos. Nous sommes donc en train d'évoquer une asphyxie mécanique… un homicide, en effet. Quelqu'un s'assoit à califourchon sur votre poitrine ou votre dos, vous empêchant de respirer. Une mort épouvantable.

CHAPITRE 14

La voisine habite une maison à toit plat. Son architecture de béton blanc incurvé et de verre tire parti de la nature environnante, reflétant l'eau, la terre et le ciel, et évoque les constructions que Lucy a découvertes en Finlande. La nuit, la demeure prend des allures d'immense lanterne allumée.

Une fontaine glougloute dans la cour d'entrée où des hauts palmiers et des cactus ont été décorés de guirlandes lumineuses multicolores en perspective des fêtes. Un gros Grinch vert gonflable menace non loin des doubles portes vitrées, une touche festive que Lucy aurait sans doute trouvée amusante si quelqu'un d'autre occupait les lieux. Une caméra, aussi discrète que possible mais pas suffisamment, est nichée dans le coin supérieur gauche du chambranle de la porte. Elle appuie sur le bouton de la sonnette, certaine que son image s'affiche aussitôt sur les écrans du circuit de vidéosurveillance. Nul ne répond. Elle se fend d'une seconde tentative, toujours en vain.

Je sais que tu es chez toi puisque tu as ramassé le journal et remonté le petit drapeau de ta boîte aux lettres, songe Lucy. Je sais que tu es en train de m'espionner. Sans doute es-tu assise dans ta cuisine, fixant l'écran vidéo, plaquant le combiné de l'interphone contre ton oreille pour savoir si je respire ou si je monologue. Crétine, figure-toi que je fais les deux ! Tu vas ouvrir cette foutue porte ou tu préfères que je reste plantée devant tout le reste de la journée ?

L'attente se poursuit encore cinq bonnes minutes. Lucy patiente devant les lourdes portes vitrées, tentant d'imaginer l'impression qu'elle fait à la femme qui tient les yeux rivés sur l'écran vidéo. Elle n'a rien d'alarmant avec ses jeans, son tee-shirt, sa banane de ceinture et ses tennis. En revanche, sans doute sa façon de presser obstinément le bouton de sonnette est-elle agaçante. Après tout, peut-être la voisine prend-elle une douche, peut-être ne fixe-t-elle pas l'image de Lucy trans-mise par le système de sécurité ? Lucy sonne à nouveau. Elle ne répondra pas. Je savais que tu n'ouvrirais pas, espèce de crétine, pense Lucy. Je pourrais me trouver mal ou claquer d'une crise cardiaque sur ton écran que tu ne broncherais pas. Bon, eh bien, il va falloir que je te force à m'ouvrir. Elle revoit Rudy extrayant son faux badge de policier afin de terroriser le latino, un peu moins de deux heures auparavant, et se décide. Bon, ben, on va tenter le coup et voir comment tu réagis. Elle tire un mince portefeuille noir de la poche arrière de son jean moulant et brandit le badge sous l'œil de la caméra pas-si-discrète-que-ça.

D'un ton ferme et fort elle annonce :

– C'est la police. Ne vous inquiétez pas, je suis votre voisine directe, mais je suis flic. S'il vous plaît, ouvrez-moi.

Lucy actionne encore la sonnette en plaquant le badge con-trefait contre le minuscule objectif de la caméra de surveil-lance.

Elle cligne des yeux sous le soleil et transpire. Elle patiente encore, tendant l'oreille pour surprendre le moindre son, en vain. Alors qu'elle se prépare à brandir à nouveau son insigne, une voix tombe de nulle part, comme si Dieu était une femme irascible.

— Que voulez-vous ? demande la voix provenant d'un invisible haut-parleur sans doute installé dans le chambranle, juste à côté de la caméra.

— Quelqu'un s'est introduit chez moi, madame. J'ai pensé qu'une effraction survenant juste à côté de votre maison pouvait vous intéresser.

La voix inamicale, teintée d'un fort accent sudiste, se fait accusatrice :

— Vous avez prétendu appartenir aux forces de police.

— Je suis les deux.

— Les deux quoi ?

— Je suis de la police, mais également votre voisine. Je m'appelle Tina. Pourriez-vous m'accorder un instant, je vous prie ?

D'abord le silence. Puis dix secondes s'écoulent et Lucy distingue une silhouette qui semble flotter vers les portes vitrées. La silhouette se métamorphose en femme d'une quarantaine d'années, vêtue d'un survêtement de sport et de chaussures de jogging. Une petite éternité s'écoule avant qu'elle ne parvienne à déverrouiller toutes les serrures, mais finalement elle y parvient et débranche même l'alarme avant d'ouvrir un des battants de la porte. Tout d'abord, il semble évident qu'elle n'a nulle intention d'inviter Lucy à pénétrer chez elle. Elle se campe dans l'embrasure de la porte et fixe la jeune femme d'un regard peu amène.

— Soyez brève, ordonne la femme. Je n'aime pas les étrangers et n'ai aucune velléité de socialisation avec mes voisins. Si je me suis installée dans ce coin, c'est précisément parce que je ne veux pas de voisinage. Au cas où vous ne l'auriez pas encore remarqué, ceci n'est pas ce que l'on peut baptiser du nom de «voisinage». Ceci est un endroit où emménagent des gens qui souhaitent que l'on respecte leur intimité et qui veulent qu'on leur fiche la paix.

— Qu'est-ce qui n'est pas quoi ?

La sortie acide ne fait que conforter Lucy. Elle reconnaît les signes indiscutables d'appartenance à la tribu des riches, leur égotisme, et la joue un brin naïve :

– Quoi ? Votre demeure ou le voisinage dans son intégralité ?

– Mais de quoi me parlez-vous ?

L'hostilité de la femme s'estompe un peu, remplacée par l'ahurissement.

– Quoi de quoi ?

– Je parle de ce qui s'est passé chez moi. Il est revenu, lâche Lucy comme si la femme savait à quoi elle fait allusion. Peut-être ce matin, très tôt. Je n'en suis pas certaine parce que je me suis absentée hier et la nuit dernière. J'ai atterri à Boca en hélicoptère. Je crois que je sais à qui il en veut, mais je m'inquiète quand même à votre sujet. Ça ne serait pas juste si vous étiez prise dans le sillage. Enfin, vous voyez ce que je veux dire.

– Oh.

La femme possède un très joli bateau arrimé à la digue, juste derrière sa maison. Elle sait exactement ce qu'est un sillage et les dégâts considérables qu'il peut occasionner lorsque l'on se fait prendre dans ses remous. Elle demande :

– Mais comment pouvez-vous faire partie des forces de police et vivre dans une telle maison ?

Elle a jeté cette phrase sans même jeter un regard en direction de la grande demeure rose saumon construite dans un style méditerranéen. Puis la dernière sortie de Lucy semble lui revenir :

– Quoi, un hélicoptère ? Ne me dites pas que vous possédez aussi un appareil de ce genre !

– Ah… Vous chauffez, admet Lucy en feignant un soupir résigné. C'est une longue histoire en rapport avec Hollywood. Je viens juste de déménager de Los Angeles, vous voyez. Je n'aurais jamais dû quitter Beverly Hills, c'est vraiment là que je suis chez moi, mais ce foutu film… pardonnez-moi l'expression. Mais je suis certaine que vous êtes au courant de ce que peuvent représenter des négociations avec des producteurs de cinéma, surtout lorsqu'ils se mettent en tête de filmer en décors naturels.

Les yeux écarquillés, la voisine insiste :

– Juste à côté ? Ils vont filmer dans votre maison, juste à côté ?

Lucy jette un regard méfiant autour d'elle et précise :

– Écoutez, cela m'ennuie vraiment d'avoir ce genre de conversation ici, enfin dehors. Ça vous dérangerait si nous poursuivions plutôt chez vous ? Mais il faut me promettre que tout cela restera entre nous. Si jamais on venait à apprendre que… enfin, bref, vous voyez ce que je veux dire.

Le doigt de la femme pointe en direction de Lucy et elle se fend d'un sourire tout en dents en soufflant :

– Ah ! Je savais que vous étiez une célébrité.

Lucy rétorque d'un air horrifié :

– Oh, non, ne me dites pas que je suis transparente à ce point.

Elle pénètre dans un salon meublé de façon minimaliste, intégralement blanc. L'un des murs haut de deux étages a été remplacé par une épaisse paroi de verre qui donne sur le patio dallé de granit, la piscine, ainsi qu'un bateau à moteur de huit mètres de long. Lucy doute que sa vaniteuse voisine gâtée par la vie sache le faire démarrer et encore moins le piloter. Le bateau a été baptisé *C'est réglé* et son port d'attache est Grand Caïman, une île des Caraïbes, paradis fiscal bien connu.

– C'est un magnifique bateau, la complimente Lucy comme elles s'installent sur des sièges immaculés qui semblent suspendus entre l'eau et le ciel.

Elle dépose son téléphone portable sur la table basse en verre.

– Il est italien, précise la femme avec un sourire futé et dépourvu de chaleur.

– Ça me rappelle Cannes.

– Ah, oui… le festival du film.

– Non… Pas vraiment cet aspect-là. La ville de Cannes plutôt, les bateaux, ces yachts. Juste après l'ancien *clubhouse*, vous obliquez sur le quai n° 1, non loin du Poséidon et de l'Amphitrite – ce sont des compagnies de location de bateaux basées à Marseille. Paul, le gars qui travaille là-bas, est vraiment très sympa. Il conduit une Pontiac jaune canari, assez déroutante pour le sud de la France. Vous continuez, dépassez les hangars de stockage, vous bifurquez alors sur le quai n° 4 et vous continuez en direction du phare. Je n'ai jamais vu autant de Mangusta ni de Léopard de ma vie. J'ai moi-même possédé un Zodiac équipé d'un moteur Suzuki assez vigoureux, mais un bateau de grande taille… qui a assez de temps ? Enfin, peut-être vous.

Elle balaie du regard le hors-bord en cale sèche et conclut :

– Et puis le shérif et les douanes vous tomberont dessus si jamais vous naviguez dans le coin à plus de quinze kilomètres-heure.

La femme fixe Lucy sans paraître comprendre. Elle est jolie, mais pas attirante selon les critères de Lucy. Le genre de femme très riche, très choyée, accro au Botox, au collagène, à la thalassothérapie, bref à toute la nouvelle panoplie mise à disposition par son dermatologue. Sans doute n'a-t-elle pas été en mesure de froncer les sourcils depuis des années. D'un autre côté, elle n'a nul besoin d'une expression de mécontentement supplémentaire. La colère et la méchanceté sont déjà peintes naturellement sur son visage, un froncement serait une surenchère.

– Ainsi que je vous l'ai dit, je m'appelle Tina. Et vous êtes ?…

– Vous pouvez m'appeler Kate. C'est comme cela que me nomment mes amis, répond la femme gâtée. Cela fait maintenant sept ans que je vis dans cette maison et je n'ai jamais rencontré aucun problème, excepté avec Jeff, qui, je suis ravie de vous l'apprendre, est parti vivre sa vie aux îles Caïmans, entre autres. Donc, en réalité, vous n'êtes pas véritablement officier de police, c'est bien cela ?

– Je suis terriblement désolée de vous avoir un peu induite en erreur, Kate. Mais, je n'avais guère d'autres solutions pour vous convaincre de me recevoir.

– J'ai bien vu un badge.

– Oui, je l'ai brandi devant votre caméra. Mais il n'est pas complètement… Enfin, il n'est pas authentique. Vous comprenez, je suis en train de m'entraîner pour mon rôle, alors j'essaie de me glisser autant que faire se peut dans la peau de mon personnage. Le metteur en scène a suggéré que je me familiarise au maximum avec cette maison, là où nous tournons, mais aussi que je porte le badge en permanence et que je conduise les mêmes voitures que l'agent spécial, et tout le reste.

Kate pointe à nouveau son doigt sous le nez de Lucy en s'exclamant :

– Je le savais ! Les voitures de sport. Bien sûr, tout cela fait partie de votre rôle, n'est-ce pas ?

La femme mince aux longues jambes se rencogne dans les profondeurs de son grand fauteuil blanc et tapote un coussin avant de le poser sur ses genoux. Elle s'enquiert :

– C'est curieux, mais je n'ai pas le sentiment de vous reconnaître.

– Oh, je préfère.

Kate tente de froncer les sourcils.

– Oui, mais quand même, vous devriez me rappeler quelqu'un. C'est comme votre nom, je ne vois vraiment pas. Tina qui ?

– Tina Mangusta.

Lucy a choisi son modèle préféré de bateau, à peu près convaincue que la voisine ne fera pas le lien avec ses récents commentaires au sujet du port de Cannes. En revanche, le nom « Mangusta » devrait lui sembler familier.

Un éclair de soulagement et Kate déclare :

– Ah, en effet, j'ai déjà entendu ce nom-là. Je crois. Enfin, peut-être.

– Vous savez, je n'ai pas encore une prestigieuse carrière derrière moi, pas de grands rôles, même si certains des films dans lesquels j'ai joué étaient de grosses réalisations. Mais je crois que là je tiens ma chance, si je puis dire. J'ai commencé au théâtre, dans des mises en scène amateurs, et puis j'ai obtenu quelques petits rôles dans des séries B, bref j'ai un peu pris ce que l'on me proposait. J'espère que tout le remue-ménage, lorsqu'ils vont débarquer avec leurs camions, ne va pas vous rendre folle. Remarquez, heureusement, ça ne commencera pas avant l'été prochain. D'ailleurs, si cela se trouve, ça ne se fera même pas, avec ce dingue qui nous a pourchassés jusqu'ici.

– Quel dommage ! remarque la femme en penchant le buste vers Lucy.

– Ça, vous pouvez le dire.

Le regard de Kate s'obscurcit et une ombre d'inquiétude se peint sur son visage.

– Oh, mon Dieu, et depuis la côte ouest ? Il vous a suivis depuis la côte ouest, c'est ça ? Vous m'avez dit que vous possédiez un hélicoptère, non ?

– J'en suis presque certaine. Il faut avoir été traquée de la sorte pour comprendre qu'il s'agit d'un véritable cauchemar. Je ne le souhaite à personne. Je pensais que notre emménagement dans le coin serait notre plus belle opportunité. Je ne sais pas comment il a pu y parvenir, mais toujours est-il qu'il nous a retrouvées et suivies. Je suis sûre que c'est bien lui, enfin presque. Parce que ce serait épouvantable si nous nous retrouvions avec deux harceleurs. D'une certaine façon, j'en viens presque à espérer qu'il s'agisse bien du même. Ah… et en effet je me déplace en hélicoptère, mais, bien sûr, pas depuis la côte ouest.

– Au moins, vous ne vivez pas toute seule, commente Kate.

– Ma colocataire, une actrice elle aussi, vient de déménager afin de retourner sur la côte ouest. Tout cela à cause de ce type qui nous traque.

– Et ce très beau garçon que j'ai aperçu dans le coin ? En fait, je me suis même demandé s'il ne s'agissait pas d'un acteur, quelqu'un de connu. Ça fait quelque temps que je cherche qui cela peut bien être. (Elle a un petit sourire fripon avant de reprendre :) Dans quoi est-il ?

– Les ennuis, surtout.

– Eh bien, s'il vous ennuie, ma chérie, vous n'avez qu'à foncer chez Kate, pas ailleurs, conseille-t-elle en tapotant doucement le coussin qui lui couvre les genoux. Vous savez, je sais très bien m'y prendre dans certains domaines.

Le regard de Lucy se perd vers le *C'est réglé*, vers la longue coque mince d'un blanc qui rutile sous le soleil. Elle se demande si l'ex-mari de Kate ne se planque pas des impôts aux îles Caïmans, privé de bateau. Elle précise :

— La semaine dernière, le dingue en question s'est introduit dans ma propriété. Enfin, du moins, je crois qu'il s'agissait bien de lui. Je me demandais…

Le visage lisse et tendu de Kate reste d'abord vide de toute émotion. Puis elle s'écrit :

— Oh… celui qui vous a suivies ? Eh bien, non, je ne l'ai pas aperçu. Non, j'ai beau chercher. D'un autre côté, il y a tellement de gens qui traînent dans le coin, les jardiniers, les employés qui s'occupent des piscines, des ouvriers du bâtiment aussi… En revanche, j'ai bien vu toutes ces voitures de police et l'ambulance. Ça m'a vraiment fait très peur. C'est typiquement le genre de choses qui peut démolir la réputation d'un coin.

— Ah, donc vous étiez chez vous ce jour-là. Ma colocataire, ou plutôt ancienne colocataire, était couchée, elle cuvait une gueule de bois. Elle est peut-être sortie pour prendre un peu le soleil.

— Ah, oui, en effet, je l'ai vue.

— Vraiment ?

— Tout à fait. J'étais à l'étage, dans la salle de gym. Et puis j'ai jeté un œil par la baie vitrée et je l'ai aperçue qui sortait par la porte de la cuisine. Je me souviens même qu'elle portait une robe de chambre par-dessus son pyjama. Mais, maintenant que vous me dites qu'elle avait la gueule de bois, ça s'explique.

— Vous souvenez-vous de l'heure qu'il était ? demande Lucy, alors que son téléphone portable posé sur la table basse continue d'enregistrer la conversation.

— Voyons voir… 9 heures du matin ? Enfin, dans ces eaux-là.

L'index de Kate pointe en direction de la maison de Lucy et elle précise :

— Elle s'est assise au bord de la piscine.

— Et ensuite ?

– J'étais justement en train d'utiliser mon cardiotrainer elliptique, réfléchit Kate, puisque dans son monde tout doit se
rapporter à elle et seulement elle. Voyons, voyons… Je me
demande si un truc à la télévision ne m'a pas distraite à ce
moment-là… Non. Non, en fait j'étais au téléphone. Je me
souviens d'avoir de nouveau regardé par la baie et votre amie
n'était plus là. Sans doute venait-elle de rentrer dans la
maison. Ce que je veux dire, c'est qu'elle est restée dehors très
peu de temps.

– Combien de temps vous êtes-vous entraînée sur le
cardiotrainer? Serait-il possible que vous me montriez votre
salle de gym afin que je rende compte de l'endroit où vous
vous teniez lorsque vous avez vu mon amie?

– Bien sûr, suivez-moi, ma chérie.

Kate se lève de son grand fauteuil blanc et propose :

– Ça vous dirait, un verre? Moi, je crois que j'ai besoin d'un
petit mimosa avec toutes ces histoires de harceleurs, de grands
camions bruyants qui vont débouler ici et d'hélicoptères, et
tout ça. En général, je me sers de la machine en question une
demi-heure d'affilée.

Lucy ramasse son portable sur la table basse et déclare :

– Je prendrai la même chose que vous.

CHAPITRE 15

Il est 11 h 30 lorsque Scarpetta rejoint Marino, qui attend devant la voiture de location garée sur le parking de ses anciens bureaux. De sombres nuages, lourds de violence contenue, roulent dans le ciel et le soleil disparaît derrière eux par intermittence. Des gifles de vent chahutent sans douceur ses vêtements et ses cheveux.

Marino déverrouille le quatre-quatre en demandant :

– Fielding vient pas avec nous ? J'suppose que vous préférez que ce soit moi qui conduise ? Alors un enfoiré l'a aplatie sous lui et l'a étouffée. Enfoiré de merde ! Tuer une gamine comme ça. Il devait être baraqué, vous croyez pas, pour la maintenir comme ça, au point qu'elle puisse plus bouger ?

– Non, Fielding ne m'accompagne pas et vous pouvez, en effet, conduire. Lorsque vous suffoquez, la panique vous saisit et vous vous débattez comme un forcené. En d'autres termes, il n'était pas nécessaire que son agresseur soit une montagne. En revanche, les faits suggèrent qu'il devait être assez fort pour la maintenir plaquée contre le lit. Selon toute évidence, il ne s'agit pas d'un étouffement mais plutôt d'une asphyxie mécanique.

– Ouais, ben c'est exactement ce qu'on devrait faire à la peau de son cul quand on l'arrêtera. On n'a qu'à laisser deux matons bien costauds l'aplatir comme une crêpe et s'asseoir sur sa poitrine pour l'empêcher de respirer, et on verra si ça le branche.

Ils montent dans la voiture et Marino tourne le contact avant de proposer :

– Et je suis volontaire. Laissez-le-moi. Mon Dieu, faire ça à un gosse !

– Et si nous gardions le « Tuez-les tous, Dieu reconnaîtra les siens » pour plus tard ? Nous avons pas mal de choses à régler. Que savez-vous au sujet de maman ?

– Puisque Fielding vient pas, je suppose que vous l'avez appelée.

– Je lui ai expliqué que je souhaitais la rencontrer afin de discuter un peu, rien d'autre. Elle m'a paru bizarre au téléphone. Elle est certaine que sa fille est décédée des suites de la grippe.

– Et vous allez lui raconter ?

– J'ignore encore ce que je vais lui dire.

– Ben, y a une chose qu'est certaine, c'est que les fédéraux vont être ravis quand ils sauront que vous faites du porte-à-porte. Parce que rien ne les branche autant que fourrer leur nez dans des affaires qui les concernent pas, et soudain vous débarquez et vous commencez votre foutu tour des popotes.

Un sourire éclaire le visage de Marino comme il manœuvre en souplesse afin de s'extraire du parking bondé.

Scarpetta se fiche de ce que penseront les fédéraux. Elle jette un regard à son ancien immeuble appelé Biotech II, à sa nette silhouette grise décorée de briques d'un beau rouge sombre, à la baie de déchargement couverte de la morgue qui lui évoque un igloo qui aurait poussé contre l'un des côtés. Elle est de retour et c'est comme si elle n'était jamais partie. Elle se rend sur les lieux d'un décès, plus probablement sur une scène de crime à Richmond, Virginie, et rien ne lui semble étrange ou nouveau. Et elle se contrefiche de ce que penseront le FBI, ou le Dr Marcus, ou quiconque des visites qu'elle entreprend.

Comme s'il pouvait lire dans ses pensées, Marino ajoute d'un ton sarcastique :

– Et j'ai comme l'impression que le Dr Marcus va aussi être ravi. Vous lui avez dit que pour Gilly c'était un homicide ?

– Non.

Elle n'a même pas pris la peine de le chercher ou de l'informer après qu'elle en a eu fini avec Gilly Paulsson. Elle a nettoyé la table, s'est changée, puis a examiné quelques lames de microscope. Fielding pourra renseigner le Dr Marcus ultérieurement, en le prévenant que Scarpetta serait heureuse de discuter avec lui et qu'il n'aura qu'à l'appeler sur son portable. Mais il ne lui téléphonera pas. Il tente de s'impliquer au minimum dans l'enquête concernant Gilly Paulsson. Scarpetta en est arrivée à la conviction qu'il savait parfaitement, avant de la contacter en Floride, qu'il ne pourrait tirer aucun profit de la mort de cette gamine de quatorze ans. Rien, si ce n'est des ennuis, n'en sortirait pour lui, à moins qu'il ne trouve le moyen de se débarrasser de ce dossier. Quelle meilleure solution que son prédécesseur controversé, le Dr Kay Scarpetta, le fusible ? Sans doute Marcus soupçonne-t-il depuis le début que Gilly Paulsson a été assassinée. Pour une raison quelconque, il a décidé de ne pas se salir les mains avec cette affaire.

– Qui est l'enquêteur chargé du dossier ? demande Scarpetta tandis qu'ils attendent que le flot des voitures sortant de la I-95 se soit engouffré dans la 4e Rue. Quelqu'un que nous connaissons ?

– Nan. Il était pas encore dans le coin quand on s'est tirés.

Il profite d'une trouée dans le magma de véhicules pour appuyer sur l'accélérateur et foncer dans la file de droite. Maintenant que Marino est de retour à Richmond, il reprend ses vieilles habitudes de conduite, lesquelles sont similaires à celles qu'il avait adoptées lorsqu'il avait commencé sa carrière de flic à New York.

– Vous en savez un peu à son sujet ?

– Ouais, assez.

– Je suppose que vous allez garder cette casquette de base-ball vissée sur la tête durant toute la journée ?

– Pourquoi pas ? Vous en avez une plus chouette à me proposer ? En plus, Lucy sera super-contente que je porte sa casquette. Vous saviez que le quartier général de la police avait déménagé ? C'est plus dans la 9e Rue. C'est par là, pas loin du Jefferson Hotel, dans les anciens bureaux de l'agriculture. À part ça, y a pas grand-chose de changé dans le département, si ce n'est la peinture des bagnoles de patrouille et le fait qu'ils leur permettent aussi de porter des casquettes de base-ball, comme s'ils étaient flics au NYPD.

– Ce qui tendrait à suggérer que lesdites casquettes de base-ball ne sont pas près de disparaître.

– Ouais, alors arrêtez de rouspéter au sujet de la mienne.

– Qui vous a informé que le FBI était impliqué dans cette affaire ?

– Ben, l'enquêteur en question. Il s'appelle Browning. Il a l'air bien, si ce n'est que ça fait pas très longtemps qu'il bosse avec la section homicides et que, jusque-là, il s'est surtout occupé de crimes de la variété « renouveau urbain »… Un tas de merde qui en descend un autre…

Marino feuillette un carnet tout en conduisant en direction de Broad Street. Il lit :

– Jeudi, c'était le 4 décembre, il reçoit un appel signalant un décès et il répond à l'adresse vers où c'est qu'on se dirige maintenant, dans le Fan, là-bas, pas loin d'où qu'était le Stuart Circle Hospital avant qu'ils le transforment en super-chouettes apparts hors de prix. Mais peut-être que vous étiez pas au courant ? Ça s'est produit après que vous êtes partie. Ça vous brancherait, vous, d'habiter dans une ancienne chambre d'hosto ? Ben, moi, non merci !

– Savez-vous pour quelle raison le FBI est impliqué ou faut-il que j'attende sagement que vous y veniez ?

– C'est Richmond qui les a invités. D'ailleurs, c'est un des nombreux trucs qui collent pas dans cette histoire. J'ai pas la moindre idée de ce qui a pu pousser la police de Richmond à appeler les fédés ou de la raison pour laquelle ces derniers étaient d'accord pour fourrer leur nez dans cette affaire.

– Et qu'en pense Browning ?

– Il est pas particulièrement emballé par cette enquête. Il pense que la gamine est sans doute morte d'une attaque ou d'un truc dans ce goût-là.

– Eh bien, il se trompe. Et la mère ?

– Ah, c'est pas la même chose. Mais je vais y venir.

– Et le père ?

– Ils sont divorcés. Il vit à Charleston, en Caroline du Sud. Il est médecin, si c'est pas ironique ! Un docteur doit quand même savoir à quoi ressemble une foutue morgue. Et sa gamine qui est là-dedans depuis deux semaines, dans une housse à cadavre, parce qu'ils arrivent pas à décider qui doit s'occuper des funérailles et où elle doit être enterrée, et je sais pas quoi encore, sauf qu'ils arrêtent pas de se bagarrer.

– À votre place, je prendrais bientôt à droite, dans Grace Street, indique Scarpetta. Et ensuite tout droit.

– Merci, Magellan. Quand je pense que j'ai sillonné toutes les rues de cette ville durant des années. Comment que j'ai pu y parvenir sans vous comme navigatrice !

– J'ignore comment vous vous débrouillez lorsque je ne suis pas dans les parages. Racontez-m'en davantage au sujet de Browning. Qu'a-t-il découvert lorsqu'il est arrivé chez les Paulsson ?

– La gamine était dans son lit, allongée sur le dos. Elle portait un pyjama. La mère était en pleine crise de nerfs, comme vous pouvez vous en douter.

– Elle était sous le drap et la couverture ?

– Non, ils étaient repoussés. En fait, ils étaient carrément par terre. La mère a indiqué à Browning qu'elle avait trouvé le lit dans cet état en rentrant de la pharmacie. Mais elle a des problèmes de mémoire, vous le savez sans doute. Je crois qu'elle ment.

– À quel propos ?

– J'suis pas certain. Je veux dire que je me base sur ma conversation téléphonique avec Browning, ce qui signifie que dès que je parlerai à la mère, je vais tout recommencer à zéro.

Scarpetta demande :

– Quelqu'un aurait-il pu s'introduire dans la maison ? A-t-on trouvé des indices qui aillent dans ce sens ?

– Ben, rien qui alerte Browning, en tout cas. Comme je vous l'ai dit, il n'est pas très chaud sur cette enquête. C'est jamais une bonne chose. Quand l'enquêteur se défonce pas, ça sous-entend dans la plupart des cas que les techniciens de scènes de crime s'accrochent pas non plus. Genre : si vous pensez pas qu'un type ait pu s'introduire chez quelqu'un, par où que vous commencez à chercher des empreintes, hein ?

– Ne me dites pas qu'ils n'ont même pas procédé à un relevé d'empreintes digitales ?

– J'vous le redis. Dès que je mets un pied là-bas, je reprends tout à zéro.

Ils traversent maintenant le Fan District de Richmond, annexé par la ville juste après la guerre civile et qui tire son surnom du fait que sa topographie évoque un éventail. Des petites rues aux noms alléchants – rue des Fraises, ou des Cerises, ou encore des Prunes – s'étirent et se contorsionnent, se terminant parfois sur des impasses sans qu'on en comprenne la raison. La plupart des maisons ont été restaurées, retrouvant enfin le charme passé des vérandas généreuses, des colonnades anciennes et des précieux ouvrages de fer forgé. La maison des Paulsson est plus classique et moins chargée que la plupart de ses voisines. Son toit d'ardoise mansardé ressemble à l'un de ces anciens tambourins dont les femmes se coiffaient. Une façade de briques plates annonce la maison aux lignes simples et de taille modeste, à laquelle on accède par un porche.

Marino se gare contre un mini-van bleu marine, et ils descendent de voiture. Ils suivent l'allée pavée de briques que le temps et l'usure ont patinée jusqu'à en gommer par endroits tous les reliefs. Un ciel lourd assombrit cette fin de froide matinée et Scarpetta ne serait pas surprise que la neige s'en mêle, même si elle espère éviter les pluies givrantes. La ville ne s'est jamais adaptée aux rigueurs de l'hiver, et à la moindre mention de la neige ses habitants se ruent vers les magasins et les marchés afin d'entasser des victuailles. Les lignes du réseau électrique n'ont jamais été enterrées et résistent mal aux chutes des grands arbres séculaires déracinés par les bourrasques de vent ou par le poids du gel. De quoi expliquer le souhait de Scarpetta : pourvu que les averses givrantes les épargnent lors de leur séjour en ville !

Un heurtoir de cuivre en forme d'ananas décore la porte d'entrée. Marino l'actionne à trois reprises. Le sonore claquement est surprenant, et semble inconvenant et insensible étant donné la raison de leur visite. Un écho de pas se rapproche rapidement, la porte s'ouvre toute grande. La femme qui se tient devant eux est menue. Son visage est bouffi, comme si elle ne mangeait pas assez, buvait trop et avait longuement pleuré. Sans doute est-elle jolie en d'autres circonstances, dans un style assez brut et blond décoloré.

– Entrez, propose-t-elle, le nez bouché. J'ai un rhume, mais ce n'est pas contagieux…

Son regard brouillé se pose sur Scarpetta et elle poursuit :

– Mais qu'est-ce que je raconte… Vous êtes médecin. Enfin, c'est bien vous le médecin à qui je viens de parler ?

Elle a peu de chances de se tromper puisque Marino est indiscutablement de sexe masculin et qu'il est vêtu d'un treillis noir et coiffé de la casquette de base-ball du département de police de Los Angeles.

Scarpetta lui tend la main.

– En effet, je suis le Dr Scarpetta. Je suis vraiment désolée pour ce qui est arrivé à Gilly.

Les yeux de Mrs Paulsson se remplissent de larmes.

– Entrez donc, je vous en prie. Je n'ai pas été une femme d'intérieur à la hauteur ces derniers temps. Mais je viens de faire du café.

Marino se présente à son tour :

– Merci, volontiers. Le détective Browning m'a tenu informé. Je me suis dit qu'il valait mieux qu'on reprenne depuis le début, si ça vous ennuie pas.

– Comment préférez-vous le café ?

Marino fait preuve de sens commun en évitant de sortir sa coutumière tirade : « Comme mes femmes, blanches et sucrées. »

– Noir, ce sera parfait, répond Scarpetta.

Ils suivent Mrs Paulsson le long d'un couloir lambrissé de vieux pin. Un petit salon confortable s'ouvre à leur droite, avec ses meubles de cuir vert foncé et ses ustensiles de cheminée réunis dans un serviteur de cuivre. À gauche se trouve une raide petite pièce de réception, qui n'a pas l'air souvent visitée. Son atmosphère glaciale perce Scarpetta comme elle la dépasse.

– Puis-je vous débarrasser de vos vêtements ? s'enquiert Mrs Paulsson. Oh… voilà que je vous propose du café alors que vous vous tenez sous le porche et que je ne pense à vos vêtements qu'une fois que vous pénétrez dans la cuisine. Ne faites pas attention, je ne suis pas moi-même en ce moment.

Ils se défont de leurs manteaux et elle les suspend au portemanteau en bois de la cuisine. Scarpetta remarque l'écharpe rouge vif tricotée main qui y pend et, sans trop savoir pourquoi, se demande si elle appartenait à Gilly. La cuisine, au sol en mosaïque noir et blanc et aux appareils d'émail immaculé, n'a pas été redécorée de longtemps. Ses fenêtres donnent sur un étroit jardin entouré d'une palissade derrière laquelle on devine un toit peu à peu dévoré par la mousse. Des ardoises manquent et un désordre de feuilles mortes le recouvre.

Mrs Paulsson les a installés à une table de bois poussée contre l'une des fenêtres, avec vue sur la palissade et, plus loin, sur le toit rongé de mousse. Elle leur sert du café. Scarpetta remarque la méticuleuse propreté de la pièce, son ordre. Des poêles et des casseroles sont suspendues à de gros crochets au-dessus d'un billot de boucher. L'évier, tout comme l'égouttoir, est vide et rutilant. Son regard effleure la bouteille de sirop antitussif abandonnée non loin du distributeur de papier essuie-tout, un sirop délivré sans ordonnance qui renferme un expectorant. Elle boit son café à petites gorgées.

Mrs Paulsson se met à parler :

– Je ne sais pas trop par où commencer. En fait, je ne sais pas très bien qui vous êtes non plus. Le détective Browning m'a appelée ce matin et m'a expliqué que vous étiez des experts en visite dans notre ville, puis il m'a demandé si je serais à la maison. Ensuite, vous m'avez téléphoné.

Elle jette un regard au Dr Scarpetta.

– Donc Browning vous a appelée ? demande Marino.

Elle le fixe, visiblement intéressée.

– Il a été gentil. Je ne sais pas pourquoi, mais tous les gens sont… Oh, c'est vrai que je ne sais pas grand-chose. (Les larmes s'accumulent à nouveau dans ses yeux et elle poursuit :) Je leur en suis très reconnaissante. Ce serait épouvantable qu'une chose comme ça arrive et que tout le monde s'en fiche.

– En effet, et personne ne s'en fiche, renchérit Scarpetta. D'ailleurs nous sommes venus.

Mrs Paulsson dévisage Marino avec attention, porte son café à ses lèvres et en avale une gorgée.

– Où habitez-vous ?

– On est basés au sud de la Floride, juste un peu au nord de Miami, explique Marino.

Son regard remonte vers la casquette de base-ball et elle lâche :

– Oh… Je pensais que peut-être vous veniez de Los Angeles.

– Nous avons des liens avec cette ville.

– C'est fou, commente-t-elle en dépit du fait qu'elle ne semble pas du tout étonnée.

Quelque chose trouble Scarpetta, comme si une autre créature commençait à se dévoiler sous la surface de Mrs Paulsson.

– Le téléphone sonne sans arrêt, plein de journalistes, tout plein de gens. Ils étaient encore là ces derniers jours.

Elle se contorsionne sur sa chaise, désignant la porte d'entrée de la maison.

– Ils avaient même un gros camion de télévision surmonté d'un tas d'antennes, ou je ne sais trop. C'est indécent, vraiment. Alors, bien sûr, cette femme agent du FBI était là ce jour-là, et elle m'a expliqué que c'était parce qu'on ne savait pas ce qui était arrivé à Gilly. Elle a dit que ça pourrait être pire… Je ne vois pas trop. Elle a dit qu'elle avait déjà vu plus terrible. Qu'est-ce qui pourrait être plus terrible ?

Scarpetta répond d'un ton doux :

– Sans doute faisait-elle allusion à la publicité.

Mrs Paulsson s'essuie les paupières et insiste :

– Qu'est-ce qui pourrait être pire que ce qui est arrivé à ma Gilly ?

– À votre avis, qu'est-ce qui lui est arrivé ? demande alors Marino en caressant de son pouce le rebord de sa tasse.

– Je le sais. Elle est morte de la grippe. Dieu l'a emmenée avec Lui. Mais j'ignore pourquoi et je voudrais tant qu'on me l'explique.

– Y a des gens qui se demandent si elle est bien morte de la grippe, lâche Marino.

– C'est le monde dans lequel nous vivons. Tout le monde voudrait du drame. Ma petite fille était alitée, clouée par la grippe. Beaucoup de gens en sont morts cette année, précise-t-elle en jetant un regard à Scarpetta.

– Madame Paulsson, votre fille n'est pas morte des suites de l'infection. On a déjà dû vous l'apprendre. Vous avez discuté avec le Dr Fielding, n'est-ce pas ?

– Oh, oui. Nous avons eu une conversation téléphonique juste après le décès de Gilly. Mais… comment peut-on dire si quelqu'un est bien mort de la grippe ? Comment pouvez-vous en être certains une fois qu'ils sont morts et qu'ils ne toussent plus, qu'ils n'ont plus de fièvre et surtout qu'ils ne peuvent plus expliquer à quel point ils sont malades ? (Mrs Paulsson fond en larmes, puis insiste :) Gilly avait trente-neuf de fièvre et elle toussait tellement que j'ai cru qu'elle allait s'étouffer. Alors je suis sortie pour acheter une nouvelle bouteille de sirop contre la toux. Rien d'autre. J'ai pris la voiture pour foncer jusqu'à la grande pharmacie de Cary Street afin d'acheter une bouteille de sirop.

Le regard de Scarpetta frôle la bouteille de médicament posée sur le plan de travail. Les lames de microscope qu'elle a passées en revue dans le bureau de Fielding, juste avant de partir pour le domicile de Mrs Paulsson, lui reviennent à l'esprit. L'examen microscopique des coupes de tissu pulmonaire révélait la persistance de fibrine, de lymphocytes et de macrophages, et les alvéoles étaient ouvertes. La bronchopneumonie lobulaire de Gilly, une des complications de la grippe, fréquente chez la personne âgée ou chez le jeune, était en voie de guérison et ne pouvait certainement pas avoir provoqué une atteinte pulmonaire létale.

Scarpetta explique :

– Madame Paulsson, si la grippe était responsable du décès de votre fille, nous l'aurions vu. Ses poumons nous l'auraient révélé.

Elle passe sous silence les détails graphiques décrivant la fermeté uniforme ou l'aspect grumeleux et inflammé qu'auraient eu les poumons de Gilly si elle était morte d'une bronchopneumonie aiguë. En revanche, elle demande :

– Votre fille prenait-elle des antibiotiques ?

– Oh, oui, durant la première semaine. (Elle tend la main vers sa tasse de café.) J'ai vraiment cru que la guérison était en bonne voie, qu'elle ne souffrait plus que d'un reste de rhume, vous voyez…

Marino repousse sa chaise et déclare :

– Ça vous ennuie pas si je vous laisse discuter, toutes les deux ? J'aimerais jeter un œil, si ça pose pas de problèmes.

– Il n'y a pas grand-chose à voir, mais allez-y. Vous n'êtes pas le premier à vouloir visiter. Sa chambre se trouve derrière.

– Je vais me débrouiller.

Il sort du salon, escorté par le bruit de ses lourdes boots heurtant le vieux plancher.

Scarpetta reprend :

– Gilly allait mieux, en effet. Ses poumons l'attestent.

– Mais elle était encore faible, si chétive.

D'un ton ferme Scarpetta répète :

– Elle n'est pas morte de la grippe, madame Paulsson. Il est important que vous compreniez cela. Dans le cas contraire, ma présence ici ne se justifierait pas. J'essaie de vous aider, mais il faut pour cela que vous répondiez à quelques questions.

– À votre accent, on ne dirait pas que vous êtes du coin.

– Je suis originaire de Miami.

– Oh. Et donc vous y habitez toujours, enfin, du moins pas très loin. J'ai toujours voulu visiter Miami. Surtout quand le temps devient aussi maussade et triste qu'en ce moment.

La femme se lève pour servir à nouveau du café. Elle se rapproche de la cafetière électrique installée non loin de la bouteille de sirop antitussif, se déplaçant avec difficulté, les jambes raides. Scarpetta l'imagine plaquant sa fille, le visage enfoui dans le matelas. Si elle n'écarte pas d'emblée cette hypothèse, elle lui semble peu probable. La mère ne pèse guère plus que la jeune fille. Or la personne qui l'a maîtrisée était assez forte et lourde pour l'empêcher de se débattre plus efficacement. Une lutte fébrile aurait occasionné des dégâts tissulaires plus considérables que ceux constatés par Scarpetta. Toujours est-il qu'elle ne peut pas exclure la culpabilité de Mrs Paulsson dans le meurtre de sa fille, quelle que soit son envie de la croire innocente.

Elle entend Mrs Paulsson :

– J'aurais tant aimé emmener Gilly à Miami ou à Los Angeles, enfin un endroit un peu spécial, quoi. Mais j'ai peur en avion et je suis malade en voiture. Du coup, je n'ai pas beaucoup bougé dans ma vie. Aujourd'hui, je regrette de ne pas avoir fait davantage d'efforts.

Elle attrape la cafetière qui tremble un peu dans sa petite main fine. Scarpetta ne la lâche pas des yeux, scrutant ses mains et ses poignets, toutes les zones de peau visible, vérifiant l'absence de marques de griffures, d'égratignures ou d'abrasions quelconques, mais deux semaines se sont déjà écoulées. Elle griffonne rapidement une note sur son carnet. Elle recherchera dans les rapports si les policiers ont constaté des blessures lorsqu'ils sont arrivés sur les lieux ou lors de leurs entrevues avec la mère.

– Oui, je regrette vraiment. Gilly aurait adoré Miami, tous ces palmiers, ces flamants roses.

Debout contre la table, elle remplit leurs tasses. Le café clapote en vagues dans le récipient en verre lorsqu'elle le replace sur le socle de la cafetière électrique d'un geste un peu trop brusque.

– Cet été, elle devait partir en vacances avec son père…

Elle se laisse tomber de lassitude sur une chaise de chêne à dossier raide.

– … Peut-être qu'elle serait juste restée à Charleston en sa compagnie. De toute façon, elle ne connaissait pas non plus cette ville…

Mrs Paulsson s'accoude à la table.

– … Gilly n'a jamais été à la plage. Elle n'a jamais vu l'océan, sauf en photos et, sans doute aussi, parfois à la télé. Remarquez, je ne la laissais pas trop regarder la télévision. Est-ce que j'ai eu tort ?

– Son père vit à Charleston ? demande Scarpetta, bien qu'elle le sache déjà.

– Oui, il y a emménagé l'été dernier. Il est médecin là-bas. Il habite une de ces grandes maisons au bord de l'eau. Il est même mentionné sur le guide touristique, vous savez ? Des gens paient pour pouvoir visiter son jardin. Sauf que, bien sûr, il n'entretient rien lui-même, ah, non, il ne veut pas s'enquiquiner avec ce genre de choses. Son habitude, c'est d'employer des gens qui le débarrassent des choses qui l'ennuient, comme l'enterrement. Ses avocats sont en train de foutre un bordel, vous n'en avez pas idée. Juste pour me miner davantage. Parce que je veux qu'elle reste à Richmond et, du coup, il veut qu'elle vienne à Charleston.

– Quelle est sa spécialité ?

– Un peu de tout, il est généraliste. Mais il est aussi médecin pour l'armée de l'air. Vous savez, il y a une grande base aérienne à Charleston et il y a la queue devant chez Frank tous les jours. Enfin, du moins, c'est ce qu'il m'a raconté. Il faut dire qu'il s'en vante assez. Tous ces pilotes qui débarquent dans son cabinet pour obtenir leur certificat médical de vol à soixante-dix dollars la pièce ! Vous pensez s'il s'en sort bien, Frank, je veux dire.

Elle parle sans discontinuer, reprenant à peine son souffle entre les phrases, se balançant légèrement d'avant en arrière.

– Madame Paulsson, pourrions-nous revenir à ce jeudi 4 décembre ? Racontez-moi tout depuis le début, le moment où vous vous êtes levée par exemple…

Scarpetta redoute ce qui risque de se passer si elle ne contient pas le discours de la femme. Mrs Paulsson va s'égarer dans d'interminables circonlocutions, évitant du même coup les questions et les détails importants, revenant encore et toujours à son ancien mari, lequel vire à l'obsession. Elle recadre la discussion :

– À quelle heure vous êtes-vous levée ?

– Je suis toujours debout à 6 heures du matin. C'était le cas ce jour-là aussi. Je n'ai pas besoin de réveil parce que j'en possède un interne, précise-t-elle en désignant sa tête du bout du doigt. Vous savez, je suis née à 6 heures pile, c'est pour cela que je me réveille toujours à cette heure-là. J'en suis sûre…

– Et ensuite ? Vous êtes sortie du lit ?

Scarpetta n'aime pas interrompre les gens de la sorte, mais si elle n'intervient pas, l'autre va s'emmêler dans ses digressions pour le reste de la journée.

– Mais bien sûr. C'est mon rituel. Ensuite je passe dans la cuisine et je prépare mon café. Puis je retourne dans ma chambre pour y lire quelques pages de la Bible. Si Gilly a école, elle doit être prête à 7 h 15 avec son petit pique-nique de déjeuner et toutes ses affaires pour la journée. Elle va à l'école en voiture avec l'une de ses camarades. Pour cela j'ai de la chance. La mère de son amie les conduit tous les matins.

Scarpetta la remet doucement sur la voie :

– Et donc, ce jeudi 4 décembre, vous vous êtes levée, vous avez préparé le café dans la cuisine, puis vous êtes retournée dans votre chambre afin de lire un peu la Bible ? Et ensuite ? demande-t-elle comme Mrs Paulsson acquiesce d'un hochement de tête. Vous vous êtes assise sur votre lit et vous avez lu ? Durant combien de temps ?

– Une bonne demi-heure.

– Vous êtes-vous rendue dans la chambre de votre fille ?

– J'ai d'abord prié pour elle, alors je l'ai laissée encore un peu dormir pendant ce temps-là. Puis, vers 7 heures moins le quart, je suis entrée dans sa chambre. Elle était allongée, toute tirebouchonnée dans ses couvertures, endormie à poings fermés. (Les sanglots rattrapent Mrs Paulsson.) J'ai appelé : « Gilly, mon bébé ! Gilly, réveille-toi, je vais te préparer un bon porridge crémeux. » Elle a ouvert ses beaux yeux bleus et elle a répondu : « Maman, j'ai tant toussé la nuit dernière que j'ai mal à la poitrine. » C'est à ce moment-là que je me suis aperçue qu'on n'avait plus de sirop.

Elle s'interrompt brusquement, les yeux grands ouverts, liquides, le regard fixe.

– C'est étrange… mais le chien aboyait comme un fou. C'est bizarre que je n'y ai pas repensé avant aujourd'hui.

– Quel chien ? Vous avez un chien ?

Scarpetta jette des notes sur son carnet. Peu, car elle sait écouter et regarder. Elle griffonne juste quelques mots de cette écriture que fort peu de gens parviennent à déchiffrer.

– Non, et c'est encore une autre histoire, lâche Mrs Paulsson d'une voix qui monte vers les aigus.

Ses lèvres tremblent et ses larmes redoublent.

– Sweetie s'est sauvée. Mon Dieu, je ne peux pas y croire…

Les larmes dégoulinent le long de ses joues et son balancement sur la chaise prend de l'ampleur.

– … La petite Sweetie était dans le jardin pendant que je parlais à Gilly, et ensuite elle avait disparu. La police ou les ambulanciers n'ont pas refermé la porte de la barrière. Comme si ça ne suffisait pas… Comme si tout n'était pas déjà assez insupportable comme ça !

Scarpetta referme sans hâte son calepin et l'aligne avec son stylo sur la table de la cuisine. Elle regarde Mrs Paulsson.

– Quelle race de chien était-ce ?

– Elle appartenait à Frank, mais, là encore, il ne voulait pas être ennuyé. Il est parti, vous saviez? Il n'y a pas six mois de cela, pour mon anniversaire. C'est pas joli-joli de faire cela à quelqu'un, n'est-ce pas? Et il a dit: «Tu gardes Sweetie, sinon je l'amène à la SPA. »

– Quel genre de chien est Sweetie?

– Il n'a jamais rien eu à faire de ce chien, et vous savez pourquoi? Parce qu'il se fiche de tout le monde. Lui seul l'intéresse. Mais Gilly aime tant son chien, oh là là, comme elle l'aime. Si elle apprenait…

Les larmes dévalent les unes derrière les autres. Elle en recueille certaines au bord de ses lèvres du bout d'une petite langue rose.

– Si elle apprenait que son chien a disparu, ça briserait son petit cœur.

– Madame Paulsson, quelle race de chien est-ce et avez-vous déclaré sa disparition?

– Déclaré sa disparition?

Elle cligne des paupières comme si, soudain, son regard se fixait sur un point particulier, puis une sorte de rire nerveux accompagne sa sortie:

– À qui? À la police qui l'a laissée s'enfuir? Eh bien, je ne sais pas si l'on peut comprendre ça comme une «déclaration», mais je l'ai dit à l'un des policiers. Je ne sais pas au juste lequel, mais l'un d'eux, ça, c'est certain. J'ai dit: «Mon chien a disparu. »

– Quand avez-vous aperçu Sweetie pour la dernière fois, madame Paulsson?… Et je sais combien vous êtes dévastée, vraiment, je le sens, mais pourriez-vous faire l'effort de répondre à mes questions, je vous prie?

– De toute façon, qu'est-ce que mon chien a à voir avec vous? Selon moi, un chien ne rentre pas dans vos attributions, sauf s'il est mort, peut-être, et même alors. Parce que je ne crois pas que des docteurs dans votre genre s'intéressent beaucoup aux animaux, même morts.

– Au contraire, tout m'intéresse. J'ai besoin de tout entendre, racontez-moi tout.

Marino apparaît juste à ce moment-là dans le chambranle de la porte de la cuisine. Scarpetta ne l'a pas entendu approcher. C'est une surprise, presque un choc, cette façon qu'il a de bouger quasiment sans bruit sa masse colossale sur ses deux grands pieds chaussés de boots.

Elle lève le regard vers lui et l'interpelle :

– Marino, vous êtes au courant au sujet de leur chien ? Il a disparu. Une chienne nommée Sweetie. C'est une… Quelle race est-ce ? insiste-t-elle à nouveau en se tournant vers Mrs Paulsson.

– Un basset, un chiot, précise la femme en sanglotant.

– Doc, j'ai besoin de vous une minute, déclare Marino.

CHAPITRE 16

Lucy jette un coup d'œil circulaire à toutes les onéreuses machines d'entraînement et aux baies vitrées du premier étage. Kate a à sa disposition tout l'attirail de gymnastique pour cultiver sa forme tout en jouissant d'une époustouflante vue sur l'Intracoastal Waterway, la station des gardes-côtes, le phare, sans oublier la presque totalité de la propriété de Lucy.

La baie qui ouvre au sud de la salle de gymnastique donne sur l'arrière de la maison de Lucy. Une sorte de malaise lui vient lorsqu'elle se rend compte que Kate peut contempler d'ici à peu près tout ce qui se passe dans sa cuisine, sa salle à manger, son salon, et même dans le patio, à l'entour de la piscine et tout le long de la digue qui la sépare de l'océan. La jeune femme suit du regard l'étroit chemin qui court le long du mur peu élevé séparant les deux propriétés. Elle est presque certaine qu'il, la bête, a emprunté ce petit sentier couvert d'écorces de cèdre pour pénétrer chez elle par la porte qui ouvre sur la piscine, celle qu'Henri avait négligé de verrouiller. Ou alors il s'est approché par bateau. Cette hypothèse ne la convainc pas, mais elle ne peut pas l'exclure tout à fait. L'échelle qui permet l'accès par la digue est repliée et verrouillée, mais si un individu est fermement décidé à accoster et à grimper jusqu'à sa propriété, la chose n'est pas irréalisable. Le retrait de l'échelle n'est dissuasif que pour des gens normaux, pas pour des harceleurs, des cambrioleurs, des violeurs ou des meurtriers. Contre ceux-là, il y a les armes.

Un téléphone sans fil, dont la base est reliée par une fiche à une prise standard scellée dans le mur, est posé sur une petite table, juste à proximité du cardiotrainer elliptique. Lucy ouvre la fermeture à glissière de sa banane et en tire un transmetteur que rien ne distingue d'un anodin adaptateur de prise. Elle le branche dans la prise du mur. Le petit mouchard espion est d'un blanc cassé passe-partout qui se fond dans le reste de l'équipement électrique. Il y a peu de chances que Kate remarque sa présence ou même qu'elle s'en inquiète dans le cas contraire. Si elle branchait un appareil sur l'adaptateur, elle ne rencontrerait aucun problème. Le circuit reste fonctionnel. Lucy demeure un moment immobile, puis sort de la salle de gymnastique, l'oreille aux aguets. Kate doit toujours s'affairer dans la cuisine ou au rez-de-chaussée.

La chambre de la maîtresse de maison est située dans l'aile sud. Un vrai hall de gare, dans lequel trône un énorme lit à baldaquin. Une grosse télévision à écran plat lui fait face. Une immense baie vitrée remplace le mur qui donne sur l'eau. De son perchoir, Kate jouit d'une vue imprenable sur l'arrière de la maison de Lucy et sur les fenêtres de son premier étage. Une constatation très désagréable, songe Lucy en jetant un regard autour d'elle. Une bouteille de champagne vide traîne par terre, non loin d'une petite table de chevet sur laquelle une flûte sale, un téléphone, ainsi qu'un roman sentimental ont été abandonnés. Lorsque les stores sont repliés, nul doute que sa riche et indiscrète voisine aperçoit la plus grande part de ce qui se passe chez Lucy. Beaucoup trop. Mais les stores occultent le plus souvent les fenêtres. Merci, mon Dieu.

Lucy tente de se souvenir si tel était bien le cas lorsque Henri a failli être assassinée. Les stores étaient-ils tirés ou pas ? Elle repère la prise de téléphone située juste sous la table de chevet. A-t-elle le temps de la dévisser, puis de la replacer ? Elle tend l'oreille, guettant le ronronnement de l'ascenseur ou l'écho d'un pas dans l'escalier, rien. Elle s'accroupit par terre et extrait un petit tournevis de sa banane. Deux vis seulement maintiennent la plaque de la prise dans le mur et elles ne sont pas très serrées. Lucy s'en débarrasse en quelques secondes, toujours sur le qui-vive. Elle remplace la prise d'origine par une autre, assez similaire d'aspect, à ceci près qu'il s'agit d'un transmetteur miniaturisé qui lui permettra d'enregistrer toutes les conversations passées de cette ligne. Encore quelques secondes lui sont nécessaires pour rebrancher le téléphone, se relever et sortir de la vaste chambre juste au moment où Kate sort de la cabine d'ascenseur, tenant avec précaution deux flûtes à champagne remplies à ras bord d'un liquide orangé pâle.

– C'est vraiment quelque chose, cet endroit, déclare Lucy.

– Votre maison aussi doit être magnifique, réplique Kate en lui tendant une des flûtes.

Tu devrais le savoir, songe Lucy. Tu nous espionnes assez !

– Il faudra que vous me fassiez faire le tour du propriétaire un de ces jours.

– Quand vous voulez. Cela étant, je voyage beaucoup.

L'odeur vivace du champagne assaille les narines de Lucy. Elle ne boit plus. L'alcool et elle ont fait si mauvais ménage qu'elle n'y touche plus.

Les yeux de Kate ont pris un reflet brillant et elle est bien plus détendue qu'un quart d'heure plus tôt. Sa sobriété n'est qu'un souvenir, elle est même à mi-chemin de l'ébriété. Sans doute s'est-elle descendu quelques petits remontants de sa fabrication alors qu'elle était seule en bas. Si la mixture que contient sa flûte semble bien à base de champagne, Lucy soupçonne que le verre que s'est reversé Kate est plus corsé. Sans doute de la vodka à en juger par la couleur, d'autant que son hôtesse paraît assez pompette et très décoincée.

171

Lucy, sa flûte à la main, reprend pendant que Kate ingurgite son élixir :

– Avec la vue que vous avez depuis la salle de gym, vous auriez pu apercevoir n'importe qui pénétrant dans ma propriété.

– « Auriez pu », c'est le mot juste, chérie… Le mot juste.

Elle traîne sur ses phrases, un signe assez classique chez ceux qui avancent gaillardement dans l'imbibition.

– Ce n'est pas mon habitude de fourrer mon nez dans les affaires des autres. J'ai beaucoup trop de choses à faire. J'arrive déjà pas à m'en sortir avec ma propre vie, pas besoin de me mêler de celle des autres.

– Je peux utiliser les toilettes, s'il vous plaît ?

– Mais je vous en prie, ma cocotte. C'est par là, précise-t-elle en pointant vers l'aile nord de la maison.

Elle vacille un peu sur ses jambes écartées.

Lucy pénètre dans une salle de bains équipée d'un douche-sauna, d'une énorme baignoire, d'une cuvette de toilettes pour madame et d'une autre pour monsieur, ainsi que de deux bidets, sans oublier une autre vue imprenable. Elle se débarrasse de la moitié du contenu de son verre dans les toilettes avant de tirer la chasse. Elle patiente quelques secondes avant de rejoindre le palier où l'attend Kate, qui sirote sa flûte en titubant un peu.

– Quel champagne préférez-vous ? demande Lucy en repensant à la bouteille abandonnée non loin du lit.

– Parce qu'il y en a plusieurs, chérie ?

– Oh, oui, pas mal. Tout dépend du prix qu'on veut mettre.

– Sans blague ? Est-ce que je vous ai raconté la fois où Jeff et moi avions pété les plombs au Ritz, à Paris ? Non… non, bien sûr que je ne vous l'ai pas raconté. En fait, je ne vous connais pas vraiment, non ? Mais j'ai l'impression qu'on devient des amies…

Elle postillonne en basculant vers Lucy et en se cramponnant à son bras qu'elle entreprend de caresser en bafouillant à nouveau :

– On était… Non, attendez…

Elle avale une nouvelle gorgée d'élixir, caressant le bras de Lucy du plat de la main, tentant de se stabiliser.

– … Non, c'était l'hôtel de Paris à Monte-Carlo, bien sûr… Vous connaissez ?

– J'y suis allée en Enzo, ment Lucy.

– C'est laquelle, celle-là ? L'argentée ou la noire ?

– L'Enzo est rouge. Elle n'est pas ici.

C'est un demi-mensonge. L'Enzo n'est pas garée avec les autres parce que Lucy ne possède pas d'Enzo.

– Donc vous avez visité Monte-Carlo. Vous connaissez l'hôtel de Paris, résume Kate en continuant de caresser le bras de Lucy. Eh ben, Jeff et moi, on était au casino…

Lucy acquiesce d'un hochement de tête, portant son verre à ses lèvres comme si elle avait l'intention d'en déguster une gorgée, ce qu'elle ne fera pas.

– … Et je m'excitais sur ces deux machines à sous, et tout d'un coup j'ai eu un coup de chance. Alors, ça, c'était vraiment un coup de veine !

Elle termine son verre, tripotant toujours l'avant-bras de Lucy en remarquant :

– Vous êtes drôlement musclée, hein ? Alors j'ai dit à Jeff : « Il faut fêter ça, chéri. » C'était l'époque où je l'appelais encore « chéri » au lieu de « connard »…

Elle éclate de rire en fixant le fond du verre vide en cristal dans sa main.

– … Alors on a chancelé jusqu'à la suite qu'on occupait, la suite Winston-Churchill, je me souviens… Et devinez ce qu'on a commandé ?

Lucy hésite : devrait-elle se sortir de cette situation maintenant ou attendre qu'elle dégénère encore un peu plus ? Les doigts maigres et froids malaxent son bras et la femme tente de l'attirer vers son petit corps mince qui vacille de plus en plus.

– Du Dom ?

– Oh, chérie… Non, pas du Dom Pérignon, *mais non* ! Ça, c'est du soda à bulles pour les riches. Remarquez, je l'aime bien aussi ! Mais on se sentait très coquins avec Jeff et on a commandé du Cristal rosé à cinq cent soixante euros et des poussières. Bon, c'est sûr que c'était le prix pratiqué par l'hôtel. Vous y avez déjà goûté ?

– Je ne m'en souviens pas.

– Ça, chérie, vous vous en souviendriez, croyez-moi. Parce que, quand on a goûté ce rosé, y a plus rien d'autre. Après, y a plus que ça comme champagne. Et comme si ça suffisait pas, après le Cristal, on a commandé un château margaux absolument divin.

Sa prononciation des mots français est étonnamment bonne pour quelqu'un dont l'alcoolémie devient plus qu'excessive.

– Vous voulez terminer mon verre ? propose Lucy comme Kate se cramponne toujours à elle. Allez, on échange.

Elle récupère le verre vide de Kate et le remplace par le sien, à moitié plein.

CHAPITRE 17

Il se souvient du jour où elle est descendue afin de discuter avec son patron. Ce qu'elle avait en tête lui semblait assez important pour justifier le trajet dans le monte-charge réservé aux marchandises, un épouvantable vieux clou.

Il s'agissait d'une cage métallique, toute rouillée, dont les portes ne coulissaient pas sur les côtés comme dans la plupart de ces appareils, mais verticalement, se rejoignant à mi-parcours comme une mâchoire d'acier qui claquerait. Bien sûr, il existait aussi des escaliers. Le règlement contre l'incendie l'exigeait dans les bâtiments administratifs de l'État. Mais personne ne les empruntait pour descendre au département d'anatomie, et certainement pas Edgar Allan Pogue. Lorsqu'il devait faire des allers et retours entre la morgue et l'endroit où il travaillait en sous-sol, et que les parois d'acier de l'ascenseur se refermaient sur lui dans un grand claquement du levier de porte, il avait le sentiment d'être Jonas, avalé tout cru dans le ventre de la baleine. Le plancher de la cabine en tôle ondulée était en permanence recouvert de poudre, la poussière des cendres humaines. La plupart du temps une civière était remisée dans ce monte-charge, véritable catalyseur de claustrophobie, parce que tout le monde se contrefichait de ce que pouvait y abandonner Pogue.

Elle. Malheureusement, elle ne s'en fichait pas.

Or donc, ce matin-là, celui auquel repense Pogue installé sur sa chaise longue, dans son appartement d'Hollywood, alors qu'il bichonne sa batte de base-ball à l'aide de son mouchoir, elle est sortie du fameux monte-charge. Elle avait passé une longue blouse de laboratoire sur ses vêtements de chirurgie vert éteint. Pogue n'oubliera jamais le silence dans lequel elle se déplaçait, foulant les carreaux marron qui recouvraient le sol de ce monde souterrain et aveugle où il passait toutes ses journées, pour y demeurer ensuite pas mal de ses nuits. Elle portait des chaussures à semelles de crêpe, sans doute parce qu'elles glissaient moins et ménageaient davantage son dos lors des longues stations debout qu'elle effectuait dans les salles d'autopsie, lorsqu'elle découpait des gens. Marrant comme le fait qu'elle découpe des gens est respectable parce qu'elle possède un titre de docteur, alors que Pogue, lui, n'est rien. Il n'a même pas terminé ses études secondaires, contrairement à ce qu'affirme son *curriculum vitae,* un mensonge parmi d'autres, mais personne n'a jamais mis ses affirmations en doute.

– On ne peut pas continuer à tolérer la présence de cette civière dans le monte-charge, avait-elle déclaré à Dave, le supérieur hiérarchique de Pogue.

Dave était un type étrange, avachi en permanence. Les cernes qui soulignaient ses yeux sombres ressemblaient à des ecchymoses et ses cheveux teints aile de corbeau se hérissaient d'épis.

– De toute évidence, le plateau qui surmonte la civière fait partie de ceux que vous utilisez pour les dépouilles conduites au crématorium, ce qui explique que l'ascenseur soit si poussiéreux. Cette procédure n'est pas acceptable, de surcroît je doute que ce soit sain pour le personnel, avait-elle poursuivi.

– Oui, m'dame, avait répliqué Dave.

Il était en train de bricoler avec les chaînes qui pendaient des poulies scellées dans le plafond, hissant un corps nu, rose, d'une des grandes cuves de formaldéhyde rosé, lui aussi. Un robuste crochet d'acier était planté dans chacune des oreilles du macchabée, parce que c'était ainsi qu'ils parvenaient à tirer les corps des petites piscines qui parsemaient le sol de la salle du temps où Edgar Allan Pogue travaillait là-bas.

– Mais elle est pas dans le monte-charge, avait argumenté Dave en jetant un regard insistant à la civière.

Cabossée, rayée, rouillée par plaques, elle était garée au milieu de la salle ce jour-là. Un linceul en plastique transparent roulé en boule avait été abandonné dessus.

– Certes, mais je vous le dis tant que j'y pense. Ce monte-charge n'est peut-être pas le plus emprunté par le personnel de l'immeuble, mais nous devons quand même le tenir propre et aussi inoffensif que possible, avait-elle rétorqué.

C'est à ce moment-là que Pogue en avait déduit qu'elle pensait que son métier était offensant. Comment interpréter son commentaire autrement ? Et pourtant l'ironie était savoureuse car sans ces corps donnés à la science, les étudiants en médecine ne pourraient pas disséquer des cadavres, et sans cadavres où en serait Kay Scarpetta ? Hein ? Où en serait-elle sans les corps d'Edgar Allan Pogue, bien que, d'un strict point de vue logique, elle n'avait pas pu rencontrer l'un de ses cadavres à lui alors qu'elle était encore étudiante en fac de médecine. C'était avant qu'il ne prenne ses fonctions et dans un autre État. Car elle avait effectué ses études à Baltimore, pas en Virginie, et elle avait à peu près dix ans de plus que Pogue.

Ce jour-là, elle ne lui avait pas adressé directement la parole, bien qu'il ne puisse pas l'accuser d'avoir jamais été arrogante. À chaque fois qu'elle descendait au département d'anatomie pour une raison ou une autre, elle mettait un point d'honneur à le saluer : « Bonjour, Edgar Allan », et : « Comment allez-vous, Edgar Allan ? », et : « Savez-vous où se trouve Dave, Edgar Allan ? » Mais pas ce jour-là. Ce jour-là, elle ne lui avait pas parlé, alors qu'elle traversait d'une démarche rapide le sol carrelé marron, ses mains enfoncées dans les poches de sa blouse de laboratoire. Peut-être n'avait-elle pas adressé la parole à Pogue simplement parce qu'elle ne l'avait pas vu. Il faut dire qu'elle ne l'avait pas non plus cherché. Parce que si elle avait relevé la tête, elle l'aurait découvert non loin de sa cheminée, comme une Cendrillon, balayant les cendres et les esquilles de l'os qu'il venait juste de fracasser d'un coup de sa batte de base-ball favorite.

Ce qui compte au fond, c'est qu'elle n'a pas regardé. C'est cela. Certes, il jouissait d'un avantage de taille, cette sombre petite alcôve de ciment dans laquelle était poussé le four. De là il pouvait balayer du regard toute la grande salle, alors que Dave s'activait avec le corps rose de la vieille femme pendu par des crochets, que les chaînes et les poulies motorisées glissaient avec aisance, que le corps se balançait en rose dans l'air, ses genoux et ses bras toujours repliés comme si elle était toujours assise dans sa cuve de formaldéhyde, et que la lumière dispensée par les barres à néon du plafond se réverbérait sur la plaque d'identification en métal qui dansait à son oreille gauche.

Pogue avait suivi la progression du cadavre avec une certaine fierté jusqu'à ce que Scarpetta lâche :

– Lorsque nous aurons emménagé dans le nouveau bâtiment, Dave, nous ne procéderons plus de la sorte. Nous les entreposerons sur des plateaux dans une chambre froide, de la même façon que nous procédons avec les autres corps. Cette ancienne procédure est vraiment une indignité. On se croirait au Moyen Âge. Ce n'est pas bien.

– Oui, m'dame, une chambre froide, c'est bien. Quand même, on peut en mettre plus dans les cuves, avait commenté Dave.

Il avait appuyé sur un interrupteur et la chaîne s'était arrêtée brutalement. La vieille dame rosée se balançait comme si elle était installée sur le siège d'une grande roue bloquée dans les airs.

– Enfin, si tant est que je parvienne à me débrouiller comme je le souhaite concernant l'espace. Vous savez comment c'est… Ils essaient de m'amputer du moindre mètre carré. Or tout dépend toujours de l'espace.

Scarpetta, un doigt posé sous son menton, avait regardé autour d'elle, évalué son royaume.

Edgar Allan Pogue se souvient parfaitement de ce qu'il avait pensé à cet instant précis : d'accord, ces cuves sur le sol carrelé, ce four et même la pièce réservée à l'embaumement sont peut-être ton domaine en ce moment, mais le reste du temps, c'est-à-dire quatre-vingt-dix-neuf pour cent de la journée, ce royaume est le mien. Et tous ces gens qui pénètrent ici sur leurs chariots, qu'on vide et qu'on assied dans les cuves, puis qui s'élèvent dans les flammes et s'échappent par les conduits de cheminée, sont mes sujets et mes amis.

– J'espérais que nous aurions un corps non embaumé, avait précisé Scarpetta à Dave comme la vieille dame rosée se balançait toujours à sa chaîne qui descendait du plafond. Peut-être vaudrait-il mieux que j'annule la séance de travaux pratiques.

– Edgar Allan s'est trop précipité. Il l'a embaumée et plongée dans la cuve avant même que j'aie eu l'occasion de le prévenir que vous alliez en avoir besoin pour ce matin. J'en ai plus aucun de frais en ce moment.

– Personne n'a réclamé son corps ?

Scarpetta avait levé le regard vers la lente danse du corps rosé.

– Edgar Allan, avait crié Dave, elle a pas été réclamée, hein ?

Edgar avait menti en affirmant que non, sachant que Scarpetta ne se servirait jamais d'un cadavre réclamé parce que cela aurait été contraire à ce que souhaitait la personne lorsqu'elle avait fait don de son corps à la science. Pourtant Pogue savait bien que la vieille femme rose s'en contrefichait. Complètement. Tout ce qu'elle voulait, c'était s'expliquer de vive voix avec Dieu au sujet de quelques-unes des injustices dont elle avait souffert, c'est tout.

– Je suppose que ça fera l'affaire, avait décidé Scarpetta. Cela m'ennuierait vraiment de décommander. Ça ira.

– J'suis vraiment désolé, avait insisté Dave. Je sais bien que c'est pas l'idéal de travailler avec un cadavre embaumé lors d'une démonstration d'autopsie.

– Ne vous inquiétez pas, avait rassuré Scarpetta en tapotant avec gentillesse le bras de Dave. C'est fou, non, nous n'avons aucun cas juste aujourd'hui. Et ce jour-là, comme par hasard, l'académie de police vient assister à une démonstration ! Bon, eh bien, remontez-la en salle d'autopsie.

– Un peu que je vais le faire. Et je vous rends service, mine de rien, avait ajouté Dave en clignant de l'œil parce que, parfois, il flirtait un brin avec le docteur. Les donations sont toujours plutôt pas trop grasses.

– Eh bien, soyez donc heureux que le grand public ne sache pas où elles atterrissent car, dans le cas contraire, vous pourriez dire adieu à vos donations, avait-elle répliqué en se dirigeant vers l'ascenseur. Il faut vraiment que nous revoyions toutes les procédures à mettre en place dans le nouveau bâtiment, Dave. Bientôt.

Et donc Pogue avait ensuite aidé Dave à décrocher leur plus récente donation. Puis ils l'avaient allongée sur la civière poussiéreuse, objet des doléances de Scarpetta quelques minutes plus tôt. Pogue avait poussé la vieille dame rose, lui faisant traverser tout le sol carrelé jusqu'au vieux monte-charge rouillé. Ils avaient grimpé côte à côte, puis il l'avait poussée à nouveau sur le palier du premier étage, songeant que la vieille femme n'avait jamais prévu ce dernier voyage. Non, elle n'avait sans doute jamais imaginé ce détour, n'est-ce pas ? Sans cela, il serait le premier informé. Il discutait assez avec elle, c'est vrai. Même avant qu'elle meure, ils discutaient ensemble. Du linceul de plastique qu'il avait drapé autour d'elle s'échappait une sorte de bruissement comme il poussait le chariot, le guidant dans l'air pesant de désodorisant. Les roues cliquetaient sur le carrelage blanc, les escortant jusqu'aux doubles portes ouvertes de la salle d'autopsie.

– Et voici, Maman Chérie, ce qui est arrivé à Mrs Arnette, conclut Edgar Allan Pogue.

Il est assis sur sa chaise longue. Il a étalé entre ses cuisses nues et poilues des photos de la dame aux cheveux bleutés sur l'épaisse toile jaune et blanc qui le soutient.

– Oh, je sais combien ça peut paraître injuste et affreux. Mais, en vérité, ça ne l'était pas. Je savais bien qu'elle préférerait largement un public de jeunes policiers plutôt que se faire découper par un étudiant en médecine ingrat. C'est une bien jolie histoire, n'est-ce pas, Maman ? Oui, en effet, une bien belle histoire.

CHAPITRE 18

La chambre est assez spacieuse pour accueillir un petit lit
flanqué d'une tête de lit et, à gauche, d'une frêle table de
chevet, ainsi que d'une commode poussée non loin de la penderie. Les meubles sont en chêne. Il ne s'agit pas d'antiquités
mais de meubles de famille, assez jolis. Scotchés au mur
lambrissé contre lequel s'adosse le lit, de grands posters représentent des scènes touristiques.

Gilly Paulsson s'endormait contre les marches du dôme
de Sienne et se réveillait au cœur du palais de Septime Sévère
sur la colline Palatine, à Rome. Peut-être s'habillait-elle ou
brossait-elle ses longs cheveux blonds devant le haut miroir,
tout contre la Piazza Santa Croce à Florence, où se dresse la
statue de Dante. Mais savait-elle qui était Dante? Peut-être
avait-elle été incapable de découvrir l'Italie sur un planis-
phère.

Marino est planté contre la fenêtre donnant sur le jardin qui
s'étend à l'arrière de la maison. Nul n'est besoin qu'il décrive
ce qu'il constate tant c'est évident. La fenêtre est située à un

mètre vingt du sol. Lorsque l'on repousse les deux loquets de fermeture, la fenêtre se soulève sans difficulté.

– Ça agrippe pas, constate-t-il.

Il porte des gants de coton blanc et actionne les deux loquets pour démontrer leur peu de résistance, et comme il est aisé de pousser la fenêtre à guillotine.

– Le détective Browning devrait être au courant, déclare Scarpetta en sortant à son tour une paire de gants blancs, un peu défraîchis parce qu'elle les garde en permanence dans l'une des poches latérales de son sac à main. Je n'ai rien vu dans les rapports qui mentionne que le système de fermeture de la fenêtre est défectueux. Il a été forcé ?

– Nan, rectifie Marino en repoussant le panneau vitré vers le bas. Juste vieux et usé. Je me demande si elle entrouvrait parfois sa fenêtre. C'est dur à avaler que quelqu'un se soit aperçu comme par hasard à ce moment-là qu'elle était rentrée de l'école et que maman était sortie faire une petite course et : «Super, je vais m'introduire chez elles. Super, si c'est pas un coup de bol, ces loquets complètement déglingués.»

– Il est plus probable que quelqu'un ait déjà su que le verrouillage ne fonctionnait plus.

– Ouais, je crois aussi.

– Donc, plus vraisemblablement quelqu'un qui connaissait la maison ou qui la surveillait d'assez près pour constater ce genre de détails.

– Hum, commente Marino en se dirigeant vers la commode pour ouvrir le tiroir du haut. Faut qu'on se renseigne au sujet des voisins. Ceux qui ont la meilleure vue sur la chambre de la gamine, c'est la maison là-bas.

Il désigne du menton la fenêtre au loquet trop usé, indiquant la maison située juste derrière la palissade noire, celle dont le toit d'ardoises est rongé par la mousse.

– Je vais vérifier si les flics ont rendu visite aux gens qui vivent là-dedans…

Étrange la façon dont il appelle maintenant ses anciens collègues «les flics», comme s'il n'en avait jamais fait partie.

– Peut-être bien que les gens qui habitent dans cette baraque ont remarqué un rôdeur. Je me suis dit que vous trouveriez ça intéressant, poursuit-il.

Il récupère un portefeuille d'homme en cuir noir au fond du tiroir. Il est un peu incurvé et patiné, comme le sont ceux qui restent la plupart du temps dans une poche arrière de pantalon. Marino l'ouvre et en tire un ancien permis de conduire, dont la date de validité est dépassée. Il est au nom d'un certain Franklin Adam Paulsson, né le 14 août 1966 à Charleston, Caroline du Sud. Rien d'autre ne se trouve dans le portefeuille, ni carte de crédit, ni billets.

Scarpetta examine la photographie d'identité du permis d'un air pensif.

– Papa.

Il est blond, avec une ferme ligne de mâchoire et des yeux bleu-gris, une couleur presque hivernale. Il est bel homme, mais il est ardu de se faire une idée de lui, si tant est que ce genre d'impressions fondées sur un petit cliché de permis de conduire soit fiable. Il semble froid. Elle a du mal à préciser ce qu'elle ressent, et cette indécision la met mal à l'aise.

Marino lâche soudain :

– Ben, voyez, moi, je trouve ça bizarre. Ce tiroir, c'est comme un autel à la gloire de son père. Regardez-moi ces tee-shirts…

Il sort une mince pile de maillots de corps blancs, pliés avec soin.

– Taille large, des trucs de mec, peut-être ceux de papa, y en a qu'ont des taches et d'autres des trous. Et puis des lettres.

Il tend à Scarpetta une douzaine d'enveloppes, certaines contenant, semble-t-il, des cartes de vœux, toutes portant au verso une adresse d'expédition de Charleston.

– Et puis, y a ça aussi…

Ses gros doigts blanchâtres ramènent du fond du tiroir une longue rose rouge. Il ajoute :

– Vous remarquez la même chose que moi ?

– Elle n'a pas l'air très ancienne.

– Juste, approuve-t-il en replaçant la fleur où il l'a trouvée. Deux ou trois semaines. Vous vous occupez de vos rosiers ? ajoute-t-il comme si ce passe-temps faisait de Scarpetta une experte en fleurs séchées.

– Je ne sais pas au juste. Mais, *a priori*, elle n'est pas là depuis des mois. Les pétales ne sont pas complètement secs. Qu'est-ce que vous aviez prévu de faire dans cette chambre, Marino ? Relever les empreintes ? Elles auraient déjà dû être prélevées. Au demeurant, qu'est-ce qu'ils ont fait dans cette pièce ?

– Échafaudé des hypothèses, voilà ce qu'ils ont fait. Je vais sortir mon barda du coffre, prendre quelques photos. Je peux aussi relever quelques empreintes. La fenêtre, le châssis, cette commode, surtout le tiroir du haut. C'est à peu près tout.

– Autant le faire. Ça ne perturbera pas beaucoup plus la scène du crime. Trop de gens sont d'ores et déjà intervenus.

Elle se rend soudain compte qu'elle vient de baptiser pour la première fois cette chambre « scène du crime ».

– Bon, et puis je vais aller me balader un peu dans le jardin. Remarquez, ça fait deux semaines… Ça m'étonnerait que je tombe sur un des petits cacas de Sweetie, à moins qu'il n'ait pas plu de quinze jours, or il a flotté ! Ça va être dur d'être certain qu'un chien a bien disparu. Browning a rien dit à ce sujet.

Scarpetta rejoint la cuisine. Mrs Paulsson est toujours installée à la table, comme si elle n'avait pas fait un geste. Elle est assise sur la même chaise, dans la même position que lorsque Scarpetta a rejoint Marino, le regard perdu vers un point situé devant elle. Elle ne croit pas vraiment que sa fille soit décédée des suites d'une mauvaise grippe. Comment le pourrait-elle ?

Scarpetta s'installe en face d'elle et demande :

– Vous a-t-on expliqué pour quelles raisons le FBI s'intéresse à la mort de Gilly ? Que vous ont dit les policiers ?

– Je ne sais pas. Je ne regarde pas ce genre d'émissions à la télé, marmonne-t-elle d'une voix traînante.

– Quel genre d'émissions ?

– Les émissions policières. Les interventions du FBI. Les synthèses d'enquêtes criminelles. J'ai jamais regardé ce genre de choses.

– Mais vous n'ignorez pas que le FBI est impliqué dans cette enquête ? Leur avez-vous parlé ?

Scarpetta s'inquiète de plus en plus de la santé mentale de Mrs Paulsson.

– Cette femme est passée me voir, je vous en ai déjà parlé. Elle m'a dit qu'elle voulait me poser des questions de routine et qu'elle était vraiment désolée de me déranger parce qu'elle voyait bien que j'étais bouleversée. C'est le mot qu'elle a employé, « bouleversée ». Elle s'est installée juste ici, dans la cuisine, et elle m'a demandé plein de trucs au sujet de Gilly et de Frank, et si j'avais aperçu des gens suspects dans le coin. Vous savez… Est-ce que Gilly adressait facilement la parole à des étrangers, est-ce qu'elle était en contact avec son père ? Comment sont les voisins ? Elle a posé des questions sur Frank, beaucoup.

– Pourquoi, à votre avis ? Quelles questions a-t-elle posées au sujet de Frank ? insiste Scarpetta en revoyant la photo de l'homme blond aux mâchoires serrées et au regard bleu pâle.

Mrs Paulsson fixe le mur à gauche de la cuisinière, comme si un détail de la peinture blanche la fascinait, mais il n'y a rien.

– Je ne sais pas pourquoi elle a posé tant de questions sur lui, sauf que c'est fréquent avec les femmes…

Elle se raidit et son ton se fait cassant lorsqu'elle répète :

– Oh, oui, c'est fréquent avec les femmes.

– Et où se trouve Frank ? Je veux dire en ce moment même ?

– À Charleston… On dirait que ça fait une éternité que nous avons divorcé.

Elle martyrise une petite peau qui se soulève au coin de l'un de ses ongles, le regard toujours rivé vers ce point du mur blanc sur lequel Scarpetta ne découvre rien qui puisse justifier l'attention.

– Gilly était-elle proche de son père ?

– Elle l'adore…

Mrs Paulsson inspire avec lenteur, les yeux écarquillés, et sa tête commence à vaciller comme si son long cou devenait incapable de la supporter.

– Aux yeux de Gilly, son père est parfait. Il ne peut jamais rien faire de mal. Le canapé du salon, celui qui est poussé sous la fenêtre… c'est juste un canapé, rien de spécial, sauf que c'était la place préférée de son père. Il s'installait à cet endroit pour regarder la télé ou lire son journal. (Une autre longue et profonde inspiration l'interrompt quelques instants.) Après qu'il est parti, elle a pris l'habitude de s'allonger sur son canapé. J'avais un mal fou à la convaincre de se lever. (Elle soupire.) Ce n'est pas un bon père. Mais c'est classique, n'est-ce pas? On aime toujours ce qu'on ne peut pas obtenir.

L'écho des boots de Marino leur parvient de la chambre de Gilly. Cette fois, ses grands pieds se font lourds, bruyants.

– Nous aimons ceux qui ne nous aiment pas, répète Mrs Paulsson.

Scarpetta n'a pris aucune note depuis son retour dans la cuisine. Son poignet repose sur son carnet posé sur la table. Son stylo est suspendu en l'air, prêt mais encore inutilisé.

– Quel est le nom de cette femme agent du FBI?

– Oh, mon Dieu… Karen… Attendez…

Elle ferme les yeux, portant ses doigts tremblants à son front.

– J'ai des trous de mémoire… attendez… Weber, Karen Weber.

– Elle fait partie de l'antenne de Richmond?

Marino pénètre dans la cuisine, une boîte noire de matériel de pêche dans une main et dans l'autre sa casquette de base-ball. Il l'a finalement ôtée, peut-être par respect pour Mrs Paulsson, la mère d'une très jeune fille assassinée.

– Oh, mon Dieu… je crois bien. J'ai sa carte quelque part. Où ai-je pu la ranger?

Adossé au chambranle de la porte, Marino lance:

– Vous êtes au courant que Gilly avait gardé une rose rouge? Y a une rose dans le tiroir de sa commode.

– Quoi?

Scarpetta se lève et propose:

– Venez, nous allons vous montrer. (Elle hésite un instant, espérant que Mrs Paulsson trouve la force de supporter la suite.) J'aimerais aussi vous expliquer deux ou trois choses.

– Oh, oui… Bien sûr… Une rose rouge?

La femme se lève à son tour, un peu instable. Ils se dirigent vers la chambre, à la suite de Marino qui ouvre la marche. Scarpetta demande:

– Quand Gilly a-t-elle vu son père pour la dernière fois?

– À Thanksgiving, fin novembre.

– C'est elle qui lui a rendu visite ou alors il est venu? insiste Scarpetta d'une voix aussi neutre que possible, pourtant il lui semble que le couloir s'est obscurci, rétréci en quelques minutes.

– J'ignore tout de cette histoire de rose, commente Mrs Paulsson.

– Fallait que je jette un œil dans ses tiroirs, précise Marino. Vous comprenez bien qu'on est forcés de fouiller.

– Est-ce la routine même quand un enfant meurt de la grippe?

– J'suis sûr que la police a déjà tout regardé. Mais peut-être que vous étiez pas présente au moment où ils ont tout retourné et pris des photos.

Il s'écarte pour laisser pénétrer Mrs Paulsson dans la chambre de son enfant mort. Elle s'avance jusqu'à la commode, située à gauche de l'entrée. Marino récupère ses gants de coton blanc dans sa poche. Il peine pour y faufiler ses grosses mains, puis ouvre le tiroir supérieur. Il en extrait la rose languissante, l'une de ces hautes roses en bouton serré qui ne s'ouvre jamais. Scarpetta en a souvent vu, enveloppées dans un cône de papier transparent, vendues un dollar et demi aux caisses de ces petites épiceries de quartier.

Mrs Paulsson fixe la fleur, son visage s'empourprant pour rejoindre la couleur des pétales fanés.

– Je ne sais pas ce que c'est. Je n'ai pas la moindre idée d'où Gilly a récupéré cette rose.

Marino ne paraît pas réagir et Scarpetta le devance:

– Lorsque vous êtes rentrée de la pharmacie, vous n'avez pas découvert la fleur dans sa chambre? Quelqu'un est-il venu la lui offrir, la sachant malade? Un petit ami, peut-être?

– Je ne comprends pas.

Marino dépose la rose sur le haut de la commode, bien en vue, et lâche:

– D'accord! Vous êtes venue dans la chambre de votre fille en rentrant de cette pharmacie. Reprenons à partir de ce moment-là. Ou plutôt, revenons au moment où vous avez garé votre voiture. Où l'avez-vous garée en rentrant de votre course?

– Devant la maison, juste à côté de l'allée.

– C'est là que vous la laissez d'habitude?

Elle acquiesce d'un mouvement de tête, le regard rivé sur le lit, refait avec soin et recouvert d'un édredon de la même nuance de bleu que les yeux de son mari envolé.

– Madame Paulsson, désirez-vous vous asseoir un instant? demande Scarpetta en jetant un bref regard à Marino.

– Je vais vous chercher une chaise, propose celui-ci.

Il quitte la pièce, abandonnant Scarpetta et Mrs Paulsson en compagnie d'un lit en ordre parfait.

– Je suis italienne, commence Scarpetta en détaillant les posters accrochés au mur. Enfin, je ne suis pas née là-bas, au contraire de mes grands-parents. Ils étaient de Vérone. Vous connaissez l'Italie?

– Frank y est allé.

Mrs Paulsson n'a rien d'autre à ajouter au sujet des posters.

Le regard de Scarpetta revient vers la femme et elle déclare d'un ton doux:

– Je sais combien c'est difficile. Mais tout ce que vous pouvez nous dire peut se révéler utile.

– Gilly est morte de la grippe.

– Non, madame Paulsson. Non, elle n'est pas morte de la grippe. Je l'ai examinée. J'ai passé en revue tous ses prélèvements. Votre fille avait eu une pneumonie, mais elle était en train de s'en remettre. Les mains de Gilly, son dos également portent des ecchymoses.

Son visage se fige.

– Savez-vous comment elle aurait pu se faire ces contusions ?

– Non. Mais comment est-ce possible ?

Elle fixe le lit, les yeux pleins de larmes.

– Elle s'est peut-être cognée ? Est-elle tombée ? Du lit, peut-être ?

– Je ne vois pas…

– Prenons les choses une par une. Lorsque vous êtes allée à la pharmacie, avez-vous verrouillé la porte de la maison ?

– Toujours.

– La porte était-elle toujours fermée à clé lorsque vous êtes revenue ?

Marino prend tout son temps afin de permettre à Scarpetta de se rapprocher du témoin. C'est une de leurs habituelles stratégies et elle leur est devenue si naturelle qu'ils ne la préméditent même plus.

– Je crois, oui. Je me souviens d'avoir eu besoin de la clé. J'ai appelé Gilly pour lui dire que je venais de rentrer. Mais elle ne m'a pas répondu… Alors j'ai pensé que… Eh bien, j'ai pensé qu'elle dormait. Et je me suis dit : oh, c'est bien, il faut qu'elle récupère. (Les larmes lui dévalent des paupières.) J'ai cru qu'elle s'était endormie avec Sweetie. Alors j'ai crié un peu plus fort : « J'espère que le chien ne dort pas avec toi dans le lit, Gilly. »

CHAPITRE 19

À son habitude, elle laissa tomber ses clés sur la desserte située à côté du portemanteau de l'entrée. Le soleil qui coulait par l'imposte surmontant la porte d'entrée éclairait un peu la pénombre du couloir lambrissé de bois sombre. D'infimes grains de poussière dansaient dans la lumière solaire. Elle enleva son manteau avant de le suspendre à côté des autres vêtements.

Elle explique à la femme médecin :

– Je l'appelais, je n'arrêtais pas de l'appeler : « Gilly, chérie, je suis rentrée. Est-ce que Sweetie est avec toi ? Sweetie ? Où est ce chien ? Allons, Gilly, si tu fais des câlins à ce chien au lit – et je suis sûre que c'est le cas –, il va en prendre l'habitude. Mais un basset, sur ses courtes petites pattes, ne peut pas monter et descendre d'un lit tout seul. »

Elle passa dans la cuisine afin de déposer ses sacs en plastique sur la table. Elle avait profité de sa course à la pharmacie du centre commercial de West Cary Street pour s'arrêter à l'épicerie voisine. Elle posa les deux boîtes de soupe au poulet à côté de la cuisinière. Elle tira du congélateur un sachet de cuisses de poulet et le jeta dans l'évier afin qu'il décongèle. La maison était tranquille. Elle pouvait percevoir le tic-tac de la pendule murale de la cuisine. Un tic-tac lancinant et monotone, qu'elle n'entendait en général pas parce qu'elle avait toujours tant à faire et à penser.

Dans un tiroir de la cuisine, elle trouva une cuiller. Dans un placard, un verre qu'elle remplit au robinet d'eau froide de l'évier. Elle transporta le verre d'eau, la cuiller et la nouvelle bouteille de sirop antitussif à l'autre bout du couloir, jusqu'à la chambre de Gilly.

Elle s'entend raconter à la femme médecin :

– Et quand je suis entrée dans sa chambre, j'ai dit : « Gilly ? Mais qu'est-ce qui se passe ? » Parce que ce que je constatais… enfin, ça n'avait aucun sens. « Gilly ? Mais qu'as-tu fait de ton pyjama ? Tu as trop chaud ? Ah, mon Dieu, où est passé le thermomètre ? Ne me dis pas que la fièvre est remontée à nouveau. »

Gilly sur le lit, allongée sur le ventre, nue, son dos mince, ses jambes et ses fesses dénudés. Sa chevelure soyeuse, si blonde, éparpillée sur l'oreiller. Ses deux bras relevés au-dessus de sa tête. Ses jambes repliées, comme celles d'une grenouille.

Ah, mon Dieu, mon Dieu… les tremblements anarchiques, violents de ses mains.

L'édredon en patchwork, la couverture, le drap, tirés, pendant au pied du lit, comme une cascade. Sweetie n'était pas sur le lit, et tout d'abord cette constatation se mêla au reste. Sweetie n'était pas non plus sous le drap ou la couverture, puisqu'il n'y en avait plus, sur le lit. Ils étaient par terre. Ils avaient été tirés et gisaient au sol. Et son esprit revenait sans cesse à Sweetie. Elle ne sursauta pas, se rendit à peine compte que la bouteille de sirop et le verre filaient par terre. Elle n'eut pas conscience qu'ils venaient de lui échapper des mains. Et soudain ils rebondirent, éclaboussèrent, roulèrent, et de l'eau se répandit sur les vieilles lattes du plancher, et elle hurla. Ses mains ne lui appartinrent soudain plus. Elles attrapèrent Gilly par les épaules – tièdes, ses épaules étaient tièdes –, elles la secouèrent, la retournèrent. Elles la secouèrent. Et elle hurla.

CHAPITRE 20

Cela fait déjà un bon moment que Rudy a quitté la maison. Lucy lit le rapport du bureau du shérif de Broward County dans la cuisine. Pas grand-chose en vérité. On a repéré un rôdeur qui pourrait avoir un lien avec une effraction qui s'est produite dans la même résidence.

Non loin du rapport est posée une grande enveloppe rembourrée, à l'intérieur de laquelle est glissé le dessin de l'œil qui était scotché à la porte. Le flic ne l'a pas emportée. Bon boulot, Rudy. Elle va pouvoir passer à des tests destructifs qui risquent d'endommager le croquis. Elle jette un regard vers la maison de sa voisine, se demandant si Kate a commencé de dessoûler, si elle croit vraiment que perdre les pédales va l'aider à se sentir un peu moins ivre – ou quelque chose de ce genre qui vient à l'esprit en pareil cas. Le souvenir de l'odeur du champagne donne la nausée à Lucy, et la terrorise. Elle sait tout du champagne, de cette envie de se frotter contre les autres, de parfaits étrangers qui vous semblent de plus en plus beaux au fur et à mesure que coule l'alcool. Oui, elle sait tout, et jamais plus elle ne souhaite refaire ce voyage. À chaque fois que ce souvenir lui revient, elle a le sentiment de se tasser en dedans et un épouvantable et malsain remords l'envahit.

Quel soulagement que Rudy se soit absenté ! S'il savait ce qui vient de se passer, les souvenirs ne l'épargneraient pas non plus. Ils se tairaient alors. Le silence se ferait de plus en plus épais, impénétrable, jusqu'à ce qu'une bagarre éclate entre eux et qu'ils dépassent un autre souvenir délétère. Lorsqu'elle était ivre, elle prenait ce qu'elle croyait vouloir, pour s'apercevoir ensuite qu'en fait elle ne souhaitait pas ce qu'elle avait réussi à obtenir, que cette victoire la laissait au fond indifférente ou, pire, la révulsait. Enfin, du moins lorsqu'elle parvenait à se souvenir de ce qu'elle avait fait ou pris. Or, passé un certain stade, tout s'emmêlait jusqu'à former un ensemble indistinct. Pour quelqu'un qui n'a pas encore dépassé trente ans, Lucy a oublié tant de choses de sa vie. La dernière fois qu'elle a tout oublié, sa mémoire a commencé de resurgir alors qu'elle se trouvait sur un balcon d'appartement, au trentième étage d'un immeuble. Elle était nue à l'exception d'un short de sport, au beau milieu d'une nuit glaciale de New York, une nuit de janvier qui faisait suite à une *party* donnée dans Greenwich Village... Où au juste dans Greenwich Village ? Elle n'en a toujours pas la moindre idée et, de surcroît, n'a nulle envie de l'apprendre.

Elle ne sait toujours pas très bien non plus ce qu'elle fichait sur ce balcon. Peut-être désirait-elle se rendre à la salle de bains et avait-elle été désorientée, ouvrant la mauvaise porte. Si elle avait enjambé la rambarde pour grimper dans cette baignoire de vide, le plongeon de trente étages l'aurait conduite vers sa mort. Sa tante aurait reçu les rapports d'autopsie la concernant et conclu avec le reste de la profession médico-légale que Lucy avait commis un suicide sous l'emprise de l'alcool. Aucune métho-dologie scientifique n'aurait pu révéler qu'en réalité Lucy avait trébuché hors d'un lit pour se rendre dans la salle de bains d'un appartement inconnu, appartenant à quelqu'un qu'elle venait de rencontrer dans le Village. Mais c'est une autre histoire sur laquelle elle ne tient pas à s'étendre.

C'est la dernière histoire de cette nature. Elle s'est vengée sur l'alcool pour se dédommager de toutes les fois où il avait eu le dessus sur elle. Aujourd'hui, elle ne boit plus une goutte. Aujourd'hui, l'odeur de l'alcool lui évoque les relents aigres exhalés par tous ces corps de rencontre qu'elle n'aimait pas et qu'elle n'aurait jamais touchés si elle était restée sobre. Elle jette un autre regard vers la maison de sa voisine, sort de la cuisine et gravit l'escalier jusqu'à l'étage. Du moins peut-elle être reconnaissante d'une chose : Henri n'était pas une décision inspirée par l'ivresse. Oui, cela mérite sa reconnaissance.

Une fois parvenue dans son bureau, Lucy allume la lumière, puis ouvre un attaché-case noir, à l'apparence bénigne. Il s'agit en réalité de la mallette à coque rigide qui protège un Global Remote Surveillance Command Center. Ce GRSCC lui permet l'accès à tous les mouchards de transmission, où qu'ils se trouvent de par le monde. Elle vérifie la charge de la batterie et le bon fonctionnement des quatre transmetteurs, ainsi que des deux pistes d'enregistrement. Elle branche l'appareil sur une ligne téléphonique, allume le récepteur et se coiffe des écouteurs pour vérifier si Kate ne s'est pas lancée dans une grande conversation téléphonique depuis sa salle de sport ou sa chambre. Mais la ligne reste silencieuse et les pistes d'enregistrement sont vierges. Lucy s'installe devant un bureau, contemplant les jeux du soleil sur la surface de l'eau, la danse des feuilles de palmier dans le vent, et elle écoute. Elle règle le niveau de sensibilité sonore et attend.

Quelques minutes de silence s'écoulent encore. Elle retire les écouteurs et les abandonne sur le bureau. Elle se lève et déplace le CRSCC pour le poser sur la table où est installé l'imageur Krimésite. Des nuages voilent par instants le soleil, assombrissant la pièce par intermittence. Puis les nuages s'écartent et la lumière filtre à nouveau par les fenêtres. Lucy enfile des gants de coton blanc. Elle tire le dessin de l'œil de sa grande enveloppe et le dépose sur une large feuille de papier noir. Elle s'assied à nouveau et replace les écouteurs sur ses oreilles avant de sortir une petite bombe de ninhydrine d'une trousse de prélèvement d'empreintes digitales. Elle en dévisse le bouchon et asperge le dessin à l'aide de l'aérosol afin de l'humecter sans excès. En dépit de l'absence de chlorofluorocarbones dans le mélange et d'un étiquetage qui souligne son «respect pour l'environnement», elle n'a jamais trouvé la solution particulièrement respectueuse de l'être humain. La bruine chimique lui irrite les poumons, lui arrachant une quinte de toux.

Elle retire à nouveau les écouteurs avant de se relever pour se diriger vers une paillasse en tenant le dessin imprégné de la sauce chimique à l'odeur suffocante entre ses doigts. Un fer à vapeur est posé verticalement sur une housse de table à repasser en matériau ignifugé. Elle branche le fer qui chauffe rapidement et vérifie la sortie de la vapeur. L'appareil crache un nuage en sifflant. Elle dépose le dessin de l'œil sur la housse et maintient le fer brûlant à une bonne douzaine de centimètres au-dessus. Un jet de vapeur frappe le papier. Des zones virent au rouge-violet en quelques secondes et elle parvient à distinguer les marques abandonnées par des doigts. Elles ne proviennent pas d'elle, car Lucy sait exactement où elle a posé les doigts sur la feuille lorsqu'elle l'a décollée de la porte. Quant au flic de Broward County, Rudy ne l'aurait jamais laissé poser ses mains sur le dessin. Elle prend bien garde de ne pas asperger de vapeur bouillante le bout de ruban adhésif. Ce matériau n'est pas poreux et ne réagira donc pas à la ninhydrine. En revanche, la chaleur risque de le faire fondre et d'endommager d'éventuelles crêtes ou boucles d'empreintes.

De retour devant son bureau, elle s'assied, replace les écouteurs sur sa tête et chausse une paire de lunettes avant de placer le dessin maculé de taches violettes sous les objectifs de l'imageur. Elle allume la lampe UV de l'appareil et colle son œil à l'oculaire, découvrant un champ d'un vert éclatant. L'odeur déplaisante de la substance chimique chauffée se mêle à celle du papier. Les coups de crayon apparaissent comme de fines rayures blanches. Un détail d'empreinte ressort d'une marque de doigt abandonnée non loin de l'iris. Lucy règle la mise au point, augmentant le contraste de l'image. Les boucles et les vagues se précisent, plus qu'assez pour permettre une comparaison grâce à l'IAFIS du FBI, le programme informatique d'identification automatique des empreintes. Celle qu'elle a déjà tentée grâce aux empreintes latentes relevées dans la chambre après l'agression d'Henri n'a abouti à rien, sans doute parce que celles de la bête ne sont pas enregistrées dans la banque de données. Cette fois, elle compte opter pour une comparaison mettant en jeu latente contre latente, quitte à passer en revue les deux milliards d'empreintes stockées dans les mémoires de l'IAFIS. De plus, elle s'assurera que ses bureaux rapprochent les empreintes retrouvées sur le dessin de celles abandonnées dans la chambre d'Henri. Elle enclenche l'appareil photo numérique sur l'oculaire du microscope et prend une série de clichés.

Cinq minutes à peine s'écoulent. Elle mitraille toujours les marques de doigt violettes, s'attardant sur une traînée conservant une crête partielle, lorsque le premier son humain envahit les écouteurs. Elle augmente le volume et tripote le bouton réglant la sensibilité avant de vérifier que les pistes enregistrent bien ce qu'elle entend en direct.

– Qu'est-ce que tu fais?…, demande la voix éméchée qui résonne avec clarté dans les écouteurs.

Lucy se penche sur sa chaise pour vérifier le bon fonctionnement de son appareil.

La voix pâteuse et incertaine de Kate reprend :

– … Non, je ne peux pas jouer au tennis aujourd'hui…

La conversation de la voisine est parfaitement retransmise par le mouchard que Lucy a inséré dans la prise du mur, proche de la grande baie vitrée qui donne sur l'arrière de sa propriété.

Kate se trouve dans sa salle de gym, bien que, au silence qui l'environne, Lucy puisse déduire qu'elle ne s'acharne pas sur son cardiotrainer elliptique ou sur tout autre appareil du même genre. Il est vrai que la voisine est assez ivre. Toutefois, son ivresse ne l'empêche pas d'espionner. Elle est en train de surveiller la maison de Lucy de sa fenêtre, parce qu'elle n'a rien de mieux à faire. Sans doute est-ce devenu l'histoire de sa vie : n'avoir rien d'autre à faire que se pinter et espionner les autres.

– … Non, tu sais, je crois bien que j'ai attrapé un rhume. Ah, tu l'entends aussi. Tu aurais dû me voir ce matin. J'ai le nez tellement bouché. Si tu m'avais entendue quand je me suis levée…

Lucy fixe le clignotant rouge du magnétophone. Son regard s'évade vers la feuille étalée sous les objectifs de l'imageur. La chaleur de la vapeur a recourbé le papier. Les traînées violacées sont larges, assez larges pour avoir été laissées par un homme, mais elle se méfie des conclusions hâtives ou des suppositions. Ce qui compte, c'est qu'elle y a détecté des empreintes… en supposant qu'il s'agit bien de celles de la bête, celui qui a scotché cet infect dessin sur sa porte, en supposant qu'il s'agit bien de l'individu qui a pénétré chez elle et tenté de tuer Henri. Lucy scrute cette trace de lui, cette piste, les acides aminés mêlés à la sueur qui suintait de sa peau.

– Figure-toi qu'une star de cinéma a emménagé juste à côté… Tu te rends compte, c'est dingue !

La voix de Kate s'immisce dans le crâne de Lucy.

– … Oh, certainement pas, chérie, je ne suis pas du tout surprise. Je peux te dire que je m'en suis doutée dès le début. Des gens qui rentrent et qui sortent toute la journée, toutes ces voitures luxueuses et des jolis spécimens qui vivent dans une maison qui doit bien coûter quoi ?… Neuf ou dix millions de dollars ? En plus, une baraque d'un clinquant, si tu veux mon avis ! Enfin, ça va bien à ce genre de nouveaux riches.

Il se moque d'abandonner des empreintes digitales derrière lui. Il s'en fiche et cette certitude angoisse Lucy. S'il s'en inquiétait, elle se sentirait bien mieux parce que cela indiquerait qu'il trimbale sans doute un casier judiciaire. Ses dix empreintes ne sont pas enregistrées dans la banque de données de l'IAFIS, ni ailleurs. L'ordure n'a pas de raisons de s'inquiéter. Il s'en contrefiche parce qu'il croit qu'une comparaison ne donnera rien. C'est ce que nous verrons, songe Lucy. La présence malfaisante semble l'environner comme elle détaille les traînées violettes sur le dessin de l'œil recourbé par la chaleur. Elle sent le regard de la bête, tout comme elle perçoit celui de Kate, et la colère bouillonne en elle, tout au fond d'elle, là où sa rage se love, se cache et s'endort jusqu'à ce que quelque chose la réveille.

– … Tina… Non, mais c'est dingue quand même ! Son nom m'échappe complètement. Si tant est qu'elle l'ait mentionné. Mais bien sûr, qu'est-ce que je raconte ? Elle m'a tout déballé, et sur son petit ami, et sur cette fille qui a été agressée et est repartie pour Hollywood…

Lucy augmente le volume. Les traces violettes semblent se diluer et se fondre sous la fixité de son regard. Elle écoute avec attention le monologue de la voisine au sujet d'Henri. Comment est-elle au courant de son agression ? L'histoire n'a pas été relatée aux informations, ni par les journaux. Quant à la conversation que Lucy a échangée avec elle un peu plus tôt, elle a juste évoqué un harceleur, pas davantage.

– Oh, une jolie, très jolie petite chose. Une blonde, joli visage, une silhouette fine. Oui, jolie et toute mince. De toute façon, ils sont tous sur le même modèle, ces gens d'Hollywood. Bon, ensuite je ne suis pas trop sûre, mais je crois bien que le gars est le petit ami de l'autre, de Tina je veux dire. Pourquoi ? Ben, ça me semble assez logique, chérie. Si c'était le jules de la blonde, tu ne penses pas qu'il serait parti avec elle ? Or elle n'est pas réapparue depuis cette effraction, quand toutes ces voitures de police et l'ambulance ont déboulé dans la propriété.

L'ambulance, merde ! Kate a donc aperçu la civière sur laquelle était allongée Henri et elle a conclu que la jeune femme avait été attaquée. Non, je suis incohérente, se morigène-t-elle. Je n'établis pas les bons liens. Sa colère monte, se mâtinant peu à peu d'un sentiment d'impuissance et de panique. Mais qu'est-ce qui déraille chez toi ? se fustige-t-elle tout en écoutant et en fixant le magnétophone protégé dans la mallette posée sur la table de travail juste à côté de l'imageur Krimésite. Bordel, mais qu'est-ce qui déraille ? se serine-t-elle en repensant à sa bêtise lorsque le latino a pris sa Ferrari en filature.

– Eh bien, moi aussi, vois-tu… je me suis demandé pourquoi personne n'en parlait à la télévision, ni nulle part d'ailleurs, et j'ai bien surveillé, tu peux me croire sur parole…

Kate parle sans discontinuer, ses mots devenant une vraie bouillie verbale au fur et à mesure qu'elle boit et reboit.

– … Mais bien sûr… Enfin, on s'attendrait au contraire…

Le bégaiement gagne en emphase, devenant catégorique :

– … Des stars du cinéma et rien dans les journaux ? Mais, justement, j'y venais. Ils sont ici incognito et donc les médias ne sont pas au courant. Sans cela, évidemment, ça n'aurait aucun sens. Et quand on y pense de cette façon-là, ben, ça devient logique, espèce de bécasse…

– Oh, merde à la fin, dis quelque chose d'important, marmonne Lucy.

Il faut que je me reprenne. Lucy, reprends-toi. Pense, pense, mais pense !

Les longs cheveux bruns et frisés sur le lit. Oh, bordel ! Bordel, je ne lui ai pas demandé.

Elle retire les écouteurs pour les déposer sur la table. Son regard balaie la pièce comme le magnétophone continue d'enregistrer le monologue de la voisine.

– Merde ! crie-t-elle, se rendant compte qu'elle ne connaît ni le numéro de téléphone de Kate, ni même son nom de famille.

Elle doute d'avoir l'énergie et le temps nécessaires pour les découvrir. D'autant que rien ne garantit que Kate lui répondra si jamais elle l'appelle.

Elle s'installe devant un autre bureau sur lequel trône un ordinateur, pour créer un document à partir d'un modèle. Deux billets réservés aux VIP permettant d'assister à la première de *Jump Out*, son film censé sortir en salles à Los Angeles le 6 juin. La projection sera suivie d'un cocktail destiné aux membres de l'équipe et à quelques amis triés sur le volet. Elle imprime les deux invitations sur un papier glacé spécial photographies, les massicote avant de les glisser dans une enveloppe accompagnées d'un petit mot : « Chère Kate, j'ai adoré notre conversation ! Allez, une petite question concernant le monde du cinéma : qui a de longs cheveux bruns frisés ? Connaissez-vous la réponse ? » Elle termine par son numéro de téléphone portable.

Lucy fonce et contourne la maison de Kate. Mais celle-ci ne répond pas à l'interphone et encore moins au coup de sonnette. Elle est bien trop loin dans sa cuite, peut-être même inconsciente. Lucy glisse l'enveloppe dans sa boîte aux lettres.

CHAPITRE 21

À un moment donné, Mrs Paulsson se retrouve dans la salle de bains qui fait suite au couloir. Le problème, c'est qu'elle ne parvient pas à comprendre comment elle est arrivée là.

Il s'agit d'une vieille salle de bains qui n'a jamais été redécorée depuis le début des années cinquante. Le sol est comme un échiquier de carreaux bleus et blancs, et tous les sanitaires – le lavabo, la cuvette des toilettes, la baignoire – sont en faïence blanche. Le rideau de douche à motif floral rose et rouge est tiré. La brosse à dents de Gilly est posée toute droite dans son gobelet sur le rebord du lavabo, juste à côté du tube de dentifrice à moitié vide. Elle n'a aucune idée de la façon dont elle s'est retrouvée dans cette salle de bains.

Elle détaille la brosse à dents, le tube de dentifrice, et ses sanglots l'étouffent. Elle a beau se passer de l'eau glacée sur le visage, rien n'y fait. Alors qu'elle sort de la salle de bains, elle s'en veut de ne pas parvenir à reprendre un peu de contrôle sur elle-même. Elle se dirige vers la chambre de Gilly où l'attend la femme médecin, une Italienne de Miami. Il est prévenant, ce grand flic : il a traîné une chaise afin qu'elle puisse s'asseoir, la poussant vers le pied du lit. Il transpire. Pourtant il fait frais dans la chambre et c'est à ce moment-là qu'elle se rend compte que la fenêtre est ouverte. Néanmoins, le visage du grand flic s'est empourpré et luit de sueur.

– Soulagez-vous d'un poids, lui dit le lourd policier habillé de noir avec un sourire qui ne le rend pas beaucoup plus amical, mais elle aime ce qui se dégage de lui.

Elle l'aime bien. Elle ne sait pas trop pourquoi. Elle aime le regarder et une sorte d'émotion lui vient lorsqu'elle le fixe ou qu'il s'approche d'elle.

– Asseyez-vous, madame Paulsson, et tentez de vous détendre un peu, lui recommande-t-il.

– C'est vous qui avez ouvert la fenêtre ? demande-t-elle, assise sur sa chaise, ses mains croisées sur ses genoux.

– Je me posais la question suivante : la fenêtre était-elle ouverte ou fermée lorsque vous êtes rentrée de vos courses ce jour-là ? réplique-t-il.

– Il peut faire très chaud ici, vous savez. C'est bien difficile de contrôler la température ambiante dans ces vieilles maisons…

Son regard passe alternativement du policier à la femme médecin. Quelque chose ne va pas, elle ne devrait pas être assise là, près du lit, à lever les yeux pour les regarder. Elle se sent nerveuse, un peu effrayée, si petite, le visage tendu vers eux.

– … Gilly avait la manie de garder cette fenêtre ouverte la plupart du temps. Peut-être était-elle remontée lorsque je suis rentrée. J'essaie de me souvenir…

Les rideaux se soulèvent doucement, voiles de coton si légers qu'ils ressemblent à des fantômes chahutés par l'air très frais.

– … Oui, ajoute-t-elle, je pense que la fenêtre était sans doute ouverte.

– Saviez-vous que les loquets de fermeture ne fonctionnaient plus ? demande le lourd policier.

Il se tient debout, parfaitement immobile, et son regard ne la quitte pas. Elle ne parvient pas à se rappeler son nom. Mince, qu'est-ce que c'était ? Marinara, ou quelque chose du même genre.

– Non.

La peur la glace, juste au milieu du sternum.

La femme médecin se dirige vers la fenêtre et la referme de ses mains gantées de blanc. Son regard s'évade vers le jardin.

– Il n'est pas très joli à cette époque de l'année, précise Mrs Paulsson dont le cœur s'emballe. Mais, au printemps, oh, il faudrait que vous le voyiez.

– J'en suis certaine, répond la femme médecin.

Il exsude d'elle quelque chose qui fascine Mrs Paulsson tout en lui faisant un peu peur. D'un autre côté, tout est devenu effrayant maintenant.

La femme poursuit :

– J'aime beaucoup jardiner. Et vous ?

– Moi aussi.

– Vous pensez que quelqu'un a pu passer par le jardin ? demande Mrs Paulsson comme son regard tombe sur les traînées de poussière noire qui maculent l'appui de la fenêtre et son châssis. D'autres petits amas noirâtres parsèment la vitre des deux côtés, ainsi que des traces linéaires qui semblent avoir été laissées par des morceaux de ruban adhésif.

– J'ai récolté quelques empreintes, précise le grand policier. J'comprends pas bien pourquoi les flics s'en sont pas préoccupés, mais moi, je les ai relevées. On verra ce que ça donnera. Il va aussi falloir que je prenne les vôtres, ça facilitera le travail d'exclusion. Je pense pas que les flics l'aient déjà fait, non ?

Elle confirme d'un signe de tête, le regard toujours fixé vers la fenêtre, vers la poussière noire qui colle un peu partout.

Le lourd policier tout de noir vêtu demande encore :

– Qui vit derrière chez vous, madame Paulsson ? Dans cette vieille maison, juste derrière la palissade ?

– Une dame, une dame âgée. Ça fait un moment que je ne l'ai pas aperçue, un bon moment, peut-être des années. En fait, je ne sais même pas si elle vit toujours dans cette maison. La dernière fois que j'ai vu quelqu'un là-bas, c'était il y a bien six mois. Oh, oui, pas loin, puisque je ramassais des tomates. Je cultive un petit potager juste à côté de la palissade. L'été dernier, j'en ai récolté une drôle de quantité, au point que je ne savais plus quoi en faire. Quelqu'un était de l'autre côté de la palissade, se promenant, je ne sais pas trop. L'impression que j'ai eue sur le moment, c'est que cette personne n'était pas très cordiale. Du coup, je me dis que ça ne devait pas être la dame qui habitait la maison avant, il y a huit ou dix ans de cela. Elle était très âgée. Peut-être qu'elle est morte maintenant.

– À votre avis, est-ce que la police est allée lui rendre visite, enfin si elle est pas morte ? insiste Marino.

– Je pensais que c'était vous la police.

– C'est pas le même genre de police que ceux que vous avez vus avant. Non m'dame. On est différents d'eux.

– Je vois, affirme-t-elle alors qu'en réalité elle ne comprend pas ce qu'il lui explique. Eh bien, je crois bien que le détective, le détective Brown…

– Browning, la reprend le policier en noir, et elle remarque qu'il a fourré sa casquette de base-ball dans la poche arrière de son pantalon.

Il a le crâne rasé et elle imagine un instant caresser de la main la peau lisse.

– Il m'a posé des questions au sujet des voisins. Je lui ai expliqué, comme à vous, qu'une vieille dame vivait dans cette maison, enfin du moins il y a plusieurs années. D'ailleurs je ne suis pas certaine que la maison soit encore habitée. Cela aussi, je crois bien lui avoir dit. Je n'entends jamais personne, ou alors vraiment très rarement, et quand on jette un coup d'œil par les fentes de la palissade, on se rend bien compte que l'herbe a poussé comme du chiendent.

La femme médecin intervient, revenant à sa question de tout à l'heure :

– Donc vous êtes rentrée de la pharmacie, madame Paulsson, et ensuite ? Essayez de vous souvenir de chaque geste, s'il vous plaît.

– J'ai déposé mes sacs de commissions dans la cuisine et je me suis rendue dans la chambre pour voir comment allait Gilly. J'ai pensé qu'elle était endormie.

La femme médecin demeure silencieuse durant quelques instants, puis pose une nouvelle question. Elle veut savoir pourquoi Mrs Paulsson a cru que sa fille était endormie, dans quelle position elle se trouvait, mais ses questions s'embrouillent. Et chacune blesse comme une crampe, comme une coupure très profonde. Qu'est-ce que ça peut faire ? Pourquoi un médecin pose-t-il des questions de cette sorte ? Elle a beaucoup de charme, cette femme médecin, dans un genre puissant. Elle n'est pas très grande, mais elle a l'air solide dans son tailleur-pantalon bleu marine, de la même couleur que son corsage, qui souligne son élégante silhouette et fait ressortir la blondeur de ses cheveux coupés court. Ses mains sont robustes mais fines, et elle ne porte pas de bague. Mrs Paulsson fixe ses mains et elle les imagine prenant grand soin de Gilly. Les larmes recommencent à dévaler le long de ses joues.

– Je l'ai un peu secouée. J'ai tenté de la réveiller.

Elle s'entend répéter les mêmes phrases, encore et encore. Pourquoi ton pyjama est-il par terre, Gilly ? Mais qu'est-ce qu'il se passe ? Oh, mon Dieu, mon Dieu !

La femme médecin repose la même question, mais d'une façon différente :

– Décrivez-moi ce que vous avez vu lorsque vous avez pénétré dans la chambre. Je sais combien c'est difficile. Marino, vous pourriez rapporter des mouchoirs en papier et un verre d'eau, s'il vous plaît ?

Où est Sweetie ? Mon Dieu, mais où est ce chien ? Pas avec toi dans le lit à nouveau ?

– Elle avait l'air endormie, s'entend répondre Mrs Paulsson.

– Sur le dos ? Sur le ventre ? Dans quelle position se trouvait-elle ? Je vous en prie, essayez de vous souvenir. Je sais combien c'est épouvantable.

– Elle dormait sur le côté.

– Elle était sur le flanc lorsque vous êtes entrée dans sa chambre ? insiste la femme médecin.

Oh, mince… Sweetie a fait pipi dans le lit. Sweetie ? Où es-tu ? Est-ce que tu te caches sous le lit, Sweetie ? Tu t'étais encore couchée avec elle, n'est-ce pas ? Tu n'as pas le droit ! Je vais finir par te donner à quelqu'un ! N'essaie pas de me dissimuler des choses !

– Non, murmure Mrs Paulsson entre ses larmes.

Gilly, je t'en prie, réveille-toi, je t'en prie. C'est pas possible, c'est impossible !

La femme est accroupie à côté de sa chaise et son regard ne la lâche pas. Elle tient sa main entre les siennes. La femme médecin tient sa main entre les siennes et elle lui dit quelque chose.

Les sanglots suffoquent Mrs Paulsson.

– Elle était dévêtue. Oh, mon Dieu ! Gilly ne serait jamais restée allongée ainsi, sans rien sur elle. Même quand elle s'habillait, elle fermait la porte de sa chambre à clé.

– Ça va aller, promet la femme médecin.

Son regard et le contact de ses mains sont bienveillants. Et il n'existe nulle peur dans ses yeux.

– Respirez à fond. Voilà, c'est bien, de longues et profondes inspirations.

– Oh, mon Dieu, est-ce que j'ai une crise cardiaque ? panique Mrs Paulsson. Ils ont pris ma petite fille. Elle est partie. Où est ma petite fille ?

Le grand flic massif s'encadre dans le chambranle de la porte, tenant une poignée de mouchoirs en papier et un verre d'eau.

– C'est qui, « ils » ?

– Oh, non... Elle n'est pas morte de la grippe, n'est-ce pas ? Oh, non, non. Mon bébé. Elle n'est pas morte de la grippe. Ils me l'ont prise.

– Qui c'est, « ils » ? Vous pensez que plusieurs personnes seraient impliquées ?

Il avance de quelques pas et la femme médecin lui prend le verre d'eau des mains. Elle aide Mrs Paulsson à le boire à petites gorgées.

– C'est bien. Buvez lentement. Respirez lentement. Essayez de vous calmer un peu. Quelqu'un peut-il passer la nuit avec vous ? Je ne veux pas que vous restiez seule ce soir.

La voix de Mrs Paulsson monte dans les aigus comme elle répète la question du policier :

– Qui sont-ils ? Qui ?

Elle tente de se lever de sa chaise, mais ses jambes se refusent. On dirait qu'elles ne lui appartiennent plus.

– Je vais vous dire qui ils sont.

Sa peine se métamorphose en rage, une rage si suffocante qu'elle en a presque peur.

– Ces gens qu'il a invités ici. Eux. Demandez donc à Frank qui ils sont. Il le sait.

CHAPITRE 22

Dans le laboratoire réservé à l'étude des traces, Junius Eise chauffe un filament de tungstène dans la flamme d'une lampe à alcool.

Il s'enorgueillit du fait que durant des centaines d'années les plus grands microscopistes ont déployé la même habileté que celle avec laquelle il bricole ses instruments. Cette particularité – et d'autres encore – fait de lui un puriste, un homme de la Renaissance, un amoureux de la science, de l'histoire, de la beauté et des femmes. Il saisit le mince fil rigide à l'aide d'une pince et regarde le métal grisâtre virer rapidement au rouge incandescent, comme si la passion ou la fureur le gagnait. Il retire le fil de la flamme et roule son extrémité brûlante dans du nitrite de sodium qui va oxyder le tungstène et permettre de l'effiler davantage. Puis il balance le fil dans une boîte de Pétri remplie d'eau et l'aiguille acérée refroidit dans un sifflement.

Il visse le fil sur un embout d'aiguille en inox, tout en étant conscient que le temps qu'il consacre à la fabrication d'un petit outil peut s'apparenter à de la procrastination, surtout aujourd'hui. Réserver du temps à la confection de l'objet sous-entend qu'il peut s'extraire un moment de son travail, se concentrer sur autre chose, retrouver, même de façon éphémère, un peu de contrôle. Il se penche au-dessus du binoculaire de son microscope. Le chaos et les énigmes sont là où il les avait abandonnés. La seule différence, c'est qu'ils sont maintenant grossis cinquante fois.

– C'est à n'y rien comprendre, marmonne-t-il pour sa seule édification.

À l'aide de son petit instrument de tungstène, il pousse d'infimes particules de verre et de peinture collectées sur le corps d'un homme écrasé sous son engin de chantier quelques heures auparavant. Certes, il faudrait vraiment être crétin pour ne pas se douter que le médecin expert redoute avant tout que la famille de l'homme ait en tête un procès, sans cela cette analyse de traces serait totalement injustifiée dans le cas d'une mort accidentelle, surtout survenue à la suite d'une négligence. Le problème, c'est que lorsqu'on cherche, on a de bonnes chances de trouver, et ce que vient de trouver Eise n'a aucun sens. C'est dans ces moments-là qu'il se souvient de son âge, il a soixante-trois ans et aurait pu faire valoir son droit à la retraite il y a déjà deux ans. Il a refusé à maintes reprises une promotion qui l'aurait propulsé chef du département des analyses de traces parce que le seul endroit où il se sente véritablement bien, c'est à l'intérieur de son microscope. Son idée de la réussite est incompatible avec les incessantes bagarres pour obtenir des crédits et les difficultés relationnelles, d'autant que ses rapports avec le médecin expert général sont des plus mauvais.

Il pousse du bout de son aiguille de tungstène des copeaux de peinture et de métal sur une lame de verre, sous la lumière polarisée de son microscope. Les minuscules écailles sont mélangées à autre chose, une espèce de poussière marron-gris étrange, qui ne ressemble à rien de ce qu'il a rencontré, sauf une fois, une fois très particulière. Il y a deux semaines de cela, il a vu pour la première fois cette très spécifique trace dans un cas totalement indépendant, parce qu'il part du principe que la mort soudaine et mystérieuse d'une très jeune fille de quatorze ans n'a, de fait, aucun rapport avec celle d'un homme écrasé par sa machine de terrassement.

Eise cligne à peine des paupières, le torse tendu. Les copeaux de peinture rouges, blancs et bleus ont approximativement la taille de pellicules. Ils ne proviennent pas d'une voiture, non qu'il se soit attendu à dénicher un indice incriminant un tel véhicule dans une mort due à un engin de chantier, ni même de la carrosserie d'un tracteur agricole, c'est certain. Les copeaux de peinture et cette poussière adhéraient à une entaille du visage du dénommé Theodore Whitby, le mort. D'autres copeaux de peinture et une poussière marron-gris similaires – pour ne pas dire identiques – ont été prélevés à l'intérieur de la bouche d'une très jeune fille de quatorze ans, principalement sur sa langue. C'est la poussière qui intrigue le plus Eise. Un bien étrange résidu. Il n'en a encore jamais vu de pareil. Les grains sont de forme irrégulière, évoquant une croûte sèche ou de la boue, mais ça n'en est pas. Des fissures les sillonnent, et des sortes de cloques alternent avec des zones lisses. Les arêtes sont minces et translucides, comme vitrifiées par une excessive chaleur et certaines particules portent de minuscules trous.

– Bordel, mais qu'est-ce que c'est que ce truc ? Je l'ignore. Comment ce machin bizarre peut-il se retrouver dans deux affaires qui n'ont aucun lien entre elles ? Je ne comprends rien à ce qui se passe.

Il attrape une paire de pinces fines comme des aiguilles et retire avec délicatesse des fibres de coton qui se mêlent aux copeaux. La lumière réfractée par les lentilles du microscope agrandit les courts fils blancs, les faisant ressembler à une petite pelote.

– Tu sais comme je déteste ces écouvillons ? lance-t-il au laboratoire presque désert. Tu sais quel emmerdement sans fin ça peut devenir, ces cotons-tiges ? invective-t-il les anguleuses paillasses noires, les hottes, les tabourets de labo, les douzaines de microscopes et toute cette verrerie, ce métal, sans oublier l'arsenal chimique qu'ils impliquent.

La plupart de ses collègues sont dispersés dans d'autres laboratoires de l'étage, concentrés sur leurs chromatographies en phase gazeuse, ou leurs spectrogrammes de masse, ou leurs microscopies électroniques, ou leurs spectrophotomètres à infrarouges, ou leurs spectromètres d'émissions X. Dans un univers où des montagnes de travail en retard s'accumulent et où l'argent se fait rare, les scientifiques sautent sur les occasions, profitant de la plus petite opportunité pour s'incruster devant un appareil enfin disponible.

– Mais oui, tout le monde sait combien tu hais les écouvillons en coton, acquiesce Kit Thompson, la collègue la plus proche d'Eise.

– Je pourrais réaliser une couette géante avec toutes les fibres de coton dont il a fallu que je me débarrasse, insiste Eise.

– Oh, quelle excellente idée ! Ça fait longtemps que j'attends de pouvoir admirer une de tes couettes géantes, réplique-t-elle.

Eise parvient à agripper une nouvelle fibre. Elles sont rétives. Lorsqu'il manipule les pinces ou son aiguille de tungstène, l'infime courant d'air qu'il produit les déplace. Il rectifie la mise au point, réduisant le facteur d'agrandissement à quarante afin de gagner en sensibilité. Il ose à peine respirer, les yeux rivés sur le cercle d'intense lumière, scrutant afin de percevoir les indices qui s'y dissimulent. C'est quoi, cette loi de physique qui implique que lorsqu'un courant d'air perturbe une fibre, il la pousse systématiquement loin de vous comme si elle avait une vie propre et prenait ses jambes à son cou ? Pourquoi les fibres ne volettent-elles pas dans votre direction, rendant leur capture plus aisée ?

Il remonte l'objectif de quelques millimètres et le bout de sa pince effilée envahit le champ de vision, paraissant énorme. Le cercle lumineux lui rappelle toujours l'arène d'un cirque, même après toutes ces années. Durant un instant, il a la vision d'éléphants dressés et de clowns, dans un halo si violent qu'il blesse les rétines. Il se souvient de ces gradins de bois, des boules de barbe à papa rose qui semblaient flotter comme des nuages. Il agrippe avec délicatesse une fibre et la tire sans précipitation avant de secouer sa pince dans un petit sac de plastique transparent déjà bourré d'autres filaments de coton qui ressemblent à des toiles d'araignée. Très probablement des contaminants provenant des cotons-tiges, rien à voir avec des indices significatifs.

Le Dr Marcus est le pire des bordéliques qu'il connaisse dans ce domaine. Qu'est-ce qui ne tourne pas rond chez ce type ? Eise lui a déjà fait parvenir d'innombrables notes de service insistant sur l'importance de relever les indices à l'aide de bandes de ruban adhésif lorsque la chose est possible et, s'il vous plaît, vraiment, s'il vous plaît, n'utilisez pas ces écouvillons qui sont comme de longs cotons-tiges parce qu'ils abandonnent des milliards de fibres aussi légères qu'un baiser d'ange mais capables de s'emmêler au reste.

C'est exactement comme le poil d'un chat angora blanc sur le pantalon de velours noir de son maître, a-t-il même écrit au Dr Marcus il y a quelques mois. Ou comme tenter de récupérer le poivre moulu sur une purée de pommes de terre ou d'enlever le sucre en poudre d'une tasse de café. Il a fait assaut de piètres analogies et d'exagérations boiteuses.

– La semaine dernière je lui ai même envoyé deux rouleaux de ruban à adhérence faible, continue-t-il. Et tout un lot de papillons autocollants, en lui rappelant que les colles faiblement adhésives sont parfaites pour collecter les poils et les fibres parce qu'elles ne les cassent ni ne les tordent, et qu'en plus elles n'abandonnent pas de fibres contaminantes un peu partout. De surcroît, ça n'interfère pas avec la diffraction aux rayons X ou les autres méthodologies. En d'autres termes, nous ne sommes pas juste des tâcherons quand nous passons toute la sainte journée à tenter de les retirer.

Kit fronce les sourcils tout en dévissant une bouteille de solution de fixateur pour lames de microscope.

– Récupérer le poivre moulu sur une purée de pommes de terre ou enlever le sucre en poudre d'une tasse de café ? Tu lui as vraiment envoyé des papillons autocollants ?

Quand la passion échauffe Eise, il a tendance à dire exactement ce qu'il pense. Sans doute n'en est-il pas toujours conscient – ou, plus vraisemblablement, s'en fiche-t-il –, mais ce qui lui trotte dans la tête tend aussi à se matérialiser en mots clairs et audibles par tous.

– Ce que je veux dire, insiste Eise, c'est que lorsque le Dr Marcus ou quiconque a inspecté la cavité orale de cette petite fille, il ou elle l'a consciencieusement frottée à l'aide d'écouvillons. N'empêche, il n'avait pas besoin de procéder de la sorte avec la langue. Il l'a sectionnée, non ? Elle était sur la planche de dissection, juste sous son nez, et il pouvait nettement voir qu'elle était tapissée d'une sorte de résidu. Il aurait pu utiliser une bande adhésive, mais non, il a continué avec ses cotons-tiges. Bilan : je passe mes journées à retirer ces fibres de coton !

Quand un être, et surtout un enfant, a été réduit à une langue, il n'a plus de nom. C'est toujours le cas, sans exception. On ne dit pas : « Nous avons incisé la gorge de Gilly Paulsson », ni : « Nous avons repoussé les tissus et extrait les organes de la gorge de Gilly », ou encore : « Nous avons prélevé la langue de Gilly de la bouche de cette petite fille. » On ne dit pas : « Nous avons enfoncé une aiguille dans l'œil gauche du petit Timmy pour récupérer un peu d'humeur vitrée à des fins d'analyses toxicologiques. » On ne dit pas : « Nous avons décalotté Mrs Jones, extrait le cerveau et découvert les signes d'une rupture d'anévrisme. » On ne dit pas non plus : « Il a fallu deux médecins pour pratiquer une mastoïdectomie sur Mr Ford parce qu'il était en pleine *rigor mortis* au moment de l'autopsie et doté d'une puissante musculature qui rendait impossible l'ouverture de la bouche. »

Il s'agit d'un de ces moments de lucidité, un de ceux qui frôlent les pensées d'Eise comme l'ombre du Grand Oiseau noir. C'est ainsi qu'il l'a baptisé. S'il lève la tête, il n'y a plus rien, juste un instant de conscience. En réalité, il n'a pas envie d'aller au fond des choses, de percer leur mystère. Parce que, lorsque la vie des gens se résume à des coupes et à des prélèvements qui finissent sur ses lames de microscope, mieux vaut ne pas trop chercher à entrevoir le Grand Oiseau noir. Son ombre est déjà assez terrifiante.

– Je croyais que le Dr Marcus était bien trop occupé et important pour réaliser lui-même des autopsies, remarque Kit. D'ailleurs je peux compter sur les doigts d'une seule main les fois où je l'ai aperçu depuis son recrutement.

– Peu importe. C'est quand même lui le patron et celui qui dicte la politique interne. C'est lui qui autorise toutes les commandes pour ces Q-tips ou leurs génériques moins chers. En ce qui me concerne, tout est donc de sa faute.

– Oui, mais je ne crois pas qu'il ait réalisé l'autopsie de cette fillette. Pas plus que celle du conducteur d'engin de chantier écrasé juste à côté de l'ancien immeuble, renchérit Kit. Aucun risque qu'il s'y colle. Il préfère largement être le grand chef et jouer au petit soldat avec tout le monde.

– Tu ne manques pas d'aiguilles d'Eise ? lui demande-t-il, sa belle main fine maniant avec dextérité le petit instrument de tungstène.

Ses périodes d'artisanat d'aiguilles de tungstène virent à la compulsion et ses créations apparaissent souvent sur les bureaux de tous ses collègues.

– On a toujours besoin d'une aiguille d'Eise supplémentaire, réplique Kit sur un ton assez dubitatif qui indique clairement qu'elle s'en passerait volontiers.

Mais Eise, tout à son fantasme, pense qu'elle craint de le déranger par une nouvelle exigence.

– Tu sais quoi ? reprend-elle. Je crois que je ne vais pas fixer ce cheveu de façon permanente.

Elle rebouche le flacon de fixateur.

– Tu en as combien de la petite fille malade ?

– Trois, précise Kit. Avec ma chance, le labo des empreintes ADN va décider qu'ils en ont besoin à des fins d'analyse, alors qu'ils n'étaient pas du tout intéressés la semaine précédente. Donc je ne vais fixer ni celui-là ni les autres. Les gens sont bizarres en ce moment. Jessie se trouvait dans la salle de prélèvements tout à l'heure. Ils ont tout le linge de lit là-bas. Il

215

semble que le labo des analyses ADN essaie de repérer un truc à côté duquel ils seraient passés la première fois. Jessie m'a presque arraché les yeux de la tête quand tout ce que je demandais, c'était ce qui se passait. En tout cas, il y a un truc bizarre. Parce qu'ils les avaient déjà à leur disposition, ces draps et cette couverture, il y a une semaine de ça, tu t'en souviens aussi bien que moi. C'est même à ce moment-là que j'ai récupéré ces cheveux. Oui, vraiment étrange. C'est peut-être les fêtes. Dire que je n'ai même pas commencé mes courses de Noël.

Elle plonge de fines pinces effilées dans un petit sac en plastique transparent et attrape un autre cheveu avec un luxe de précautions. D'où il est assis, Eise a l'impression qu'il est brun et frisé, d'une longueur de treize à quinze centimètres. Il détaille les gestes de Kit lorsqu'elle le dépose sur une lame, ajoutant une goutte de xylène et une lamelle. L'indice presque imperceptible est enfin monté sur la lame, fin prêt pour le microscope. Un indice découvert dans les draps de la petite fille morte, celle dans la bouche de laquelle on a retrouvé des écailles de peinture et une étrange poussière marron-gris.

– C'est sûr que le Dr Marcus, c'est pas vraiment le Dr Scarpetta, poursuit Kit.

– Et il t'a fallu cinq ans pour parvenir à cette conclusion ? Attends un peu… Tu croyais que le Dr Scarpetta, après avoir radicalement changé, avait muté en cette espèce de vieille fille givrée qui a pour nom chef Marcus-Bozo et qui vit tapi dans son grand bureau du rez-de-chaussée ? Et, bingo, une illumination vient de te tomber dessus, et tu te rends compte qu'il ne s'agit pas de la même personne ? Et tout ça sans avoir eu recours à une empreinte ADN ? Bravo, ma fille ! Tu es si futée que tu devrais créer ta propre émission de télévision.

– Tu es vraiment timbré, tu sais ?

Kit éclate de rire en s'éloignant du microscope de peur que ses pouffements d'hilarité fassent s'envoler son si léger indice.

– C'est ce qui se passe quand on sniffe du xylène durant des années. J'ai un cancer de la personnalité.

– Oh, mon Dieu, glousse-t-elle encore. (Puis, après une longue inspiration, elle explique :) Ce que je veux dire, c'est que tu ne t'acharnerais pas à retirer une à une ces fibres de coton de tes lames si le Dr Scarpetta s'était chargé de l'enquête, enfin des enquêtes au pluriel. Elle est en ville, tu sais ? Ils l'ont appelée à cause de la mort de cette gamine, la petite Paulsson. C'est la dernière rumeur qui court.

Eise n'en revient pas :

– Tu plaisantes ?

– Si tu n'étais pas toujours le premier parti et si tu faisais preuve d'un peu plus de sociabilité, peut-être qu'on te mettrait, toi aussi, dans les petits secrets.

S'il est exact qu'Eise n'est pas du genre à s'attarder dans les labos passé 17 heures, c'est également toujours le premier arrivé des scientifiques le matin. Il commence rarement sa journée après 6 h 15.

– Ben, selon moi, Mme le Dr Je-Sais-Tout est vraiment la dernière à appeler en pareil cas, remarque-t-il.

– Mme le Dr Je-Sais-Tout ? Mais d'où tu tiens ça ?

– Bof, c'est ce que susurre le poulailler.

– Alors, c'est que tu ne la connais pas. Les gens qui l'ont approchée ne la nommeraient jamais de la sorte…

Kit dépose une lame sur le chariot du microscope et continue :

– … Moi ? En cas de besoin, je l'appelle en moins de temps qu'il ne faut pour le dire. Et je peux t'assurer que je n'attendrais ni deux semaines, ni même deux minutes. Ce cheveu est teint en noir de jais, comme les deux autres. Mince, mince ! Inutile que je m'acharne là-dessus. Je ne parviens pas à voir les résidus de pigment. Si ça se trouve, le cheveu est recouvert d'un produit capillaire de type défrisant. Je suis sûre qu'ils vont opter pour l'ADN mitochondrial. Tu vas voir que le labo d'ADN va envoyer mes trois précieux cheveux au labo du Tout-Puissant Bode. Bizarre, bizarre. Peut-être que le Dr Scarpetta est parvenu à la conclusion que la petite fille avait été assassinée. Oui, c'est peut-être cela.

– Ne fixe pas les cheveux, recommande Eise.

Il y a encore quelques années, les recherches ADN n'étaient qu'un outil de science légale au même titre que d'autres. Elles sont devenues la balle en argent, la panacée universelle, la superstar, et raflent tous les crédits et tous les honneurs. Eise n'offre jamais ses aiguilles en tungstène aux scientifiques du laboratoire des empreintes génétiques.

– Oh, ne t'inquiète pas, je ne fixe rien, confirme Kit, les yeux collés aux oculaires de son microscope. Pas de ligne de démarcation, voilà qui est intéressant. Intéressant mais assez déroutant. Ça veut dire que le cheveu n'a pas poussé du tout après la teinture. Pas même d'un micron.

La platine évolue lentement sous l'objectif et Eise la surveille du coin de l'œil.

– Pas de racine? Un cheveu tombé, ou arraché, ou encore cassé? Endommagé par un fer à friser, roussi, brûlé, effilé ou fourchu? Ou alors coupé au carré ou en angle? Allez, on se remue.

– Archi-propre et pas de racine. L'extrémité distale est coupée en biseau. Les trois cheveux sont teints en noir de jais mais sans racine, et ça, c'est étrange. Je veux dire que ce qui cloche, ces que les deux extrémités sont coupées, pour les trois cheveux. Pas juste un seul, les trois. Ils n'ont pas été tirés, cassés, arrachés. Ils ne sont pas non plus tombés de façon naturelle. Ils ont été coupés. Mais pourquoi couperait-on des cheveux par les deux extrémités?

– Peut-être que la personne qui les a abandonnés sortait tout juste de chez le coiffeur, et qu'il demeurait des cheveux coupés sur ses vêtements, ou même sur sa tête, ou sa nuque. Peut-être qu'ils traînaient depuis un moment sur la descente de lit, que sais-je?

Kit fronce les sourcils.

– Si le Dr Scarpetta est dans nos locaux, j'aimerais bien la voir. Juste pour lui dire un petit bonjour. J'étais si désolée quand elle est partie. Pour moi, ce jour-là, c'était comme si cette fichue ville perdait à nouveau la guerre. Cet abruti de Dr Marcus! Tu sais, je ne me sens pas géniale. Je me suis réveillée avec une migraine et mes articulations me font mal.

— Peut-être que c'est ça, l'histoire : elle revient s'installer à Richmond et c'est la raison pour laquelle elle est en visite en ville. Au moins, quand elle nous faisait parvenir des échantillons, elle ne s'emmêlait pas les crayons dans les étiquettes et nous savions exactement d'où ils provenaient. Elle ne voyait pas d'objections à discuter des enquêtes avec nous. D'ailleurs elle montait parfois parler un peu avec nous au lieu de nous traiter comme des robots sous prétexte que nous ne sommes pas des puissants et des super-docteurs-avocats-grands-chefs-indiens. Elle ne s'obstinait pas à tout gratter avec des écouvillons quand elle pouvait utiliser des bandes d'adhésif ou des papillons autocollants, enfin, bref, ce qui est le plus adéquat. Oui, je crois que tu as raison, le poulailler s'est planté.

— Mais enfin, c'est quoi, le poulailler ?

— Ben, je ne sais pas trop.

— Le cortex est complètement obscurci, marmonne Kit, le regard rivé sur un cheveu noir qui sous l'oculaire semble aussi robuste qu'un tronc dénudé d'arbre en hiver. On dirait que le cheveu a été trempé dans une bouteille d'encre. Pas de ligne de démarcation, rien du tout… De deux choses l'une, ou la teinture est très récente, ou le cheveu a été coupé avant la zone de repousse.

Elle griffonne des notes tout en avançant la platine du microscope, en ajustant la mise au point ou l'agrandissement, tentant de faire parler son indice.

Mais il reste silencieux. Les caractéristiques distinctives de pigmentation de la cuticule ont été masquées par la teinture, comme un excès d'encre peut submerger les détails d'une empreinte digitale. Les cheveux teints, décolorés ou gris sont presque inexploitables en microscopie optique, et la moitié de la population est dans ce cas. Le problème, c'est que les jurés s'attendent à ce qu'un cheveu leur révèle qui, quand, quoi, où, pourquoi et comment.

Eise déteste comment l'industrie du spectacle a transformé sa profession. Il rencontre maintenant des gens qui lui affirment qu'ils aimeraient tant exercer un métier fascinant comme le sien – et c'est faux, c'est absolument faux. Il ne se rend jamais sur les scènes de crime et ne porte pas d'arme. Jamais. Il ne reçoit pas d'appels téléphoniques particuliers. Il ne passe pas à la hâte un uniforme spécifique ou une combinaison pour se ruer dans son super-véhicule tout-terrain équipé spécialement pour les investigations de scènes de crime et la recherche de fibres, d'empreintes digitales, d'ADN ou même de Martiens. Les flics et les techniciens des labos de la police font cela. Les médecins légistes et les enquêteurs font cela. À l'époque héroïque, lorsque la vie était plus simple et que le public ignorait jusqu'à l'existence des scènes légales, les enquêteurs comme Pete Marino se rendaient sur les lieux d'un crime dans leurs vieilles poubelles montées sur roues, ramassaient eux-mêmes les indices, et non seulement ils savaient quoi collecter, mais en plus ils ne faisaient pas dans la surenchère en s'embarrassant de choses inutiles.

Inutile de passer l'aspirateur sur toute la surface de ce foutu parking. Inutile de fourrer l'intégralité de la chambre de cette pauvre femme dans des sacs plastique de deux cent cinquante litres et de déballer cette merde dans les labos. C'est un peu comme si on s'entêtait à ramener toute la meule de foin plutôt que de se contenter de l'aiguille. La paresse explique une bonne part des absurdités que l'on constate aujourd'hui. Mais il existe d'autres raisons, plus insidieuses, et Eise n'arrête pas de penser qu'il ferait peut-être mieux de prendre sa retraite. Il n'a plus de temps à consacrer à la recherche ou même à se faire plaisir, et la paperasse le harcèle de plus en plus. On exige de lui des rapports aussi parfaits que doivent l'être ses analyses. La fatigue oculaire et l'insomnie entament sa résistance. On le remercie rarement, on le complimente encore moins lorsqu'une enquête est bouclée et que le coupable reçoit ce qu'il mérite. Dans quel monde vivons-nous ? Il est devenu pire. Oui, il est pire.

– Si tu vois le Dr Scarpetta, déclare Eise, demande-lui des nouvelles de Marino. On s'entendait bien lorsqu'il passait chez nous, on s'est descendu quelques bières au bar de l'amicale de la police.

– Mais il est ici. Il l'a accompagnée. Tu sais, c'est vrai, je me sens bizarre. J'ai la gorge qui me gratouille un peu et j'ai mal partout. J'espère que je n'ai pas chopé cette foutue grippe.

– Il est à Richmond ? Nom d'un petit bonhomme ! Faut que j'appelle le gars Marino dès que possible. Ah, bon sang, quelle bonne surprise ! Et donc il travaille aussi à l'enquête de la Gamine malade.

C'est devenu le pseudonyme de Gilly Paulsson, si tant est qu'on la gratifie encore d'un nom, quel qu'il soit. Même lorsque l'on parvient à s'en souvenir, il est plus facile de ne pas attribuer de nom aux victimes. Elles deviennent l'endroit où on les a découvertes, ce qu'on leur a fait subir : la Dame de la valise, la Femme de l'égout, le Bébé de la décharge, l'Homme-Rat, l'Homme au gros ruban adhésif. Eise connaît rarement la véritable identité de ces morts. Il ne le souhaite pas.

– Si Scarpetta a des hypothèses qui permettent d'expliquer pourquoi la Gamine malade avait des écailles de peinture bleues, blanches et rouges, et cette poussière bizarroïde dans la bouche, je suis preneur, déclare Eise. À première vue, on dirait du métal peint. Mais il y a aussi des particules métalliques non peintes, brillantes. Et puis un autre truc, et je n'ai aucune idée de sa nature.

Il tripote le résidu sur la lame, le poussant, l'attirant sans répit.

– Je vais passer en microscopie électronique en transmission et à balayage, tenter d'identifier ce métal. Il y avait un truc bleu, blanc et rouge chez la Gamine malade ? Je crois que je vais dénicher le gars Marino et lui en offrir une ou deux bien fraîches. Et Dieu sait que j'en aurais besoin, moi aussi.

– Oh, ne me parle pas de cela pour le moment, rétorque Kit. Je me sens vraiment patraque. Je sais bien qu'on ne peut rien choper avec tous ces écouvillons, ces bandes d'adhésif et tout le reste. Mais quand même, des fois je me demande si c'est pas un peu risqué, toutes ces cochonneries qu'ils nous envoient de la morgue.

– Non. Toutes les petites bactéries sont raides mortes quand on reçoit les prélèvements, la rassure Eise en lui lançant un coup d'œil. D'ailleurs, si tu les regardes de très près, tu t'aperçois qu'elles ont toutes une étiquette d'identification de cadavre pendue à leurs minuscules gros orteils. Tu es bien pâlotte.

Ça l'ennuie de l'admettre et de la conforter dans l'idée qu'elle a attrapé quelque chose. Il est bien seul dans son labo lorsque Kit n'est pas là. Mais elle est mal fichue, c'est évident. Ce ne serait pas correct de sa part de prétendre le contraire.

– Pourquoi tu ne te reposes pas un peu, ma vieille? Tu t'es fait vacciner contre la grippe? Moi, quand je me suis décidé, ils n'avaient déjà plus de vaccins.

– Pareil. Impossible de trouver une seule dose, confirme-t-elle en se levant. Je crois que je vais me faire une tasse de thé bien chaud.

CHAPITRE 23

Lucy n'aime pas confier son travail à d'autres. Pas même à Rudy, en dépit de l'immense confiance qu'elle a en lui. Du moins pas en ce moment, à cause d'Henri et des sentiments qu'il éprouve à l'égard de cette dernière. Seule, assise dans son bureau, Lucy parcourt les résultats de la recherche IAFIS. Les écouteurs vissés aux oreilles, elle épluche les banals enregistrements des banales conversations téléphoniques de sa voisine Kate. Cette journée de jeudi vient de commencer. Dans une semaine, c'est Noël.

Hier soir, assez tard, la Kate en question a appelé Lucy, laissant un message sur son répondeur : « Des tas de bisous pour les billets. Qui est la dame qui s'occupe de la piscine ? Elle est célèbre ? » Lucy a en effet engagé une femme, une petite brune d'une cinquantaine d'années, qui lui a paru bien trop menue pour manier les instruments idoines. Elle n'a rien d'une star de cinéma, d'une bête non plus. La poisse de Lucy ne se dément pas : sa recherche d'empreintes digitales sur la base de données de l'IAFIS est un échec, aucun candidat ne ressort après comparaison. Tenter de rapprocher des empreintes latentes d'autres, surtout partielles, est une vraie galère.

Les dix doigts d'une même personne sont uniques. L'empreinte de son pouce gauche n'est pas identique à celle du droit. En l'absence d'un relevé des dix doigts enregistré dans sa mémoire, l'IAFIS n'aurait pu proposer une comparaison avec l'empreinte latente abandonnée par le doigt d'un criminel inconnu que si celle fournie par Lucy provenait du même doigt du même suspect. Cela sous-entend également que toutes deux aient été scannées et qu'il se soit agi ou d'empreintes complètes, ou de zones de dessins épidermiques similaires, afin que la machine retrouve les mêmes détails dans les deux cas.

En revanche, la comparaison manuelle et visuelle des empreintes latentes donne d'autres indications, prouvant que la chance de Lucy n'est pas totalement absente. Celles qu'elle a révélées sur le croquis de l'œil concordent avec celles retrouvées dans la chambre d'Henri après l'agression. Non que cette trouvaille étonne Lucy, même si la vérification la soulage. La bête qui a pénétré chez elle est bien celle qui a collé ce dessin sur la porte et vandalisé sa Ferrari noire, quoique dans ce dernier cas nulle empreinte n'ait été découverte sur la carrosserie. Combien de bêtes traînent dans la nature avec leurs dessins d'yeux ? C'est bien lui, même si la comparaison ne révèle aucun nom. Tout ce qu'elle sait, c'est que la même bête est à l'origine de tout. Elle sait aussi que son relevé intégral d'empreintes n'a pas été enregistré dans les bases de données de l'IAFIS ou ailleurs, et qu'elle s'acharne à poursuivre Henri. Elle ne doit donc pas avoir compris qu'elle était partie, et loin. Ou alors elle se convainc qu'elle va bientôt rentrer ou qu'au moins elle ne perd rien du récit de ses plus récents exploits.

Les choses sont simples dans la tête de la bête : si Henri apprend qu'elle a collé ce dessin à la porte, alors Henri sera effrayée, bouleversée, et peut-être ne reviendra-t-elle jamais. Tout ce qui importe aux yeux de la bête, c'est d'avoir pris le pouvoir sur Henri. C'est la définition du harcèlement, de cette traque. C'est faire plier l'autre, le réduire. D'une certaine façon, ce genre d'agresseur prend sa victime en otage sans même avoir besoin d'exercer la moindre forme de contrainte physique, parfois même sans l'approcher. Pour autant que Lucy soit au courant, la bête n'a jamais rencontré Henri. Pour autant qu'elle soit au courant. Mais que sait-elle au juste ? Pas grand-chose.

Elle feuillette une nouvelle sortie d'imprimante, crachée tard dans la soirée d'hier par un autre ordinateur, et se demande si elle devrait téléphoner à sa tante. Cela fait un moment qu'elle ne s'est pas fendue d'un coup de fil, sans bonne excuse pour justifier son silence en dépit de ses efforts pour en dénicher. Toutes deux passent le plus clair de leur temps au sud de la Floride, à une heure de route l'une de l'autre. Scarpetta a déménagé de Del Ray l'été dernier pour s'installer à Los Olas, et depuis Lucy ne lui a rendu visite qu'une fois, il y a plusieurs mois. Et plus le temps passe, plus il lui devient ardu d'appeler. Des questions muettes planeront entre elles, rendant leur échange difficile, mais Lucy décide quand même de composer le numéro en songeant que ne pas contacter sa tante dans ces circonstances ne serait pas correct.

– Bonjour, ici le réveil téléphonique, lance-t-elle dès que sa tante décroche.

– Si tu n'as rien de plus nouveau en magasin, tu t'achemines vers un bide, réplique Scarpetta.

– Ce qui signifie ?

– Que tu n'as pas du tout la même voix que la réceptionniste et que, de surcroît, je n'ai pas demandé que l'on me réveille. Comment vas-tu ? Et où es-tu ?

– Toujours en Floride, l'informe Lucy.

– Toujours ? Cela signifie-t-il que tu as l'intention d'en repartir ?

– Je ne sais pas encore. Sans doute.

– Pour quelle destination ?

– Je l'ignore encore.

– Ah, bon. Sur quoi travailles-tu en ce moment ? demande Scarpetta.

– Un cas de harcèlement mettant en scène un traqueur.

– Le genre très complexe, donc.

– Sans blague! Surtout celui-là. Mais je ne peux pas en parler.

– Tu ne peux jamais en parler.

– Toi non plus, tu n'évoques jamais tes enquêtes, argumente Lucy.

– C'est le plus souvent exact.

– Et donc quoi de neuf?

– Rien du tout. Quand vais-je te voir? Cela fait déjà quatre mois…

– Je sais, depuis septembre. Et que fais-tu dans cette grande et vilaine ville de Richmond? demande Lucy. Sur quoi sont-ils en train de se crêper le chignon en ce moment? Sur des projets de monuments? Ou la dernière œuvre d'art peinte sur la digue anti-inondations?

– Je suis en train de démêler les informations au sujet du décès de cette jeune fille. Ah, hier soir, je devais dîner avec le Dr Fielding. Tu te souviens de lui.

– Bien sûr. Comment va-t-il? J'ignorais qu'il continuait de travailler là-bas.

– Pas trop bien, répond Scarpetta.

– Tu te souviens quand il m'emmenait à la salle de gym et que nous soulevions des poids?

– Il n'y met plus les pieds.

– Mince. Ça me scie. Jack sans sa salle de gym? Ce serait comme si… je ne sais même pas. C'est dingue, vraiment. Ça me sidère, je t'assure que j'en perds les mots. Tu vois ce qui arrive dès que tu pars? Tout et tous s'écroulent.

– Tu n'arriveras pas à me passer de la pommade ce matin, rétorque Scarpetta. Je ne suis pas d'excellente humeur.

Une vague culpabilité envahit Lucy. C'est sa faute si sa tante n'a pas pu se rendre à Aspen.

– Tu as eu l'occasion de discuter avec Benton? demande-t-elle d'un ton aussi anodin que possible.

– Il est très occupé.

– Ce qui ne signifie pas que tu ne doives pas l'appeler.

La culpabilité s'installe un peu plus.

– Si, en ce moment c'est exactement ce que ça signifie, contredit Scarpetta.

– Mais c'est lui qui t'a demandé de ne pas l'appeler ?

Lucy imagine Henri chez Benton. Elle serait capable de coller l'oreille à la porte pour surprendre des bribes de conversation. Sans aucun doute. L'anxiété et le remords se font virulents au point de la rendre malade.

Scarpetta change de sujet :

– Je suis passée chez Jack hier soir. Il n'a pas répondu à mon coup de sonnette. Pourtant je suis presque certaine qu'il était bien chez lui, mais il n'a pas ouvert.

– Et qu'as-tu fait ?

– Je suis repartie. Peut-être avait-il oublié notre rendez-vous ? À sa décharge, il a été pas mal secoué ces derniers temps. Et il est très préoccupé, c'est évident.

– Non, ça n'a rien à voir. Il n'avait sans doute aucune envie de te rencontrer. Peut-être est-ce déjà trop tard pour lui. Peut-être que c'est déjà trop le bordel. Je me suis permis de fouiller un peu dans la vie de ce Dr Joel Marcus, lâche ensuite Lucy. Tu ne me l'avais pas demandé, c'est clair. Et je suis certaine que tu n'avais aucune intention de le faire, je me trompe ?

Scarpetta demeure silencieuse.

– Écoute, il a probablement déterré un nombre hallucinant de trucs à ton sujet, tante Kay, alors autant que tu te renseignes sur le sien.

Lucy est blessée. Elle s'en veut de sa réaction, toujours est-il que la colère se mêle à sa peine.

– Bon, d'accord, concède enfin Scarpetta. Je ne suis pas convaincue qu'il s'agisse d'une stratégie très digne, mais autant que tu m'informes sur ce que tu as appris. Inutile de se leurrer, notre collaboration n'est pas ce qu'il est convenu de nommer une partie de plaisir.

Cette déclaration apaise un peu Lucy.

– Ce qui m'intrigue le plus, c'est justement la parcimonie des informations qui traînent sur lui. Il n'a pas de vie, ce type.

Il est né à Charlottesville, son père était professeur des écoles et sa mère est décédée dans un accident de voiture en 1965. Marcus a fait sa prépa, puis sa fac de médecine à l'université de Virginie. En d'autres termes, c'est un Virginien, il a étudié dans l'État mais il n'a jamais bossé pour le département de médecine légale avant d'être nommé médecin expert général, il y a quatre mois.

– J'aurais pu te le dire, rétorque Scarpetta. Il était superflu de te lancer dans une onéreuse recherche, ou de pirater les mémoires du Pentagone, ou que sais-je encore, pour m'apprendre cela. Oh, et puis peut-être ne devrais-je pas prêter une oreille complaisante à tout ça.

– À ce sujet, sa nomination comme médecin expert général est assez étrange, totalement insensée même, insiste Lucy. Il était pathologiste dans un petit hôpital du Maryland. Pour couronner le tout, il n'a pas tenté de spécialisation en médecine légale, n'a jamais été assistant de fac en anatomopathologie, ni ne s'est présenté aux comités de sélection avant la quarantaine… D'ailleurs, la première fois qu'il s'est décidé, il a été recalé.

– Où a-t-il effectué sa spécialisation ?

– À Oklahoma City, répond Lucy.

– Vraiment, je ne devrais pas écouter ça.

– Il a bien été anatomopathologiste durant un temps, à New Mexico. En revanche, c'est le trou de 1993 à 1998, et j'ignore ce qu'il a pu faire durant cette période, si ce n'est divorcer de sa femme, une infirmière. Le couple n'avait pas d'enfant. En 1999, il déménage à Saint Louis et y intègre les bureaux du médecin expert local, jusqu'à son arrivée à Richmond. Il conduit une vieille Volvo qui doit bien avoir une douzaine d'années et n'a jamais été propriétaire d'une maison. Ah, cela peut t'intéresser : il loue en ce moment dans le comté d'Henrico, pas très loin du centre commercial de Willow Lawn.

– Non, je ne devrais pas prêter l'oreille à ce genre de choses. Ça suffit maintenant.

– Il n'a jamais été arrêté. J'ai pensé que ce détail était important. Quelques amendes au volant, rien de bien grave.

– C'est moche, répète Scarpetta. Cela ne me regarde pas.

– Pas de problème, acquiesce Lucy de ce ton qui lui revient à chaque fois que sa tante lui sape le moral et lui fait de la peine. De toute façon, j'avais presque terminé. Je pourrais dégotter beaucoup d'autres infos, mais c'est tout pour commencer.

– Lucy, je sais que tu essaies de m'aider. Tu es étonnante et je t'assure que je n'aimerais pas t'avoir comme ennemie. De surcroît, il est clair que ce n'est pas un type bien. Je n'ai pas la moindre idée de ce qu'il manigance, mais à moins de dénicher quelque chose de précis qui puisse permettre de mettre en doute son sens de la déontologie ou ses compétences, ou même prouver qu'il est dangereux au poste qu'il occupe, sa vie ne me regarde pas. Est-ce que tu comprends ? Je t'en prie, ne creuse pas davantage dans son passé.

– Mais il est dangereux, argumente Lucy d'une voix tendue. Mettre un tocard de perdant de son genre dans une position de pouvoir est un danger. Enfin, merde ! Qui a recruté ce mec ? Et pour quelle raison ? Je ne veux même pas imaginer à quel point il doit te détester.

– Je refuse de continuer à parler de ça.

– Le gouverneur est une femme, insiste Lucy. Pourquoi une femme nommerait-elle un raté comme ce mec ?

– Je refuse de continuer à parler de ça !

– Le problème, c'est que la plupart du temps ce ne sont pas les politiques qui choisissent. Ils entérinent juste le choix de quelqu'un d'autre. Elle avait sans doute des trucs beaucoup plus importants à régler.

– Lucy, m'appelles-tu juste pour me laminer ? Pourquoi fais-tu cela ? Je t'en prie… Je t'assure que la situation est suffisamment difficile pour moi.

Un silence lui répond.

– Lucy ? Tu es toujours là ?

– Oui.

– Je déteste le téléphone, reprend Scarpetta. Je ne t'ai pas vue depuis le mois de septembre. Je crois que tu m'évites.

CHAPITRE 24

Il est assis dans son salon, le journal déplié posé sur ses genoux, lorsqu'il perçoit l'arrivée du camion de ramassage des ordures.

D'abord l'écho profond du moteur diesel. Le camion fait halte au bout de l'allée de son garage et le gémissement des pistons hydrauliques s'ajoute aux sanglots du moteur. Les boîtes de conserve cascadent contre les flancs de métal de l'énorme benne. Puis les éboueurs massifs balancent sans considération les poubelles dans l'allée et le véhicule s'éloigne dans un hoquet pour poursuivre sa route.

Le Dr Marcus est enfoncé dans son grand fauteuil en cuir au salon, la tête lui tourne, il éprouve de plus en plus de difficultés à respirer, et son cœur cogne dans sa gorge tandis qu'il attend. Les éboueurs passent tous les lundis et tous les jeudis matin, aux environs de 8 h 30, dans ce coin assez résidentiel qui abrite la moyenne bourgeoisie, situé à l'ouest de Westham Green, dans le comté d'Henrico. Et tous les matins réservés aux éboueurs, le Dr Marcus est en retard aux réunions d'équipe. Il n'y a pas si longtemps, il n'allait même pas travailler ces jours-là, les deux jours où passaient le gros camion et les grands hommes sombres qui s'y accrochent.

Ils se sont maintenant baptisés « techniciens d'hygiène », délaissant le terme « éboueurs ». Mais peu importe comment ils se nomment, ce qui est politiquement correct ou pas, le terme exact qui désigne les grands hommes sombres dans leurs sombres vêtements et leurs gros gants de cuir. Eux et leurs énormes camions-bennes terrorisent le Dr Marcus, et sa phobie n'a fait que croître depuis qu'il a emménagé dans le coin, quatre mois auparavant. Les jours de ramassage, il ne mettra pas un pied dehors tant que le véhicule et ses hommes ne seront pas passés devant chez lui et déjà loin. Toutefois il va mieux depuis qu'il consulte ce psychiatre de Charlottesville.

Le Dr Marcus est assis et attend que son rythme cardiaque s'apaise, que les vertiges et la nausée qui le secouent le lâchent enfin, que ses nerfs se détendent. Puis il se lève, toujours vêtu de son pyjama et de sa robe de chambre, les pieds chaussés de pantoufles. Il serait inutile d'envisager d'autres activités avant que ne soient passés les éboueurs. Il transpire à grosses gouttes à la simple anticipation du son rauque et du vacarme saluant le déferlement du métal contre le métal et les grands hommes sombres. Lorsqu'ils s'éloignent enfin, ses vêtements sont trempés. Il grelotte de froid dans cette moiteur, à en avoir les ongles bleuis. Le Dr Marcus traverse le parquet de chêne du salon, s'approche de la fenêtre pour jeter un regard à ses poubelles vertes, abandonnées sans soin au coin de l'allée de son garage. Il tend l'oreille, aux aguets, tentant de percevoir encore le hideux tintamarre, de s'assurer que le camion-benne est bien loin, qu'il ne reviendra pas dans sa direction, en dépit du fait qu'il connaît par cœur son itinéraire dans le voisinage.

En cet instant précis, le camion et ses hommes s'arrêtent et repartent. Ils sautent au bas des marchepieds avant de s'y percher à nouveau, vidant les gros conteneurs verts à quelques rues de là, puis encore plus loin, jusqu'à ce qu'ils bifurquent dans Paterson Avenue. Où vont-ils ensuite ? Le Dr Marcus l'ignore et il s'en fiche. Ils sont partis, enfin. Il fixe le désordre de ses poubelles depuis la fenêtre et conclut qu'il est encore trop risqué de sortir pour le moment.

Non, il ne s'en sent pas le courage, pas tout de suite. Il se dirige vers sa chambre, s'assurant que son système d'alarme est bien branché. Il retire son pyjama et sa robe de chambre trempés de sueur, et passe sous la douche. Il n'y traîne pas. Lorsqu'il se sent propre et réchauffé, il se sèche rapidement et s'habille pour le travail. Il est tellement soulagé que l'attaque de panique soit passée et fournit un gigantesque effort pour éviter d'imaginer ce qui se produirait si une crise identique survenait un jour alors qu'il se trouve à l'extérieur, en compagnie. Cela n'arrivera jamais. Il suffit qu'il soit chez lui ou à proximité de son bureau. Il peut s'y enfermer et attendre que l'orage soit passé.

Une fois dans la cuisine, il avale une pilule orange. Il a déjà pris ce matin un comprimé de Klonopine avec son antidépresseur. Pourtant il n'hésite pas à doubler la dose de la benzodiazépine, encore un demi-milligramme de Klonopine. Au cours des derniers mois, il a augmenté la dose jusqu'à atteindre trois milligrammes, et cette dépendance l'ulcère. Son psychiatre de Charlottesville lui recommande de ne pas s'en inquiéter. Du moment que le Dr Marcus n'abuse ni d'alcool ni d'autres substances – et c'est le cas –, il n'a pas à s'en faire, il peut avaler sa Klonopine. Ça vaut quand même mieux que d'être invalidé par des attaques de panique qui le poussent à se terrer chez lui, de risquer de perdre son travail ou d'être ridiculisé en public. Il ne peut pas se permettre d'être licencié ou humilié. Il n'a pas l'argent d'une Scarpetta, et il sait qu'il ne résisterait pas aux couleuvres qu'elle semble avaler sans broncher, ni même en paraître atteinte. Avant qu'il ne prenne sa suite au poste de médecin expert général de Virginie, il n'avait nul besoin de Klonopine ou même d'antidépresseurs. Si l'on en croit son psychiatre, il souffre maintenant d'un codésordre morbide, ce qui revient à dire qu'il ne traîne pas un seul problème, mais deux. Lorsqu'il vivait à Saint Louis, il lui arrivait d'être absent au travail et il évitait autant que faire se peut de voyager, mais il se débrouillait, il s'en sortait. Sa vie avant Scarpetta était encore… praticable.

De retour dans le salon, il détaille à nouveau les grandes poubelles vertes depuis la fenêtre et tend l'oreille pour surprendre l'écho improbable du grand camion-benne et des hommes qui s'y cramponnent. Mais il n'entend rien. Il enfile son vieux pardessus de laine grise et une paire de gants en pécari noir. Il se fige un instant sur le pas de la porte, analysant son état. Il a l'air d'aller plutôt bien. Il désactive le système d'alarme et ouvre le battant. Il parcourt l'allée d'un pas vif, son regard fouillant les deux côtés de la rue, dans l'angoisse d'apercevoir le véhicule. Il ne détecte aucune menace. Il se sent bien en poussant les gros conteneurs à ordures contre le mur du garage, à leur place habituelle.

Lorsqu'il rentre chez lui, il retire son manteau et ses gants, et se lave les mains avec minutie. Il est beaucoup plus calme à présent, presque heureux. Ses pensées retournent vers Scarpetta. Il est vraiment détendu, il a bon moral parce qu'il sait qu'il va reprendre les choses en main. Durant des mois, on lui avait seriné « Scarpetta-ci, Scarpetta-ça ». Puisqu'il ignorait qui elle était, il ne pouvait s'en offusquer. Le commissaire à la santé lui avait lancé :

– Cela va être très difficile de prendre la relève. Sans doute n'y parviendrez-vous pas. Certaines personnes ne vous accorderont jamais leur respect, simplement parce que vous n'êtes pas elle.

Le Dr Marcus n'avait rien répondu. Qu'aurait-il pu rétorquer ? Il ne la connaissait pas.

Lorsque Mme le Gouverneur lui avait fait l'extrême courtoisie de l'inviter à prendre le café dans son bureau, peu de temps après l'avoir nommé, le Dr Marcus avait dû décliner l'invitation. Le rendez-vous était fixé à 8 h 30 un lundi matin, en même temps que la tournée des éboueurs à Westham Green. Certes, il ne pouvait pas lui expliquer pour quelle raison il ne souhaitait pas se joindre à elle, cependant c'était exclu, tout à fait impossible de répondre à son invitation. Il se souvient d'être demeuré là, assis dans son salon, traquant le moindre écho annonciateur du grand camion-benne et de ses hommes. Il s'était demandé ce que deviendrait sa vie en Virginie, maintenant qu'il avait décliné l'offre du gouverneur. C'était une femme, et sans doute ne le respecterait-elle pas puisqu'il n'en était pas une et que, surtout, il n'était pas Scarpetta.

Évidemment, le Dr Marcus n'est pas certain que Mme le Gouverneur soit une admiratrice de Scarpetta, pourtant il y a fort à parier que tel est bien le cas. Il n'avait aucune idée de ce qu'il devrait affronter lorsqu'il avait accepté ce poste de médecin expert général et quitté Saint Louis, abandonnant derrière lui des bureaux dont les scientifiques, les enquêteurs, les légistes étaient en grande majorité des femmes. Toutes connaissaient Scarpetta et y allaient du même son de cloche : quelle chance il avait de reprendre son poste, parce que, grâce à elle, la Virginie jouissait du meilleur système médico-légal des États-Unis, et quel dommage qu'elle ne se soit pas entendue avec le gouverneur de l'époque, celui qui l'avait licenciée ! Du coup, toutes les femmes de son bureau l'avaient encouragé à accepter le poste.

Elles voulaient qu'il parte. Il le savait déjà à l'époque. Aucune ne comprenait, même en cherchant bien, pourquoi l'État de Virginie avait jugé sa candidature intéressante, sauf à penser que c'était parce qu'il fuyait les confrontations, la politique, et qu'au fond il était inexistant. Il n'ignorait pas ce que les femmes de Saint Louis disaient de lui à cette époque-là. Elles chuchotaient, s'inquiétaient qu'il ne laisse passer cette opportunité et leur inflige à nouveau sa présence en leur sein – il savait exactement ce qui se disait à voix basse.

Il avait donc déménagé en Virginie, et moins d'un mois plus tard il était brouillé avec le gouverneur, tout cela à cause d'une histoire de ramassage des ordures à Westham Green. C'était de la faute de Scarpetta, il était maudit à cause d'elle. Et il n'entendait parler que d'elle, ou alors lui revenaient les doléances de ceux qui se plaignaient parce qu'il n'était pas elle. Il n'avait pas pris ses fonctions depuis très longtemps lorsqu'il avait commencé à la détester, elle et tout ce qu'elle avait accompli. Il était devenu maître dans l'art de manifester son mépris à chaque minuscule occasion, négligeant systématiquement tout ce qui pouvait être associé à Scarpetta, une peinture, une plante, un ouvrage, un pathologiste ou même un macchabée dont elle se serait occupée infiniment mieux que lui si elle avait toujours été aux commandes. Son besoin de prouver qu'elle n'était qu'un mythe, pire, une supercherie et un échec complet, avait viré à l'obsession. Toutefois, il était incapable de démolir une complète étrangère et ne parvenait même pas à prononcer une seule médisance à son propos parce qu'il ne la connaissait pas.

Puis Gilly Paulsson était morte, et son père avait téléphoné au commissaire à la santé, qui, à son tour, avait contacté le gouverneur, qui avait aussitôt appelé le directeur du FBI, tout cela parce que Mme le Gouverneur dirige un comité national de défense contre le terrorisme et que Frank Paulsson entretient des liens avec le département de la sécurité du territoire, et ne serait-ce pas tout simplement affreux si on découvrait que la petite Gilly avait été assassinée par un ennemi du gouvernement américain?

Le FBI n'avait pas tardé à admettre que ce point méritait une investigation. Ils avaient aussitôt interféré avec la police locale. Plus personne ne savait ce que faisait l'autre, certains indices et pièces à conviction atterrissant dans les labos de l'État de Virginie, d'autres dans ceux du FBI, d'autres encore étant purement et simplement négligés. Le Dr Paulsson refusait que le corps de Gilly quitte la morgue tant que tous les faits ne seraient pas connus. La relation dysfonctionnelle entre les deux conjoints divorcés n'était pas de nature à arranger les choses, et, bien vite, la mort de cette petite fille de quatorze ans, qui n'était personne, avait pris des allures de bordel intégral, un bordel si politisé que le Dr Marcus avait dû se résoudre à demander au commissaire à la santé quelle conduite adopter.

— Il faut que nous sollicitions l'aide d'un consultant de grande pointure, avait décidé celui-ci. Avant que les choses ne virent vraiment à la catastrophe.

— Le processus est déjà enclenché, avait remarqué le Dr Marcus. Dès que la police de Richmond a su que le FBI débarquait dans l'enquête, elle s'est désengagée en ouvrant grand le parapluie. Et pour couronner le tout, nous ne savons même pas de quoi est morte la jeune fille. Selon moi, il s'agit d'un décès suspect, mais nous en ignorons la cause.

— Nous avons donc vraiment besoin d'un consultant. Aussi vite que possible. Quelqu'un qui n'est pas du coin et qui puisse essuyer le plus gros de l'attaque le cas échéant. Parce que si Mme le Gouverneur se retrouve dans la merde avec cette histoire, j'entends par là une merde nationale, les têtes tomberont, et la mienne ne sera pas la seule, Joel.

— Le Dr Scarpetta, peut-être ? avait suggéré le Dr Marcus.

Sur le moment, la facilité avec laquelle ce nom avait surgi de sa bouche, sans aucune préméditation, l'avait stupéfié. La proposition lui était venue si simplement, sans heurt.

— Excellente idée, vraiment parfaite. Vous la connaissez ?

— J'entends réparer très vite cette lacune, avait affirmé le Dr Marcus, émerveillé par son intelligence de stratège.

De fait, il n'avait jamais senti à quel point il était fin stratège avant cette entrevue avec le commissaire à la santé. Cela étant, puisqu'il avait eu la finesse de ne pas ouvertement critiquer Scarpetta, ne la connaissant pas, il pouvait recommander avec enthousiasme qu'elle soit engagée comme consultante. De surcroît, puisque aucune médisance ne lui avait échappé, il pouvait également l'appeler en personne, ce qu'il avait fait l'avant-veille. Bientôt, il rencontrerait Scarpetta. Oh, oui, il allait enfin faire sa connaissance. Ensuite, il pourrait la critiquer, l'humilier, il pourrait lui infliger ce qu'il souhaitait.

Il la rendrait responsable de tout ce qui déraperait dans l'enquête sur la mort de Gilly Paulsson et de tous les problèmes qui surviendraient à l'OCME, ses anciens bureaux qu'il occupait maintenant, bref de tout ce qui raterait, et ainsi Mme le

Gouverneur oublierait que le Dr Marcus avait un jour décliné son offre de prendre un café en sa compagnie. Et si jamais elle le lui proposait à nouveau, encore à 8 h 30 un lundi ou un jeudi, il répondrait à son secrétariat que la réunion d'équipe à l'OCME se tenait précisément à ce moment-là, et pourrait-on reculer un peu l'invitation, parce qu'il est crucial qu'il préside cette réunion ? Il ne sait pas pourquoi il n'a pas pensé à cette explication la première fois, mais maintenant il tient une excellente excuse.

Le Dr Marcus récupère le téléphone du salon et jette un regard dans la rue déserte, soulagé que la collecte des ordures ne le concerne plus durant les trois jours à venir. Il se sent vraiment bien et feuillette du pouce le petit répertoire de cuir noir, le même depuis tant d'années, à tel point que la moitié des noms et numéros de téléphone sont raturés. Il compose un numéro, le regard toujours rivé sur la rue, alors qu'une Chevrolet Impala bleue passe devant sa maison. Il se souvient que la vieille Impala blanche de sa mère patinait toujours dans la neige accumulée au bas de la côte, chaque hiver, la même côte, du temps où il était enfant à Charlottesville.

– Scarpetta, annonce la propriétaire du téléphone portable.

– C'est le Dr Marcus, se présente-t-il de sa voix d'homme d'expérience, autoritaire mais assez cordiale.

Son registre de voix disponibles est étendu, et aujourd'hui il a opté pour « assez cordiale ».

– Oui. Bonjour, docteur Marcus. J'espère que le Dr Fielding vous a informé que nous avions procédé à un nouvel examen du corps de Gilly Paulsson.

– J'en ai bien peur. Il m'a communiqué votre opinion.

Il savoure le terme « opinion », regrettant de ne pas voir son visage à cet instant. C'est le mot que choisirait un avocat de la défense retors. En revanche, un procureur préférerait « votre conclusion », une différence qui valide une expérience et un savoir quand « opinion » peut se comprendre comme une insulte voilée.

– Je me demandais si vous aviez entendu parler de cette analyse de traces ? interroge-t-il en repensant au mail qu'il a reçu hier de cet incurable importun de Junius Eise.

– Non.

– C'est assez extraordinaire, précise-t-il d'un ton inquiétant. C'est du reste la raison de notre réunion.

Il a fixé ladite réunion hier mais ne la prévient qu'aujourd'hui.

– J'aimerais que vous passiez me voir ce matin, à mon bureau, à 9 h 30.

Il surveille du regard la vieille Impala bleue. Le véhicule se gare le long d'une allée deux maisons plus bas et il se demande pourquoi le conducteur s'arrête là et qui il est.

Scarpetta hésite comme si cette suggestion de dernière minute ne lui convenait pas. Puis elle promet :

– Bien, j'y serai dans une demi-heure.

– Puis-je vous demander ce que vous avez fait hier après-midi ? Je ne vous ai pas aperçue.

Il suit du regard la femme noire âgée qui descend de l'antique véhicule bleu.

– De la paperasse, une multitude de coups de téléphone. Pourquoi ? Vous aviez besoin de moi ?

Un vague étourdissement le gagne et sa tête tourne un peu comme il regarde la vieille femme noire et la voiture bleue. La grande Scarpetta lui demande s'il a besoin de quelque chose, comme si elle travaillait pour lui. Mais elle travaille pour lui. C'est exactement cela, maintenant. Il a presque du mal à y croire.

– Non, je n'ai pas besoin de vous pour l'instant. Je vous verrai lors de la réunion.

Et il raccroche, et cela lui fait tant plaisir de raccrocher au nez de Scarpetta.

Les talons de ses chaussures marron à lacets, passées de mode, claquent contre le parquet de chêne comme il se dirige vers la cuisine pour préparer une nouvelle cafetière de café décaféiné. Il a été forcé de jeter la presque totalité de la première parce qu'il était si préoccupé par le camion-benne et ses hommes qu'il l'avait oubliée. À force de chauffer, le breuvage avait commencé à sentir le brûlé et il l'a jeté dans l'évier. Il le

prépare donc à nouveau et retourne vers son point d'observation dans le salon pour surveiller l'Impala.

C'est toujours devant cette fenêtre située en diagonale de son
gros fauteuil de cuir favori qu'il s'installe. Et il regarde la femme
âgée noire sortant des sacs de commissions de l'arrière de la
voiture. Sans doute la femme de ménage, songe-t-il, et cela
l'ennuie qu'une femme de ménage noire puisse conduire la
même voiture que celle de sa mère lorsqu'il était petit garçon.
C'était une drôlement belle voiture, autrefois. Tout le monde
ne possédait pas une Impala blanche décorée d'une bande
bleue sur les flancs, et il était vraiment fier de la voiture de sa
mère, sauf quand elle finissait coincée sous la neige, en bas de
la colline. Il faut dire que sa mère n'était pas une excellente
conductrice. On n'aurait jamais dû lui permettre de conduire
une Impala. C'est le nom d'une antilope africaine qui peut
effectuer de gigantesques bonds, un animal très farouche, vite
effrayé. Sa mère était déjà assez nerveuse comme ça, même
quand elle était à pied. Elle n'aurait jamais dû se retrouver
derrière le volant d'une voiture baptisée en l'honneur d'une
antilope africaine, musculeuse mais paniquée pour un oui ou
pour un non.

La femme de ménage âgée se déplace avec lenteur, réunissant
ses sacs en plastique bourrés de courses posés à l'arrière de son
véhicule. Elle fait des allers et retours entre la voiture et une des
portes latérales de la maison, progressant avec peine. Un
dernier voyage, elle ferme la portière, la poussant d'un coup de
hanche. C'était une drôlement belle voiture autrefois, pense le
Dr Marcus, debout derrière sa fenêtre. L'Impala de la femme de
ménage doit avoir une bonne quarantaine d'années, et elle a
l'air très bien entretenue et en bon état, même s'il ne se
souvient plus quand il a vu pour la dernière fois un modèle de
l'année 1963 ou 1964. Qu'il en aperçoive une aujourd'hui est
sans doute un signe, même s'il en ignore la portée ou le sens. Il
retourne dans la cuisine pour se servir une tasse de café. S'il
patientait encore une vingtaine de minutes, il n'arriverait à son
bureau que lorsque ses médecins seraient déjà plongés dans les

autopsies de la journée, et ainsi il n'aurait à parler à personne. Son rythme cardiaque recommence à s'emballer et ses nerfs se tendent.

Tout d'abord, il soupçonne une trace de caféine dans le décaféiné d'être à l'origine de son pouls anarchique, des tremblements qui l'agitent, des tics qui le crispent, mais il n'a bu que quelques gorgées du breuvage. Soudain, il se rend compte qu'autre chose est en train de se produire. Il pense à l'Impala garée de l'autre côté de la rue et son agitation ne fait que croître. Il regrette que la femme de ménage soit arrivée dans sa voiture aujourd'hui, comme par hasard, le jour du ramassage des ordures, alors qu'il était coincé chez lui. Il revient dans le salon et s'affale dans son grand fauteuil de cuir, se laissant aller contre le dossier. Son cœur bat si fort qu'il peut voir le devant de sa chemise blanche trembler sous ses coups. Il inspire de longues gorgées d'air et ferme les yeux.

Cela fait quatre mois qu'il vit ici et il n'a jamais aperçu l'Impala jusqu'à ce jour. Il imagine le mince volant bleu dépourvu d'airbag et le tableau de bord côté passager, bleu aussi, plat et dur, sans airbag, ainsi que les ceintures de sécurité qui se bouclent en haut des cuisses parce que, à l'époque, il n'existait pas de harnachement passant sous l'épaule. Il imagine l'intérieur de l'Impala, mais il ne s'agit pas de celle qui est garée de l'autre côté de la rue. Il revoit la blanche avec sa grande rayure bleue sur les flancs, celle que conduisait sa mère. Les yeux toujours clos, il a oublié sa tasse de café posée sur la table basse non loin de son grand fauteuil, et la boisson s'est refroidie. Le Dr Marcus se lève à plusieurs reprises afin de se diriger vers la fenêtre et à un moment il ne voit plus l'Impala. Il rebranche le système d'alarme, puis sort de sa maison et pénètre dans le garage. Une onde de panique le secoue : peut-être que cette Impala n'existe pas, qu'elle n'a jamais été garée en face. Mais si, bien sûr qu'elle l'était.

Quelques minutes plus tard, il descend avec lenteur la rue au volant de sa Volvo et s'arrête devant la maison située un peu plus bas, examinant l'allée maintenant déserte, celle où était garée l'Impala de la vieille femme de ménage noire qui trans-bahutait ses sacs de commissions. Il reste assis dans sa Volvo, sans doute un des véhicules les plus sûrs, et fixe l'allée déserte. Puis il s'y enfourne et sort de sa voiture. Il paraît un peu démodé mais soigné dans son grand pardessus gris, son chapeau de même teinte et ses gants noirs en pécari qu'il porte depuis des années, lorsqu'il fait froid. Il les avait déjà avant même de résider à Saint Louis. Son allure inspire la respectabilité et il en est conscient comme il sonne à la porte principale. Il patiente quelques instants, puis sonne à nouveau et la porte s'ouvre enfin.

– Oui, puis-je vous aider? demande la femme dans l'embrasure de la porte, une femme d'une bonne cinquantaine d'années, vêtue d'un ensemble de jogging et de tennis.

Il a l'impression de l'avoir déjà vue et elle est aimable, sans excessive chaleur.

– Je m'appelle Joel Marcus, annonce-t-il de sa voix « assez cordiale ». J'habite juste en face et j'ai entraperçu un peu plus tôt une très vieille Impala bleue garée le long de votre allée.

Il a déjà préparé une repartie si jamais la femme venait à déclarer qu'elle ne voit pas du tout de quelle très vieille Impala bleue il veut parler. Il dira qu'il a dû se tromper de maison.

– Ah, oui, celle de Mrs Walker. Cela fait une éternité qu'elle conduit cette voiture, et elle ne l'échangerait pas contre une Cadillac flambant neuve, explique dans un sourire la voisine qui lui semble familière.

Un immense soulagement.

– Je vois, répond-il. C'était juste de la curiosité de ma part, je collectionne les vieilles voitures.

Il ne collectionne pas les voitures, ni anciennes, ni neuves, mais cette femme vient de prouver qu'il n'a pas imaginé voir des choses. Merci, mon Dieu. Bien sûr que non.

La voisine répond d'un ton joyeux :

– Eh bien, celle-ci ne rejoindra pas votre collection. Mrs Walker adore sa voiture. Je ne pense pas que nous ayons été formellement présentés, mais je sais qui vous êtes. Le nouveau coroner. Vous avez remplacé cette femme qui occupait le poste avant vous. Oh, c'était quoi, son nom, déjà? Elle était très connue. J'ai été secouée et vraiment déçue lorsqu'elle a quitté la Virginie. Je me demande ce qui a pu lui arriver. Mais vous êtes là, dans le froid. Décidément, j'oublie toutes les bonnes manières. Vous voulez entrer quelques minutes? Et c'était vraiment une jolie femme en plus. Oh, mince, quel était son nom?

— Il faut vraiment que j'y aille, réplique le Dr Marcus d'une autre voix, la raide et tendue. Je suis déjà terriblement en retard à mon rendez-vous avec le gouverneur, ment-il sur un ton froid.

CHAPITRE 25

Un soleil blafard éclaire le ciel gris pâle, dispensant une lumière parcimonieuse et froide. Scarpetta traverse le parking d'une démarche rapide et assurée, les pans de son long manteau sombre claquant contre ses mollets. Elle se dirige vers la porte d'entrée de son ancien immeuble professionnel et la vue de la première place de parking vide, celle réservée au médecin expert général, l'agace. Le Dr Marcus n'est pas arrivé. Il est en retard, à son habitude.

— Bonjour, Bruce, lance-t-elle au garde derrière le bureau de réception.

Il lui sourit, la saluant d'un petit geste de la main.

— J'inscris votre nom sur le registre, propose-t-il en enfonçant le bouton qui commande l'ouverture de la porte suivante, celle qui mène à l'aile réservée au service du médecin légiste expert.

— Marino est-il arrivé? demande-t-elle sans ralentir l'allure.

— Je l'ai pas vu.

Lorsque Fielding n'a pas répondu à son coup de sonnette hier soir, elle est restée un moment devant chez lui, cherchant à le joindre de son portable. Le numéro qu'elle a conservé n'étant plus attribué, elle s'est rabattue sur Marino. Les rires et les exclamations qui éclataient autour de lui ont rendu leur conversation presque inaudible. Peut-être était-il attablé dans un bar, elle ne le lui a pas demandé, se contentant de lui expliquer que Fielding ne semblait pas être à son domicile et que s'il n'arrivait pas bientôt, elle se proposait de retourner à son hôtel. Tout ce que Marino a trouvé à lui répondre, c'est :

– D'ac, Doc, j'vous verrai un peu plus tard, Doc, appelez-moi si vous le souhaitez, Doc.

Scarpetta a tenté d'ouvrir la porte du devant et celle du jardin, sans succès puisqu'elles étaient verrouillées. Elle s'est acharnée sur la sonnette, cognant même contre le panneau, l'inquiétude la gagnant. Dans l'abri de garage de son ancien assistant, son bras droit et son ami, la forme d'une voiture se dessinait sous une bâche. Scarpetta était à peu près certaine que sous cette bâche se trouvait la vieille Mustang rouge tant aimée de Fielding. Elle s'en est assurée en soulevant un coin de la toile et, en effet, elle avait raison. Elle avait déjà repéré le véhicule sur la place n° 6 du parking situé derrière la morgue ce matin-là, prouvant que son ancien assistant le conduisait toujours. Cela étant, ce n'était pas parce que la Mustang était nichée sous une bâche, dans l'abri de garage, que Fielding se trouvait nécessairement chez lui, refusant de répondre à ses coups de sonnette. Peut-être conduisait-il une voiture d'appoint, un quatre-quatre ? Il serait tout à fait logique de sa part de posséder un second véhicule, plus robuste que la Mustang, et peut-être se baladait-il en ce moment même à son bord, ou bien était-il sur le chemin du retour, un peu en retard ou ayant complètement oublié qu'il l'avait invitée à dîner.

Elle passait en revue ces différentes possibilités tout en patientant devant la porte, son inquiétude grandissant de seconde en seconde. Que lui était-il arrivé ? Peut-être s'était-il blessé ? Peut-être souffrait-il d'une urticaire consécutive à un choc anaphylactique ? S'était-il suicidé ? Peut-être avait-il prévu son suicide de telle sorte que ce soit elle qui le découvre, qui prenne le problème à bras-le-corps ? Lorsque vous vous suicidez, il faut bien que quelqu'un s'en charge. Tout le monde est convaincu qu'elle peut se débrouiller dans n'importe quelle situation et il lui reviendrait donc la terrible tâche de le découvrir gisant dans son lit, une balle dans la tête, ou l'estomac plein de pilules. Il n'y a que Lucy qui sache que Scarpetta a ses limites, et Lucy ne lui parle pas beaucoup. Elle n'a pas revu sa nièce depuis le mois de septembre. Il est en train de se passer quelque chose, Lucy pense que Scarpetta ne peut pas s'en sortir seule.

– Je n'arrive pas à mettre la main sur Marino, dit Scarpetta à Bruce. Si vous l'aperceviez, pourriez-vous lui dire, s'il vous plaît, que je le cherche ? Nous avons une réunion.

– Junius Eise sait peut-être où il se trouve. Vous savez, Eise, du labo d'analyse de traces. Eise avait l'intention d'inviter Marino hier, peut-être pour faire un petit tour au bar de l'amicale des policiers.

Ce que le Dr Marcus lui a annoncé ce matin lors de son appel lui revient en mémoire, quelque chose au sujet du labo des traces qui serait à l'origine de cette réunion, et impossible de localiser Marino. Donc il se trouvait hier soir à l'abreuvoir de son ancienne fraternité de flics, trinquant sans doute en compagnie de M. Traces en personne. Elle a l'impression de nager en plein brouillard et Marino qui ne répond pas au téléphone ! Elle pousse les battants de verre opaque et pénètre dans ce qui était autrefois sa salle d'attente.

Découvrir Mrs Paulsson assise sur le canapé, le regard fixe et vide, serrant convulsivement entre ses mains son sac, la secoue. Scarpetta s'avance vers la femme, lui demandant avec sollicitude :

– Madame Paulsson ? On s'occupe de vous ?

– Ils m'ont demandé de me présenter à l'ouverture. Et puis on m'a dit d'attendre parce que le directeur n'était pas encore arrivé.

Scarpetta n'a pas été informée de la présence de la mère de Gilly lors de la réunion.

– Venez, je vais vous conduire. Vous avez rendez-vous avec le Dr Marcus ?

– Je crois, en effet.

– Moi aussi, l'informe Scarpetta. En conclusion, nous assistons donc toutes les deux à la même réunion. Venez. Vous pouvez me suivre.

Mrs Paulsson se lève avec lenteur, comme si elle était épuisée, souffrante. Scarpetta regrette l'absence de plantes naturelles dans la salle d'attente, juste quelques plantes pour insuffler aux lieux un peu de vie et de chaleur. Les plantes permettent aux gens de se sentir moins seuls, et il n'est nul endroit sur terre plus solitaire qu'une morgue. Personne ne devrait avoir à s'y rendre, et encore moins à attendre cette visite. Elle enfonce la sonnette qui flanque un guichet vitré. L'autre côté donne sur un comptoir, puis sur un sol moquetté de bleu-gris, et enfin sur une nouvelle porte qui conduit aux bureaux réservés aux services administratifs.

Une voix féminine éclate dans l'interphone :

– Puis-je vous aider ?

Elle s'annonce :

– Dr Scarpetta.

– Entrez.

Un déclic, la paroi de verre située à droite du guichet est déverrouillée.

Scarpetta laisse passer Mrs Paulsson devant elle en s'inquiétant :

– J'espère que vous n'avez pas eu à patienter trop longtemps. Je suis désolée que vous ayez dû attendre. Si j'avais été informée de votre venue, je vous aurais accueillie et proposé une tasse de café.

– Ils m'ont conseillé d'arriver très tôt si je voulais trouver une place pour me garer, répond-elle en jetant un regard à ce qui l'entoure, comme elles pénètrent dans le grand bureau central où des employés classent des dossiers ou s'affairent devant leurs claviers d'ordinateur.

Mrs Paulsson n'a jamais visité l'OCME auparavant, Scarpetta en est convaincue et cette constatation ne la surprend guère.

Le Dr Marcus n'est pas du genre à organiser des rencontres informelles avec les familles. Quant au Dr Fielding, il est déjà trop usé pour supporter ces entrevues qui vous laissent émotionnellement brisé. Un soupçon naît en Scarpetta. Cette réunion n'est que politique, et elle en sortira sans doute en colère et dégoûtée. Une employée leur jette depuis son petit cube-bureau qu'elles peuvent s'installer dans la salle de conférences en attendant le Dr Marcus, un peu en retard. Un détail frappe Scarpetta : les employées semblent vissées dans leurs petits cubes, et on dirait presque que les êtres vivants ont déserté ces lieux.

Scarpetta pose la main sur l'épaule de Mrs Paulsson, l'encourageant :

– Venez. Vous voulez une tasse de café ? Je vais vous en chercher et nous nous installerons.

– Gilly est toujours ici, lâche la femme, qui avance d'une démarche raide en jetant des regards apeurés autour d'elle. Ils ne veulent pas me la rendre. (Elle fond en larmes, tortillant la bride de son sac à main.) Ce n'est pas bien qu'elle soit toujours là.

– Quelle raison ont-ils invoquée ? demande Scarpetta tandis qu'elles se dirigent lentement vers la salle de conférences.

– Tout cela, c'est la faute de Frank. Elle était si attachée à lui, et il a proposé qu'elle vienne habiter avec lui. Elle voulait y aller…

Ses larmes redoublent. Scarpetta fait halte devant la machine à café et leur prépare deux gobelets de plastique blanc.

– … Gilly a dit au juge qu'elle voulait emménager à Charleston à la fin de son année scolaire. Il veut qu'elle vienne là-bas, à Charleston.

Scarpetta transporte leurs deux boissons dans la salle de conférences, choisissant cette fois de s'installer au milieu de la longue table de bois ciré. Elles sont seules dans cette grande pièce vide. Le regard sans expression de Mrs Paulsson se pose d'abord sur l'Homme aux boyaux, puis sur le squelette suspendu dans un coin. Elle porte d'une main tremblante son gobelet à ses lèvres.

– Vous voyez, la famille de Frank est enterrée à Charleston, des générations et des générations. La mienne est au cimetière d'Hollywood, dans le coin, et j'ai une place réservée là-bas aussi. Pourquoi faut-il que tout soit si difficile ? C'est déjà assez dur comme ça. Il veut Gilly juste pour me contrarier, pour se venger et me faire passer pour une femme épouvantable. Il a toujours promis qu'il me rendrait folle et qu'ils finiraient bien par me boucler dans un hôpital. Il est en train d'y parvenir, cette fois.

– Vous vous parlez encore ?

– Il ne parle pas. Il dit, il me donne des ordres. Il veut que tout le monde soit persuadé qu'il est un père magnifique. Mais il ne tient pas à Gilly comme moi. C'est sa faute si elle est morte.

– En effet, vous avez déjà affirmé cela. Dans quel sens l'entendez-vous ?

– Je sais qu'il a fait quelque chose. Il veut me détruire. D'abord, il a tenté de me la prendre et de la faire venir à Charleston. Et, maintenant, elle est partie pour toujours. Il veut que je devienne complètement folle. Comme ça, personne ne saura jamais quel mauvais père et quel épouvantable mari il est vraiment. Et comme ça, personne ne connaîtra la vérité, parce qu'il y a une vérité. Tout ce qu'ils constateront, c'est que je suis dingue, et ils le plaindront. Mais il y a une vérité.

Elles tournent la tête au même moment en direction de la porte. Une femme très bien habillée pénètre dans la salle. Elle doit avoir une bonne trentaine d'années ou une toute petite quarantaine. L'aisance des gens qui dorment tout leur soûl, mangent correctement, pratiquent régulièrement un sport et soignent la blondeur de leur chevelure, ajoute à sa fraîcheur. La femme dépose son attaché-case sur la table et sourit à Mrs Paulsson, la saluant d'un petit mouvement de tête, comme si elles se connaissaient déjà. Les fermetures de sa mallette claquent bruyamment, elle en extirpe un dossier et un bloc, puis s'installe.

– Je suis l'agent spécial Weber, du FBI, Karen Weber…

Elle jette un regard en direction de Scarpetta et poursuit :

– … Et vous devez être le Dr Scarpetta. On m'a prévenue que vous seriez présente aujourd'hui. Madame Paulsson, comment vous sentez-vous ? Je ne pensais pas que vous viendriez.

L'intéressée repêche un mouchoir en papier dans son sac pour s'essuyer les yeux avant de murmurer :

– Bonjour.

Scarpetta fournit un effort considérable afin de résister à l'envie de demander sans ambages à l'agent Weber pour quelle raison le FBI s'est impliqué ou a été impliqué dans cette enquête. Mais la mère de Gilly est à son côté, et il y a peu de choses que Scarpetta puisse se permettre de demander sans prendre de gants. Elle se décide pour l'approche indirecte :

– Vous êtes rattachée à l'antenne de Richmond ?

– Non, je dépends de Quantico. De l'unité des sciences du comportement. Peut-être avez-vous eu l'occasion de visiter les nouveaux labos de sciences légales installés à la base ?

– Non, et je le déplore.

– C'est quelque chose, vraiment.

– Je n'en doute pas.

– Madame Paulsson, quelle est la raison de votre venue ? demande l'agent spécial Weber.

– Je ne sais pas. Je suis venue pour les rapports. Ils doivent me rendre les bijoux de Gilly. Elle portait une paire de boucles d'oreilles et un bracelet, un petit bracelet en cuir dont elle ne se séparait jamais. Ils m'ont dit que le directeur voulait me saluer.

– Vous êtes censée assister à notre réunion ? insiste l'agent du FBI, la surprise se peignant sur son visage séduisant et soigné.

– Je ne sais pas.

– Vous êtes venue pour les rapports concernant Gilly et pour la remise de ses biens ? répète Scarpetta, songeant soudain qu'une erreur a dû être commise.

– Oui, on m'a dit d'être présente à 9 heures. Je n'ai pas réussi à venir avant, je ne pouvais pas. J'ai amené un chèque parce qu'il paraît qu'il y a une somme à verser, précise

Mrs Paulsson avec, dans le regard, le même effroi. Mais peut-être que je ne devrais pas être ici, dans cette salle. Personne ne m'a avertie qu'il y aurait une réunion.

L'agent Weber reprend :

– Eh bien, tant que vous êtes là, j'aimerais vous poser une question. Vous vous souvenez de la dernière fois que nous avons discuté ? Vous avez dit que votre mari, votre ex-mari, était pilote d'avion. C'est bien cela ?

– Non. Il n'est pas pilote. C'est ce que j'ai dit.

– Ah… D'accord. Parce que je n'arrivais pas à retrouver la trace d'une quelconque licence de pilotage, explique l'agent Weber. Du coup j'étais un peu semée, conclut-elle sur un sourire.

– Beaucoup de gens pensent qu'il est pilote, poursuit Mrs Paulsson.

– C'est compréhensible.

– Il aime traîner avec des pilotes, surtout militaires. Il apprécie tout particulièrement les femmes pilotes. Je sais très bien ce qu'il a en tête, ajoute Mrs Paulsson d'un ton morne. Il faudrait être sourde, aveugle et stupide pour ne pas le comprendre.

– Vous pourriez être un peu plus précise ? insiste l'agent Weber.

– C'est lui qui réalise les examens médicaux nécessaires à leur certification, je vous laisse imaginer. C'est ce qui le maintient à flot. Une femme débarque dans son cabinet, sanglée dans son uniforme de vol. Je vous laisse imaginer.

– Des rumeurs ont-elles circulé selon lesquelles il aurait sexuellement harcelé des femmes pilotes ? demande l'agent Weber d'un ton sombre.

– Il les a toujours niées et à chaque fois il s'en tire. Vous saviez que sa sœur fait partie de l'Air Force ? Je me suis toujours demandé s'il y avait un lien. Elle est beaucoup plus âgée que lui.

C'est le moment que choisit le Dr Marcus pour pénétrer à son tour dans la salle de conférences. Il porte une mince cravate bleu marine et une chemise blanche sous laquelle transparaît un tricot de corps sans manches. Son regard frôle Scarpetta pour se poser sur Mrs Paulsson.

– Je ne pense pas vous avoir déjà rencontrée, annonce-t-il d'un ton péremptoire mais cordial.

– Madame Paulsson, voici le Dr Marcus, le médecin expert général, précise Scarpetta.

– L'une d'entre vous a-t-elle invité Mrs Paulsson ? (Il regarde tour à tour Scarpetta et l'agent Weber avant d'ajouter :) Je suis assez surpris.

Mrs Paulsson se lève avec lenteur, difficulté, comme si ses membres refusaient toute coordination.

– Je ne sais pas comment ça s'est produit. J'étais juste venue pour régler les papiers et récupérer ses petites boucles d'oreilles en or, elles ont la forme d'un cœur, et son bracelet.

– J'ai bien peur que tout ceci ne soit de ma faute, explique Scarpetta en se levant à son tour. J'ai vu Mrs Paulsson dans la salle d'attente et j'en ai conclu qu'elle assistait à la réunion. Je vous présente mes excuses.

– Ce n'est pas grave, déclare le Dr Marcus à Mrs Paulsson. J'étais au courant que vous deviez passer ce matin. J'aimerais vous exprimer toute ma sympathie. (Ses lèvres s'étirent dans un sourire condescendant.) Votre fille est l'une de nos grandes priorités.

– Oh !

C'est tout ce que réplique la mère. Scarpetta lui ouvre la porte, proposant :

– Je vous raccompagne. Je suis vraiment désolée, poursuit-elle comme elles traversent en sens inverse la moquette gris-bleu, dépassent la machine à café et rejoignent le couloir principal. J'espère ne pas vous avoir embarrassée ou peinée.

Mrs Paulsson s'arrête net au milieu du couloir.

– Dites-moi où se trouve Gilly. Il faut que je sache, je vous en prie. Dites-moi où elle est au juste.

Scarpetta hésite. Ce genre de questions est si familier, pourtant il n'existe aucune réponse simple.

– Gilly est de l'autre côté de ces portes.

Elle se tourne, désignant les battants qui terminent le couloir loin devant elle. D'autres portes se trouvent encore derrière, s'ouvrant sur la morgue, ses chambres froides et ses congélateurs.

– Ils ont dû la mettre dans un cercueil. J'ai entendu dire qu'ils n'avaient que des boîtes en pin dans ce genre d'endroits.

Les yeux de la femme se remplissent de larmes.

– Non, elle n'est pas dans un cercueil et nous n'avons pas non plus de boîtes en pin. Votre fille est dans un caisson réfrigéré.

– Mon pauvre bébé doit avoir si froid, sanglote-t-elle.

– Gilly ne sent plus le froid, madame Paulsson, rectifie Scarpetta d'un ton doux. Il n'y a plus ni inconfort ni souffrance pour elle, je vous le promets.

– Vous l'avez vue ?

– Oui, je l'ai examinée.

– Dites-moi qu'elle n'a pas souffert, je vous en supplie, dites-le-moi.

Mais Scarpetta ne le peut pas. Affirmer cela serait un mensonge.

– Il nous reste beaucoup d'analyses à réaliser, biaise-t-elle. Les laboratoires ont encore plein de travail sur les prélèvements. Tous se concentrent pour comprendre ce qui est arrivé au juste à Gilly.

Mrs Paulsson pleure doucement comme Scarpetta la guide le long du couloir jusqu'aux bureaux de l'administration, demandant à l'un des employés d'abandonner quelques instants son petit cube afin de donner à Mrs Paulsson une copie des rapports qu'elle a demandés et de lui rendre les effets personnels de sa fille : une paire de boucles d'oreilles d'or en forme de cœur et un mince bracelet de cuir, rien d'autre. Son pyjama, les draps et la couverture, ainsi que tout ce qu'a pu ramasser la police sur les lieux sont considérés comme des pièces à conviction et ne seront pas restitués immédiatement. Ensuite Scarpetta rebrousse chemin pour rejoindre la salle de conférences lorsque Marino fait son apparition, fendant le couloir à grandes enjambées, la tête baissée, le visage empourpré.

– Non, ça n'a rien d'un bon jour jusque-là, le devance-t-elle en attendant qu'il la rejoigne. Et pour vous non plus, si je ne m'abuse. J'ai tenté de vous joindre. Je suppose que vous avez eu mon message.

– Qu'est-ce qu'elle fichait là? éructe-t-il, faisant référence à Mrs Paulsson sans dissimuler son mécontentement.

– Elle venait chercher les effets personnels de Gilly, ainsi que quelques copies de rapports.

– Ah, bon, elle a le droit, alors qu'ils arrivent même pas à décider qui va récupérer le corps?

– C'est la plus proche famille. Je ne sais pas trop quel genre de rapports ils lui ont confié. Cela étant, je ne comprends pas très bien ce qui se passe ici. Le FBI a débarqué afin d'assister à la réunion. J'ignore si nous attendons encore quelqu'un. Ah, dernier rebondissement: Frank Paulsson harcèlerait sexuellement les femmes pilotes qui viennent le consulter.

– Ah, ouais?

Marino semble pressé et se conduit de façon étrange. Il sent l'alcool et il a un visage de fin du monde.

– Vous allez bien? demande-t-elle. Mais qu'est-ce que je raconte. Bien sûr que non.

– Y a pas de quoi en faire tout un plat, affirme-t-il.

CHAPITRE 26

Marino verse avec application du sucre dans son café. Il doit être dans un sale état pour ajouter du sucre blanc raffiné à sa boisson, totalement interdit dans le régime qu'il suit et la pire chose qu'il puisse choisir d'ingérer en ce moment.

– Vous êtes certain de vouloir pousser cette entorse jusqu'au bout ? lui demande Scarpetta. Vous allez vous en vouloir ensuite.

– Bordel, mais qu'est-ce qu'elle foutait là, répète-t-il en y allant d'une nouvelle cuillerée. Voilà que j'arrive à la morgue, et qu'est-ce que je vois ? La mère de la gamine qui arrive du bout du couloir. Me dites pas qu'elle est allée voir le corps de sa fille parce que je sais qu'elle est plus dans un état qu'on peut voir. Donc, bordel, qu'est-ce qu'elle foutait ici ?

Marino porte toujours le même pantalon de treillis noir surmonté de son coupe-vent. Il a toujours sa casquette de base-ball brodée des lettres LAPD enfoncée sur sa tête. Il n'est pas rasé et il a l'air harassé, les yeux vitreux. Peut-être bien qu'après sa visite au bar de l'amicale de la police il a fait un petit tour chez l'une de ses femmes, une des créatures de pas grand-chose qu'il a l'habitude de rencontrer au bowling, d'inviter à boire pour finir par les convier dans son lit.

— Écoutez, si vous devez persister dans la mauvaise humeur, il est peut-être préférable que vous n'assistiez pas à cette réunion en ma compagnie. Après tout, ils n'ont pas sollicité votre présence. Je n'ai vraiment pas besoin que les choses empirent en m'affichant avec vous lorsque vous êtes de si mauvais poil. Vous savez bien ce que vous fait le sucre maintenant.

— Ouais, marmonne-t-il en jetant un regard à la porte close de la salle de conférences. Ouais, ben, je vais leur montrer, à ces trouducs, comment que je suis vissé.

— Que s'est-il passé ?

— Y a des bruits qui circulent, lâche-t-il d'une voix basse, rageuse. À votre sujet.

— Des bruits qui circulent où cela ?

Elle déteste ce genre de choses et, le plus souvent, refuse d'y prêter une quelconque attention.

— Comme quoi que vous reviendriez à Richmond et que c'est la vraie raison pour laquelle vous êtes là en ce moment.

Il lui jette un regard accusateur en avalant son café outra-geusement sucré.

— Bordel, qu'est-ce que vous me planquez, hein ?

— Je n'ai aucune intention de me réinstaller ici, Marino. Je suis surprise que vous prêtiez l'oreille à ce genre de ragots sans fondement.

— Je reviendrai jamais plus dans cette ville, insiste-t-il comme s'il s'agissait de lui. Hors de question. C'est même pas la peine d'y penser.

— Mais je n'y pense pas. Et je vous suggère d'en rester là.

Elle s'avance vers la lourde porte en bois sombre de la salle de conférences et la pousse.

Marino peut la suivre s'il le souhaite, ou alors il peut rester planté devant la machine à café, à avaler du sucre tout le reste de la journée. Elle n'a pas l'intention de le cajoler, ni de lui passer de la pommade. Certes, il faudra qu'elle en apprenne un peu plus sur ce qui semble le miner, mais pas maintenant. Maintenant, elle rencontre le Dr Marcus, le FBI et Jack Fielding qui lui a posé un lapin hier soir, et dont l'épiderme semble encore plus à vif que lorsqu'elle l'a vu la dernière fois. Elle s'installe dans le silence général. Au demeurant, nul n'adresse non plus la parole à Marino lorsqu'il la suit dans la pièce et s'assied à son côté. Bien, on passe à l'investigation, songe-t-elle.

Le Dr Marcus prend la parole :

– Commençons, voulez-vous ? Je suppose que tout le monde connaît l'agent spécial Weber, de l'unité de profilage du FBI…

Il s'adresse à Scarpetta, se trompant sur l'intitulé de l'unité, qui se nomme « unité des sciences du comportement » et non pas « unité de profilage ».

– … Nous avons un gros problème, comme si le reste ne nous suffisait pas…

Le visage sévère, ses petits yeux brillant d'un éclat froid derrière les verres de ses lunettes, il enchaîne d'une voix plus forte :

– … Docteur Scarpetta, vous avez procédé à une seconde autopsie de Gilly Paulsson. Vous avez également examiné le corps de Mr Whitby, le conducteur de bulldozer, n'est-ce pas ?

Le regard de Fielding plonge vers le dossier posé devant lui, sans mot dire. Son visage s'empourpre encore plus.

– Non, je ne dirais pas que je l'ai examiné, rectifie-t-elle en jetant un coup d'œil à son ancien assistant. De surcroît, je n'ai pas la moindre idée d'où vous voulez en venir.

– L'avez-vous touché ? précise l'agent spécial Karen Weber.

– Attendez, je ne comprends pas. Le FBI serait-il aussi concerné par le décès d'un conducteur d'engin de chantier ?

– Ce n'est pas exclu. Espérons qu'il n'en est rien mais c'est possible, répond l'agent Weber, qui semble se réjouir de pouvoir interroger Scarpetta, l'ancien médecin expert général.

Le Dr Marcus réitère la question :

– L'avez-vous touché ?

– En effet.

– Et vous aussi, bien sûr, ajoute le Dr Marcus, s'adressant cette fois à Fielding. Vous avez entrepris l'examen externe. Puis vous êtes passé à l'autopsie proprement dite et à un moment donné vous avez rejoint le Dr Scarpetta en salle de décomposition afin de réexaminer la petite Paulsson.

Fielding lève les yeux de son dossier sans pourtant regarder personne en particulier. Il grommelle :

– Ah, ouais, c'est de la foutaise.

– Qu'avez-vous dit ? demande le Dr Marcus.

– Vous m'avez entendu. C'est des foutaises. Je vous l'ai déjà dit hier, quand cette histoire a commencé. Et ce matin je vous répète la même chose : c'est un paquet de foutaises. Je n'ai pas l'intention de me laisser crucifier en présence du FBI ou de n'importe qui d'autre.

– Malheureusement, j'ai bien peur qu'il ne s'agisse pas de « foutaises », docteur Fielding. Nous sommes confrontés à un très gros problème au sujet des indices. Un résidu collecté sur Gilly Paulsson semble identique à celui retrouvé sur le conducteur d'engin, Mr Whitby. Personnellement, je ne vois pas comment cette similitude est explicable, sauf si l'on admet qu'il y a eu une contamination d'un cadavre à l'autre. Et, tant que j'y suis, je ne comprends pas non plus pour quelle raison vous recherchiez ce type d'indices dans le cas de Whitby. Je vous rappelle qu'il s'agit d'un accident, pas d'un homicide. Mais reprenez-moi si je commets une erreur.

– Pour l'instant, je ne jurerais de rien, rétorque Fielding, dont les mains et le visage semblent si à vif qu'ils font mal à voir. Il a été écrasé, mais la façon dont les choses se sont produites reste à démontrer. Je n'étais pas présent au moment du décès. J'ai simplement prélevé un échantillon au niveau du visage pour vérifier une possible présence de graisse, dans l'éventualité où quelqu'un prétendrait qu'il a été attaqué, frappé à l'aide d'un objet quelconque, plutôt qu'écrasé par sa machine.

– C'est quoi, cette histoire ? Quel résidu ? demande Marino, faisant preuve d'un calme surprenant pour quelqu'un qui vient d'inclure une dose dangereuse de sucre dans son système.

– Très franchement, je ne crois pas que cela vous regarde, coupe le Dr Marcus, mais puisque votre collègue insiste pour vous remorquer partout derrière elle, je suis dans l'obligation de tolérer votre présence. En revanche, j'insiste pour que ce qui se dit dans cette pièce n'en sorte pas.

– Ouais, j'vous en prie, insistez, recommande Marino en lançant un grand sourire à l'agent Weber. Et à quoi devons-nous le plaisir de votre venue ? lui demande-t-il. Je connaissais bien un des chefs d'unité là-bas, chez les Marines. C'est marrant comme les gens ont tendance à oublier que Quantico est avant tout une base de Marines. Vous avez déjà entendu parler de Benton Wesley ?

– Bien sûr.

– Vous avez déjà lu toute la merde qu'il a pondue sur le profilage ?

– Je connais bien son travail, répond-elle, les mains croisées sur son bloc-notes, ses ongles longs joliment manucurés et recouverts d'un vernis d'un rouge intense.

– Génial. Donc vous savez probablement qu'il jugeait le profilage à peu près aussi fiable que les prédictions qu'on trouve dans les petits gâteaux chinois ?

– Je ne suis pas venue ici pour me faire malmener, lance l'agent spécial Weber au Dr Marcus.

– Oh, mince… J'suis vraiment désolé, s'excuse Marino. C'est pas dans mes intentions de lui manger la soupe sur la tête, hein. J'suis bien certain qu'un expert de l'unité de profilage du FBI va nous être d'une grande aide en ce qui concerne la recherche d'indices.

– Ça suffit maintenant, siffle le Dr Marcus, très en colère. Si vous êtes incapable de vous comporter en professionnel, je vais devoir vous prier de quitter cette réunion.

– Non, non, faites pas attention à moi. Je vais rester sagement assis, comme une jolie poupée et vous écouter. Allez-y.

Jack Fielding secoue la tête lentement, les yeux toujours rivés sur son dossier.

– C'est moi qui vais y aller, intervient Scarpetta, en ayant soupé de la diplomatie ou même de la courtoisie. Docteur Marcus, à ma connaissance, c'est la première fois que vous mentionnez une recherche de traces dans le cadre de l'enquête concernant la mort de Gilly Paulsson. Vous m'avez fait venir jusqu'à Richmond afin que je vous prête mon concours dans cette affaire et vous avez omis de m'en parler ?

Son regard passe de lui à Fielding.

– Oh, ce n'est pas à moi qu'il faut demander, lâche Fielding. J'ai effectué les prélèvements, je n'ai eu aucun retour des labos, pas même un coup de téléphone. Remarquez, j'en ai pris l'habitude depuis quelque temps. Enfin, on ne m'appelle plus directement. Je n'ai entendu mentionner cette histoire qu'hier, en début de soirée, quand il (il indique le Dr Marcus) l'a évoquée au moment où je reprenais ma voiture.

– Parce que je n'ai été averti qu'assez tardivement, coupe le Dr Marcus d'un ton sec. Grâce à l'une de ces petites notes ineptes que ne cesse de m'envoyer ce… Comment s'appelle-t-il déjà ?… Ice ou Eise… au sujet de nos procédures, comme si, bien sûr, il était le plus compétent ! Quoi qu'il en soit, rien de ce que les laboratoires ont déniché jusque-là n'est d'une grande aide. Quelques cheveux et autres débris, dont des copeaux de peinture qui pourraient provenir d'à peu près n'importe où, notamment d'une voiture, selon moi, ou alors du domicile des Paulsson. Peut-être même d'une bicyclette ou d'un jouet.

– Ils devraient être capables de préciser si la peinture en question provient d'une carrosserie de véhicule, rétorque Scarpetta. En tout cas, ils devraient pouvoir la rapprocher d'un objet quelconque se trouvant chez les Paulsson.

– Ce que je veux dire, c'est que nous n'avons pas d'ADN. Les écouvillons se sont révélés négatifs. Et il est clair que si nous envisageons l'hypothèse d'un homicide, un peu d'ADN présent dans un prélèvement vaginal ou oral aurait beaucoup de poids. Pour tout vous dire, j'étais beaucoup plus concentré sur cette recherche d'ADN que sur ces supposés copeaux de peinture jusqu'à ce que je reçoive cet e-mail du labo d'analyses de traces, hier en fin d'après-midi. À ma grande surprise, il semble que les prélèvements que vous avez effectués sur le conducteur d'engin de chantier mettent en évidence le même type de débris, conclut le Dr Marcus en jetant un regard à Fielding.

– Et comment se serait produite cette prétendue contamination croisée entre les deux corps ? insiste Scarpetta.

Le Dr Marcus évase les mains avec une lenteur exagérée et rétorque :

– À vous de me le dire.

– Mais je n'en ai pas la moindre idée. Nous avons changé de gants, quoique ce détail n'ait pas grande importance puisque nous n'avons pas reprélevé Gilly Paulsson. Avouez que cela aurait été plus que superflu étant entendu qu'elle avait déjà été lavée, autopsiée, prélevée, relavée et re-autopsiée après avoir été protégée d'une housse durant deux semaines.

– Certes, je me doute que vous ne l'avez pas à nouveau prélevée, lâche-t-il d'un ton qui insiste sur sa supériorité vis-à-vis de Scarpetta. Mon hypothèse est qu'au cours de l'autopsie pratiquée sur Mr Whitby vous avez peut-être décidé de vérifier quelque chose sur la jeune fille.

Fielding intervient :

– J'ai prélevé Mr Whitby, puis travaillé sur la petite Paulsson. Ce qui est certain, c'est que je n'ai pas utilisé d'autres écouvillons dans son cas. Il n'existait plus aucun résidu sur elle expliquant un transfert sur Mr Whitby ou quiconque.

– Il ne m'appartient pas d'expliquer cette charade, tranche le Dr Marcus. Je n'ai aucune idée de ce qui a pu se produire, mais, à l'évidence, il y a un problème. Nous devons donc envisager tous les scénarios possibles, parce que je peux vous garantir que les avocats ne passeront pas à côté, si tant est que ces deux affaires arrivent devant les tribunaux.

– L'affaire Gilly Paulsson sera jugée, affirme l'agent spécial Weber comme s'il s'agissait d'une certitude ou comme si elle avait un lien personnel avec la petite fille de quatorze ans. Peut-être sommes-nous en présence d'une erreur de laboratoire, poursuit-elle. Un échantillon mal étiqueté ou contaminant un autre prélèvement. Les deux analyses ont-elles été conduites par le même scientifique ?

– Eise, c'est son nom, je crois, les a réalisées, répond le Dr Marcus. Enfin, pour ce qui est des résidus, pas les cheveux.

Scarpetta intervient :

– Vous avez mentionné des cheveux à deux reprises. Quels cheveux ? Alors, maintenant, on en aurait récupéré ?

– Oui, plusieurs retrouvés sur la scène concernant Gilly Paulsson. Dans ses draps, je crois.

– Ben, bordel, j'espère que c'est pas ceux du conducteur de bulldozer, remarque Marino. Quoique... peut-être que ça serait plutôt mieux. Il bute la gamine et puis il peut pas supporter sa culpabilité, alors il se fait écraser par son engin. Affaire classée du tonnerre !

Personne ne le trouve amusant.

S'adressant à Fielding, Scarpetta rappelle :

– J'ai demandé que l'on examine draps et couverture dans le but de détecter la présence éventuelle d'épithélium respiratoire cilié.

– La taie d'oreiller, répond-il. La réponse est positive.

Elle devrait être soulagée par ce résultat. La présence de cet indice biologique suggère que Gilly a été asphyxiée, mais la vérité la blesse profondément.

– Quelle mort atroce, murmure-t-elle. Épouvantable.

– Attendez, ai-je raté quelque chose ? lance l'agent Weber.

– La gamine a été assassinée, traduit Marino. À part ça, j'vois pas très bien ce que vous avez raté.

– Vraiment, je n'ai pas à tolérer ça, jette-t-elle au Dr Marcus.

– Oh, que si, va falloir qu'elle le tolère, rétorque Marino, s'adressant à son tour au médecin expert, sauf, bien sûr, si vous décidez de me sortir vous-même de cette pièce. Sans ça, je vais rester assis ici, genre super-sage et mignon tout plein, et continuer à dire ce que j'ai envie de dire.

Scarpetta s'adresse à l'agent Weber :

– Puisque nous avons cette conversation ouverte et si honnête, j'aimerais que vous m'expliquiez vous-même la raison pour laquelle le FBI est impliqué dans l'affaire Gilly Paulsson.

– Mais c'est très simple : la police de Richmond a fait appel à nous.

– Et pourquoi ?

– Peut-être serait-il préférable de leur demander.

– Non, je vous le demande à vous. On va jouer franc jeu avec moi ou bien je me lève, je sors de cette pièce et je ne remets plus les pieds ici.

– Les choses ne sont pas aussi simples que cela, lâche le Dr Marcus en la dévisageant d'un long regard fixe. (Ses paupières lourdes le font ressembler à un lézard.) Vous vous êtes vous-même impliquée dans cette affaire. Vous avez mené l'examen du conducteur d'engin et nous nous retrouvons avec une possible contamination croisée. En d'autres termes, je ne pense pas que les choses soient aussi aisées que partir pour ne plus revenir. Le choix ne vous appartient plus.

– Mais c'est vraiment des foutaises, répète Fielding, le regard rivé sur ses mains posées sur ses genoux, dont l'épiderme rouge vif semble être couvert d'écailles.

Marino n'en a pas fini :

– Ben, moi, j'vais vous raconter pourquoi le FBI est impliqué dans cette histoire. Enfin, du moins, je vais vous répéter ce que la police de Richmond en pense, si vous voulez vraiment le savoir. Mais ça pourrait vous faire de la peine, ajoute-t-il au seul profit de l'agent spécial Weber. Ah, pendant que j'y pense, vous ai-je complimentée sur votre tailleur ? Vos chaussures rouges aussi, j'adore. Ouais, vraiment, mais comment vous faites là-dessus s'il faut que vous pourchassiez quelqu'un ?

– Bon, j'en ai assez, grince-t-elle d'une voix où la rage couve.

Fielding abat son poing sur la table, bondit sur ses pieds en rugissant :

– Non, c'est moi qui en ai ma claque !

Il se recule d'un pas, jetant un regard fou furieux autour de la table, et éructe :

– J'en ai ras-le-cul. Je me barre. Vous m'entendez, espèce de minable trou du cul de merde ! hurle-t-il à l'adresse du Dr Marcus. Je démissionne et allez vous faire foutre !

Il ponctue sa sortie d'un évocateur doigt levé, puis désigne l'agent spécial Weber.

– Et vous autres, crétins d'enfoirés de fédéraux, vous la ramenez comme si vous étiez Dieu quand vous savez que dalle. Vous ne seriez même pas capables d'enquêter sur un putain de meurtre même s'il survenait dans votre putain de plumard ! Je vous colle ma démission !

Il fonce vers la porte mais lance encore en fixant Marino droit dans les yeux :

– Vas-y, Pete ! Je sais que tu es au courant. Dis la vérité au Dr Scarpetta. Il faut que quelqu'un crache le morceau, vas-y.

Il claque brutalement la porte derrière lui.

Après un silence de plomb, le Dr Marcus reprend la parole, s'adressant à l'agent Weber :

– Eh bien, quelle scène. Je vous présente mes excuses.

– Il est en pleine dépression nerveuse ou quoi ? demande-t-elle.

Scarpetta a les yeux rivés sur Marino.

– Avez-vous quelque chose à me communiquer ?

L'idée qu'il puisse détenir des informations sans l'avoir mise au courant lui déplaît franchement. Elle se demande s'il a préféré passer la nuit d'hier à boire plutôt que lui rapporter des précisions qui peuvent se révéler importantes.

– D'après ce que j'ai entendu, lui explique-t-il, les Feds s'intéressent à la petite Gilly parce que son père leur sert de mouchard, d'indic si vous voulez, dans le cadre de la sécurité du territoire. Il serait soi-disant à Charleston pour cafter sur les pilotes qui pourraient avoir des sympathies pour les terroristes. C'est leur grosse inquiétude là-bas, parce qu'ils hébergent la plus importante flotte d'avions-cargos C-17 du pays, dont chaque exemplaire coûte la bagatelle de quatre-vingt-cinq millions de dollars. Ça serait vraiment pas une bonne chose qu'un pilote terroriste balance son zinc au milieu de la flotte en question, vous croyez pas ?

– En revanche, ce serait sans doute une excellente idée que vous la fermiez tout de suite, siffle l'agent spécial Weber.

Ses doigts sont toujours enlacés sur son bloc-notes, mais ses jointures sont devenues blanches. Elle poursuit :

– À votre place, je ne mettrais pas mon nez là-dedans.

– Oh, mais que si, et en plein dedans…

Il retire sa casquette de base-ball et passe sa main sur le duvet blond-roux qui repousse sur son crâne rasé.

– … Désolé, j'ai traîné toute la nuit et j'ai pas eu le temps de me raser ce matin…

Il caresse maintenant la barbe qui envahit ses joues et crisse comme du papier-émeri.

– … Moi et le scientifique Eise, sans oublier le détective Browning, on a partagé un grand moment d'écoute et de parole au bar de l'amicale des flics, et puis ensuite j'ai pas mal papoté avec d'autres gens, mais j'en dirai rien pour des raisons de confidentialité.

– Je vous conseille d'arrêter tout de suite, le menace l'agent spécial Weber comme s'il était en son pouvoir de l'incarcérer pour bavardage ou si parler était devenu le nouveau crime fédéral.

Mais peut-être que, selon elle, Marino est à deux doigts de se rendre coupable de trahison.

– Personnellement, je souhaite que vous poursuiviez, l'encourage Scarpetta.

Il s'exécute :

– Faut vous dire que le FBI et la sécurité du territoire s'aiment pas beaucoup entre eux. Voyez, un gros morceau des crédits de la Justice a été balancé aux seconds, et on sait tous combien les fédéraux aiment leurs sous. Qu'est-ce que j'ai entendu, y a peu ?

Il jette un regard froid à l'agent spécial Weber avant de préciser :

– … Y aurait soixante-dix lobbyistes à Capitol Hill, tous en train de supplier pour gratter du pognon pendant que vous,

vous vous affolez dans tous les sens en essayant de récupérer les juridictions des autres, et, pourquoi pas, de récupérer tout le foutu univers ?

– Devons-nous vraiment supporter ce genre de choses ? demande l'agent Weber au Dr Marcus.

Mais Marino persiste à l'adresse de Scarpetta :

– Voilà le reste de l'histoire… Le bureau est en train de renifler le gars Frank Paulsson depuis quelque temps. Parce que vous avez raison, y a des rumeurs qui circulent à son sujet. Il paraît qu'il abuserait de ses privilèges en tant que médecin certifié de l'armée de l'air. Ça fout pas mal les boules, surtout quand on pense qu'il moucharde pour la sécurité du territoire. C'est sûr qu'on détesterait qu'il certifie un pilote – surtout militaire – juste parce qu'il a obtenu ses faveurs. Ajoutez à cela qu'y a rien que le bureau aimerait davantage que d'épingler la sécurité du territoire et de les faire passer pour une bande de crétins. Et donc, quand le gouverneur a commencé à s'inquiéter de ces histoires et a appelé le FBI, ça leur a ouvert la voie, ça tombe sous le sens, non ? (Il jette un autre regard à l'agent du FBI.) Le problème, c'est que je suis vraiment pas certain que Mme le Gouverneur soit au courant du genre d'aide qu'elle s'est associée. À mon avis, elle a pas réalisé que pour le bureau, « aider » signifiait faire passer une autre agence gouvernementale pour de la merde. En d'autres termes, on est là pour une histoire de pouvoir et de fric. Mais, bon, c'est à ça que tout se résume toujours, non ?

– Non, pas tout, réplique Scarpetta d'un ton dur.

Elle en a par-dessus les oreilles et n'a pas l'intention d'en tolérer davantage.

– Nous sommes là pour une petite fille de quatorze ans décédée d'une mort effroyable et très douloureuse. Nous sommes là pour le meurtre de Gilly Paulsson.

Elle se lève, referme sa mallette et la soulève en jetant un regard à l'agent spécial Karen Weber, puis au Dr Marcus, avant de conclure :

– C'est pour ça que nous sommes censés être là.

CHAPITRE 27

Le temps d'atteindre Broad Street, Scarpetta est sur le point de lui extorquer toute la vérité. Peu importe ce qu'il préfère, il va tout lui dire.

– Qu'avez-vous fait la nuit dernière, Marino? Et je ne parle pas seulement de votre petite sauterie au bar de l'amicale en compagnie de vos copains.

– J'vois pas où vous voulez en venir.

Il est si massif, si sinistre, avachi sur le siège passager. Sa casquette de base-ball dissimule une bonne moitié de son visage maussade.

– Oh, si, vous le savez parfaitement. Vous lui avez rendu visite, n'est-ce pas?

– Bordel, je peux vous garantir que je vois vraiment pas ce que vous voulez dire.

Il tourne la tête vers sa vitre.

– Mais si, tout à fait.

Elle coupe Broad Street à vive allure. C'est elle qui a insisté pour prendre le volant parce qu'elle n'avait l'intention de tolérer personne, inclus Marino, comme conducteur à son côté.

– Je vous connais. Ça suffit à la fin, Marino. Vous avez déjà fait ce coup-là. Alors si vous avez récidivé, dites-le-moi. J'ai bien vu la façon dont elle vous regardait lorsque nous étions chez elle. Vous aussi, bon sang, je sais que vous vous en êtes aperçu ! Et son attention vous a fait plaisir. Je ne suis pas stupide.

Il ne répond rien, détournant son visage ombré par la visière de son couvre-chef, le regard rivé vers sa vitre.

– Dites-moi la vérité, Marino, vous êtes-vous rendu chez Mrs Paulsson ? Ou l'avez-vous rencontrée à l'extérieur ? Dites-moi la vérité. De toute façon, je finirai par l'apprendre et vous le savez très bien…

Elle pile sans douceur comme le feu orange passe au rouge et le regarde.

– … D'accord. Votre silence est très évocateur. C'est pour cette raison que votre réaction était si surprenante lorsque vous l'avez croisée dans le couloir de la morgue ce matin, n'est-ce pas ? Vous étiez en sa compagnie hier soir, et peut-être les choses ne se sont-elles pas déroulées ainsi que vous le souhaitiez, d'où votre étonnement ce matin.

– C'est pas ça.

– Alors dites-moi !

– Suz avait besoin de quelqu'un à qui parler, et moi, j'avais besoin de tuyaux, explique-t-il à la vitre de sa portière.

– Suz ?

– Ben, elle a aidé, non ? Ça m'a permis de flairer cette histoire avec la sécurité du territoire et de comprendre quelle tête de nœud est son ex – un gros dégueulasse en plus – et pourquoi que le FBI s'en prenait peut-être à lui.

– Peut-être ?

Elle bifurque dans Franklin Street, filant vers le premier immeuble qui avait hébergé ses bureaux, celui que l'on est en train de démolir.

– Parce que vous aviez l'air très sûr de vous ce matin, durant la réunion, si toutefois on peut appeler cela une réunion. S'agissait-il de supputations de votre part ? Peut-être ? Quelques précisions ne seraient pas superflues, Marino !

– Elle m'a appelé sur mon portable tard hier. Ils ont drôlement avancé la démolition depuis qu'on est arrivés, remarque-t-il en détaillant le chantier qui s'étend un peu plus loin.

Le bâtiment en préfabriqué est encore plus réduit et pathétique que lorsqu'ils l'ont vu la première fois. Ou alors peut-être est-ce parce que l'étendue de la destruction ne les surprend plus et que les choses paraissent encore plus rapetissées qu'auparavant. Scarpetta ralentit en abordant la 14ᵉ Rue et scrute les trottoirs à la recherche d'une place où garer son véhicule.

– Il va falloir que nous poussions jusqu'à Cary Street, annonce-t-elle. Il y a un parking payant là-bas, enfin du moins y en avait-il un de mon temps.

– On s'en cogne. Remontez jusqu'au bâtiment et garez-vous où vous voulez, lâche Marino. J'ai ce qu'il faut.

Il se penche et descend la fermeture à glissière de son sac en tissu noir. Il en ressort le badge rouge du médecin expert général qu'il glisse entre le pare-brise et le tableau de bord.

– Mais comment vous êtes-vous débrouillé? Comment avez-vous fait?

– C'est des choses qui arrivent quand on passe un peu de temps à papoter avec les filles du bureau central.

Elle secoue la tête en commentant:

– Vous êtes un très mauvais garçon. Mais ce genre de petit luxe m'a vraiment fait défaut.

À une époque de sa vie, se garer n'était pas le problème ou l'ennui que c'est devenu. Elle pouvait se rendre sur n'importe quelle scène de crime et abandonner sa voiture où elle le souhaitait. Elle pouvait débarquer au tribunal en pleine heure de pointe et se garer sur une place interdite, sans hésitation, parce qu'un petit badge rouge portait inscrit en grosses lettres blanches «Médecin expert général».

– Pourquoi Mrs Paulsson vous a-t-elle téléphoné hier?

Elle éprouve des difficultés à la nommer Suz.

– Elle voulait parler, répète-t-il en ouvrant sa portière. Allez, venez, finissons-en. Z'auriez dû mettre des bottes.

CHAPITRE 28

Marino n'a pas cessé de penser à Suz depuis la nuit dernière. Il aime la façon dont elle est coiffée, les cheveux coupés au carré à hauteur d'épaules, et il aime aussi leur blondeur. De toute façon, il a toujours préféré les blondes.

Lorsqu'il l'a vue pour la première fois chez elle, il a aimé la courbe de sa joue, ses lèvres pleines. Et puis il a aimé la façon dont elle le regardait. Il a eu l'impression d'être imposant, important, solide. Dans les yeux de la femme, il a lu qu'elle le pensait capable de résoudre les problèmes, n'importe lesquels, même si les siens sont insolubles. C'est à Dieu qu'il faudrait qu'elle s'adresse pour que ses problèmes soient arrangés. Ce qui n'arrivera jamais parce que Dieu ne se laisse pas bouleverser de la même façon que des hommes comme Marino, par exemple.

Le regard qu'elle posait sur lui est sans doute la chose qui a le plus ému Marino, et quand elle s'est rapprochée de lui alors qu'ils fouillaient la chambre de Gilly, il a ressenti très fort sa présence. Pourtant il savait que les ennuis n'étaient pas loin. Il savait que si Scarpetta pressentait la vérité, il allait prendre un sacré savon.

Ils patouillent tous les deux dans l'épaisse boue rougeâtre, et ça le sidère toujours qu'elle soit capable de s'enfoncer dans n'importe quoi, chaussée de godasses invraisemblables, sans pour autant ralentir ou même se plaindre. Des mottes humides collent aux boots de Marino et il avance un pied devant l'autre avec prudence, ce qui ne l'empêche pas de glisser. Pourtant, elle n'a même pas l'air de s'apercevoir qu'elle ne porte pas de bottes. Elle est chaussée de richelieus noirs à talons plats qui vont fort bien avec son tailleur – enfin, du moins, allaient parfaitement. On dirait maintenant qu'elle soulève des mottes de terre rouge détrempée à chaque pas et le bas de son pantalon tout comme l'ourlet de son long manteau sont souillés. Marino et elle progressent vers leur vieil immeuble à moitié en ruine.

L'équipe de démolition interrompt son travail en les voyant tous deux avancer dans les décombres et la gadoue, se dirigeant vers la zone la plus dangereuse, et un grand gaillard coiffé d'un casque les dévisage. Il tient à la main un bloc-notes posé sur une planchette et est en train de discuter avec un autre homme casqué. L'homme au bloc-notes s'approche d'eux, leur fait un signe de la main, leur intimant l'ordre de rebrousser chemin, comme il le ferait avec des touristes. Marino lui fait à son tour signe de les rejoindre parce qu'ils veulent lui parler. Lorsque l'homme au bloc-notes parvient à leur hauteur, il remarque la casquette de base-ball du LAPD et son attitude change. Sa casquette s'avère vachement utile, songe Marino. Il n'a plus besoin de se présenter, de façon plus ou moins frauduleuse, la casquette s'en charge pour lui. Elle se charge aussi d'autres choses.

– Je suis enquêteur, Pete Marino. Et là, c'est le Dr Scarpetta, le médecin légiste.

L'homme au bloc-notes répond :

– Oh, vous êtes là pour Ted Whitby. (Il hoche la tête.) Je pouvais pas y croire. Vous êtes sans doute au courant pour sa famille.

– Dites-moi, l'encourage Marino.

– C'était un second mariage pour Ted, et sa femme attend leur premier bébé. Enfin… Vous voyez ce gars, là-bas ?

Il se tourne vers l'immeuble saccagé et désigne du doigt un homme vêtu de gris qui descend de la cabine d'une grue.

– … C'est Sam Stiles. Lui et Ted s'entendaient pas génialement, si on peut dire ça comme ça. Elle – la femme de Ted – prétend que Sam a balancé la masse de démolition trop près de l'engin que conduisait Ted et que c'est pour ça qu'il est tombé et qu'il s'est fait écraser.

– Et qu'est-ce qui vous fait croire qu'il est tombé ? demande Scarpetta.

Marino soupçonne qu'elle repense à ce qu'elle a vu. Elle est convaincue d'avoir aperçu Ted Whitby juste avant qu'il ne se fasse happer par les roues de son énorme machine, et qu'à ce moment-là il était debout, s'affairant au-dessus de son moteur. Peut-être a-t-elle raison. La connaissant, Marino est presque certain que c'est bien le cas.

L'homme au bloc-notes doit avoir le même âge que Marino, mais une abondante chevelure encadre toujours son visage sillonné de rides profondes. Sa peau est hâlée et tannée comme celle d'un cow-boy et il fixe sur elle un regard d'un bleu intense.

– J'ai pas dit que c'était ce que je pensais, m'dame. Tout ce que je dis, c'est que sa femme, enfin, sa veuve, arrête pas de faire le tour des popotes pour raconter cette histoire à qui veut l'entendre. Bien sûr, ce qu'elle veut, c'est de l'argent. Comme si c'était pas toujours le cas. Remarquez, je suis vraiment triste pour elle. N'empêche, c'est pas chouette de rendre les autres responsables de la mort de quelqu'un.

– Étiez-vous présent au moment des faits ? demande alors Scarpetta.

– Tout juste à une cinquantaine de mètres d'où ça s'est produit.

Il désigne de l'index le coin droit de la façade de l'immeuble, ou plus exactement ce qu'il en reste.

– Vous avez assisté à la scène ?

– Non, m'dame. D'ailleurs, aucun de mes gars n'a vu vraiment le drame. Ted se trouvait dans le parking à l'arrière, bricolant son moteur parce qu'il arrêtait pas de caler. Je pense qu'il a dû le redémarrer aux câbles, enfin, je crois, et le reste, ben, tout le monde le connaît. Une seconde plus tard, voilà qu'on aperçoit tous l'engin qui déboule, sans personne au volant, et il a percuté ce pylône jaune, juste à côté de la baie de déchargement. Mais Ted était au sol, salement amoché. Il saignait beaucoup. Je veux dire que c'était pas beau à voir.

– Était-il conscient lorsque vous l'avez rejoint? demande la Doc, qui, à son habitude, griffonne des notes dans son petit calepin de cuir noir.

La longue bride d'une trousse de scène de crime en nylon noir est passée sur son épaule.

Une grimace de souffrance froisse le visage de l'homme au bloc-notes rigide et il détourne le regard.

– Je l'ai pas entendu prononcer un mot.

Il déglutit avec difficulté et s'éclaircit la gorge avant de reprendre:

– Il avait les yeux grands ouverts et il essayait de respirer. Je vous avouerais que c'est surtout ça qui m'a marqué, et je suis pas près de l'oublier. Lui qui essaie de respirer et son visage qui devient tout bleu. Et puis il a passé, ç'a été rapide. La police est arrivée, bien sûr, et ensuite une ambulance, mais personne ne pouvait plus rien faire.

Marino est planté dans la boue, attentif, et il songe qu'il devrait poser une ou deux questions parce que ça le met mal à l'aise de rester comme ça, sans l'ouvrir durant un bon moment, comme s'il était crétin. Scarpetta lui donne souvent le sentiment qu'il n'est qu'un crétin. Pourtant elle ne le souhaite pas, jamais elle n'essayerait de le rabaisser, et c'est encore pire.

Marino hoche sa casquette de base-ball noire en fixant la grue à tour immobile. À l'extrémité de sa flèche, suspendue à un gros câble, la masse de démolition se balance avec mollesse. Il commence:

– Ce type, Sam Stiles, où c'est qu'y se trouvait quand Ted s'est fait écraser ? À côté de lui ?

– Nan… C'est ridicule. Cette théorie comme quoi Ted aurait été déséquilibré par la masse et serait tombé de son engin est tellement ridicule que ça pourrait presque devenir marrant dans d'autres circonstances. Vous avez une idée de ce que ça peut faire à un homme, une masse de démolition ?

– J'suppose que ce serait pas joli à voir.

– Ça lui exploserait la boîte crânienne. Après ça, pas besoin de se faire écrabouiller.

Scarpetta prend tout en note. Parfois elle lève le nez de son calepin, jette un regard sérieux autour d'elle, puis griffonne à nouveau. Un jour que Marino était entré dans son bureau en son absence, son carnet était grand ouvert sur sa table de travail. Intrigué par ce qui pouvait bien tourner dans la tête du médecin, il avait décidé de jeter un bon coup d'œil. Il n'avait pu déchiffrer plus d'un mot, qui n'était autre que son nom : Marino. Non seulement elle écrit comme un cochon, mais en plus elle utilise une sorte de langue codée qui n'appartient qu'à elle, d'étranges abréviations personnelles que nul ne peut déchiffrer à l'exception de Rose, sa secrétaire.

Elle demande son nom à l'homme au bloc-notes. Il répond « Bud Light », un nom admirablement mémorisable par Marino, même s'il n'a pas une passion pour les Bud Lite, ou les Miller Lite, ou même les Michelob Lite, ou aucune autre bière allégée. Elle lui explique qu'elle doit connaître la position exacte du corps parce qu'elle doit prélever des échantillons de sol. Bud n'a pas l'air surpris une seconde. Peut-être pense-t-il qu'il est habituel qu'une femme médecin légiste séduisante et un grand flic coiffé de la casquette de base-ball du LAPD prélèvent des échantillons de terre à l'endroit où un ouvrier du bâtiment s'est fait écraser par sa machine. Ils repartent donc en direction de l'immeuble, foulant la boue épaisse, et durant tout ce temps Marino pense à Suz.

La nuit dernière, au bar de l'amicale de la police, il entamait une nouvelle tournée de whisky en bavardant en toute franchise avec son copain Eise. Browning les avait déjà quittés pour rentrer chez lui, et Marino était lancé dans une grande tirade lorsque son téléphone portable avait sonné. À ce moment-là, déjà, il se sentait plus que bien et n'aurait sans doute pas dû répondre. Peut-être même qu'il aurait dû le déconnecter. Il avait hésité parce qu'il avait conseillé à Scarpetta de le rappeler si elle avait besoin de lui, juste après qu'elle l'avait prévenu que Fielding ne répondait pas à ses coups de sonnette. En fait, c'était la seule raison pour laquelle il avait répondu à cet appel. Certes, pour être franc, il convient d'ajouter que lorsqu'il entame une nouvelle tournée, il est – plus qu'à son habitude – assez disposé à répondre à un coup de sonnette ou à un appel téléphonique, ou même à adresser la parole à quelqu'un qu'il ne connaît pas.

– Marino ! avait-il crié afin de couvrir le brouhaha du bar de l'amicale de la police.

– C'est Suzanna Paulsson, je suis désolée de vous déranger, avait-elle bafouillé entre ses larmes.

Peu importe ce qu'elle avait pu lui dire ensuite, d'autant qu'il ne se souvient plus de certaines choses tandis qu'il patauge dans la boue épaisse et rouge à la suite de Scarpetta, qui farfouille dans sa mallette à la recherche d'abaisse-langue stériles en bois et de sacs plastique pour la congélation. Oubliée aussi la chose la plus importante qui s'était produite ensuite, et sans doute ce souvenir est-il perdu définitivement parce que Suz avait du whisky à la maison, et du bourbon tout plein. Elle l'avait précédé jusqu'au salon, tirant les doubles rideaux avant de s'installer à côté de lui sur le sofa, dans le but de lui parler de son pourri d'ancien mari, de la sécurité du territoire, des femmes pilotes, mais aussi des autres couples qu'il avait l'habitude d'inviter chez eux. Elle n'arrêtait pas de ramener ces couples sur le tapis, comme s'ils étaient vraiment très importants, à tel point que Marino avait fini par lui demander s'il s'agissait des gens qu'elle avait désignés d'un « eux » à plusieurs reprises lorsque Scarpetta et lui étaient passés un peu plus tôt. À nouveau, Suz avait été incapable de répondre de façon directe. Elle avait répété la même chose. Elle avait dit :

– Demandez à Frank.

– Non, je vous demande à vous, avait insisté Marino.

– Demandez à Frank, s'était-elle entêtée. Il en invitait de toutes sortes. Demandez-lui.

– Il les invitait ici pour quelle raison ?

– Vous finirez par l'apprendre, avait-elle déclaré.

Marino se tient un peu en retrait, détaillant Scarpetta comme elle enfile une paire de gants en latex et déchire un sachet de papier blanc. Il ne subsiste rien du lieu de la mort du conducteur d'engin de chantier, si ce n'est une bande d'asphalte boueuse qui s'étend devant une porte située à proximité de l'immense baie de déchargement, à l'arrière de l'ancienne morgue. Il la regarde s'accroupir pour examiner le sol et il se souvient de la veille au matin, comme ils roulaient dans leur véhicule de location, bavardant du passé. S'il pouvait revenir à hier, il n'hésiterait pas une seconde. Si seulement il pouvait revenir en arrière… Son estomac lui brûle et une vague de nausée le secoue. Le rythme anarchique de son sang s'imprime le long de ses tempes douloureuses. Il inspire l'air glacial, la bouche pleine du goût de la poussière et du ciment qui s'effrite de cet immeuble s'effondrant autour d'eux.

Bud surveille et demande :

– Et qu'est-ce que vous cherchez au juste, si c'est pas indiscret ?

Elle gratte avec précaution de son abaisse-langue une petite zone poussiéreuse et sableuse qui semble souillée, peut-être par du sang.

– Je vérifie juste ce dont il s'agit, explique-t-elle.

– Vous savez, de temps en temps, je regarde ces émissions à la télé. Enfin, du moins des petits bouts par-ci, par-là, quand ma femme les suit.

– Il ne faut pas croire tout ce que l'on voit.

Elle laisse tomber encore un peu de poussière dans le sachet, puis lâche l'abaisse-langue au fond avant de sceller le tout et d'inscrire sur le papier blanc quelques indications de cette écriture que Marino ne parvient pas à déchiffrer. Elle range ensuite le sachet dans la mallette de scène de crime qu'elle a posée par terre.

– Ah, bon, alors vous n'allez pas fourrer cette poussière dans une machine magique ? plaisante Bud.

– Ça n'a rien de magique.

Elle ouvre un deuxième petit sachet blanc, s'accroupit à nouveau non loin de cette porte arrière qu'elle a ouverte et fermée tous les matins, durant des années, lorsqu'elle était médecin expert général.

Des éclairs strient la pénombre douloureuse de l'esprit de Marino. Comme des décharges électriques ou l'image syncopée d'une télévision mal réglée ou sérieusement endommagée. Une image qui s'installe et disparaît si vite qu'il n'a pas le temps de l'identifier, juste de conserver l'impression vague de ce qu'elle pourrait représenter. Des lèvres, une langue. Des fragments de mains, d'yeux clos. Sa bouche sur elle. En revanche, ce qui est certain, c'est qu'il s'est réveillé dans son lit, nu, à 5 h 07 ce matin.

Scarpetta travaille à la manière d'une archéologue, enfin pour ce que sait Marino du travail de ces gens-là. Elle gratte avec soin une flaque de boue dans laquelle il croit distinguer des taches sombres qui pourraient être du sang. Son manteau est drapé autour d'elle, mais le bas traîne sur l'asphalte dégoûtant, et elle s'en fiche. Si seulement toutes les femmes pouvaient être comme elle : n'attacher que peu d'importance aux choses qui n'en ont pas ! Si seulement toutes les femmes pouvaient être comme elle : attacher une importance colossale aux choses qui en ont ! Marino se dit que Scarpetta est du genre à comprendre ce qu'est une mauvaise nuit. Elle irait faire du café et traînerait assez longtemps pour qu'ils puissent en parler. Elle ne s'enfermerait pas dans la salle de bains, sanglotant, braillant en lui ordonnant de quitter sur-le-champ sa maison.

Marino s'écarte rapidement du parking, rebroussant chemin, ses grandes boots glissant dans la boue rougeâtre. Il dérape, se rattrapant dans un grognement qui se termine en violent haut-le-cœur. Il a juste le temps de se pencher, les spasmes qui le secouent ramenant un liquide brunâtre et amer qui écla-bousse ses chaussures. Des tremblements l'agitent et il suffoque en songeant qu'il va peut-être mourir lorsqu'il sent la pression de sa main contre son coude. Il reconnaîtrait cette main partout, cette main ferme, fiable.

Elle lui agrippe le bras et déclare d'un ton doux :

– Venez. Je vous raccompagne jusqu'à la voiture. Ça va aller. Cramponnez-vous à mon épaule et, je vous en prie, regardez où vous mettez les pieds parce que sans cela nous nous affalons tous les deux dans la boue.

Il s'essuie la bouche sur la manche de sa veste. Les larmes lui montent aux yeux, alors que chaque pas exige de lui un gigantesque effort. Il se cramponne à elle, il se cramponne à lui-même comme ses pieds s'enfoncent dans ce champ de bataille de boue rouge sang qui entoure les ruines de l'im-meuble où ils se sont rencontrés pour la première fois.

– Et si je l'avais violée, Doc ? murmure-t-il. Hein, si je l'avais violée ?

Et il se sent si mal qu'il a l'impression de mourir.

CHAPITRE 29

Il fait si chaud dans cette chambre d'hôtel, d'autant que Scarpetta a renoncé à tenter de régler le thermostat. Elle est assise sur une chaise qu'elle a tirée près de la fenêtre et regarde Marino allongé sur le lit. Il est étendu, vêtu de son pantalon et de sa chemise noirs. Il a abandonné sa casquette de base-ball sur la table de chevet et ses boots par terre.

– Il faudrait que vous mangiez quelque chose, lance-t-elle de sa chaise sous la fenêtre.

Non loin d'elle, posée sur la moquette, se trouve sa mallette de nylon noir, constellée de boue, et sur une chaise est étalé son manteau, éclaboussé lui aussi. Elle a semé des empreintes de glaise rouge dans la chambre et lorsque son regard se pose sur ce jeu de piste, elle songe aussitôt à une scène de crime, puis elle songe à la chambre de Suzanna Paulsson, se demandant si un crime a été perpétré là-bas au cours des douze dernières heures.

– J'peux rien avaler pour l'instant, marmonne Marino, toujours allongé. Et si elle va voir les flics ?

Scarpetta n'a nulle intention de lui remonter le moral à coup de faux espoirs. Au demeurant, elle ne peut pas faire grand-chose puisqu'elle ne sait rien.

– Vous pouvez vous asseoir, Marino ? Ce serait mieux dans votre état. Je vais commander un petit quelque chose.

Elle se lève et se dirige vers le téléphone situé près du lit, abandonnant derrière elle une autre traînée de grains de terre sèche. Elle repêche une paire de lunettes de lecture dans la poche de sa veste de tailleur et les pose sur le bout de son nez en étudiant le répertoire des services de l'hôtel. Ne parvenant pas à trouver le numéro qu'elle cherche, elle compose le zéro de la réception, qui la transfère sur le service en chambre.

– Trois grandes bouteilles d'eau, deux théières d'Earl Grey, un *bagel* toasté, un bol de flocons d'avoine. Non, merci. Ce sera tout.

Marino se tortille pour s'asseoir et entasse une pile d'oreillers derrière son dos. Elle sent son regard sur elle comme elle rejoint sa chaise pour s'y laisser aller, épuisée, accablée, des hordes de pensées se télescopant dans son esprit. Les copeaux de peinture et autres infimes résidus se mêlent aux échantillons de sol qu'elle a fourrés dans son sac en nylon, à Gilly et au conducteur d'engin de construction, à ce que peut bien faire Lucy en ce moment, aux questions qu'elle enchaîne au sujet de Benton et, pour couronner le tout, elle tente d'imaginer Marino sous les traits d'un violeur. Il s'est déjà conduit de façon insensée, non, stupide, avec des femmes. Il a déjà mélangé, et plus d'une fois, le travail et les affaires personnelles, notamment en franchissant la limite du sexe avec des témoins ou des victimes, et il en a subi les conséquences, quoique se débrouillant toujours pour qu'elles n'excèdent pas ce qu'il pouvait se permettre. Pourtant il n'a jamais été auparavant accusé de viol ou paniqué à l'idée qu'il aurait pu en commettre.

Scarpetta attaque :

– Il faut que nous nous démenions pour mettre de l'ordre dans cette histoire. Mais, tout d'abord, je serai claire : je ne pense pas que vous ayez violé Suzanna Paulsson. Le gros problème auquel nous sommes confrontés est le suivant : croit-elle le contraire ou souhaite-t-elle le croire ? Dans le dernier cas, il faut que nous comprenions ses mobiles. Mais commençons donc par ce que vous vous rappelez, la dernière chose qui vous reste en mémoire… Et, Marino (elle le regarde droit dans les yeux), si vous l'avez vraiment violée, il faudra que nous envisagions les choses différemment.

Marino ne répond rien, assis de tout son long sur le lit, le regard rivé sur elle. Son visage est empourpré, ses yeux voilés de peur et de peine, et une veine saille à sa tempe droite. Parfois, il la frôle du doigt.

– Je me doute que vous ne mourez pas d'envie de me narrer tous les détails de vos faits et gestes de la nuit dernière, mais je ne peux rien faire pour vous si vous ne me racontez pas tout. Je ne suis pas une petite chose délicate, vous savez.

Une telle précision pourrait presque être amusante après tout ce qu'ils ont traversé ensemble. Cela étant, rien n'est plus drôle en ce moment, et sans doute pour un temps.

Il détourne le regard et répond :

– J'sais pas si je vais y arriver.

D'un ton doux mais objectif, elle précise :

– Je peux vous assurer que les possibilités de mon imagination sont bien pires que tout ce que vous avez pu faire.

– Ouais, c'est ça, vous êtes pas née d'hier.

– Tout à fait. Et si cela peut vous consoler un peu, je me suis, moi aussi, rendue coupable d'une ou deux choses. (Elle sourit avant d'ajouter :) Si invraisemblable que cela puisse vous paraître.

CHAPITRE 30

Non, ça ne lui paraît pas invraisemblable. Durant toutes ces années, il a préféré ne pas imaginer ce qu'elle avait bien pu faire en compagnie d'autres hommes. Surtout en compagnie de Benton.

Le regard de Marino frôle le sommet de la tête de Scarpetta et s'évade par la fenêtre. Sa petite chambre modeste est située au troisième étage, et il ne peut apercevoir la rue du lit, juste le ciel gris. Il se sent soudain si petit en dedans, et lutte contre l'envie infantile de se blottir sous les couvertures, de dormir en espérant que, lorsqu'il se réveillera, il découvrira que rien de tout ceci n'est réel. Il voudrait tant se réveiller pour s'apercevoir qu'il est à Richmond, en compagnie de la Doc, et qu'ils enquêtent ensemble sur une affaire, et que rien d'affreux ne s'est produit. C'est dingue le nombre de fois où il a ouvert les paupières dans une chambre d'hôtel en souhaitant qu'elle soit à ses côtés, le regard fixé sur lui. Et aujourd'hui elle est bien là, dans sa chambre, et elle le dévisage. Il cherche désespérément par où commencer, mais l'envie infantile le reprend et lui

281

coupe les mots. Sa voix est morte quelque part, entre son cœur et sa gorge.

Il a tant pensé à elle, durant si longtemps, des années et des années, sans doute depuis leur première rencontre, s'il est honnête avec lui-même. Ses fantasmes érotiques lui demeurent comme l'histoire de sexe la plus parfaite, la plus incroyable, unique dans toute sa vie, et pour rien au monde il ne veut qu'elle l'apprenne. Non, il ne peut certainement pas tolérer qu'elle le sache. Jamais il n'a cessé d'espérer que, peut-être un jour, un truc se passerait avec elle, et s'il commence à raconter ce dont il se souvient, elle risque de se forger une idée de la façon dont les choses se dérouleraient avec lui. Du coup, tout espoir deviendra impossible. Parce que, même si la probabilité qu'un jour il se passe quelque chose entre eux est infime, raconter, c'est définitivement la détruire. Oui, confesser le peu dont il se souvient reviendrait à lui décrire comment ce serait avec lui. Et tout serait fichu. Ses fantasmes n'y survivraient pas, et il les perdrait aussi, pour toujours. Le mieux ne serait-il pas de lui mentir ?

Le regard de Scarpetta ne le lâche pas. Elle propose :

– Revenons au moment où vous êtes arrivé au bar de l'amicale de la police. Il était quelle heure ?

Bien, il peut parler du bar de l'amicale :

– Aux environs de 19 heures. J'y ai rejoint Eise, et puis Browning est arrivé, et nous avons mangé un bout.

Elle reste parfaitement immobile sur sa chaise, le regard fixé sur lui.

– Des détails ? Qu'avez-vous mangé et qu'aviez-vous ingéré avant, au cours de la journée ?

– Ben, je croyais qu'on reprenait l'histoire au bar de l'amicale, pas à ce que j'avais mangé avant.

– Vous aviez petit-déjeuné ? insiste-t-elle du même ton égal et patient que lorsqu'elle s'adresse à ceux qui demeurent après l'annihilation d'un être fauché par le hasard, Dieu ou un meurtrier.

– J'ai avalé un café dans ma chambre.

– Avec quelque chose de solide ? Vous avez déjeuné ?

– Nan.

– Je vous ferai une petite conférence à ce sujet, mais un autre jour. Donc aucun aliment solide de la journée, et vous êtes arrivé au bar de l'amicale à 19 heures. Avez-vous commencé à boire l'estomac vide ?

– J'ai avalé deux bières, et puis j'ai mangé un steak et une salade.

– Ni pommes de terre, ni pain ? Pas de glucides ? Vous êtes au régime.

– Ouais… C'est à peu près la seule bonne habitude à laquelle je me sois conformé la nuit dernière, c'est certain.

Elle ne répond rien. Il sent qu'elle pense que son régime très pauvre en glucides n'est pas exactement une bonne habitude. Cependant elle lui épargnera un cours de nutrition alors qu'il est assis sur le lit, secoué par une épouvantable gueule de bois, patraque et paniqué à l'idée qu'il a peut-être commis un crime ou qu'il risque d'en être accusé, si ce n'est pas déjà le cas. Il fixe le ciel gris, imaginant une Crown Victoria banalisée de la police de Richmond en train de sillonner les rues à sa recherche. Merde, même que le conducteur pourrait être le détective Browning, porteur d'un mandat d'arrêt établi au nom de Marino.

– Et ensuite ? interroge Scarpetta.

Marino se voit à l'arrière de la Crown Victoria et se demande si Browning lui passerait les menottes. Il pourrait permettre à Marino de s'installer sur la banquette arrière, les poignets libres, ne serait-ce que par respect professionnel, ou alors il pourrait choisir d'oublier le respect et le menotter. Non, il lui passerait les bracelets, décide Marino.

– Vous avez bu quelques bières, mangé un steak accompagné d'une salade vers 19 heures, le pousse Scarpetta. Combien de bières au juste ?

Elle n'est pas péremptoire mais inflexible, à son habitude.

– Quatre, je crois.

– Évitons les « croire ». Combien au juste ?

– Six.

– Des chopes, des bouteilles ou des canettes ? Des grandes ? Des normales ? En d'autres termes, quel volume ?

– Six bouteilles de Budweiser, normales. Et c'est pas énorme pour moi, vous savez. Six, je les tiens. Six bières pour moi, c'est comme une demie pour vous.

– Ça m'étonnerait, mais nous reprendrons votre comptabilité plus tard.

– J'ai pas besoin d'une conférence sur le sujet, marmonne-t-il, son regard maussade la frôlant pour s'écarter avant de revenir sur elle.

– Donc six bières, un steak, une salade au bar de l'amicale en compagnie de Junius Eise et du détective Browning. Quand avez-vous entendu mentionner la rumeur selon laquelle je réemménagerais à Richmond ? Quand vous dîniez en compagnie de ces deux messieurs ?

– Quel sens de la déduction, rétorque-t-il d'un ton grincheux.

Eise et Browning étaient installés sur la banquette du box en face de lui, et une bougie était allumée dans un photophore de verre rouge. Ils en étaient toujours à la bière. Eise avait demandé à Marino ce qu'il pensait de Scarpetta, ce qu'il en pensait vraiment. Était-elle vraiment une super-pointure de médecin-chef, bref comment était-elle ? Marino avait répondu que oui, c'était une super-pointure, mais qu'elle ne la ramenait pas, ce sont ses mots exacts. De cela il se souvient fort bien. Il se souvient aussi de sa réaction quand Eise et Browning avaient commencé à parler d'elle, à évoquer sa renomination comme médecin expert général, et son futur déménagement à Richmond. Elle n'en avait pas touché un seul mot à Marino, pas même fait une allusion, et il s'était senti humilié, furieux aussi.

Et ce crétin d'Eise avait même eu le culot de lâcher :

– J'ai toujours pensé qu'elle était super-sexy.

Puis il avait commandé un bourbon.

– Ça, elle a ce qu'il faut, avait-il ajouté quelques minutes plus tard en plaçant ses mains en coupe sur sa poitrine, un large sourire fendant son visage. Ça me gênerait pas du tout d'enfiler sa blouse de labo avec elle. C'est sûr que toi, tu travailles avec elle depuis une éternité, alors peut-être que tu la connais tellement que tu remarques plus comment elle est gaulée.

Browning avait alors remarqué qu'il ne l'avait jamais rencontrée mais qu'il en avait pas mal entendu parler, et à lui aussi un large sourire était venu.

Marino était incapable de trouver quoi leur répondre, alors il avait bu son premier bourbon avant d'en commander un deuxième. À l'idée qu'Eise puisse détailler son corps de cette façon-là, l'envie de cogner était montée. Bien sûr, il n'était pas passé à l'acte. Il était juste resté là, dans leur box, buvant et s'efforçant de ne pas l'imaginer enlevant sa blouse de labo, lorsqu'elle l'étend sur le dossier d'une chaise ou qu'elle la pend au crochet derrière la porte de son bureau. Il s'était débrouillé comme il avait pu pour refuser d'autres images. Scarpetta retirant sa veste sur une scène de crime, déboutonnant les poignets de son corsage, enlevant ou passant les vêtements qui s'imposent lorsqu'un cadavre attend ses soins. Elle n'éprouve aucune gêne, sans pour autant en rajouter, pas même consciente d'elle-même physiquement et encore moins de ce que d'autres peuvent regarder lorsqu'elle se déboutonne, retire un vêtement, bouge, se déplace, parce qu'elle est là pour un travail et parce que les morts se moquent de ce qu'ils voient. Ils sont morts. C'est juste Marino qui n'est pas mort. Mais peut-être qu'elle croit le contraire.

Elle est assise sur la chaise, les jambes croisées. L'ourlet de son pantalon est maculé de boue sèche, tout comme ses chaussures, à tel point qu'il est presque impossible de retrouver sous la couche terreuse le cuir noir brillant de ce matin.

– Je vous le répète, il n'est pas dans mes intentions de revenir m'installer à Richmond. De plus, vous ne pensez quand même pas que j'aurais envisagé une pareille chose sans vous en parler, n'est-ce pas ?

– On sait jamais, lâche-t-il.

– Si, vous, vous savez.

– Parce que moi, jamais je reviendrai ici, surtout maintenant.

On frappe à la porte de la chambre et le cœur de Marino fait un bond douloureux. Il songe à la police, aux barreaux, au tribunal. Il ferme les paupières de soulagement lorsqu'une voix annonce de l'autre côté :

– Service en chambre.

– J'y vais, propose Scarpetta.

Marino est assis sur le lit. Il la suit du regard alors qu'elle traverse la petite pièce pour ouvrir la porte. Si elle avait été seule, s'il n'avait pas été là, elle aurait sans doute demandé qui frappait et vérifié par l'œilleton. Mais la présence de Marino la rassure, tout comme celle du colt 280 semi-automatique fourré dans son holster de cheville, non pas qu'il soit nécessaire pour descendre quelqu'un. Pourtant il cognerait volontiers, à démolir. En ce moment précis, il enfoncerait bien ses grands poings dans une mâchoire ou dans un plexus solaire, comme lorsqu'il pratiquait la boxe.

– Et comment allez-vous aujourd'hui ? lance un jeune serveur boutonneux en poussant son chariot devant lui.

– Bien, très bien, répond Scarpetta en plongeant la main dans la poche de son pantalon pour en extraire un billet de dix dollars plié avec soin. Laissez tout cela, je m'en occupe. Merci.

Elle lui tend le billet plié.

– Merci beaucoup, madame. Et je vous souhaite une excellente journée.

Le jeune homme sort et la porte se referme doucement derrière lui.

Marino est figé sur le lit, seul son regard bouge, suivant les gestes de la femme. Il la regarde pendant qu'elle retire le film plastique qui recouvre le *bagel* et le bol de flocons d'avoine. Il la regarde dégager le petit carré de beurre de son emballage, l'ajouter aux flocons d'avoine qu'elle sale un peu. Elle ouvre un autre carré de beurre et en tartine le *bagel*, puis elle sert deux tasses de thé. Elle ne les sucre pas. D'ailleurs il n'y a pas du tout de sucre sur le chariot.

Elle dépose les flocons d'avoine et une tasse de thé fort sur la table de chevet en déclarant :

— Là. Mangez.

Puis elle revient vers le chariot pour lui proposer le *bagel* et poursuit :

— Plus vous mangerez, mieux ce sera. Peut-être que quand vous vous sentirez un peu mieux, votre mémoire se réveillera miraculeusement.

La vision de la bouillie d'avoine révolte son estomac. Pourtant il prend le bol, plonge lentement la cuiller dedans, et la cuiller qui se plante dans cette masse visqueuse lui rappelle l'abaisse-langue dont Scarpetta s'est servie pour récolter un peu de boue du chantier. Il imagine aussi autre chose, assez similaire aux flocons d'avoine, qui provoque en lui une nouvelle vague de dégoût et de remords. Si seulement il avait été assez soûl pour ne pas le faire. Mais il l'a fait. La vue des flocons d'avoine le renseigne : il l'a bien fait la nuit dernière, il a terminé ce qu'il avait commencé.

— J'peux pas manger ça.

— Mangez.

Elle s'est rassise, droite et raide comme un juge sur sa chaise, et son regard ne le lâche pas.

Il goûte une bouchée de flocons d'avoine, surpris de la trouver assez bonne. Ça lui fait du bien. Il termine le contenu du bol en un rien de temps et attaque le *bagel*, sans cesse conscient du regard de la femme sur lui. Elle n'ouvre pas la bouche et il sait très bien pourquoi elle reste muette, tout en ne le quittant pas des yeux. Il ne lui a encore rien révélé de la vérité. Il dissimule toujours tous ces détails dont il sait qu'ils vont tuer son fantasme. Parce que, une fois qu'elle les aura entendus, il n'aura plus aucune chance. Et, soudain, le *bagel* est si sec dans sa bouche qu'il est incapable de déglutir.

— Vous vous sentez un peu mieux ? Buvez un peu de thé, suggère-t-elle.

Elle ressemble de plus en plus à un juge dans ses vêtements sombres, avec ce dos si droit et derrière elle la fenêtre comme un carré gris.

– Finissez le *bagel* et buvez au moins une tasse de thé. Vous avez besoin de vous remplir l'estomac et vous êtes déshydraté. J'ai de l'Advil.

– Ouais, ce serait bien, de l'Advil, bafouille-t-il en mâchonnant.

Elle fouille dans son sac en nylon et les comprimés s'entre-choquent dans le petit flacon. Il mâche, avalant une gorgée de thé, soudain affamé, et il la surveille alors qu'elle s'avance à nouveau vers lui, vers le lit où il est assis contre les oreillers. Elle ôte sans peine le bouchon compliqué dans le but de garantir la sécurité des enfants. Ce genre de précautions est superflu avec elle parce que rien ne résiste à ses mains. Elle fait glisser deux comprimés dans la paume de Marino. Ses doigts sont si habiles et puissants, et ils semblent si fragiles contre son énorme paume à lui. Ils frôlent à peine sa peau et ce contact lui fait plus de bien que la plupart des choses dont il se souvient.

– Merci, lance-t-il à son dos qui retourne vers la chaise.

Marino songe qu'elle est capable de rester assise sur cette chaise un mois entier s'il est nécessaire. Peut-être que je devrais la laisser là durant un mois. Elle ne sortira pas de cette chambre tant que je n'aurai pas parlé. Qu'est-ce que j'aimerais qu'elle arrête de me fixer comme ça.

– Comment se porte votre mémoire?

– Y a des trous qui se répareront pas, vous savez. Ça arrive.

Il vide la tasse de thé, se concentrant sur la déglutition des pilules pour éviter qu'elles restent coincées quelque part dans son œsophage.

– En effet, certains souvenirs ne reviennent jamais, acquiesce-t-elle. D'autres persistent un peu. Et, enfin, les derniers sont justes difficiles à aborder. Vous buviez donc du bourbon en compagnie d'Eise et de Browning, et ensuite? Quelle heure était-il, à peu près, lorsque vous avez attaqué le bourbon?

– Je dirais 8 h 30, 9 heures du soir. Et mon portable sonne, c'était Suz. Elle était pas mal secouée, elle m'a dit qu'elle avait besoin de me parler, et si je pouvais passer chez elle.

Il s'interrompt, attendant la réaction de Scarpetta. Elle n'a nul besoin de la formuler.

– Je vous en prie, poursuivez, se contente-t-elle de lâcher.

– Je sais ce que vous pensez. Vous pensez que j'aurais jamais dû me radiner là-bas alors que j'avais déjà bu un peu.

– Non, vous n'avez aucune idée de ce que je pense, réplique-t-elle de sa chaise.

– J'me sentais bien.

– C'est quoi, selon vous, « un peu » ?

– Ben, la bière et un ou deux bourbons.

– Un ou deux ?

– Pas plus de trois.

– Six bières représentent environ cent soixante-dix grammes d'alcool. Vous rajoutez à cela de cent dix à cent quarante grammes pour les trois bourbons en fonction de l'amitié du barman, calcule-t-elle. Tout cela ingéré en trois heures, approximativement. Allez, disons que la totalité représente deux cent quatre-vingts grammes, et je suis prudente et plutôt généreuse avec vous. Admettons que vous soyez capable de métaboliser une petite trentaine de grammes par heure, c'est la norme physiologique. Cela signifie que vous trimbaliez toujours un peu plus de cent quatre-vingt-dix grammes d'alcool dans votre organisme en sortant du bar de l'amicale de la police.

– Merde ! Je crois que je peux me passer de l'arithmétique. Je me sentais super-bien. J'vous assure.

– Vous tenez bien l'alcool. Mais vous étiez légalement soûl. Plus que soûl d'ailleurs, déclare le médecin-avocat. Vous ne deviez pas être loin des deux grammes par litre de sang. Mais je suppose que vous êtes arrivé chez elle en forme. Quelle heure était-il à ce moment-là ?

– 22 h 30, je pense. Je veux dire, je regardais pas ma montre toutes les foutues trente secondes.

Il la dévisage et se sent à la fois si sombre et si mou, avachi contre ces oreillers. Ce qui lui reste de la suite se soulève et gonfle en lui, et c'est si ténébreux qu'il ne veut pas avancer vers cette obscurité.

– J'écoute. Comment vous sentez-vous ? Vous voulez encore un peu de thé ou manger ?

Il secoue la tête en signe de dénégation et s'inquiète à nouveau des deux pilules, se demandant si elles ne sont pas restées coincées dans sa gorge, creusant deux petits trous brûlants. Tant d'endroits brûlent déjà en lui que ces deux trous supplémentaires ne feront sans doute pas grande différence. Cela étant, il n'en a vraiment pas besoin.

– Votre migraine passe un peu?

– Vous avez déjà consulté un psy? demande-t-il soudain. Parce que, c'est comme ça que je me sens en ce moment. Comme si que j'étais assis dans une pièce, face à un psy. Mais comme j'y ai jamais mis les pieds, je sais pas si ça fait vraiment la même impression. Je me suis dit que vous saviez peut-être.

Pourquoi a-t-il dit cela au juste? Il l'ignore, mais c'est sorti d'un coup. Il la regarde, à la fois impuissant et en colère, et décidé à tout tenter afin de ne pas avancer vers cette obscurité qui s'agite en lui.

– Il ne s'agit pas de moi, rétorque-t-elle. Je ne suis pas psy et vous êtes le mieux placé pour le savoir. Nous ne sommes pas en train de chercher pourquoi vous avez fait ce que vous avez fait ou pourquoi pas. Nous cherchons quoi, ce que vous avez fait. «Quoi», c'est ce qui générera les ennuis ou leur absence. Les psychiatres ne se préoccupent pas trop du «quoi».

– Je sais. «Quoi», c'est ce qui compte. «Quoi», c'est sûr que c'est ça le vrai problème. Mais je sais pas «quoi», Doc. J'vous le jure, ment-il.

– Revenons un peu en arrière. Donc vous êtes arrivé chez elle. Comment? Vous n'avez pas gardé la voiture de location.

– En taxi.

– Vous avez le reçu?

– Il est sans doute dans la poche de mon manteau.

– Ce serait bien que vous l'ayez conservé, insiste-t-elle.

– Y doit être dans une poche.

– Vous vérifierez plus tard. Et ensuite, que s'est-il passé?

– Je suis descendu du taxi et je me suis avancé jusqu'à sa porte. J'ai sonné, elle est venue m'ouvrir et je suis entré.

L'obscurité palpitante a bougé, elle est juste en face de lui maintenant, comme un orage prêt à lui éclater au visage. Il inspire profondément et la migraine cogne contre ses tempes.

– Marino, tout va bien, assure Scarpetta d'un ton doux. Vous pouvez vous confier à moi. Il faut que nous trouvions «quoi». Précisément «quoi». C'est ce que nous essayons de faire, rien d'autre.

– Elle… euh… Elle portait des bottes, comme des bottes de para en cuir noir, avec la plaque de métal à l'avant pour protéger les orteils. Des trucs militaires. Et elle avait un immense tee-shirt de camouflage…

L'obscurité l'avale, elle l'avale complètement, à tel point qu'il s'étonne d'avoir eu tant de choses à laisser phagocyter.

– … Rien d'autre que ça. Et j'étais un peu surpris, choqué, et je savais pas pourquoi elle était habillée comme ça. Enfin, j'en ai pas pensé grand-chose, du moins pas ce que vous pourriez croire. Et puis elle a fermé la porte derrière nous et elle a posé ses mains sur moi.

– Où a-t-elle posé les mains?

– Elle a dit qu'elle avait eu envie de moi dès l'instant où on était arrivés chez elle, le matin même…

Il exagère un peu, mais pas tant que cela, parce que quels qu'aient été ses mots exacts, c'est le message qu'il avait reçu. Elle le voulait. Elle avait eu envie de lui dès qu'elle avait posé les yeux sur lui, lorsque Scarpetta et lui étaient venus afin de poser des questions au sujet de Gilly.

– Vous dites qu'elle a posé ses mains sur vous. Où cela? Quel endroit de votre corps?

– Dans mes poches, elle a fourré ses mains dans mes poches.

– Celles de devant ou de derrière?

– De devant.

Son regard descend vers ses genoux et il cligne des yeux en découvrant les larges poches profondes de son pantalon de treillis noir.

– Il s'agit de ce pantalon-là? demande Scarpetta sans le quitter des yeux.

– Ouais, ce pantalon. J'ai pas vraiment eu l'occasion de me changer ce matin. J'suis pas revenu dans ma chambre. J'ai sauté dans un taxi pour me rendre directement à la morgue.

– On y viendra. Elle glisse donc les mains dans vos poches, et ensuite ?

– Mais pourquoi vous tenez à savoir tout ça ?

– Vous le savez. Vous le savez très bien, explique-t-elle du même ton calme, égal, sans que son regard dévie.

Il se souvient des mains de Suz plongeant au fond de ses poches, le tirant à l'intérieur de la maison, lui répétant à quel point il était bel homme, et de son pied qui refermait la porte derrière eux. Une sorte de brouillard enveloppe ses pensées, comme ce brouillard nocturne qui tournoyait devant les phares du taxi qui le conduisait chez elle. Il savait qu'il fonçait vers l'inconnu, mais il y allait, et ensuite elle avait fourré ses mains dans ses poches pour le tirer vers le salon, riant, seulement vêtue d'un grand tee-shirt de camouflage et de bottes de combat. Elle s'était appuyée contre lui et il savait qu'elle le sentait et qu'elle était consciente de son corps doux mais ferme contre lui.

– Elle a ramené une bouteille de bourbon de la cuisine, dit-il.

Il écoute sa voix parlant à Scarpetta, mais il n'aperçoit rien dans cette chambre d'hôtel. Il se sent dans une sorte de transe.

– Elle nous a servis, et je lui ai dit que je devrais peut-être m'en tenir là. Ou peut-être pas, je me souviens plus. Elle me tenait. Qu'est-ce que vous voulez que je vous dise, elle me menait. Je lui ai demandé qu'est-ce que c'était que ce tee-shirt de camouflage, et elle m'a dit que c'était son truc, à Frank. Les uniformes. Il la faisait s'habiller d'une certaine façon et ils jouaient.

– Gilly était-elle dans les parages lorsque Frank demandait à Suz de revêtir un uniforme pour leurs jeux ?

– Quoi ?

– Bon, peut-être y reviendrons-nous plus tard. À quoi jouaient-ils ?

– À des jeux.

– Elle voulait que vous les partagiez avec elle la nuit dernière ?

La pièce est si sombre et l'obscurité l'envahit. Il ne peut pas voir ce qu'il a fait parce que c'est insoutenable. Tout ce à quoi il parvient à penser alors qu'il s'efforce de dire la vérité, c'est que le fantasme mourra pour toujours. Parce qu'elle va l'imaginer, lui, et que ça n'arrivera jamais, jamais. Il deviendra grotesque de conserver un espoir, même vague, parce qu'elle comprendra ce que c'est d'être avec lui.

Elle insiste du même ton doux :

– C'est important, Marino. Racontez-moi le jeu.

Il déglutit, sentant presque les pilules collées au fond de sa gorge qui le brûlent. Il aurait besoin d'une tasse de thé mais il est incapable de bouger, et il ne supporterait pas de lui demander, ni thé, ni rien d'autre d'ailleurs. Elle est assise droite sur son siège, sans aucune raideur, les mains puissantes et capables reposant sur les accoudoirs. Elle est bien droite, mais détendue dans son tailleur constellé de boue. Ses yeux sont bienveillants et elle écoute.

– Elle a voulu que je la prenne en chasse, commence Marino. J'étais en train de boire et je lui ai demandé ce qu'elle entendait par là. Elle m'a demandé d'aller dans la chambre, sa chambre, de me cacher derrière la porte et de chronométrer. Elle m'a dit de patienter cinq minutes, exactement cinq minutes, et puis de la chercher comme si… comme si j'allais la tuer. Et j'ai répondu que ça n'allait pas. Enfin, je l'ai pas vraiment dit. (Il inspire à nouveau, puis :) Je lui ai sans doute pas dit parce que… elle me tenait.

– Il était quelle heure à ce moment-là ?

– Ça devait faire une heure que j'étais chez elle.

– Elle fourre ses mains dans votre pantalon à la seconde où vous pénétrez chez elle, c'est-à-dire à environ 22 h 30, puis une heure s'écoule ? Et que s'est-il produit durant ce laps de temps ?

– On a pas mal bu. Dans le salon, sur le sofa.

Il évite son regard maintenant. D'ailleurs, il ne la regardera plus jamais.

– La lumière était allumée ? Les doubles rideaux tirés ou pas ?

— Elle avait lancé un feu de cheminée. La lumière était éteinte. Je me souviens plus si les rideaux étaient tirés. (Il réfléchit un instant avant de préciser:) Ouais, tirés.

— Et que faisiez-vous sur ce canapé?

— On parlait et puis on fricotait, je crois bien.

— Ne croyez pas. Et j'ignore ce que cela signifie dans votre bouche, «fricoter», réplique Scarpetta. Vous vous embrassiez, vous vous caressiez? Vous êtes vous déshabillés? Vous êtes passés à l'acte sexuel? Oral?

Le rouge de son visage le brûle.

— Non, enfin si, la première partie. On s'est embrassés, surtout. Vous savez, fricoter, quoi. Enfin, c'est ce que font les gens. Fricoter, quoi. On était sur le sofa et on a parlé du jeu.

Le feu de son visage le fait souffrir. Il sait qu'elle voit et refuse de lui rendre son regard.

Les lumières étaient éteintes et la lueur du feu dansait sur sa peau, sa peau pâle, et lorsqu'elle l'avait saisi, ça l'avait excité et ça lui avait fait mal, et ensuite ça ne lui avait fait que mal. Il lui avait recommandé de faire attention, parce que c'était douloureux. Elle avait ri en avouant qu'elle aimait ça brutal, vraiment brutal, et est-ce qu'il pouvait la mordre, et il avait refusé, il ne voulait pas la mordre, du moins pas fort. «Mais tu vas aimer ça, avait-elle promis, tu vas aimer mordre fort. Tu ne sais pas ce que tu rates si tu ne l'as jamais fait brutalement», et pendant qu'elle parlait, qu'elle bougeait, la lueur du feu irisait sa chair. Il essayait de maintenir sa langue dans sa bouche, de la satisfaire tout en croisant les jambes et en se positionnant de sorte qu'elle ne lui fasse pas mal. «Ne sois pas une telle mauviette», répétait-elle sans cesse, en tentant de l'aplatir sans douceur sur le canapé et de baisser sa braguette, mais il s'était débrouillé pour résister. Il ne voyait que ses dents, si blanches dans la lueur du feu, se demandant ce qu'il ressentirait si elle plantait ces dents blanches dans sa chair.

— Le jeu a commencé alors que vous étiez sur le canapé? demande Scarpetta de sa chaise.

– C'est là qu'on en a parlé. Et puis je me suis levé, et elle m'a emmené jusqu'à sa chambre et m'a ordonné de rester derrière la porte et de compter cinq minutes, comme je vous l'ai déjà dit.

– Vous buviez toujours ?

– Elle m'avait versé un autre verre, je crois.

– Ne croyez pas. Des grands verres ? Des petits ? Vous en étiez à combien ?

– Cette femme ne fait rien en petit. Des grands verres. Ça devait bien être le troisième lorsqu'elle m'a tiré derrière la porte. À partir de ce moment tout devient flou, précise-t-il. Tout s'estompe au moment où le jeu commence. Peut-être que c'est une foutue bonne chose.

– Non, ce n'est pas une bonne chose. Essayez de vous souvenir. Il faut que nous découvrions « quoi ». Le « quoi ». Pas le « pourquoi ». Je me fiche du « pourquoi », Marino. Faites-moi confiance. Il n'existe rien que vous puissiez me dire que je n'aie pas déjà entendu. Ou vu. Je ne me choque pas facilement.

– Ouais, Doc. Je suis sûr que vous dites vrai. Mais peut-être que moi, si. Peut-être que j'y croyais pas moi-même avant. Je me souviens que j'ai regardé ma montre, mais que j'avais vachement de mal à déchiffrer l'heure. Ma vue est plus ce qu'elle était, de toute façon, mais tout se confondait salement et j'étais remonté, j'étais vraiment remonté, mais pas dans le bon sens. En fait, pour être franc, je sais vraiment pas pourquoi j'ai pas mis un terme à tout ça.

La sueur lui dégoulinait du visage derrière cette porte et il essayait de déchiffrer l'heure indiquée par sa montre. Puis il avait commencé de compter les secondes en silence, comptant jusqu'à soixante, s'emmêlant, pour reprendre une autre série jusqu'à se dire que cinq minutes avaient bien dû s'écouler. L'excitation qui le menait n'avait rien à voir avec ce qu'il avait déjà pu ressentir en présence d'une femme, aucune, aucune rencontre avec une femme dont il se souvienne, jamais. Il était sorti de derrière la porte pour constater que toute la maison était plongée dans l'obscurité. Il ne voyait même plus ses mains, à moins de les rapprocher de son nez. Il s'était guidé en frôlant les murs et avait réalisé qu'elle pouvait l'entendre. Il avait soudain compris, en dépit de son abrutissement d'ivrogne, il avait compris malgré tout l'alcool descendu que son cœur s'emballait et qu'il soufflait bruyamment parce qu'il était excité et qu'il avait peur, et il ne veut pas que Scarpetta sache qu'il avait peur. Il s'était baissé pour atteindre sa cheville et avait perdu l'équilibre, s'affalant dans le couloir, tâtonnant à la recherche de son arme, mais son arme n'était plus là. Il ne se souvient plus combien de temps il était resté là, assis dans le couloir. Peut-être même qu'il s'était assoupi un bref instant.

Lorsqu'il était revenu à lui, son arme avait disparu et son cœur cognait dans son cou. Il était assis, immobile, osant à peine respirer, sur ce plancher, la sueur lui dévalant du front, lui piquant les yeux, tendant l'oreille, tentant de localiser cet enfoiré. L'obscurité était si compacte, si dense, et comme vidée de son air. Elle l'enveloppait comme un épais tissu sombre et il avait essayé de se relever sans faire de bruit ni trahir sa position. L'enfoiré était ici, quelque part, et Marino n'avait plus d'arme. Ses bras étendus sur les côtés comme des rames touchaient à peine les murs. Il avançait, aux aguets, prêt à bondir, certain qu'il allait se faire descendre s'il ne tombait pas sur l'autre sac à merde par surprise.

Il progressait avec la lenteur d'un chat, l'esprit concentré sur l'ennemi, et une pensée tournait en boucle dans son cerveau : comment était-il entré dans la maison, et quelle maison, et quel enfoiré, et où étaient passés ses renforts ? Bordel, où était passé tout le monde ? Oh, mon Dieu, peut-être qu'ils s'étaient tous fait buter. Peut-être qu'il était le dernier en vie, et maintenant il allait à son tour se faire buter parce qu'il n'avait pas d'arme et qu'il semblait avoir égaré sa radio et qu'il n'avait aucune idée d'où il se trouvait. Et puis un truc l'avait heurté de plein fouet. Et puis l'obscurité palpitante, une sorte de coma haché, une obscurité si chaude qui avalait tout son air à chaque mouvement, et soudain la souffrance s'était imposée, une souffrance cuisante. Et l'obscurité avait vibré, l'agrippant en produisant d'affreux sons humides.

– Je sais pas ce qui s'est passé…

Il s'entend parler, et sa voix qui semble normale l'étonne parce qu'il a l'impression que tout n'est plus que folie en lui.

– J'sais vraiment pas. Je me suis réveillé dans son lit.

– Habillé ?

– Non.

– Où se trouvaient vos vêtements, vos affaires ?

– Sur une chaise.

– Sur une chaise ? Pliés ?

– Ouais, assez. Mes vêtements. Mon flingue était posé dessus. Je me suis redressé dans le lit et j'étais tout seul.

– Et son côté du lit à elle, avait-il l'air défait ? En désordre, comme si quelqu'un y avait dormi ?

– Les draps étaient repoussés, en désordre, complètement en bordel. Mais y avait personne. J'ai regardé autour de moi et j'étais pas foutu de me rappeler où je me trouvais, et puis je me suis souvenu que j'avais pris un taxi jusqu'à chez elle la nuit d'avant et aussi qu'elle m'avait ouvert la porte, habillée comme je vous ai décrit. J'ai regardé et j'ai vu un verre plein de bourbon sur la table de chevet de mon côté, et une serviette. Y avait du sang dessus, et merde, ça m'a foutu une sacrée trouille. J'ai essayé de me lever, mais j'ai pas réussi. J'suis resté assis dans le lit, incapable de me lever.

Il se rend soudain compte que sa tasse de thé a été remplie, et la panique le gagne parce qu'il n'a aucun souvenir d'avoir vu Scarpetta se lever de sa chaise pour lui servir du thé, mais peut-être est-ce lui ? Il en doute. Il a l'impression de n'avoir pas changé de position, d'être toujours resté assis sur le lit. Son regard tombe sur la pendule, et cela fait plus de trois heures qu'ils discutent dans cette chambre d'hôtel.

– Pensez-vous qu'elle aurait pu vous droguer ? Malheureusement, je doute qu'un test sanguin soit très utile maintenant. Pas mal de temps s'est écoulé, quoi que cela dépende de la substance en question.

– Oh, ce serait vraiment le pied ! Si je subis un test de dépistage de drogue, je peux aussi bien appeler moi-même la police, si tant est qu'elle l'a pas déjà fait.

– Parlez-moi de la serviette ensanglantée, demande alors Scarpetta.

– J'sais pas à qui appartenait le sang. Peut-être le mien. Ma bouche me fait mal. (Il y porte la main.) Ça fait un putain de mal. Je crois que c'est son truc, faire mal, mais tout ce que je peux dire, c'est… Ben, je sais pas ce que je lui ai fait parce que je l'ai pas vue. Elle était dans la salle de bains et quand je l'ai appelée pour savoir où elle se trouvait, elle a commencé à hurler, à hurler qu'elle voulait que je parte de chez elle et à hurler que je… Elle disait plein de trucs.

– Je suppose que vous n'avez pas pensé à embarquer la serviette avec vous ?

– Je sais même pas comment je me suis démerdé pour appeler un taxi et me tirer de là. D'ailleurs, je m'en souviens pas. De toute évidence, j'y suis arrivé. Eh non, j'ai pas pris cette foutue serviette, bordel !

Elle fronce les sourcils comme si la suite lui paraissait incohérente.

– Vous vous êtes directement rendu à la morgue.

– Non, je me suis arrêté pour acheter un gobelet de café, dans un Seven-Eleven. J'ai demandé au chauffeur de taxi de me déposer à quelques rues des bureaux pour marcher un peu, dans l'espoir que ça m'éclaircirait les méninges. Ça m'a un peu aidé. Je me suis senti à nouveau à moitié humain, et puis je rentre dans le bâtiment et bordel de merde, elle est là !

– Avez-vous relevé les messages sur votre portable avant d'arriver devant l'OCME ?

– Je sais pas, peut-être.

– Sans cela, vous n'auriez pas eu connaissance de cette réunion.

– Si. J'étais déjà au courant. Eise m'a confié qu'il avait fait passer des informations à Marcus quand on buvait au bar de l'amicale. Un truc à propos d'un e-mail à ce qu'y m'a dit. (Il fournit un effort pour rappeler son souvenir, puis:) Ouais, j'y suis. Paraît que Marcus s'est jeté sur le téléphone dès qu'il a ouvert l'e-mail, lui annonçant qu'il allait organiser une réunion pour le lendemain matin, et il a même précisé à Eise qu'il voulait qu'il soit présent dans les locaux au cas où il aurait besoin de lui pour expliquer des machins de scientifiques.

– Donc vous saviez déjà la nuit dernière qu'une réunion allait se tenir ?

– Ouais, c'est même la nuit dernière que j'en ai entendu parler pour la première fois, et je crois bien qu'Eise a sorti un truc qui m'a fait comprendre que vous y assisteriez aussi, alors je me suis dit qu'il fallait que je sois présent.

– Vous saviez que la réunion était prévue à 9 h 30 ?

– Ben, sans doute. Je suis désolé, Doc, mais je suis un peu dans le brouillard. Enfin, ce qui est certain, c'est que j'étais au courant pour la réunion…

Il la dévisage, incapable de traduire ce qui lui trotte derrière la tête.

– … Quoi ? C'est quoi, tout ce plat au sujet de la réunion ?

– Il ne m'a pas prévenue avant 8 h 30 ce matin, répond-elle.

– Il est en train de vous balancer des pétards sous les pieds pour vous faire danser, lâche Marino qui hait le Dr Marcus. Écoutez, pourquoi on prend pas le premier avion, direction la Floride, et aux chiottes Marcus !

– Lorsque vous avez rencontré Mrs Paulsson ce matin à la morgue, vous a-t-elle adressé la parole ?

– Elle m'a regardé et elle a passé son chemin. Comme si elle me connaissait pas. J'y comprends que dalle, Doc. Je sais juste qu'un truc s'est produit et que ça pue, et ça me fout vraiment la pétoche de me dire que j'ai peut-être fait un machin vraiment moche et que je vais morfler. Après toute la merde que j'ai pu faire dans ma vie, cette fois ça va me tomber dessus. C'est maintenant.

Scarpetta se lève avec lenteur. Elle a l'air fatiguée mais en pleine possession de ses moyens. Il peut lire l'inquiétude dans son regard, mais aussi l'incessant travail de son cerveau. Elle établit des liens qu'il n'est plus foutu de distinguer. Elle jette un regard par la fenêtre, mais elle ne cesse de réfléchir, même lorsqu'elle traverse la chambre jusqu'au chariot pour verser la dernière goutte de thé dans sa tasse.

– Elle vous a blessé, n'est-ce pas? s'enquiert-elle, debout contre le lit, le regard baissé vers lui. Montrez-moi ce qu'elle vous a fait.

– Oh, non! Oh, bordel, certainement pas, je peux pas, geint-il comme un petit garçon de dix ans. J'peux pas faire ça. Hors de question.

– Vous voulez que je vous aide ou pas? Vous croyez vraiment que vous êtes équipé de quelque chose que je n'ai jamais vu?

Il se couvre le visage des mains en geignant:

– Je peux pas faire ça!

– Si vous préférez, vous pouvez appeler la police. Ils vous conduiront au poste et photographieront vos blessures. C'est une façon d'initier l'enquête. C'est peut-être ce que vous voulez? Remarquez, ce ne serait pas un mauvais plan, du moins si elle a déjà prévenu la police, et j'en doute fort.

Il baisse les mains et la dévisage.

– Pourquoi?

– Pourquoi j'en doute? Oh, mais c'est enfantin. Les gens savent où nous résidons. Le détective Browning ignorerait-il le nom de notre hôtel? N'aurait-il pas nos numéros de téléphone? Donc pour quelle raison la police ne s'est-elle pas encore manifestée afin de vous arrêter? Vous pensez vraiment que ce ne serait pas l'affolement général si la mère de Gilly Paulsson avait composé le 911 pour annoncer que vous l'aviez violée? Et pourquoi n'a-t-elle pas fait un scandale en vous apercevant dans les couloirs de la morgue? Attendez, vous venez de la violer et elle ne fait pas une scène, elle n'appelle pas la police?

– Ben, en tout cas, c'est pas moi qui appellerai les flics, lâche-t-il.

– Je suis donc votre unique recours.

Elle retourne vers son siège et ramasse son sac de nylon noir. Elle baisse sa fermeture à glissière et en tire un appareil photo numérique.

— Oh, putain de merde ! s'exclame-t-il en fixant l'objet comme s'il s'agissait d'un flingue pointé vers sa tempe.

— Voyez-vous, selon moi, c'est vous la victime. J'ai l'impression qu'elle veut vous convaincre que vous lui avez fait du mal. Pourquoi ?

— Bordel, j'en sais foutre rien. J'peux pas faire ça.

— Marino, vous avez peut-être la gueule de bois mais vous n'êtes pas un crétin.

Il la regarde. Il regarde aussi l'appareil photo qui pend à son bras. Il regarde Scarpetta debout au milieu de sa chambre, dans son tailleur constellé de boue.

— Marino, nous sommes ici afin d'enquêter sur la mort de sa fille. De toute évidence, maman veut pouvoir exercer des pressions, ou veut récupérer de l'argent, ou même de l'attention, que sais-je encore ? En revanche, ce qui est clair, c'est que je suis bien décidée à découvrir ce qu'elle cherche. Oh, que oui, je vais trouver. Bien, alors vous enlevez votre chemise, votre pantalon, bref vous enlevez ce qu'il faut pour me montrer ce que cette femme vous a fait au cours de son petit jeu malsain de la nuit dernière.

— Ouais, mais qu'est-ce que vous allez penser de moi après ?

Il tire son polo noir par-dessus sa tête, avec délicatesse, et le tissu le blesse en frôlant les marques de morsures et de suçons qu'elle a abandonnées sur toute sa poitrine.

— Oh, mon Dieu. Restez tranquille. Bon sang, c'est pas vrai ! Mais pourquoi ne m'avez-vous pas montré cela plus tôt ? Il faut vraiment que nous nous en occupions au plus vite, vous risquez l'infection. Et vous craigniez qu'elle prévienne la police ? Mais vous êtes malade ?

Et pendant qu'elle parle, elle mitraille son torse, prenant des gros plans de chaque blessure.

— Ben, c'est-à-dire que j'ai pas vu ce que j'avais pu lui faire, déclare-t-il, un peu plus calme, songeant que, finalement, un examen mené par la Doc n'est pas aussi épouvantable qu'il le redoutait.

– Si vous lui aviez fait seulement la moitié de ça, vous devriez avoir mal aux dents.

Il vérifie l'état de ses mâchoires mais ne sent aucune gêne, juste ses dents comme à l'accoutumée et la sensation qu'elles provoquent. Oh, merci, mon Dieu, au moins il n'a pas mal aux dents.

– Et votre dos ? demande-t-elle au-dessus de lui.

– Ça fait pas mal.

– Penchez-vous. Laissez-moi jeter un œil.

Il s'exécute et il l'entend tirer doucement les oreillers empilés derrière lui. Il sent ses doigts tièdes entre ses omo-plates, ses mains qui palpent avec douceur sa peau nue et le poussent pour qu'il se plie davantage vers l'avant. Elle exa-mine son dos et il tente de se souvenir si elle a déjà touché son dos nu auparavant. Mais non, il s'en souviendrait.

– Et vos organes génitaux ? demande-t-elle comme s'il s'agissait de la pluie et du beau temps. Marino, a-t-elle blessé vos organes génitaux ? Devrais-je prendre d'autres photos de cette zone et éventuellement soigner, ou devons nous prétendre que j'ignore que vous êtes doté d'un appareil génital masculin comme la moitié de la population humaine ? De toute évidence, elle s'est également attaquée à cette partie de votre anatomie, sans quoi vous auriez simplement répondu que tel n'était pas le cas. Ai-je raison ?

– Ouais, marmonne-t-il, plaquant les mains sur son sexe. Ouais, d'accord, j'ai super-mal. Mais peut-être bien que vous avez déjà assez d'éléments pour prouver ce que vous vouliez, prouver qu'elle m'a blessé, quoi que j'aie pu lui faire et si tant est que je lui aie fait quelque chose.

Elle s'assied sur le bord du lit, à cinquante centimètres de lui, et le regarde.

– Si nous commencions par une description... verbale. En-suite, nous déciderons s'il y a lieu que vous descendiez votre pantalon.

– Elle m'a mordu. Partout. J'ai des marques.

– Je suis médecin, précise Scarpetta.

– Ouais, je sais bien. Mais vous êtes pas le mien.

– Oh, mais je le serais devenue si vous étiez mort. Si elle vous avait tué, selon vous, qui aurait voulu vous examiner et comprendre dans le moindre détail ce qui se serait produit ? Mais vous n'êtes pas mort et, croyez-moi, j'en suis follement reconnaissante. Cela étant, vous avez été attaqué et vous portez les marques de blessures que j'aurais vues sur une table d'autopsie. Et tout cela me paraît si grotesque, même à moi, même en l'énonçant. Voulez-vous, s'il vous plaît, me laisser regarder afin de décider si vous avez besoin de soins et si je dois prendre des clichés ?

– Quel genre de soins ?

– Sans doute rien qu'une application de Bétadine. J'en achèterai à la pharmacie.

Il tente d'imaginer ce qui se passera si elle le voit ainsi. Elle ne l'a jamais vu comme ça. Elle ne sait pas comment il est fait. Si ça se trouve, il n'est pas au-dessus de la moyenne, ni même au-dessous, et en général être ordinaire vous permet de vous en tirer à peu près bien. Toutefois, il ne sait pas à quoi s'en tenir parce qu'il ignore ce qu'elle aime ou à quoi elle est habituée. En conclusion, ce n'est sans doute pas futé de descendre son pantalon. Pourtant, ensuite, il pense à la banquette arrière de cette voiture de police banalisée et aux clichés qu'ils prendront de lui lorsqu'il sera bouclé, et au tribunal. Alors il déboutonne sa ceinture et descend la fermeture à glissière de son pantalon.

– Si vous rigolez, je vous détesterai le reste de ma vie.

Son visage est en feu, il transpire et la sueur pique tout ce qu'elle trempe.

– Mon pauvre garçon. Cette garce est une vraie dingue.

CHAPITRE 31

Des trombes d'eau glacée se déversent lorsque Scarpetta longe le trottoir et se gare devant la maison de Suzanna Paulsson. Elle reste là durant quelques minutes, le moteur tournant, les essuie-glaces poursuivant leur ballet monotone sur le pare-brise, et suit du regard le trottoir de briques irrégulières qui mène au porche incliné, imaginant le chemin emprunté par Marino la nuit dernière. Pour le reste, elle n'a nul besoin de faire appel à son imagination.

Il s'est confié bien davantage qu'il ne l'a cru. Elle a vu pire que ce qu'il sait. Peut-être ne pense-t-il pas lui avoir raconté tous les détails, mais il en a révélé beaucoup. Elle éteint les essuie-glaces et la pluie tambourine en torrent sur le pare-brise, créant des vaguelettes qui ressemblent à de la glace. L'averse redouble, noyant l'habitacle d'un bruit de fond continu. Suzanna Paulsson est chez elle. Son mini-van est garé non loin de l'allée et les lumières sont allumées dans la maison. D'autant que le temps ne se prête guère à une promenade à pied.

Il n'y a pas de parapluie dans la voiture qu'a louée Scarpetta et elle a oublié de prendre un chapeau. Elle sort du véhicule. Les gifles d'eau s'abattent avec encore plus de rage, lui cinglant le visage alors qu'elle presse l'allure le long du trottoir de vieilles briques glissantes qui conduit à la demeure d'une jeune fille morte et de sa mère, déséquilibrée sexuelle. Peut-être le terme «déséquilibrée sexuelle» est-il excessif. Scarpetta s'interroge, mais elle est beaucoup plus furieuse que Marino ne l'a senti. Sans doute s'est-il rassuré en songeant qu'elle n'était pas en colère. Pourtant elle l'est, et Mrs Paulsson va bientôt découvrir l'étendue de la fureur de Scarpetta. Elle abat d'un geste sec le heurtoir en forme d'ananas, tout en se demandant ce qu'elle fera si la femme refuse de lui ouvrir, si elle se terre chez elle comme Fielding. Elle frappe à nouveau, plus violemment cette fois.

La nuit s'installe en hâte, comme un gros nuage d'encre noire répandu par l'orage, et son haleine se condense en buée. Elle est debout sous le porche de la maison, autour d'elle l'eau dégouline et elle frappe encore et encore. Je resterai là le temps qu'il faudra, pense-t-elle. Tu ne vas pas t'en sortir aussi facilement, ne crois surtout pas que je vais tourner les talons et repartir. Elle prend son portable et un bout de papier de la poche de son manteau, déchiffrant le numéro de téléphone qu'elle a griffonné hier, lors de sa visite, quand elle était encore douce et gentille avec la femme, quand elle n'éprouvait que compassion pour elle. Elle compose le numéro et peut entendre la sonnerie résonner à l'intérieur de la maison. Elle abat à nouveau l'ananas de toutes ses forces contre le panneau de la porte. Si elle le casse, tant pis.

Une autre minute s'écoule avant qu'elle reforme le numéro et la sonnerie à l'intérieur résonne avec obstination. Elle raccroche au moment où le répondeur se déclenche. Tu es chez toi, pense-t-elle. Inutile de prétendre le contraire. Tu sais sans doute que c'est moi qui frappe. Scarpetta s'écarte un peu de la porte et jette un regard aux fenêtres éclairées qui trouent le mur de briques de la petite maison. Les fins rideaux sont tirés, illuminés par une lumière chaleureuse, et elle distingue l'ombre qui hache un instant une des fenêtres située sur sa droite. Une silhouette passe devant le rideau, marque une courte halte, puis s'éloigne et disparaît.

Scarpetta frappe à nouveau et reforme le numéro. Mais cette fois elle attend la fin du message enregistré sur le répondeur et déclare :

— Madame Paulsson, c'est le Dr Scarpetta. S'il vous plaît, ouvrez-moi. C'est très important. Je suis devant chez vous et je sais que vous êtes là.

Elle raccroche, heurte à nouveau l'ananas, et l'ombre revient, traversant cette fois la fenêtre située à gauche de la porte qui s'entrouvre.

— Mon Dieu, s'écrie Mrs Paulsson en feignant sans grande conviction la surprise. J'ignorais qui frappait. Quel orage ! Entrez vous mettre à l'abri. Je n'ouvre jamais lorsque je ne sais pas qui est là.

Scarpetta dégouline dans le salon et retire son long manteau sombre trempé comme une soupe. De l'eau glaciale lui tombe des cheveux, aussi mouillés que si elle sortait de la douche, et elle les repousse de la main.

— Vous allez attraper une pneumonie, lui lance Mrs Paulsson. Mais qu'est-ce que je raconte, voilà que je dis ça à un médecin. Suivez-moi dans la cuisine, je vais vous préparer une boisson chaude.

Scarpetta jette un regard au petit salon, aux cendres froides et aux débris de bûches calcinées dans l'âtre de la cheminée, au sofa poussé entre les fenêtres, aux portes situées face à face menant au reste de la maison. Mrs Paulsson intercepte son regard et son visage se tend, un visage presque joli mais vulgaire et dur.

D'une voix très différente, elle demande :

— Pourquoi êtes-vous venue ? Qu'est-ce que vous voulez ? J'ai pensé que vous étiez là pour Gilly, mais je m'aperçois que j'avais tort.

– Voyez-vous, je me demande si quelqu'un a jamais été là pour Gilly.

Elle est debout, au milieu du salon, dégoulinant sur le plancher, regardant autour d'elle, indiquant qu'elle détaille l'endroit.

La voix de Mrs Paulsson claque :

– Vous n'avez pas le droit de dire ce genre de choses. Vous feriez mieux de partir. Je n'ai pas besoin de gens comme vous chez moi.

– Je n'ai pas l'intention de partir, mais vous pouvez appeler la police. Je ne bougerai pas d'ici tant que nous n'aurons pas eu une conversation sur ce qui s'est passé la nuit dernière.

– En effet, je ferais mieux d'appeler la police. Après ce que ce monstre a fait. Après tout ce que j'ai enduré, et il débarque chez moi et en profite de cette façon-là. S'en prendre à quelqu'un qui souffre comme je souffre. J'aurais dû le savoir. C'est écrit sur son visage.

– Allez-y, rétorque Scarpetta, appelez la police. Parce que moi aussi, j'ai ma petite histoire à raconter, et quelle histoire ! Je crois que je vais jeter un œil chez vous, si cela ne vous ennuie pas. Je sais déjà où se trouvent la cuisine et la chambre de Gilly. Je suppose qu'en passant cette porte, en suivant ce couloir, puis en tournant à gauche, je déboucherai dans votre chambre.

Elle tourne les talons et se dirige vers la porte.

– Vous n'avez pas le droit ! s'écrie Mrs Paulsson. Vous allez sortir de ma maison sur-le-champ. Vous n'avez pas le droit de fouiner comme ça chez moi !

Sa chambre est un peu plus vaste que celle de Gilly, mais à peine. Le grand lit est flanqué de deux tables de nuit anciennes en noyer et deux commodes sont poussées contre un mur. Une porte mène à une petite salle de bains et l'autre ouvre sur une penderie. Posée par terre, bien visible à l'intérieur, se trouve une paire de bottes de combat en cuir noir.

Scarpetta récupère des gants de coton blanc dans une des poches de sa veste de tailleur. Elle les enfile à l'entrée de la penderie, le regard rivé sur les bottes. Elle passe en revue les vêtements suspendus à une tringle et se tourne d'un bloc pour se diriger vers la salle de bains. Un grand tee-shirt de camouflage est abandonné sur le rebord de la baignoire.

Plantée devant le lit, Mrs Paulsson lance :

– Il vous a raconté une histoire, n'est-ce pas ? Et vous l'avez gobée. Eh bien, on va voir ce que croira la police. Ça m'étonnerait qu'ils vous trouvent convaincants, tous les deux !

Scarpetta la fixe et demande :

– Vous jouiez souvent au soldat quand votre fille était dans les parages et qu'elle pouvait vous voir ou vous entendre ? De toute évidence, Frank aimait beaucoup les uniformes, n'est-ce pas ? C'est comme cela que vous avez appris ce jeu, grâce à lui ? Ou êtes-vous la créatrice de cette mise en scène infecte ? Jusqu'où Gilly a-t-elle pu en être témoin, et qui jouait avec vous lorsqu'elle était présente ? Des partouzes ? C'est cela, cet « eux » auquel vous faisiez référence ? D'autres gens participaient-ils ?

– Mais comment osez-vous m'accuser de pareilles choses ! s'écrie-t-elle, le visage défiguré de rage et de mépris. Je ne comprends rien à ce que vous dites.

– Oh, il existe des tas de choses qui peuvent nourrir une accusation, et sans doute encore plus que prévu, rétorque Scarpetta en se rapprochant du lit et en tirant le drap d'une main gantée. Je n'ai pas l'impression que vous ayez changé le linge de lit, excellent. Tiens, vous voyez les petites taches de sang sur le drap, juste là. Combien êtes-vous prête à parier que l'analyse prouvera qu'il s'agit du sang de Marino ? Pas du vôtre. (Son regard s'attarde sur la femme.) Il saigne et pas vous. C'est étrange, non ? D'ailleurs je devrais trouver une serviette de toilette ensanglantée dans les parages. (Son regard balaie la pièce.) Peut-être l'avez-vous lavée, mais cela n'a pas d'importance. Nous parviendrons à trouver, même à partir d'un tissu lavé.

– Il m'arrive déjà cette horreur, et vous êtes encore pire que lui, dit Mrs Paulsson, mais son expression a changé. J'aurais pourtant cru qu'une autre femme éprouverait au moins un peu de compassion.

– Envers quelqu'un qui maltraite un être pour l'accuser ensuite d'agression sexuelle ? Je doute que vous dénichiez une seule femme décente sur cette planète qui éprouve de la compassion pour cela, madame Paulsson.

Scarpetta entreprend de tirer la couverture.

– Mais qu'est-ce que vous faites ? Vous n'avez pas le droit.

– Sans blague ? Eh bien, regardez car je n'en ai pas fini.

Elle arrache les draps et les taies d'oreiller, et les roule en boule dans le dessus-de-lit.

– Vous ne pouvez pas, vous n'êtes pas flic !

– Je suis bien pire qu'un flic, faites-moi confiance.

Scarpetta dépose le ballot de linge de lit sur le matelas nu et poursuit :

– Et maintenant ? (Elle jette un regard autour d'elle.) Lorsque vous avez croisé Marino ce matin dans les bureaux du médecin expert général, vous n'avez peut-être pas remarqué qu'il portait la même paire de pantalons que la nuit précédente et le même linge de corps. Toute la journée, d'ailleurs. Sans doute savez-vous que lorsqu'un homme a eu une expérience sexuelle, il abandonne presque toujours un peu de sperme dans son slip et parfois aussi dans son pantalon. Là, il n'y avait rien. Pas une seule trace, ni dans le slip, ni dans le pantalon, à l'exception de sang, celui des blessures que vous lui avez infligées. Vous n'ignorez pas non plus que l'on peut voir à travers vos rideaux, voir si vous avez de la compagnie, si vous vous battez ou si vous recevez une visite plus romantique, enfin si vous êtes toujours debout. Ça pourrait être intéressant de demander à vos voisins, de l'autre côté de la rue, ce qu'ils ont aperçu lorsque les lumières de chez vous étaient allumées ou lorsqu'un feu brûlait dans votre cheminée…

Mrs Paulsson semble opter pour une autre tactique :

– Peut-être que les choses avaient bien commencé entre nous, et puis à un moment tout a dérapé. C'était assez innocent, juste un homme et une femme qui apprécient chacun la compagnie de l'autre. Peut-être que je me suis laissée aller parce que la suite était très frustrante. Enfin, je veux dire, j'étais bien partie et puis plus rien. Il ne pouvait pas. Un grand gaillard comme lui et il ne pouvait pas.

– Ça ne m'étonne pas vraiment… Vous remplissiez son verre de bourbon avec libéralité.

Scarpetta est presque certaine que Marino n'a pas eu de rapports sexuels violents avec cette femme. Elle ne voit pas comment il y serait parvenu. Au fond, le problème est qu'il s'inquiète de l'avoir fait et qu'il s'inquiète de la même façon de ne pas y être parvenu, ce qui laisse fort peu de place pour naviguer.

Elle s'accroupit dans la penderie et tire les bottes avant de les placer sur le lit. Elles paraissent si grandes et si sinistres sur le matelas nu.

– Elles sont à Frank, précise Mrs Paulsson.

– Si vous les avez portées, nous retrouverons votre ADN à l'intérieur.

– Elles sont beaucoup trop grandes pour moi.

– Vous m'avez entendue. L'ADN nous racontera beaucoup de choses.

Elle passe ensuite dans la salle de bains et récupère le grand tee-shirt de camouflage en lançant :

– Je suppose que cela appartient aussi à Frank ?

Mrs Paulsson ne répond rien.

– Eh bien, maintenant j'accepte votre offre. Allons à la cuisine. Une boisson chaude serait la bienvenue. Peut-être une tasse de café. C'était quoi, le bourbon que vous avez bu ensemble ? Vous ne devriez pas vous sentir très bien non plus, à moins que vous n'ayez surtout rempli son verre, à lui. Marino est dans un état épouvantable. Vraiment. Il lui a fallu des soins médicaux.

Scarpetta égrène les phrases tout en passant vers l'arrière de la maison, en direction de la cuisine.

– Que voulez-vous dire ?

– Je veux dire qu'il a dû voir un médecin.

– Il a vu un médecin ?

– Il a été examiné et photographié. Chaque centimètre carré. Il n'est vraiment pas en bon état.

Scarpetta pénètre dans la cuisine et repère la cafetière électrique poussée non loin de l'évier, proche de l'endroit où se trouvait la bouteille de sirop antitussif lorsqu'elle était venue la première fois. Le flacon a disparu, elle ne le repère nulle part. Elle retire ses gants qu'elle fourre dans la poche de sa veste.

– Ça ne m'étonne pas après ce qu'il a fait.

– Allons, vous pouvez abandonner cette version des faits maintenant, rétorque Scarpetta en remplissant la cafetière en verre au robinet. C'est un mensonge et il est inutile de vous y cramponner. Si vous portez des blessures ou des marques de coups, montrez-les.

– Si je les montre, ce sera à la police.

– Où rangez-vous le café ?

– J'ignore ce que vous pensez, mais vous vous trompez, rectifie Mrs Paulsson en tirant du réfrigérateur un sachet de café qu'elle pose à côté de la cafetière.

Elle ouvre une porte de placard et laisse Scarpetta prendre un filtre en papier. Scarpetta déchire le sachet, arrange le filtre dans son logement, puis mesure la poudre noire à l'aide d'une petite dosette qu'elle a récupérée au fond du sachet.

– La vérité est si difficile à trouver de nos jours. Je me demande parfois pour quelle raison. C'est comme pour Gilly, il semble si difficile d'apprendre la vérité sur ce qui lui est arrivé au juste. Et maintenant, voilà que nous sommes incapables de reconstituer ce qui s'est vraiment déroulé la nuit dernière. J'aimerais tant connaître votre opinion sur la vérité, madame Paulsson. En fait, c'est pour cette raison que je suis passée ce soir.

– Je n'avais pas l'intention de raconter quoi que ce soit au sujet de Pete, lâche-t-elle d'un ton amer. Dans le cas contraire, vous vous doutez bien que ce serait déjà fait. La vérité, c'est que je pensais qu'il avait passé un bon moment aussi.

Scarpetta est appuyée contre le plan de travail et croise les bras sur son torse. Le café goutte et son arôme commence à se répandre dans la pièce.

— Un bon moment ? Si vous étiez dans l'état dans lequel il est aujourd'hui, je me demande si vous persisteriez à penser que vous avez passé un bon moment.

— Mais vous ne savez pas dans quel état je suis, moi !

— La façon dont vous vous déplacez est assez révélatrice, et j'en déduis qu'il ne vous a pas blessée. Du reste, selon moi, il n'a pas pu faire grand-chose avec la dose de bourbon qu'il avait ingurgitée. Vous venez de me le confirmer.

— Vous avez un truc avec lui, hein ? C'est pour ça que vous êtes venue ?

Elle jette à Scarpetta un regard sournois où danse soudain une lueur d'intérêt.

— En effet, j'ai un truc avec lui. Mais je doute que vous soyez capable d'en comprendre la nature. Vous ai-je précisé que j'étais aussi avocate ? Seriez-vous intéressée par un petit rappel de ce qui attend les gens qui accusent mensongèrement quel-qu'un d'agression sexuelle ou de viol ? Avez-vous déjà été en prison ?

— Vous êtes jalouse. Je comprends tout maintenant, conclut-elle d'un petit ton suffisant.

— Pensez ce que vous voulez. Mais pensez aussi à la prison, madame Paulsson. Avant de crier au viol, gardez à l'esprit que toutes les preuves démontreront que vous êtes une menteuse.

— Ne vous en faites pas, je n'ai nulle intention de crier au viol, siffle-t-elle, et son visage devient d'une rare dureté. Per-sonne ne me viole. Qu'ils essaient ! Quel gros bébé ! C'est tout ce que j'ai à dire de lui. Un bébé. J'ai pensé qu'il pourrait être distrayant. Eh bien, je me suis trompée. Vous pouvez le garder, mademoiselle le docteur ou l'avocate, ou qui que vous soyez !

Le café est prêt et Scarpetta lui demande où sont les tasses. Mrs Paulsson en tire deux d'un vaisselier, ainsi que deux cuillers. Elles boivent à petites gorgées, debout dans la cuisine, et soudain Mrs Paulsson fond en larmes. Elle se mord la lèvre inférieure, les larmes dévalant de plus en plus vite le long de ses joues. Elle murmure en secouant la tête :

– Je n'irai pas en prison.

– Sincèrement, je le souhaite. Je n'ai pas particulièrement envie que vous vous retrouviez derrière les barreaux, avoue Scarpetta en dégustant son café. Pourquoi avez-vous fait cela ?

– C'est personnel, ce genre de choses, c'est entre deux personnes.

Pourtant elle évite le regard de l'autre.

– Quand on maltraite ou blesse quelqu'un, ce n'est plus personnel. C'est un crime. Ce genre de sexe brutal, est-ce dans vos habitudes ?

– Je vois, vous êtes une puritaine, déclare Mrs Paulsson en s'installant sur une chaise proche de la table. Je suis sûre qu'il existe plein de choses dont vous n'avez jamais entendu parler.

– Peut-être avez-vous raison. Parlez-moi des jeux.

– Demandez-lui.

– Je suis au courant de ce que Marino a à en dire, du moins de celui de la nuit dernière, précise Scarpetta entre deux gorgées de café. Vous y jouez depuis un bon moment, n'est-ce pas ? Ont-ils commencé avec votre ex-mari, avec Frank ?

– Je n'ai pas à vous répondre, rétorque-t-elle, assise à la table. Je ne vois pas pour quelle raison je le devrais.

– La rose que nous avons trouvée dans le tiroir de Gilly. Vous nous avez affirmé que Frank saurait de quoi il s'agissait. Que vouliez-vous dire ?

Elle reste silencieuse. La rage et la haine se lisent sur son visage, et elle tient sa tasse blottie entre ses mains.

– Madame Paulsson, selon vous Frank aurait-il pu faire quelque chose à Gilly ?

Ses yeux s'évadent, rejoignant le même point du mur que celui qu'elle fixait lors de la première visite de Scarpetta hier.

– J'ignore qui a laissé cette rose, en tout cas ce n'est pas moi. Je sais qu'elle n'y était pas avant, je ne l'ai jamais vue dans sa chambre. Or j'ai ouvert ses tiroirs. Je les avais ouverts la veille pour y ranger du linge. Gilly n'était pas très soigneuse, il fallait toujours que je ramasse après elle. Je n'ai jamais rien vu de tel. Elle était incapable de ranger quoi que ce soit, sa vie en aurait-elle dépendu.

Elle s'interrompt brutalement, se réfugiant un moment dans le silence, le regard rivé vers un point du mur.

Scarpetta patiente pour le cas où elle voudrait ajouter autre chose. Environ une minute s'écoule dans un mutisme pesant.

— Et le pire, c'était la cuisine, lâche enfin la femme. Elle sortait des aliments et les laissait sur le plan de travail. Même la glace. J'en ai jeté, mais jeté !

Son visage s'affaisse, gagné par le chagrin, elle poursuit pourtant d'une voix qui tremble un peu et dont elle contrôle mal l'intensité :

— Et le lait. Je passais ma vie à le verser dans l'évier parce qu'elle l'avait oublié en dehors du réfrigérateur la moitié de la journée. Vous avez une idée de ce que ça représente, de passer sa fichue vie à tout ramasser derrière quelqu'un ?

— Certes, acquiesce Scarpetta, c'est une des raisons pour lesquelles j'ai divorcé.

Le regard de la femme s'égare à nouveau comme elle précise :

— Oh, il n'était pas mieux qu'elle. C'est tout ce que je faisais entre eux deux, ramasser.

— Si Frank a fait quelque chose à Gilly, que pensez-vous que ce soit ? demande Scarpetta en formulant avec soin sa question, de sorte que l'autre ne puisse pas s'en débarrasser d'un simple oui ou non.

Le regard toujours collé sur ce point du mur, elle ne cligne même pas les paupières.

— D'une certaine façon, il lui a fait quelque chose.

— Physiquement, je veux dire. Gilly est morte.

Elle s'essuie les yeux d'un revers de main presque brutal, sans pour autant lâcher le point qu'elle fixe.

— Il n'était pas ici lorsque ça s'est passé. Pas dans cette maison, du moins pas à ma connaissance.

— Quand quoi s'est passé ?

– Quand je me suis rendue à la pharmacie. Quoi qu'il y ait eu, ça s'est produit durant ce laps de temps. (Elle s'essuie à nouveau les paupières.) La fenêtre était ouverte lorsque je suis rentrée, et je suis certaine de l'avoir vue fermée avant de partir. J'ignore si c'est Gilly qui l'a relevée. Je n'affirme pas qu'il s'agit de Frank. Tout ce que je dis, c'est qu'il est impliqué d'une façon ou d'une autre. Tout ce qu'il a approché est mort ou a été démoli. C'est assez marrant de penser cela au sujet d'un médecin, non ? Vous êtes la mieux placée pour le savoir.

– Je vais m'en aller, madame Paulsson. Je sais que cette conversation a été très rude, comme le reste. Vous avez mon numéro de portable. Si jamais il vous revenait quelque chose d'important, je veux que vous m'appeliez.

Elle acquiesce d'un signe de tête, le regard fixe, les larmes lui trempant le visage.

– Peut-être quelqu'un s'est-il introduit dans cette maison, dont nous ne connaissons pas l'identité. Quelqu'un d'autre que Frank. Peut-être quelqu'un que Frank avait invité, quelqu'un qu'il connaissait. Peut-être aussi une personne qui a déjà participé au jeu.

Elle ne se lève pas pour raccompagner Scarpetta qui se dirige vers la porte.

– Quiconque vous viendrait à l'esprit. Gilly n'est pas morte de la grippe, répète-t-elle. Il faut que nous apprenions ce qui lui est arrivé, vraiment arrivé. Et nous le saurons. Tôt ou tard. Je suis certaine que vous souhaitez que les choses soient connues le plus rapidement possible, n'est-ce pas ?

Elle se contente de fixer le mur.

– N'hésitez pas à m'appeler, à n'importe quel moment, continue Scarpetta. J'y vais. Si vous avez besoin de quelque chose, téléphonez-moi. Il me faudrait quelques grands sacs-poubelle, en avez-vous ?

– Sous l'évier, murmure Mrs Paulsson. Si c'est pour ce que je crois, vous n'en avez pas besoin.

Scarpetta ouvre le placard situé sous l'évier et tire quatre sacs-poubelle d'une boîte.

– Je les prends quand même, indique-t-elle. Avec un peu de chance, je n'en aurai effectivement pas besoin.

Elle repasse dans la chambre et ramasse le ballot de draps et de couvertures, les bottes et le tee-shirt, qu'elle fourre dans les sacs. Une fois dans le salon, elle enfile son manteau avant de sortir sous la pluie, chargée des quatre sacs en plastique, deux lourds du linge de lit, les autres, ceux qui renferment les bottes et le tee-shirt, bien légers. Les mares d'eau qui se sont formées au creux des briques du trottoir trempent ses chaussures et une onde glaciale inonde ses pieds. La pluie vire à la glace fondue et descend en gifles.

CHAPITRE 32

L'intérieur de l'Other Way Lounge est très sombre et les femmes qui y travaillent ont cessé de lancer des regards obliques à Edgar Allan Pogue, des regards d'abord curieux, puis dédaigneux et enfin indifférents, pour se détourner tout à fait. Il arrache la queue de la cerise d'un *maraschino*, une liqueur italienne un peu sucrée, et prend tout son temps pour y faire un nœud.

Lorsqu'il s'arrête à l'Other Way, il commande des Bleeding Sunset, une spécialité de la maison, un mélange de vodka et d'un Autre Truc, comme il aime le nommer. L'Autre Truc est rouge orangé et se dépose en volutes inégales au fond du verre. Un Bleeding Sunset a indiscutablement l'air d'un coucher de soleil ensanglanté tant que les petites secousses communiquées au verre par le buveur n'ont pas encore mélangé le liquide et le sirop et l'Autre Truc, parce que, ensuite, tout devient simplement orangé. Quand les glaçons ont fondu, ce qui reste au fond de son verre ressemble à cette boisson à l'orange qu'il buvait petit garçon. Elle était contenue dans des oranges en plastique d'où sortaient des pailles vertes ressemblant à des tiges de fruit, enfin c'était l'idée, et le jus était si dilué qu'il devenait bien ennuyeux à boire, alors que l'orange en plastique affirmait que la boisson serait délicieuse et fraîche. À chaque fois qu'ils descendaient au sud de la Floride, il suppliait sa mère de lui offrir une de ces oranges en plastique, et à chaque fois c'était une nouvelle déception.

Les gens sont comme ces oranges en plastique et leur contenu. C'est une chose de les voir, une autre de les goûter. Il lève son verre et fait tournoyer l'espèce de gelée orangée qui demeure au fond. Il songe à commander un nouveau Bleeding Sunset mais calcule l'argent qu'il lui reste et son degré de sobriété. Il n'a rien d'un ivrogne. D'ailleurs il n'a jamais été soûl de toute sa vie. Ça le tracasse terriblement de risquer l'ébriété, aussi analyse-t-il avec soin chaque millilitre qu'il ingurgite, inquiet de l'effet que pourrait produire l'alcool. D'autant que la crainte de l'embonpoint le taraude aussi, et les boissons alcoolisées font grossir. Sa mère était grosse. Elle est devenue de plus en plus grasse avec l'âge, ce qui était vraiment dommage parce qu'elle avait été jolie à une époque. C'est dans les gènes, répétait-elle. Continue à manger comme tu le fais, et tu verras ce que je te dis, répétait-elle. C'est là que ça commence, juste à la ceinture, répétait-elle.

– Je vais en prendre un autre, lance Edgar Allan Pogue à qui peut l'entendre.

L'Other Way Lounge ressemble à un petit club, avec ses tables en bois protégées par des nappes noires. Ils ont posé des bougies dessus, mais il ne se souvient pas qu'elles aient jamais été allumées lors de ses visites. Dans un coin est poussé un billard, mais il n'a jamais vu personne s'en approcher pour y jouer et a fini par en conclure que les clients n'étaient pas intéressés par ce jeu, d'autant que la table balafrée recouverte d'un feutre rouge date peut-être d'une vie antérieure. Car il fait peu de doutes que l'Other Way fut autrefois autre chose. Comme tout le reste.

– Oui, je crois que j'en reprendrais bien un autre, répète-t-il.

Les femmes qui travaillent ici sont des hôtesses, pas des serveuses, et elles entendent être traitées comme telles. Des hommes vont et viennent, entre et sortent de ce bar, et nul n'aurait l'idée de les appeler d'un claquement de doigts parce que ces dames-là sont des hôtesses et qu'elles exigent qu'on les respecte. Elles exigent tant de respect que Pogue se dit parfois qu'elles lui font une faveur en acceptant qu'il vienne dépenser son argent en sanglants et dégoulinants Bleeding Sunset. Son regard fouille l'obscurité et il détecte la rouquine. Elle porte une courte robe noire à bretelles, un bout de tissu réduit au maximum qui conviendrait mieux avec un corsage en dessous, mais elle n'en a pas. La robe couvre à peine ce qui doit être couvert, et il ne l'a jamais vue se pencher, sauf si elle a de bonnes raisons, et il ne s'agit jamais de nettoyer le dessus des tables ou de servir une consommation. Elle ne se baisse que pour offrir à des clients spéciaux une vue imprenable, des clients spéciaux qui filent de bons pourboires et qui savent comment lui parler. Le haut de la robe n'est qu'une sorte de bavette, un carré d'étoffe noire de la taille d'une feuille de papier machine qui tient par deux fines bretelles. La bavette est assez lâche. Quand elle se baisse pour participer à une conversation ou pour récupérer un verre vide, elle se trémousse dans sa bavette et parfois même elle en déborde, mais il fait sombre, il fait si sombre, et elle ne s'est pas inclinée à sa table à lui, et sans doute ne le fera-t-elle jamais, et il ne voit pas bien d'où il est installé.

Il se lève de sa chaise située à proximité de la porte parce qu'il n'a pas envie de hurler qu'il veut un autre Bleeding Sunset et que, du reste, il n'est plus certain de le désirer. Il ne parvient pas à s'enlever cette orange en plastique coloré et sa paille verte de l'esprit, et plus il y pense, plus il se souvient de sa déception, plus cette histoire lui paraît injuste. Il se tient debout devant la table et tire un billet de vingt dollars de sa poche. L'argent, c'est ce qu'il faut à l'Other Way Lounge, tout comme un chien attend son bout de viande. La rouquine se dirige vers lui dans le claquement de ses petites chaussures pointues à talons aiguilles, gigotant dans sa bavette, slalomant dans sa robe étroite. De près, elle est vieille. Sans doute cinquante-sept ou cinquante-huit ans, peut-être même soixante.

– Tu t'en vas, mon chou ? demande-t-elle en ramassant le billet sans lui jeter un regard.

Elle porte un grain de beauté sur la joue, sans doute dessiné à l'eye-liner. Il aurait pu faire mieux.

– J'en voulais un autre, précise-t-il.

– N'est-ce pas le cas de nous tous, mon chou ? réplique-t-elle. Son rire évoque un chat qui se serait coincé la patte.

– Patiente un peu, je t'en amène un.

– C'est trop tard.

– Bessie, ma puce, et mon whisky ? demande d'un ton doux un homme installé à une table voisine.

Pogue l'a aperçu un peu plus tôt, il l'a vu arriver dans une grosse Cadillac neuve, avec une carrosserie argentée. Il est très vieux, au moins quatre-vingt-un ans, peut-être même quatre-vingt-deux ou trois. Il porte un costume bleu en coton cloqué et une cravate de nuance plus pâle. Bessie se trémousse et fonce vers lui, et soudain Pogue n'est plus là, bien qu'il ne soit pas encore parti. Et donc il sort. Autant qu'il sorte puisqu'il n'est déjà plus là. Il passe la lourde porte noire, pour se re-trouver dehors, sur le parking recouvert de gravier, dans l'obscurité, sous les oliviers et les palmiers qui bordent l'allée. Il s'immobilise dans l'ombre épaisse des arbres et regarde la station Shell de l'autre côté de 26e Avenue Nord, la grande coquille qui s'allume la nuit d'un jaune étincelant, une brise chaude le caresse et il est heureux de rester là immobile quelques minutes, à regarder, rien d'autre.

La grande coquille illuminée lui ramène ces oranges en plastique à la mémoire. Il ignore d'où vient ce lien, à moins que sa mère ne lui ait acheté ces boissons dans les stations-service, et peut-être est-ce le cas. Ça serait logique qu'elle les ait achetées ici ou là, à un *dime* l'orange, lorsqu'ils voyageaient de Virginie jusqu'en Floride, à Vero Beach, tous les étés, pour rendre visite à sa mère à elle, qui avait plein d'argent, vraiment beaucoup. Sa mère et lui séjournaient toujours au même endroit, le Bois flottant, et il ne s'en souvient pas beaucoup, si ce n'est que l'hôtel avait l'air construit en bois qui flottait, justement. La nuit, il dormait sur le même petit matelas gonflable que celui sur lequel il dérivait dans la journée.

Le matelas n'était pas très grand, et ses jambes et ses bras pendaient à l'extérieur tout comme lorsqu'il barbotait dans les vagues, mais c'était là-dessus qu'il dormait au milieu du salon, alors que sa mère couchait dans une chambre dont elle verrouillait la porte, et le conditionneur d'air de la fenêtre faisait un invraisemblable boucan dans sa chambre confinée et bouclée. Il se souvient comme il avait chaud, comme il transpirait et comme sa peau rougie de coups de soleil collait sur le plastique du matelas pneumatique, et, à chaque mouvement, il avait l'impression d'être un bout de sparadrap qu'on tirerait d'un coup, toute la nuit, toute la semaine. C'était ça, leurs vacances. Les seules qu'ils prenaient de toute l'année, en été, toujours en août.

Pogue suit du regard l'avancée des phares, la disparition des feux arrière des voitures, de gros yeux brillants, rouges et blancs, qui volettent dans la nuit, et il lève la tête et fixe un point sur sa gauche, attendant que le feu de circulation change. Lorsque c'est le cas, les véhicules ralentissent et il trotte, traversant la voie dégagée qui oblique vers l'est, s'élançant entre les voitures qui s'agglutinent dans celle qui file à l'ouest. Parvenu à la station-service Shell, il lève le nez vers l'enseigne en coquille d'un jaune éclatant qui flotte si haut dans l'obscurité, et il regarde le vieil homme en short informe et large qui fait le plein à une des pompes, et l'autre homme âgé, en costume froissé, qui remplit son réservoir à une autre. Pogue traîne un peu dans la pénombre et se rapproche en silence de la porte vitrée, qu'il pousse. Un carillon résonne, il entre et se dirige vers le fond du magasin, vers les machines distributrices de boissons. La dame de la caisse enregistre un paquet de chips, un pack de six bières et un plein d'essence, et ne lui jette pas un regard.

Juste à côté du percolateur se trouve le distributeur de sodas, et il attrape cinq gobelets du plus gros volume accompagnés de leurs couvercles, puis se dirige vers le comptoir. Les gobelets sont de couleurs vives, décorés de personnages de dessins animés, et les couvercles qu'il a choisis sont blancs, ouverts par un petit bec afin de faciliter la dégustation. Il pose les gobelets et les couvercles sur le comptoir.

– Avez-vous des oranges en plastique avec des pailles vertes ? À base de jus d'orange ? demande-t-il à la femme de la caisse.

– Hein ?

Elle fronce les sourcils et saisit un des gobelets avant de remarquer :

– Y a rien dedans. Vous les remplissez ou pas ?

– Non, je veux juste les gobelets et les couvercles.

– On vend pas juste les gobelets.

– Mais c'est tout ce que je veux, insiste-t-il.

Elle le fixe par-dessus la monture de ses lunettes et il se demande ce qu'elle peut bien voir lorsqu'elle le regarde comme ça.

– J'vous dis qu'on vend pas juste les gobelets.

– Remarquez, je préférerais les boissons à l'orange si vous en aviez, réplique-t-il.

L'impatience de la caissière est manifeste :

– Quelles boissons à l'orange ? Vous voyez cette grande armoire réfrigérée là-bas ? Ce qu'est dedans, c'est ce qu'on a.

– C'est contenu dans des oranges en plastique qui ressemblent à des oranges, mais qui sont vendues avec une paille verte.

Le froncement de sourcils de la femme s'évanouit, remplacé par l'étonnement, et ses lèvres peintes d'un rouge intense s'ouvrent en un sourire béat qui rappelle à Pogue les citrouilles fendues d'Halloween.

– Ah, ben, ça, j'en reviens pas ! Oui, je vois exactement de quoi vous parlez. Ces fichues boissons à l'orange. Mais, mon chou, ça fait des années qu'on vend plus ça. Ah, ben, mince alors, j'avais plus repensé à ces oranges depuis belle lurette.

– Eh bien, dans ce cas, je vais juste prendre les gobelets et les couvercles, s'acharne-t-il.

– Doux Jésus, je cède. C'est une bonne chose que mon service soit presque fini, j'peux vous le dire!

– Ç'a été une longue nuit, hein?

– Oui, elle s'est brutalement allongée, rit-elle. Ces fichues oranges avec leurs pailles!

Elle tourne la tête vers la porte à l'entrée du vieil homme en short informe qui trottine pour payer son essence.

Mais Pogue ne prête nulle attention à l'homme. Pogue la dévisage, il fixe ses cheveux décolorés platine, un peu comme les fils de canne à pêche, et sa peau recouverte de poudre de riz qui semble si douce, comme une étoffe ridée. S'il frôlait sa peau, il est sûr qu'elle lui ferait l'effet d'ailes de papillon. S'il frôlait sa peau, la poudre lui resterait sur le bout des doigts, juste comme des ailes de papillon. Son badge porte le nom d'EDITH.

Edith s'adresse à lui:

– Je vais vous dire, je vous compte cinquante *cents* par gobelet et je vous offre les couvercles. Bon, mais j'ai d'autres clients.

Ses doigts tapotent les touches de la caisse et le tiroir s'ouvre.

Pogue tend un billet de cinq dollars à Edith et ses doigts s'attardent sur les siens quand il reprend sa monnaie, et ses doigts sont frais, habiles et doux, et il sait que leur peau se détend, la peau distendue des femmes de son âge. Une fois ressorti dans la nuit moite, il patiente, attendant que les voitures ralentissent, et il traverse, de la même façon que quelques minutes auparavant. Il traîne un peu sous les mêmes oliviers et palmiers, le regard rivé vers la porte de l'Other Way Lounge. Mais personne n'en sort ni n'y pénètre, et il se dirige vers sa voiture d'une démarche rapide.

CHAPITRE 33

– Vous devriez lui dire, lâche Marino. Même si les choses tournent pas comme vous l'aviez prévu, il devrait savoir ce qui se passe.

– C'est comme ça que les gens finissent par opter pour la mauvaise direction, réplique Scarpetta.

– C'est aussi comme ça qu'ils peuvent prendre une longueur d'avance.

– Pas cette fois-ci.

– C'est vous le patron, Doc.

Marino est allongé de tout son long sur son lit de l'hôtel Marriott dans Broad Street, et Scarpetta est installée sur la même chaise qu'un peu plus tôt, mais elle s'est rapprochée de lui. Il semble si massif dans l'ample pyjama blanc qu'elle lui a acheté dans un grand magasin au sud de la rivière, massif mais moins menaçant. Ses plaies désinfectées à la Bétadine forment des ombres brun orangé sous le tissu léger. Il affirme que ses blessures ne le font plus souffrir autant, vraiment beaucoup moins. Elle a retiré son tailleur-pantalon bleu nuit souillé de boue pour passer une paire de pantalons de velours fauve, un pull à col roulé bleu marine et des mocassins. S'ils sont dans cette pièce, c'est qu'elle ne souhaitait pas le recevoir dans la sienne. Elle a donc décidé que la chambre de Marino était assez rassurante. Ils ont mangé des sandwichs montés par le service en chambre et discutent.

– Enfin, quand même, je vois pas pourquoi qu'on pourrait pas lui demander ce qu'il en pense, insiste Marino qui fait l'âne pour avoir du son.

Son inlassable curiosité au sujet de la relation qui lie Scarpetta à Benton est aussi tenace que la poussière. Elle la remarque sans cesse, et si cette constatation lui tape sur les nerfs, il est inutile d'espérer en guérir Marino.

– Dès demain matin, à la première heure, j'emmènerai les échantillons de sol prélevés aux labos, déclare-t-elle. Ainsi nous apprendrons très vite si une bourde a été commise. Si tel est bien le cas, il est inutile que j'en informe Benton. Une erreur est toujours possible et, en dépit du fait que celle-ci serait particulièrement gratinée, elle n'aurait rien de spécifique à l'enquête.

– Ouais, mais vous y croyez pas vous-même, persiste-t-il en lui jetant un regard de la montagne d'oreillers qu'elle a empilés derrière son dos.

Il a meilleure mine et son regard est redevenu lumineux.

– Je ne sais pas ce que je crois, cette histoire n'a aucun sens, quel que soit le bout par lequel on la prend. Si le résidu retrouvé sur l'ouvrier du chantier n'est pas le fruit d'une erreur, comment l'expliquez-vous ? Et comment le même type de traces peut-il être présent sur le corps de Gilly Paulsson ? Vous avez peut-être une théorie ?

Marino se concentre, le regard perdu vers le carré obscur de la fenêtre, les lumières de la ville qui se sont allumées au loin.

– Non, je vois vraiment pas. J'vous jure, j'arrive à rien dégotter d'autre que ce que j'ai sorti à la réunion. Et, bon, je voulais juste ramener ma fraise, quoi.

– Comment, vous ? Sans blague ? rétorque-t-elle d'un ton acide.

– Vraiment. Comment que Machin Whitby a pu récolter le même type de résidu que la gamine ? D'abord, elle est morte deux semaines avant lui. Donc pourquoi qu'il en aurait ramassé si longtemps après elle ? Non, ça me plaît pas du tout, ce truc, décide-t-il.

Son esprit se tasse et un familier malaise l'envahit. Elle le reconnaît, il s'agit de la peur. La seule explication logique pour le moment demeure une contamination croisée ou une erreur d'étiquetage. Ce genre d'incidents se produit avec beaucoup plus de facilité qu'on ne l'imaginerait. Il suffit qu'un sachet à indice ou un tube à essai soit placé dans la mauvaise enveloppe ou sur le mauvais support, ou qu'une étiquette fautive soit collée sur un échantillon. Cinq secondes d'inattention ou de confusion suffisent. Soudain, la pièce à conviction est attribuée à une origine aberrante ou, pire, donne une réponse qui peut faire libérer un coupable, accuser un suspect, l'envoyer en prison ou même sur la chaise électrique. Elle repense aux dentiers. Elle imagine le soldat de Fort Lee forçant le mauvais dentier dans la bouche de la femme obèse décédée. En effet, il suffit juste d'un infime moment de relâchement.

– Bref, je vois toujours pas pourquoi qu'on pourrait pas consulter Benton à ce sujet.

Marino attrape son verre d'eau posé sur la table de chevet avant de reprendre :

– Pourquoi que je pourrais pas boire quelques bières ? C'est pas ça qui ferait une grosse différence.

– Pourquoi en auriez-vous besoin ?

Elle a posé une pile de dossiers sur ses genoux et les feuillette sans grande énergie, dans l'espoir que, peut-être, un détail concernant Gilly ou le chauffeur, un détail qu'elle connaît déjà, prenne soudain une nouvelle signification. Elle enfonce le clou :

– L'alcool interfère avec le processus de guérison. De toute façon, votre cohabitation ne s'est pas soldée par des résultats très favorables pour vous, n'est-ce pas ?

– Non, pas la nuit dernière.

– Toutefois, vous pouvez commander ce que vous désirez. Je n'ai pas l'intention de vous indiquer ce que vous devriez faire.

Il hésite et elle comprend que si, justement, il veut qu'elle lui dise comment se conduire. Pourtant elle s'y refuse. Elle s'y est déjà risquée dans le passé, et c'est peine perdue. Elle ne tient plus à être le copilote d'un kamikaze qui fonce comme une torpille dans la vie. Les mains plaquées sur ses genoux, Marino jette un coup d'œil au téléphone, puis récupère son verre d'eau.

Elle parcourt une nouvelle page et s'enquiert :

– Comment vous sentez-vous ? Vous voulez un autre comprimé d'Advil ?

– Je me sens bien. Rien que quelques bières ne sauraient remettre d'aplomb.

– C'est vous qui voyez.

Elle tourne un autre feuillet, épluchant la liste des organes lacérés de Mr Whitby.

– Vous êtes sûre qu'elle appellera pas les flics ? demande Marino.

Elle sent son regard posé sur elle. Ses yeux brillent d'une douce chaleur et elle ne lui en veut pas d'être effrayé. Ce genre d'accusation lui casserait les reins. Sa réputation, sa carrière dans les forces de police seraient saccagées, et il n'est pas exclu qu'un jury de Richmond le reconnaisse coupable juste parce que c'est un homme, un homme imposant, et parce que l'interprétation de Mrs Paulsson du rôle de la petite femme pathétique et sans défense est très réussie. Cette simple pensée ravive la colère de Scarpetta.

– Non, elle ne s'y risquera pas, je lui ai coupé l'herbe sous le pied. Cette nuit, elle rêvera de toutes ces pièces à conviction magiques que j'ai embarquées en partant de chez elle. Surtout, elle rêvera du jeu. Elle ne tient pas du tout à ce que les flics ou quiconque d'autre apprennent quel genre de mise en scène – au singulier ou au pluriel – abrite sa charmante petite maison historique. J'aimerais vous poser une question, lance-t-elle en levant les yeux de ses dossiers. Si Gilly avait été en vie et présente ce soir-là, pensez-vous que Suz, comme vous la nommez, aurait agi de la même façon ? Certes, il s'agit d'une simple conjecture, je vous l'accorde. Mais que vous dit votre instinct en la matière ?

– Je crois qu'elle fait exactement ce qu'elle a envie de faire, réplique-t-il d'un ton plat et sec, le ton du ressentiment et de l'indignation lorsque s'y mêle la honte.

– Selon vous, elle était soûle ?

– Oh, ça, elle était partie, c'est sûr.

– L'alcool ou autre chose ?

– Je l'ai pas vue s'enfourner des pilules, ou fumer, ou se piquer. Mais, bon, y a sans doute pas mal de trucs que j'ai pas vus.

Scarpetta attaque un nouveau rapport avant de lâcher :

– Quelqu'un va devoir discuter avec Frank Paulsson. Peut-être Lucy pourra-t-elle nous aider en fonction de ce que nous trouverons demain.

Une expression indéfinissable éclaire le visage de Marino, qui sourit pour la première fois depuis des heures.

– Oh, bordel de merde ! Ça, c'est une idée. Elle est pilote. On n'a qu'à la lâcher sur le pervers.

Scarpetta tourne une nouvelle page en poussant un long soupir calme.

– Tout juste… Rien ! Aucun détail ne m'en apprend davantage sur Gilly. Elle a été asphyxiée et on a retrouvé des copeaux de peinture et de métal dans sa bouche. Quant aux blessures de Mr Whitby, elles concordent avec le fait qu'il a été écrasé par son engin de chantier. Peut-être faudrait-il s'intéresser à d'éventuels liens entre lui et les Paulsson, juste histoire d'en avoir le cœur net.

– Elle, elle saurait.

– Il est hors de question que vous l'appeliez, ordonne Scarpetta. Ne tentez pas le diable, Marino, conclut-elle en levant les yeux sur lui.

Et, sur ce point, elle ne rechigne pas à lui indiquer ce qu'il doit faire.

– J'ai jamais dit que j'en avais l'intention. Peut-être qu'elle connaissait le gars en question? Bordel, peut-être qu'il participait au jeu? Peut-être même qu'ils avaient constitué une sorte de club de pervers?

Scarpetta fouille dans les pièces du dossier de Whitby.

– Eh bien… ils n'étaient pas voisins. Il habitait à proximité de l'aéroport, non que cela ait nécessairement une incidence. Pendant que je passerai aux labos demain, peut-être pourriez-vous creuser un peu.

Marino ne répond rien. Il n'a aucune envie de discuter avec les flics de Richmond.

– Vous allez devoir franchir le pas, poursuit-elle en refermant le dossier.

– Franchir quel pas?

Il jette un regard au téléphone, l'envie d'une bière le reprenant sans doute.

– Vous le savez.

– Je déteste quand vous parlez de cette façon, bougonne-t-il, de mauvaise humeur. Genre quand je suis censé recoller tous les morceaux de ce que vous pensez à partir d'un ou deux mots. Je suis sûr que certains mecs seraient super-ravis de connaître une femme qui décroche que quelques mots.

Elle croise les mains sur la pile de dossiers en équilibre sur ses genoux, dissimulant son amusement. L'humeur de Marino vire au maussade à chaque fois qu'elle a raison. Elle patiente, attendant sa prochaine sortie.

– D'accord! finit-il par lâcher, incapable de supporter très longtemps le silence. Franchir quel pas? Dites-moi juste quel foutu pas faut que je fasse, à part celui qui me mènera droit à la camisole, parce que, pour tout vous dire, là, je sens que je suis à deux doigts de péter tous les plombs.

– Il faut que vous franchissiez le pas vers ce qui vous fait peur. Et vous avez peur de la police parce que vous redoutez toujours que Mrs Paulsson l'ait contactée. Elle ne l'a pas fait et elle ne le fera pas. Alors allez-y, franchissez le pas, et la peur cessera.

– Ç'a rien à voir avec la trouille, mais tout avec le fait que je veux pas passer pour un crétin, rétorque-t-il.

– Bien. En ce cas, vous allez appeler le détective Browning ou qui que ce soit, parce que sans cela vous êtes un crétin. Je retourne dans ma chambre, annonce-t-elle en se levant avant de repousser la chaise sous la fenêtre. Je vous rejoindrai à 8 heures dans le hall de réception.

CHAPITRE 34

Elle sirote son verre de vin au lit, un vin plutôt médiocre, un cabernet qui laisse en bouche un arrière-goût assez acide. Pourtant elle l'avale jusqu'à la dernière goutte, assise dans son lit, seule dans cette chambre d'hôtel. Il est deux heures plus tôt à Aspen, et peut-être Benton est-il sorti dîner, ou pas encore rentré d'une réunion, ou plongé dans son enquête, cette enquête secrète dont il refuse de discuter avec elle.

Scarpetta réarrange les oreillers qu'elle a entassés derrière son dos et pose le verre vide sur la table de chevet, juste à côté du téléphone. Elle jette un regard au combiné, puis au poste de télévision, se demandant si elle ne devrait pas l'allumer. Elle y renonce, son regard revenant sur le téléphone qu'elle décroche. Elle compose le numéro du portable de Benton puisqu'il lui avait recommandé de ne pas l'appeler chez lui, une recommandation dont il était évident qu'il s'agissait d'un ordre.

– N'appelle pas à la maison, lui avait-il dit. Je ne répondrai pas sur le poste filaire.

– Enfin, cela n'a aucun sens, avait-elle rétorqué, il y a maintenant une éternité, semble-t-il. Pourquoi ne veux-tu pas répondre sur la ligne de l'appartement ?

– Je ne tiens pas à être déconcentré, avait-il expliqué. En conséquence, je ne me servirai pas de cette ligne. Si tu dois vraiment me contacter, Kay, appelle-moi sur le portable. Surtout ne le prends pas mal. Mais c'est comme ça. Et tu le sais.

La sonnerie résonne à deux reprises et Benton décroche.

– Qu'es-tu en train de faire ? demande-t-elle en fixant l'écran noir de la télévision.

– Bonjour, répond-il d'un ton doux mais distant. Je suis dans mon bureau.

Elle revoit cette chambre du deuxième étage qu'il a transformée en bureau. Elle l'imagine assis derrière sa table, un fichier ouvert sur l'ordinateur qui lui fait face. Il travaille sur son enquête et l'idée de le savoir chez lui la rassure.

– J'ai eu une sale journée, annonce-t-elle. Et toi ?

– Que s'est-il passé ?

Elle commence d'évoquer le Dr Marcus, mais se ravise, peu désireuse d'approfondir le sujet. Elle tente ensuite de lui parler de Marino, mais les mots se refusent à elle. Son cerveau lui semble si lent et, sans trop savoir pour quelle raison, elle se sent soudain mesquine à l'égard de Benton. Oui, c'est cela. Elle a tant envie d'être près de lui, mais la mesquinerie la gagne, et elle ne tient plus à lui raconter les événements par le menu.

– Pourquoi ne me parles-tu pas plutôt de ta journée ? Tu as skié ou bien chaussé les raquettes ?

– Non.

– Il neige ?

– En ce moment même, oui. Et où es-tu, Kay ?

– Où je suis ?

Une sorte de contrariété l'envahit. Qu'importe ce qu'il a pu lui dire il y a quelques jours ou même ce qu'elle sait. Elle est blessée et agacée.

– Me poserais-tu cette question parce que tu as oublié où je me trouve ? À Richmond.

– Bien sûr. Ce n'est pas ce que je voulais dire.

– Quelqu'un est avec toi ? Je te dérange en pleine réunion, c'est cela ?

– Tout à fait, répond-il.

Il ne peut pas parler et elle regrette d'avoir téléphoné. Elle connaît si bien sa transformation lorsqu'il juge une conversation risquée et elle s'en veut d'avoir appelé. Elle l'imagine dans son bureau, se demandant ce qu'il a entrepris juste avant son coup de téléphone. Craint-il d'être l'objet d'une surveillance électronique ? Mince, elle n'aurait jamais dû composer son numéro. Est-il simplement préoccupé ? Au fond, elle préfère croire qu'il est prudent plutôt que trop préoccupé pour se concentrer sur elle. Elle aurait dû résister à l'envie de l'entendre.

– D'accord, avoue-t-elle, je suis désolée de te déranger. Nous n'avons pas eu l'occasion de bavarder depuis deux jours. Mais je comprends tout à fait que tu sois plongé dans autre chose et je suis fatiguée.

– Tu m'as appelé parce que tu étais fatiguée ?

Il se moque d'elle, plaisantant avec subtilité mais peut-être aussi une pointe d'acidité. Il ne veut pas admettre qu'elle ne l'a appelé que par fatigue, songe-t-elle en souriant, appuyant le combiné contre son oreille.

– Tu sais bien comment je suis lorsque la fatigue me gagne, rit-elle. Je ne parviens plus à me contrôler dans les moments d'épuisement.

Elle perçoit un bruit en arrière-plan, peut-être l'écho d'une voix, une voix féminine.

– Quelqu'un est avec toi ? demande-t-elle d'un ton dont toute plaisanterie a disparu.

Un silence lui répond et elle perçoit à nouveau la voix étouffée. Peut-être écoute-t-il la radio ou la télévision ? Puis plus rien.

– Benton ? Tu es toujours en ligne, Benton ? Bordel, marmonne-t-elle, bordel !

Et elle raccroche.

CHAPITRE 35

Le Publix d'Hollywood Plaza grouille de monde. Edgar Allan Pogue traverse le parking chargé de ses sacs de courses, son regard balayant l'espace, cherchant à déterminer si quelqu'un le remarque. De toute façon, cela n'aurait pas beaucoup d'importance. Personne ne repensera ni ne se souviendra de lui. De fait, nul ne lui prête attention. Du reste, c'est toujours le cas. Et puis, après tout, il ne fait que ce qui est juste. En vérité, c'est une faveur dédiée au monde, pense-t-il en rasant les larges flaques lumineuses dispensées par les hauts réverbères qui éclairent le parking. Il reste dans la pénombre et marche d'une allure vive sans être nerveuse.

Sa voiture blanche ressemble à au moins vingt mille autres voitures blanches immatriculées en Floride du Sud. Il l'a garée dans un coin reculé du parking, entre deux autres véhicules de même couleur. L'un d'entre eux, une Lincoln blanche située à gauche de sa voiture, n'est plus là. Mais la destinée a voulu qu'une autre carrosserie blanche prenne sa place, une Chrysler cette fois. C'est dans ces moments magiques et si purs que Pogue sait que quelque chose le guide et le regarde. L'œil regarde. Il est guidé par l'œil, par l'infini pouvoir, le Dieu de tous les dieux, le Dieu qui est installé tout en haut du mont Olympe, le plus grand de tous les dieux, qui est si immense et hors de l'entendement qu'aucune star de cinéma ou individu qui se donne un air et se convainc qu'il est tout-puissant ne peut rivaliser avec. Comme elle. Comme le Gros Poisson.

Il déverrouille les portières à l'aide de sa télécommande, ouvre le coffre et en sort un autre sac, celui-là de chez All Season Pools. Il s'installe sur le siège conducteur de sa voiture blanche, environné par l'obscurité tiède, se demandant s'il y voit assez pour entreprendre la tâche qui l'attend. La lumière déversée par les réverbères qui éclairent le parking parvient à peine jusqu'à l'endroit reculé où son véhicule est garé, et il patiente, attendant que ses yeux s'accoutument à la pénombre. Il introduit alors la clé dans le contact afin de pouvoir écouter un peu de musique et enfonce le bouton situé sur le flanc de son siège pour le repousser au maximum. Il a besoin de beaucoup d'espace pour travailler, et son cœur bascule lorsqu'il ouvre un sac pour y récupérer une paire d'épais gants de plastique, une boîte de sucre cristallisé, une bouteille de soda, des rouleaux de papier aluminium et de ruban adhésif, plusieurs feutres à encre permanente et un paquet de chewing-gums à la menthe. Un arrière-goût de vieux mégot s'attarde dans sa gorge depuis qu'il a quitté l'appartement, à 18 heures. Il ne peut plus fumer maintenant. S'il le pouvait, un cigare lui permettrait de se débarrasser de l'arrière-goût, du répugnant goût de tabac froid, mais il ne le peut pas. Il ôte l'enveloppe d'une tablette de chewing-gum et la roule sur elle-même avant de la fourrer dans sa bouche, puis il procède de la même façon avec deux autres, se contraignant à l'attente avant d'écraser sous ses dents les trois rouleaux de chewing-gum, et ses glandes salivaires explosent jusqu'à l'irritation, comme si de minuscules aiguilles lui perforaient les mâchoires, et il se décide enfin à mâcher avec une vigueur brutale.

Il est assis dans l'obscurité et il mâche. Le rap que diffuse la radio l'ennuie vite, il change de station jusqu'à trouver ce que l'on nomme maintenant du rock adulte, puis il ouvre la boîte à gants et en tire un sac à congélation Ziploc. Des boucles de cheveux humains noirs sont pressées entre les deux feuilles de plastique transparent comme si un scalp était glissé dans le sac. Il tire avec délicatesse la soyeuse perruque bouclée et la caresse tout en détaillant les ingrédients de son alchimie alignés sur le siège passager. Il démarre.

Les pastels du centre d'Hollywood flottent derrière lui comme un rêve, et les petites lumières blanches tressées dans les palmiers sont comme des galaxies. Il se meut dans l'espace, traversé par l'énergie qui suinte de ce qui se trouve juste à côté de lui, sur le siège passager. Il bifurque vers l'est dans Hollywood Boulevard, maintenant son allure à exactement trois kilomètres à l'heure sous la limite autorisée, et poursuit en direction de l'autoroute A1A. En haut de la route, l'Hollywood Beach Resort rose pâle et terre de Sienne semble massif, et de l'autre côté s'étend l'océan.

CHAPITRE 36

L'aube s'avance sur l'océan. Une longue nappe rose et orangé s'évase le long de la ligne d'horizon bleu sombre qui persiste, faisant ressembler le soleil au cœur d'un œuf cassé. Rudy Musil s'engage dans l'allée qui conduit à la vaste demeure de Lucy, perché au volant de son Hummer vert wagon. Il enfonce le bouton de la télécommande qui ouvre la grille. Sans même en avoir conscience, son regard balaie les alentours, surveillant chaque recoin, et il tend l'oreille pour percevoir le moindre bruit. Bien qu'il ne parvienne pas à mettre le doigt dessus, quelque chose le trouble tant ce matin qu'il a sauté du lit et décidé de venir faire un tour chez Lucy.

Les barreaux de métal noir s'ouvrent avec lenteur, roulant sur le côté, regimbant en hoquetant par intermittence parce que leur rail s'incurve. Pourtant la grille épouse la courbure, mais il semble que cette gymnastique ne lui convienne pas. Une faute de conception parmi tant d'autres, songe souvent Rudy lorsqu'il rend visite à la maison rose saumon de Lucy. La plus grande faute – et de goût, celle-là – étant celle qu'elle a commise lorsqu'elle a décidé d'acheter cette énorme villa. Selon lui, elle vit comme un dealer de came scandaleusement riche. Les Ferrari, c'est une chose. Souhaiter posséder les meilleures voitures et l'hélicoptère le plus performant, c'est un choix que Rudy peut comprendre. C'est comme lui, il aime son Hummer, mais c'est une chose de vouloir une roquette ou un tank, et une autre de choisir une sorte d'ancre, et une ancre énorme et tape-à-l'œil.

Un détail a frappé son esprit alors qu'il remontait l'allée, sans toutefois qu'il y prête plus d'attention que cela, jusqu'à ce que son Hummer franchisse la grille au pas et qu'il en descende. C'est donc lorsqu'il revient sur ses pas pour ramasser le journal lancé dans la propriété qu'il prend véritablement conscience que le petit drapeau de la boîte aux lettres est relevé. Or nul courrier n'arrive pour Lucy à cette adresse, et ce n'est pas non plus elle qui a relevé le drapeau, du reste elle ne ferait jamais cela même si elle se trouvait à son domicile. Tous les envois de courrier ou les expéditions de paquets ont lieu du camp d'entraînement ou des bureaux situés à une demi-heure de route, à Hollywood.

Voilà qui est étrange, songe-t-il en se rapprochant de la boîte aux lettres. Il tient le journal dans une main et de l'autre tente de discipliner ses cheveux décolorés de soleil qui se hérissent en épis ce matin. Il ne s'est pas non plus douché ni rasé, et pourtant il en aurait besoin. Il s'est retourné toute la nuit dans son lit, transpirant, incapable de trouver une position assez confortable. Il regarde autour de lui, perplexe. Personne aux environs. Pas un joggeur en vue, ni même un promeneur matinal baladant son chien. S'il y a un truc qui l'a frappé dans ce coin, c'est bien que les gens restent bouclés chez eux et que nul ne semble profiter de sa somptueuse – ou plus modeste – maison. On n'y voit que fort rarement des gens installés dans leur patio ou barbotant dans leur piscine, quant à ceux qui possèdent un bateau, ils l'utilisent tous les trente-six du mois. Vraiment un coin bizarre, songe Rudy. Un coin inamical, étrange, désagréable, pense-t-il presque en colère.

Parmi tous les coins du monde où elle aurait pu déménager, pense-t-il, pourquoi ici ? Bon sang, pourquoi ici ? Putain, quel besoin t'as de frayer avec des connards ? Tu as enfreint toutes tes lois, Lucy, toutes sans exception, Lucy, songe-t-il en ouvrant la boîte aux lettres, en jetant un œil à l'intérieur et en bondissant sur le côté. Il s'est déjà écarté de plus de trois mètres avant d'avoir eu le temps de réfléchir et l'adrénaline déferle dans ses veines, alors même que ce qu'il a aperçu n'a toujours pas trouvé sa signification dans son cerveau.

– Merde, lâche-t-il, bordel de merde !

CHAPITRE 37

La circulation dans le centre-ville est aussi calamiteuse qu'à l'accoutumée, et c'est Scarpetta qui conduit parce que Marino se traîne un peu. Ses blessures, localisées dans des zones qu'il est superflu de préciser, semblent le faire particulièrement souffrir, et il avance les jambes un peu arquées. Tout à l'heure, il a grimpé avec difficulté dans le quatre-quatre. Elle sait ce qu'elle a vu, mais les fragiles tissus malmenés qui viraient au rouge violacé ne faisaient qu'annoncer l'avancée de la douleur. Il doit souffrir le martyre maintenant. Marino ne redeviendra pas lui-même avant un bout de temps.

– Vous tenez le choc ? lui redemande-t-elle. Vous me dites si vous ne vous sentez pas bien, n'est-ce pas ?

L'implication est évidente : elle n'a nulle intention d'exiger qu'il se déshabille à nouveau. Elle l'examinera encore s'il le souhaite, tout en espérant que cela ne sera pas nécessaire. De surcroît, il ne le lui demandera jamais.

– Je crois que ça va mieux, répond-il en jetant un coup d'œil au vieil immeuble de la 9e Rue qui abrite le département de police.

L'endroit semble délabré depuis pas mal de temps, avec sa peinture qui cloque et se détache par lambeaux, et les tuiles cassées ou manquantes au bord de l'avant-toit. Mais c'est pire aujourd'hui parce que l'immeuble est vide et silencieux.

– J'arrive pas à croire que j'ai gâché tant d'années dans cette taule, remarque-t-il.

– Oh, écoutez… (Elle déclenche le gyrophare qui tic-taque comme une grosse montre.) Ce n'est pas bien de parler de cette façon. Ne commençons pas la journée sur ce genre de commentaires. Marino, je vous fais confiance, vous me direz si vous sentez que ça enfle davantage. Il est important que je sache la vérité.

– Ça va mieux.

– Bien.

– Ce matin, je me suis badigeonné tout seul avec le machin à base d'iode.

– Bien. Vous devez recommencer à chaque fois que vous sortez de la douche.

– Ça pique plus autant maintenant. Presque plus rien. Et si elle a une maladie, je sais pas, un truc comme le sida ? J'y ai pensé. Hein, si elle a un truc de ce genre-là ? Comment je peux savoir qu'elle a rien ?

– Malheureusement, c'est impossible…

Scarpetta navigue avec lenteur dans Clay Street. L'énorme *coliseum* marron se blottit sur leur gauche au milieu de parkings déserts.

– … Si cela peut vous réconforter, lorsque j'ai fouillé chez elle, je n'ai vu aucun médicament pouvant indiquer qu'elle souffre du sida, ou de toute autre maladie sexuellement transmissible, ou d'une infection quelconque. Certes, cela ne signifie pas qu'elle n'est pas séropositive. Elle peut l'être et l'ignorer. Cela étant, on peut en dire autant de toutes vos partenaires intimes… En d'autres termes, si vous voulez vous ronger les sangs, allez-y.

– J'veux pas me ronger les sangs, rétorque-t-il. Mais, bon, vous pouvez pas enfiler une capote quand quelqu'un vous mord. Vous pouvez pas vous protéger. Je vois pas trop comment on peut faire dans le *safe sex* quand quelqu'un vous mord !

– Ça, c'est l'euphémisme de l'année ! admet-elle en tournant dans la 4e Rue.

La sonnerie de son téléphone portable résonne soudain et une vague inquiétude la prend lorsqu'elle reconnaît le numéro de Rudy. Rudy ne l'appelle qu'exceptionnellement, et à chaque fois c'est pour lui souhaiter son anniversaire ou lui communiquer une mauvaise nouvelle.

– Bonjour, Rudy, lance-t-elle en se faufilant dans le parking situé à l'arrière du bâtiment. Que se passe-t-il ?

Une voix tendue se déverse de l'appareil :

– J'arrive pas à mettre la main sur Lucy. Soit elle est dans un coin où le réseau ne passe pas, soit elle a débranché son portable. Elle est partie ce matin en hélicoptère pour Charleston.

Scarpetta jette un regard à Marino. Il a sans doute appelé Lucy hier soir, après qu'elle est retournée dans sa chambre.

– Et c'est une super-bonne chose, poursuit Rudy, ouais, super-bonne.

L'angoisse commence d'étreindre Scarpetta, elle insiste :

– Que se passe-t-il, Rudy ?

– Quelqu'un a placé une bombe dans sa boîte aux lettres, précise-t-il d'un ton rapide. Bon, c'est trop compliqué à détailler, et y a des trucs qu'elle doit vous dire elle-même.

Scarpetta se glisse avec lenteur jusqu'à un des emplacements réservés aux visiteurs.

– Quand et quoi, Rudy ?

– Je viens juste de la découvrir. Il n'y a pas une heure de ça. J'étais juste venu pour m'assurer que tout allait bien et j'ai vu que le drapeau de la boîte aux lettres était relevé, et là je me suis dit qu'un truc ne collait pas. Alors je l'ai ouverte et dedans il y avait ce grand gobelet en plastique. Il avait été coloré en orange à l'aide d'un marqueur et le couvercle était recouvert d'un bout de ruban adhésif vert qui faisait aussi le tour et qui bouchait le dessus, vous savez, le bec verseur auquel on boit. Je pouvais pas distinguer ce qu'il y avait dedans, donc j'ai pris une des longues pinces rangées dans le garage – je sais pas comment ça s'appelle. Enfin, bref, elles sont munies d'une sorte de mâchoire au bout qui permet de changer les ampoules électriques installées super-haut. J'ai attrapé ce foutu gobelet avec, je l'ai emmené dans un coin et puis j'ai fait ce qu'il fallait.

Elle se gare sans hâte, l'oreille collée au téléphone, la voiture déjà presque à l'arrêt.

– Et comment vous êtes-vous débrouillé ?

– Je lui ai tiré dessus. Avec du plomb à serpent. Il s'agissait d'une bombe chimique, en bouteille, vous voyez le genre. Il y avait aussi des petites boules de papier d'étain à l'intérieur.

– Du métal dans le but d'accélérer la réaction…

Scarpetta passe mentalement en revue ces indications afin de préciser la nature de l'explosif et déclare :

– C'est classique dans le cas des bombes en bouteille préparées à partir de nettoyants ménagers à base d'acide chlorhydrique, comme ces produits pour les cuvettes de toilettes que l'on peut acheter dans n'importe quel Wal-Mart, ou à l'épicerie, ou à la quincaillerie du coin. Malheureusement, n'importe qui peut se procurer leurs recettes sur Internet.

– Ç'avait une odeur acide, un peu comme du chlore, mais comme j'ai tiré sur le gobelet à proximité de la piscine, c'est peut-être le produit qu'on ajoute dans la flotte que je sentais.

– Il n'est pas exclu qu'on se soit servi de granulés de chlore pour la désinfection des piscines ou même de soda gazéifié et sucré. Cela aussi, c'est très en vogue en ce moment. Une analyse nous le confirmera.

– Ne vous inquiétez pas, on va y travailler.

– Il reste des débris du gobelet ?

– Ouais, on va vérifier la présence éventuelle d'empreintes, et si on trouve quelque chose, on le balancera dans l'IAFIS pour comparaison.

– Normalement, vous devriez pouvoir récupérer un peu d'ADN à partir des empreintes, du moins si elles sont assez récentes. Cela vaut le coup d'essayer.

– On va réaliser des écouvillons à partir du gobelet et du ruban adhésif, ne vous inquiétez pas.

Plus il lui conseille de ne pas s'inquiéter et plus l'angoisse menace en elle.

– Je n'ai pas prévenu la police, ajoute-t-il.

– Je n'ai pas de conseils à vous donner à ce sujet.

Elle a depuis longtemps abandonné toute velléité de recommandations à son égard ou celui de ses proches. Les règles établies par Lucy et ceux de son cercle sont différentes, innovantes et risquées. Il convient d'ajouter à cela que souvent elles sont incompatibles avec la loi. Scarpetta a cessé d'exiger d'être informée de choses qui ont toutes les chances de l'empêcher de fermer l'œil de la nuit.

– C'est peut-être en relation avec d'autres trucs, hésite Rudy. Il faut que Lucy vous en parle. Si jamais vous la joignez avant moi, dites-lui qu'elle me rappelle aussi vite que possible.

– Rudy, vous ferez ce que bon vous semble, mais j'espère juste qu'il n'y a pas d'autres mécanismes de ce genre quelque part. J'espère juste que la personne qui a placé celui-ci n'en a pas semé d'autres, qu'il n'avait pas en tête plusieurs cibles. J'ai connu des cas où des gens sont morts à la suite de l'explosion de ces bombes ou lorsqu'on les leur balançait au visage. Les produits passent dans les voies aériennes et descendent dans les poumons. Les acides utilisés sont si puissants que la réaction n'a même pas besoin d'arriver à son terme avant que la bouteille n'explose.

– Je sais, je sais.

– Je vous en prie, tâchez de vous assurer qu'il n'y a pas d'autres victimes, ou victimes potentielles, dans le coin. C'est un peu ce que je redoute si vous décidez de vous débrouiller par vous-même.

Il s'agit pour elle d'une façon de lui faire comprendre que s'il répugne à prévenir la police, il doit au moins être assez responsable pour tenter le maximum afin de protéger le public.

– Je sais ce que j'ai à faire, ne vous inquiétez pas, affirme-t-il.

Scarpetta met un terme à la conversation téléphonique et se tourne vers Marino en soufflant :

– Mon Dieu… Mais enfin que se passe-t-il là-bas ? Vous avez appelé Lucy après mon départ, hier soir, c'est cela ? Vous a-t-elle expliqué ce qui se tramait là-bas ? Je ne l'ai pas revue depuis le mois de septembre. J'ignore tout !

– Une bombe à l'acide ?

Il s'est redressé très droit sur son siège. Marino est toujours prêt à bondir si on tente de s'en prendre à Lucy.

– Une bombe à réaction chimique. Le genre de bombes en bouteille qui nous ont fait tourner en bourriques dans le coin de Fairfax. Vous vous souvenez de toutes ces bombes, il y a quelques années, en Virginie du Nord ? Une bande de gamins qui ne savaient pas quoi faire de leurs journées et trouvaient rigolo de faire exploser des boîtes aux lettres. Une femme était morte.

– Merde, siffle-t-il.

– Très faciles à réaliser et terriblement dangereuses. Un pH d'un ou moins, une substance extrêmement acide. Elle aurait pu exploser au visage de Lucy. Ah, mon Dieu, elle aurait pu l'attraper à mains nues dans la boîte. Je ne sais jamais à quoi m'en tenir avec elle !

La colère monte en Marino. Il demande :

– Chez elle ? La bombe a été déposée dans sa super-maison de Floride ?

– Que vous a-t-elle dit hier soir ?

– Je lui ai juste parlé de Frank Paulsson, des trucs qui se passaient ici. C'est tout. Elle a répondu qu'elle s'en occupait. Dans son énorme baraque, avec les caméras de surveillance et tout le reste ? La bombe a été déposée chez elle ?

Scarpetta ouvre sa portière.

– Venez, je vous raconterai en chemin.

CHAPITRE 38

La lumière matinale inonde d'une douce chaleur le bureau situé près de la fenêtre devant lequel Rudy s'est installé. Il travaille à l'ordinateur. Ses doigts volent sur les touches du clavier, puis il attend avant de taper à nouveau, attend encore un peu, active des flèches, déplace des fragments de texte ou des diagrammes. Il fouille Internet à la recherche de ce qu'il pense pouvoir y dénicher. Car il y a quelque chose. Le dingue est tombé sur une donnée de la Toile qui a tout déclenché. Rudy sait maintenant que cette bombe n'a pas été déposée par hasard.

Cela fait maintenant deux heures qu'il a rejoint leur camp d'entraînement et, depuis son arrivée, il n'a pas lâché l'ordinateur, manœuvrant sur Internet pendant qu'un des scientifiques qui travaillent dans le labo privé voisin a scanné des empreintes plus ou moins complètes afin d'initier une comparaison avec la banque de données de l'IAFIS. Ils ont déjà une touche. Les nerfs de Rudy sont tendus à l'extrême. Il compose un numéro, coinçant le combiné sous son menton pour continuer à taper sans lâcher une seconde l'écran plat de l'ordinateur.

– Salut, Phil, il s'agit d'un grand gobelet en plastique décoré d'un dessin inspiré du *Chat chapeauté*. Tu sais, le super-grand modèle. À l'origine, le couvercle était blanc… Ouais, ouais, le genre de grand volume que tu achètes à l'épicerie du coin ou dans les stations-service et que tu remplis toi-même. Mais ce dessin, ça te parle ? Peu fréquent ? À quel point ? On peut remonter sa trace ? Non, je rigole pas du tout. C'est protégé par un copyright, non ? Mais le film n'est pas si récent que ça. Je dirais l'année dernière, vers la période de Noël, c'est ça ? Non, je suis pas allé le voir, et arrête tes vannes. Sans blaguer, dans quel genre d'endroits peut-on encore trouver des gobelets avec ces dessins après tout ce temps ? Bien sûr, la cata serait qu'il les ait depuis un bon moment. Mais il faut tenter le coup. Ouais, on a trouvé des empreintes dessus. Le mec ne fait même pas un effort. Je veux dire qu'il se tape de coller ses foutues empreintes un peu partout. Même sur le dessin qu'il a scotché sur la porte de la patronne, et aussi dans la chambre où Henri a été attaquée. Et maintenant sur une bombe. Mais, ce coup-ci, on a une touche avec l'IAFIS. Ouais, c'est dingue, non ? Non, toujours pas de nom jusque-là. Peut-être même qu'on n'en obtiendra jamais un. La touche en question résulte d'une comparaison latentes contre latentes. Les nôtres correspondent à des empreintes partielles récupérées sur une autre enquête. On vérifie. C'est tout ce que j'ai pour le moment.

Il raccroche et reporte toute son attention sur l'écran. Lucy a lancé plus de moteurs de recherche à l'assaut du Net qu'il existe d'oiseaux dans le ciel, mais elle ne s'est jamais inquiétée de savoir si les informations qui circulaient sur le World Wide Web pouvaient la concerner personnellement. Au demeurant, il y a encore peu, une telle préoccupation aurait été superflue. Les opérateurs très spéciaux fuient le plus souvent la publicité, sauf lorsqu'ils deviennent inactifs et que l'envie d'Hollywood commence à les démanger. Et Lucy s'est fait agripper par Hollywood, et elle s'est fait agripper par Henri, et la vie a changé du tout au tout, et pas pour le meilleur. Foutue Henri, pense-t-il pendant que ses doigts volent sur le clavier. Aux chiottes. Foutue actrice ratée qui a décidé de devenir flic. Et merde à Lucy qui l'a engagée.

Il lance une nouvelle recherche, entrant ses mots clés, « Kay Scarpetta » suivi de « nièce ». Voilà qui est intéressant. Il récupère un crayon sur le bureau et le fait glisser entre ses doigts comme s'il s'agissait d'un bâton de majorette. Il découvre l'article paru en septembre dernier à l'agence de presse nationale. Il s'agit d'un encart, rien de plus, expliquant sommairement qu'après des années d'errance et de chaos l'État de Virginie vient de nommer un nouveau médecin expert général – le Dr Joel Marcus de Saint Louis – au poste précédemment occupé par le Dr Kay Scarpetta. Pas grand-chose d'autre. Toutefois, le nom de Lucy est mentionné dans le court article : « Depuis qu'elle a quitté la Virginie, le Dr Scarpetta est devenu consultante à titre privé pour la Dernière Chance, une compagnie d'investigation créée par sa nièce, Lucy Farinelli, ancien agent du FBI. »

Les renseignements fournis par l'article ne sont pas tout à fait exacts, songe Rudy. Scarpetta n'est pas vraiment l'employée de Lucy, ce qui ne signifie pas qu'elles ne se retrouvent pas à l'occasion impliquées dans les mêmes enquêtes. Il est hors de question pour Scarpetta de travailler pour Lucy, et il la comprend puisque lui-même se demande parfois comment il y parvient. L'aigreur qu'il ressent à l'égard de Lucy refait surface, et du coup il oublie tout de l'article. Il va exiger qu'elle lui explique comment son nom, ainsi que l'appellation « la Dernière Chance » ont pu se retrouver sur un foutu papier concernant le Dr Joel Marcus. La dernière chose dont ait besoin la Dernière Chance, c'est de la publicité, et jusque-là ils avaient été épargnés par ce genre de déballage. Mais c'était avant que Lucy mette un pied dans l'industrie du spectacle parce que, après ça, les rumeurs ont commencé à circuler dans les journaux et sur les plateaux de télévision.

Il initie une nouvelle recherche, plissant les yeux, essayant de mettre la main sur un lien auquel il n'aurait pas songé, et ses doigts semblent soudain devenir autonomes quand il entre d'autres mots clés : « Henrietta Walden ». Une perte de temps, se morigène-t-il. Lorsqu'elle était encore une actrice de série B sans boulot, son pseudonyme était « Jen Thomas » ou un truc aussi peu mémorable que cela. Il tend la main pour attraper sa canette de Pepsi et n'en croit pas sa bonne fortune. Trois résultats s'affichent.

– Allez, donne-moi quelque chose, ordonne-t-il au bureau désert en cliquant sur le premier lien.

Une Henrietta Taft Walden, décédée il y a environ un siècle, s'avère avoir été une abolitionniste de Lynchburg, en Virginie. Waou, ça devait pas être simple à porter ! Comment pouvait-on devenir abolitionniste en Virginie à peu près à l'époque de la guerre civile ? La dame ne manquait pas de tripes, il le lui accorde bien volontiers. Il clique ensuite sur le deuxième résultat de sa recherche. Cette Henrietta Walden-là est bien vivante, même si elle n'est plus toute jeune. Elle vit dans une ferme virginienne, élève des chevaux de compétition et a offert il y a peu un million de dollars à l'Association nationale pour le progrès social des gens de couleur. Sans doute une descendante de la première Henrietta Walden, pense Rudy. Jen Thomas a-t-elle emprunté leur nom à ces deux femmes assez remarquables – l'une morte, l'autre très âgée –, qui ont lutté contre la discrimination ? Et si tel est bien le cas, pourquoi ? Pour quelle raison ces femmes engagées et passionnées par l'égalité inspireraient-elles Henri ? Sans doute parce que c'est le genre de choses qui fait bien à Hollywood-la-libérale, décide-t-il, cynique. Il tape sur la dernière entrée.

Il s'agit d'un article assez modeste paru dans l'*Hollywood Reporter* à la mi-octobre :

CETTE FOIS, C'EST POUR DE VRAI !

Henri Walden, ancienne actrice devenue flic de Los Angeles, vient de signer un engagement avec la prestigieuse agence d'investigation et de protection privée la Dernière Chance. Cette agence a été fondée et est dirigée par un ancien agent du FBI, Lucy Farinelli, pilote d'hélicoptère et de Ferrari, qui n'est autre que la nièce de la très fameuse Dr Kay Scarpetta. La Dernière Chance, dont le quartier général est installé dans un Hollywood moins prestigieux que celui qui vient à l'esprit, puisqu'il s'agit dans ce cas de l'Hollywood de Floride, a récemment ouvert une antenne à Los Angeles. Ses activités se sont élargies à la protection des célébrités. Bien que les noms des clients de l'agence soient tenus secrets, le *Reporter* a pu apprendre que certains d'entre eux figurent parmi la liste des superstars du cinéma et de l'industrie du disque, dont l'actrice Gloria Rustic et le rapper Rat Riddly.

« Il s'agit de mon rôle le plus excitant et le plus audacieux, s'est exclamée Walden, commentant sa récente entreprise. Qui peut mieux protéger les stars que quelqu'un qui a déjà travaillé dans ce milieu ? »

Le terme « travaillé » pourrait sembler un peu excessif car la beauté blonde a eu pas mal de temps libre durant sa carrière. Cela étant, les rentrées d'argent ne l'ont sans doute jamais beaucoup préoccupée puisque sa famille est très riche. Walden est surtout connue pour ses petits rôles dans de grosses productions comme *Mort rapide* et *Sois absent*. Gardez l'œil sur Walden. C'est la dame qui a un revolver.

Assis dans son fauteuil, Rudy lance l'impression. Ses doigts reposent à peine sur les touches du clavier et il fixe l'écran, se demandant si Lucy est au courant de l'existence de cet article. Elle serait furieuse si elle l'apprenait... Si elle le savait... Et si elle en est déjà informée, pourquoi n'a-t-elle pas viré Henri il y a plusieurs mois ? Et pourquoi Lucy n'a-t-elle pas averti Rudy ? Une telle entorse à leurs habitudes et à leurs règles lui paraît presque impossible à imaginer. Il est stupéfait que Lucy tolère une telle chose, si tant est qu'elle soit au courant. Même en cherchant bien, il ne se souvient pas d'une seule occasion où un employé de la Dernière Chance ait donné une interview au profit d'un média quelconque, ou, plus bénignement, se soit laissé aller à des confidences, sauf, bien sûr, lorsqu'il s'agissait d'une stratégie amplement planifiée. Il n'y a pas trente-six façons d'en avoir le cœur net, conclut-il en tendant la main vers le téléphone.

– Salut, où t'es ? lance-t-il dès que Lucy décroche.

– À Saint Augustine, dans une station-service, répond-elle avec circonspection. Je suis déjà au courant pour cette saloperie de bombe.

– Ouais, je t'appelais pas à ce sujet. Tu as eu ta tante ?

– Marino m'a téléphoné. Mais je n'ai pas vraiment le temps d'en discuter, peste-t-elle d'une voix agressive. Quelque chose ne va pas ?

– Tu savais que ton amie avait donné une interview à un journal lorsqu'elle nous a rejoints ?

– Ça n'a rien à voir avec le fait qu'il s'agit de mon amie.

– Nous confronterons nos points de vue à ce sujet plus tard, rétorque Rudy, qui parvient à paraître calme en dépit de la colère qui bouillonne en lui. Je te demande juste une réponse simple : étais-tu au courant ?

– Je n'ai jamais entendu parler de ça. Quel article ?

Rudy lui lit le texte au téléphone, puis se tait, attendant sa réaction, car il sait qu'elle ne tardera pas et cette conviction allège son malaise. Cette histoire est injuste depuis le début. Peut-être que maintenant Lucy sera contrainte de l'admettre. Le silence de Lucy s'éternise et Rudy s'inquiète :

– Tu es toujours là ?

– Oui, répond-elle, irritée et brutale. Je l'ignorais.

– Eh bien, maintenant tu sais. Sauf que maintenant on a plein d'autres choses à découvrir. Comme l'histoire de sa riche famille, et si celle-ci a un lien quelconque avec les autres Walden, et tout le reste. Mais, au fond, la question c'est : est-ce que le dingue a lu cet article, et si tel est le cas, qu'est-ce que tout ça signifie ? Sans compter que son nom d'actrice est emprunté à cette abolitionniste et qu'elle aussi est originaire de Virginie. Un peu comme toi, d'une certaine façon. Peut-être que votre rencontre n'était pas une simple coïncidence.

– C'est grotesque, s'emporte Lucy. Tu dérailles complètement. Elle était sur la liste des flics du LAPD impliqués dans les opérations de sécurité.

La colère de Rudy explose à son tour :

– Mais c'est des foutaises ! Aux chiottes la liste ! Tu as rencontré les flics locaux et, bingo, elle était présente. Tu savais pertinemment qu'elle manquait d'expérience en matière de protection privée et pourtant tu l'as engagée.

– Je refuse de discuter de cela par l'intermédiaire d'un téléphone portable, pas même un des nôtres.

– Moi non plus. T'as qu'à en parler avec le psy…

Il s'agit du nom de code qu'il a donné à Benton Wesley.

– … Sans blague, Lucy, je suis sérieux. Pourquoi tu l'appelles pas ? Peut-être qu'il aura des suggestions. Dis-lui que je lui transfère l'article par e-mail. Au fait, nous avons récupéré des empreintes digitales. Le dingue qui t'a offert le joli petit dessin est également celui qui a déposé ton cadeau dans la boîte aux lettres.

– Tu parles d'une surprise ! Remarque, on n'en avait pas besoin d'un second. J'ai déjà parlé avec le psy. C'est lui qui doit contrôler ce que je suis venue faire dans le coin.

– Excellente idée. Oh, j'avais presque oublié… J'ai récupéré un cheveu piégé dans le ruban adhésif, celui qui entourait le couvercle de la bombe artisanale.

– Décris.

– Environ une quinzaine de centimètres de long, frisé, très brun. *A priori*, il s'agit bien d'un cheveu et pas d'un poil. Je t'en dirai plus sous peu. Rappelle-moi d'une ligne filaire. J'ai plein de trucs à faire, précise-t-il. Peut-être que ta copine sait des choses, si tant est que tu parviennes à lui faire cracher la vérité, une fois n'est pas coutume.

– Ne l'appelle pas ma copine, commente Lucy. Et évitons de nous bagarrer à nouveau à ce sujet.

CHAPITRE 39

Lorsque Kay Scarpetta pénètre dans le hall de réception de l'OCME, suivie par un Marino qui s'efforce de marcher d'un air dégagé, Bruce, le gardien installé à son bureau, se redresse sur sa chaise et l'effroi se peint sur son visage.

Il baisse les yeux en bafouillant :

– Euh… Ben, c'est que j'ai reçu des instructions… Le chef a dit : pas de visiteurs. Mais peut-être que ça vous concerne pas ? Il vous attend ?

– Non. Cela étant, il faisait sans doute allusion à notre venue, répond Scarpetta avec aisance, puisque plus rien ne la surprend au point où elle en est.

Le fard monte aux joues de Bruce et son embarras est palpable.

– Mince, j'suis vraiment désolé. Comment que tu vas, Pete ?

Marino s'appuie contre le bord du comptoir, les pieds un peu écartés. Il a bouclé la ceinture de son pantalon plus bas qu'à l'accoutumée, sous son ventre. S'il prenait en chasse un suspect, rien ne garantit que son pantalon ne lui tomberait pas sur les chaussures.

– J'me suis déjà senti mieux. Donc le petit-chefaillon-qui-pense-qu'il-est-un-grand-monsieur veut pas qu'on entre. C'est ça que tu nous expliques, Bruce ?

– Ouais, ce mec-là, lâche Bruce pour se reprendre aussitôt.

Il est comme la plupart des autres employés, Bruce, il tient à conserver son boulot. Il porte un bel uniforme bleu de Prusse, trimbale une arme et bosse dans un chouette bâtiment. Il vaut mieux qu'il se cramponne à ce qu'il a, même s'il ne peut pas encadrer le Dr Marcus.

Marino recule d'un pas.

– Hum… Ben, ça me fait de la peine de décevoir le petit chefaillon, mais de toute façon on s'est pas déplacés jusqu'ici pour lui rendre une visite de courtoisie perso. On a des pièces à conviction à apporter aux labos, au labo d'analyse de traces. Mais, comme je suis curieux, j'aimerais vraiment savoir quel ordre il t'a donné. C'était quoi, ses mots exacts ?

– Ce mec…, commence Bruce en secouant la tête avant de se raviser de nouveau. Il aime bien son boulot.

– C'est sans importance, décide Scarpetta. J'ai reçu le message cinq sur cinq. Merci de m'avoir prévenue. Heureusement que quelqu'un l'a fait.

– Il aurait dû vous avertir.

Bruce s'interrompt pour jeter un regard autour de lui avant de poursuivre :

– J'voulais juste vous dire, docteur Scarpetta, on est tous rudement contents de vous voir.

– Presque tous, sourit-elle. Ce n'est pas grave. Pourriez-vous prévenir Mr Eise que nous sommes arrivés ? Lui nous attend, ajoute-t-elle en insistant sur « lui ».

– Oui m'dame, acquiesce Bruce en retrouvant un peu de sa bonne humeur.

Il compose le numéro de poste d'Eise et transmet le message.

Scarpetta et Marino patientent une ou deux minutes devant les portes de l'ascenseur en attendant son arrivée. Ils pourraient s'obstiner à enfoncer le bouton d'appel toute la journée sans aucun résultat puisque l'appareil n'obéit qu'à de petites cartes magnétiques, ce qui permet aussi à un employé présent dans les étages de le faire descendre afin de charger un visiteur. Les portes coulissent enfin et ils pénètrent dans la cabine. Scarpetta appuie sur le bouton correspondant au troisième étage, la bandoulière de son sac de scène de crime en nylon noir passée sur son épaule.

— J'ai l'impression que cet enfoiré vous a balancée comme une vieille chaussette, lâche Marino comme la cabine vibre avant de démarrer pour sa courte ascension.

— Ça m'en a tout l'air.

— Et ? Vous comptez faire quoi ? Vous allez quand même pas le laisser faire, hein ? Il vous supplie de venir à Richmond et puis il vous traite comme de la merde. À votre place, je le ferais virer.

— Il se fera virer tout seul un de ces jours et j'ai mieux pour m'occuper, rétorque-t-elle alors que les portes d'acier s'écartent pour laisser apparaître Junius Eise, qui les attend dans un couloir blanc.

Scarpetta lui tend la main.

— Merci, Junius. C'est agréable de vous revoir.

— Oh, mais je suis ravi de participer, affirme-t-il, un brin confus.

C'est un homme étrange au regard pâle. Une fine cicatrice relie le milieu de sa lèvre supérieure à la base de son nez, du travail de suture bâclé comme elle en a vu si souvent chez ceux qui naissaient avec le palais fendu. Pourtant, même si l'on exclut ces détails d'apparence physique, Eise est un être étrange, et Scarpetta s'en est toujours fait la réflexion lorsqu'elle le croisait parfois dans les laboratoires. Ils n'ont jamais beaucoup discuté, mais elle le consultait à l'occasion, lorsque les affaires en cours le nécessitaient. Quand elle dirigeait les services de médecine légale, elle se montrait agréable et mettait un point d'honneur à faire sentir le réel respect qu'elle éprouvait pour les employés des labos, même si elle évitait toute excessive familiarité. Elle suit Eise dans le dédale des couloirs peints en blanc sur lesquels ouvrent les baies vitrées des laboratoires où s'affairent des scientifiques. Elle est consciente que l'image qu'elle donnait aux autres n'avait rien de chaleureux et tout d'intimidant. Son rôle de patronne lui avait valu le respect de l'ensemble de ses employés, mais rarement leur affection. Et, au fond, ce désert affectif était dur à vivre, très dur, mais elle l'avait accepté parce qu'il était indissociable de ses responsabilités professionnelles. Tel n'est plus le cas. Aujourd'hui, elle n'a plus à le supporter.

— Comment vous portez-vous, Junius ? demande-t-elle. J'ai cru comprendre que Marino et vous êtes restés jusqu'à pas d'heure au bar de l'amicale de la police. J'espère que vous ne vous rendez pas malade avec cette récente analyse de traces qui prend des allures de charade. Parce que si quelqu'un peut en venir à bout, c'est bien vous.

Eise lui jette un regard incrédule.

— Espérons-le, commente-t-il d'un ton un peu incertain. En tout cas, ce que je peux dire, c'est que je ne me suis pas mélangé les pinceaux. Et je me fiche de ce que les autres peuvent prétendre. Je sais parfaitement que je n'ai pas commis d'erreur.

— Vous êtes la dernière personne qui en ferait.

— Merci. Venant de vous, ce n'est pas rien.

Il frôle le détecteur scellé au mur de la carte magnétique qui pend à un cordon passé autour de son cou, et une serrure se déverrouille dans un cliquettement. Il pousse le battant de la porte.

Ils pénètrent dans la partie du bâtiment réservée à l'analyse de traces.

— Il ne m'appartient pas d'interpréter les résultats, ajoute-t-il, mais je suis formel, je ne me suis pas planté en étiquetant les échantillons. Du reste, ça ne m'est jamais arrivé. Enfin, jamais sans m'en apercevoir tout de suite pour rectifier le tir aussitôt et permettre le travail du tribunal.

— Je comprends.

— Vous vous souvenez de Kit ? demande soudain Eise comme si sa collègue se trouvait à proximité. Elle est absente aujourd'hui, en congé-maladie. Je vais vous dire, la moitié des gens de cette planète est décimée par la grippe. C'est dommage parce qu'elle avait tant envie de vous saluer. Elle sera désolée de vous avoir manquée.

– Eh bien, exprimez-lui en retour mes regrets de ne pas l'avoir revue.

Ils se sont rapprochés d'une longue paillasse noire qui court dans le labo d'Eise.

Marino lâche :

– Dis donc, y aurait pas un coin tranquille d'où je pourrais passer un coup de fil ?

– Si, bien sûr. Le bureau de la chef de département est juste au bout du couloir. Elle passe la journée au tribunal. Vas-y, elle n'y verra pas d'inconvénient.

– Bon, je vous laisse faire des pâtés dans la boue, les gars.

Marino s'éloigne avec lenteur, les jambes arquées comme un cow-boy qui démonterait après une longue chevauchée éreintante.

Eise protège une large surface de la paillasse à l'aide d'une feuille de papier blanc et Scarpetta ouvre son sac noir pour en tirer les prélèvements de sol. Il pousse une chaise supplémentaire afin de lui permettre de s'installer à son côté, devant le microscope composé, et lui tend une paire de gants d'examen. La première des multiples étapes de la procédure est la plus simple. À l'aide d'une mince spatule d'acier, Eise plonge dans l'un des sachets de prélèvement pour récupérer une faible quantité de résidu d'argile rouge et de poussière sableuse qu'il étale sur une lame de microscope, avant de la déposer sur la platine du microscope. L'œil collé à l'appareil, il règle la mise au point et fait lentement avancer le chariot du microscope. Scarpetta ne distingue pas grand-chose, si ce n'est la traînée de poussière humide et rougeâtre sur la lame. Eise prépare alors d'autres lames pour les examiner tour à tour, les abandonnant ensuite sur une feuille d'essuie-tout blanc.

Ce n'est que lorsqu'ils attaquent le deuxième sachet de terre que Scarpetta a prélevée sur le site de démolition qu'Eise déniche quelque chose.

Il lève les yeux du binoculaire et lâche :

– Si je ne le voyais pas de mes propres yeux, je ne le croirais pas. Je vous en prie, jetez un coup d'œil, invite-t-il en repoussant sa chaise montée sur roulettes.

Elle se rapproche du microscope et plaque ses yeux aux oculaires pour découvrir un microscopique paysage de chaos qui mêle le sable à d'autres minéraux, à des filaments de tabac, des débris de plantes, sans oublier des fragments d'insectes, le chaos typique d'un parking. Quelques écailles de métal, ressemblant pour certaines à de l'argent terne, retiennent son regard. Cela, en revanche, n'a rien de typique. Elle cherche un petit instrument pointu et en trouve plusieurs à proximité. Elle manipule avec le plus grand soin le résidu étalé sur la lame, isolant des copeaux métalliques. Il y en a trois sur cette préparation, un peu plus volumineux que les grains de silice ou de minéraux divers et variés, ou même que les autres débris. Deux d'entre eux sont rouges et le dernier blanc. Triant encore à l'aide de la pointe de tungstène, elle ramène à la surface un dernier élément qui la fascine. Elle le reconnaît aussitôt, mais garde d'abord un silence prudent. Elle veut être certaine de la pertinence de sa découverte.

L'élément en question est de la taille de la plus petite écaille de métal peint, de couleur jaune grisâtre, mais il ne s'agit ni d'un minéral, ni d'un artefact manufacturé par l'homme. De fait, la particule ressemble à un oiseau préhistorique cyclope, à cou mince et corps très trapu, dont la tête aurait la forme d'un marteau.

– Des lamelles. Elles ressemblent à des cercles concentriques. Il s'agit en fait des couches d'ossification, qui évoquent un peu les cernes de croissance des troncs d'arbre, explique-t-elle en poussant un peu la particule. Vous remarquerez aussi les cannelures et les rayures des canalicules. Ce sont les petits trous que l'on aperçoit. Les canalicules du tissu compact haversien dans lesquels courent les minuscules vaisseaux sanguins. Si vous passez cela au microscope polarisant, vous devriez découvrir des sortes d'ondulations en forme d'éventail. Lorsque vous en arriverez à la diffraction aux rayons X, je vous parie que le résultat vous orientera sur le phosphate de calcium. En d'autres termes, de la poudre d'os. Certes, si on prend en compte le contexte et l'origine des prélèvements, ce n'est pas vraiment une énorme surprise. Il traîne sans doute une colossale quantité de poussière d'os dans ce vieux bâtiment.

– Ah, ben ça alors, ça m'en bouche un coin, s'exclame joyeusement Eise. Je me suis arraché les cheveux de la tête avec cette identification ! C'est le même truc que celui retrouvé dans le cas de la Gamine malade, l'affaire Paulsson, si vous voyez ce que je veux dire. Je peux jeter un œil ?

Elle repousse sa chaise, soulagée mais toujours aussi perplexe. Ces éclats de peinture mêlés à de la poudre d'os sont cohérents dans le cas du décès du conducteur d'engin de chantier, en revanche que viennent-ils faire sur le cadavre de Gilly Paulsson ? Comment se peut-il que les mêmes indices aient été retrouvés dans la cavité buccale de la très jeune fille ?

Eise répète avec conviction :

– Oui, c'est le même fichu truc. Attendez, je vais sortir les lames que j'ai réalisées lors des analyses concernant la Gamine malade. On va les poser sur la platine du microscope pour que vous puissiez vérifier par vous-même. Vous n'allez pas y croire…

Il récupère une épaisse enveloppe d'une pile en équilibre sur son bureau et la décachette pour en tirer un étui à lames en carton.

– … J'ai gardé tout ce qui la concernait à portée de main. J'ai examiné ces lames un nombre incalculable de fois, ça, je peux vous le garantir. (Il pose l'une d'entre elles sur la platine.) Regardez… des éclats de peinture rouges, blancs et bleus, certains adhérant à des copeaux métalliques, d'autres pas. (Il fait avancer la lame, réglant la mise au point avant de poursuivre :) Nous avons affaire à une peinture monocouche émaillée, sans doute une résine époxy. Selon moi, des modifications postérieures à la fabrication ne sont pas exclues. Je veux dire par là que quel qu'ait été l'objet en question, il est possible que sa couleur initiale soit blanche et on l'aura ensuite repeint, en rouge ou en bleu. Regardez.

Eise a dû passer un temps considérable à débarrasser la lame appartement au cas Paulsson de toutes les particules, à l'exception des éclats de peinture rouges, blancs et bleus. Ils paraissent énormes, brillants, comme les cubes de construction d'un jeu d'enfant, bien que de formes irrégulières. Certains adhèrent à des écailles métalliques argentées et ternes, d'autres sont libres. La couleur et la texture de la peinture semblent *a priori* identiques à ce qu'elle vient de découvrir dans les échantillons de sol. Il ne s'agit même plus d'incompréhension, mais d'une sorte de tétanie intellectuelle. Elle ne parvient plus à réfléchir. Impossible de dégager le lien logique qui expliquerait cette similitude.

Eise retire la lame pour la remplacer par une autre en ajoutant :

– Tenez, voici le mélange initialement prélevé, c'est-à-dire avant que je le débarrasse de ce que vous appelez de la poudre d'os.

– Et tout cela était présent dans ses écouvillons ? insiste-t-elle tant cette concordance est ahurissante.

– Aucun doute à ce sujet. D'ailleurs, vous l'avez sous les yeux.

– La même fichue poudre !

– Attendez, il doit y en avoir une invraisemblable quantité là-bas. Si vous grattiez toute la poussière d'os qui s'est accumulée dans cet immeuble, vous n'en finiriez pas, commente Eise.

– Certains de ces éléments semblent anciens et le produit d'un écaillage ou d'une exfoliation naturelle, laquelle se manifeste lorsque le périoste se dégrade, explique Scarpetta. Regardez, dans ce cas les bords sont bien arrondis et vont en s'amenuisant. C'est le type de poudre que je m'attendrais à trouver dans le cas d'ossements récupérés sur d'anciens cadavres ou des squelettes exhumés, enfin ce genre de choses. En d'autres termes, des os non traumatisés produisent une poudre qui ne l'est pas non plus…

Elle isole dans un coin de la lame un éclat microscopique d'os aux contours ébréchés et de couleur plus claire que les autres avant de poursuivre :

– On dirait que celui-ci provient d'un os pulvérisé.

Il se penche vers le binoculaire pour le constater, puis se recule afin de lui laisser le champ libre. Elle s'installe à nouveau avant de reprendre son examen.

– En réalité, je me demande si cette particule-là n'a pas été carbonisée. Avez-vous remarqué comme elle est fine ? Je distingue une petite marge noirâtre. Oui, cela m'a l'air brûlé. Je vous parie que si j'appliquais le bout de mon doigt sur cet élément, il collerait à ma peau, à la pellicule grasse qui recouvre mon épiderme, alors qu'une particule osseuse normale n'y demeurerait pas, poursuit-elle songeuse. Je me demande si une partie du résidu que nous examinons ne provient pas d'os incinérés.

Le regard rivé au cercle lumineux qui illumine la particule dentelée d'un blanc bleuté et cerclée du noir de la carbonisation, elle raisonne :

– C'est crayeux, et on dirait bien que l'os a été fracturé, mais pas nécessairement par la chaleur. Je ne sais pas. À ma décharge, je n'ai jamais dû m'intéresser à de la poudre d'os, et surtout pas post-crémation. Une analyse de composition chimique devrait vous éclairer...

Les yeux toujours collés au microscope, elle explique :

– Si l'os a été brûlé, les taux de calcium seront différents et celui de phosphore augmenté. D'autant que trouver de la poudre d'os carbonisé dans les décombres et la poussière de l'ancien immeuble n'aurait vraiment rien d'étonnant puisqu'il hébergeait un four de crématorium. Tant de corps ont dû y être incinérés au fil des ans. En revanche, je vous avoue ma perplexité : comment se fait-il que les échantillons de sol que j'ai rapportés en renferment ? J'ai gratté la terre à proximité de la porte située à l'arrière du bâtiment. Or ils n'ont pas encore commencé à démolir cette section et à creuser le parking. Le département d'anatomie devrait donc être préservé. Vous vous souvenez de la porte arrière, n'est-ce pas ?

– Tout à fait.

– Eh bien, c'est juste là que j'ai récolté le contenu de mes petits sachets. Comment de la poudre d'os provenant d'incinérations peut-elle se retrouver sur le parking, en surface du parking? Sauf si l'on admet qu'elle y a été apportée d'une façon ou d'une autre.

— Vous voulez dire que quelqu'un se serait baladé dans le département d'anatomie et que ses chaussures auraient servi de vecteur pour entraîner la poudre jusque sur l'asphalte du parking?

— Je n'ai pas de certitude, mais ce ne serait pas impossible. Selon toute vraisemblance, le visage ensanglanté de Mr Whitby a dû reposer sur le revêtement du parking, lequel est couvert de boue, et cet indice s'est collé au sang de sa blessure.

— Revenons-en au point concernant l'os fracturé, demande Eise, assez désorienté. Donc nous avons un os carbonisé, mais comment a-t-il été fracturé autrement que sous l'effet de la chaleur?

— Ainsi que je vous l'ai dit, je reste très prudente dans mes suppositions. Cependant la poudre d'os peut se mêler à la poussière et atterrir sur l'asphalte. Il n'est pas exclu qu'un engin de chantier roule dessus ou qu'elle soit simplement soumise au piétinement des ouvriers qui travaillent là-bas. La question qui demeure et à laquelle je n'ai pas de réponse est la suivante: ce type de traitement peut-il se manifester par la cicatrice traumatique que nous avons constatée sur cet éclat?

— Mais enfin, bon sang, pourquoi la Gamine malade se serait-elle retrouvée avec de la poudre d'os incinéré sur elle?

Scarpetta tente de vider son esprit afin de réorganiser ses pensées avant de répondre:

— C'est en effet la question. En effet... Cela ne provient pas des prélèvements réalisés sur Mr Whitby. Non, cette poudre d'os fracturé et carbonisé ne vient pas de là. Parce que ce que je suis en train d'examiner, ce sont les lames de Gilly.

— Attendez... de la poudre d'os récupérée post-crémation se retrouve dans la bouche de la Gamine malade? Seigneur Jésus! Mais je ne comprends pas. Ah, non, vraiment pas. Vous voyez une explication?

– Je n'ai pas la moindre idée qui permette de comprendre pourquoi cette poudre d'os, fracturé et carbonisé ou pas, a été retrouvée sur elle. Vous n'avez rien d'autre ? J'ai cru comprendre qu'ils avaient rapporté pas mal d'objets du domicile des Paulsson ?

– Des draps et des couvertures provenant de son lit. On a passé une bonne dizaine d'heures, avec Kit, à ramasser tout ce que l'on pouvait récolter et, ensuite, je me suis épuisé à enlever les fibres de coton simplement parce que le Dr Marcus fait une obsession sur les écouvillons. C'est à se demander s'il ne possède pas des actions de Q-Tips, se plaint Eise. Et puis, évidemment, le labo d'analyses d'ADN a aussi passé le linge de lit au peigne fin.

– Oui, je suis au courant. Ils cherchaient des cellules d'épithélium respiratoire et les ont trouvées.

– Nous avons aussi remarqué des cheveux, des cheveux teints en noir sur les draps. Ils ont fait tourner Kit en bourrique.

– D'origine humaine, je suppose ? Une recherche d'ADN est en cours ?

– En effet, humains. On les a envoyés à Bode pour une détection d'ADN mitochondrial.

– Et des poils d'animal familier ? Vous avez retrouvé des poils de chien ?

– Non.

– Ni sur son pyjama, ni dans les draps ? Aucun poil de chien ? Nulle part ?

– Non. Et de la poudre produite par une scie ? insiste-t-il complètement obsédé par cette trouvaille. Elle pourrait également provenir de votre ancien bâtiment.

– Ce que nous avons n'évoque pas une scie…

Elle se laisse aller contre le dossier de sa chaise et le fixe avant de poursuivre :

– Si les os avaient été sciés, nous aurions de fins granules accompagnés d'esquilles plus grosses. La présence de particules métalliques arrachées de la lame n'est pas non plus inhabituelle.

– Bon, pourrions-nous aborder un sujet auquel je connais un petit quelque chose avant que mon cerveau ne disjoncte et ne grille ?

– Je vous en prie.

– Merci, mon Dieu. D'accord, vous êtes l'expert en os, je vous l'accorde bien volontiers…

Il range quelques lames dans l'étui consacré à Gilly Paulsson et continue :

– … En revanche, je m'y connais en peintures. Que ce soit dans le cas de la Gamine malade ou du conducteur d'engin de chantier, on ne remarque aucune trace de couche d'apprêt ni de couche de finition. En d'autres termes, la peinture ne provient pas d'un véhicule. Ajoutez à cela que les minuscules écailles de métal sont inertes face à un aimant, ce qui signifie qu'elles ne renferment pas de fer, j'ai tenté l'expérience l'autre jour. En conclusion et pour faire court, il s'agit d'aluminium.

– Quelque chose en aluminium et peint d'une peinture émaillée rouge, blanc et bleu, résume Scarpetta à haute voix. Le tout mélangé à de la poudre d'os.

– Je donne ma langue au chat, déclare Eise.

– Moi de même, pour l'instant du moins.

– De la poudre d'os humain ?

– Nous ne le saurons pas, sauf si elle est fraîche.

– Fraîche, ça veut dire vieille de combien ?

– Quelques années, donc pas quelques décennies. On peut écouvillonner les empreintes digitales pour récupérer l'ADN mitochondrial et les fragments *Short-Tandem-Repeat ADN*, ce n'est pas sorcier jusque-là, si tant est que l'échantillon ne soit pas trop ancien ou trop endommagé. Vous savez, avec l'ADN, la qualité prime sur la quantité. Mais je parierais gros que nous allons nous retrouver le bec dans l'eau. Tout d'abord, avec un os incinéré, nous pouvons dire adieu aux analyses ADN. Quant à celui que je regarde en ce moment, et qui n'a pas été carbonisé, je ne sais pas trop pourquoi, mais j'ai le sentiment qu'il est très vieux. L'érosion est vraiment prononcée. Certes, vous pouvez toujours envoyer un peu de la poudre épargnée par la chaleur aux laboratoires de Bode en vue d'une recherche d'ADN mitochondrial, voire même un STR, mais vous disposez d'une quantité si minime d'échantillon que tout va y passer. Souhaitons-nous vraiment gâcher tout notre stock alors qu'il n'est vraiment pas certain qu'il en sorte quelque chose ?

– L'ADN, ce n'est pas mon département. Dommage, car dans le cas contraire mon budget de fonctionnement serait largement plus important.

Scarpetta se lève en déclarant :

– De toute façon, ce n'est pas à moi de décider. Cela étant, si je devais me prononcer, je préserverais l'intégrité de notre échantillon au cas où nous en aurions besoin ultérieurement. Ce qui importe, au fond, c'est que de la poussière d'os est mise en évidence dans deux enquêtes qui ne devraient présenter aucune similitude.

– Oui, c'est ce qui compte.

– Je vous laisse le soin de communiquer cette bonne nouvelle au Dr Marcus, déclare Scarpetta.

– Oh, il adore mes e-mails. Je vais lui en envoyer un nouveau. J'aimerais aussi avoir une bonne nouvelle à vous offrir, docteur Scarpetta. Mais la vérité, c'est que ces petits sachets de poussière vont me prendre du temps. Des jours. Je vais étaler tout leur contenu sur des lames de verre, procéder à une dessiccation, puis tout tamiser dans le but de séparer les différentes particules, et ce n'est pas une partie de plaisir parce qu'il faut cogner ces foutus tamis sur la paillasse toutes les trente secondes pour récupérer les grains les plus fins dans le réceptacle. J'ai cessé de supplier qu'on m'offre un de ces séparateurs de particules équipés de shakers automatiques parce qu'ils coûtent jusqu'à six mille dollars. En d'autres termes, je peux faire une croix dessus. La déshydratation et le tamisage devraient me prendre quelques jours, et ensuite je-moi-même qui vous cause et mon microscope prendrons la relève jusqu'à la microscopie électronique à balayage et, éventuellement, d'autres techniques. Au fait, je vous ai déjà offert un de mes instruments faits main ? Les collègues leur ont donné un petit nom affectueux : les cure-dents d'Eise.

Il en dégotte plusieurs dans son bureau et en choisit un, le tournant et le retournant avec lenteur afin de s'assurer que le tungstène est bien rectiligne et effilé. Le brandissant fièrement, il le tend à Scarpetta avec autant de panache que s'il lui offrait une longue rose.

– C'est très gentil à vous, Junius. Je vous remercie beaucoup. Eh non, vous ne m'en aviez jamais offert auparavant.

CHAPITRE 40

Elle a beau retourner le problème dans tous les sens, il lui demeure toujours aussi obscur. Scarpetta décide donc d'oublier pour un temps les copeaux d'aluminium et la poudre d'os. Elle risque l'épuisement intellectuel si elle s'obstine davantage sur ces éclats de peinture rouges, blancs et bleus, et ces particules plus petites que des squames de ce qui pourrait s'avérer n'être autre que de l'os humain.

Ce début d'après-midi est si gris et l'air si chargé d'eau qu'on a l'impression que la pluie ne tardera pas à tomber. Scarpetta et Marino descendent du quatre-quatre dont les portières se referment dans un soupir étouffé. Son espoir l'abandonne lorsqu'elle constate que toutes les lumières sont éteintes dans la petite maison de briques au toit d'ardoises moussu, à moitié dissimulée par la palissade qui clôt le jardin des Paulsson.

– Vous êtes sûr qu'il sera bien là ? demande Scarpetta.

– Ouais, c'est ce qu'il a dit. Je sais où sont les clés. Il m'a indiqué l'endroit, ce qui prouve qu'il a rien à cirer qu'on soit au courant.

– Il est hors de question que nous pénétrions à l'intérieur sans y être invités, si c'est ce que vous suggérez.

Elle détaille l'allée malmenée qui conduit jusqu'au volet d'aluminium protégeant la porte en bois de la maison, puis les fenêtres obscures qui s'ouvrent de chaque côté. La maison est petite et ancienne, marquée par la tristesse des lieux négligés. D'arrogants magnolias prennent l'endroit d'assaut, parsemés de bosquets d'épineux qui n'ont pas été taillés depuis des lustres, ainsi que de hauts pins conquérants, si sûrs d'eux que leurs aiguilles et leurs fruits s'accumulent en couches, bouchant les gouttières et étouffant ce qu'il reste des pelouses.

– Je suggérais rien du tout, rétorque Marino en inspectant la rue paisible. Je vous informais juste qu'il m'avait expliqué où était cachée la clé et qu'y avait pas de système d'alarme. À vous de me dire pourquoi qu'y m'a raconté tout ça.

– Cela n'a pas d'importance, lâche-t-elle tout en sachant pertinemment que c'est faux.

Elle sent déjà ce que tout cela leur réserve.

L'agent immobilier ne souhaite pas se déranger pour faire visiter la maison ou alors il n'a plus envie de s'impliquer. Ils peuvent donc se balader un peu partout à leur gré. Elle fourre les mains dans les poches de son manteau. Son sac de scène de crime pèse sensiblement moins sur son épaule. Il a été délesté des sachets de terre qui sont en cours de dessiccation dans le laboratoire d'analyse de traces.

– Bon, ben, je vais au moins jeter un œil par la fenêtre, décide Marino.

Il descend le long de l'allée, marchant avec précaution, les jambes toujours écartées, vérifiant où il pose les pieds. Il lance par-dessus son épaule :

– Vous me suivez ou vous restez près de la voiture ?

Le peu qu'ils ont réussi à glaner sort tout droit de l'annuaire, mais les pingres renseignements ont été suffisants pour que Marino déniche le nom de l'agent immobilier qui, de toute évidence, n'a pas eu l'occasion de faire visiter la maison depuis plus d'un an et qui, de surcroît, s'en contrefiche. La propriétaire des lieux est une certaine Bernice Towle. Elle vit en Caroline du Sud et refuse de dépenser trois sous pour remettre l'endroit en état ou même d'en baisser le prix de vente afin d'intéresser un tant soit peu un éventuel acheteur. Selon l'agent immobilier, la maison n'est jamais habitée, sauf lorsque Mrs Towle la prête à des amis. Cela étant, il n'a pas la moindre idée de la fréquence de telles invitations. La maison, ses hypothétiques habitants n'ont fait l'objet d'aucune enquête de la part de la police de Richmond puisqu'elle ne semble plus occupée depuis bien longtemps, et donc *a priori* sans rapport avec le meurtre de Gilly Paulsson. La même logique explique aussi l'indifférence du FBI pour cette semi-ruine. Tel n'est pas le cas de Scarpetta et Marino car, selon eux, tout peut se révéler important dans le cas d'une mort violente.

Scarpetta s'avance en direction de l'habitation. Le ciment de l'allée est glissant d'une sorte de pellicule glaireuse et verdâtre, mélange d'humidité et de moisissure. Tout en se rapprochant de Marino, elle songe que si une prolifération indésirable de cet ordre survenait chez elle, elle brosserait le tout à l'eau de Javel.

Marino est parvenu sous le petit porche branlant et scrute l'intérieur de la maison par la fenêtre, ses mains en œillères autour des yeux.

– Si nous devons vraiment nous transformer en rôdeurs, autant y aller franchement, déclare-t-elle. Où est cachée la clé ?

– Ce pot de fleurs, sous le buisson, là…

Il jette un regard à un énorme buis échevelé sous lequel est remisé un pot de fleurs qui disparaît presque entièrement sous une couche de boue.

– … La clé est dessous.

Elle s'en rapproche et dégage des branchages afin d'atteindre le pot, dans lequel s'est accumulée de l'eau de pluie croupissante dont l'odeur n'a rien à envier à celle des marécages. Elle pousse le pot et découvre un petit bout de papier d'aluminium plié, recouvert de terre et de toiles d'araignée, qui protège une clé de cuivre aussi ternie qu'une vieille pièce de monnaie. Nul ne l'a utilisée depuis un bon moment, des mois ou peut-être davantage. Elle rejoint Marino sous le porche et lui tend l'objet, peu désireuse d'être celle qui ouvrira.

La porte gémit en s'entrouvrant, libérant une bouffée d'air lourd de l'odeur de moisi. Il fait très froid à l'intérieur et soudain elle a l'impression de sentir un relent ténu de cigare. Marino tâtonne à la recherche d'un interrupteur, mais lorsqu'il le trouve enfin et le bascule, rien ne se produit.

– Tenez, propose Scarpetta en lui tendant une paire de gants en coton. Vous avez de la chance, j'ai aussi votre taille.

– Ouais.

Il fourre ses énormes mains dans les gants pendant qu'elle enfile les siens.

Une lampe est posée sur une table poussée contre un mur et lorsque Scarpetta l'allume, la lumière jaillit enfin.

– Au moins, l'électricité n'est pas coupée, commente-t-elle. Je me demande si la ligne téléphonique est toujours branchée.

Elle soulève le combiné d'un vieux poste noir et le colle à son oreille. Rien, le silence.

– Non, pas de ligne. C'est étrange, mais j'ai l'impression qu'une odeur de vieux cigare traîne ici.

Marino hume, scrutant les alentours. Le salon semble presque petit avec cette grande carcasse de flic au milieu.

– Si vous voulez pas que vos canalisations gèlent et pètent, faut garder le courant. Non, moi je sens pas le cigare, juste la poussière et le moisi. Mais vous avez toujours réussi à sentir des merdes que moi, je renifle pas.

Scarpetta se tient dans le cercle lumineux diffusé par la lampe et regarde de l'autre côté de la petite pièce plongée dans la pénombre. Un sofa, dont le capitonnage est alourdi de motifs floraux, est poussé sous les fenêtres et une chaise bleue de style *Queen Ann* abandonnée dans un coin. Des piles de magazines sont entassées sur une table basse en bois sombre et elle s'en rapproche pour les consulter.

– Alors ça, je ne m'y attendais pas, remarque-t-elle en feuilletant un numéro de *Variety*.

Marino la rejoint et baisse les yeux vers l'hebdomadaire en noir et blanc.

– Quoi?

– Une publication réservée aux professionnels de l'industrie du spectacle. Bizarre, ce numéro date de l'année dernière, de novembre. Oui, vraiment étrange. Je me demande si Mrs Towle, qui qu'elle soit, à des liens avec le show-business.

Marino répond d'un ton assez indifférent :

– Ben, peut-être qu'elle fait partie des fans de stars, comme la moitié de la planète.

– Cette moitié de planète-là lit *People, Entertainment Weekly*, ce genre de choses. Ce que nous avons ici est plutôt réservé aux professionnels, répond-elle en ramassant d'autres magazines pour en énumérer les titres au fur et à mesure. *Hollywood Reporter, Variety, Variety, Hollywood Reporter*, et tout cela sur deux ans... À l'exception des six derniers mois. Peut-être des fins d'abonnement. Le nom du destinataire est Mrs Edith Arnette, à cette adresse. Ça vous évoque quelque chose?

– Nan.

– L'agent immobilier vous a-t-il précisé l'identité de la personne qui occupait les lieux? S'agissait-il de Mrs Bernice Towle?

– Non, il a rien précisé, mais j'ai eu l'impression qu'il s'agissait bien de la propriétaire.

– Il serait sans doute préférable que nous parvenions à des certitudes. Et si nous le rappelions?

Elle tire la fermeture à glissière de son sac de scène de crime et en extrait un épais sac-poubelle qu'elle secoue sans douceur afin de l'entrouvrir pour y glisser les numéros de *Variety* et d'*Hollywood Reporter*.

Marino est planté dans l'embrasure de la porte, lui tournant le dos. Pourtant il remarque :

– Pourquoi vous les embarquez?

– Ça ne peut pas faire de mal de vérifier s'ils portent des empreintes digitales.

Il déplie un petit bout de papier sur lequel est inscrit un numéro de téléphone et commente :

– C'est du vol.

– Viol de propriété privée, entrée avec effraction, au point où nous en sommes, on peut aussi ajouter le vol à la liste.

Mais il a décidé de la titiller un peu :

– Si on trouvait quelque chose d'intéressant, je vous rappelle que nous n'avons pas de mandat.

– Vous préférez que je les replace, Marino ?

Toujours contre le chambranle de la porte, il hausse les épaules avant de répondre :

– Ben, si on dégotte un truc là-dessus, je sais où est cachée la clé. Je me faufilerai à nouveau pour remettre les magazines en place et ensuite on obtiendra le mandat. J'ai déjà fait le coup.

– À votre place, je n'en ferais pas état devant témoin.

Elle abandonne le sac contenant les périodiques sur le plancher et se dirige vers une petite table base qui flanque le canapé sur la gauche. Encore une fois, elle a distinctement l'impression de percevoir un relent de fumée de cigare.

– Oh, y a beaucoup de choses dont je ferais jamais état devant témoin, acquiesce-t-il en composant le numéro sur son portable.

– De surcroît, ceci échappe à votre juridiction et vous ne pouvez pas demander de mandat.

– Vous inquiétez pas, Doc. Browning et moi, on est des vrais potes maintenant.

Son regard s'évade pendant qu'il patiente et elle déduit à son ton qu'il est tombé sur une boîte vocale lorsqu'il débite :

– Salut, Jim. C'est Marino. Je me demandais qui qu'avait vécu dans cette baraque en dernier. Ce serait pas une Edith Arnette, des fois ? S'il vous plaît, appelez-moi aussi vite que possible.

Il raccroche après avoir précisé son numéro et commente au profit de Scarpetta :

– Hein… Ce vieux Jimbo avait aucune intention de nous accompagner jusqu'ici. Je suis pas sûr qu'on puisse lui en vouloir. Bordel, quel taudis !

– C'est le terme adéquat, acquiesce Scarpetta en ouvrant le petit tiroir de la table basse située à gauche du canapé. Il est plein de pièces de monnaie. Cela étant, je ne suis pas certaine qu'il s'agisse de la raison de son absence. Or donc le détective Browning et vous êtes des potes ? Pourtant, il n'y a pas si longtemps que cela, vous redoutiez qu'il vous arrête.

– Ouais, mais ça, c'était avant, rétorque Marino en s'avançant dans le couloir sombre. C'est un mec *cool*. Vous affolez pas. Si j'ai besoin d'un mandat, je l'obtiendrai. Vous avez qu'à vous distraire avec vos magazines sur Hollywood. Bordel, mais où sont les lumières dans cette taule ?

– Il y a au moins cinquante dollars en pièces d'un *quarter*...

Les pièces s'entrechoquent dans le tiroir sous les doigts de Scarpetta qui les pousse pour les examiner plus aisément.

– ... Seulement des *quarters*, ni *dime*, ni *cent*, rien d'autre. Que peut-on régler avec des *quarters* dans ce coin ? Des journaux ?

– Ben, le *Poubelle-Patch* coûte cinquante *cents*, précise-t-il d'un ton sarcastique, faisant référence au *Times-Dispatch*. J'ai acheté le numéro d'hier au distributeur qu'est situé devant l'hôtel, ça m'a coûté deux *quarters*. Deux fois le prix du *Washington Post*.

Scarpetta referme le tiroir en commentant :

– C'est assez inhabituel, quand même, de laisser de l'argent dans une maison inoccupée.

La lumière du couloir refuse de s'allumer, mais Scarpetta suit Marino jusque dans la cuisine. La vision de l'évier dans lequel s'empilent des assiettes sales qui marinent dans une eau grasse et croupie la frappe aussitôt. Elle ouvre la porte du réfrigérateur, de plus en plus certaine que quelqu'un s'est installé ici il y a relativement peu. Des packs de jus d'orange et de lait de soja s'y alignent et les dates de péremption qu'elle vérifie indiquent une consommation possible jusqu'à la fin du mois en cours. Quant à la viande qu'elle découvre dans le compartiment de congélation, elle a été achetée il y a trois semaines. Les autres aliments stockés dans les placards et le garde-manger ne font qu'ajouter à son angoisse, l'intuition précédant le raisonnement. Elle traverse le couloir et fouille la chambre située à l'arrière de la maison. Ce coup-ci, elle en est certaine, il traîne dans la pièce une odeur de cigare et l'adrénaline dévale dans ses veines.

Un couvre-lit bleu marine de médiocre qualité est tiré sur le lit de deux personnes. Lorsqu'elle le rabat, elle constate que les draps sont froissés et souillés. Des cheveux courts les parsèment, certains roux, d'autres plus sombres et frisés, sans doute des poils pubiens. Quant aux taches, elles ont séché en raidissant et Scarpetta n'a pas grande hésitation sur leur nature. Le lit fait face à la fenêtre et, de là, elle voit de l'autre côté de la palissade qui entoure le jardin, jusqu'à la maison des Paulsson, jusqu'au carré sombre de la fenêtre de la chambre de Gilly. Un cendrier en céramique jaune et noir promotionnel Cohiba est posé sur la table de chevet, tout propre. La couche de poussière qui s'est accumulée à la surface des meubles est plus abondante que celle qui le tapisse.

Scarpetta fait ce qu'elle doit, perdant presque toute conscience du temps qui file, du changement progressif des ombres, de la pluie qui tambourine sur le toit. Elle passe en revue le contenu des tiroirs de la commode et y découvre une rose rouge fanée toujours protégée par son papier de cellophane. Dans la penderie des vêtements masculins, manteaux, vestes, costumes, tous démodés, de coupe sévère, boutonnés avec soin, sont suspendus à des cintres en fil de fer, au-dessous de pantalons d'homme nettement pliés et de chemises de couleurs sombres, sans oublier des piles de sous-vêtements et de chaussettes de qualité médiocre et des douzaines de mouchoirs défraîchis pliés en quatre avec une application maniaque.

Elle s'installe à même le sol pour inventorier le contenu des boîtes de carton qu'elle a tirées de sous le lit : un stock de vieilles publications professionnelles réservées aux entreprises de pompes funèbres et à leurs directeurs, un éventail de mensuels comprenant des photos de cercueils, de linceuls, d'urnes de crématorium et de matériel réservé à l'embaumement. Les numéros qu'elle examine sont tous vieux d'au moins huit ans. Les étiquettes portant le nom et l'adresse du destinataire ont été arrachées des couvertures. Il n'en demeure que quelques lettres ici ou là, parfois un bout de code postal, mais pas grand-chose d'autre, en tout cas pas assez pour lui apprendre ce qu'elle cherche.

Elle passe en revue le contenu de chaque boîte, tournant et retournant les périodiques un à un dans l'espoir de tomber sur une étiquette d'expédition complète, et finit enfin par trouver son bonheur tout au fond d'un des cartons. Assise par terre, elle fixe l'étiquette, la déchiffrant encore et encore, se demandant si elle s'est complètement fourvoyée ou si tout ça s'explique logiquement, hurlant pour ameuter Marino. Elle se relève d'un bond, criant son nom, tenant à la main un magazine dont la couverture fait la promotion d'un cercueil sculpté en forme de voiture de sport.

– Marino, où êtes-vous ?

Elle fonce vers le couloir, l'oreille aux aguets, tentant de distinguer sa silhouette. Elle halète et son cœur s'affole.

– Merde, enfin ! marmonne-t-elle en parcourant le couloir au pas de charge. Où êtes-vous passé, Marino ?

Il est sorti sous le porche et il est pendu à son téléphone portable. Lorsque leurs regards se croisent, elle comprend que lui aussi a déniché quelque chose. Elle brandit le magazine et le lui colle sous le nez.

– Ouais, ben, on y sera. J'ai l'impression qu'on va pas décoincer de la nuit.

Il raccroche et la fixe. Elle connaît ce regard plat, elle l'a déjà vu. Il resurgit lorsque Marino a reniflé la proie et qu'il la piste. Quelles qu'en soient les conséquences, il ne la lâchera pas. Il lui attrape le magazine des mains, l'étudie en silence, puis annonce enfin :

– Browning nous rejoint. Pour l'instant, il est chez le juge, il récupère un mandat.

Il retourne la revue, déchiffre à son tour l'étiquette apposée sur l'arrière et crache :

– Merde. Doux Jésus. Vos anciens bureaux. Mon Dieu.

Une pluie molle clapote sur le toit d'ardoises. Scarpetta avoue :

– Je ne comprends pas ce que tout cela signifie. Sauf s'il s'agit d'un de mes anciens employés.

– Ouais, ou quelqu'un qui connaît quelqu'un qu'a travaillé pour vous. L'adresse, c'est bien l'OCME, vérifie-t-il. Ouais, y a pas de doute, et c'est pas adressé aux labos. Juin 1996. Ça, ça fait pas un pli, c'est bien à l'époque où vous dirigiez cette taule. Vos bureaux devaient avoir un abonnement à cette revue…

Il rentre dans le salon, se rapprochant de la lampe posée sur la table afin de feuilleter le périodique, et conclut :

– … Donc vous devriez savoir qui la recevait.

– Je n'ai jamais autorisé d'abonnement à ce magazine ni à aucun autre du même genre, rétorque-t-elle. Pas une revue spécialisée à destination des entreprises de pompes funèbres. Jamais. Quelqu'un se l'est donc procuré en se passant de ma permission ou alors a souscrit personnellement un abonnement.

Marino abandonne le périodique sur la table poussiéreuse, contre le pied de lampe.

– Vous avez une petite idée ou pas ?

Scarpetta repense à ce jeune homme si tranquille qui travaillait dans le département d'anatomie, un jeune homme timide, roux de poil, qui a ensuite été arrêté en longue maladie pour handicap sérieux. Le souvenir de cet employé ne lui était pas revenu depuis longtemps, sans doute pas une seule fois depuis son départ. Au demeurant, pourquoi aurait-elle songé à lui ?

– Je crois que j'ai une idée, répond-elle d'un ton dépourvu d'enthousiasme. Son nom était Edgar Allan Pogue.

CHAPITRE 41

La demeure couleur rose saumon est désertée et une vérité désolante s'impose à lui : quelque chose a gâché son plan. Aucun doute à ce sujet, sans quoi il remarquerait une activité quelconque autour de la vaste maison, ou même les traces d'une activité récente, comme le ruban jaune dont on protège les scènes de crime, ou encore il en aurait entendu parler aux informations, mais, alors qu'il dépasse lentement l'endroit où habite le Gros Poisson, la boîte aux lettres semble intacte. Le petit drapeau a été baissé et la villa paraît vide.

Il poursuit sa route, encore un pâté de maisons, et se retrouve sur l'A1A, mais ne peut résister à la tentation de revenir sur ses pas lorsqu'il repense au drapeau de la boîte aux lettres. Il était relevé lorsqu'il a placé la Grosse Orange, il en est certain. Pourtant une idée s'immisce dans son cerveau, qui passe en revue toutes les hypothèses. Et si la bombe chlorée se trouvait toujours à l'intérieur de la boîte aux lettres, attaquée par les gaz corrosifs, prête à exploser ? Hein, que se passerait-il ? Il doit le savoir. Il n'en dormira ni n'en mangera plus tant qu'il n'aura pas élucidé ce point, et la colère se soulève du plus profond de lui, une colère aussi familière et persistante que les courtes inspirations qu'il force. À la sortie de l'A1A, sur Bay Drive, s'étire une rangée d'appartements en duplex peints en blanc. Il se gare sur le parking qui leur fait face et sort de sa voiture blanche. Il avance, les longues boucles crépues de sa perruque noire lui tombent dans les yeux, il les repousse et descend la rue dans le soleil déclinant.

Par instants, l'odeur de la perruque lui parvient, en général lorsqu'il se concentre sur autre chose ou qu'il est occupé, alors l'odeur lui monte dans le nez, difficile à décrire. Le plastique, c'est la comparaison la plus juste qui lui vienne dans ces moments, or cette évocation le perturbe puisque la perruque n'est pas faite de fils synthétiques mais de cheveux humains, donc elle ne devrait pas sentir le plastique, à moins que ce que son nez détecte ne soit une autre substance chimique utilisée pour la traiter lorsqu'elle a été fabriquée. Les frondaisons des palmiers frémissent contre le ciel qui s'obscurcit et de fragiles rubans de nuages se bordent d'un pâle orangé en accompagnement du coucher de soleil. Il suit le trottoir, remarquant ses fissures et les touffes d'herbe qui profitent de ses fentes pour pousser. Il prend bien garde de ne pas détailler les façades des maisons qu'il dépasse parce que les habitants de tels endroits redoutent le crime et que leur vigilance s'éveille dès qu'ils aperçoivent un étranger au voisinage.

Peu avant d'atteindre la demeure rose saumon, il passe devant une grande maison blanche, sorte de gigantesque cube qui se découpe contre le soleil couchant, et il se demande ce que fait la dame qui l'habite. Il l'a vue à trois reprises et elle mérite d'être détruite. Une fois, il était très tard, alors qu'il se trouvait sur la digue qui protège la maison couleur saumon, il l'a vue à la fenêtre de la chambre qu'elle occupe à l'étage. Les stores étaient relevés et il apercevait même son lit et le grand écran plat de sa télévision. L'appareil était allumé et des tas de gens s'affolaient, et une course-poursuite à moto suivait. Elle était nue, se pressant contre la grande baie vitrée, ses seins aplatis de façon grotesque contre la vitre qu'elle léchait de mouvements de langue répugnants et contraires à la morale. D'abord il a craint qu'elle ne distingue sa silhouette juchée sur la digue, mais elle semblait à moitié endormie en dépit de la séance qu'elle offrait aux plaisanciers qui naviguaient cette nuit-là, et même aux gardes-côtes stationnés de l'autre côté du bras de mer. Pogue aimerait bien connaître le nom de cette dame.

Il se demande si elle oublie de rebrancher l'alarme et de verrouiller la porte arrière de sa maison lorsqu'elle profite un peu de sa piscine, et si elle pense à réactiver tout le système une fois rentrée. D'un autre côté, peut-être ne va-t-elle jamais se baigner, songe-t-il. Il ne l'a jamais vue à l'extérieur de chez elle, dans son patio ou à proximité de son bateau, pas une seule fois. Certes, si elle ne met jamais un pied hors de sa maison, cela risque de compliquer pas mal les choses pour lui. Il récupère le mouchoir blanc tassé au fond de sa poche et s'en essuie le visage, jetant un regard autour de lui, se rapprochant de l'allée et de la boîte aux lettres voisine. Il prend un air détendu, comme s'il faisait partie du paysage, mais il sait fort bien que ces longues boucles brunes emmêlées n'ont rien à faire ici, des cheveux provenant d'un Noir ou d'un Jamaïcain n'appartiennent pas à ce voisinage bien blanc.

Il est déjà venu ici, dans cette rue. Il portait également sa perruque en cette occasion, et cela l'a toujours tracassé de songer qu'elle pouvait attirer l'attention sur lui, mais mieux vaut la perruque que s'afficher tel qu'il est vraiment. Il ouvre la boîte aux lettres du Gros Poisson, ni soulagé ni déçu de la découvrir vide. Il ne perçoit nulle odeur de substances chimiques et ne remarque aucun dommage, pas même une décoloration de la peinture noire intérieure, aussi doit-il accepter l'idée que la bombe n'a pas produit d'effet, aucun. Cela étant, elle a disparu, et cette constatation lui procure une petite satisfaction. Cela sous-entend qu'elle a été informée de sa présence, au moins cela, et c'est mieux que rien. Enfin, du moins le croit-il.

Il est 6 heures du soir et la maison de la dame nue commence à briller dans la pénombre qui s'avance, et il jette un regard furtif en haut de l'allée de ciment rose qui mène à la propriété, puis au travers de la grille en fer forgé, encore plus loin, tout au bout de la cour et jusqu'aux lourds battants en verre de la porte d'entrée principale. Pogue se déplace avec aisance et sans hâte, et la revoit collée à la baie vitrée de sa chambre, et il la hait de s'être pressée ainsi contre la grande paroi en verre, il la hait parce qu'elle est laide et dégoûtante, et parce qu'elle exhibe son corps si laid et dégoûtant. Les gens de sa sorte croient qu'ils dominent le monde, et ils croient qu'ils concèdent un immense privilège aux gens comme lui lorsqu'ils leur accordent avec mesquinerie leur chair ou leurs faveurs, et la dame nue est mesquine. Elle n'est que cinéma, c'est tout.

Une allumeuse, c'est ainsi que la mère de Pogue avait coutume de nommer les femmes de l'espèce de la dame nue. Sa mère aussi était une allumeuse, ce qui explique pourquoi son père s'est finalement soûlé au point de se convaincre qu'une pendaison au chevron du garage était la meilleure chose qui puisse lui arriver. Pogue connaît tous les tenants et les aboutissants des allumeuses, et si un jour un ouvrier avec sa ceinture d'outils et ses bottes de chantier frappait à la porte de la dame nue pour lui demander de conclure ce qu'elle avait initié, elle se mettrait à hurler comme une folle, à débiter des injures de panique et des obscénités avant d'appeler la police. C'est ce que font tous les gens qui ressemblent à la dame nue. Ils recommencent tous les jours, et ça ne leur fait ni chaud ni froid.

Cela fait pas mal de jours qu'il y retourne et il n'a toujours pas achevé ce qu'il a entrepris. C'est trop long. Avant cela, le temps se comptait en semaines et même en mois, trois mois, enfin du moins s'il prend en compte le fait de déterrer quelqu'un qui est déjà fini. En ce cas, il doit aussi ajouter le fait qu'il a dû transporter toutes les autres personnes finies dans leurs boîtes poussiéreuses et disjointes du sous-sol du département d'anatomie, ou plus précisément du petit coin intime qu'il s'y était aménagé. Il a bagarré, les bras chargés de tas de boîtes remplies de gens finis, les montant deux par deux ou parfois trois par trois, ses poumons rétifs en feu, au bord de la suffocation, puis sortant de l'immeuble afin de déposer les boîtes sur le parking avant de redescendre en chercher d'autres, puis les entassant toutes dans sa voiture et à la fin dans de grands sacs-poubelle, et tout ça se déroulait en septembre, lorsqu'il a appris cette scandaleuse et épouvantable nouvelle selon laquelle on allait démolir son bâtiment.

Mais des os exhumés et des boîtes poussiéreuses n'ont rien à voir, absolument rien. Tous ces gens sont déjà finis et il est clair que ça n'a aucun rapport avec le fait de finir quelqu'un lui-même. Pogue a ressenti cette vague de puissance et de gloire, et durant cet éphémère laps de temps il s'est senti justifié et soutenu. Il referme la portière de la voiture et retire sa perruque subtilement imprégnée de l'odeur de plastique. Il sort du parking qui borde la rangée d'appartements blancs et rejoint bientôt la nuit des rues du sud de la Floride, et ses pensées l'emmènent vers le bar de l'Other Way.

CHAPITRE 42

Les rayons lumineux des torches trouent l'obscurité du jardin comme de longs pinceaux jaunes. Scarpetta se tient debout devant la fenêtre, le regard fixé vers l'extérieur, espérant que la police découvrira quelque chose en dépit de la nuit. Pourtant le doute l'éperonne. Sa dernière suggestion lui semble maintenant si déconnectée, pour ne pas dire paranoïaque, peut-être une conséquence de son extrême fatigue.

– Et donc vous ne vous souvenez pas s'il vivait avec Mrs Arnette? demande le détective Browning, installé sur une des chaises de bois de la cuisine, tapotant de son stylo le bord de son calepin tout en mâchant un chewing-gum.

– Je ne le connaissais pas, réplique-t-elle.

Elle n'a pas lâché du regard la valse des rayons lumineux qui zèbrent la pénombre et sent le courant d'air froid qui s'infiltre par les interstices de la fenêtre. Il est fort probable qu'ils ne trouveront rien, pourtant c'est l'inverse qui inquiète Scarpetta. Elle repense à ces traces de poudre d'os découvertes dans la bouche de Gilly et sur le conducteur d'engin de chantier, et l'idée que la police puisse découvrir quelque chose la mine.

– J'ignore en compagnie de qui il habitait, si tant est qu'il ait vraiment vécu avec quelqu'un. Je ne me souviens pas d'avoir jamais partagé une seule vraie conversation avec lui.

– Faut dire que je sais pas trop de quoi vous auriez pu causer avec un énergumène de cet acabit.

– Malheureusement, les employés qui travaillaient au département d'anatomie ont toujours été considérés comme un peu bizarres par les autres. Le reste du personnel jugeait leurs activités pas très ragoûtantes. Ils étaient toujours invités aux fêtes, aux pique-niques ou aux déjeuners sur l'herbe que j'organisais chez moi pour la fête nationale. Mais on ne savait jamais s'ils viendraient ou s'ils déclineraient l'invitation au dernier moment.

– Et lui, il venait?

Browning mâche son chewing-gum si vigoureusement qu'elle peut l'entendre depuis la fenêtre devant laquelle elle se tient.

– Sincèrement, je ne me le rappelle pas. Edgar Allan Pogue faisait partie de ces êtres qui peuvent aller et venir sans qu'on les remarque. Ce que je vais dire pourra sembler assez dur, mais c'est sans doute le plus inexistant des employés que j'aie jamais eus. Je me souviens à peine à quoi il ressemblait.

– « Ressembler », le terme s'impose. On n'a pas la moindre idée de son apparence actuelle, résume Browning en tournant un feuillet de son calepin. Vous avez déclaré qu'il s'agissait d'un petit mec et qu'à l'époque il avait les cheveux roux. Petit comment? Un mètre soixante-dix, soixante-treize? Quelle corpulence? Soixante-cinq, soixante-huit kilos?

– Je dirais plutôt un mètre soixante-cinq et pas beaucoup plus de soixante kilos. Je ne me rappelle même pas la couleur de ses yeux.

– Marron, si on en croit les fichiers du département d'immatriculation des véhicules à moteur. Mais ça peut être un autre bobard puisqu'il a menti au sujet de sa taille et de son poids, comme le prouvent les indications portées sur son permis de conduire. Il a prétendu mesurer un mètre soixante-seize pour quatre-vingt-trois kilos.

Elle se retourne soudain afin de lui faire face et demande :

– En ce cas, pourquoi m'avoir posé ces questions ?

– Pour vous donner une chance de retrouver des souvenirs avant de vous porter la poisse avec ce qui s'avérera sans doute de fausses informations, explique-t-il en lui adressant un clin d'œil appuyé et en mâchouillant toujours son chewing-gum. Ah, il s'est aussi attribué une crinière châtain…

Il tapote à nouveau son calepin du bout de son stylo avant d'ajouter :

– Donc, à cette époque-là, combien un mec comme ça, qui embaumait les corps ou… je sais pas trop ce que fichaient ces gars dans le département d'anatomie… bref, combien pouvait gagner un mec qui faisait ce boulot ?

– Il y a huit ou dix ans ?

Elle tourne à nouveau le visage vers la fenêtre, scrutant l'obscurité, détaillant les lumières qui s'allument dans la maison de Gilly Paulsson, de l'autre côté de la palissade. La police a également envahi le jardin voisin. Ils ont pénétré dans la chambre de la très jeune fille. Elle distingue leurs ombres mouvantes derrière les rideaux tirés de la fenêtre, cette même fenêtre grâce à laquelle Edgar Allan Pogue s'est sans doute livré à son voyeurisme à chaque fois qu'il le pouvait, regardant, fantasmant, suivant peut-être les jeux qui se déroulaient chez les Paulsson, au point de maculer les draps.

– Je dirais qu'il gagnait sans doute plus de vingt-deux mille dollars par an, à cette époque.

– Et tout d'un coup il arrête son boulot. Il prétend qu'il est handicapé pour une raison ou une autre. Une histoire bien peu originale.

– Contamination chronique par le formaldéhyde. Il ne jouait pas la comédie. J'ai expertisé ses rapports médicaux et sans doute ai-je dû l'interroger à cette époque. Oui, j'ai dû le faire. Le formaldéhyde avait causé une pathologie respiratoire. La sclérose pulmonaire était perceptible sur les radios et à la biopsie. Si ma mémoire est exacte, le taux d'oxygénation sanguine était abaissé et la spirométrie indiquait une capacité pulmonaire significativement réduite.

– La spiro-quoi?

– Il s'agit d'un appareil capable de mesurer le volume gazeux expiré. Cela donne donc une appréciation de la fonction respiratoire.

- Ah, ouais, je vois. Je l'aurais probablement pas fait bouger d'un cran quand j'étais fumeur.

– Il est certain qu'à un moment quelconque il n'aurait plus bronché d'un cheveu.

– Bien, bien. Donc Edgar Allan Pogue avait vraiment un problème de santé. Selon vous, ledit problème a persisté?

– Eh bien, sa pathologie n'a pas dû s'aggraver après qu'il eut cessé d'être exposé au formaldéhyde ou autres irritants. Toutefois, cela ne signifie pas une inversion du processus, donc une amélioration, puisque les cicatrices sont là et qu'elles sont permanentes. En d'autres termes, oui, le problème respiratoire a dû persister. À quel degré au juste, je ne m'avancerai pas.

– Un médecin devrait donc le suivre. Vous pensez qu'on pourrait dénicher le nom de son médecin traitant sur d'anciens dossiers le concernant?

– On devrait pouvoir trouver ces renseignements dans les archives de l'État, si tant est qu'elles existent toujours. Cela étant, il faudra en faire la demande au Dr Marcus, parce que je n'ai plus l'autorité nécessaire.

– Hum-hum… Docteur Scarpetta, votre opinion en tant que médecin… en fait, ce que je voudrais vraiment savoir, c'est si ce type est très malade ou pas. Son état nécessite-t-il des visites fréquentes chez l'un de vos confrères ou dans un hôpital, voire la prescription de médicaments particuliers?

– Oh, il est évident qu'il doit être en traitement médicamenteux constant. De surcroît, s'il prend à peu près soin de sa santé, il doit redouter les contacts avec des gens malades et fuir les individus atteints de rhume ou de grippe et contagieux. Il ne veut surtout pas attraper une infection des voies respiratoires supérieures parce que, au contraire de vous et moi, il n'a plus assez de tissu pulmonaire sain en réserve. En d'autres termes, une infection relativement bénigne chez les autres pourrait être fatale dans son cas. Il pourrait développer une pneumonie. Si, en plus, il est asthmatique, il va éviter avec soin tous les allergènes qui peuvent provoquer une crise. Peut-être est-il traité en permanence, avec des stéroïdes par exemple. Peut-être reçoit-il aussi des séries d'injections contre l'allergie. Mais il n'est pas non plus exclu qu'il ait recours à des médicaments délivrés sans ordonnance. Bref, il a pas mal d'options à sa disposition. Il pourrait aussi ne rien faire du tout.

– D'accord, d'accord...

Le tapotement du stylo recommence et ses mâchoires claquent sur son chewing-gum.

– ... Ce que vous impliquez, c'est qu'il serait vite à bout de souffle s'il devait se battre contre quelqu'un ?

– C'est probable.

Cette conversation dure depuis plus d'une heure et l'épuisement gagne Scarpetta. Elle a fort peu mangé de toute la journée et son énergie a fui. Pourtant, elle explique encore :

– Ce que je veux dire, c'est qu'il peut posséder une grande force musculaire mais que son activité physique sera nécessairement limitée. Ainsi certains sports comme la course ou le tennis sont exclus. S'il a été traité par des stéroïdes de façon plus ou moins continue au fil des années, il est peut-être devenu gros. De toute façon, ses capacités d'endurance doivent être médiocres.

Les pinceaux lumineux des puissantes torches balafrent par à-coups la façade de la remise en bois située derrière la maison. La lumière se concentre ensuite sur la porte et illumine un policier en uniforme qui lève une pince pour sectionner le cadenas la condamnant.

Browing demande :

– Ça ne vous paraît pas curieux qu'il s'en soit pris à Gilly Paulsson alors qu'elle souffrait de la grippe ? Il aurait dû s'inquiéter de l'attraper à son tour.

Le regard toujours fixé sur le policier qui manie la grande pince, elle répond :

– Non.

La porte cède et s'ouvre soudain. Le rayon lumineux perce l'obscurité de la cabane en bois.

– Comment ça ? insiste-t-il au moment où la sonnerie du portable de Scarpetta se déclenche.

– Un toxicomane ne songe plus à l'hépatite ou au sida lorsqu'il est en manque. Les violeurs ou les tueurs en série ne pensent pas non plus aux maladies sexuellement transmissibles lorsque l'envie de violer ou de tuer leur prend, explique-t-elle en tirant l'appareil de sa poche. Non, selon moi Edgar Allan Pogue ne se préoccuperait pas de la grippe si le besoin d'assassiner une petite fille le tenait. Excusez-moi, ajoute-t-elle en répondant à l'appel.

– C'est moi, annonce Rudy. On a déterré quelque chose, quelque chose que vous devez savoir. L'enquête que vous poursuivez à Richmond, eh bien… les empreintes latentes que vous avez découvertes concordent avec celles d'un cas sur lequel nous travaillons en Floride. L'IAFIS a conclu à la similitude. Il s'agit d'empreintes latentes inconnues.

– Qui, « nous » ?

– Une de nos enquêtes. Une affaire sur laquelle Lucy et moi bossons. Un truc dont vous n'avez pas été informée et ce serait trop long à expliquer maintenant, d'autant que Lucy n'avait pas envie que vous soyez au courant.

Scarpetta écoute avec attention et peu à peu son incrédulité vient à bout de cette espèce de léthargie intellectuelle qu'elle ressent depuis un moment. Elle aperçoit de la fenêtre une grande silhouette vêtue de noir qui s'éloigne de la cabane en bois située à l'arrière de la maison, les soubresauts de sa lampe torche accompagnant ses pas. Marino revient vers la maison.

– Quel genre d'affaire ? demande-t-elle à Rudy.

– Je ne suis pas censé en discuter, avoue-t-il. (Il marque une pause, puis prend une longue inspiration.) Mais j'arrive pas à joindre Lucy. Son foutu téléphone, je ne sais pas ce qu'elle fabrique, mais elle recommence à ne pas répondre. Ça fait deux heures que j'essaie, bordel ! On a eu une tentative de meurtre. La victime était une de nos nouvelles recrues. Une femme. Elle se trouvait dans la maison de Lucy au moment des faits.

– Oh, mon Dieu, murmure Scarpetta en fermant les yeux.

– Une histoire de merde. D'abord j'ai cru que la victime en question montait un bobard pour attirer l'attention, ou je sais pas trop. Mais les empreintes récupérées sur la bombe artisanale sont identiques à celles qu'on a relevées dans sa chambre. Ce sont aussi les mêmes que celles retrouvées dans l'affaire de cette gamine pour laquelle on vous a fait venir à Richmond.

– La femme, cette nouvelle recrue, que lui est-il arrivé au juste ? insiste Scarpetta.

La lourde démarche de Marino annonce son approche dans le couloir et Browning se lève pour se porter à sa rencontre.

– Elle était couchée, malade de la grippe. Pour ce qui est du reste, nous en sommes aux suppositions, sauf qu'il a pénétré par une porte qu'avait pas été verrouillée, il a dû paniquer et prendre la fuite quand Lucy est rentrée. La victime était inconsciente, en état de choc, une sorte de crise nerveuse, j'en sais trop rien. Elle se souvient pas de ce qui s'est passé, sauf qu'elle était nue, couchée sur le ventre, et que les draps avaient été tirés et balancés.

– Elle a été blessée ?

Les échos de la conversation entre Marino et Browning lui parviennent du couloir. Elle entend distinctement le mot « os ».

– Rien que des contusions superficielles. C'est ce que Benton nous a dit, des contusions superficielles sur les mains, la poitrine, le dos.

– Donc Benton est au courant de tout ça. Tout le monde est au courant, sauf moi, lâche Scarpetta dont la colère monte. Lucy a voulu me cacher cette histoire. Pourquoi ne m'a-t-elle rien expliqué ?

Rudy hésite, comme si la suite était gênante, difficile à avouer.

– Des raisons personnelles, je suppose.

– Je vois.

– Je suis désolé. Écoutez, il vaut mieux pas que je me lance sur ce sujet. Mais je suis vraiment désolé. Je ne devrais même pas vous en parler. D'un autre côté, je me dis qu'il faut que vous soyez au courant puisque les deux affaires semblent avoir des liens. Inutile de me demander comment ou pourquoi. J'ai jamais vu un truc aussi dingue et paniquant que cette histoire. Merde, à qui a-t-on affaire ? Un cinglé ?

Marino pénètre dans la chambre, épinglant Scarpetta du regard.

– Oui, un vrai cinglé, confirme-t-elle en dévisageant le grand flic. Il est fort possible qu'il s'agisse d'un Blanc nommé Edgar Allan Pogue, la trentaine, plutôt trente-cinq ou trente-six ans. Les pharmacies sont maintenant connectées sur une base de données. Pogue est peut-être enregistré sur l'une d'elles, peut-être même plusieurs. Il pourrait être traité aux stéroïdes dans le cadre d'une pathologie respiratoire. Et c'est tout ce que je vous dirai.

– Ça me suffit, répond Rudy, soudain encouragé.

Scarpetta met un terme à la communication sans quitter Marino des yeux. Une pensée fugace lui traverse l'esprit : comme sa notion des règles s'est modifiée, changeant l'éclairage du tout au tout ! Son appréciation des choses a tant évolué au fil des années, et sans doute cela ne s'arrêtera-t-il pas là. Peu de bases de données peuvent résister aux incursions des pirates de la Dernière Chance. Pour l'instant, il s'agit de traquer les monstres. Ras-le-bol des règles. Ras-le-bol de ce doute, de cette culpabilité qu'elle ressent en fourrant le portable dans sa poche, toujours plantée au beau milieu de la chambre.

– De cette pièce, il pouvait voir par la fenêtre de la chambre de Gilly, lance-t-elle à Marino et à Browning. Et si les jeux – puisqu'il faut bien leur donner un nom –, si les jeux de Mrs Paulsson se sont déroulés à son domicile, il est fort possible qu'il en ait été témoin. Et – j'ose à peine y penser – si l'un de ces jeux s'est tenu dans la chambre de la petite fille, cela aussi, il a pu l'apercevoir.

L'intense regard de Marino se teinte maintenant de colère. Il commence :

– Doc ?

– Ce que je veux dire, c'est que la nature humaine, ou plutôt ses facettes délétères, est si étrange. Devenir témoin de la victimisation d'un être peut encourager une personne à reproduire les mêmes sévices sur la victime en question. Contempler des actes de violence sexuelle peut être un déclencheur pour des individus marginaux…

– Quels jeux ? l'interrompt Browning.

– Doc ?

Le regard de Marino est dur, brûlant de la furie qui accompagne la chasse. Il reprend :

– On dirait qu'on a affaire à une vraie foule de gens là-bas, dans la cabane. Une foule de morts. J'ai pensé que vous voudriez jeter un œil.

– Vous avez mentionné une autre enquête ? demande Browning à Scarpetta.

Ils avancent dans l'étroit couloir obscur et froid. L'odeur de poussière et de moisissure semble soudain si puissante qu'elle suffoque presque Scarpetta. Elle fournit un gigantesque effort pour ne pas s'attarder sur Lucy, tenter de comprendre ce que celle-ci considère partie intégrante de son univers personnel, celui qu'elle refuse de partager avec sa tante. Scarpetta résume le contenu de sa conversation avec Rudy au profit de Marino et de Browning. Si ces révélations semblent exciter Browning, elles plongent Marino dans le silence.

– En d'autres termes, Pogue se trouve sans doute en ce moment en Floride, conclut Browning. Je me mets là-dessus et je ne lâche plus.

Une multitude de pensées paraît se télescoper dans sa tête et son regard perd de son intensité. Il pile dans la cuisine et ajoute en récupérant le portable pendu à sa ceinture :

– Je sors une minute.

Un technicien de scènes de crime vêtu d'une combinaison bleu marine, la tête coiffée d'une casquette de base-ball, passe un gros pinceau à poudre à empreintes autour du socle d'un interrupteur de la cuisine, et Scarpetta perçoit les échos des voix d'autres flics qui discutent plus loin dans la petite maison sinistre, sans doute dans le salon. De grands sacs-poubelle noirs, liés et étiquetés en pièces à conviction, ont été entassés contre le chambranle de la porte qui ouvre sur l'arrière, et Junius Eise fait une incursion dans l'esprit de Scarpetta. Il ne va pas manquer d'occupations lorsqu'il entreprendra la fouille systématique des déchets déments de la vie de dément d'Edgar Allan Pogue.

– Ce mec a déjà bossé pour une maison de pompes funèbres ? demande Marino à Scarpetta.

Depuis la porte arrière de la maison, le jardin ressemble à une jungle mortifère recouverte d'une épaisse couche de feuilles détrempées. Marino poursuit :

– Le petit hangar, là-bas, est bourré – et quand je dis bourré, c'est pas une exagération – de boîtes remplies de cendres qui m'ont tout l'air humaines. J'ai pas l'impression que ce soit récent, même si on dirait qu'elles sont pas là depuis très longtemps. Genre : il les aurait déménagées dans cet abri de jardin il y a peu.

Scarpetta demeure silencieuse jusqu'à ce qu'ils atteignent la cabane. Elle emprunte la lampe torche d'un des policiers et dirige le puissant faisceau lumineux vers l'intérieur. De volumineux sacs-poubelle ouverts par les flics s'éclairent. Des cendres blanchâtres s'en échappent, parsemées de fragments crayeux d'os. Au sol traînent des boîtes de vilain métal – certaines cabossées – ou des boîtes à cigares nappées d'une couche de poussière. Le flic qui se tient contre le chambranle de la porte grande ouverte a déplié sa matraque rétractable et s'en sert comme d'un bâton, l'enfonçant dans l'un des sacs éventrés.

– Vous croyez qu'il a brûlé tous ces gens-là ? demande-t-il à Scarpetta.

Le faisceau de sa lampe explore l'intérieur de la cabane pour s'arrêter soudain sur de longs os et un crâne de la couleur d'un parchemin.

– Non, sauf s'il possédait son propre crématorium. Ces boîtes sont celles qu'on utilise juste après une incinération…

Le pinceau lumineux s'arrête sur l'une de celles qui dépassent d'un sac-poubelle. Elle est déformée par des bosses, à moitié ensevelie dans les cendres.

– … Lorsque l'on vous renvoie les cendres d'un membre de votre famille, c'est dans l'une de ces boîtes peu chères en métal. Si vous souhaitez quelque chose de plus élégant, il faut payer…

Elle déplace à nouveau le rayon de sa lampe vers l'endroit où elle a découvert les longs os et le crâne, ceux-là n'ont pas été incinérés. Le crâne les fixe de ses orbites vides et ses mâchoires s'ouvrent sur une grimace édentée.

– … Il faut une température de mille à mille deux cents degrés pour réduire des os humains en cendres.

– Et les os qu'ont pas été brûlés? demande-t-il en pointant sa longue matraque vers le crâne.

Son bâton ne tremble pas dans sa main, pourtant elle le sent tendu.

– À votre place, je m'assurerais qu'il n'y a pas eu d'affaire de vandalisme dans les cimetières, voire de viols de sépultures relativement récents, conseille-t-elle. Ces os me semblent assez anciens. En tout cas, ils ne datent pas d'hier. De surcroît, je ne perçois nulle odeur qui pourrait indiquer qu'un cadavre s'est décomposé ici.

Elle fixe le crâne qui la dévisage.

– Nécrophilie, commente Marino en balayant l'intérieur de l'abri, ce qu'il reste de douzaines de gens, un amas de poussière accumulé ailleurs durant des années pour être déménagé il y a peu dans cette cabane.

Scarpetta éteint sa lampe torche et se recule de quelques pas en rétorquant:

– Je ne sais pas. Selon moi, il n'est pas exclu qu'il ait monté une grosse arnaque, récupérant les boîtes de cendres contre espèces sonnantes et trébuchantes, promettant d'exaucer le vœu de personnes démunies dont le dernier souhait était que leurs restes soient répandus au sommet d'une montagne, dans la mer ou un jardin, ou même, pourquoi pas, dans leur coin de pêche favori. Vous acceptez l'argent et vous balancez les cendres quelque part. Peut-être même dans cette cabane. Nul ne l'apprend. Ce genre de combines existe. Peut-être a-t-il commencé son commerce du temps où il travaillait pour moi? Je vérifierai auprès des crématoriums du coin. Leur a-t-il proposé ses services? Cela étant, ils ne l'admettront sans doute pour rien au monde.

Elle s'avance dans le jardin, ses pas s'enfonçant dans le tapis de feuilles mortes détrempées.

– Et donc ce serait qu'une histoire de fric? insiste d'un ton incrédule le policier à la matraque qui l'a suivie.

Sans ralentir l'allure, elle répond:

– Peut-être la mort a-t-elle fini par tant l'attirer qu'il a décidé de la provoquer.

La pluie s'est interrompue. Le vent est tombé et la lune s'est dégagée des nuages qui la dissimulaient, mince et pâle comme une écharde de verre suspendue au-dessus du toit d'ardoises moussues de ce qui fut la maison d'Edgar Allan Pogue.

CHAPITRE 43

Une brume nocturne a envahi la rue et la lumière du réverbère le plus proche parvient à peine à dessiner l'ombre de Scarpetta sur l'asphalte. Elle fixe depuis le jardin sombre et trempé les fenêtres éclairées qui s'ouvrent de chaque côté de la porte de la maison.

Des voisins ou même des passants ont dû remarquer ces lumières, et les allées et venues d'un homme roux. Peut-être Pogue possède-t-il une voiture. Toutefois, si l'on en croit Browning, si tel est le cas, et quel que soit le véhicule en question, il n'est enregistré nulle part. Certes, ce détail est troublant puisqu'il signifie que si Pogue conduit bien une voiture, les plaques minéralogiques ne sont pas à son nom, soit parce que le véhicule ne lui appartient pas, soit parce qu'il utilise des plaques volées.

Son téléphone portable semble peser une tonne au fond de sa poche, bien qu'il soit tout petit et fort léger. Mais ses pensées tournent autour de Lucy et la minent à tel point qu'elle en vient à redouter d'appeler sa nièce en ce moment.

Quelle que soit la situation d'ordre personnel dans laquelle s'est fourrée Lucy, Scarpetta craint d'en connaître les détails. Les affaires personnelles de Lucy évoluent rarement vers le positif. Une part de Scarpetta – cette part qui semble n'avoir rien de mieux à faire que de se ronger les sangs et douter – se noie alors dans l'autoculpabilisation, se rendant responsable des échecs relationnels de sa nièce. Benton se trouve à Aspen et Lucy ne l'ignore sans doute pas. Elle doit aussi savoir que la relation de Benton et de sa tante ne se porte pas si bien, un entre-deux qui perdure depuis qu'ils se sont retrouvés.

Scarpetta est en train de composer le numéro de Lucy lorsque la porte de la maison s'ouvre, livrant passage à Marino qui s'avance sous le porche plongé dans la pénombre. La vision est si déroutante qu'elle frappe Scarpetta : il a les mains vides en quittant une scène de crime. Lorsqu'il faisait partie des forces de police de Richmond, il repartait toujours des lieux de violence en remorquant derrière lui des monceaux de sacs, autant qu'il pouvait en fourrer dans le coffre de sa voiture. Mais, aujourd'hui, il a les bras ballants, Richmond n'est plus sa juridiction. Le plus sage consiste à laisser les flics du coin récolter les indices, les étiqueter et les transférer aux labos. Peut-être feront-ils de l'excellent travail, sans oublier des éléments cruciaux, ou, au contraire, surenchériront-ils dans la collecte d'inutilités. Pourtant, alors qu'elle suit des yeux la silhouette massive de Marino qui descend l'allée en briques dans sa direction, elle se sent si impuissante qu'elle raccroche avant même le déclenchement de la messagerie vocale de Lucy.

– Que voulez-vous faire ? lui demande-t-elle lorsqu'il parvient à sa hauteur.

– Ce que j'aimerais fumer une clope ! déclare-t-il en examinant les ombres inégales de la rue que troue par endroits la lumière des réverbères. Jimbo, notre agent immobilier sans peur et sans reproche, m'a rappelé. Il a enfin réussi à mettre la main sur Bernice Towle. C'est la fille.

– La fille de la fameuse Mrs Arnette, qui que soit cette dernière ?

– Juste. Et donc Mrs Towle sait rien de rien au sujet de quelqu'un qu'aurait habité ici. Selon elle, la baraque serait inoccupée depuis plusieurs années. Genre : une clause de merde sur un testament. J'sais pas trop. La famille peut pas vendre en dessous d'un certain prix et Jim prétend qu'il parviendra jamais à obtenir la somme demandée. Oh, j'sais pas. Par contre, une clope, ça, je refuserais pas. Peut-être que c'est cette fumée de cigare qui me file une crise de manque ?

– Et concernant d'éventuels invités ? Mrs Towle autorisait-elle des amis à passer quelque temps dans la maison ?

– Personne est foutu de se souvenir quand ce taudis a été occupé par des invités. Peut-être qu'il fait comme les vagabonds qui squattent des immeubles vides ? Vous vous installez gratos dans les lieux et si quelqu'un arrive, vous vous barrez vite fait. Et puis, quand la côte est à nouveau dégagée, vous vous réinstallez. Bordel, on n'en sait rien. Et vous, qu'est-ce que vous voulez faire ?

Elle déverrouille les portières du quatre-quatre et jette un dernier regard à la maison aux fenêtres éclairées.

– On devrait rentrer à l'hôtel. Je ne vois pas trop ce que nous pourrions tenter d'autre cette nuit.

Il ouvre la portière côté passager, remonte sa jambe de pantalon, grimpe sur le marchepied pour s'installer avec un luxe de prudence sur le siège avant de répondre :

– J'me demande jusqu'à quelle heure que leur bar est ouvert à l'hôtel. Parce que, maintenant, je suis super-réveillé. C'est ce qui se passe, bordel. J'suis sûr que ça me ferait pas de mal de griller une cigarette, juste une, et de descendre quelques bières. Après ça, peut-être que j'arriverais à dormir.

Elle claque sa portière et met le contact.

– Avec un peu de chance, leur bar sera fermé. Si je bois, ne serait-ce qu'un verre, cela ne fera qu'empirer les choses parce que cela m'empêche de réfléchir. Qu'est-ce qui est arrivé, Marino ? (Elle braque le volant et démarre, abandonnant derrière eux les lumières de la maison d'Edgar Allan Pogue.) Il a vécu ici. Personne n'en savait rien ? Il a rempli un abri de jardin de boîtes de cendres humaines et personne ne l'a aperçu, allant et venant dans le jardin, personne, c'est bien cela ? Êtes-vous en train de me dire que Mrs Paulsson ne s'est jamais rendu compte de sa présence, n'a jamais remarqué ses déplacements ? En revanche, peut-être Gilly l'a-t-elle surpris ?

– Et pourquoi qu'on ferait pas demi-tour jusqu'à chez elle pour lui poser la question ? propose Marino, le regard tourné vers la vitre de sa portière, ses énormes mains posées sur ses cuisses, comme s'il voulait protéger ses blessures.

– Il est presque minuit.

Un rire sarcastique lui échappe.

– Juste. Restons polis, hein ?

Elle bifurque à gauche dans Grace Street et lâche :

– D'accord. Mais soyez prêt. Nul ne peut prévoir sa réaction, ce qu'elle va vous sortir lorsqu'elle vous verra.

– Ça serait plutôt à elle de s'inquiéter de ce que je vais sortir, pas l'inverse.

Scarpetta effectue un demi-tour et se gare le long du trottoir non loin de la petite maison en briques, juste derrière le mini-van bleu foncé. Seule la lumière du salon est encore allumée, filtrant par les fins rideaux. Scarpetta cherche un moyen infaillible de convaincre Mrs Paulsson de lui ouvrir et conclut que la meilleure méthode est sans doute de lui téléphoner. Elle fait défiler la liste des appels qu'elle a récemment passés dans l'espoir que celui concernant Mrs Paulsson ne se soit pas encore effacé, en vain. Elle plonge dans son sac, retrouve le petit bout de papier qu'elle trimbale depuis sa première rencontre avec Suzanna Paulsson et compose le numéro. Elle imagine son appel véhiculé dans les airs, où qu'aillent les appels téléphoniques, et croit presque entendre la sonnerie résonner dans la chambre de sa destinatrice.

– Allô ?

La voix de Suzanna Paulsson semble inquiète, étouffée.

– Kay Scarpetta à l'appareil. Je suis devant chez vous et quelque chose vient de survenir. Il faut que je vous parle. Ouvrez-moi, s'il vous plaît.

La voix trahit maintenant la confusion et la crainte :

– Mais quelle heure est-il ?

– S'il vous plaît, ouvrez-moi, répète Scarpetta en descendant du quatre-quatre. Je suis juste devant votre porte.

– D'accord, d'accord.

Elle a raccroché.

– Restez dans la voiture, ordonne Scarpetta à l'intérieur de l'habitacle. Attendez qu'elle ouvre la porte et ne vous montrez qu'à ce moment-là. Si elle vous apercevait de la fenêtre, elle ne nous permettrait pas d'entrer.

Elle referme sa portière et Marino demeure sagement assis, protégé par la pénombre. Scarpetta s'avance en direction du porche. Des lumières s'allument dans la maison, accompagnant la progression de Suzanna Paulsson qui se rapproche de la porte d'entrée. Scarpetta patiente et une ombre flotte devant le rideau du salon. Elle bouge alors que Mrs Paulsson écarte le rideau pour vérifier qui se trouve à l'extérieur, puis le fin coton palpite comme une aile et frémit lorsque la porte s'ouvre enfin. Elle est vêtue d'une robe de chambre de flanelle rouge dont la fermeture à glissière est remontée. Ses cheveux sont aplatis comme si elle venait de se lever et ses yeux bouffis.

– Mon Dieu, que se passe-t-il ? s'exclame-t-elle en laissant Scarpetta pénétrer chez elle. Pourquoi êtes-vous là ? Qu'est-il arrivé ?

– L'homme qui occupait la maison, juste derrière votre palissade, le connaissiez-vous ?

Suzanna Paulsson semble à la fois effrayée et déconcertée :

– Quel homme ? Quelle palissade ?

– La maison là-bas, derrière chez vous, insiste Scarpetta en pointant l'index dans la direction, attendant l'apparition de Marino. Un homme a habité là-bas. Oh, je vous en prie ! Vous devez être au courant que quelqu'un a occupé cette maison.

Marino frappe à la porte, provoquant le sursaut de Mrs Paulsson qui plaque sa main sur son cœur en gémissant :

– Mon Dieu, quoi encore ?

Scarpetta ouvre le battant et Marino s'avance. Son visage s'est empourpré et il semble incapable de regarder la femme. Au lieu de cela, il referme derrière lui et s'avance en direction du salon.

La colère gagne aussitôt Mrs Paulsson qui s'écrie :

– Oh, merde ! Je ne veux pas de lui chez moi.

Puis, s'adressant à Scarpetta, elle ordonne :

– Faites-le sortir.

– Parlez-nous de l'homme qui a vécu là-bas, juste de l'autre côté de votre palissade, reprend Scarpetta. Vous avez tout de même dû apercevoir de la lumière.

– Il se fait appeler Edgar Allan Pogue, ou Al, ou alors il utilise un autre nom ? lui lance Marino, le visage en feu mais dur. Évite-nous les conneries, Suz. On n'est pas trop d'humeur ce soir. Comment se faisait-il appeler ? Je suis sûr que vous étiez de bons potes, tous les deux.

– Je suis en train de m'échiner à vous dire que je ne sais rien d'un homme qui aurait habité là-bas. Pourquoi ?... Vous pensez que ?... Oh, mon Dieu !

Ses yeux brillent de larmes et de terreur, et elle semble sincère, comme tout excellent menteur en pareil cas. De fait, Scarpetta ne la croit pas.

– Il est déjà venu chez toi ? demande Marino d'un ton qui exige une réponse.

– Non !

Elle secoue la tête, mains serrées sur son ventre.

– Ah, ouais ? Et comment que tu peux être aussi catégorique alors que tu sais même pas de qui on parle, hein ? Peut-être que c'est le laitier. Peut-être qu'il vous a rendu une petite visite pour participer à l'un de vos jeux ? Puisque tu sais pas de qui on cause, comment tu peux affirmer qu'il n'a jamais mis un pied chez toi ?

– Je ne tolérerai pas que l'on me parle sur ce ton, déclare-t-elle à Scarpetta.

– Répondez à la question, lâche Scarpetta en la fixant.

– Mais je vous dis...

– Et moi, je te dis que ses foutues empreintes digitales ont été retrouvées dans la chambre de Gilly, feule Marino, s'avançant, menaçant, vers elle. Tu as invité ce petit enfoiré de rouquin à participer à un de tes jeux ? C'est bien ça, Suz ?

Les larmes dévalent le long de ses joues et elle crie :

– Non ! Non, personne n'habite dans cette baraque. Juste la vieille femme et elle est partie depuis des années. Et peut-être que des gens passent de temps en temps, mais personne n'y vit, je le jure ! Ses empreintes ? Oh, mon Dieu. Mon bébé, mon petit bébé.

Elle éclate en sanglots, ses mains plaquées sur ses épaules. Elle hoquette dans ses larmes, grimaçant de chagrin, puis se couvre les joues de ses doigts tremblants.

– Qu'a-t-il fait à mon petit bébé ?

– Il l'a tué, voilà ce qu'il lui a fait, siffle Marino. Parle-nous de lui, Suz.

– Oh, non, gémit-elle. Oh, Gilly.

– Assieds-toi, Suz.

Mais elle reste plantée là, sanglotant, le visage enfoui dans ses mains.

– Assieds-toi, j'ai dit, ordonne Marino d'un ton mauvais, et Scarpetta reconnaît sa technique.

Elle n'interviendra pas. Elle le laissera faire ce qu'il fait si bien, même si la scène qui se prépare est difficile à supporter.

– Assieds-toi, répète-t-il en désignant du doigt le canapé. Et pour une fois dans ta merde de vie, dis la vérité. Fais-le pour ta fille.

Mrs Paulsson s'effondre sur le canapé poussé entre deux fenêtres, le visage dissimulé dans ses mains, les larmes trempant son cou et disparaissant en taches sur le devant de sa robe de chambre. Scarpetta se dirige vers la cheminée éteinte, juste en face de la femme.

D'une voix lente et calme, Marino intime :

– Parle-moi d'Edgar Allan Pogue. Tu m'écoutes, Suz ? Hello !... Tu m'écoutes ? Il a buté ta petite fille. Ou alors peut-être que tu t'en tapes ? Après tout, c'était un vrai clou à la fesse, hein ? Gilly était un clou à la fesse? Tu nous as raconté quelle gosse bordélique c'était. Tu passais ta vie à tout ramasser derrière cette gamine pourrie-gâtée…

– Ça suffit! hurle-t-elle, ses yeux rougis agrandis, comme fous de haine pour le grand flic. Ça suffit! J'ai dit assez maintenant. Espèce d'enfoiré de… espèce de…

Elle sanglote et s'essuie le nez d'une main tremblante avant de murmurer:

– Ma Gilly.

Marino se laisse aller dans un fauteuil à haut dossier et ni lui ni Mrs Paulsson ne semblent plus avoir conscience de la présence de Scarpetta dans la pièce. Mais il sait. Il connaît parfaitement les étapes de cette mise en scène. Soudain calme et presque doux, il revient à la charge:

– Tu veux qu'on l'arrête, n'est-ce pas, Suz?

Il penche le torse vers elle, laissant reposer ses avant-bras massifs sur ses genoux, et insiste:

– Que veux-tu au juste? Explique-moi.

– Oui, bafouille-t-elle entre ses larmes. Oui.

– Aide-nous.

Elle hoche la tête, sanglotant.

– Tu veux pas nous aider? (Il se laisse aller contre le dossier de son fauteuil et tourne le regard vers Scarpetta qui se tient devant l'âtre.) Elle va pas nous aider, Doc. Elle veut pas qu'on lui mette la main dessus.

– Non… Je… je sais pas… Je l'ai seulement vu… Je crois que c'était… Une nuit, je suis sortie, vous voyez. Je me suis approchée de la palissade. Je cherchais Sweetie et il y avait un homme dans le jardin, de l'autre côté.

– Le jardin derrière sa maison, précise Marino. De l'autre côté de ta palissade.

– Il était juste derrière. Il y a des fentes entre les lattes de bois et il avait passé ses doigts au travers, pour caresser Sweetie. J'ai dit bonsoir. Oui, c'est ce que je lui ai dit… Oh, merde!

Elle s'étouffe, luttant pour reprendre son souffle afin de terminer sa phrase:

– Oh, merde… C'est lui et il caressait Sweetie.

– Et qu'est-ce qu'il t'a répondu ? demande Marino de sa voix calme. Il a dit quelque chose ?

– Il a dit… (Sa voix monte vers les aigus, puis se casse.) Il… il a dit : « J'aime bien Sweetie. »

– Et comment qu'y connaissait le nom du chien ?

– « J'aime bien Sweetie », c'est ce qu'il a dit.

– Comment qu'y savait le nom de ton chien ? répète Marino.

Elle respire avec peine, ses larmes presque taries, le regard fixé au sol.

Marino ne désarme pas :

– Ben, ce serait pas invraisemblable s'il avait aussi pris le chiot. Il l'aimait bien, pas vrai ? T'as pas revu Sweetie, c'est ça ?

– Alors, il a aussi pris Sweetie, murmure-t-elle en serrant si fort ses mains croisées sur ses genoux que ses phalanges blanchissent. Il a tout pris.

– Cette nuit-là, quand il caressait Sweetie à travers la palissade, qu'est-ce que t'as pensé ? Qu'est-ce que t'as pensé du fait qu'y avait un mec de l'autre côté ?

– Il parlait d'une voix très basse, tu vois, pas une voix forte. Un débit assez lent, je ne sais pas… ni franchement amical, ni déplaisant.

– Tu lui as rien dit d'autre ?

Elle fixe le sol avec obstination, en serrant les poings.

– Je crois bien que je lui ai dit : « Je m'appelle Suz. Vous habitez le coin ? » Il m'a répondu qu'il était juste en visite. C'est tout. Alors j'ai pris Sweetie dans mes bras et je suis retournée vers la maison. Et puis, au moment où je rentrais par la porte arrière de la cuisine, j'ai aperçu Gilly. Elle était accoudée à la fenêtre de sa chambre, elle surveillait son chien. Elle s'est précipitée vers moi pour récupérer Sweetie. Elle l'aimait tant, son chien. (Ses lèvres se crispent et elle ajoute :) Elle serait bouleversée.

– Les rideaux de la chambre de Gilly étaient tirés lorsqu'elle s'est approchée de la fenêtre pour regarder dans le jardin ? demande Marino.

Le regard de Mrs Paulsson ne dévie pas. Pas une fois elle n'a cligné des paupières, et ses poings se tassent jusqu'à ce que ses ongles pénètrent dans la chair de ses paumes.

Marino jette un cou d'œil à Scarpetta, qui lance devant la cheminée :

– Tout va bien, madame Paulsson. Essayez de vous calmer. Détendez-vous un peu. Cette scène dont vous avez été témoin, lorsqu'il a caressé le chien par les lattes disjointes de la palissade, remonte à combien de temps ? Était-ce bien avant le décès de Gilly ?

Mrs Paulsson s'essuie les yeux, puis les ferme.

– Quelques jours ? Une semaine ? Un mois ?

Elle lève enfin le regard et dévisage Scarpetta avant de lâcher :

– Je sais pas pourquoi vous êtes revenue dans cette maison. Je vous avais dit que je ne voulais plus vous y revoir.

– Il s'agit de Gilly, biaise Scarpetta, tentant de ramener Mrs Paulsson à ce qu'elle semble vouloir éviter. Il faut que nous apprenions le maximum de choses au sujet de cet homme que vous avez aperçu dans le jardin de la maison de derrière, celui qui flattait votre chien.

– Vous n'avez pas le droit de débarquer chez moi alors que je vous ai dit que je ne voulais plus vous revoir.

– Je suis désolée que vous ne vouliez plus me revoir, réplique Scarpetta, debout, très calme, devant la cheminée. Peut-être aurez-vous du mal à le croire, mais tout ce que j'essaie de faire, c'est vous aider. Chacun d'entre nous cherche à comprendre ce qui a pu arriver à votre fille. Et aussi à Sweetie.

Le regard de la femme change. Il devient sec, presque dérangeant. Elle siffle :

– Non ! Je veux que vous partiez…

Elle ne s'adresse qu'à Scarpetta, sans mentionner Marino. Elle ne semble même plus consciente de sa présence sur ce fauteuil situé à la gauche du canapé, à moins d'un mètre d'elle. Elle répète :

– Si vous ne partez pas de chez moi, j'appelle quelqu'un. La police. Je les appellerai.

Tu veux être seule avec lui, n'est-ce pas ? songe Scarpetta. Tu veux continuer le jeu commencé avec lui parce que les jeux sont tellement plus faciles que la réalité. Elle demande :

– Vous souvenez-vous lorsque la police a emmené des choses qui se trouvaient dans la chambre de Gilly ? Ils ont pris les draps et les couvertures, vous savez cela ? Beaucoup de ces différentes pièces à conviction ont été transmises aux laboratoires.

Figée sur le canapé, son joli petit minois dur et fermé, son regard glacial braqué sur Scarpetta, elle persiste :

– Je ne veux pas de vous dans cette maison.

– Les scientifiques traquent les indices. Tout ce qui se trouvait dans les draps, les couvertures de Gilly, sur son pyjama, tout ce que la police a embarqué de chez vous, tout a été passé au peigne fin. Gilly a été examinée, je l'ai examinée, énumère Scarpetta, sans lâcher le regard de Mrs Paulsson, sans abandonner une seconde le visage un peu vulgaire.

Une ombre passe dans le regard fixe que pose Mrs Paulsson sur l'autre femme, une pensée trouble. Scarpetta ne la lâche pas :

– Pas un seul poil de chien. Nous n'avons pas découvert un seul poil de basset, assène Scarpetta de cette voix calme et ferme.

Depuis la cheminée devant laquelle elle se tient debout, elle domine de sa hauteur Mrs Paulsson affalée sur le canapé et reprend :

– ... Sweetie a en effet disparu. Parce qu'elle n'a jamais existé. Il n'y a jamais eu de chiot. Jamais.

– Dis-lui de partir, exige Mrs Paulsson de Marino sans lui jeter un seul regard. Force-la à quitter ma maison, ordonne-t-elle comme s'il était son allié ou même son homme. Vous autres, les docteurs, vous faites ce que vous voulez des gens, vous faites ce que vous décidez.

– Pourquoi t'as menti pour le chiot ? demande alors Marino.

– Sweetie est partie maintenant. C'est fini.

– Nous, on voudrait savoir si y a jamais eu un chien dans cette maison.

– Gilly avait pris l'habitude de passer tant de temps à regarder par la fenêtre de sa chambre. À cause de Sweetie. Elle regardait en essayant de voir où se trouvait Sweetie. Elle ouvrait parfois sa fenêtre pour l'appeler.

Elle ne lève pas la tête et on pourrait croire qu'elle s'adresse à ses mains serrées.

– Y a jamais eu de chien ici, hein, Suz ? insiste Marino.

– Elle n'arrêtait pas d'ouvrir et de refermer cette fenêtre à cause de Sweetie. Quand la chienne était dans le jardin, Gilly remontait la vitre et elle riait, et elle l'appelait. À tel point que le loquet a fini par casser.

Mrs Paulsson ouvre lentement ses mains et détaille ses paumes, examinant les traces en lune abandonnées par ses ongles, de frêles croissants sanglants.

– J'aurais dû le faire réparer.

CHAPITRE 44

Le lendemain matin à 10 heures, Lucy arpente la pièce, ramassant quelques magazines qui traînent, impatiente et pourtant rongée par l'ennui. Elle espère que le pilote d'hélicoptère assis non loin du poste de télévision va se dépêcher, que la porte va s'ouvrir et qu'on va l'appeler, ou qu'il va recevoir un appel urgent et partir. Elle va et vient dans le salon de cette maison située non loin du complexe hospitalier, s'immobilisant soudain devant une fenêtre dont les vitres en verre irrégulier ondulent légèrement. Elle jette un regard aux maisons historiques qui parsèment Barre Street. Les hordes de touristes ne débarqueront pas à Charleston avant le printemps, et fort peu de gens se promènent.

Elle a enfoncé la sonnette de la porte d'entrée voilà quinze minutes maintenant. Une femme potelée, d'un certain âge, l'a accueillie et l'a conduite dans la salle d'attente juste au début du couloir. La petite pièce devait faire office de salle de réception durant les heures de gloire passées de la maison. La femme lui a tendu un des formulaires vierges de l'administration fédérale de l'aviation, le même que celui que Lucy remplit tous les deux ans depuis une bonne décennie. La femme l'a ensuite abandonnée pour disparaître en haut des marches d'un haut escalier en bois brillant de cire. Lucy a abandonné son formulaire sur une des petites tables basses. Elle avait commencé à s'acquitter de sa tâche, puis l'a laissée tomber. Elle ramasse un autre périodique, y jette un coup d'œil avant de le replacer sur la pile. Le pilote d'hélicoptère remplit son imprimé, levant parfois les yeux pour lui jeter un regard.

Il lui dit d'un ton cordial :

– Je m'en voudrais de vous expliquer ce que vous avez à faire, mais le Dr Paulsson n'aime pas qu'on pénètre dans son cabinet sans avoir au préalable coché toutes les cases de ce papier.

– Ah, je vois que vous êtes familier des procédures, répond Lucy en s'asseyant. Ces fichus formulaires ! Ce n'est vraiment pas mon truc. Je me suis toujours plantée avec ce genre de choses au collège.

– Moi aussi, je déteste ça, approuve le pilote.

Il est jeune, ses cheveux bruns sont coupés très court et ses yeux sombres rapprochés. Lorsqu'il s'est présenté quelques minutes plus tôt, il a mentionné voler sur des Black Hawk pour la garde nationale, mais aussi sur des Jet Ranger pour une compagnie de charters. Il poursuit :

– La dernière fois, j'ai même oublié de cocher la case des allergies. Il faut vous dire que j'ai été en traitement de désensibilisation parce que ma femme a un chat. Ç'a tellement bien marché que, du coup, j'en ai oublié que j'étais allergique. Eh bien, l'ordinateur a refusé mon dossier.

– Quelle galère ! commente Lucy. Il suffit qu'un ordinateur commette une gaffe et ça vous fiche des mois en l'air.

– Mais cette fois-ci j'ai ramené l'ancien formulaire, explique-t-il en brandissant une feuille de papier jaune pliée. Comme ça, toutes mes réponses seront identiques. Plus de problème. Enfin, si j'étais vous, je le remplirais. Il ne va pas être content si vous passez dans son cabinet sans avoir fait vos devoirs !

– Oui, mais je me suis trompée, précise Lucy en récupérant sa feuille. J'ai écrit le nom de la ville dans la mauvaise case. Il faut que je recommence.

– Oh… !

– Si la dame revient, je lui demanderai un nouvel imprimé vierge.

– Oh, elle travaille ici depuis des lustres.

– Et comment pouvez-vous le savoir ? s'enquiert Lucy. Vous me semblez bien trop jeune pour ça.

Il lui adresse un large sourire et elle comprend qu'elle lui plaît bien.

– Vous seriez étonnée de tout ce que je connais. Où se trouve votre base ? Je ne vous ai jamais aperçue dans le coin et vous ne l'avez pas mentionnée. Votre combinaison de vol n'a pas l'air militaire. Enfin, du moins je n'en ai pas l'impression.

La combinaison de Lucy est de couleur noire, ornée sur une épaule du drapeau américain et sur l'autre d'un insigne assez inhabituel, bleu et or, un aigle auréolé d'étoiles, un dessin dont elle est l'auteur. La mince plaque de poitrine en cuir qui affiche son nom est retenue par une bande de velcro, permettant son changement rapide en fonction des besoins et des plans de Lucy. Aujourd'hui la plaque porte le nom « P. W. Winston ». Le père biologique de Lucy était cubain, aussi peut-elle facilement passer pour une Hispanique, une Portugaise ou une Italienne sans avoir recours aux artifices d'un maquillage. Mais aujourd'hui, à Charleston, elle a opté pour l'allure d'une jolie jeune femme blanche, s'exprimant avec un soupçon d'accent sudiste qui égaie de façon charmante ses phrases.

– Zone 91. Le gars pour lequel je vole possède un Quatre-Trente.

– Il a du bol ! commente le pilote, impressionné. Dites-moi, il doit avoir les moyens. C'est un super-oiseau, le Quatre-Trente. Est-ce que vous aimez l'angle de visibilité ? Vous vous y êtes faite ?

– Ah, j'adore ! s'exclame-t-elle en songeant qu'elle aimerait bien qu'il se taise enfin.

Lucy pourrait discuter d'hélicoptères toute la journée, mais aujourd'hui son intérêt est ailleurs. Elle cherche quels endroits de la maison de Frank Paulsson seraient les plus propices pour y abandonner ses discrets transmetteurs et comment parvenir à les brancher.

La dame bien en chair qui a conduit Lucy dans la salle d'attente réapparaît et, s'adressant au jeune pilote, lui demande de la suivre puisque le Dr Paulsson est prêt à le recevoir. Elle insiste sur le formulaire : l'a-t-il rempli ? Ses réponses sont-elles précises et surtout exactes ?

– Si jamais vous souhaitiez rendre une petite visite à Mercury Air, on a un bureau dans le hangar, vous pouvez nous apercevoir depuis le parking. J'ai garé mon Harley là-bas, juste derrière.

– Un homme de goût, plaisante Lucy. J'aurais besoin d'un nouveau formulaire, explique-t-elle alors à la femme. Je me suis trompée.

La secrétaire lui lance un regard soupçonneux et remarque :

– Bien, je vais voir ce que je peux faire. Mais ne jetez pas le vôtre. Ça perturberait toute la série de numéros, vous comprenez, ils se suivent.

– Oui, madame. Il est là, sur la table basse. (Puis, s'adressant au pilote, elle ajoute :) Je viens juste de remplacer mon Sportster par un V-Rod. Je n'ai même pas encore eu le temps de le roder comme je le voudrais.

– Mince ! Un Quatre-Trente et un V-Rod. Ça, j'aimerais drôlement être à votre place, lance-t-il, plein d'admiration.

– On aura peut-être un jour l'occasion de voler ensemble. Et bonne chance avec le chat !

Il éclate de rire. Elle l'entend gravir l'escalier à la suite de la femme rondouillette et peu avenante, et lui expliquer que lorsqu'il a rencontré sa femme, elle a refusé de se débarrasser de son chat, et même que l'animal dormait avec elle et qu'il a enchaîné les crises d'urticaire les unes derrière les autres, surtout aux moments les plus inopportuns. Le rez-de-chaussée est enfin disponible. Lucy jouit au moins d'une petite minute jusqu'à ce que la femme redescende avec un formulaire vierge. Elle passe une paire de gants de coton et se déplace furtivement dans la pièce, essuyant avec soin toutes les revues qu'elle a touchées.

Le premier mouchard qu'elle implante a la taille d'un mégot de cigarette. Il s'agit d'un microphone transmetteur qu'elle a dissimulé dans un inoffensif et banal petit tube imperméable en plastique vert feuillage. La plupart des mouchards doivent ressembler à un objet familier, comme une prise. En revanche, certains doivent passer totalement inaperçus. Elle plante celui-ci dans le pot en céramique lumineuse qui soutient une luxuriante plante artificielle en soie posée sur la table basse. Elle traverse alors d'un pas rapide la maison et intègre un nouveau mouchard vert passe-partout dans une autre plante artificielle qui orne la table de la grande cuisine. Les pas de la femme résonnent dans l'escalier.

CHAPITRE 45

Benton est installé devant son ordinateur portable dans la chambre reconvertie en bureau au deuxième étage de sa maison de ville. Il attend que Lucy active la caméra miniature dissimulée dans un stylo et connectée à une interface cellulaire qui ressemble comme deux gouttes d'eau à un *pager*. Il attend qu'elle déclenche également le transmetteur audio ultrasensible déguisé en crayon. Un attaché-case équipé d'un système de *monitoring* modulaire audio est ouvert à droite de son ordinateur. L'enregistreur et les amplificateurs sont prêts.

Il est 10 h 28 à Charleston, c'est-à-dire deux heures plus tôt à Aspen. Assis devant son bureau, les écouteurs collés aux oreilles, il fixe sans impatience l'écran sombre de son ordinateur. Il attend depuis près d'une heure. Lucy lui a téléphoné lorsqu'elle a atterri à Charleston, hier, tard dans l'après-midi, temps local, pour l'informer qu'elle avait obtenu un rendez-vous. Elle a précisé que le Dr Paulsson était débordé. Il a fallu qu'elle explique à la secrétaire qu'il s'agissait d'une urgence. Elle devait absolument obtenir un certificat médical d'aptitude au vol parce que le sien expirait deux jours plus tard. Mais pourquoi avait-elle attendu si longtemps avant de s'en préoccuper? a demandé d'un ton péremptoire la femme qui s'occupe de l'agenda du médecin.

Lucy, assez contente de sa mise en scène et de ses mensonges, a tenu à les décrire par le menu à Benton. Elle a pris un ton un peu balbutiant et franchement paniqué, s'emmêlant dans ses phrases juste ce qu'il fallait en expliquant qu'elle n'avait pas eu la possibilité de s'en préoccuper avant, que le patron propriétaire de l'hélicoptère qu'elle pilote l'avait expédiée aux quatre coins du pays, et que le temps avait passé sans qu'elle puisse subir de nouveaux examens en vue de l'actualisation de son certificat. Et puis, bon, il fallait ajouter à cela des problèmes d'ordre personnel, a-t-elle confié à la femme. Si elle ne passait pas la visite médicale, elle n'aurait plus le droit de voler et elle risquait de perdre son boulot, et c'était vraiment la dernière chose dont elle avait besoin pour couronner le reste. La femme lui a demandé de patienter un moment. Lorsqu'elle a repris la communication, c'était pour annoncer à Lucy que le Dr Paulsson la coinçait entre deux autres rendez-vous à 10 heures le lendemain matin, aujourd'hui donc. Il s'agissait vraiment d'une faveur puisque, à cause de la situation délicate dans laquelle elle s'était fourrée, il allait devoir annuler son match hebdomadaire de tennis. En d'autres termes, Lucy avait intérêt à ne pas modifier le rendez-vous à la dernière minute et surtout à l'honorer en raison de l'immense privilège que l'important et si occupé Dr Paulsson lui accordait.

Jusqu'ici, tout se déroule admirablement bien et selon le plan. Lucy a son rendez-vous. Elle se trouve dans la demeure du médecin de l'aviation. Benton patiente devant son bureau, contemplant par la fenêtre un ciel de neige qui semble s'être imposé et alourdi en moins d'une demi-heure. Si l'on en croît les prévisions météorologiques, il devrait se mettre à neiger tard dans la soirée et toute la nuit. Il en a soupé, de cette neige continuelle. Il commence à en avoir assez de sa maison. En fait, il s'est lassé d'Aspen. Surtout, tout lui pèse et l'ennuie depuis qu'Henri a envahi sa vie.

Henri Walden est une sociopathe, une narcissique et une harceleuse. Henri Walden est une perte majeure de temps pour lui. Elle se moque comme d'une guigne du soutien psychologique post-traumatisme qu'il lui a dispensé. Sans doute Benton serait-il désolé pour Lucy s'il n'était pas si furieux à son encontre. Lucy a toléré les ravages semés par Henri. Henri a séduit, puis utilisé Lucy. Henri a obtenu ce qu'elle voulait. Peut-être n'avait-elle pas prévu qu'elle serait attaquée dans la demeure de Lucy en Floride, peut-être pas mal de choses lui ont-elles échappé, mais il n'en demeure pas moins qu'Henri a pisté et rejoint Lucy, et qu'elle a tiré ce qu'elle voulait d'elle. Comme si tout cela ne suffisait pas, ladite Henri est en train de se payer sa tête, à lui. Il a sacrifié ses vacances à Aspen en compagnie de Scarpetta au profit d'une actrice ratée, enquêtrice ratée, doublée d'une sociopathe, juste pour le bonheur d'être exaspéré et ridiculisé. Il a renoncé à ce temps précieux qu'il réservait à Scarpetta alors qu'il s'agissait là d'un luxe qu'il n'aurait jamais dû consentir. Il n'aurait jamais dû sacrifier le temps qu'il leur réservait, à tous deux. Les choses n'allaient déjà pas bien entre eux. Peut-être a-t-il signé la fin de leur relation. Il ne pourrait pas lui en tenir rigueur. Même si cette idée est insupportable, il ne pourrait pas lui en vouloir.

Benton récupère un transmetteur qui ressemble à une petite radio de police.

– Tu es prête ? demande-t-il à Lucy.

Dans le cas contraire, elle ne recevra pas ce message qui doit lui parvenir grâce au petit récepteur sans fil qu'elle a enfoui dans son oreille. L'appareil est invisible, mais son installation exige du bon sens. Ainsi il est exclu qu'elle le porte durant l'examen du Dr Paulsson, car il ne manquera pas de vérifier l'état de ses tympans. Il va donc lui falloir être très rapide et encore plus futée. Benton l'a avertie que ce récepteur univoque serait d'une grande aide mais dangereux.

– J'aimerais pouvoir te parler, lui a-t-il expliqué. Ce serait tellement plus facile si je pouvais t'envoyer des signaux. Mais tu connais les risques. Il est évident qu'il finira par le découvrir à un moment quelconque.

Elle lui a répondu qu'elle préférait se débrouiller seule. Benton ne partageait pas cet avis.

– Lucy, tu me reçois? insiste-t-il. Je ne te vois pas ni ne t'entends, donc je vérifie.

La vidéotransmission s'active soudain et des images s'installent sur l'écran de son ordinateur portable. L'écho des pas de Lucy lui parvient. Une série de marches de bois surgit soudain, tressautant au fur et à mesure de l'ascension de la jeune femme, et il perçoit son souffle.

Le transmetteur plaqué contre les lèvres, il prévient:

– Je te reçois parfaitement.

Les témoins lumineux attestant la réception du son, de l'image et du bon fonctionnement de l'enregistrement se sont allumés.

Le poing de Lucy s'affiche plein écran, énorme et bruyant lorsqu'elle frappe contre le panneau d'une porte. Benton est figé sur son siège, devant son bureau, aux aguets. Une porte s'ouvre et l'embrasure est bientôt occultée par une blouse blanche. Il distingue d'abord un cou masculin, puis le visage du Dr Paulsson lorsqu'il accueille Lucy la mine sévère avant de s'écarter pour la laisser pénétrer. Le praticien l'invite à s'asseoir. Elle traverse la pièce et la caméra-stylo balaie le petit cabinet dépouillé et la table d'examen recouverte d'une longue feuille protectrice de papier blanc.

Lucy lui tend les deux formulaires.

– Voici le premier, ainsi que le second, celui que j'ai inté-gralement rempli. Je suis vraiment désolée. J'espère que je n'ai pas compromis tout votre système de classement. Je suis vraiment nulle pour ce genre de choses. Vous savez, je me plantais toujours avec ce genre de papiers lorsque j'étais à l'école.

Elle rit un peu nerveusement pendant que le Dr Paulsson examine les deux exemplaires avec le plus grand sérieux.

— Cinq sur cinq, précise Benton au seul profit de Lucy.

La main de la jeune femme nage sur l'écran de son ordinateur lorsqu'elle coupe le champ de la caméra dissimulée dans son stylo, signe qu'elle l'entend également grâce au minuscule récepteur enfoncé dans son oreille.

— Avez-vous été en fac ? demande le Dr Paulsson.

— Non, monsieur, j'aurais beaucoup aimé, mais…

— C'est bien dommage, commente-t-il sans l'ombre d'un sourire.

L'homme porte des petites lunettes dépourvues de monture et il est très séduisant. Sans doute même pourrait-on affirmer qu'il s'agit d'un bel homme. Il est un peu plus grand que Lucy, de quelques centimètres peut-être, un mètre soixante-dix-sept ou quatre-vingts. En dépit de sa minceur, il semble doté d'une jolie musculature, autant que puisse en juger Benton par ce qu'il aperçoit sur l'écran, c'est-à-dire la transmission de la caméra-stylo glissée dans la poche de poitrine de la combinaison de vol de la jeune femme.

Lucy rétorque d'un ton incertain :

— D'un autre côté, on n'a pas besoin d'années de fac pour piloter un hélicoptère.

Elle est remarquable dans son interprétation de la jeune femme peu sûre d'elle-même, intimidée et blessée par la vie.

Sans quitter les formulaires des yeux, le Dr Paulsson l'interroge :

— Ma secrétaire m'a dit que vous traversiez une période difficile sur le plan personnel.

— Un peu, en effet.

— Racontez-moi ce qui se passe.

— Oh, c'est le coup classique des problèmes de petit ami.

Elle est si nerveuse, presque penaude en poursuivant :

— On devait se marier, et puis, bon, ça ne s'est pas fait, quoi. Vous savez, avec mon emploi du temps… En tout, j'ai été absente près de cinq mois sur les six derniers, ou pas loin.

— Et donc votre petit ami n'a pas supporté vos absences à répétition et il a joué la fille de l'air, résume le Dr Paulsson en déposant les imprimés sur un plan de travail sur lequel est juché un ordinateur.

Lucy bouge avec subtilité afin que la caméra puisse enregistrer ses mouvements.

– Bien, commente Benton.

Il jette un bref regard à la porte fermée de son bureau. Henri est sortie pour une balade, mais il a préféré verrouiller sa serrure de crainte qu'elle ne débarque d'un moment à l'autre. La notion de limites est étrangère à Henri, simplement parce qu'il n'en existe aucune pour elle.

– Au bout du compte, nous nous sommes séparés, explique Lucy. Je vais bien. Mais ça en plus du reste… Bref, c'est une période très stressante, mais je vais bien.

Le Dr Paulsson se rapproche de sa patiente en demandant :

– Et c'est donc la raison pour laquelle vous avez attendu la dernière minute avant de vous préoccuper de votre attestation médicale d'aptitude au vol ?

– Ben, oui…

– Ce n'est pas très malin. Vous n'avez pas le droit de voler sans ce certificat. Enfin, il existe des médecins certifiés de l'aviation un peu partout dans ce pays, vous auriez dû vous rendre chez l'un d'eux bien avant. Et si je n'avais pas pu vous recevoir aujourd'hui ? Voyez-vous, à part une urgence ce matin, concernant le fils d'un de mes bons amis, j'avais pris tout le reste de ma journée. J'ai fait une exception pour vous. Hein, qu'auriez-vous fait si j'avais refusé ce rendez-vous ? Votre ancien certificat expire demain, si tant est que la date que vous avez portée sur le formulaire soit exacte.

– Oui, monsieur. Je sais que c'était stupide de ma part de tant tarder. Et, vraiment, je voulais vous dire à quel point j'apprécie que vous…

– Bon, j'ai peu de temps à vous consacrer, aussi allons-y, et ainsi vous sortirez bien vite.

Il récupère un brassard à tension artérielle posé sur le plan de travail, lui demande de remonter sa manche droite et le lui passe avant de le gonfler, tout en commentant :

– Vous êtes très forte. Vous faites beaucoup de sport ?

– J'essaie, répond-elle d'une voix tremblante comme la main de l'homme frôle sa poitrine.

Benton ressent presque le geste déplacé dont il est témoin à plus de mille cinq cents kilomètres de là, dans son bureau d'Aspen, Colorado. Quiconque le verrait en ce moment ne percevrait aucune réaction chez lui, pas la moindre émotion dans son regard, ni le plus faible froncement de lèvres. Pourtant il ressent ce geste inacceptable avec autant d'intensité que Lucy.

– Il te touche, annonce-t-il, sachant que ses mots sont enregistrés. Il a commencé à te tripoter.

– Oui…

On pourrait croire que Lucy répond à la question posée par le Dr Paulsson, mais il n'en est rien. Elle s'adresse à Benton et un petit mouvement de sa main devant la lentille de la minuscule caméra le confirme.

– En effet, je fais beaucoup de sport.

CHAPITRE 46

S eize-neuf, annonce le Dr Paulsson en la frôlant à nouveau et en détachant la bande velcro qui cède dans un gémissement. Votre tension est toujours aussi élevée ?

– Non, pas du tout, réplique Lucy comme si elle était sidérée. C'est élevé ? Enfin, je suis bête, vous devez le savoir. En général, j'ai plutôt onze-six. Presque bas.

– Vous êtes nerveuse ?

– Ben, c'est-à-dire que je n'ai jamais trop aimé aller chez le médecin.

Elle est assise sur la table d'examen, en contrebas du praticien, et elle se penche un peu vers l'arrière afin que Benton puisse surveiller le visage de l'homme pendant qu'il s'adresse à elle en tentant de l'intimider et de la manipuler. Elle avoue :

– Peut-être que je suis un peu nerveuse, en effet.

Il pose sa main sur son cou, juste sous la ligne de la mâchoire. Sa peau est tiède et sèche. Il la palpe sous les oreilles, mais elle a rabattu ses cheveux et il y a fort peu de chances qu'il découvre le minuscule récepteur. Il lui ordonne de déglutir et tâte les ganglions, sans hâte, alors qu'elle se tient assise bien droite, se contraignant à l'angoisse parce qu'elle se doute qu'il peut percevoir l'affolement de son sang dans les vaisseaux de son cou.

– Avalez, ordonne-t-il à nouveau.

Il palpe la thyroïde, vérifie la symétrie de la trachée. Une pensée fugace traverse l'esprit de Lucy : elle connaît tout de ces examens. Lorsqu'elle était enfant, elle harcelait sa tante Kay de questions, ne se sentant satisfaite que lorsque celle-ci lui avait expliqué dans le moindre détail la raison de chaque palpation, de la plus petite remarque.

Il passe aux ganglions lymphatiques, en profitant pour se coller un peu plus à elle, et elle sent son souffle léger caresser ses cheveux.

La voix de Benton résonne avec clarté dans l'oreille gauche de la jeune femme :

– Je ne reçois plus rien qu'un bout de blouse blanche.

Je ne peux pas y faire grand-chose, songe-t-elle.

– Avez-vous été fatiguée récemment, vous êtes vous sentie un peu déprimée ? demande le Dr Paulsson de son ton professionnel et intimidant.

– Non… Enfin, euh… j'ai travaillé très dur, beaucoup bougé. Peut-être un peu fatiguée, bafouille-t-elle, feignant la crainte, comme il s'appuie contre elle, contre ses genoux, et elle le sent. Elle le sent durcir contre l'un de ses genoux, puis l'autre. Malheureusement, la caméra ne peut pas témoigner des sensations qui la traversent.

– Il faut que j'aille aux toilettes, déclare-t-elle soudain. Je suis désolée. Je ne serai pas longue.

Il se recule, la blouse blanche cède le terrain et l'espace de la pièce s'ouvre à nouveau. C'est comme si elle émergeait d'un puits. Elle descend de la table d'examen et se dirige vers la porte pendant qu'il passe derrière l'ordinateur et ramasse le formulaire qu'elle a rempli correctement.

– Vous trouverez un gobelet dans un sachet en plastique sur le rebord du lavabo, lui lance-t-il.

– Oui, monsieur.

– Vous n'aurez qu'à le laisser dans les toilettes lorsque vous en aurez terminé.

Mais elle y séjourne à peine, se contentant de tirer la chasse d'eau en murmurant un « désolée » au profit de Benton. Rien d'autre. Elle retire le récepteur logé dans son oreille et le fourre dans l'une de ses poches. Il est hors de question qu'elle abandonne un échantillon d'urine dans le gobelet car elle ne tient pas à semer derrière elle la moindre trace biologique. Certes, il est fort peu probable que son ADN soit intégré dans une base de données, mais, par prudence, elle préfère partir de l'hypothèse la moins favorable. Elle a développé au fil des années une série de mesures très strictes afin d'éviter que son empreinte ADN ou ses empreintes digitales soient jamais enregistrées dans une base de données quelconque, que ce soit aux États-Unis ou à l'étranger. Lucy est programmée pour vivre avec les scénarios les plus calamiteux, elle les anticipe. En conséquence, elle ne va pas offrir à ce médecin un prélèvement d'urine, puisque, d'ici peu, il aura toutes les raisons de se lancer à la poursuite d'une certaine P. W. Winston. Depuis qu'elle a posé un pied dans cette maison, elle a essuyé avec soin toutes les surfaces avec lesquelles elle a pu entrer en contact, faisant ainsi disparaître toutes les empreintes qui permettraient de conduire jusqu'à Lucy Farinelli, ancien agent du FBI, ancien agent de l'ATF.

De retour dans le cabinet, elle se met en tête les pires scénarios et son rythme cardiaque réagit à merveille.

– Vos ganglions lymphatiques sont un peu gonflés, annonce le Dr Paulsson, et elle sait qu'il ment. Quand avez-vous vu pour la dernière fois… Ah, oui, vous m'avez dit ne pas être une fan des visites chez le médecin, cela doit donc faire un bon moment que vous n'avez pas été examinée avec soin. Et je suppose que vous n'avez pas non plus eu de tests sanguins récents…

Lucy réagit avec la panique qu'il espère d'elle :

– Ils sont gonflés ?

– Vous vous sentez en forme en ce moment ? Pas de fatigue importante, pas de fièvre ? Rien de ce genre ?

Il se rapproche d'elle et enfonce l'otoscope dans son oreille gauche. Son visage n'est qu'à quelques centimètres du cou de la jeune femme.

– Non, je me sens plutôt bien.

Il examine l'autre oreille.

Il délaisse l'otoscope au profit de l'ophtalmoscope grâce auquel il scrute ses yeux, son visage se rapprochant de celui de Lucy. Puis il attrape son stéthoscope. Lucy se contraint à laisser venir la peur, bien que la colère commence de bouillonner en elle. Car, en réalité, pas une once de crainte ne l'agite et elle s'en étonne presque, assise sur le bord de la table d'examen, le papier gémissant doucement à chacun de ses mouvements.

– Pourriez-vous descendre la fermeture de votre combi-naison… jusqu'à la taille ? lance-t-il d'un ton détaché.

Elle se contente de le dévisager, puis finit par demander :

– Excusez-moi, mais je crois qu'il faut que je retourne aux toilettes. Je suis désolée.

Le ton du praticien se teinte d'impatience :

– Je vous en prie… Mais je commence à être déjà pas mal en retard.

Elle se précipite vers les toilettes pour en ressortir moins d'une minute plus tard, escortée par le bruit de la chasse d'eau, son récepteur à nouveau en place au fond de l'oreille.

– Je suis désolée, mais j'ai bu un grand Coca Light juste avant de venir. Mauvais plan !

– Descendez votre combinaison de vol ! ordonne-t-il.

Elle hésite. Le moment de vérité est arrivé et elle sait comment s'en sortir. Elle s'exécute, baissant sa combinaison jusqu'à la taille, manipulant avec discrétion le stylo-caméra afin d'obtenir le meilleur angle possible, le fil le reliant à l'interface cellulaire judicieusement dissimulé sur l'envers du tissu.

La voix de Benton résonne contre son tympan :

– Pas si vertical. Incline-le un peu vers le bas, d'une dizaine de degrés environ.

Elle prétend arranger les manches et le haut de la combinaison étalée autour d'elle tandis que le Dr Paulsson exige :

– Votre soutien-gorge de sport également.

– Il faut vraiment que je l'ôte ? bafouille-t-elle, intimidée, apeurée. Parce que, en général, on ne…

– Mademoiselle Winston, je suis vraiment en retard. S'il vous plaît.

Il passe à nouveau son stéthoscope. Le visage austère, il se rapproche, attendant qu'elle ait retiré son sous-vêtement en le passant par-dessus sa tête pour écouter les battements de son cœur et son souffle. Elle est figée, raide sur la table d'examen.

Il applique la membrane du stéthoscope sous un sein, puis l'autre, la touchant sans qu'elle bronche. La respiration de Lucy est rapide, son cœur s'emballe, témoignant de la fureur qui monte en elle, pas de la peur. Pourtant elle est certaine qu'il la croit affolée et elle se demande quelles images de la scène reçoit Benton. Elle réarrange à nouveau la combinaison de vol autour d'elle, à petits gestes imperceptibles, orientant le stylo-caméra tandis que les attouchements du Dr Paulsson continuent alors même que le praticien demeure impassible.

– Dix degrés vers le bas, sur la droite, la renseigne Benton.

Elle oriente le stylo. Le Dr Paulsson la penche vers l'avant, auscultant son dos.

– Prenez de longues inspirations, indique-t-il, et elle remarque l'aisance de ses gestes professionnels alors qu'il se débrouille à chaque fois pour la toucher, se frotter à elle et même poser la main en coupe sur son sein en se plaquant encore davantage contre la jeune femme.

– Avez-vous des cicatrices ou des marques de naissance ? demande-t-il en passant les mains sur son corps, prétendant les détecter. Je n'en vois aucune.

– Non, monsieur.

– Vous devez bien en avoir au moins une. Peut-être la cicatrice d'une appendicectomie ? insiste-t-il.

– Non.

– Ça suffit, intime Benton dans son oreille, et elle peut percevoir sa colère sous son débit posé.

Mais cela ne suffit pas.

– Levez-vous, s'il vous plaît, et tenez-vous sur un pied, intime le Dr Paulsson.

– Je peux me rhabiller ?

– Pas encore.

– Ça suffit, répète Benton.

– Allez, levez-vous.

Lucy est assise sur la table d'examen. Elle fourre ses bras dans les manches de sa combinaison de vol et remonte la fermeture à glissière sans perdre de temps à enfiler son soutien-gorge. Elle fixe le médecin et la jeune femme nerveuse et paniquée disparaît d'un coup. Il perçoit son changement, elle le lit dans son regard. Elle se redresse et s'avance vers lui.

– Assis, ordonne-t-elle.

– Mais qu'est-ce que vous faites ? demande-t-il, les yeux agrandis.

– J'ai dit : assis !

Il est figé, le regard rivé sur elle. Il a soudain l'air effrayé, une caractéristique commune à tous les tyrans qu'elle a rencontrés. Elle se rapproche encore pour le déstabiliser davantage en tirant un peu le stylo-caméra de sa poche de poitrine, afin qu'il découvre le mince fil qui le relie à sa combinaison.

– Test de fréquence, indique-t-elle à Benton, puisqu'il peut vérifier le fonctionnement des mouchards transmetteurs qu'elle a semés dans la salle d'attente et dans la cuisine du bas.

– Tous sourds, répond Benton.

Bien, songe-t-elle. Les transmetteurs ne détectent aucun son à l'étage inférieur.

– Ça ne vous intéresse pas de savoir dans quel guêpier vous vous êtes fourré ? demande Lucy au Dr Paulsson. Ça ne vous intéresse pas non plus de savoir qui est en train de suivre cette visite en temps réel, avec son et images à l'appui ? Asseyez-vous. J'ai dit : assis !

Elle fourre le stylo dans sa poche de poitrine et l'œil invisible de la caméra fixe Paulsson.

Il a perdu sa belle assurance et titube un peu, tirant avec maladresse une chaise afin de s'y installer, le visage livide.

– Qui êtes-vous? Qu'est-ce que vous faites au juste?

– Je suis ta destinée, enfoiré de merde.

Elle fournit un effort colossal pour conserver la maîtrise de la rage qui la suffoque, mais il est bien plus facile pour elle de prétendre l'effroi que de dompter sa fureur.

– Tu t'es livré à ce genre de saloperies sur ta fille? Avec Gilly? Hein, tu la tripotais, espèce d'ordure?

Le regard presque dément, il ne la quitte pas des yeux.

– Tu m'as entendue, tu m'as parfaitement entendue, enfoiré. L'administration fédérale de l'aviation aussi va bientôt t'entendre.

– Sortez de mon cabinet.

À la tension de ses muscles, à son regard, elle sent qu'il évalue la possibilité de se jeter sur elle.

– N'essaie pas, le met-elle en garde. Ne tente surtout pas de quitter cette chaise tant que je ne t'en donnerai pas la permission. Quand as-tu vu Gilly pour la dernière fois?

– Mais qu'est-ce que cela signifie?

– La rose, suggère Benton contre son tympan.

– C'est moi qui pose les questions, rétorque Lucy, ne sachant plus très bien si elle ne s'adresse pas également un peu à Benton. Ton ex-femme est en train de se répandre à ton sujet, monsieur l'indic de la sécurité nationale.

Il humecte ses lèvres avec nervosité, les yeux élargis par la panique.

– Elle se débrouille comme un chef pour t'impliquer dans la mort de Gilly. Tu savais ça?

– La rose, répète Benton.

– Elle affirme que tu as rendu visite à ta fille peu de temps avant sa mort soudaine. Tu lui avais offert une rose. Oh, oui, nous sommes au courant. Chaque millimètre carré de la chambre de cette pauvre petite fille a été passé au peigne fin, tu peux me faire confiance.

– Il y avait une rose dans sa chambre?

– Demande-lui de la décrire, conseille Benton.

– À toi de me le dire, lance Lucy au Dr Paulsson. Où avais-tu acheté la fleur?

– Je n'ai pas acheté cette rose. J'ignore de quoi vous parlez.

– Me fais pas perdre mon temps.

– Et vous n'irez jamais trouver l'administration fédérale de l'aviation…

Lucy éclate de rire en secouant la tête.

– Oh, les ordures de ton espèce sont toutes taillées sur le même modèle. Vous êtes tous convaincus que vous allez vous en tirer, vous le pensez vraiment. Parle-moi de Gilly et ensuite nous aborderons le chapitre de l'administration fédérale de l'aviation.

Il désigne le stylo-caméra et exige:

– Éteignez ça.

– Seulement si tu me parles de Gilly.

Il acquiesce d'un mouvement de tête.

Elle tripote le stylo, feignant de l'éteindre. Le regard de l'homme est rivé sur elle, il a peur et se méfie.

– La rose, insiste-t-elle.

– Je vous le jure, j'ignore tout de cette histoire de fleur. Je n'aurais jamais fait de mal à Gilly. Que raconte-t-elle? Qu'est-ce qu'elle raconte, cette garce?

– Oui, Suzanna, en effet, commence Lucy en soutenant son regard. Elle a beaucoup de choses à dire. Selon elle, c'est à cause de toi si votre fille est morte. Assassinée.

– C'est faux, mon Dieu! C'est faux!

– Tu as aussi joué au soldat avec Gilly? Tu l'as habillée en tenue de camouflage et chaussée de bottes militaires? Tu invitais des pervers chez vous pour partager vos petits jeux malsains?

– Mon Dieu, geint-il les paupières closes. Cette garce. C'était entre nous.

– Vous?

– Suz et moi. Les couples font certaines choses.

– Et qui d'autre? Vous invitiez parfois d'autres personnes pour jouer?

– J'étais chez moi.

– Tu es un vrai porc, crache Lucy d'un ton lourd de menaces. Faire ce genre de merde en face d'une petite fille.

Il lève les paupières et ses yeux sont morts, lourds de haine, des yeux de requin.

– Vous faites partie du FBI ? C'est ça, hein, vous êtes du FBI ? Je savais que ça arriverait. J'aurais dû me méfier. Comme si ma vie avait un quelconque rapport avec le reste. Je le savais, c'est un coup monté.

– Je vois. C'est aussi le FBI qui voulait que tu me déshabilles pour un examen de routine ?

– Cela n'a rien à voir. C'est vraiment sans importance.

– Je revendique le droit de m'inscrire en faux contre cette affirmation, lui balance-t-elle d'un ton sarcastique. C'est important. Au demeurant, tu vas bientôt prendre la mesure de ladite importance. Et je ne fais pas partie du FBI, manque de bol pour toi.

Il se laisse aller sur sa chaise, défait, presque figé, avant de poursuivre :

– Tout cela, c'est à propos de Gilly, hein ? J'aimais ma fille. Je ne l'ai pas revue depuis Thanksgiving et c'est la stricte vérité.

– Parle-lui du chiot, recommande Benton et Lucy est à deux doigts d'arracher le récepteur de son oreille.

– Tu penses que quelqu'un a descendu ta fille parce que tu joues les mouchards au profit de la sécurité nationale, lance Lucy qui n'en croit pas un mot mais s'efforce de saper sa résistance. Allez, Frank, déballe la vérité. N'aggrave pas davantage ta situation.

– Quelqu'un l'a tuée ? Je ne vous crois pas.

– Crois-moi.

– C'est impossible.

– Qui est venu chez toi afin de participer à vos jeux ? Tu connais un certain Edgar Allan Pogue ? Le mec qui habitait dans la maison juste derrière chez vous. Dans cette maison qu'occupait Mrs Arnette.

– Je la connaissais. Il s'agissait d'une de mes patientes, une hypocondriaque, un vrai clou à la fesse, vrai de vrai, répond le praticien.

– Ça, c'est important, commente Benton comme si Lucy l'ignorait. Il commence à se confier. Deviens amicale.

La dernière chose qu'elle souhaite est de manifester la moindre cordialité à cet homme, mais elle adoucit son ton et feint l'intérêt en demandant au Dr Paulsson :

– Une patiente de Richmond ? À quelle époque ?

– Quand ? Oh, mon Dieu, il y a une éternité de cela. D'ailleurs je lui avais racheté la maison que nous habitions. Elle possédait un joli parc immobilier dans Richmond. Sa famille possédait tout le foutu pâté de maisons au début du siècle dernier, il s'agissait d'une immense propriété. Elle avait été divisée en parcelles, distribuées aux descendants, parfois vendues. Je lui avais donc acheté cette maison-là, une affaire… quelle affaire !

– On dirait que tu ne la portais pas dans ton cœur, déduit Lucy, comme si soudain Paulsson devenait une agréable connaissance, comme si elle ne l'avait pas maltraité quelques minutes auparavant.

– Elle déboulait chez moi ou dans mon cabinet quand l'envie lui prenait. Une emmerdeuse. Elle râlait en permanence.

– Et que lui est-il arrivé ?

– Elle est morte. Il y a pas mal de temps déjà, huit ou dix ans.

– De quoi ? De quoi est-elle morte ?

– Elle était malade depuis un moment, un cancer. Elle est morte chez elle.

– Des détails, intervient Benton.

– Tu ne sais rien de plus ? reprend Lucy. Elle était seule lorsqu'elle est décédée à son domicile ? Les obsèques étaient grandioses ou pas ?

– Mais pourquoi vous me posez toutes ces questions ? demande soudain le Dr Paulsson, droit sur sa chaise, en la dévisageant.

Pourtant il est évident qu'il se détend un peu parce que le tour plus chaleureux de la conversation le rassure.

– Tout cela peut avoir un lien avec Gilly. Je sais des choses que tu ignores. Alors laisse-moi poser les questions.

– Attention, la met en garde Benton. Garde la laisse serrée.

– Eh bien, allez-y, posez, persifle-t-il.

– Tu as assisté à ses funérailles ?

– Je ne me souviens pas qu'elle en ait eu.

– Elle a bien dû avoir des obsèques, quand même.

– Elle détestait Dieu, le rendait responsable de toutes ses maladies et souffrances, et puis aussi parce que tout le monde l'avait laissée tomber, ce qui, lorsqu'on la connaissait, n'avait rien de surprenant. C'était une répugnante vieille peau. Intolérable. Les médecins ne sont pas assez payés lorsqu'ils doivent soigner des gens de cet acabit.

– Et elle est morte chez elle ? Elle était donc atteinte d'un cancer, pourtant elle est morte seule dans sa maison ? Elle n'avait même pas été accueillie dans un hospice ?

– Non.

– Cette femme est riche, mais meurt solitaire dans sa maison, sans soins médicaux appropriés ?

– C'est à peu près le tableau, en effet. Et quelle importance ? lâche-t-il, son regard balayant le cabinet, un peu de sa superbe et de sa confiance restauré.

– C'est important. Tu arranges tes affaires, pas mal d'ailleurs, explique Lucy, le rassurant et le menaçant tout à la fois. Je veux voir le dossier médical de Mrs Arnette. Montre-le-moi. Sors-le de ton ordinateur.

– J'ai dû l'effacer. Elle est morte…

Son regard se fait narquois lorsqu'il poursuit :

– L'amusant avec cette chère Mrs Arnette, c'est qu'elle a fait don de son corps à la science parce qu'elle ne voulait pas de funérailles dignes de ce nom, parce qu'elle détestait Dieu, et voilà. Je suppose qu'un pauvre étudiant en médecine a dû se taper le cadavre de cette vieille chipie. J'y ai pensé de temps en temps. J'imaginais le pauvre gars qui avait eu la déveine de se retrouver avec ce macchabée desséché, laid, vraiment affreux, et j'éprouvais une certaine pitié pour lui.

Il est plus calme, presque à l'aise, et plus il recouvre son assurance, plus la haine de Lucy gonfle.

— Le chiot, intervient Benton. Demande-lui.

— Qu'est-il arrivé au chiot de Gilly? transmet Lucy. Ta femme a prétendu que leur petit chien avait disparu et que tu n'étais pas étranger à cela.

Le regard de l'homme retrouve sa dureté glacée.

— Ce n'est plus ma femme. En plus, elle n'a jamais possédé de chien.

— Sweetie, précise Lucy.

Il la dévisage et une ombre étrange traverse son regard.

— Où est Sweetie? s'acharne la jeune femme.

— Les seuls Sweetie que je connaisse, c'est Gilly et moi, précise-t-il, un petit sourire affecté étirant ses lèvres.

— Je te conseille de ne pas jouer au malin. Rien dans cette histoire ne m'amuse.

— Suz m'appelait Sweetie. Depuis le début. Et moi, j'avais baptisé ma fille du même surnom.

— On a la bonne réponse, annonce Benton. Ça suffit, sors de là.

— Il n'y a pas de chiot, reprend le Dr Paulsson. Qu'est-ce que c'est que toutes ces conneries? (Il avance le torse et elle pressent ce qui va suivre.) Qui êtes-vous? Donnez-moi ce stylo… (Il se lève.) Vous n'êtes qu'une petite gourdasse que l'on m'envoie dans l'espoir de me faire chanter, c'est cela? Et vous croyez que vous allez ramasser un peu de fric. Tout ça est grotesque et j'espère que vous en avez conscience. Donnez-moi ce stylo.

Les bras de Lucy sont tendus le long de ses flancs, ses mains sont prêtes.

— Sors de là, répète Benton. Maintenant.

— Et donc, avec une de tes petites copines pilotes d'hélicoptère, vous vous êtes monté la tête et vous avez cru que vous me tireriez quelques billets.

Il se tient devant elle et elle sait ce qui va arriver.

— Sors tout de suite, tempête Benton. C'est fini!

— Tu veux la caméra? demande Lucy au praticien. Tu veux l'enregistrement?…

Le micro-magnétophone est chez Benton.

– … Tu les veux vraiment?

Le Dr Paulsson lui sourit avant de proposer:

– Tu me les donnes. On fera comme si tout ça n'avait été qu'une plaisanterie. Tu as obtenu les informations que tu voulais, n'est-ce pas? Et donc on oublie tout le reste. Donne-moi les appareils.

Elle tapote l'interface cellulaire agrafée à sa boucle de ceinture, dont le fin cordon se faufile par un petit trou pratiqué dans sa combinaison de vol. Elle abaisse un interrupteur, désactivant l'interface. L'écran de Benton vient de s'éteindre. Il peut toujours l'entendre et lui parler, mais il ne peut plus la voir.

– Non, proteste-t-il contre son tympan. Sors de ce cabinet. Maintenant.

– Sweetie, murmure Lucy en se payant la tête du Dr Paulsson. C'est une vraie blague. Ça me défonce que quelqu'un t'ait donné ce petit nom-là. C'est révoltant. Tu veux la caméra et l'enregistreur. Ben, viens les prendre!

Il se rue sur elle et heurte de plein fouet le poing serré de la jeune femme. Les jambes de l'homme se dérobent sous lui et il s'affale par terre dans un cri qui meurt en plainte. En un instant elle le chevauche, plaquant son bras droit au sol de son genou, sa main gauche en étau sur l'épaule gauche du médecin. Elle lui tord les bras dans le dos, sans ménagements.

– Lâchez-moi! hurle-t-il. Vous me faites mal.

– Lucy, arrête! crie Benton, mais Lucy ne l'écoute plus.

Elle attrape les cheveux du médecin à pleines poignées. Elle halète et la rage l'étouffe. Elle lui tire les cheveux, le contraignant à relever la tête.

– J'espère que tu as pris ton pied aujourd'hui, Sweetie, siffle-t-elle en tirant d'un coup sec. Je devrais te tabasser à t'en faire cracher tes dents. Tu as tripoté ta propre fille? Tu as permis à d'autres pervers de la sauter lorsqu'ils venaient chez toi pour s'amuser à vos jeux sexuels? Tu l'as forcée à se laisser faire dans sa chambre, juste avant de déménager l'été dernier?

Elle lui plaque violemment le visage contre le sol, comme si elle voulait l'enfoncer dans les carreaux blancs. Sa joue est écrasée sous la pression.

– Combien de vies as-tu démolies, espèce d'enfoiré de merde?

Elle heurte la tête de l'homme contre le carrelage, assez brutalement pour qu'il se souvienne qu'elle pourrait lui faire exploser la boîte crânienne. Son cri se termine en grognement.

– Lucy, arrête! Dégage de là!

Les mots de Benton viennent enfin de retrouver une signification. Elle cligne des paupières en se rendant brusquement compte de ce qu'elle est en train de faire. Elle ne peut pas le tuer, elle ne doit pas le tuer. Elle se redresse et abandonne le corps de l'homme au sol. Son pied part, mais elle parvient à le retenir juste à temps. La sueur lui dégouline du visage et son souffle se rebelle. Elle a tant envie de le tabasser à coups de pied, de le tabasser à mort. Elle le pourrait, aisément.

Elle se recule un peu et feule, mauvaise:

– Ne bouge pas…

Son cœur s'affole comme elle prend conscience de l'envie qu'elle a de l'abattre.

– Reste là et ne bouge pas. Ne bouge pas!

Elle récupère les deux exemplaires bidon de sa déclaration sur la desserte d'ordinateur, puis recule jusqu'à la porte du cabinet avant de l'ouvrir.

Il est plaqué au sol, immobile, le visage contre les carreaux. Du sang coule lentement de son nez, rouge vif sur le blanc des dalles.

– Tu es fini, lui lance-t-elle, tout en se demandant où est passée la femme rondouillette, la secrétaire, et en jetant un coup d'œil vers le rez-de-chaussée sans l'apercevoir.

La maison est paisible et nul ne semble s'y trouver en dehors d'elle et du praticien. Mais, après tout, n'était-ce pas ce qu'il avait prévu?

– Tu es fini et tu as du pot de ne pas être mort, conclut-elle en refermant la porte derrière elle.

CHAPITRE 47

Cinq agents armés de fusils Beretta Storm neuf millimètres, équipés de lunettes de visée Bushnell et d'éclairages
de combat, se faufilent par les ruelles du camp d'entraînement, se rapprochant en tenaille d'une petite maison au toit
de ciment enduite de stuc.

La maison est ancienne et en piètre état. Son minuscule
jardin à l'abandon est décoré de pères Noël gonflables tapa-
geurs, de bonshommes de neige voyants et de sucreries
géantes. Des guirlandes lumineuses multicolores pendouillent
des palmiers avoisinants. Un chien déchaîné aboie sans
discontinuer à l'intérieur de la bicoque. Les Storm retenus par
leurs bretelles pointent leur gueule vers le bas, conservant un
prudent angle de quarante degrés par rapport au torse des
agents. Ces derniers sont vêtus de noir, dépourvus d'armure
protectrice, une absence inhabituelle lors des raids.

Rudy Musil attend sans impatience dans la maison de stuc,
derrière une barricade faite de tables retournées et de chaises
renversées qui occulte l'étroite ouverture menant à la cuisine.

Il est vêtu d'un treillis de camouflage, chaussé de baskets et armé d'un AR-15, une arme de combat beaucoup plus lourde que les Storm de patrouille, beaucoup plus puissante aussi, avec son canon de plus de cinquante centimètres qui peut abattre un ennemi situé à plus de trois cents mètres de distance. Certes, il n'a pas besoin de cette arme pour dégager la voie jusqu'à la maison puisqu'il s'y trouve déjà. Il abandonne la porte et se rapproche de la fenêtre brisée au-dessus de l'évier pour surveiller l'extérieur. Un mouvement furtif, là-bas, derrière une benne à ordure plantée à cinquante mètres de la maison, l'alerte.

Il appuie la crosse de l'AR-15 contre l'évier et allonge le canon sur l'appui de fenêtre rongé par la pourriture. La lunette de visée lui offre sa première proie, accroupie derrière la benne, une cible réduite, un bout d'uniforme noir qui dépasse. Rudy presse la détente, le fusil crache, la proie hurle. Un autre agent se rue hors de sa planque, fonce à découvert et s'aplatit dans la poussière derrière un palmier. Rudy tire à nouveau. Celui-là ne crie pas, en fait il n'émet pas un son. Rudy abandonne son point d'observation et rejoint la barricade qui bloque l'accès à la cuisine, défonçant la muraille improvisée, envoyant valdinguer tables et chaises à coups de pied rageurs. Il traverse sa propre ligne de défense, se précipite vers l'avant de la maison, brise la vitre d'une des fenêtres du salon, puis ouvre le feu. En moins de cinq minutes, les cinq agents ont été abattus par des balles en caoutchouc, mais se redressent pour repartir à l'assaut jusqu'à ce que Rudy leur donne l'ordre par radio de cesser le combat.

Il dégouline de sueur dans cette petite baraque du camp d'entraînement que l'on utilise lors des simulations d'assaut et hurle dans la radio :

– Vous êtes des nuls, les mecs ! Vous êtes morts. Tous. Regroupez-vous.

Il sort rejoindre les agents vêtus de noir qui s'avancent vers le jardinet surchargé de joyeuses décorations festives. Certes, il doit admettre qu'ils se comportent bien. Au moins n'étalentils pas leur souffrance. Pourtant il sait combien les impacts de ces balles en caoutchouc sur des corps exposés peuvent faire mal. Au bout d'un moment, on a envie de s'effondrer et de sangloter comme un bébé. Au moins ce nouveau groupe de jeunes recrues est capable de se cramponner et de supporter la douleur. Rudy enfonce la touche d'une petite télécommande et le CD d'aboiements de chien s'interrompt, restituant son calme à la maison.

Debout devant la porte, il considère les recrues. Ses hommes halètent, ruisselants de sueur, en rogne contre eux-mêmes.

— Qu'est-ce qui s'est passé? demande Rudy. La réponse est simple.

— On a merdé grave, dit l'un des gars.

— Et pourquoi? insiste Rudy.

L'AR-15 pend le long de sa jambe. Des filets de sueur dévalent le long de sa large poitrine dénudée et les veines saillent sur ses bras musclés et bronzés.

— J'attends une réponse, une seule. Vous avez fait un truc et c'est pour ça que vous êtes morts.

— On n'avait pas prévu que vous auriez un fusil d'assaut. Je sais pas, moi, mais on a plutôt cru que vous seriez armé d'un revolver ou d'un truc dans ce genre, déclare une femme agent en s'essuyant le visage sur sa manche et en tentant de récupérer son souffle après cet exercice exténuant et éprouvant pour les nerfs.

— Faut jamais croire, rétorque Rudy d'une voix forte en s'adressant au groupe. J'aurais aussi pu avoir un automatique, je pourrais balancer du calibre 50. Mais c'est pas ça. Vous avez commis une faute fatale. Allez... Vous savez de quoi il s'agit. On en a déjà discuté.

— Ben, ouais, on s'est colleté au patron, propose quelqu'un, une sortie saluée par les rires des autres agents.

— La communication, annonce Rudy en détachant les syllabes. Toi, Andrews, lance-t-il à un agent dont la tenue de combat est couverte de poussière, dès que tu as pris un pruneau dans l'épaule gauche, tu aurais dû prévenir tes camarades que je tirais embusqué derrière la fenêtre de la cuisine, à l'arrière de la maison. L'as-tu fait?

– Non, monsieur.

– Pourquoi ça?

– Ben, je crois que c'est parce que je me suis jamais fait tirer dessus avant.

– Ça fait mal, hein?

– Un mal de chien, monsieur.

– C'est exact et tu ne t'y attendais pas.

– Non, monsieur. Personne nous avait dit qu'on se ferait tirer dessus à balles vives.

– Et c'est justement pour cette raison que nous procédons de la sorte ici, au camp Souffrance et Peine, explique Rudy. Parce que quand un truc mauvais vous tombe dessus dans la vraie vie, en général on ne vous prévient pas au préalable. Donc tu t'es fait tirer dessus, et ça fait vachement mal, et tu en as chié de trouille, et, bilan des courses, tu ne t'es pas jeté sur la radio pour avertir tes camarades. Du coup, tout le monde s'est fait descendre. Qui a entendu le chien?

– Moi, répondent plusieurs agents.

– Quoi? Un foutu clébard aboie à s'en faire péter les poumons et aucun d'entre vous ne prévient les autres par radio? reprend Rudy en contenant difficilement son impatience. Ce foutu chien aboie. En d'autres termes, le mec qui se trouve à l'intérieur sait que vous approchez. Ça vous dit quelque chose peut-être?

– Oui, monsieur.

– Terminé, les congédie Rudy. Tirez-vous d'ici. Il faut que j'aille me changer pour vos enterrements.

Il pénètre dans la maison, fermant la porte derrière lui. Son radio-téléphone a vibré à deux reprises à sa ceinture pendant qu'il discutait avec les nouvelles recrues, et il vérifie l'identité de son correspondant. Les deux appels émanent de son fondu d'informatique, que Rudy rappelle aussitôt.

– Qu'est-ce qui se passe?

– On dirait bien que ton mec va bientôt être à sec de prednisone. Sa dernière ordonnance remonte à environ vingt-six jours dans une pharmacie de la branche CVS, explique-t-il avant d'ajouter le numéro de téléphone et l'adresse.

– Le problème, réplique Rudy, c'est que je ne pense pas qu'il soit toujours basé à Richmond. Il faut qu'on se débrouille pour trouver où il peut se la procurer maintenant, si tant est qu'il s'en préoccupe.

– Il a scrupuleusement apporté son renouvellement d'ordonnance tous les mois dans la même pharmacie de Richmond. On peut donc en conclure qu'il a besoin de ce médicament, ou du moins qu'il en est convaincu.

– Son médecin, c'est qui?

– Le Dr Stanley Philpott.

Il transmet également le numéro de téléphone du praticien à Rudy.

– Il n'y a pas trace d'autres ordonnances? De médicaments délivrés en Floride du Sud, par exemple?

– Non, juste à Richmond, et j'ai effectué une recherche nationale. Comme je viens de te le dire, il lui reste une réserve pour cinq jours. Ensuite il est à sec, sauf s'il se procure les médicaments par une autre voie.

– Bon boulot, le félicite Rudy en ouvrant le réfrigérateur pour en tirer une bouteille d'eau. Je prends la suite.

CHAPITRE 48

Les jets privés ressemblent à de frêles jouets contre les flancs des montagnes, semblant s'élever pour encercler le tarmac noir luisant d'humidité. L'employé chargé de l'alignement des avions, engoncé dans une combinaison et coiffé de tampons protecteurs d'oreilles, oriente un Beachjet du ballet des bâtons lumineux orange qu'il agite. L'avion s'exécute avec lenteur, ses turbines gémissent. Benton patiente dans le terminal privé, surveillant l'approche de l'avion de Lucy.

L'après-midi de ce dimanche à Aspen s'avance et les gens riches, emmitouflés dans leurs fourrures de riches, trimbalant leurs bagages de riches, vont et viennent derrière Benton, ou sirotent un café ou un verre de cidre chaud près de l'immense cheminée. Ils rentrent chez eux, se plaignant des retards, oublieux de cette époque où ils empruntaient comme les autres les vols commerciaux, si tant est qu'ils les aient connus un jour. Leurs montres en or, leurs magnifiques solitaires étincellent par instants, et ils sont beaux et bronzés. Certains voyagent accompagnés de leurs chiens, de toutes les tailles à l'instar des jets de leurs maîtres, et les plus racés que l'argent puisse offrir.

Benton suit du regard l'ouverture de la porte du Beachjet et la descente de sa passerelle. Lucy dévale celle-ci, chargée de ses sacs de voyage, avec une grâce athlétique et cette assurance qui indique qu'elle sait toujours où elle se rend, même lorsqu'elle enfreint une interdiction.

Car elle n'a aucun droit de se trouver ici aujourd'hui. Benton le lui a dit. Lorsqu'elle l'a appelé, il a tenté de la convaincre.

– Non, Lucy, ne viens pas. Pas maintenant. Le moment est très mal choisi.

Pourtant ils ne se sont pas affrontés à coup d'interminables arguments. Ils auraient pu, des heures durant, mais leurs tempéraments respectifs ne se prêtent pas aux longues contradictions, aux dissentiments illogiques et encore moins aux redondances des désaccords. Plus maintenant. Aussi ont-ils pris tous les deux l'habitude de régler les choses avec rapidité, balançant leurs points de vue pour en finir au plus vite. Benton n'est pas certain d'apprécier la croissante similitude qui rapproche Lucy de lui, et pourtant ils se ressemblent de plus en plus au fil des années. Leurs points communs deviennent si nombreux et apparents que le cerveau de Benton, cette infatigable machine à analyser, ranger, utiliser les informations, a abouti à une déduction, voire même une conclusion. Les similitudes existant entre Lucy et lui pourraient expliquer la nature de la relation qui le lie à Kay, si tant est qu'elle puisse l'être. Elle porte un amour intense, inconditionnel à sa nièce. Quant à lui, il n'a jamais très bien compris pourquoi elle était capable du même sentiment pour lui. Peut-être la clé de ce mystère tient-elle à sa ressemblance avec la jeune femme.

Lucy pousse la porte du terminal d'un coup d'épaule, cramponnant dans chaque main un sac militaire en épais drap. Elle semble surprise de l'apercevoir. Il attrape l'un des sacs en déclarant :

– Attends, laisse-moi t'aider.

– Je ne pensais pas te voir ici.

438

– Eh bien, mais me voilà. Toi aussi d'ailleurs. On va essayer d'en tirer profit.

Les riches au chaud dans leur fourrure ou dans leur peau pensent sans doute que Benton et Lucy forment un de ces couples pas trop heureux, lui dans le rôle de l'homme riche d'un âge certain et Lucy dans celui de la jeune et magnifique maîtresse ou même épouse. Il songe que peut-être certains d'entre eux imaginent qu'ils sont père et fille, mais il ne se conduit pas comme un père. Au demeurant, il n'adopte pas non plus le comportement d'un amant. Cependant, s'il devait parier, il parierait que les curieux qui les observent optent en faveur de l'hypothèse du couple riche. Benton ne porte pas de manteau de fourrure ni de bijoux ostentatoires, et il ne fait rien pour afficher sa fortune. Mais les gens riches flairent ceux de leur sorte, et quelque chose chez lui indique qu'il est fortuné, très fortuné. Benton a mené tant et tant d'années une vie souterraine, presque invisible. Tant d'années durant lesquelles il n'a pu accumuler que les rêves, les plans, l'argent.

– J'ai loué une voiture, annonce Lucy comme ils traversent le petit terminal privé qui se donne des allures de chalet rustique, tout de bois, de pierre, de fauteuils en cuir et d'art western.

Une immense sculpture de bronze représentant un aigle majestueux en garde l'entrée principale.

– Eh bien, va récupérer ta voiture dans ce cas, déclare Benton, chacun de ses mots se matérialisant en buée légère qui s'effiloche dans l'air sec et vif. On se retrouve à Maroon Bells.

– Quoi?

Elle pile sur le trottoir de la desserte circulaire sans paraître remarquer les porteurs dans leurs longs manteaux et leurs chapeaux de cow-boys.

Benton la fixe, son beau visage hâlé si sévère. Le sourire naît d'abord dans son regard, puis prend subtilement ses lèvres qui s'étirent comme sous le coup d'un amusement secret. Il se tient debout, non loin de l'aigle colossal, et la détaille de la tête aux pieds. Elle porte un treillis, des boots et un anorak de ski.

– J'ai des chaussures plus appropriées à la neige dans la voiture, précise-t-il.

Le regard de Benton ne la lâche pas. Le vent joue avec les cheveux de la jeune femme. Ils lui paraissent un peu plus longs que la dernière fois où il l'a vue, et leur beau châtain s'allume d'un auburn flamboyant. Le froid vif colore un peu ses joues. Benton a toujours songé que plonger dans le regard de Lucy devait ressembler à ce que l'on ressent lorsque l'on fixe la lave en feu d'un cratère de volcan, et peut-être à ce qu'avait expérimenté Icare lorsqu'il avait trop frôlé le soleil. La couleur des iris de la jeune femme varie avec la lumière et suivant la versatilité de son humeur. En ce moment, ils sont d'un vert intense. Ceux de Kay sont bleus. Ceux de Kay sont aussi intenses mais de façon bien différente. Leurs nuances sont plus subtiles, alternant de la douceur d'une brume à la dureté inflexible du métal. À ce moment précis, elle lui manque comme il ne l'aurait jamais cru possible. À ce moment précis, Lucy a ravivé sa peine avec une cruauté qu'elle ignore.

Il accompagne Lucy vers le parking, énonçant ses intentions, et elles ne sont pas négociables :

– Je pensais que nous pourrions marcher un peu tout en discutant. C'est impératif avant de passer à autre chose. Le mieux est donc que nous nous rejoignions à Maroon Bells, làhaut, où ils louent des motoneiges, tu sais, là où la route s'interrompt. Tu vas te faire à l'altitude ? L'air se raréfie un peu.

– Je connais, lance-t-elle au dos de l'homme qui s'éloigne.

CHAPITRE 49

Des massifs montagneux couverts de neige encerclent le col. Les ombres basses de cette fin d'après-midi s'élargissent en rampant et un rideau de neige enveloppe les hautes crêtes situées à leur droite. Il est risqué de continuer de skier passé 15 h 30. La pénombre s'installe si vite dans les Rocheuses. La piste qu'ils empruntent gèle déjà et l'air est glacial.

– Nous aurions dû faire demi-tour plus tôt, commente Benton en plantant l'un de ses bâtons devant son pied chaussé d'épaisses bottes de neige.

Il poursuit :

– Nous devenons trop téméraires lorsque nous sommes ensemble. On dirait que nous sommes incapables d'arrêter à temps.

Lorsqu'ils ont rencontré la quatrième balise d'avalanche, Benton a suggéré qu'il était temps pour eux de revenir sur leurs pas. Mais cette perspective, loin de les séduire, les a poussés en avant, et ils ont continué leur escalade vers Maroon Lake pour finir par faire demi-tour à un kilomètre de leur destination finale, sans avoir eu la possibilité de l'apercevoir. À ce train-là, ils ont une faible chance de rejoindre leurs véhicules avant que la nuit ne s'installe tout à fait, et la faim et le froid les tenaillent. Même Lucy est exténuée. Elle ne l'admettra pas, pourtant Benton sent que l'altitude l'épuise : elle a considérablement ralenti l'allure et ne parle plus qu'avec difficulté.

Durant quelques minutes, le long de Maroon Creek Road, ils n'entendent plus que le gémissement de la neige que la glace rigidifie sous leurs lourdes chaussures et le son rythmé de leurs bâtons qui se fichent dans la croûte vierge précédant leur avancée. Des volutes de buée blanche accompagnent leurs expirations, mais leur souffle devient plus heurté. Par moments Lucy avale de grandes gorgées d'air. Ils ont tant parlé d'Henri, marchant sans même s'en rendre compte, avançant encore, beaucoup trop pour leur sécurité.

La coque en aluminium des chaussures de Benton meurtrit la pellicule de glace. Il admet :

— Je suis désolé. J'aurais dû donner le signal du retour bien plus tôt. D'autant que je n'ai plus de barres énergétiques ni d'eau en réserve.

— Ça ira, affirme Lucy.

Dans des conditions normales, ses aptitudes physiques lui permettraient de suivre Benton sans effort particulier, et même davantage. Elle poursuit :

— Ces petits avions… je n'ai rien mangé. Et je me suis pas mal dépensée, entre le marathon et le vélo. Ouais, vraiment beaucoup. Je ne pensais pas que cette petite balade me couperait les jambes de la sorte.

— Tout comme moi, j'oublie à chaque fois, acquiesce-t-il.

Il jette un regard vers l'orage de neige qui s'abat sur leur droite, coulant le long des pics blancs, se rapprochant du col avec la lenteur d'une nappe de brouillard. Il doit encore se trouver à deux kilomètres de distance, sans doute à trois cents mètres de hauteur. Avec un peu de chance, Benton espère qu'ils auront rejoint leurs voitures avant que la neige ne déferle sur eux. La piste est aisée à suivre et il est impossible de s'y perdre : on ne peut que descendre. Ils ne mourront pas.

Lucy halète :

– La prochaine fois, je n'oublierai plus de manger avant de me lancer. De surcroît, je ne me risquerai pas dans une grande balade sitôt après avoir atterri.

– Désolé, répète-t-il. Parfois j'oublie que tu as des limites. À ma décharge, c'est un oubli facile à commettre.

– Oui, j'ai l'impression d'en trimbaler pas mal en ce moment, des limites, je veux dire.

Il lève son bâton avant de le ficher dans la neige et précise :

– Si tu m'avais demandé conseil, je t'aurais prévenue que les choses allaient se dérouler de la sorte. Cela étant, tu aurais refusé de me croire.

– Mais je t'écoute.

– Je ne dis pas le contraire. En revanche, tu ne me crois pas. En l'occurrence, cela aurait aussi été le cas.

– Peut-être. C'est encore loin ? Quelle balise vient-on de passer ?

– Je suis désolé de te l'apprendre, mais il ne s'agissait que de la troisième, ce qui signifie que nous avons encore quelques kilomètres de marche à affronter.

Il jette à nouveau un coup d'œil vers l'orage de neige, épais comme une fumée. Il a perdu pas mal d'altitude en quelques minutes et la moitié supérieure des montagnes s'y est noyée pour disparaître tout à fait. Le vent a forci. Il poursuit :

– C'est comme cela depuis que je suis ici. Il a neigé presque tous les jours, souvent jusqu'en soirée, par couches de dix à douze centimètres. Lorsque l'on devient une cible, on perd nécessairement son objectivité. En tant que combattants, nous avons tendance à chosifier ceux que nous poursuivons, de la même façon qu'ils chosifient leurs victimes. Pourtant les choses deviennent très différentes lorsque nous sommes à notre tour transformés en objets, lorsque nous devenons les victimes, et aux yeux d'Henri tu es un objet. Je sais combien tu détesteras ce que je vais te dire, mais, de fait, tu es une victime. Elle t'a objectifiée bien avant que tu ne la rencontres. Tu la fascinais et elle voulait te posséder. Un peu comme Pogue, même si la façon dont il t'a, lui aussi, chosifiée est différente. Ses raisons divergent de celles d'Henri. Il ne voulait pas coucher avec toi, ou vivre ta vie, ou même devenir toi. Il veut juste que tu souffres.

– Tu penses vraiment que c'est après moi qu'il en a et pas après Henri?

– Oh, oui. Tu es la victime désignée. Tu es l'objet…

Le crissement de son bâton qui transperce la neige, les heurts métalliques de ses chaussures sur la couche de glace rythment ses mots.

– … Ça t'ennuie si on se repose une minute, Lucy? demande-t-il parce qu'il sait à quel point la jeune femme a besoin de souffler un peu.

Ils font une pause, se penchant en s'appuyant sur leurs bâtons, exhalant d'épaisses bouffées de buée, observant l'avancée de l'orage qui noie les montagnes s'élevant à leur droite. Il se trouve maintenant à environ un kilomètre et demi de distance, mais frôle presque le col.

– À mon avis, il est sur nous dans moins d'une demi-heure, évalue Benton en ôtant ses lunettes de glacier pour les fourrer dans la poche de son anorak.

– Les ennuis se rapprochent… Assez symbolique.

– C'est un des grands avantages de la montagne ou de l'océan. La nature a quelques petites leçons à nous infliger et le génie pour remettre les choses en perspective, réplique-t-il sans quitter des yeux l'orage qui approche comme un brouillard gris asphyxiant la montagne.

Benton n'ignore pas qu'au centre de cette masse il neige dru et que bientôt cette neige se déchaînera sur eux. Il reprend:

– Oui, en effet, les ennuis se rapprochent. Si nous ne parvenons pas à l'arrêter, il tentera autre chose.

– J'espère qu'il le tentera avec moi, rétorque Lucy.

– Non, ce n'est pas ce qu'il faut espérer.

– Si, assène-t-elle en reprenant la marche. Le service le plus sympa qu'il puisse me rendre, c'est tenter son nouveau coup sur moi. Parce que ce sera la dernière chose qu'il aura jamais l'occasion d'essayer.

– Henri est tout à fait capable de prendre soin d'elle, lui rappelle Benton en plantant avec assurance ses chaussures à coque dans la croûte gelée.

– Pas autant que moi, et de très loin. Est-ce qu'elle t'a expliqué ce qui s'était produit au camp d'entraînement?

– Je ne crois pas.

– Nous utilisons une méthode de simulation de combat inspirée de Gavin de Becker, et, crois-moi, on ne fait pas dans la dentelle, c'est assez sauvage. On ne renseigne jamais au préalable les recrues sur le déroulement des exercices. Ils ne savent pas à quoi s'attendre, ce qui est assez logique, parce que cela reproduit l'incertitude à laquelle ils seront confrontés dans la réalité. On lance les chiens d'attaque sur eux deux ou trois fois et, ensuite, on leur réserve une petite surprise. Les fauves en question se précipitent sur eux, mais cette fois-ci ils sont débarrassés de leurs muselières. Bien sûr, Henri, comme les autres, était protégée par son rembourrage, mais lorsqu'elle a compris que le chien n'était plus muselé, elle a complètement perdu les pédales. Elle s'est mise à hurler, elle a tenté de s'enfuir et, bien sûr, elle s'est fait aplatir au sol par l'animal. Elle sanglotait, en pleine crise de nerfs, et elle a hurlé qu'elle se barrait.

– Je regrette qu'elle n'ait pas mis sa menace à exécution. Ah, voici la deuxième balise.

Il désigne la borne d'avalanche peinte d'un gros « 2 » du bout de son bâton de ski.

– Elle s'est remise, explique Lucy en posant ses pas dans les empreintes qu'ils ont abandonnées tout à l'heure afin de faciliter sa progression. Elle s'est aussi remise des balles en caoutchouc. Mais on ne peut pas dire qu'elle avait une passion pour les simulations d'assaut.

– Il faudrait être dingue pour aimer ce genre de choses.

– Oh, mais j'ai connu quelques fondus pour qui c'était le cas. Au demeurant, j'appartiens sans doute à ce lot. Ça fait un mal de chien, mais l'adrénaline dévale. Le pied… Pourquoi dis-tu que tu es désolé qu'elle ne soit pas partie de son plein gré ? Tu penses qu'elle devrait ? Je veux dire, eh bien… je sais que je devrais la foutre à la porte.

– La foutre à la porte parce qu'elle s'est fait agresser à ton domicile ?

– Je sais. Je ne peux pas m'en débarrasser. Elle me traînerait en justice.

– En effet, je pense qu'elle devrait partir. Oh, bordel, que oui ! (Il jette un regard à Lucy en plongeant son bâton devant lui.) Ta perception devait être pas mal émoussée lorsque tu l'as débauchée du département de police de Los Angeles. À peu près aussi bouchée que l'horizon aujourd'hui, insiste-t-il en désignant l'orage menaçant. Peut-être qu'Henri était un assez bon flic, mais elle n'a pas la carrure exigée par ton niveau d'opérations, et je souhaite de tout mon cœur qu'elle vous abandonne avant que quelque chose de vraiment catastrophique ne se produise.

D'un ton lourd de tristesse qui se matérialise en buée blanche la jeune femme murmure :

– Exact, quelque chose de catastrophique.

– Personne ne s'est fait tuer.

– Jusque-là. Mince, ça me coupe les pattes, ce truc. Tu te balades comme ça tous les jours ?

– À peu près. Si le temps le permet, précise Benton.

– Je crois que je préfère courir un demi-marathon.

– Si tu cours à une altitude raisonnable, rétorque Benton. Ah, voici la première balise, car la bonne nouvelle, c'est qu'elle est plantée assez proche de la deuxième.

– Pogue n'a pas de dossier criminel. C'est un raté, rien de plus. J'arrive pas à y croire… Un raté qui travaillait pour ma tante. Mais pourquoi ? Pourquoi moi ? Après tout, qui dit que ce n'est pas à elle qu'il en veut ? Peut-être qu'il lui reproche le délabrement de sa santé ou je ne sais quoi.

– Non, c'est à toi qu'il en veut.

– Mais pourquoi ? C'est complètement dingue.

– Oui, d'une certaine façon on peut dire que c'est dingue. Tu as intégré à merveille son délire, c'est tout ce que je peux te dire, Lucy. Il te punit. Sans doute s'agissait-il déjà à ses yeux d'une forme de punition de s'en prendre à Henri. Il est impossible de suivre au juste comment fonctionne un esprit comme le sien. Il possède sa propre logique, et elle n'a pas de grande similitude avec la nôtre. Je peux te dire qu'il s'agit d'un psychotique et pas d'un psychopathe, d'un primaire qui obéit à ses impulsions et pas d'un calculateur. Nous sommes confrontés à une pensée magique délirante. Rien d'autre, je n'en sais pas beaucoup plus… Et ça y est, nous sommes bons, annonce-t-il comme de minces flocons de neige commencent de tourbillonner autour d'eux.

Lucy abaisse ses lunettes sur ses yeux. Des bourrasques de vent malmènent les arbres qui semblent dessinés au pinceau fin, ombres grises contre le flanc des montagnes immaculées. En quelques instants, la neige se fait violente et dense, et des vents contraires les chahutent, rendant leur lente progression sur la piste gelée de plus en plus ardue.

CHAPITRE 50

L'épaisse couche de neige alourdit les branches des sapins noirs et s'amasse entre les fourches des arbres d'Aspen. Lucy perçoit l'écho des bottes. Les lourdes chaussures écrasent la neige gelée tapissant l'allée qui court juste au-dessous de la fenêtre de sa chambre située au deuxième étage. Le Saint Regis est un vaste hôtel de briques rouges qui s'étire en longueur. Le bâtiment lui évoque un dragon assoupi au pied d'une montagne. Les cabines du téléphérique se balancent, désertes à cette heure matinale, pourtant des gens sortent déjà. La crête des montagnes dissimule encore le lever du soleil, teintant l'aube d'une ombre gris-bleu, et le silence s'éternise, seulement dérangé par le crissement glacé des pas des skieurs qui rejoignent les pentes ou les bus.

À l'issue de leur escapade déraisonnable vers Maroon Creek Road hier après-midi, Lucy et Benton sont enfin parvenus à rejoindre leurs voitures. Leurs routes se sont alors séparées. Dès le début, il s'était opposé à sa venue à Aspen, tout comme il n'avait jamais eu l'intention de se retrouver avec une Henri qu'il connaissait à peine sur les bras, mais ainsi va la vie. Une cohorte d'étrangetés, de surprises parfois mauvaises l'accompagne. Henri est à Aspen. Et Lucy s'y trouve à son tour. Comme il fallait s'y attendre, Benton a déclaré à la jeune femme qu'elle ne pouvait pas séjourner chez lui. Il ne tient pas à prendre le risque qu'elle compromette les progrès qu'il fait avec Henri, si limités soient-ils, et si tant est qu'ils existent. Mais aujourd'hui Lucy rencontrera Henri, lorsqu'il siéra à cette dernière. Deux semaines se sont écoulées et Lucy n'y tient plus, elle ne peut plus supporter cette culpabilité et la horde de questions sans réponses qui tourne dans son esprit. Qui que soit au fond Henri, elle doit le découvrir par elle-même.

La clarté diurne s'impose peu à peu, et soudain tout ce qu'a fait ou dit Benton devient limpide. D'abord, il a épuisé Lucy avec la complicité de cet air si léger qu'il vous suffoque, sachant qu'il lui serait difficile de trop parler, trop vite, ou même de laisser exploser la fureur qu'elle ressent et qui se nourrit de sa peur. Ensuite, il l'a envoyée se coucher pour plein de bonnes raisons. Lucy n'est plus une enfant, même si c'est un peu ainsi qu'il l'a traitée hier après-midi, et, de surcroît, elle sait tout le soin qu'il prend d'elle. Elle n'en a jamais douté. Il s'est toujours admirablement conduit à son égard, même lorsqu'elle le détestait.

Elle plonge la main dans l'un de ses sacs militaires et en extrait une paire de pantalons de ski en tissu extensible, un pull, de longs sous-vêtements de soie et des chaussettes qu'elle étale sur le lit, juste à côté de son pistolet Glock neuf millimètres au cran de visée et au guidon en alliage spécial, sans oublier des chargeurs de réserve contenant dix-sept balles. C'est l'arme qu'elle choisit lorsqu'elle recherche juste une autoprotection de routine à l'intérieur d'un bâtiment, une bonne puissance de feu lors de tirs rapprochés, sans excessif potentiel de dévastation car il faudrait être folle pour utiliser un calibre 40 ou 45, ou même un fusil de grande puissance dans une chambre d'hôtel. Elle ne s'est pas encore interrogée sur ce qu'elle allait dire à Henri, ni même sur ce qu'elle ressentirait en la revoyant.

Ne t'attends à rien de bon, se serine-t-elle. N'espère pas qu'elle sera contente de te voir, ni même gentille ou simplement polie.

Elle s'assied sur le bord du lit et tire son pantalon de survêtement, puis retire son tee-shirt. Elle se contemple dans le haut miroir de la chambre, s'examinant afin de s'assurer qu'elle ne laisse pas le champ libre aux injures ou aux dégâts de l'âge ou de la simple gravité. Son inventaire la rassure, ils ne l'ont pas encore atteinte. Au demeurant, elle n'a pas trente ans.

Le miroir lui renvoie l'image d'un corps mince et musclé sans être masculin. Elle n'a vraiment pas de quoi se plaindre en ce qui concerne son apparence physique. Pourtant une étrange sensation l'envahit toujours lorsqu'elle s'étudie de la sorte. Son corps devient soudain un étranger, sans beaucoup de rapport avec ce qu'elle est véritablement au-dedans d'elle. Non pas qu'il soit plus ou moins attirant, juste différent de ce qu'elle sent d'elle-même. Une pensée s'immisce dans son esprit : peu importe combien de fois elle fera l'amour, elle ne saura jamais ce qu'éprouve l'autre au contact de son corps, au contact de ses mains. Elle aimerait tant le savoir et pourtant elle est heureuse de l'ignorer.

Oui, tu es un beau spécimen, conclut-elle en s'éloignant de son reflet. Tu es suffisamment en forme pour t'en sortir haut la main, s'encourage-t-elle en pénétrant dans la cabine de douche. Peu importe à quoi tu ressembles aujourd'hui, ça n'aura aucune incidence. Tu ne toucheras personne aujourd'hui, se contredit-elle en tournant le robinet. Ni demain, ni même après-demain.

– Oh, mon Dieu, que vais-je faire ? interroge-t-elle à voix haute.

L'eau chaude percute les parois de marbre, éclabousse la porte vitrée de la cabine et mord sans douceur sa peau.

Mais qu'est-ce que j'ai fait, Rudy ? Qu'est-ce que j'ai fait ? Je t'en prie, ne me lâche pas. Je te promets que je vais changer.

Elle a pleuré en secret sous la douche presque la moitié de sa vie. Lorsqu'elle a commencé à travailler pour le FBI, elle était encore adolescente. L'influence de sa célèbre tante lui valait des petits boulots d'été et des stages de formation. Elle n'avait pas à dormir avec les autres dans les chambres communes de Quantico, ni même à s'entraîner au tir ou à s'épuiser le long des parcours d'obstacles avec ces agents qui ne perdaient jamais leurs moyens, qui ne s'effondraient jamais en larmes. Du moins ne les avait-elle jamais vus paniquer ou sangloter, au point de conclure que de telles faiblesses leur étaient inconnues. Il est vrai qu'à l'époque elle croyait encore à tant de mythes parce qu'elle était si jeune, si crédule et impressionnable. Certes, elle a beaucoup appris depuis, mais la façon dont elle s'est structurée est irrattrapable. Lorsqu'elle pleure, et c'est devenu rare, elle pleure seule. Quand la peine la suffoque, elle le dissimule.

Elle a presque terminé de se vêtir lorsque le silence compact l'alerte. Elle pousse un juron étouffé et fouille frénétiquement dans la poche de son anorak à la recherche de son téléphone portable. La batterie est à plat. Lorsqu'elle est rentrée la nuit dernière, elle était si fatiguée, si déprimée aussi, qu'elle a totalement oublié l'appareil enfoui dans sa poche. Cela ne lui ressemble pas. Cela ne lui ressemble pas du tout. Rudy ignore dans quel hôtel elle est descendue, tout comme sa tante. Aucun d'eux ne connaît le pseudonyme sous lequel elle a retenu sa chambre, si bien que même s'ils téléphonaient à l'hôtel Saint Regis, le réceptionniste ne ferait pas le lien avec sa jeune cliente. Seul Benton est au courant de sa fausse identité et de l'endroit où elle séjourne. Il est totalement antiprofessionnel et inacceptable de sa part d'avoir ainsi mis à l'écart Rudy, et il sera furieux contre elle. Pourtant ce n'était vraiment pas le moment d'en rajouter une couche. Et s'il démissionne, que fera-t-elle? Jamais elle ne pourra se fier à un autre de ses collaborateurs comme à lui. Elle repêche enfin la batterie de rechange et l'enfonce dans le boîtier avant d'allumer le portable. Onze messages l'attendent, la plupart enregistrés après 6 heures du matin, la plupart de Rudy.

– J'ai cru qu'on t'avait rayée de la carte, déclare Rudy presque aussitôt après avoir décroché. Ça fait trois heures que j'essaie de te joindre. Qu'est-ce que tu fous? Depuis quand tu réponds plus à tes appels ? Et ne me dis pas que ton appareil ne fonctionne pas, je ne te croirai pas. Ce téléphone marche dans n'importe quel coin de la planète et j'ai aussi tenté de te joindre par radio. Tu avais éteint ce foutu truc, c'est ça ?

– Calme-toi, Rudy. Ma batterie s'est déchargée et ni le portable ni la radio ne peuvent fonctionner sans. Je suis désolée.

– Et t'avais pas de batterie de rechange ?

– J'ai dit que j'étais désolée, Rudy.

– Bon, on a réussi à dégotter quelques renseignements. Ça serait assez super si tu pouvais rappliquer ici au plus vite.

Lucy s'est assise à même le sol, juste à côté de la prise dans laquelle elle a branché le téléphone. Elle demande :

– Que se passe-t-il ?

– Malheureusement, tu n'es pas la seule à avoir reçu un petit cadeau de la part de Pogue. Une pauvre vieille a aussi bénéficié de ses largesses en matière de bombes chimiques, mais elle a eu moins de chance que toi.

– Mon Dieu, murmure Lucy en fermant les yeux.

– Une serveuse dans un bar cradingue d'Hollywood, situé juste en face d'une station-service Shell dans laquelle ils vendent… devine quoi ? Des grands gobelets en plastique décorés de dessins inspirés du *Chat chapeauté*. La victime a été très sérieusement brûlée, mais devrait s'en sortir. De toute évidence, le coupable serait un client du bar où elle servait, l'Other Way Lounge. T'en as déjà entendu parler ?

– Non, répond-elle d'une voix à peine audible en pensant à cette femme brûlée par l'explosion. Mon Dieu.

– On est en train de passer au crible toute la zone. J'ai envoyé certains de nos agents. Pas les nouvelles recrues, parce qu'on peut pas dire qu'on a tiré le gros lot avec celles-là.

– Mon Dieu, répète-t-elle car c'est tout ce qu'elle est encore capable de dire. Est-ce qu'un jour quelque chose fonctionnera normalement ?

– Ça fonctionne déjà un peu mieux qu'auparavant. Ah, deux autres trucs. Ta tante pense que Pogue pourrait porter une perruque. Longue, noire et frisée. Une perruque de cheveux humains teints. À mon avis, l'analyse d'ADN mitochondrial a dû être une vraie rigolade. Les résultats ont certainement attribué les bouclettes à une pute qui avait vendu ses tifs pour s'offrir sa dose de crack.

– Et tu me dis ça maintenant ? Une perruque ?

– Edgar Allan Pogue a les cheveux roux. Ta tante en a retrouvé dans le lit de sa maison, celle qu'il occupait. Une perruque pourrait expliquer les longs cheveux frisés et teints en brun que l'on a découverts dans les draps de Gilly, mais aussi dans ta chambre, sans oublier celui coincé dans le ruban adhésif qui entourait la bombe artisanale déposée dans ta boîte aux lettres. Bref, si l'on en croit ta tante, ladite perruque expliquerait pas mal d'incohérences. Mais on cherche aussi sa voiture. Il s'avère que la vieille dame qui est morte dans la maison qu'il occupait, une Mrs Arnette, conduisait une Buick blanche, modèle 1991. On ignore ce que la bagnole est devenue après sa mort. Il faut dire que la famille ne s'en est jamais préoccupée. On pense que Pogue se sert encore du véhicule en question. Il est toujours enregistré au nom de Mrs Arnette. Ça serait vraiment bien que tu rappliques ici aussi vite que tu peux. Sauf que je pense pas que ce soit une super-idée que tu séjournes dans ta maison.

– Ne t'inquiète pas. Je ne remettrai pas un pied dans cette baraque.

CHAPITRE 51

Edgar Allan Pogue ferme les yeux. Il est garé dans un parking situé le long de l'A1A, derrière son volant, et écoute à la radio un programme de rock adulte. Il tient ses paupières closes, faisant un effort pour ne pas tousser. À chaque fois qu'une quinte lui échappe, ses poumons brûlent, la tête lui tourne et il devient tout glacé. Un animateur de la station de radio prévient ses auditeurs qu'on est en plein dans l'heure de pointe de ce lundi matin. Pogue tousse et les larmes lui montent aux yeux comme il tente de respirer profondément.

Il a attrapé un rhume. Il est certain que c'est cette serveuse rousse de l'Other Way Lounge qui le lui a refilé. Elle s'est trop rapprochée de sa table vendredi dernier, alors qu'il était sur le point de quitter le bar. Elle s'est rapprochée, s'essuyant le nez dans un mouchoir en papier, et si elle s'est beaucoup trop rapprochée de lui, c'est parce qu'elle voulait être certaine qu'il réglerait ses consommations avant de filer. Toujours pareil. Il a fallu qu'il repousse sa chaise et qu'il se lève avant qu'elle daigne s'occuper de lui. Parce que, en vérité, il aurait bien aimé un autre Bleeding Sunset, même qu'il en aurait commandé un, mais la serveuse rousse n'avait nulle envie de s'enquiquiner avec lui. Elles sont toutes pareilles. Eh bien, elle a reçu sa Grosse Orange et c'était tout ce qu'elle méritait.

Le soleil filtre par le pare-brise et réchauffe le visage de Pogue assis derrière le volant, son siège repoussé, les yeux fermés. Il espère que ce bon soleil soignera son rhume. Sa mère répétait toujours que le soleil était bourré de vitamines capables de guérir à peu près toutes les maladies, et que c'était pour cette raison que les vieilles personnes préféraient déménager en Floride. Oui, c'est ce qu'elle lui disait toujours.

– Un de ces jours, Edgar Allan, toi aussi, tu descendras vers le soleil de Floride. Tu es encore jeune, Edgar Allan, mais un jour tu seras aussi usé que moi, que pas mal de gens, et tu souhaiteras déménager en Floride. Si seulement tu avais un travail respectable, Edgar Allan ! Mais je doute que tu sois jamais capable de t'offrir la Floride, au rythme où tu vas.

Sa mère l'a harcelé sans répit au sujet de l'argent. Elle est même parvenue à le terroriser avec ça. Et puis elle est morte en lui laissant assez pour déménager en Floride le jour où il le souhaiterait, et ensuite il a pris sa retraite anticipée, et les chèques ont commencé de tomber toutes les quinzaines. Le dernier doit l'attendre au fond de sa boîte postale de Richmond. Mais il a un peu d'argent, même sans ces rentrées périodiques. Du moins en a-t-il assez pour ses besoins. Il peut toujours s'offrir ces cigares très onéreux. Ça prouve bien qu'il a assez de ressources. Si sa mère était là, elle le titillerait en arguant qu'on ne fume pas lorsque l'on est enrhumé, pourtant il a bien l'intention de fumer. Il repense à ce vaccin contre la grippe qu'il a oublié de se faire injecter, tout cela parce qu'il avait appris que l'on démolissait son vieux bâtiment et que le Gros Poisson avait ouvert une succursale de ses bureaux à Hollywood. En Floride.

L'État de Virginie avait engagé un nouveau médecin expert en chef, et c'était tombé d'un coup sur Pogue : on allait démolir son ancien immeuble afin que la Ville puisse construire un haut parking aérien, et Lucy était en Floride, et si Scarpetta ne les avait pas abandonnés, lui et Richmond, la Ville n'aurait jamais eu besoin de recruter un nouveau médecin expert, en conséquence de quoi le vieux bâtiment n'aurait pas été touché, et tout serait resté comme avant, et il n'aurait pas été en retard pour sa vaccination contre la grippe, et il serait maintenant protégé de la maladie. Parce que détruire son vieil immeuble, ça n'était pas bien et ça n'était pas juste, et personne ne s'était préoccupé de savoir ce que cette démolition pouvait lui faire. C'était son immeuble. D'ailleurs il reçoit un chèque de paye toutes les deux semaines, même qu'il avait conservé la clé qui ouvrait la porte de derrière, et d'ailleurs il travaillait toujours au département d'anatomie, surtout la nuit.

Il y avait travaillé comme bon lui semblait jusqu'à ce qu'il entende dire que les murs allaient s'effondrer comme un château de cartes sous la poussée des engins. Il était le seul à venir encore dans ces lieux. Tout le monde s'en fichait, de ce bâtiment, complètement, et soudain il a fallu qu'il déménage toutes ses affaires. Et il a dû transporter à la nuit tombée tous ces gens qu'il gardait dans ces petites boîtes cabossées, lorsque personne ne pouvait le surprendre. Quel calvaire de monter et descendre ces escaliers, d'aller et venir dans ce parking, ses poumons le martyrisant parce que de la poussière s'évadait par tous les interstices! Une des boîtes a glissé de la pile qu'il tenait en équilibre et s'est renversée par terre, et c'était si complexe de récupérer toutes ces cendres qui semblaient plus légères qu'une brise et qui voletaient un peu partout. Ah, oui, quel effroyable calvaire! D'autant que, vraiment, ce n'était pas juste, parce que, du coup, un mois s'était écoulé, et il était si en retard pour sa vaccination antigrippe que lorsqu'il s'est enfin présenté, il n'y avait plus de vaccin disponible.

Une nouvelle quinte de toux lui arrache la poitrine et ses yeux se trempent de larmes, mais il demeure assis, bien raide, baignant dans le soleil, trempant dans ses vitamines, et il repense au Gros Poisson.

Ça le déprime et ça le met en colère de penser à elle. Elle ignore tout de lui et ne lui a même jamais adressé un bonjour, et maintenant ses poumons sont figés à cause d'elle. C'est à cause d'elle s'il n'a rien. Elle possède une sorte de manoir et conduit des voitures qui ont dû coûter davantage que toutes les maisons dans lesquelles Pogue a jamais vécu. Et puis elle n'avait pas pris la peine d'être désolée, pas même de faire semblant, le jour où ça s'était passé. Pire, ça l'avait fait rigoler. Elle trouvait ça marrant quand il était sorti de la salle d'embaumement et qu'il avait bondi en poussant un jappement de petit chien parce qu'elle déboulait sur lui, juchée sur une civière, accompagnée d'un grand fracas. Elle se tenait debout sur une des traverses du chariot, et elle était passée devant lui dans un cliquettement de roues, hurlant de rire, et sa tante se trouvait devant une des cuves ouvertes, discutant avec Dave d'un truc concernant l'assemblée générale, un problème quelconque.

Scarpetta ne descendait jamais les voir, sauf lorsqu'il y avait un problème. Ce jour-là – et c'était aussi à l'époque de Noël – elle était accompagnée de cette gamine pourrie-gâtée, Lucy-Mlle Je-Sais-Tout. Il avait déjà entendu parler de la nièce de Scarpetta, comme tous ceux qui travaillaient là d'ailleurs. Il savait qu'elle était originaire de Floride. Qu'elle habitait la Floride, à Miami, avec la sœur de Scarpetta. Certes, Pogue ne connaît pas tous les détails, mais il en sait assez – même déjà à cette époque – pour comprendre que Lucy pouvait se baigner des journées entières dans les vitamines du soleil et que personne ne lui cassait les oreilles ni ne lui reprochait de ne pas travailler assez bien pour mériter de vivre en Floride.

Elle habitait déjà là-bas, elle y était née et, en fait, elle n'avait jamais dû faire d'effort pour gagner ce droit, et pour couronner le tout elle s'était moquée de Pogue dans un grand éclat de rire. Elle chevauchait le chariot et avait failli le percuter comme il passait non loin d'elle, poussant en équilibre sur un diable un bidon de deux cents litres qui avait contenu du formaldéhyde, et à cause de cette fille il avait sursauté avant de piler brutalement, et le diable avait basculé, et le bidon vide s'était renversé avant de rouler au sol, et Lucy avait poursuivi sa course bruyante sur la civière, comme un de ces sales gosses capricieux qui se font balader dans les Caddie de super-marché, seulement elle, ce n'était plus une gosse, elle, c'était déjà une adolescente, une épouvantable gamine exigeante de dix-sept ans, prétentieuse mais jolie, car Pogue se souvient de son âge avec précision. Il connaît la date de son anniversaire. Du reste, il lui avait envoyé durant des années de gentilles cartes pour l'occasion, aux bons soins de sa tante, à l'OCME, lorsque ses bureaux occupaient encore l'ancien bâtiment du 9 Nord 14ᵉ Rue, et même après que l'immeuble eut été aban-donné. Il est vrai qu'il n'est pas certain que Lucy les ait jamais reçues.

Ce jour-là, ce terrible jour, Scarpetta se tenait devant la cuve ouverte et elle portait une blouse de labo sur un très élégant tailleur sombre, parce qu'elle devait rencontrer un peu plus tard un législateur afin de régler le fameux problème qui l'avait décidée à descendre, avait-elle expliqué à Dave. Elle avait l'intention de discuter avec cet officiel d'une proposition de décret assez louche, et Pogue ne parvient pas à se rappeler le contenu de ce projet parce qu'à ce moment-là ça lui passait très au-dessus de la tête. Assis dans la lumière du soleil, Pogue inhale et l'air semble renâcler dans ses poumons trop raides. Scarpetta était vraiment une très jolie femme lorsqu'elle s'habillait avec recherche comme ce matin-là, et cela peinait toujours Pogue de la détailler alors qu'elle ne le regardait pas, et à chaque fois c'était comme un élancement douloureux qu'il ne parvenait pas à définir quand il l'observait de loin. Certes, il ressentait aussi quelque chose pour Lucy, mais il s'agissait d'une sensation différente. Il percevait l'intensité des sentiments de Scarpetta pour sa nièce et, du coup, lui aussi éprouvait quelque chose pour la jeune fille. Mais c'était de nature bien différente.

La course tourbillonnante du bidon vide sur le carrelage avait déclenché un épouvantable vacarme, Pogue s'était rué afin d'intercepter l'objet qui fonçait vers le chariot sur lequel Lucy était grimpée, et comme il était impossible d'éliminer jusqu'à la dernière goutte tout le formaldéhyde d'un bidon métallique de deux cents litres, la rinçure qui persistait au fond se répandait au sol en giclées. Quelques gouttes lui avaient mouillé le visage lorsqu'il était enfin parvenu à attraper le petit tonneau, l'une d'entre elles s'était logée sur sa langue et il l'avait inhalée. Une quinte de toux l'avait suffoqué et il s'était précipité dans le cabinet de toilettes pour y vomir, sans que personne s'inquiète de lui. Scarpetta ne s'était pas déplacée afin de l'aider, et encore moins Lucy. Bouclé à l'intérieur du cabinet, il avait entendu Lucy. Elle avait repris sa course sur la civière et riait aux éclats. Personne ne savait qu'à cet instant précis la vie de Pogue venait de se briser. Se briser pour de bon.

– Comment vous sentez-vous ? Ça va, Edgar Allan ? avait demandé Scarpetta au travers du battant fermé, mais elle n'avait même pas tenté d'entrer.

Il s'est rejoué cette scène tant de fois, il a réécouté ce qu'elle lui avait dit tant de fois qu'il n'est plus certain qu'il s'agisse encore tout à fait de sa voix exacte, qu'il reproduise la scène avec justesse, une scrupuleuse exactitude.

– Comment vous sentez-vous ? Ça va, Edgar Allan ?

– Oui, m'dame, je me débarbouille juste un peu.

Lorsqu'il avait émergé du cabinet de toilettes, le tank improvisé de Lucy était abandonné au milieu de la salle et elle n'était plus là. Scarpetta était également partie, Dave aussi. Il ne restait plus que Pogue, et il allait mourir à cause d'une seule gouttelette de formaldéhyde, il sentait la goutte exploser et ravager ses poumons, comme une gerbe d'étincelles d'un rouge incandescent, et plus personne n'était présent sauf lui.

– Donc vous voyez, j'ai tout compris, avait-il ensuite expliqué à Mrs Arnette tout en alignant six bouteilles de fluide rose d'embaumement sur le chariot poussé contre la table en inox de la vieille dame. De temps en temps, il faut soi-même souffrir afin de ressentir la douleur des autres, avait-il ajouté au profit de Mrs Arnette tout en coupant un long bout de ficelle de la grosse pelote posée sur le chariot. Je sais bien que vous vous souvenez de tout le temps que j'ai passé avec vous lorsque nous discutions de vos papiers, et de vos intentions, et de ce qui vous attendait si vous alliez à la faculté de médecine de Virginie ou à l'université de Virginie. Vous avez dit que vous aimiez Charlottesville et je vous ai promis que je me débrouillerais pour que vous soyez envoyée à l'université de Virginie, puisque vous aimiez tant Charlottesville. N'est-ce pas que je vous ai écoutée des heures durant lorsque nous bavardions chez vous ? À chaque fois que vous m'appeliez, je venais, d'abord parce qu'il y avait tous ces papiers à remplir et ensuite parce que ça vous faisait plaisir d'avoir quelqu'un qui vous écoutait, et que vous aviez peur que votre famille passe outre à vos volontés. « Ils peuvent pas, je vous ai rassurée. Ce document est légal. C'est vos dernières volontés. Si vous souhaitez offrir votre corps à la science et qu'ensuite je l'incinère, votre famille peut pas s'y opposer. »

Pogue, baigné de soleil, assis dans la Buick blanche, joue avec les six cartouches en plomb et cuivre calibre 38 fourrées au fond de sa poche alors que lui revient le souvenir de sa puissance. Jamais de toute sa vie il ne s'est senti aussi puissant qu'en compagnie de Mrs Arnette. Il devenait Dieu avec Mrs Arnette, avec elle il était la loi.

La dernière fois qu'ils s'étaient rencontrés, elle avait déclaré :

– Je suis une pauvre vieillarde, Edgar Allan, et plus rien ne marche comme avant. Mon médecin habite de l'autre côté de cette palissade, mais il ne se donne même plus la peine de passer prendre de mes nouvelles. Ne deviens jamais aussi vieux, Edgar Allan.

– Jamais, avait-il promis.

– Ce sont des gens bien étranges, ceux-là, derrière la palissade, avait-elle ajouté dans un petit rire méchant, un rire qui impliquait quelque chose de précis. Sa femme sort tout droit du caniveau, ah, ça, oui. Tu l'as déjà rencontrée ?

– Non, m'dame. Je ne crois pas.

– Eh bien, évite-la, débrouille-toi pour toujours l'éviter, avait-elle conseillé en secouant la tête et en lui lançant un regard lourd de sous-entendus.

– Bien, m'dame Arnette. C'est terrible d'avoir un médecin qui ne s'occupe pas de ses patients correctement. Il devrait être puni pour ça.

– Les gens comme lui n'ont que ce qu'ils méritent, avait-elle remarqué, sa tête reposant sur son oreiller dans la chambre située à l'arrière de la maison. Tu peux me croire sur parole, Edgar Allan, comme on fait son lit, on se couche ! Celui-là, je le pratique depuis des années, ça, il n'en a rien à faire de moi. Ne compte pas sur lui le jour où il faudra signer ma permission de sortie.

– Euh… que voulez-vous dire ?

Elle était si minuscule et faible enfoncée dans son lit, recouverte de plusieurs couches de draps et d'édredons parce que, disait-elle, elle ne parvenait plus à se réchauffer.

– Eh bien, je suppose que quand on meurt, quelqu'un doit signer une sorte de papier, non ?

– Oh, oui, en effet. Votre médecin traitant signe un certificat de décès.

Le fonctionnement de la mort était une des choses les plus familières à Pogue.

– Eh bien, lui sera trop occupé. Souviens-toi de ce que je te dis. Et alors que se passe-t-il ensuite ? Dieu me renvoie ? (Elle avait éclaté d'un rire âpre qui n'avait rien de joyeux.) Mais Il le ferait, tu sais. Dieu et moi, nous ne nous entendons pas bien.

– Je peux parfaitement le comprendre, avait assuré Pogue. Ne vous inquiétez pas, avait-il aussitôt ajouté. (Il savait bien qu'en ce moment même il était Dieu. En d'autres termes, Dieu n'était pas Dieu. Pogue le remplaçait.) Si ce docteur de l'autre côté de la palissade veut pas signer, m'dame Arnette, je vous assure que je m'en chargerai.

– Comment ?

– Y a des moyens.

461

– Tu es le garçon le plus adorable que j'aie jamais rencontré, avait-elle lancé depuis son oreiller. Quelle chance avait ta mère !

– Elle n'était pas de cet avis.

– En ce cas, c'était une méchante femme.

– Je signerai moi-même le certificat de décès, avait promis Pogue. J'en vois traîner tous les jours et la moitié d'entre eux est signée par des médecins qui n'en ont rien à faire.

– Mais tout le monde se fiche de tout, Edgar Allan.

– J'imiterai une signature s'il le faut. Surtout ne vous inquiétez pas une seconde, m'dame Arnette.

– Tu es un amour. Qu'est-ce que je pourrais te donner qui te ferait plaisir ? Tu sais que j'ai rédigé mon testament de sorte qu'ils ne puissent pas vendre cette maison. Je leur ai réservé un sacré chien de ma chienne. Tu peux vivre dans ma maison… Simplement, il ne faut pas qu'ils l'apprennent. Et tu peux aussi te servir de ma voiture, mais je ne l'ai pas conduite depuis si longtemps que la batterie est sans doute à plat. C'est bientôt la fin, nous le savons tous les deux. Dis-moi ce que tu veux. J'aurais aimé un fils comme toi.

– Vos magazines, avait-il avoué. Vos magazines sur Hollywood.

– Oh, doux Jésus ! Ces trucs sur la table basse ? Est-ce que je t'ai déjà raconté mes séjours au Beverly Hills Hotel, et toutes ces stars de cinéma que j'ai rencontrées au Polo Lounge et dans les jardins, autour des bungalows ?

– Racontez-moi encore, j'aime Hollywood plus que tout.

– Mon vaurien de mari m'a au moins emmenée à Beverly Hills, au moins une chose que je ne peux pas lui enlever, et on a eu des moments vraiment magnifiques là-bas. J'adore le cinéma, Edgar Allan. J'espère que tu regardes des films. Rien ne peut se comparer à un bon film.

– Oh, oui, m'dame, rien n'est aussi bien. Un jour, j'irai à Hollywood.

– Il le faut. Si je n'étais pas si vieille et diminuée, je t'y conduirais. Oh, qu'est-ce qu'on s'amuserait !

– Vous n'êtes ni vieille ni diminuée, m'dame Arnette. Aimeriez-vous rencontrer ma mère ? Je peux l'amener un jour.

– On prendra un petit *gin tonic* et ces sortes de quiches que je confectionne avec des saucisses cocktail.

– Elle est dans une boîte, avait-il alors précisé.

– Quelle chose étrange !

– Elle est morte, mais je l'ai conservée dans une boîte.

– Oh, ses cendres, tu veux dire.

– Oui, m'dame, je pouvais pas m'en séparer.

– Que c'est attentionné de ta part ! Et bien, je peux te dire que tout le monde s'en fichera complètement, de mes cendres. Sais-tu ce que je veux que l'on en fasse, Edgar Allan ?

– Non, m'dame.

– Répands-les à proximité, de l'autre côté de cette foutue palissade. (Elle avait à nouveau ri, un rire dur.) Que le Dr Paulsson bourre sa pipe avec et les fume ! Ah, il ne voulait pas être dérangé, mais je vais servir d'engrais à ses pelouses.

– Oh, non, m'dame, je ne peux pas, ce serait vous manquer de respect.

– Si, si, c'est ce que tu feras et tu n'auras pas à le regretter. Ramène-moi mon sac à main, il est dans le salon.

Elle lui avait établi un chèque de cinq cents dollars, une avance sur son obéissance. Après avoir déposé le chèque à la banque, il lui avait offert une rose et il s'était essuyé les mains dans son mouchoir, lui parlant avec douceur tout en continuant à s'essuyer les mains.

– Pourquoi t'essuies-tu les mains de la sorte, Edgar Allan ? avait-elle demandé de son lit. Il faudrait retirer la cellophane qui enveloppe cette magnifique rose afin de la mettre dans un vase. Mais pourquoi la fourres-tu dans un tiroir ?

– Pour que vous puissiez la conserver toujours, avait-il expliqué. Maintenant j'aurais besoin que vous vous tourniez un peu.

– Pardon ?

– Je vous en prie. Vous allez voir.

Il l'avait ensuite aidée à se retourner sur le côté, sans difficulté car elle pesait une plume. Puis il s'était installé dans son dos, lui enfonçant son mouchoir blanc dans la bouche afin qu'elle se tienne tranquille.

– Vous parlez trop, lui avait-il dit. Mais maintenant il nous faut un peu de silence. Vous n'auriez jamais dû autant parler, avait-il insisté.

Il avait plaqué les mains de la vieille femme sur le lit, alors qu'elle tentait de relever la tête et de se débattre, sans grand résultat, le poids de l'homme la suffoquant. Lorsque Mrs Arnette avait été enfin immobile, il avait lâché ses mains et retiré avec douceur son mouchoir blanc de sa bouche, et il s'était assis sur la vieille dame calme, s'assurant qu'elle continuerait de se taire, de ne plus respirer, pendant qu'il lui parlait... Tout comme il avait parlé à la petite fille, la fille du médecin, cette jolie petite fille dont le père faisait ces choses dans leur maison. Des choses que Pogue n'aurait jamais dû voir.

Il sursaute, manquant s'étrangler lorsqu'un coup sec percute le pare-brise. Il ouvre les paupières et une quinte de toux le suffoque. Un grand homme noir souriant est debout devant la voiture, cognant contre la vitre à l'aide de sa bague et brandissant un gros pot de M & M's.

– Cinq dollars ! crie l'homme au travers de la paroi de verre. C'est pour mon église.

Pogue tourne la clé de contact et passe la marche arrière.

CHAPITRE 52

Le cabinet du Dr Stanley Philpott est situé dans le Fan, sur Main Street, et occupe une maison de briques blanches. Le généraliste a été particulièrement aimable avec Scarpetta lorsqu'elle l'a joint par téléphone, hier en fin d'après-midi, pour lui demander s'il acceptait de la recevoir afin de discuter du cas de son ancien patient Edgar Allan Pogue.

– Mais vous n'ignorez pas que cela m'est impossible, a-t-il commencé par répondre.

– La police peut obtenir un mandat. Cela vous rendrait-il la situation plus confortable?

– Pas vraiment.

– J'ai besoin de renseignements à son sujet. Puis-je passer à votre cabinet demain à la première heure? Vous savez, je crains que de toute façon la police exige de vous rencontrer, tôt ou tard.

Le Dr Philpott ne tient pas à voir la police. Il ne souhaite pas que la voiture des policiers se gare juste en face de son cabinet et encore moins les voir débouler en uniforme dans sa salle d'attente, au risque d'inquiéter ses patients.

Lorsque sa secrétaire introduit Scarpetta, le lendemain matin, par la porte de derrière et l'escorte jusqu'à la petite cuisine où l'attend le médecin, elle découvre un homme affable aux beaux cheveux blancs et à l'élégant maintien.

– J'ai eu l'occasion de vous entendre à plusieurs reprises, commence-t-il en leur servant deux tasses de café, une fois à Richmond lorsque vous avez donné une conférence devant l'académie de médecine et l'autre au club du Commonwealth. Mais je ne pense pas que vous vous souveniez de moi. Sucre, lait ?

– Noir, merci.

Ils se sont installés devant une table proche de la fenêtre qui ouvre sur l'allée pavée de galets. Elle commente :

– Ce n'est pas récent, cette intervention au club du Commonwealth.

Il pose leurs tasses sur la table et s'installe sur une des chaises, le dos tourné vers la fenêtre. La lumière qui filtre parfois au travers des nuages inonde par intermittence son épaisse chevelure blanche et le col de sa blouse amidonnée. Son stéthoscope pend à son cou et elle remarque ses larges mains fiables. D'un ton songeur, il remarque :

– Vous nous aviez raconté des histoires intéressantes, dont certaines assez distrayantes... mais toujours de bon goût. Je me souviens de m'être fait la réflexion à l'époque que vous étiez une femme courageuse. Il faut dire que le club du Commonwealth n'invitait pas beaucoup de femmes. Remarquez, les choses n'ont pas tant changé. Vous savez, à un moment, je me suis demandé si je ne devrais pas me reconvertir dans la médecine légale. C'est vous dire si votre enthousiasme était contagieux.

– Mais il n'est pas trop tard, répond-elle dans un sourire. D'après ce que j'ai cru comprendre, ils sont confrontés à un manque tragique de candidats dans ce domaine, plus d'une centaine, et il s'agit d'un problème de taille puisque ce sont eux qui signent la plupart des certificats de décès, se rendent sur les scènes et décident, le cas échéant, si une autopsie est nécessaire ou pas, notamment dans l'arrière-pays. De mon temps, nous avions environ cinq cents médecins qui s'étaient portés volontaires pour occuper les fonctions de légistes dans tout l'État. Je les avais baptisés « nos troupes » et, franchement, je ne sais pas ce que j'aurais fait sans leur aide.

– De nos jours les médecins n'offrent plus de leur temps pour grand-chose, rétorque le Dr Philpott en berçant sa tasse entre ses deux mains. Surtout les jeunes. Je crois que notre monde est devenu bien égoïste.

– J'évite de penser à ce genre de choses, cela me déprime.

– C'est probablement une attitude très sage de votre part. En quoi puis-je vous aider ? s'enquiert-il comme une ombre de tristesse éteint un peu son regard bleu pâle. Je me doute que vous n'êtes pas porteuse de bonnes nouvelles. Qu'a encore fait Edgar Allan ?

– Meurtre et tentative de meurtre, selon toute vraisemblance. Confection de bombes artisanales. Coups et blessures volontaires, énumère Scarpetta. L'adolescente de quatorze ans décédée non loin d'ici il y a quelques semaines. Je suis sûre que vous en avez entendu parler, au moins par les médias, ajoute-t-elle sans souhaiter entrer dans les détails.

Il hoche la tête, le regard perdu vers sa tasse, avant de murmurer :

– Oh, mon Dieu… mon Dieu.

– Depuis combien de temps Pogue est-il votre patient, Dr Philpott ?

– Oh, une éternité. Je l'ai connu enfant. Je soignais sa mère aussi.

– Est-elle toujours en vie ?

– Non, elle est décédée, il y a une dizaine d'années de cela, je dirais. Une femme assez péremptoire, arrogante, bref difficile. Edgar Allan était fils unique.

– Et le père ?

– Un alcoolique qui a mis fin à ses jours. Le suicide remonte à une vingtaine d'années. Mais il faut d'abord que je vous prévienne que je ne connaissais pas Edgar Allan si bien que cela. Il prenait de temps en temps rendez-vous pour des problèmes récurrents, en général pour ses vaccins contre la pneumonie et la grippe. Il était toujours très ponctuel, je le voyais débarquer tous les mois de septembre.

– En septembre dernier également?

– Eh bien, non, justement. J'ai consulté son dossier juste avant que vous arriviez. Cette année, je l'ai vu le 14 octobre, il a reçu la vaccination contre la pneumonie, mais pas la grippe. J'étais à cours de vaccin. Vous savez, nous avons eu une sorte de rupture de stock. Je l'ai donc immunisé seulement contre la pneumonie et il est reparti.

– En avez-vous conservé d'autres souvenirs?

– Il est arrivé, m'a salué. Je lui ai demandé de me parler un peu de l'état de ses poumons. Il présente un sérieux problème de fibrose pulmonaire résultant d'une exposition aux produits utilisés pour les embaumements. J'ai cru comprendre qu'il avait travaillé dans une maison de pompes funèbres.

– Pas tout à fait. Il s'agissait d'un de mes employés.

– Ce n'est pas possible! s'exclame le médecin. Ah, ça, je l'ignorais. Mais je me demande pour quelles raisons… Eh bien, il m'avait dit travailler dans les pompes funèbres, il était directeur adjoint, ou un truc de ce genre.

– Non. Il était employé au département d'anatomie avant même que je sois nommée médecin expert général, à la fin des années quatre-vingt. Il a été mis à la retraite anticipée pour invalidité professionnelle en 1997, juste avant que nous emménagions dans notre nouvel immeuble de la 4ᵉ Rue Est. Que vous a-t-il raconté au sujet de sa pathologie pulmonaire? Vous a-t-il expliqué qu'elle était conséquente à une exposition chronique à une substance toxique?

– Selon lui, il aurait pris un jour des éclaboussures et aurait inhalé du formaldéhyde. La précision figure dans son dossier médical. L'histoire qu'il m'a racontée frisait le grotesque. Edgar Allan était assez bizarre, je vous l'accorde. Remarquez, je l'ai toujours pensé. Toujours selon lui, alors qu'il travaillait dans son entreprise de pompes funèbres et embaumait un corps, il aurait oublié de bourrer la bouche du décédé et du fluide aurait commencé d'en dégouliner parce que le débit était trop rapide… Je vous dis, une explication tirée par les cheveux… Et, ensuite, un tuyau aurait éclaté. Edgar Allan Pogue peut devenir si théâtral. Mais, au fait, pourquoi suis-je en train de vous raconter tout cela? Puisqu'il faisait partie de vos employés, vous devez en savoir plus long que moi. Nul besoin de colporter ses histoires à dormir debout.

– Je n'avais jamais entendu cette anecdote auparavant, admet Scarpetta. Tout ce dont je me souviens, c'est de cette fibrose pulmonaire dont il était atteint, ou plus exactement dont il est toujours atteint.

– Cela, en revanche, ne fait aucun doute. C'est attesté par les cicatrices du tissu interstitiel, les dommages pulmonaires sont bien réels et évidents à la biopsie. Il ne simule pas.

– Nous le cherchons. Y a-t-il quelque chose que vous sachiez qui puisse nous aider à le localiser?

– Je vais peut-être enfoncer une porte ouverte, mais ses anciens collègues pourraient avoir des renseignements de cet ordre.

– La police en fait le tour, mais je vous avouerais ne pas nourrir grand espoir de ce côté-là. Je me souviens qu'il était très solitaire, explique-t-elle. J'ai appris qu'il devait renouveler son ordonnance pour de la prednisone dans les jours qui viennent. Était-il très scrupuleux en ce qui concernait ses médicaments?

– Si j'en crois mon expérience, je dirais plutôt qu'il traversait des phases assez cycliques. Durant un an il prenait ses médicaments religieusement, puis il les abandonnait durant plusieurs mois parce qu'ils lui faisaient prendre trop de poids.

– Il est en surpoids?

– La dernière fois que je l'ai reçu, il frisait largement l'obésité.

– Quelle est sa taille et pourriez-vous évaluer son poids?

– Je dirais guère plus d'un mètre soixante-dix. En septembre dernier, lors de sa dernière visite à mon cabinet, on aurait dit qu'il traînait quatre-vingts kilos de trop. Je l'ai mis en garde, insistant sur le fait que ce surpoids ne faisait qu'ajouter à ses difficultés respiratoires, sans même parler de sa santé cardiaque. Vous savez, il me fallait toujours être très vigilant avec lui au sujet de ce problème de poids, d'autant qu'il peut devenir très paranoïaque lorsqu'il est sous traitement.

– Vous vous inquiétez d'une psychose due aux corticostéroïdes ?

– C'est une préoccupation constante, avec n'importe quel patient. Au demeurant, quand on a eu l'occasion d'observer une psychose aux corticostéroïdes, il y a de quoi s'inquiéter. Cela dit, je n'ai jamais pu parvenir à une certitude au sujet d'Edgar Allan : est-ce qu'il commence à perdre les pédales lorsqu'il est sous traitement ou quand il l'interrompt ? Comment... a-t-il procédé, si toutefois je peux vous poser cette question ? Comment a-t-il tué cette gamine, la petite Paulsson ?

– Connaissez-vous l'histoire de Burke et Hare ? Cela remonte au début du dix-neuvième siècle, en Écosse. Les deux hommes tuaient des gens pour vendre leurs corps aux médecins qui voulaient pratiquer des dissections. Il y avait une telle pénurie de cadavres adéquats que les étudiants en médecine souhaitant se former à l'anatomie n'avaient pas d'autre solution que vider les tombes récentes ou se procurer les cadavres par d'autres moyens illégaux.

– Les profanateurs de sépultures, oui, j'en ai entendu parler, acquiesce le Dr Philpott. Je crois même que l'on a appelé cela le *Burking*. En revanche, je n'ai jamais entendu mentionner de cas modernes. Les « ressusciteurs »... je crois que c'est ainsi que l'on avait baptisé ces hommes qui volaient les tombes pour fournir des autopsies.

– Aujourd'hui il n'est plus question de vandaliser des sépultures pour vendre les cadavres. Cela étant, nous avons des cas apparentés au *Burking*, très difficiles à détecter et qu'il serait ardu de chiffrer.

– Suffocation, arsenic ou quoi ?

– Le *Burking*, pour les médecins légistes, est un homicide par asphyxie mécanique. Si l'on en croit la légende, le *modus operandi* du *Burking* consiste à repérer un individu faible, en général une vieille personne, ou un enfant, ou quelqu'un de malade. Ensuite, on s'assied sur la poitrine de sa victime et on lui bouche le nez et la bouche.

Le visage du Dr Philpott se creuse de chagrin quand il demande :

– Et c'est ce qui est arrivé à cette pauvre enfant ? C'est ce qu'il a fait subir à la petite Paulsson ?

– Comme vous ne manquez pas de le savoir, parfois un diagnostic se dégage grâce à l'absence d'explications. On procède alors par élimination. Nous n'avons pas trouvé grand-chose, si ce n'est des contusions récentes tout à fait concordantes avec l'hypothèse d'une masse appuyée sur son dos et de quelqu'un qui lui aurait plaqué les bras. De surcroît, elle saignait du nez…

Scarpetta ne tient pas à en dévoiler davantage, aussi ajoute-t-elle :

– Vous comprenez, bien sûr, que tout cela doit rester strictement confidentiel.

Le Dr Philpott confie d'un ton sinistre :

– Je n'ai aucune idée d'où il peut se trouver. Mais s'il m'appelle, soyez assurée que je vous le ferai savoir aussitôt.

– Je vous donne le numéro de Pete Marino.

Elle le gribouille pendant que le praticien continue :

– Je sais peu de chose au sujet d'Edgar Allan. Pour tout vous avouer, je ne l'ai jamais beaucoup apprécié. C'est un type étrange, et il me mettait très mal à l'aise. Il accompagnait toujours sa mère lorsqu'elle me rendait visite. Je veux dire même alors qu'il était devenu un homme, jusqu'à ce qu'elle décède.

– De quoi est-elle morte ?

– Eh bien, figurez-vous que notre conversation me trouble un peu, avoue-t-il, le visage grave. Elle était obèse, et le moins que l'on puisse dire, c'est qu'elle ne prenait aucun soin d'elle. Un hiver, elle a attrapé une mauvaise grippe et elle est morte chez elle. À l'époque, je n'y ai rien vu de suspect, mais maintenant je me pose la question.

– Pourrais-je jeter un œil au dossier médical de Pogue, ainsi qu'à celui de sa mère, si vous l'avez conservé ? demande Scarpetta.

– Dans ce dernier cas, cela risque d'être difficile. Ainsi que je vous l'ai dit, elle est morte il y a bien des années. Mais je peux vous confier celui de son fils. Vous pouvez le lire tranquillement dans la cuisine. Il est sur mon bureau.

Il se lève et sort de la pièce, d'une démarche plus lente et bien plus lasse que lorsqu'elle est arrivée.

Scarpetta contemple un instant par la fenêtre de la cuisine les efforts d'un geai qui dévalise la mangeoire suspendue à la branche dépouillée d'un chêne. Une minuscule tornade bleu foncé semble s'être abattue et des graines volent en tout sens, éparpillées par le pillage sans hésitation de la mangeoire, puis l'oiseau s'écarte dans un énervement de plumes et disparaît.

Il n'est pas exclu qu'Edgar Allan Pogue puisse se sortir de cette histoire sans trop de dommages. Les empreintes digitales ne prouvent pas grand-chose, et la cause de la mort risque de donner lieu à pas mal de discussions. Combien de personnes a-t-il pu tuer ? Une inquiétude l'envahit lorsqu'elle se demande ce qu'il pouvait bien faire du temps où il travaillait sous ses ordres. Qu'est-ce qu'il fabriquait au juste, enfermé dans ce sous-sol ? Elle le revoit, engoncé dans ses vêtements de protection. Il était très mince et pâle à cette époque, et elle se souvient parfaitement de ce visage livide, des regards timides et furtifs qu'il lui jetait lorsqu'elle sortait de cet effroyable monte-charge de service pour parler à Dave. Lui non plus n'avait pas une passion pour Edgar Allan, et elle doute qu'il sache ce qu'il est devenu.

Il est vrai que Scarpetta espaçait au maximum ses visites dans le département d'anatomie. Quel endroit sinistre c'était ! Les crédits publics leur faisaient défaut, quant aux facultés de médecine intéressées par les corps, elles ne payaient presque rien, si peu d'argent, pas assez pour dispenser aux morts la dignité qui leur revenait. Quant au four du crématorium, il fonctionnait avec plus ou moins de fiabilité. Des battes de base-ball étaient entreposées dans un coin. Parfois, lorsque les restes sortaient de l'incinérateur, quelques gros fragments d'os persistaient, qu'il fallait pulvériser afin de pouvoir les enfermer dans les vilaines petites urnes fournies par l'État. Un broyeur eût été trop onéreux. Les battes de base-ball faisaient l'affaire, réduisant les grandes échardes osseuses en petits morceaux, en poudre. Scarpetta n'avait nulle envie qu'on lui rappelle ce qui se déroulait dans ce sous-sol et n'y descendait que contrainte, évitant avec soin le crématorium, évitant avec soin de poser les yeux sur les battes de base-ball entreposées. Elle n'ignorait pas leur existence, mais les contournait, s'efforçant de croire qu'elles n'avaient jamais existé.

J'aurais dû acheter ce broyeur, se répète-t-elle en contemplant la mangeoire à oiseaux dévastée par le geai. Même s'il avait fallu le payer sur mes deniers personnels, j'aurais dû. Je n'aurais jamais dû autoriser l'utilisation de ces battes de base-ball. Ce serait aujourd'hui, je m'y opposerais violemment.

Le Dr Philpott refait son apparition dans la cuisine et lui tend un épais dossier qui porte le nom d'Edgar Allan Pogue en précisant :

– Tenez... Je dois m'occuper de mes patients, mais je passerai voir si vous avez besoin de quelque chose.

À la vérité, elle ne s'intéressait pas trop au département d'anatomie. Elle est anatomopathologiste et avocate de formation, pas directrice d'un établissement de pompes funèbres et encore moins thanatopractrice. Finalement, elle s'est toujours convaincue que ces décédés-là n'avaient rien à lui communiquer parce que nul mystère n'entourait leur fin. Ils s'étaient éteints en paix, si la chose est possible. Sa mission consistait à s'occuper de ceux qui avaient eu une mort violente, dont le décès avait été soudain, voire trouble. Il convient d'ajouter à cela qu'elle n'avait pas envie de parler aux personnes qui côtoyaient les grandes cuves. Aussi, à l'époque, évitait-elle autant que faire se pouvait la partie souterraine de son univers. Elle évitait ceux qui y travaillaient, mais aussi les cadavres que l'on y accueillait. Elle n'avait aucune envie d'approcher trop de Dave ou d'Edgar Allan. Non, aucune. Lorsqu'ils soulevaient les corps rosés à l'aide de chaînes passées dans des crochets, elle n'avait aucune envie d'y assister. Non, aucune.

J'aurais dû m'y intéresser davantage, se reproche-t-elle. Son estomac regimbe sous l'amertume du café. Je n'ai pas fait tout ce que j'aurais pu. Elle analyse le rapport médical de Pogue. J'aurais dû acheter ce broyeur, songe-t-elle encore, tout en découvrant l'adresse que son ancien employé a indiquée au Dr Philpott. Si l'on s'y fie, il a vécu jusqu'en 1996 à Ginter Park, au nord de la ville. Puis il a opté pour une boîte postale. Elle ne trouve nulle part mention de son adresse véritable depuis qu'il a quitté Ginter Park, et elle se demande si ce n'est pas à cette époque qu'il a emménagé dans la maison située derrière la palissade des Paulsson, celle de Mrs Arnette. Peut-être a-t-il également assassiné la vieille dame pour squatter sa demeure.

Une mésange se pose sur la mangeoire pillée et elle l'observe un moment, les mains croisées sur le dossier médical de Pogue. Le soleil caresse sa joue gauche, agréablement tiède, une douceur hivernale bienvenue pendant qu'elle contemple l'oiseau gris qui picore les quelques graines épargnées, scrutant les alentours d'un regard vif, battant la mesure de petits coups rapides de queue. Scarpetta n'ignore pas ce que certaines personnes colportent sur son compte. Elle a passé sa carrière à fuir les commentaires que les ignorants ressassent au sujet des médecins dont les patients sont des morts. Elle est morbide. Elle est bizarre, incapable de s'accommoder des vivants. Les médecins légistes sont des antisociaux, très étranges, incapables d'émotions et surtout totalement dépourvus de compassion.

À cause de ces âneries répétées par les imbéciles, elle a évité avec soin la part la plus sombre de sa profession et elle refuse de s'en approcher. Pourtant, elle le pourrait. Au fond, elle comprend Edgar Allan Pogue. Ce qu'il fait ne trouve aucun écho chez elle, en revanche elle sait ce qu'il ressent. Elle se souvient du visage livide, de ces regards furtifs qu'il lançait dans sa direction, et soudain lui revient ce jour, durant la période des fêtes de Noël, où elle était descendue, accompagnée de Lucy qui passait les vacances d'hiver chez sa tante. Lucy adorait se rendre à l'institut médico-légal avec sa tante et, ce jour-là, Scarpetta devait discuter avec Dave. Lucy l'avait suivie au sous-sol jusqu'au département d'anatomie, pleine d'entrain, chahuteuse et sans doute un peu insolente, à son habitude. Bref, Lucy. Un incident s'était produit ce jour-là, au cours de la visite de la tante et de la nièce. Qu'était-ce donc?

La mésange picore quelques graines, puis lève la tête vers Scarpetta. Celle-ci approche sa tasse de café de ses lèvres et l'oiseau s'envole. Les rayons du pâle soleil d'hiver étincellent sur la porcelaine blanche ornée du blason de la faculté de médecine de Virginie. Elle repousse sa chaise et se lève avant de composer le numéro de Marino.

– Ouais?

– Il ne remettra pas les pieds à Richmond, débite-t-elle. Il est assez intelligent pour avoir compris que nous cherchions à le localiser. D'autant que la Floride est idéale pour les gens souffrant de troubles respiratoires.

– Bon, ben, vaut mieux que j'y descende. Et vous, qu'est-ce que ça devient?

– Il me reste une chose à terminer, et puis j'en aurai fini avec cette ville, réplique-t-elle.

– Vous voulez un coup de main?

– Non, merci.

CHAPITRE 53

Assis sur des parpaings ou installés sur les sièges de leurs énormes engins jaunes, les ouvriers du chantier font la pause déjeuner. Les casques et les visages burinés suivent la progression de Scarpetta, qui foule l'épaisse boue rougeâtre, cramponnant d'une main le bas de son long manteau comme s'il s'agissait d'une robe de bal.

Elle n'a pas aperçu le contremaître auquel elle avait parlé la dernière fois, ni même quelqu'un qui paraisse diriger l'équipe. Les ouvriers l'escortent du regard, mais aucun d'entre eux ne fait mine de se rapprocher afin de lui demander ce qu'elle cherche. Un groupe d'hommes vêtus de vêtements de travail noirs et couverts de poussière est réuni autour d'un bulldozer, mâchant des sandwichs et buvant des sodas. Elle s'en rapproche, patouillant dans la glaise, retenant les pans de son pardessus.

– J'aimerais voir le chef de chantier, lance-t-elle lorsqu'elle parvient à leur hauteur. Il faut que j'entre dans le bâtiment.

Elle jette un coup d'œil à ses anciens bureaux. Une bonne moitié de la façade gît au sol, mais l'arrière est toujours intact.

– Hors de question, bafouille un des gars, la bouche pleine. Y a personne qui peut y rentrer.

Il reprend sa mastication en la dévisageant comme s'il s'agissait d'une folle furieuse.

– Mais l'arrière du bâtiment me semble encore solide, réplique-t-elle. Lorsque j'étais médecin expert général, je travaillais ici. Je suis déjà venue, peu de temps après le décès de Mr Whitby.

– Vous pouvez pas aller là-dedans, répète le même homme en jetant un regard appuyé à ses camarades qui écoutent la conversation, indiquant par là qu'ils ont affaire à une cinglée.

– Où puis-je trouver votre contremaître? s'entête-t-elle. Laissez-moi lui parler.

L'homme récupère un portable pendu à sa ceinture et appelle son chef:

– Salut, Joe, c'est Bobby. Tu te souviens de la dame qu'est passée l'autre jour? Celle qui était avec ce grand flic de Los Angeles? Ouais, ouais, c'est ça. Ben, elle est juste là et elle veut te causer.

Il raccroche et la regarde en précisant:

– Il s'est absenté pour aller acheter un paquet de cigarettes. Il sera là dans une minute. Et puis, d'abord, pourquoi vous voulez rentrer dans cette ruine? Je vois pas ce que vous pourriez y trouver.

– À part des fantômes, complète un de ses collègues, faisant pouffer les autres.

– Quand a commencé la démolition? leur demande-t-elle.

– Y a à peu près un mois, juste avant Thanksgiving. Mais on a dû s'interrompre une semaine parce qu'un orage de glace nous est tombé dessus.

Et les hommes commencent à discuter entre eux avec bonne humeur afin de déterminer quand, au juste, la grosse masse s'est abattue pour la première fois sur ces murs. Le regard de Scarpetta est attiré par l'arrivée d'un homme débouchant d'un angle de l'immeuble. Il est vêtu d'un pantalon kaki et d'une veste vert foncé, chaussé de bottes, son casque coincé sous son bras. Il se dirige vers leur groupe en fumant.

— Voilà Joe, annonce l'ouvrier qui s'appelle Bobby. Mais, vous savez, il vous autorisera jamais à pénétrer là-dedans. Faut pas y aller, m'dame. C'est pas prudent pour un tas de raisons.

— Lorsque les travaux de démolition ont débuté, avez-vous dû faire couper les lignes électriques ou étaient-elles déjà supprimées ?

— Ben, ça, on n'aurait jamais mis les mains dedans si y avait eu encore du jus.

— Ouais, mais ça remontait pas à longtemps, précise un autre homme. Tu te souviens quand on a commencé ? Il a fallu qu'on fasse avec. Les lumières étaient allumées, je crois bien.

— Je me souviens pas.

— Bonjour, lance Joe, le contremaître, à Scarpetta. Que puis-je faire pour vous ?

— Il faut que je pénètre à l'intérieur de l'immeuble. Par cette porte de derrière, juste à côté de la baie de déchargement, explique-t-elle.

— C'est hors de question, tranche-t-il d'un ton péremptoire en secouant la tête et détaillant l'immeuble.

— Pourrais-je vous parler une minute ? insiste-t-elle en s'écartant un peu des autres.

— Rien à faire, je ne vous autorise pas à entrer là-dedans. Et puis, d'abord, qu'est-ce que vous voulez faire dans ce truc ? interroge Joe. (Ils ont mis quelques mètres d'écart entre eux et le groupe et peuvent discuter plus librement.) C'est dangereux. Pourquoi vous insistez ?

Elle tente de répartir son poids sur ses pieds qui s'enfoncent dans la gadoue et semble avoir oublié de protéger les pans de son manteau lorsqu'elle explique :

— Écoutez, disons que j'ai participé à l'examen de Mr Whitby et que nous avons découvert des indices troublants sur son corps.

— Vous rigolez !

Elle savait que ce préambule retiendrait son attention et ajoute :

– Il faut que je vérifie quelque chose qui se trouve dans ce bâtiment. Franchement, est-ce vraiment dangereux ou êtes-vous simplement inquiet d'éventuelles retombées juridiques, Joe?

Il détaille l'immeuble en se grattant le crâne, puis se passe les doigts dans les cheveux avant d'admettre :

– Ben, disons que ça va pas nous tomber dessus, du moins pas à l'arrière. Mais je passerais pas par l'avant.

– Ce n'est pas la façade qui m'intéresse. On peut pénétrer par la porte arrière, celle qui se trouve juste à côté de la baie de déchargement. Au bout du couloir, sur la droite, il y a des escaliers. Nous pourrons descendre au sous-sol, c'est le niveau le plus bas. C'est là que je dois me rendre.

– Ouais, je connais les escaliers, je suis déjà entré à l'inté-rieur. Et il faut que vous descendiez au sous-sol? Mon Dieu, ben, c'est pas rien.

– Depuis quand ont-ils coupé l'alimentation électrique?

– Je m'en suis assuré avant que mes gars commencent.

– Il y avait donc toujours du courant la première fois que vous êtes venu?

– Les lumières étaient allumées. Ça devait être l'été dernier, la première fois que j'ai visité les lieux. Sauf qu'aujourd'hui il va faire sombre comme dans un puits. Quels indices? Je comprends pas. Vous pensez qu'il lui est arrivé quelque chose? Je veux dire à part le fait que l'engin lui a roulé dessus? Parce que, voyez, sa femme fait un vrai scandale, elle accuse les uns et les autres de tas de trucs. C'est de la foutaise. J'étais présent. Rien lui est arrivé, sauf qu'il se trouvait au mauvais moment au mauvais endroit et qu'il a tripoté le starter.

– Je dois jeter un œil, répète Scarpetta. Vous pouvez me suivre. Du reste, je vous en serais reconnaissante. Cela ne prendra pas longtemps, il faut juste que je vérifie quelque chose. La porte doit être verrouillée. Je ne possède plus de clé.

Son regard passe de l'immeuble à ses hommes et il déclare :

– Ben, c'est pas ce qui va nous arrêter. Hé, Bobby! crie-t-il. Tu peux me faire sauter la serrure de la porte arrière d'un coup de perceuse? Maintenant. (Puis, se tournant vers Scarpetta, il déclare:) Bon, ben, d'accord. Allez, on y va. Je vous accompagne à l'intérieur, mais on ne s'approche pas de la zone de la façade et on ne s'attarde pas plus d'une minute.

CHAPITRE 54

Des lumières dansent sur les murs construits en parpaings et sur les marches de ciment peintes en beige. Seul le son de leurs pas déchire le silence comme ils se rapprochent de l'antre où travaillait Edgar Allan Pogue lorsque Scarpetta dirigeait l'institut médico-légal. Les deux étages inférieurs du bâtiment sont dépourvus de fenêtres. Ils sont entrés par le rez-de-chaussée qui jadis abritait la morgue, et les morgues doivent être aveugles. C'est le cas de beaucoup d'entre elles. Quant au sous-sol, aucun soupirail ne l'éclaire. La cage d'escalier baigne dans une obscurité totale, l'air est mordant de froid et lourd de poussière.

Joe précède Scarpetta, le faisceau de sa lampe torche tressautant au rythme de sa descente. Il explique :

— Quand ils m'ont fait visiter les lieux, ils m'ont pas conduit au sous-sol. En fait, j'ai juste jeté un coup d'œil aux étages supérieurs. Je croyais qu'en bas c'était une sorte de réserve. Non, ils m'ont pas montré cet endroit, répète-t-il, un peu mal à l'aise.

– C'est une erreur de leur part, rétorque Scarpetta.

La poussière lui irrite la gorge et lui picote la peau. Elle poursuit :

– Il y a deux grandes cuves à cet étage, presque des piscines, de six mètres de long sur autant de large et d'une profondeur de trois mètres. Il ne faudra surtout pas qu'un de vos engins fonce sur l'une d'elles ou, pire, qu'un de vos hommes y bascule.

– Ça me rend dingue, des trucs comme ça, siffle-t-il, et il a en effet l'air furieux. Ils auraient pu au moins me montrer des photos. Six mètres sur six mètres, merde ! Ça me fout vraiment en rogne, tiens ! Ah, voici la dernière marche, faites attention.

Le faisceau lumineux de sa torche balaie l'espace autour d'eux.

– Nous devons nous trouver dans un couloir, il faut prendre sur la gauche, indique Scarpetta.

– De toute façon, ça m'a l'air d'être le seul endroit où on peut tourner. (Il avance avec lenteur, puis :) Mais, bordel, pourquoi ils m'ont rien dit au sujet de ces cuves ? s'exclame-t-il, incrédule.

– Je l'ignore. Tout dépend de la personne qui vous a fait visiter les lieux.

– Un mec… Oh, mince, j'arrive pas à me souvenir de son nom. Tout ce qui me revient, c'est qu'il appartenait aux services généraux, et le moins qu'on puisse dire, c'est qu'il semblait pas heureux d'être ici. Je suis même pas certain qu'il connaissait le bâtiment.

– Sans doute pas, admet Scarpetta.

Elle regarde les carreaux de faïence d'un blanc sale qu'éclaire sa torche et reprend :

– Ils voulaient à tout prix démolir cet immeuble. Si cela se trouve, le représentant de l'administration qu'ils vous ont envoyé n'était même pas au courant de l'existence de ces cuves. Il n'est pas exclu qu'il ne soit jamais descendu au département d'anatomie. Peu de gens ont visité le sous-sol. Les cuves sont situées par là, annonce-t-elle en pointant sa torche devant elle.

Le rayon de lumière repousse les ténèbres épaisses qui envahissent l'immense salle et éclaire avec parcimonie l'acier sombre des couvercles rectangulaires qui semblent abandonnés par terre mais recouvrent en réalité les piscines creusées dans le sol. Scarpetta remarque :

– Les couvercles sont posés sur les cuves, je ne suis pas sûre que ce soit une bonne chose. Il s'agit d'un danger biologique notoire. Gardez cela en tête et faites très attention lorsque vous vous attaquerez à cette partie de l'immeuble.

– Ça, vous pouvez compter sur moi. Je peux pas y croire, souffle-t-il à nouveau, et une certaine nervosité se mêle à sa colère lorsqu'il balaie à son tour l'endroit de sa torche.

Scarpetta s'éloigne des cuves, se dirigeant de l'autre côté de la grande salle, traversant la petite pièce réservée jadis à l'embaumement. Le faisceau illumine une table en inox raccordée à d'épaisses canalisations, un évier métallique et une rangée de placards. Une civière rouillée est poussée contre le mur, partiellement recouverte d'un linceul en plastique roulé en boule. À gauche de la pièce s'ouvre une alcôve, et elle imagine avant même de le voir le four en parpaings. Sa torche caresse la longue porte en acier noir scellée dans le mur, et elle se souvient des flammes aperçues par un entrebâillement du lourd panneau métallique. Elle se souvient des épais plateaux poudreux qui s'enfonçaient, alourdis d'un corps, puis que l'on tirait alors qu'il ne restait plus rien d'autre que des cendres parfois semées de fragments d'os crayeux. Elle se souvient aussi des battes de base-ball utilisées pour pulvériser ces éclats. Et la honte l'envahit à ce souvenir.

Elle balaie de sa lampe le sol blanc d'une poudre d'os qui crisse sous ses chaussures. Joe ne l'a pas suivie. Il l'attend à l'entrée de l'alcôve, l'aidant comme il le peut en éclairant le sol et les coins de la pièce, s'attardant parfois sur sa silhouette drapée dans un long manteau et coiffée d'un casque de chantier, projetant d'immenses ombres sur les murs de parpaings. Puis le faisceau accroche un œil. Il a été peint à la bombe, en noir sur le beige des murs, un grand œil fixe et noir orné de longs cils.

Bien que Scarpetta ne puisse distinguer Joe noyé dans l'obscurité de l'entrée de l'alcôve, elle sait qu'il fixe l'œil lorsqu'il s'exclame :

– Bordel, qu'est-ce que c'est que ce truc ? Jésus, mais qu'est-ce que c'est ?

Elle ne lui répond pas, poursuivant son inspection. Les battes de base-ball ont disparu du coin contre lequel elles étaient appuyées du temps de Scarpetta, pourtant il traîne en ces lieux une abondante couche de poudre d'os parsemée d'éclats osseux, vraiment beaucoup, songe-t-elle. Le pinceau lumineux bute sur une bombe de peinture noire et deux petites bouteilles d'émail liquide, du genre de celles que l'on utilise pour les éraflures de carrosserie, l'une rouge, l'autre bleue. Toutes deux sont vides et Scarpetta les fourre dans un sac en plastique, réservant le deuxième pour la bombe. Elle découvre quelques vieilles boîtes à cigares, au fond desquelles demeure un peu de cendre, et remarque les mégots écrasés par terre, ainsi qu'un gros sac en papier tout chiffonné. Ses mains gantées s'illuminent en franchissant le cône de la torche. Elle ramasse le sac, lequel, de toute évidence, ne traîne pas ici depuis très longtemps, certainement pas depuis huit ans. Elle l'ouvre dans un craquement de papier.

Une vague odeur monte vers elle. Il ne s'agit pas de mégots, mais plutôt de tabac de cigare. Elle rapproche la torche de l'ouverture du sac et découvre au fond des filaments brunâtres, ainsi qu'un reçu. Joe suit ses gestes, sa torche pointée sur le sac et sur les mains de Scarpetta. Elle détaille la facture. Une inconfortable sensation d'irréalité lui fait perdre pied lorsqu'elle comprend qu'Edgar Allan Pogue – car il s'agit bien de lui, elle en est certaine – a dépensé plus de cent dollars le 14 septembre dernier chez un buraliste du James Center. Le prix de dix Roméo et Juliette.

CHAPITRE 55

Le James Center n'est pas le genre d'endroits que Marino avait l'habitude de fréquenter lorsqu'il faisait partie des forces de police de Richmond. Il n'a jamais acheté ses Marlboro chez un buraliste haut de gamme, ni chez aucun autre d'ailleurs.

Il ne s'est jamais offert de cigare, de quelque marque que ce soit, parce que même les moins chers représentent quand même beaucoup plus d'argent qu'une cigarette, et qu'en plus il aurait avalé la fumée, contrairement à l'usage. Oui, maintenant qu'il a presque complètement arrêté la clope, il peut l'avouer. C'est sûr qu'il aurait avalé la fumée d'un cigare. Une profusion de plantes égaie l'atrium lumineux tout en verre, le roucoulement des fontaines et des bassins escorte Marino comme il trace d'un pas rapide vers la boutique dans laquelle Edgar Allan Pogue a acheté ses cigares moins de trois mois avant d'assassiner la petite Gilly Paulsson.

Il n'est pas encore midi et les boutiques sont presque désertes. Quelques silhouettes en costume ou tailleur professionnel bien coupé avalent une tasse de café et traversent le centre commercial comme si des urgences les requéraient et que leur vie était de première importance. Marino ne peut pas encaisser les individus qui peuplent le James Center. Il connaît leur genre. Il a grandi en le connaissant, pas personnellement, certes, mais il a toujours su comment fonctionnent ces gens : ceux qui ne savent rien des personnes comme Marino et qui, surtout, ne font aucun effort pour y remédier. Il avance d'une démarche rapide et coléreuse, et lorsqu'un homme vêtu d'un élégant costume noir à fines rayures le dépasse sans même lui jeter un regard, sans même le voir, Marino pense : Vous savez que dalle. Les gens de votre espèce savent que dalle !

La symphonie des odeurs puissantes et vanillées du tabac assaille Marino dès qu'il pénètre dans la boutique, provoquant instantanément une sorte de regret lancinant chez lui, une envie qu'il ne comprend pas très bien mais dont il accuse aussitôt le sevrage. Bordel, qu'est-ce que ça lui manque ! Une vague de tristesse le frappe de plein fouet parce qu'il sait, au fond de lui, qu'il ne pourra plus jamais fumer, pas comme il en avait l'habitude, c'est devenu impossible. Il a tenté de se rassurer en se convainquant qu'il pourrait parfois en griller une ou deux en douce, qu'une mince dérogation devait être envisageable, mais c'est un leurre. Aucun espoir de ce côté. Si une chose est définitive, c'est bien celle-là. Son insatiable passion pour le tabac, son besoin désespéré de cigarettes est sans espoir. Et soudain la tristesse l'assomme parce qu'il ne pourra plus jamais allumer une blonde, inhaler longuement la première bouffée de fumée et sentir exploser cette bourrasque, cette joie intense, ce soulagement qui lui manque maintenant à chaque instant. Il se réveille en manque, il se couche en manque et, qu'il rêve ou qu'il soit éveillé, l'impossibilité du soulagement le ronge. Il jette un coup d'œil à sa montre, se demandant si le vol de Scarpetta a été retardé. C'est le cas de tant d'avions en ce moment.

Le médecin de Marino lui a annoncé sans ambages que s'il s'obstinait à continuer de fumer, il porterait sous peu et pour le reste de sa vie une bouteille à oxygène accrochée à lui. Et puis, un jour ou l'autre, il finirait suffoqué, luttant contre l'asphyxie, comme cette pauvre petite Gilly qui se bagarrait pour survivre alors que ce tordu était assis sur son dos, plaquant ses mains sur le lit. Elle était écrasée sous lui, secouée par la panique, chacune de ses cellules hurlait pour s'oxygéner. Elle tentait de hurler pour appeler à l'aide sa maman ou son papa, juste hurler, songe Marino. Mais Gilly ne pouvait plus proférer un seul son, et elle n'avait rien fait pour mériter une telle mort. Rien, absolument rien. Marino jette un regard circulaire aux boîtes à cigares alignées sur leurs étagères de bois sombre dans cette boutique fraîche et odorante réservée aux hommes riches. Scarpetta doit être en train de monter à bord en ce moment même, pense-t-il, remarquant les coffrets de Roméo et Juliette. Peut-être même qu'elle est déjà installée à sa place et qu'elle est en route pour Denver, si elle n'a pas été retardée. Une sorte de vide se creuse dans la poitrine de Marino, la honte se rebelle tout au fond de son âme, dans ce recoin qu'il refuse de visiter, et sa colère vire à la rage.

– N'hésitez pas à m'appeler si vous avez besoin d'aide, lance l'homme vêtu d'un pantalon de velours marron et d'un pull gris à col en V qui patiente derrière un comptoir.

Marino se fait la réflexion que la couleur de ses vêtements et de ses cheveux évoque la fumée. Cet homme travaille dans une boutique envahie par les fumées du tabac et il a fini par en adopter la couleur. Si cela se trouve, lorsqu'il rentre chez lui à l'issue de sa journée, il peut fumer tout son soûl, tandis que Marino, bouclé chez lui ou dans une chambre d'hôtel, ne peut même plus allumer une cigarette et encore moins inhaler une bouffée de fumée. La vérité s'impose à lui. Il n'arrive pas à la supporter. Il se racontait des histoires lorsqu'il tentait de se convaincre du contraire, et le chagrin le dispute à la honte.

Il plonge la main dans l'une des poches de sa veste et en sort le reçu que Scarpetta a découvert au fond d'un sac en papier abandonné sur le sol recouvert de poudre d'os du département d'anatomie, dans son ancien immeuble. La pièce à conviction est maintenant protégée par un petit sachet en plastique et Marino la dépose sur le comptoir.

– Ça fait combien de temps que vous travaillez ici ? demande-t-il à l'homme qui évoque la fumée.

– Oh, ça va bientôt faire douze ans, répond celui-ci dans un sourire, mais quelque chose s'est glissé dans son regard gris fumée.

Marino y déchiffre la peur et n'a nulle intention de l'apaiser.

– Donc vous connaissez Edgar Allan Pogue. Il s'est arrêté dans votre boutique le 14 septembre dernier et il vous a acheté ces cigares.

L'homme fronce les sourcils et se penche pour regarder attentivement le reçu sous sa pellicule de plastique avant de déclarer :

– Il s'agit de l'un de nos reçus de caisse.

– Sans blague, Sherlock. Un gros petit mec avec des cheveux roux, assène Marino sans faire un seul effort pour rassurer le commerçant. La trentaine. Avant, il travaillait à l'ancien ins-titut médico-légal, là-bas, précise-t-il en tendant le bras en direction de la 14e Rue. Il devait pas avoir l'air très net.

Le vendeur lance de fréquents regards nerveux vers la casquette de base-ball LAPD enfoncée sur le crâne de Marino. Il est devenu pâle et semble très mal à l'aise.

– Nous ne vendons pas de cigares cubains.

– Hein ? insiste Marino d'un air renfrogné.

– Enfin, si c'est l'objet de votre visite. Il a peut-être demandé, mais nous n'en vendons pas.

– C'est le genre de trucs qu'il vous a demandé ?

– Il paraissait très décidé, surtout la dernière fois qu'il est passé, reprend l'homme de plus en plus nerveux. Nous ne vendons pas de cubains, ni rien d'illégal.

– J'vous accuse pas et je fais pas partie de l'administration des alcools et tabacs, ni de la FDA, ni du département de la santé, et même que je suis pas non plus la petite souris. Je m'en tamponne le coquillard, si vous vendez des cubains en douce à vos clients.

– C'est faux, je n'en vends pas, je vous le garantis.

– Moi, ce que j'veux, c'est Pogue, rien d'autre. Parlez-moi de lui.

Le visage de l'homme est devenu gris fumée, il commence :

– Je m'en souviens bien. Oui, il m'a demandé de lui vendre des cigares cubains. Des Cohiba, mais nous ne proposons que des dominicains. Je lui ai expliqué que nous ne vendions pas de cigares en provenance de Cuba parce que c'est illégal. Vous n'êtes pas du coin, n'est-ce pas ? C'est votre accent qui me fait dire cela.

– Ah, ça, bordel, c'est sûr que je suis pas d'ici. Et qu'est-ce qu'y vous a dit d'autre, Pogue ? Et quand c'était, la dernière fois qu'il est venu ?

L'homme étudie à nouveau le reçu et indique :

– Il a dû revenir après cette date. Je dirais qu'il est repassé en octobre. Il venait environ une fois par mois. Un homme étrange, vraiment très bizarre.

– En octobre ? D'accord. Est-ce qu'il vous a dit autre chose lors de cette visite ?

– Eh bien, donc il voulait absolument ces cubains, et il a même ajouté qu'il était prêt à payer ce qu'il fallait. Je lui ai affirmé que nous n'en vendions pas. Il le savait. Il avait déjà essayé à plusieurs reprises avant cela, mais je dois dire pas de la même façon, pas avec la même insistance qu'à sa dernière visite. Oui, un homme étrange. Encore une fois, ce n'était pas la première fois qu'il exigeait des cigares cubains, mais jamais avec un tel entêtement. Je crois me souvenir qu'il a expliqué que le tabac cubain était meilleur pour les poumons, ou une imbécillité de ce genre. Vous voyez, du style : vous pouvez fumer tous les cubains que vous voulez, ils ne vous abîmeront jamais la santé, au contraire, c'est même plutôt bon. C'est du tabac pur et bien meilleur pour les bronches et il possède des qualités médicinales, bref ce genre d'âneries.

– Et qu'est-ce que vous lui avez répondu ? Me baratinez pas. Je me tape complètement que vous lui ayez fourgué des cubains. Je veux juste le trouver. S'il est vraiment convaincu que cette merde est bonne pour ses poumons pourris, il va tenter de l'acheter ailleurs. S'il s'est fourré ça dans le crâne, il essayera de la trouver quelque part.

– Oh, c'est vraiment une obsession pour lui, du moins était-
ce le cas la dernière fois que je l'ai vu, il était plus que déter-
miné à s'en procurer. Ne me demandez pas pourquoi, précise
l'homme en détaillant le reçu posé devant lui. Vous savez, il
existe plein de bons cigares. Je ne sais pas pourquoi il tenait
tant à ceux-là, mais il y tenait, c'est certain. C'est comme ces
personnes souffrantes qui cherchent désespérément à se procurer des herbes magiques ou de la marijuana, ou ces gens qui
ont de l'arthrose, qui se font faire des injections d'or dans les
articulations, que sais-je encore ? Sans doute des superstitions.
Très bizarre. Je lui ai conseillé une autre adresse et demandé
de ne plus insister chez nous.

– Une cave à cigares ?

– Non, en fait il s'agit d'un restaurant. La rumeur court
qu'ils vendraient des trucs ou du moins sauraient où on peut
se les procurer. Au bar. À peu près tout ce que leurs clients
veulent acheter, si j'ai bien compris. Enfin, du moins est-ce ce
que j'ai entendu raconter. Personnellement, je n'y ai jamais
mis les pieds. Je n'ai aucun lien avec eux.

– Où ça ?

– Dans le Slip District, à quelques rues d'ici.

– Et vous connaîtriez pas des endroits en Floride du Sud où
on vend des cubains ? Peut-être que vous lui avez recommandé
une adresse là-bas aussi ?

L'homme secoue sa tête grise en signe de dénégation et
réplique :

– Non. Je n'ai rien à voir dans tout cela. Demandez-leur dans
le Slip. Ils sont sans doute au courant.

Marino fourre le reçu dans sa poche et lance :

– D'accord. Bon, maintenant la question à mille dollars…
Donc vous avez révélé à Pogue qu'il y avait un coin dans le Slip
District où peut-être qu'il pourrait acheter des cubains ?

– Je lui ai dit que certaines personnes se fournissaient là-bas,
dans ce bar.

– Et c'est quoi, le nom de ce bar ?

– Stripes. C'est comme cela qu'il s'appelle, au bout de Cary Street. Je ne voulais plus voir ce client. Il était vraiment très bizarre. Pas seulement lors de sa dernière visite, non, je l'ai toujours pensé. Cela faisait des années qu'il effectuait des achats chez nous, le plus souvent une fois par mois, et je ne peux pas dire qu'il discutait beaucoup. Mais la dernière fois qu'il est passé, en octobre, je crois bien, il semblait vraiment encore plus perturbé que d'habitude. Il traînait avec lui une batte de base-ball. Je lui en ai demandé la raison, mais il ne m'a pas répondu. Jamais il n'avait autant insisté pour se procurer des Cohiba, mais là ça prenait vraiment d'étranges proportions… Il n'arrêtait pas de répéter qu'il les voulait.

– La batte, elle était rouge, blanc et bleu ? demande Marino en repensant à tout ce que lui a dit Scarpetta en quittant le cabinet du Dr Philpott, à ces broyeurs, cette poudre d'os.

– Ce n'est pas impossible, répond l'homme en lui lançant un regard intrigué. Mais qu'est-ce qu'il se passe à la fin ?

CHAPITRE 56

Les ombres glaciales qui noient les bois environnant la maison d'Aspen sont denses, et seules quelques silhouettes éparses gris et blanc se détachent des masses sombres formées par les troncs dénudés. Lucy et Henri progressent avec difficulté, se faufilant sous les branches, repoussant de la main les arbrisseaux qui freinent leur avancée. En dépit de leurs chaussures de montagne, elles s'enfoncent parfois jusqu'aux genoux dans la neige vierge d'empreintes autres que les leurs, à perte de vue.

Le souffle d'Henri est court et une buée d'effort et de froid s'échappe de sa bouche à chaque expiration.

– Mais c'est complètement crétin, Lucy ! Pourquoi on est là ?

– Parce qu'il fallait qu'on sorte pour faire quelque chose, répond Lucy en s'enfonçant presque jusqu'aux cuisses dans l'épais tapis neigeux. Waou, regarde-moi ça ! C'est incroyable ce que c'est beau.

Henri marque une halte et détaille la jeune femme comme l'obscurité grandissante teinte la neige d'une ombre bleutée.

Elle insiste :

– Je pense que tu n'aurais pas dû venir. Je m'en suis sortie, mais j'en ai assez, maintenant, et je rentre à Los Angeles.

– C'est ta vie.

– Je sais que tu ne penses pas ce que tu dis. Ton nez s'allonge quand tu sors ce genre de trucs.

– Avançons encore un peu, propose Lucy.

Elle ouvre la marche, forçant le passage, faisant son possible afin que les branchages qu'elle repousse ne se rabattent pas en fouet sur Henri, qui peut-être le mérite, pourtant. Elle précise :

– Je suis presque certaine qu'il y a un vieil arbre abattu. Je l'ai entraperçu depuis le sentier lorsque je suis montée pour te voir. On pourra le débarrasser de sa couche de neige et s'y installer.

– Mais on va geler, se plaint Henri en allongeant sa foulée et en soufflant un gros nuage d'haleine gelée.

– Tu n'as pas froid, au moins ?

– Non, j'ai très chaud.

– Si on commence à prendre froid, on se lève et on rentre à la maison.

Henri ne répond pas. Sa résistance a considérablement diminué depuis sa grippe, mais aussi depuis qu'elle a été agressée. Lorsque Lucy l'avait remarquée la première fois à Los Angeles, elle était dans une forme physique éblouissante, pas très imposante mais forte. Elle pouvait arracher un poids équivalent au sien et se soulever dix fois de suite, accrochée à un espalier, quand la plupart des femmes peinent à faire bouger un poids du tiers du leur et ne parviennent qu'à peine à hisser leur corps à la simple force de leurs bras. Elle courait le kilomètre en moins de quatre minutes et demie. Aujourd'hui, elle parvient difficilement à marcher sur la même distance. En moins d'un mois Henri a perdu sa vigueur, et chaque jour entame un peu plus ce qui lui reste de puissance parce qu'elle a égaré en route autre chose, une chose bien plus cruciale que sa simple forme physique. Elle a perdu la notion de sa mission. Finalement, Lucy se demande avec inquiétude si Henri a jamais eu une mission, si son moteur n'était pas tout simplement la vanité. La vanité est un substitut si dévorant mais si fugace qu'il disparaît sans laisser de trace.

— Tiens, juste là ! s'exclame Lucy. Tu vois cette énorme souche ? On dirait qu'il y a une minuscule clairière gelée juste derrière. On va jusque-là et ensuite on peut considérer que nous avons assez donné pour ce qui est de la promenade de santé au bon air vivifiant. (Elle désigne l'endroit de la pointe de son bâton de ski, puis reprend :) Bien sûr, l'idéal serait de conclure sur quelques exercices en salle de gym et puis un sauna.

— Je ne parviens plus à respirer, geint Henri. Depuis que j'ai eu cette grippe, j'ai l'impression que ma capacité pulmonaire a réduit de moitié.

— Tu as attrapé une pneumonie, lui rappelle Lucy. Mais peut-être est-ce flou dans ta mémoire. Tu as été sous antibiotiques durant une semaine. En fait, tu les prenais encore lorsque c'est arrivé.

— Oui, lorsque c'est arrivé... Tout tourne autour de cela. Cela, répète-t-elle en accentuant le mot. J'ai l'impression que nous optons pour les euphémismes, maintenant. Mes poumons me font mal.

Elle pose ses pas dans les empreintes laissées par Lucy. Elle est en nage et son allure ralentit.

— Comment préférerais-tu que nous nommions cela ?

Lucy atteint l'arbre déraciné, qui fut jadis un magnifique spécimen. Aujourd'hui, il n'en demeure plus qu'une grande carcasse, comme celle d'un navire échoué. Elle la nettoie de l'épaisse couche de neige qui la recouvre en insistant :

— Comment nommerais-tu cela ?

— J'appelle ça se faire presque tuer.

— Tiens, assieds-toi là...

Lucy tapote l'écorce qu'elle a dégagée juste à côté d'elle en poursuivant :

— Ça fait du bien de se reposer un peu...

Une buée lourde de gel s'échappe à chacun de ses mots et son visage est si froid qu'elle le sent à peine.

– ... Se faire presque tuer par opposition à être presque assassinée ?

– C'est la même chose.

Debout contre l'énorme tronc, Henri hésite, son regard se perdant vers les bois qui disparaissent sous la neige et dans les ténèbres grandissantes. Les lumières jaune d'or des maisons lointaines et du centre de remise en forme apparaissent par intermittence au travers des branches gelées, et de la fumée s'échappe des cheminées.

– Non, je ne dirais pas cela, la contredit Lucy.

Elle détaille la jeune femme, remarquant soudain comme elle a maigri et détectant une lueur au fond de son regard qu'elle n'avait jamais perçue jusqu'à présent. Elle poursuit :

– Se faire presque tuer est une manière détachée d'énoncer ce qui s'est produit. Ce que je veux dire, c'est que je suis à la recherche de sentiments, de véritables émotions.

– Il vaut mieux ne jamais chercher les choses, rétorque Henri, qui s'installe sans enthousiasme sur le tronc tout en gardant ses distances avec Lucy.

– Tu ne l'as pas cherché, pourtant, lui, il t'a trouvée, lâche Lucy en fixant les bois devant elle, ses bras reposant sur ses genoux.

– Et alors ? D'accord, j'ai été traquée, mais c'est le cas pour la moitié d'Hollywood. En d'autres termes, je suis devenue un membre du club, explique-t-elle, presque heureuse de faire partie de ce club des célébrités harcelées.

– C'est également ce que je pensais il y a encore peu de temps...

Les mains de Lucy, protégées par des gants, s'enfoncent dans la neige et en ramènent une poignée poudreuse qu'elle contemple.

– ... Il semble que tu aies accordé une interview sur ton intégration dans ma compagnie. Tu ne m'en as jamais parlé.

– Quelle interview ?

– Dans *The Hollywood Reporter*. Ils te citent.

– Ce ne serait pas la première fois qu'un journaliste mettrait des mots dans ma bouche, coupe-t-elle en se hérissant.

– Je ne suis pas en train de te parler des choses qu'on t'a attribuées à tort, mais de cette interview que tu as donnée. Car je suis sûre que tu l'as fait. Le nom de ma compagnie est écrit noir sur blanc dans l'article. Ce n'est pas tant que l'existence de la Dernière Chance soit un terrible et sombre secret. En revanche, le fait que j'ai transféré mon quartier général en Floride devait rester confidentiel. J'ai tout mis en place pour m'assurer que cette nouvelle localisation ne serait pas divulguée, surtout à cause du camp d'entraînement. Le résultat, c'est que l'information a paru dans un journal, et il est clair qu'elle sera reprise un jour ou l'autre.

– De toute évidence, tu ne connais rien aux rumeurs et à toutes les foutaises qui peuvent courir, rétorque Henri sans que Lucy parvienne à lever le regard vers elle. Si tu avais bossé dans le milieu du show-business, tu aurais vite compris. Tu comprendrais.

– Oh, j'ai bien peur de comprendre un tas de choses, Henri. D'une façon ou d'une autre, Edgar Allan Pogue a découvert que ma tante travaille soi-disant pour moi, dans mes nouveaux bureaux de Floride. Et devine quoi? (Lucy se penche et ramasse une autre boule de neige.) Il débarque à Hollywood pour remonter jusqu'à moi.

D'une voix glaciale Henri rectifie :

– Ce n'est pas à toi qu'il voulait s'en prendre.

Les gants protègent les mains de Lucy de la morsure du froid, en revanche Henri la pétrifie de l'intérieur.

– Tu te trompes. Tu sais, c'est difficile de déterminer qui conduit ces Ferrari. Il faut vraiment être tout près pour distinguer le conducteur. Ajoute à cela que ce sont des voitures faciles à pister. Rudy a raison. Très faciles. Pogue est parvenu à remonter ma trace. Peut-être a-t-il posé des questions à droite et à gauche jusqu'à localiser le camp d'entraînement et repérer une Ferrari pour la suivre jusqu'à chez moi. Peut-être la noire, je ne sais pas…

Elle disjoint ses doigts gantés de noir et la neige s'échappe. Elle en récupère une nouvelle poignée, toujours incapable de regarder Henri, et poursuit :

– … Le fait est qu'il a retrouvé ma Ferrari noire. Il a vandalisé sa carrosserie en l'éraflant comme un dingue, nous indiquant qu'il l'avait repérée, lorsque tu l'as prise sans mon autorisation et après que je t'avais répété que je ne voulais pas que tu la conduises. Peut-être est-ce cette même nuit qu'il a découvert où j'habitais. Je ne pourrais pas le certifier, mais toujours est-il que ce n'est pas à toi qu'il en voulait.

– Tu es d'un égotisme ! lâche Henri.

Lucy laisse fuir la poignée de neige qu'elle retient et répond :

– Tu sais, Henri, nous avons mené une enquête poussée à ton sujet, avant que je ne te recrute. Je doute que nous ayons laissé passer un seul des articles te concernant. Malheureusement, ils ne sont pas légion. Ça m'arrangerait que tu abandonnes ton couplet merdique sur ta célébrité. Ça m'arrangerait si tu m'épargnais le « j'ai été traquée donc je dois être quelqu'un ». C'est vraiment gonflant.

La jeune femme se lève d'un bond, perdant presque l'équilibre, et déclare :

– Je rentre. Je suis très fatiguée.

– Il voulait te tuer pour me faire payer quelque chose qui s'était produit lorsque j'étais gamine, assène pourtant Lucy. Si tant est que cela ait un sens d'attribuer une logique à un tordu comme lui. Parce que, vois-tu, Henri, je ne me souviens même pas de lui. Du reste, sans doute ne conserve-t-il pas non plus le moindre souvenir de toi. Parfois nous finissons par n'être que les moyens qui justifient la fin, je crois.

– J'aurais voulu ne jamais te rencontrer. Tu as fichu ma vie en l'air.

Les larmes piquent les yeux de Lucy et elle reste là, immobile, assise sur le tronc comme si elle aussi avait gelé. Elle balance une poignée de neige en l'air et contemple la poudre d'eau qui retombe sans hâte dans la pénombre.

– De toute façon, j'ai toujours été hétéro, lâche Henri en se tournant vers la piste d'empreintes qu'elles ont abandonnée un peu plus tôt. Je ne sais vraiment pas ce qui m'a pris d'accepter ça.

Peut-être que c'était juste la curiosité, je voulais savoir ce que c'était. Je suppose que pas mal de gens te trouveraient assez séduisante sur le moment. De toute façon, ces expériences sont courantes dans le monde d'où je viens. C'est pas comme si ça avait de l'importance. Rien de tout cela n'a d'importance.

— D'où viennent ces contusions? demande Lucy au dos d'Henri, qui lève les pieds exagérément pour avancer et plante ses bâtons avec violence dans la neige en soufflant fort. Je sais que tu t'en souviens, et avec précision.

— Oh, les contusions dont tu as pris des photos, mademoiselle super-flic? répond Henri en haletant.

Lucy la fixe, toujours immobile sur le tronc, son regard se dilue dans ses larmes, mais elle parvient à maîtriser sa voix:

— Je sais que tu t'en souviens.

Henri avance d'un pas et lève l'autre bâton avant de l'abattre.

— Il s'est assis sur moi. Ce dégénéré avec ses longs cheveux frisottés. D'abord, j'ai cru qu'il s'agissait de la fille qui s'occupe de la piscine, j'ai cru que c'était une femme. Je l'avais aperçu traînant autour de la piscine quelques jours auparavant, lorsque j'étais très malade et que je gardais la chambre, je l'ai vu. Mais j'ai cru qu'il s'agissait d'une grosse dame avec les cheveux frisés, filtrant l'eau.

— Il nettoyait la piscine?

— Oui. C'est pour cela que j'ai pensé qu'il s'agissait d'une nouvelle employée, peut-être une remplaçante, je ne sais pas. Bref, une femme qui venait spécialement pour ça. Et c'est là que ça devient vraiment marrant. (Elle se retourne pour dévisager Lucy et ce nouveau visage d'Henri ne ressemble en rien à l'ancien.) Cette enfoirée de pocharde de voisine mitraillait à l'aide de son appareil photo, comme à chaque fois qu'il se passe un truc dans ta propriété.

— C'est trop gentil de ta part de m'avertir. Mais je suis sûre que tu n'as pas mentionné ce détail à Benton, en dépit de tout le temps qu'il t'a consacré dans le simple but de t'aider. C'est trop gentil de m'apprendre maintenant qu'il existe peut-être des clichés de ce type.

– C'est tout ce dont je me souviens. Il s'est assis sur moi. Je n'avais pas envie d'en parler…

L'effort la suffoque presque lorsqu'elle avance d'un autre pas. Elle marque un arrêt et se tourne à nouveau vers Lucy, le visage livide et mauvais dans l'ombre environnante.

– … Je trouvais ça gênant, tu vois. (Elle reprend son souffle.) Imagine, une espèce de gros et moche timbré se tient devant ton lit. Mais… C'est pas qu'il ait envie de toi, tu vois. Il veut juste s'asseoir sur ton dos.

Elle se détourne à nouveau et avance d'un pas pénible.

– Merci pour cette information, Henri. Tu es une sacrée enquêteuse.

– Plus maintenant. Je démissionne. Je prends le premier avion… (Elle court après son souffle et achève :) Pour Los Angeles. Je démissionne.

Lucy, comme collée au tronc d'arbre, ramasse une autre poignée de neige et regarde la boule blanche au creux de ses gants noirs avant de déclarer :

– Tu ne peux pas. Parce que tu es virée.

Mais Henri ne peut plus l'entendre.

– Tu es virée !

Henri avance en levant haut les genoux à travers bois, fichant ses bâtons devant elle.

CHAPITRE 57

Edgar Allan Pogue parcourt depuis un moment les travées de cette boutique d'armurier et de prêteur sur gages de l'US 1, prenant tout son temps, caressant du bout des doigts les cartouches en cuivre et plomb enfouies tout au fond de la poche droite de son pantalon. Il décroche tous les holsters un à un, lisant les précisions inscrites sur leurs emballages avant de les replacer avec soin dans le rayon. Non, aujourd'hui il n'a pas besoin d'un holster. C'est un jour à quoi, aujourd'hui ? Il n'arrive pas à se décider. Les jours se sont succédé sans rien receler d'intéressant, si ce n'est la mémoire vague des changements de lumière comme il était assis sur sa chaise longue, transpirant en fixant le grand œil qui le fixait à son tour depuis le mur.

Il ne se passe pas une minute sans qu'une nouvelle quinte de toux profonde et sèche le laisse épuisé, à bout de souffle et un peu plus malade. Son nez coule, ses articulations lui font mal, et il connaît parfaitement la signification de ses symptômes. Le Dr Philpott n'avait plus de vaccin contre la grippe. Le pire, c'est qu'il n'avait même pas gardé une seule dose pour Pogue. Parce que si quelqu'un aurait dû faire l'effort de conserver un vaccin pour lui, c'est bien le Dr Philpott, mais il ne s'en est même pas préoccupé. Et tout ce que le médecin a trouvé à lui dire, c'est qu'il était vraiment désolé mais qu'il était en rupture de stock, et que, pour ce qu'il en savait, il n'en existait plus une seule ampoule dans toute la ville, et c'est tout.

— Revenez dans une ou deux semaines, mais je ne peux pas vous donner de certitude, je n'ai pas l'impression que nous en recevrons d'autres, a ajouté le Dr Philpott.

— Et en Floride, ils en auraient, à votre avis ? a insisté Pogue.

— J'en doute, a répliqué le praticien, la tête ailleurs et prêtant à peine attention à son patient. Selon moi, vous ne trouverez plus aucun vaccin contre le virus dans tout le pays, sauf si vous avez une chance incroyable, et si tel est le cas, je vous conseille de jouer à la loterie dans la foulée. Tout le pays est sévèrement rationné cette année. La raison en est simple : ils n'en ont pas assez produit et il faut trois ou quatre mois pour obtenir un vaccin. En d'autres termes, ce sera trop tard. En réalité, vous pouvez être vacciné contre une souche du virus et en attraper une autre. Mon conseil est donc que vous évitiez les gens malades et que vous preniez grand soin de vous-même. Évitez les voyages en avion et fuyez les salles de sport. C'est fou ce qu'on peut choper dans une salle de sport.

— Oui, monsieur, a acquiescé Pogue bien qu'il n'ait jamais voyagé en avion et n'ait pas remis les pieds dans un gymnase depuis le collège.

Edgar Allan Pogue tousse si fort que les larmes lui montent aux yeux. Il s'est approché d'un présentoir qui propose plein de petit matériel pour le nettoyage des armes, et il détaille, fasciné, toutes ces brossettes, ces bouteilles et ces trousses. Mais il n'a pas l'intention de nettoyer d'armes aujourd'hui, aussi flâne-t-il dans l'allée, remarquant tous les clients potentiels présents dans la boutique. Quelques minutes passent et l'endroit se vide. Il reste tout seul. Il se rapproche du comptoir – une vitrine basse –, derrière lequel un grand type habillé de noir range un pistolet dans une vitrine.

– J'peux vous aider ? demande l'homme au crâne rasé.

Il doit être âgé d'une bonne cinquantaine d'années et il est du genre à pouvoir faire mal à quelqu'un s'il s'énerve.

– J'ai entendu dire que vous vendiez des cigares, commence Pogue en retenant avec difficulté une nouvelle quinte de toux.

Le regard de l'homme se fait défiant, remonte vers la perruque de Pogue pour redescendre jusqu'à ses yeux. Et quelque chose chez ce type force l'attention. Il lâche :

– Ah ? Vraiment ? Et où c'est que vous avez entendu ça ?

– Je l'ai entendu, c'est tout.

Pogue éprouve à nouveau ce sentiment, comme si un truc lui suggérait de se concentrer. La toux l'étouffe et ses yeux se remplissent de larmes.

– Ben, j'ai pas l'impression que vous devriez fumer, lance l'homme de l'autre côté de la large vitrine d'exposition qui fait office de comptoir.

Il a glissé sa casquette de base-ball sous la ceinture de son pantalon de treillis, mais Pogue ne parvient pas à bien la distinguer. Il tente de reprendre son souffle et parvient à articuler :

– Je suis assez grand pour en juger. Je voudrais des Cohiba. Je suis prêt à payer vingt dollars la pièce, pour six.

– J'ai jamais entendu parler d'un flingue de marque Cohiba, répond l'homme au visage impassible.

– Vingt-cinq dollars, alors.

– J'ai pas la moindre idée de ce que vous voulez.

– Trente. Pas plus. Et ils ont intérêt à être cubains. Je fais la différence. Et je voudrais voir ce Smith & Wesson 38. Le revolver juste là, précise-t-il en désignant une des armes dans la vitrine. Je veux le voir. Je veux voir aussi les Cohiba.

– Ouais, je vous ai entendu, répond l'homme dont le regard se perd par-dessus l'épaule de Pogue comme s'il découvrait quelque chose.

Son ton change, son visage se transforme et il y a quelque chose chez ce type qui alerte Pogue, quelque chose qui sollicite toute son attention.

Pogue se retourne, mais il n'y a rien derrière lui, rien d'autre que deux travées bourrées de matériel pour armes à feu, d'accessoires divers et variés, de tenues de camouflage et de boîtes de munitions. Il tripote les six cartouches pour calibre 38 au fond de sa poche, se demandant ce que ça lui fera de descendre le grand homme en noir, décidant que ce sera sans doute agréable. Il se tourne à nouveau vers la vitrine basse. Le type massif planté derrière braque un pistolet juste entre ses deux yeux.

– Et comment que tu vas, Edgar Allan ? Je m'appelle Marino.

CHAPITRE 58

Scarpetta aperçoit Benton. Il descend le long du sentier de terre qui relie sa maison à la route fraîchement pelletée par un chasse-neige. Elle s'immobilise sous les arbres d'un vert sombre à l'odeur si puissante et attend qu'il la rejoigne. Elle ne l'a pas revu depuis qu'il est arrivé à Aspen. Il a espacé ses appels après qu'Henri se fut installée chez lui, ce dont elle ignorait tout à l'époque, et leurs rares conversations téléphoniques sont devenues laborieuses. Elle comprend. Elle a appris à comprendre et ne juge plus cet exercice aussi délicat qu'auparavant. Plus maintenant.

Il l'embrasse et ses lèvres ont un goût salé.

— Qu'as-tu mangé ? demande-t-elle, s'accrochant fort à lui et lui rendant ses baisers, dehors, au milieu de la neige, sous les lourdes branches des conifères.

— Des cacahuètes. Avec un flair comme le tien, tu aurais dû être chien de chasse, commente-t-il en plongeant son regard dans le sien et en l'enveloppant de son bras.

– J'avais goûté quelque chose, pas reniflé, sourit-elle en remontant contre lui le sentier en direction de la maison.

– Je pensais à des cigares. Tu te souviens lorsque je fumais le
cigare? réplique-t-il en la serrant davantage.

Ils tentent d'accorder leur démarche, de fondre leurs quatre
jambes jusqu'à ce que n'en demeurent que deux.

– Ça avait mauvais goût, pourtant ça sentait très bon.

– Quel culot! Tu fumais, toi aussi, à l'époque. Des cigarettes.

– Eh bien, j'avais, moi aussi, mauvais goût.

– Je n'ai jamais dit cela. Oh, que non!

Il la serre davantage et elle raffermit son bras autour de sa
taille comme ils se dirigent vers la maison illuminée, à peine
visible dans son berceau d'arbres.

– C'était vraiment très fort de ta part. Toi et les cigares, Kay,
dit-il en plongeant la main dans une des poches de son anorak à
la recherche de son trousseau de clés. Si je n'ai pas été assez
clair à ce sujet auparavant, j'en profite pour t'exprimer toute
mon admiration.

– Mais je n'ai rien fait, c'est grâce à Marino, rectifie-t-elle en se
demandant ce que ressent Benton après tout ce temps, et en
s'interrogeant sur ses propres sentiments.

– J'aurais tant aimé assister à cette scène, lorsqu'il a acheté des
cigares cubains dans cette cave à tabac si chic de Richmond.

– Ce n'est pas là qu'ils vendaient ce tabac illégal, le cubain, et
d'ailleurs on frise le ridicule. On traite les cigares cubains
comme s'il s'agissait de marijuana dans ce pays, remarque-
t-elle. C'est un vendeur de la boutique très chic qui lui a donné
une piste. Puis la piste a ricoché de lieu en lieu jusqu'à cet
armurier d'Hollywood, lequel est aussi prêteur sur gages. Tu
connais Marino. On ne pourrait pas l'inventer.

– Peu importe, rétorque Benton, peu intéressé par les détails
de l'entreprise.

Scarpetta sent où il veut en venir, mais elle n'est pas certaine
de souhaiter l'y accompagner.

– Je veux simplement dire que si quelqu'un mérite des
félicitations, c'est Marino, pas moi. Il a été jusqu'au bout. Je

crois que des compliments lui mettraient du baume au cœur, surtout en ce moment. J'ai faim. Que m'as-tu préparé?

– J'ai préparé un barbecue. J'adore ça en pleine neige, dans le patio, juste à proximité du jacuzzi bouillant.

– Toi et ton jacuzzi! Dans le froid, en pleine nuit, nu à l'exception de ton arme.

Il s'arrête devant la porte principale et la déverrouille en précisant:

– Je sais. Je n'utilise jamais ce fichu jacuzzi.

Ils tapent des pieds afin de débarrasser leurs chaussures de la neige avant de pénétrer dans la maison. Un geste assez super-flu puisque le sentier vient d'être pelleté et qu'une couche bien mince s'y est déposée. À moins qu'il ne s'agisse d'une sorte de réflexe, ou d'un subterfuge afin de dissiper un peu de leur gêne. Benton referme la porte derrière eux et plaque Scarpetta contre lui avant de l'embrasser avec passion. Et elle ne perçoit plus le goût salé de ses lèvres, juste la chaleur de sa langue et la douceur de sa joue rasée de près.

Ses doigts courent dans les cheveux de l'homme et elle murmure contre sa bouche:

– Tu te les laisses pousser?

– J'ai été occupé. Trop occupé pour prendre rendez-vous chez un coiffeur.

Ses mains sont sur elle, explorent tout d'elle, et ses mains à elle les imitent et se posent sur Benton, mais leurs manteaux se transforment en obstacle.

– Trop occupé par ton concubinage avec une autre femme, ai-je entendu dire.

Elle tire sur les manches de l'anorak et il l'aide à se défaire de son manteau, leurs bouches se joignent, leurs mains caressent.

– C'est ce que tu as entendu? Vraiment?

– En effet. Ne coupe pas tes cheveux.

Elle se laisse aller contre le panneau de la porte et peu importe si un air glacial s'infiltre par les interstices du cham-branle. Elle s'en aperçoit à peine. Elle lui cramponne les bras et le dévisage, détaille sa chevelure gris argenté en bataille et surtout les émotions qui défilent dans son regard. Il caresse son visage et ce qu'elle voit dans ses yeux gagne en profondeur et en lumière, et durant un instant elle est incapable de déterminer s'il est heureux ou triste.

– Viens.

Les yeux toujours pleins de ce regard, il la prend par la main et la tire vers l'intérieur, et soudain l'air se fait plus tiède. Il ajoute :

– Je vais te préparer un verre. Ou un petit truc à grignoter. Tu dois être affamée et épuisée.

– Je ne suis pas si fatiguée que cela.

Du même auteur

Postmortem
Éd. des Deux Terres (nouvelle traduction), 2004.

Mémoires mortes
Éd. des Deux Terres (nouvelle traduction), 2004.

Et il ne restera que poussière...
Éd. du Masque, 1993 ;
Le Livre de poche, 1994.

Une peine d'exception
Éd. du Masque, 1994 ;
Le Livre de poche, 1995.

La Séquence des corps
Éd. du Masque, 1995 ;
Le Livre de poche, 1996.

Une mort sans nom
Éd. du Masque, 1996 ;
Le Livre de poche, 1997.

Morts en eaux troubles
Calmann-Lévy, 1997 ;
Le Livre de poche, 1998.

Mordoc
Calmann-Lévy, 1998 ;
Le Livre de poche, 1999.

La Ville des frelons
Calmann-Lévy, 1998 ;
Le Livre de poche, 1999.

Combustion
Calmann-Lévy, 1999 ;
Le Livre de poche, 2000.

La Griffe du Sud
Calmann-Lévy, 1999 ;
Le Livre de poche, 2000.

Cadavre X
Calmann-Lévy, 2000 ;
Le Livre de poche, 2001.

Dossier Benton
Calmann-Lévy, 2001 ;
Le Livre de poche, 2002.

L'Île des chiens
Calmann-Lévy, 2002 ;
Le Livre de poche, 2003.

Jack l'Éventreur
Éd. des Deux Terres, 2003 ;
Le Livre de poche, 2004.

Baton Rouge
Calmann-Lévy, 2004 ;
Le Livre de poche, 2005.